Norbert Kneidl

Das Vermächtnis von Embidor

Band 2: Janos und das Geheimnis der Phiolen

Originalausgabe – Erstdruck

Norbert Kneidl

Das Vermächtnis von Embidor

Band 2: Janos und das Geheimnis der Phiolen

Schardt Verlag Oldenburg

Bibliographische Information der *Deutschen Bibliothek*:

Die Deutsche Bibliothek verzeichnet diese Publikation in *Der Deutschen National-bibliografie*; detaillierte bibliographische Daten sind im Internet über *www.d-nb.de* abrufbar.

Titelbild: Melanie Heckenberger
Umschlaggestaltung: Silvia Grüner

www.embidor.de

1. Auflage 2010

Copyright © by
Schardt Verlag
Uhlhornsweg 99 A
26129 Oldenburg
Tel.: 0441-21779287
Fax: 0441-21779286
E-Mail: kontakt@schardtverlag.de
www.schardtverlag.de
Herstellung: DPG, Nürnberg

ISBN 978-3-89841-554-5

Danksagung

Ich danke meinen Freunden Jürgen Heinlein, Christian Hinz, Harald Neidl und Christian Storath. In Erinnerung an gemeinsame Rollenspielzeiten haben sie mit Akribie und Leidenschaft Details der Geschichte hinterfragt und viele interessante Anregungen gegeben. Besonderer Dank gilt auch Stefanie Heinlein, Monika Kneidl und Dagmar Lenz für viele wertvolle Hinweise.

Danke auch an Melanie Heckenberger für die liebevolle und detailgenaue Illustration der Titelseite und an Silvia Grüner für die Textgestaltung und die Darstellung meiner Fantasiewelt.

Gewidmet ist das Buch Reiner Fischer, der zu Zeiten unseres Rollenspiels „Dungeons & Dragons" die Figur des Zwergen Saskard mit Leben erfüllte. Von schwerer Krankheit gezeichnet, kann er nur mühsam einen Schritt vor den anderen setzen. Doch ich bin mir sicher, dass er mit der Energie und dem Durchhaltevermögen des Saskard sein Leben meistern wird.

Lieber Reiner,
gib nur der Zeit die Zeit,
damit du deine noch nicht erfüllten Träume verwirklichen kannst.

Norbert Kneidl

Inhalt

Prolog: Tödliches Erwachen 9

1. Kapitel: Zum Rauschenden Kater 23

2. Kapitel: Räucherlachs und Buchenkeil 53

3. Kapitel: Bezaubernde Klänge 68

4. Kapitel: Die Seelenquelle 89

5. Kapitel: Lursian Gallenbitters Kräuterladen 101

6. Kapitel: Mira Lockenrot 117

7. Kapitel: Ein Teufelchen 144

8. Kapitel: Im Palast 173

9. Kapitel: Aufbruchstimmung 189

10. Kapitel: Festung Weihenburg 212

11. Kapitel: Janne von Loh 219

12. Kapitel: Der Weg ist das Ziel 229

13. Kapitel: Ein beißendes Liebchen 262

14. Kapitel: Die Zeit brennt 288

15. Kapitel: Mit Silvana die Küste entlang 309

16. Kapitel: Ein Hauch von Tod 322

Epilog: Gottvertrauen 354

Glossar 356

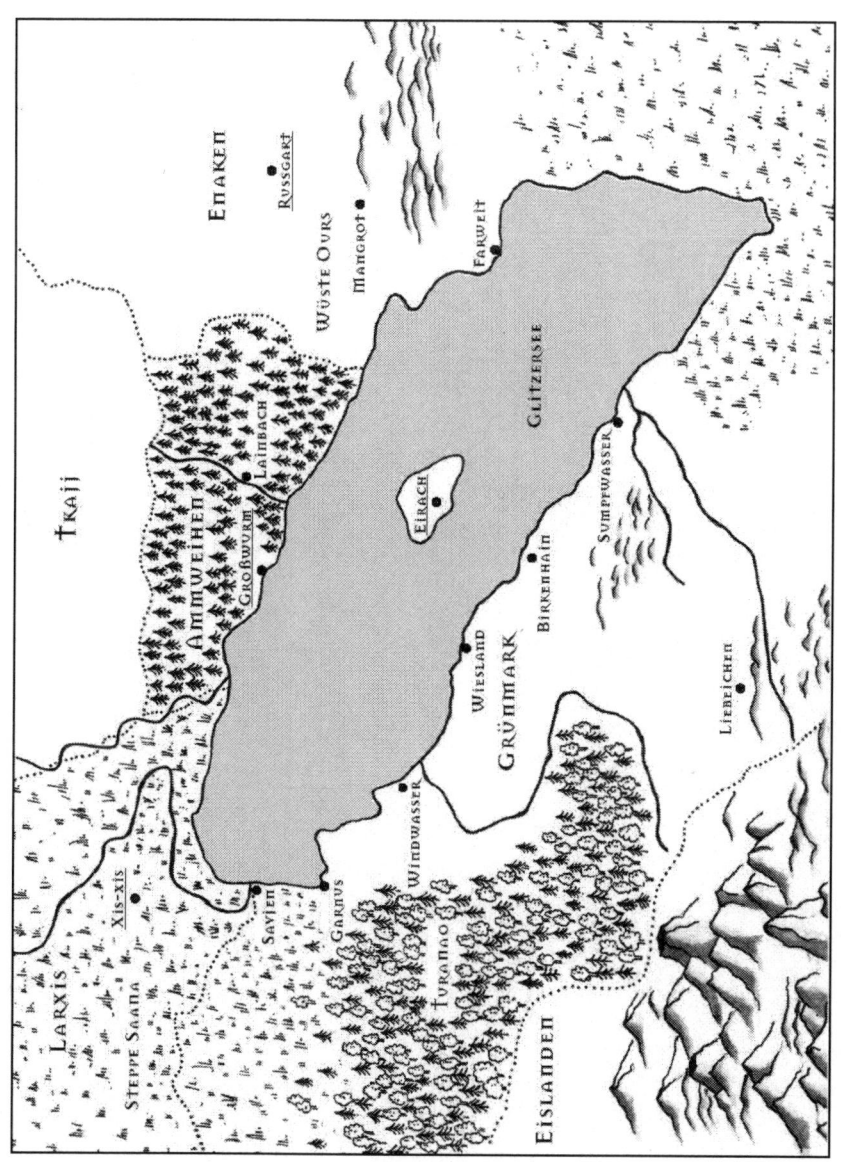

Was bisher geschah:

Eine Armee von Untoten überfällt die friedliche Zwergensiedlung Goldbuchen. Saskard, ein brummiger, aber grundguter Zwerg, überlebt als einer der wenigen die Schlacht. Vom Dorfschamanen erfährt er, dass er zu den sieben Auserwählten gehört, die allein die Welt vor dem Tod und Dunkelheit bringenden König der Unterwelt retten können. So findet sich eine Gruppe von Abenteurern zusammen, die unterschiedlicher nicht sein können und sich doch perfekt ergänzen. Sie begleiten Saskard auf einem ungewissen Weg mit vielen Gefahren und immer neuen Herausforderungen.

Die Schergen des untoten Königs lassen nicht lange auf sich warten. Zwar überleben die Gefährten einen Kampf mit fünf reißenden Tigerkatzen, doch dann verletzt sich der Halbling Smalon an einer vergifteten Nadel. Dank seiner Kameraden, die in höchster Not eine rettende Heilpflanze finden, entgeht er dem sicheren Tod. Den Angriffen des verräterischen Elfenkriegers Tiramir und des Sternendeuters Adrendath können sie nur mit Mühe standhalten. Schwer verletzt ziehen sie sich in die schneebedeckten Berge der Kantara zurück. Dort pflegen sie ihre Wunden.

PROLOG

Tödliches Erwachen

Unruhig wälzte sich Loren Piepenstrumpf von einer Seite auf die andere. Sie konnte einfach nicht einschlafen, wenngleich der Abend zu ihrer vollen Zufriedenheit verlaufen war. Das Mannsvolk hatte sich nicht lumpen lassen. Generös entlohnten sie die Mädchen, die bereitwillig genau das gaben, was von ihnen verlangt wurde. Ein Lächeln, ein Augenzwinkern, ein keuscher Blick wirkten oft Wunder. Domenika Dorn und Arabell Zubor konnten sogar auf Abruf ihre Wangen zum Erglühen bringen. Alles verlief nach Plan. Der Perlwein floss in Strömen, geröstetes Brot wurde mit Schinken oder Käse belegt und mit Gürkchen, Mais oder Tomaten garniert. Wer Süßes liebte, dem wurden knusprige Schokoladencremewaffeln oder Apfelkuchen mit Streuseln angeboten. Es fehlte an nichts, und die geschickten Liebesdienerinnen brachten die auserwählten Leckerbissen mit spielerischer Raffinesse an den Mann.

Seit einer Stunde herrschte nun Ruhe. Nachdem Loren den letzten Gast persönlich zur Tür geleitet hatte, räumten alle gemeinsam auf, spülten Gläser, labten sich an übriggebliebenen Speisen und gaben ein paar Anekdoten zum Besten, bevor sie erschöpft in ihre Betten krochen. Loren setzte sich mit einem Glas Apfelwein in die Küche und zählte die Einnahmen. Obwohl es ihr im Grunde genommen ausgezeichnet ging, überlegte sie immer, wie sie die Erträge noch steigern konnte. Derzeit hatte sie zwölf Allerweltsliebchen verpflichtet. Dessen ungeachtet überlegte sie, ob sie zwei weitere Mädchen aufnehmen sollte, die ihre Keuschheit noch nicht verloren hatten. Jungfrauen ließen sich hervorragend an betuchte Herren der gehobenen Gesellschaft vermitteln. Und den Status der Unberührtheit behielten die Mädchen auch bei, mindestens ein Jahr lang, erst wenn es nicht mehr zu verheimlichen war, änderte Loren ihre Strategie.

Erfüllen konnte sich Loren nahezu jeden Traum. Egal, ob es sich um stilvolle Goldringe, einzigartige Armreife, prunkvolle Diademe oder Colliers mit Smaragden, Rubinen und Saphiren veredelt, ausgefallene, von Hand geschneiderte Hosen oder Röcke, unvergleichliche Hüte, aufwendig gearbeitete Wintermäntel oder nur die alltäglichen Sachen des Lebens, wie saftige Lendenstücke vom Rind oder Fischfilets vom Zander handelte. Alle Geschäftsleute, besonders die männlichen, sahen Loren Piepenstrumpf gerne in ihre Läden kommen. Nicht so die Damen; die mieden sie, als wenn sie unter dem ansteckenden Wünschelfieber litte. Sie hätten sogar auf sie gespuckt, wenn es ihnen von ihren Ehegatten nicht ausdrücklich verboten worden wäre.

Loren meinte zu ersticken. Kurzerhand sprang sie auf, lief zum Fenster und öffnete es. Der frische Herbstwind kühlte ihr Gesicht. Sterne sah sie nicht, auch der zunehmende Mond, der in Kürze im Westen unterging, verbarg sein bleiches Gesicht hinter grauschwarzen Wolken, die nach Regen aussahen. Es war ruhig in Liebeichen. Nur im Taubenschlag Hans Haberkorns auf der gegenüberliegenden Straßenseite ging es wild her. Ein Gurren und Flattern, so als wenn sich ein Raubtier anpirschen würde. Außer den von Zeit zu Zeit aufbrausenden Böen waren das die einzigen Geräusche, die ihr zuflogen. Und so ging es nun schon seit drei Tagen, obwohl Knecht Hans alles nur Erdenkliche unternahm, um seine Tauben zu beruhigen. Er dachte an einen Marder oder an einen Fuchs, der seine Lieblinge verzehren wollte. Notgedrungen verschloss er allabendlich den Schlag. Geholfen hatte es nichts. Nach wie vor gebärdeten sich die Tauben nahezu tobsüchtig. Heute war es besonders schlimm. Sie lärmten dermaßen, dass Loren argwöhnte, eine würde gefressen werden.

Schlafsuchend eilte Loren zu ihrem Bett zurück und legte sich wieder in die weichen Kissen. Das Fenster ließ sie sperrangelweit offen stehen, auch wenn die Böen wie Geistreiter durchs Zimmer rauschten. Obwohl ihr die frische Luft gut tat, konnte sie nicht einschlafen, und in einer Stunde würde es hell werden. Wenn sie nur Ruhe fände, aber es war wie verhext. Sie lag glockenwach im Bett und starrte die Decke an.

Warum die Tauben nur so verrückt spielten? Loren verstand es einfach nicht, sie überlegte hin und her und suchte nach einer Lösung. Bei den Göttern, es musste doch eine Antwort geben! Wo war eigentlich ihr Kater? Seit drei Tagen hatte er sich nicht mehr gezeigt. An und für sich war das nichts Ungewöhnliches, wenn Sam auf Freiersfüßen herumstromerte, hörte sie sein verschmustes Schnurren nur sehr selten. Dass er jedoch sein Futter, das sie ihm täglich vorsetzte, nicht anrührte, war noch nie vorgekommen. Ihm wird doch nichts zugestoßen sein, fuhr es ihr durch den Kopf. Je länger sie darüber nachdachte, desto unglaubwürdiger erschien ihr der Gedanke. Normalerweise hörte sie das Geschrei verliebter Kater den ganzen Sommer lang, und auch der Herbst, bis hin zu den ersten kalten Winternächten, brachte keine Änderung. Erst der einsetzende Schneefall beendete das fidele Treiben. Heute schien es jedoch, als wenn ganz Liebeichen Trauer trüge. Nicht ein Laut, außer den ständig flatternden Tauben, kein Bellen eines Hundes, nichts, nicht einmal der Hahn des Eichenbauers, der sich tagtäglich noch vor Sonnenaufgang die Kehle aus dem Hals zu schreien schien. Nichts! Einfach überhaupt nichts! Dabei würde in Kürze die aufgehende Sonne die Schatten der Nacht vertreiben. Schwer atmend suchte sie nach Ruhe. Als sie meinte, von einem Traum heimgesucht zu werden, klopfte es.

Erschreckt fuhr Loren hoch. Ob sie phantasiert hatte? Wer sollte bei ihr im dritten Stock in aller Frühe an der Schlafzimmertür um Einlass bitten? Zweifelsohne schliefen die Mädchen noch tief und fest, und Schritte hatte sie auch keine vernommen. Wieder klopfte es. Zweimal rasch hintereinander. Sie musste träumen! Der Ton klang seltsam weit entrückt. Irgendwie nicht echt, so als würde das Pochen durch Raum und Zeit gleiten.

Wenn nur Elgin hier wäre, der wüsste, was zu tun sei. Die Sekunden verrannen. Ein erneutes Klopfen ließ sie aufspringen. Vehement riss sie die schwere Eichentür auf. Im Gang war es stockfinster. Als sich jedoch vor ihren Füßen eine kleinwüchsige Gestalt materialisierte, packte sie blankes Entsetzen. Ihre Füße und Beine waren wie gelähmt, und schreien konnte sie auch nicht. Um nicht gänzlich unbewaffnet zu sein, ergriff sie den Strohbesen, der im Gang direkt neben dem Eingang stand. Wenn ihr der Dämon zu Leibe rückte, würde sie sich zur Wehr setzen. Krampfhaft hielt sie sich an dem Stück Holz fest. Sie würde das ganze Haus zusammenschreien, wenn sie die Kreatur berührte. Es war jedoch ein uralter Zwerg. Ob sie träumte? Sie presste ihre Finger so fest zusammen, dass ihre Knöchel weiß hervortraten.

„Du bist Loren, nicht wahr?" hörte sie das Geschöpf sprechen, die Lippen bewegten sich, doch die Stimme kam aus dem Nichts. Loren konnte nicht einen klaren Gedanken fassen. Der Flur begann sich zu bewegen, selbst die Wände verschwammen vor ihren Augen.

„Du kannst mich doch hören?" vernahm sie die Stimme erneut.

Loren nickte. Schweiß bildete sich auf ihren Händen.

„Elgin Hellfeuer bittet mich, dir eine Botschaft zu übermitteln!"

Lorens Gedanken überschlugen sich. Eine Verbindung zwischen ihrem Geliebten und dem uralten Zwerg konnte es unmöglich geben!

„Du musst dein Haus verlassen, Loren! Geh sofort! Nimm nur das Notwendigste mit! Dein Lebensfaden wird sonst reißen! Beeil dich! Liebeichen wird brennen. Wenn du Elgin wiedersehen willst, dann lauf um dein Leben! Geh nach Westen. Nur dort kannst du den untoten Häschern entkommen. Hast du verstanden?"

Loren hatte jedes Wort gehört, nur verstand sie es nicht. Mitten in der Nacht klopfte ein Dämon an ihre Tür und schüttete ihr Leben wie einen Eimer voll schmutzigen Wassers aus dem Fenster. Sie würde es nicht tun! Ihre Existenz aufs Spiel setzen? Kam nicht in Frage! Und ihr gesamtes Hab und Gut wie einen stinkenden Fisch über Bord werfen! Wer sagte schon, dass dies nicht alles Humbug wäre! Der Zwerg sah sie jedoch an, als könnte er ihre Gedanken lesen. „Das ist kein Spaß, Loren, das ist bitterer Ernst. Noch hast du Zeit!"

Unvermittelt ging die Zwischentür zur unteren Etage auf, und ein hübsch anzusehendes, schwarz gelocktes Mädchen mit einer roten Strähne im Haar trat ein. „Loren, ich kann nicht ... Aaaahhhh!"

„Still, Marcella! Du weckst ja das ganze Haus auf!"

„Genau das solltest du auch tun", erwiderte der Zwerg.

„Was fällt Ihnen ein! Sie werden sich nicht einmischen! In den Hängenden Trauben habe immer noch ich das Sagen!"

Der Zwerg entgegnete nichts, dennoch umspielte ein Lächeln seine Lippen.

„Marcella, weck alle auf! Sie sollen in die Küche kommen – verstanden?"

„Ja, Loren!" Scheu wie ein verängstigtes Reh rannte die junge Frau davon. Nichts hasste Loren mehr, als wenn sich ein Fremder – auch wenn es ein Geist war – in ihre Belange einmischte. Während sich die Gestalt wie prickelnder Perlwein auflöste, überlegte Loren, was zu tun sei. Und ihre Gesinnung änderte sie bei weitem öfter, als sie ihre Bettlaken wechselte. Rasch besann sie sich ihrer Stärken. Sie konnte blitzschnell Pläne schmieden und in die Tat umsetzen. Während sie zum Wandschrank lief, um sich anzukleiden, nahmen ihre Ideen bereits Gestalt an.

Wenn es stimmte, was der Zwerg gesagt hatte, dann würde sich Loren beeilen müssen. Schlagartig spürte sie, wie die Zeit zu schwinden begann. Sie zog eine braune Reithose und eine grüne Wolljacke, passend zu ihren blonden Haaren, die einem wogenden Weizenfeld glichen, aus einem Fach. Ein Wirrwarr erregter Stimmen trieb sie zur Eile an. Sie nahm sich nicht einmal mehr die Zeit, ihre wallende Haarpracht mit einem Band zusammenzuraffen. Fieberhaft stopfte sie einen Rock, zwei Blusen und lediglich einen Teil der seidenen Unterwäsche in ihren Rucksack. Obendrauf warf sie einen Kamm, eine Bürste und eine Dose gefüllt mit heilbringender Salbe. Einen samtblauen Stoffbeutel, in dem sie wertvollste Kleinodien aufbewahrte, nahm sie auch mit. Dann war sie fertig. Nachdem sie sich dreimal im Kreis gedreht hatte – in Gedanken nahm sie Abschied von ihrem Heim –, rannte sie zur Treppe. Ob sie ihr Haus je wiedersehen würde? Womöglich hatte der kauzige Zwerg recht, vielleicht flatterten deswegen die Tauben von Hans Haberkorn so aufgebracht in ihrem Schlag? Eisige Kälte schlich in ihr hoch. Die feinen Härchen auf ihren Unterarmen stellten sich auf. Je mehr sie ihren Gefühlen nachgab, desto bedenklicher, ja mulmiger, wurde ihr zumute. Urplötzlich meinte sie, die Zeit würde an Geschwindigkeit zulegen. Ihr Kopf wurde einem Schraubstock gleich zusammengepresst. Stürmisch hetzte Loren, mehrere Stufen auf einmal nehmend, die Treppe hinab. Aus der Küche drang aufgebrachtes Gekeife. Was war dort nur los? Ob sich die Mädchen zankten?

„Ruhe! Seid ihr denn verrückt? Lasst Marcella los, aber sofort! Und du hör auf wie eine Heulsuse zu flennen!"

„Was soll das Theater, Loren? Nach der anstrengenden Nacht haben wir uns einen erholsamen Schlaf wohl verdient. Und nur wegen eines seltsamen Geistes müssen wir uns doch nicht in aller Frühe in der Küche einfinden. Ich will ins Bett, und zwar sofort!" Cit Naskuris Mund zuckte verächtlich.

„Du kannst tun und lassen was du willst, Cit, aber erst, nachdem du mich angehört hast!"

Funkelnd glühten die Augen der sommersprossigen Rothaarigen. Ihre etwas zu weit hervorstehenden Backenknochen und die sinnlichen Lippen zitterten vor Erregung. Am liebsten wäre sie der Hausherrin über den Mund gefahren, doch sie traute sich nicht. Unter dem eisigen Blick Lorens schien Wasser zu Eis zu gefrieren.

„Ganz kurz, Kinder! Angeblich soll Liebeichen schon in Kürze von einem untoten Heer überfallen werden. Ich werde die Hängenden Trauben verlassen. Zeit zum Debattieren haben wir nicht. Wenn ich die beiden Rappen eingespannt habe, fahre ich los. Wer mitkommen will, rafft schnell seine nötigste Habe zusammen. Verstanden?"

„So ein Firlefanz! – Untote! – Da hast du dir aber einen mächtigen Bären aufbinden lassen!" schrie eine gedrungene, schon etwas reifere Frau, deren gewaltige Brüste sich unter ihrem schlohweißen Nachthemd abzeichneten.

„Und wenn etwas Wahres dran ist? Vielleicht war es Rurkan, der Gott der Zwerge, der uns heimgesucht hat", stammelte ein schlankes, noch sehr junges Mädchen.

„Warum sollte ausgerechnet unser Haus von einer Gottheit heimgesucht werden? Bei dir piept's wohl, Mailyn!"

13

„Also ich geh schlafen, macht doch was ihr wollt", murrte Silvana Winter, eine gut ausgestattete Vollschlanke, deren Augen wie Onyxsteine leuchteten.

„Jetzt hört doch mal zu. Still, sage ich! – Wenn nichts passiert, liegen wir in einer Stunde wieder in unseren Betten. Wenn doch, retten wir unser Leben. Bedenkt das! Ich erwarte euch am Eingang. Und du, Marcella, stehst an der Tür, sonst wirst du eine Tracht Prügel beziehen!" Nach ihrem letzten Wort rannte Loren Piepenstrumpf aus dem Haus und warf die Tür hinter sich ins Schloss. Das Stimmengewirr, das augenblicklich einsetzte, hätte gereicht, um Tote unter fünf Fuß dicker Lehmerde wieder zum Leben zu erwecken. Warum mussten Frauen nur über jedes Detail endlos diskutieren? Männer waren da ganz anders. Vermutlich war es jedoch deren einzige Stärke, nahm Loren grinsend an.

Die beiden Rappen, Shahin und Chari, die auf einer schon weitgehend abgegrasten Wiese hinter den Hängenden Trauben weideten, ließen sich nur schwer einfangen. Immer wieder galoppierten sie in alle Himmelsrichtungen davon, bis Loren endlich Shahin am Halfter erwischte. Zitternd blieb der Wallach stehen. Loren führte ihn ohne Umschweife von der Koppel zur Scheune zurück. Tänzelnd folgte ihnen Chari.

Das Anspannen zog sich schrecklich in die Länge. Unentwegt trippelten die beiden sonst so friedlichen Pferde von einem Huf auf den anderen, und auch Loren ging es nicht wie üblich von der Hand, obwohl sie das Geschirr am Tage nahezu blind anlegen konnte. Heute Nacht dauerte es um ein Vielfaches länger. Gedämpfte Schritte ließen sie jählings herumwirbeln.

„Hans! Hast du mich erschreckt! – Bei den Göttern! – Was treibt dich zu so früher Stunde aus dem Haus?"

„Ich konnte nicht schlafen, außerdem sind meine Tauben völlig aus dem Häuschen. Man könnte meinen, sie wären übergeschnappt. – Du hast das Geschirr falsch angelegt. Sieh nur, hier ist doch alles verdreht!" Umgehend stellte Hans Haberkorn den geflochtenen Weidenkorb, in dem die Tauben unaufhörlich auf- und abflatterten, auf die Straße. Dann half er Loren, das Durcheinander des Zaumzeugs zu entwirren.

„Warum trägst du des Nachts deine Tauben spazieren, Hans?"

„Ich glaube, es gefällt ihnen. Sie sind schon ruhiger geworden, findest du nicht auch?"

Loren fand das zwar nicht, aber eigentlich war es ihr egal, nur durfte sie Hans keine Fragen stellen, sonst redete der Knecht ohne Luft zu holen, und seine Arbeit würde er vom ersten Wort an einstellen. Dennoch dauerte es unendlich lange, bis Hans die Leinen, Riemen und Schlaufen entwirrt hatte.

„Beeil dich, Hans!"

„Mach ja schon!" murmelte der Knecht. „Loren ist genauso aufgeregt wie meine Tauben." Und dann, kaum noch zu verstehen: „Hier stimmt doch was nicht!"

Lorens Puls jagte, und die Zeit flog wie ein Schwarm Wildgänse dahin. Ganz heiß wurde es ihr, als sie meinte, Schwingen, Riesenschwingen, vernommen zu haben. Wahrscheinlich war es nur der sich aufblähende Wind, aber die Tauben drehten förmlich durch, und in den Augen Shahins zeigten sich drohend weiße Flecken.

„Ruhig Blut, Shahin! Ruhig Blut! Wie lange dauert es denn noch?"

„Bin gleich soweit!"

„Fährst du den Wagen vor die Tür, Hans? Ich hole inzwischen die Mädchen."

„Ja!" Das ständige Geflatter zehrte an Hans' Nerven. Die Tauben wollen raus – die kühle Nachtluft genießen, dachte er, dem Gefängnis entfliehen. Wie von selbst nahmen seine Finger an Fahrt auf.

„Marcella, Janne, Dorin, Karselia! Wo seid ihr?" schrie Loren, um sich Gehör zu verschaffen.

„Also ich bleibe! Macht doch, was ihr wollt", grölte Leneora Melkum, eine groß gewachsene Frau, deren leuchtende, schwarzblaue Haare sich wie die Wellen der Glitzersee brachen. Demonstrativ lief sie zur Treppe, um ins Obergeschoss zu gelangen. Loren war verzweifelt. Mailyn Minneoluha, Domenika Dorn, Rosin Walgara und Arabell Zubor folgten ihr. Cit Naskuri, Nella Trasskott und Silvana Winter hingegen diskutierten weiter. Die anderen waren nicht zu sehen. Auch Marcella Morgentau fehlte. Ob sie packte? Wo steckte nur das blutjunge Mädchen mit dem weichen Gesicht, dem gewinnenden Lächeln und den freundlichen Augen? In ferner Zukunft, sagte Marcella des Öfteren, wolle sie ein eigenes Haus leiten, nicht so ein Haus, nein, etwas Solideres wie einen Gasthof, eine Herberge oder ein Hotel. Meist wurde sie wegen ihrer verschrobenen Gedanken belächelt. Woher sie das Geld nehmen wolle, fragte man sie. Das wusste Marcella auch nicht, dennoch sparte sie eisern. Jeden Kupfergroschen drehte sie dreimal um, bevor sie ihn ausgab. Loren war die Einzige, die Marcellas Phantasien nicht als blanken Unfug abtat, sie lauschte deren Ideen. Sie war als Jugendliche ähnlich gewesen, und deshalb würde sie die erst Sechzehnjährige mitnehmen.

„Loren, ich hab den Wagen vorgefahren! Die Pferde", brüllte Hans Haberkorn, „die Pferde sind ganz kopflos! Sie werden durchgehen! Pass bloß auf!"

„Danke, Hans!" schrie Loren zurück. Dann rannte die Hausherrin wie der aufbrausende Ostwind die Treppe empor.

„Marcella, wo bist du? Gib verdammt noch mal Antwort, Marcella!"

„Ich gehe!" schrie ihr Hans noch nach. Der Knecht schaute schleunigst zu, dass er wegkam. In den Hängenden Trauben – sowieso tagtäglich ein Narrenhaus – ging alles drunter und drüber. Während Cit Naskuri, Silvana Winter und Nella Trasskott nach oben zu ihren Zimmern stolzierten, schlich Domenika Dorn wie eine Katze wieder hinunter, um für Leneora und sich einen Tee zu kochen.

„Marcella, was soll das, warum sitzt du hier in deinem Zimmer?" brüllte Loren die Schwarzhaarige an. Das Mädchen hatte zwar gepackt und sich angezogen, dennoch saß sie zaudernd wie eine Henne, deren Eier man gestohlen hatte, auf der Bettkante und wartete. Loren sah sofort, dass es ihr unglaublich schwerfiel, sich für sie und gegen all die anderen zu entscheiden. Es schien, als hingen Hunderte von Bleigewichten an ihrem tiefblauen Wollrock. Apathisch starrte Marcella ins Leere.

„Komm, auf mit dir!" Ungestüm nahm Loren Piepenstrumpf Marcellas Bündel mit den wenigen Sachen auf; mit der anderen Hand ergriff sie deren eiskalte Hand und zog sie hoch. Eine Böe, die mit einem Ruck alle Dachschindeln gleichzeitig zu heben schien, ließ Loren erschreckt zusammenfahren.

„Lauf endlich, Marcella!"

Der sich heftig aufblähende Wind beflügelte ihrer beider Schritte.

Im Eingangsbereich war Ruhe eingekehrt. Nur Dorin Silberhaar, eine zierliche Frau mit kurzen blonden Haaren, deren Figur einem vierzehnjährigen Jungen glich, Janne von Loh, ein Temperamentsbündel aus Ammweihen, die ihren Broterwerb mehr liebte als jede andere im Haus, und Karselia Kupfer, geborene Grotenkopf, die nach dem Tod ihres Mannes, den sie bis heute nicht verkraftet hatte, von Loren Piepenstrumpf ähnlich wie Elgin Hellfeuer wieder zum Leben erweckt wurde, standen reisefertig am Ausgang.

„Raus mit euch, aber schnell!" rief ihnen Loren im Vorbeilaufen zu. Draußen hatte der Wind enorm an Fahrt aufgenommen. Wütend jagte er den grobkörnigen Sand mit allerlei Ästchen und Staub vermischt die Straße hinauf. Von Hans Haberkorn und seinen Tauben war nichts mehr zu sehen.

„Janne, du bändigst die Pferde! Und ihr steigt ein!" Während Marcella und Dorin ihr Gepäck von hinten in den Wagen warfen, Karselia ihren braunen Wollrock, in dem sich der Wind verfangen hatte, zu bändigen suchte, Janne auf den Kutschbock kletterte und Loren die Pferde losband, schwebte ein riesiger Drache mit weit aufgerissenem Maul über sie hinweg. Auf dem Marktplatz spie das Untier prasselnde Flammen in die Spitze des Kirchturms, der augenblicklich Feuer fing.

Geschickt manövrierte Janne von Loh die Pferde im Kreis. Sie waren jedoch kaum mehr zu bändigen. Sie wieherten, stiegen und hüpften wie zwei durchgedrehte Geißböcke. Janne zog und zerrte an den Zügeln wie sie es von ihrem Vater gelernt hatte, aber sie wusste, noch ein falscher Impuls, und die Pferde würden davongaloppieren.

Wie vom Donner gerührt starrten Dorin und Marcella dem dämonischen, feuerspeienden Monstrum hinterher. Nur Karselia sprang, ohne Notiz von ihrem Wollrock zu nehmen, mit einem Satz auf den holpernden Kutschbock. Von dort kroch sie durchs Innere des Wagens nach hinten, um Marcella und Dorin, die den Schrecken überwunden hatten und nun dem Gespann nachliefen, über die Kutschwand zu helfen.

Marcella Morgentau erreichte als Erste Karselias ausgestreckte Hand. Die Holzsplitter, die sich durch ihren Handballen in ihr Fleisch gruben, nahm die Sechzehnjährige kaum wahr. Karselia ihrerseits ergriff Marcellas schwarze Weste und ließ sich rückwärts in den Wagen fallen. Mit Ach und Krach zerrte sie die Jüngste über die Planken ins Innere.

Dorin Silberhaar kam nicht hoch. Obwohl sie mehrfach versuchte, auf das rumpelnde Fuhrwerk aufzuspringen, schaffte sie es nicht. Am Kutschbock redete Janne von Loh sanftmütig auf die Pferde ein. Aber es schien sinnlos, beständig nahmen die Rappen an Fahrt auf, so als wenn die Trense im Maul aus Watte wäre.

„Hilf mir, Karselia!" schrie Dorin wie von Sinnen.

„Gib mir deine Hand! Um Himmels Willen, gib mir deine Hand!" Karselia streckte soweit es ging ihre beiden Arme aus.

„Seid ihr endlich oben?" brüllte Janne von Loh. „Lange kann ich die Pferde nicht mehr halten!"

„Nein! Dorin und Loren fehlen noch. Du musst sie beruhigen", schrie Marcella zurück.

Tiefblaue, angsterfüllte, schon erschöpfte Augen blickten Karselia an. Mit einem Sprung hechtete Dorin nach deren ausgestreckten Händen. Sie schaffte es auch. Doch nun schleifte sie mit beiden Füßen hinter dem Wagen her, und Karselias Arme hielten dem Druck kaum stand. Als Marcella Dorins graue Stoffjacke erwischte, keimte Hoffnung auf.

„Ich kann nicht mehr!" stöhnte Dorin, deren Stimme nahe daran war, den Ton zu verlieren.

„Du musst!" kreischte Marcella. Obwohl sich Dorin Silberhaar abmühte wie noch nie in ihrem Leben, kam sie einfach nicht hoch. Immer wieder rutschte sie mit ihren Füßen an der glatten Bretterwand ab, und das, obwohl Karselia und Marcella letzte Kräfte freimachten. Zu allem Übel hüpfte der Wagen wie ein Springbock auf und nieder, und sehen konnte man kaum mehr die Hand vor Augen. Immer undurchdringlicher wurde der Staub.

„Loren! Nicht! Bleib stehen! – Loreeen!" Janne brüllte sich schier die Seele aus dem Leib, als sie ihre Herrin wieder ins Haus rennen sah.

„Ich muss sie warnen! Das haben sie nicht verdient!" Gleich drei Stufen auf einmal nahm Loren, als sie die Treppe nach oben stürmte. „Wir werden angegriffen! Raus hier!" Nachdem sie die letzte Tür ihrer Mädchen aufgerissen hatte, hastete sie wieder nach unten. Panische Schreie ließen sie aufhorchen. Schon jetzt ahnte sie, dass sie Elgins Stimme nie wieder vernehmen würde.

Draußen dämmerte es bereits. Die Schleier der Nacht wandelten sich in milchiges Grau, nur zwitscherten keine Vögel, und aus dem Kirchturm schlugen blutrote Flammen wie Lanzen in den wolkenverhangenen Himmel. Mittlerweile brannten auch ein Wohnhaus und zwei Scheunen lichterloh, und durch die Gassen dröhnte ein mächtiges Stampfen, einer Flutwelle gleich. Nachdem sich ein zweiter feuerspeiender Drache am Himmel zeigte, stiegen die Rappen, so als wenn sie die gesamte Kraft des Alls in sich aufnähmen. Dann preschten sie los. Janne von Loh, die sich verzweifelt bemühte, die Zügel nicht loszulassen, wurde wie ein Geschoss nach vorne katapultiert. Glühendes Feuer, das hinter ihnen auf die Straße schlug, entfachte ein Flammenmeer. Der Wagen donnerte nach Westen in die nächste Gasse hinein. Janne von Loh sah Schwerter schwingende Skelette über den Marktplatz laufen, und Dorin Silberhaar hatte es immer noch nicht geschafft, ins Wageninnere zu gelangen. Jetzt hing sie wie ein aufsteigender Papierdrachen in der Luft. Ihre Füße berührten kaum mehr den Boden, und der prasselnde Feuerregen näherte sich rasant. Springend jagte der Wagen um eine Ecke.

Karselia konnte Dorin nicht halten, es ging nicht mehr. Sie glitt ihr förmlich durch die Finger. Auf der Straße nahm sie der Drachenodem in

Empfang und schleuderte sie krachend durch eine Bretterwand in eine angrenzende Scheune. Nicht ein Schrei kam über Dorins Lippen.

Auch Lorens Lebensfaden riss. Marcella sah noch, wie ein tintenschwarzes Geschöpf von den Hängenden Trauben herabschoss und sie zu Boden warf. Furchtlos versuchte die blonde Frau freizukommen. Sie stieß ihren Dolch in den Rücken der Kreatur. Doch ständig kamen neue hinzu. Flatternd begruben sie die wild um sich schlagende Frau unter sich, bis nicht einmal mehr deren blonde Haare zu sehen waren. Dann kippte der Wagen.

Mittlerweile hatte Hans Haberkorn die Wassermühle unten am Bach erreicht. Zufrieden gurrten die Tauben, aber im Osten brannte Liebeichen. Unzählige kleine und große Rauchsäulen stiegen in den schwarzen Himmel. Von Zeit zu Zeit schossen scharlachrote Flammen in den Qualm, zerteilten ihn und reicherten ihn mit immer mehr feuriger Glut an. Berstend stürzten nach und nach die Häuser in sich zusammen. Das Grollen der brechenden Mauern war sogar hier an der Wassermühle zu hören. Schlingernd griff die enorme Hitze um sich. Hans meinte, sein Gesicht finge Feuer, und er wusste weder ein noch aus. Vom Eichenbauer, bei dem er die letzten drei Jahre gearbeitet hatte, hätte er möglicherweise einen Rat erhalten. Vermutlich lebte aber sein Geldgeber schon längst nicht mehr. Die Flammen werden sich seiner angenommen haben, dachte Hans. Zu mehr war er nicht fähig. Er befürchtete, den Halt zu verlieren, als wenn sich der Boden zu seinen Füßen in einen Sumpf verwandelte. Er wusste nicht einmal, warum er dem Inferno entkommen war. Weshalb nur? Er hatte sich Zeit seines Lebens auf andere verlassen. Und jetzt? Er war allein. Allein auf sich gestellt. Was sollte er nur tun? Verwirrt setzte er sich am Wehr der Mühle nieder, zog seinen hellbraunen Filzhut vom Kopf und stierte auf den immer schwärzer werdenden Himmel über Liebeichen.

Janne erwachte in einer Scheune inmitten eines großen Heuhaufens. Ihr Kopf dröhnte, aber sonst ging es ihr gut. Entlang des Dachgebälks schlängelte sich beißender Qualm wie eine sich windende Riesenschlange. Die Außenseite der Scheune brannte. Lange würde es nicht mehr dauern, bis sich das Feuer einen Weg nach innen gefressen hatte. Eilends krabbelte Janne zur Kutsche, die zerschmettert wie ein gesprungenes Fass auf der Seite lag. Marcella rührte sich nicht. Es schien, als schliefe sie. Behutsam strich ihr Janne die schwarzen Haare aus dem Gesicht. Eine gewaltige Beule kam auf ihrer Stirn zum Vorschein, aber sonst schien Marcella unverletzt zu sein. Am Hals hielt Janne inne. Sie spürte nach ihrem Puls.

„Marcella!" Sanft rüttelte sie die Sechzehnjährige. Da sich die junge Frau aber nicht rührte, tätschelte Janne ihr abwechselnd links und rechts die Wangen. Während Janne Marcellas Lebensgeister weckte, dachte sie mit Grauen an die Skelette, die sie in den Gassen gesehen hatte. Bei den Göttern, was war nur mit Loren, Mailyn, Cit, Silvana und all den anderen geschehen?

Stöhnend wälzte sich Marcella zur Seite. „Wo bin ich?"

„Still", flüsterte Janne, „wir müssen hier raus. In Kürze brennt die Scheune lichterloh."

Schweiß bildete sich auf Marcellas Stirn, und ihre Blässe glich einem blankpolierten Hühnerei.

„Wo ist Karselia?" fragte Janne ganz aufgelöst. Marcellas Augen drehten sich zum Scheunendach. „Nun sag schon?"

„Ich weiß es nicht!" Die Lippen der jungen Frau zitterten ohne Unterlass. „Sie saß direkt neben mir."

„Ruhig, Marcella! Reg dich nicht auf! Wir schaffen das schon. Sind wir erst im Freien, sind wir so gut wie in Sicherheit."

Von den beiden Rappen fehlte jede Spur, sie hatten die Deichsel aus der Verankerung des Fuhrwerks gerissen und waren mit ihr davongerast.

Karselia Kupfer war tot. Sie lag rücklings im Wagen. Ihr Kopf hing schräg nach hinten, viel zu weit hinten, wie Janne entsetzt feststellte, und ihre Augen, glasig und riesig aufgerissen, starrten ins Nichts. Dennoch schien ein Lächeln auf ihren Lippen zu liegen. Möglicherweise hatte sie den Sensenmann herbeigesehnt. Im Grunde genommen war ihre Seele schon seit langem im Jenseits, der Tod vollstreckte nur noch ihre unerfüllten Träume. Zweifelsohne weilte sie inzwischen bei Ihrem verstorbenen Mann, so wie sie es sich seit vielen Jahren gewünscht hatte. In seinen Armen liegend, den Duft blühender Apfelbäume atmend, genoss sie hoffentlich einen nie enden wollenden Frühling.

„Sie ist tot, Marcella. Wir können nichts mehr für sie tun." Tränen flossen über ihr Gesicht.

„Werden wir auch sterben?" flüsterte die Sechzehnjährige mit belegter Stimme.

„Nein, natürlich nicht! Halt dich einfach an mich! Wir schaffen es schon!"

Marcella war sterbenselend zumute. Janne dagegen strahlte sie an, als wenn ein herrlicher Sommertag seinen Anfang nähme. Janne sah nie Probleme, Janne war sowieso ganz anders, alles was Janne tat, lebte sie mit völliger Hingabe. Janne, die Schlanke, Janne, die Blonde, deren himmelblaue Augen wie Glockenblumen leuchteten. Aus Ammweihen käme sie, wurde gemunkelt, und adlig sei sie. Mehr wusste man nicht, und Janne von Loh sprach nie über ihr früheres Leben, mit keinem, auch nicht mit Loren.

Auf allen Vieren krochen die beiden Frauen zum rückwärtigen Teil der Scheune. Janne voraus. Dort schlug zwar das Feuer schon durch die Wand, aber Janne entdeckte eine Tür, die ins Freie führte. Je mehr beißender Qualm sich von der Decke senkte, desto tiefer drückten sie sich auf den Boden. Knisternd schlängelten sich erste goldgelbe Flammen durch die Ritzen der Wände nach innen. Mit einem Fußtritt öffnete Janne die brennende Tür.

„Marcella, gib mir deine Hand!"

„Wohin willst du?" schluchzte die junge Frau gequält.

„Wir laufen durch den Garten, dort an den Birnbäumen entlang und auf der gegenüberliegenden Seite die Wiese empor. Wenn wir den Eichelberg oben am Grat erreichen, sind wir fürs Erste gerettet."

Marcellas Stimme versagte. Ihre Zunge lag weich wie ein Schwamm im Mund, und ihr Hals glich einem verschlungenen Steinwall. Sie nickte nur. Als Janne sie an der Hand nahm und ins Freie sprang, wusste sie, dass ihr Leben an einem seidenen Faden hing, der jederzeit zu reißen drohte.

Mittlerweile hatte Hans Haberkorn beschlossen, Birkenhain aufzusuchen. Er dachte daran, bei den Bauern des Nordens, in den Marschen und Auen, wieder Arbeit zu finden. Sein Nahziel war jedoch die Uth. Vielleicht konnte ihm Helm einen Rat geben. Übernachten, das wusste er, konnte er bei dem ehemaligen Kommandeur auf jeden Fall. Nachdem Hans eine trockene Scheibe Brot und ein wenig Käse gegessen hatte, fiel sein Blick auf die aschgrauen Tauben. Graf Jirko von Daelin hatte sie ihm anlässlich des vor kurzem stattgefundenen Eichenfestes anvertraut, um sie bei umwälzenden Änderungen jedweder Art fliegen zu lassen. Nach anfänglichem Zögern meinte Hans, dass der Zeitpunkt wohl gekommen sei. Liebeichen brannte. Überlebende sah er keine. Schrecklicheres konnte es nicht geben. Nur, was sollte er dem Grafen schreiben – noch dazu schreiben! Er konnte lediglich seinen Namen zu Papier bringen, und er wusste doch nichts! Nicht einmal die Angreifer kannte er! Die Tauben wussten es, da war sich Hans ganz sicher. Wenn ihm wenigstens eine Idee käme! Urplötzlich erhellte sich sein Gesicht.

Binnen kurzem ließ er erst die eine, kurz darauf auch eine zweite Taube fliegen. Mit raschem Flügelschlag überquerten die beiden grazilen Gleiter eine Weißtanne, deren Äste im Licht der aufgehenden Sonne goldgelb leuchteten. Geschwind entflogen sie seinem Blick. Im guten Glauben, das Richtige getan zu haben, schulterte Hans den Weidenkorb mit den verbliebenen gurrenden Vögeln und machte sich auf den Weg zu Helm von der Uth. Nachdem er den ersten Hügel erklommen hatte, blickte er ein letztes Mal zurück. Immer noch tobten die Flammen, und immer noch stiegen Asche und Ruß in den beängstigend rabenschwarzen Himmel. Mit einem tiefen Seufzer in seiner Brust kehrte Hans Haberkorn Liebeichen den Rücken zu. Ein Wiehern ließ ihn aufhorchen.

Kapitel 1

Zum Rauschenden Kater

Peitschend jagte der beißende Fallwind winzigste Eiskristalle im Viervierteltakt vor sich her. Schon seit zwei Wochen folgte er den Auserwählten wie ein Schattensklave. Er wirbelte ihre Haare durcheinander, zupfte an ihren Kleidern und piesackte sie auf der nackten Haut. Mindestens einmal pro Tag hatte er feuchte Fracht im Gepäck, die er als Freudentränen meist geradewegs über ihnen entlud. In den letzten Nächten hatte er seine Begleiter Frost und Schnee gesandt. Die beiden verzauberten die öde Steinlandschaft in ein Himmelreich aus glitzernden und funkelnden Kristallen. Im Laufe des Tages leckten dann vereinzelte Sonnenstrahlen an dem dargebotenen Weiß. Von Untoten wurden sie nicht mehr behelligt. Nicht eine Spur, nicht ein Späher, nicht ein Überfall, so als wenn das Geschehene ein Traum der Mystik gewesen wäre.

Smalon konnte den Temperaturen nichts Positives abgewinnen. Mit Grauen dachte er an die langen, trostlosen und ungemütlich kalten Winterabende. Vor allem machte ihm ein Gedanke zu schaffen: Würde sein Pony in den extrem grimmigen Nächten der Grünmark frieren? Ihn schützte doch nur ein kurzhaariges Sommerfell. Am liebsten hätte er den Rotfuchs unter seine Schlafdecke gezogen, damit er warm und mollig läge. Noch mehr als der Halbling litt Krishandriel, der seit der Schlacht am Klingenberg, so nannten sie das Hochplateau seit einigen Tagen, kein Sonnenbad mehr genießen konnte und zur Freude Hoskorasts seine dicken, dunkelgrünen, von Farana gestrickten Strumpfhosen trug. Obwohl seine Verletzung nicht lebensbedrohend gewesen war und ihn der Kleriker täglich behandelte, setzten ihm die Nachwehen gehörig zu. Nach zwei Stunden Marschzeit erwachte ein Specht in seiner Leiste, der bis zur Schlafenszeit ohne Unterlass hämmerte. Ein Fieberschub gab ihm dann den Rest.

Auch Mangalas fror erbärmlich. Er konnte Saskard kaum glauben, dass in schneereichen Wintern ganze Hütten unter den sanften Flocken begraben wurden, bis nur noch die Schornsteine ins Freie lugten. Selbst das Eis der Bergseen sollte vor Kälte blau anlaufen. Saskard schien die Temperaturen kaum zu spüren. An den ersten drei Tagen nach der Schlacht kroch er jedoch mit Vorliebe ganz nah ans knisternde Feuer. Nur noch eine verkrustete Narbe zierte seinen behaarten Rücken. Zwei Dinge bereiteten Saskard dennoch Kopfzerbrechen. Zum einen dachte er unentwegt an seine geliebte

Ysilla, und zum anderen lag ihm das Goldbuchental näher am Herzen, als er es je für möglich gehalten hätte.

Wunder geschehen nur selten. Trotzdem gibt es sie hin und wieder, und dass Janos Alanor noch lebte, überstieg jedes Vorstellungsvermögen. Eigenartigerweise ging es ihm sogar besser als dem Elfen. Dennoch hatte er sich verändert. Auf ihrem Marsch nach Sumpfwasser lauschte er nun stundenlang dem Wind, so als wenn er geheime Botschaften flüsternd zugetragen bekäme. Auch an den Abenden gab er sich nur noch sehr selten seinem heimlichen Liebchen, den Gesprächen, hin. Viel mehr Freude bereitete es ihm, aus Wurzeln und Ästen die skurrilsten Formen und Gebilde zu schnitzen. Vor und nach den Mahlzeiten übte er eisern, beinahe besessen mit seinen Degen, fühlte allgegenwärtig nach der Magie der gekreuzten Äxte, lehrte Smalon das Reiten und las sogar mit ihm zusammen Kapitel für Kapitel seines Buches. Aber das Unglaublichste von allem musste einer fernen Seele entsprungen sein. Wie sollte es sonst erklärbar sein, dass er zeitweise Wörter aus einer ihm fremden Sprache verwendete? Sein harter Eiracher Dialekt wurde dann von weichen, melodischen Vokalen abgelöst, die weder in der Grünmark noch in Enaken ihren Ursprung hatten. Mangalas munkelte von einem elfischen Dialekt, den er meinte den Grauen aus Ammweihen zuordnen zu können. Dem widersprach Krishandriel aufs Heftigste. Aber auch er hatte keinen blassen Schimmer, wenngleich er die Hyänenreiter aus Larxis favorisierte. So grübelte Janos Nacht für Nacht, ohne die Stimmen ihrem Ursprung zuordnen zu können, und dies, obwohl er verschiedenartigste Sprachen erlernt hatte und unzählige Dialekte imitieren konnte. Er hatte sich aber fest vorgenommen, in Sumpfwasser die Bibliothek aufzusuchen, um dort den Wissenden seine Fragen zu stellen.

Die vorbildliche Pflege des Klerikers hatte auch Hoskorast wieder auf die Beine gebracht. Seine ungewöhnliche Blässe schockierte Krishandriel zwar jeden Tag aufs Neue, doch sein spöttisches Provozieren brachte Hoskorast nicht aus der Reserve. Aber die beiden impertinenten, dreisten, ja kaltblütigen Elfenfrauen Iselind und Viowen, die ihm den verhexten Trank geschenkt hatten, verfluchte er tagtäglich mehrere Male. Krishandriel, der sich aus familiären Gründen mitschuldig fühlte, konnte Hoskorast wie kein Zweiter verstehen, und so ließ er die Schimpftiraden wie einen Wasserfall auf sich herniederprasseln. Nach drei Tagen ständigen Nörgelns, bis hin zu massiven Beleidigungen seiner Mutter und seiner Freundin, wurde es ihm zu bunt. Zwei Vorwarnungen gab er Hoskorast noch, dann packte er die Lästerzunge und tauchte ihn kopfüber in einen eiskalten Gebirgssee. Hinterher stauchte er den nach wie vor Gift und Galle Spuckenden so zusammen, dass dieser am liebsten die Gruppe verlassen hätte. Nur Elgins diplomatischer Schlichtungsaktion, die sich über drei Tage und drei Nächte hinzog, verdankten alle, dass sich die Streithähne wieder die Hände reichten. Zwar maulte Hoskorast nach wie vor, aber nur noch außerhalb Krishandriels Hörweite. Die Krone setzte Hoskorast dem Ganzen allerdings auf, als er für seinen verlorengegangenen Helm bei der Schlacht am Klingenberg eine finanzielle Umlage forderte. Wiederum bewirkte der Kleriker, dass der Zwerg von seiner Idee Abstand nahm – wenngleich nur zögerlich. Die Einzigen, die das Schauspiel genossen, waren Mangalas und Smalon. Meist kicherten sie noch nachts unter ihren Decken, wenn Hoskorast mit sich selbst sprechend einen Plan entwarf, wie er den Verlust erträglicher gestalten konnte. Nach einer Woche des Wehklagens versprach Krishandriel dem Zwerg, sämtliche anfallenden Kosten in der nächsten Schenke, in der sie nächtigen würden, zu übernehmen. Augenblicklich verstummte Hoskorasts ständiges Wehklagen, und er pries den Elfen über den grünen Klee.

Nun standen sie ausgekühlt und verfroren vor einem Gasthaus in den Ausläufern der Kantara. Bärbeißig riss der Wind an einem verwitterten Holzschild, das an zwei rostigen Eisenketten im Takt der Böen quietschte. In grauschwarz zerfurchten Buchstaben stand dort zu lesen:

Zum Rauschenden Kater

„Ich mag keine Katzen!" maulte Smalon. „Aber ein warmes Zimmer wäre zu schön, um wahr zu sein."

„Mir gefällt die Kaschemme auch nicht. Sieht nicht einladend aus."

„Was passt dir schon wieder nicht, Mangalas?" erwiderte Krishandriel ungewöhnlich gereizt.

„Man wird doch wohl noch sagen dürfen, dass die Kneipe nicht einladend aussieht!"

„Ein Bierchen wäre nicht schlecht. Meine Kehle kennt den Geschmack nur noch vom Hörensagen." Wehmütig schwelgte der Kleriker in Erinnerungen.

„Meint ihr, ich übernachte im Freien? In einer Stunde wird es dunkel. Das ist der erste Gasthof seit drei Wochen. Was wollt ihr mehr? Schlechter als unter dem Sternenzelt werden wir kaum schlafen. Ich werde ausgiebig baden, dann eine knusprige Wildschweinkeule genießen und in einem warmen Zimmer unter eine kuschelige Decke kriechen."

„Du isst Fleisch, Krisha?"

„Ich verstehe es auch nicht, Smalon. Aber heute habe ich richtig Appetit auf einen warmen Braten."

„Ich hoffe, du hast ausreichend Goldmünzen in der Tasche stecken, um auch mich zu verköstigen. Du hast es schließlich versprochen!"

„Allerliebster Hoskorast. Ich kann nicht vergessen, dass ich dich eingeladen habe. Du erinnerst mich ja tagtäglich mehrere Male daran."

„Die haben sogar eine Pferdekoppel!" Auf einem ans Haupthaus angrenzenden Pferch standen zwei mannshohe Braune und zwei gescheckte kleinere Falben, die genüsslich aus einer großen Raufe Heu zogen. „Schnuppi wird sich wohlfühlen."

„Ja, wir wissen schon, dass Schnuppi mehr zu sich nimmt als du! Nimm dir ein Beispiel an deinem Rotfuchs. Ich sag's zwar ungern, aber ich sag's: Du hast nun mal keine Reserven!" zog der Magier den Halbling auf.

„Nicht schon wieder die alte Leier. Wie soll ich was abbekommen, wenn du neben mir am Tisch sitzt?" verteidigte sich Smalon.

„Wenn wir nicht endlich reingehen, erfriere ich noch!" jammerte Krishandriel entsetzlich zitternd.

„So ein Bierchen – hähä – lasst uns Gott Kanthor für diese sehnlichst erwünschte Unterkunft danken."

„Mir missfällt der Rauschende Kater."

„Papperlapapp, Janos." Grinsend klopfte Hoskorast Janos auf die Schulter.

Dann stürmten sie hinein. Vorne weg Smalon und gleich dahinter Elgin Hellfeuer. So blieb auch Janos nichts weiter übrig, als resigniert die Hände über dem Kopf zusammenzuschlagen und den anderen nachzulaufen.

Smalon rannte durch einen langen, ganz mit Fichtenholz verkleideten Korridor. Im Inneren sah es rundweg penibel reinlich aus. Kein Krümel Staub oder Schmutz waren am Boden zu sehen. Vermutlich hatten sie das Revier einer Putzfee betreten. Am Ende des Ganges öffnete sich der Weg zu einem geräumigen Flur. Geradezu verführerisch wurde der Halbling von werkelnden Geräuschen aus einer angrenzenden Kammer angelockt. Flugs lugte er hinein. Jede Menge blankpolierte Tiegel und Töpfe unterschiedlichster Form und Größe strahlten ihm entgegen. An einem Fleischerhaken hingen drei abgezogene Kaninchen, und auf einem Schlachtertisch lag tatsächlich ein frisch erlegtes Wildschwein, das ein kleiner Mann mit schütterem gelbem Weizenhaar aufbrach.

„Da liegt ja die Sau! Vielleicht sollte ich sie auch probieren?" Erschreckt zuckte der Mann zusammen. Doch bevor er den Eindringling zurechtweisen konnte, plapperte Smalon schon los: „Gibt's heute Abend Wildschweinbraten?"

„Ja! Aber was macht Ihr in meiner Küche?" Der circa Sechzigjährige hatte eine schneeweiße Schürze umgebunden, die seinen beleibten Bauch nur zur Hälfte bedeckte.

„Ich ... nun ... meine Freunde ... wir suchen eine Bleibe für heute Nacht." Smalon konnte sich kaum konzentrieren. Der Raum glitzerte und glänzte, als wenn er durch einen Zauber auf Hochglanz gebracht worden wäre. Eine Fügung des Schicksals, fuhr es ihm durch den Kopf.

„Nun, da habt Ihr aber Glück. Erst heute Morgen wurden drei Zimmer frei. Lasst Ihr die Schublade ... meine Schranktür! Untersteht Euch!"

Welche Schranktür? dachte Smalon.

„Das sind meine besten Messer! Hände weg!"

„Honig, lecker!"

„Rausssss hiieerrr!"

Schneller als man es dem beleibten Mann zugetraut hätte, packte er den Halbling und schob ihn aus der Küche.

„He, he! Heee! Wohl wahnsinnig geworden, wie? Ihr spinnt wohl! Ihr könnt mich doch nicht ..."

„Doch, ich kann!"

„Was ist denn hier los?" Krishandriel, der durch den Lärm angelockt wurde, ahnte Schlimmes. „Gibt's ein Problem, mein Herr?"

„Gehört der zu Euch?"

„Irgendwie schon."

„Der gute Meister braucht einen Gehilfen. Ich hab mich direkt angeboten, aber wenn er nicht will ..."

„Der bringt mir alles durcheinander!"

„Ichhh?" Smalon war entsetzt.

Ein kurzer Blick Krishandriels genügte, um vier sperrangelweit geöffnete Schranktüren, sechs herausgezogene Schubladen, sieben aufgeschraubte Dosen, mit Gewürzen und Konfitüren gefüllt, und wenigstens ein Dutzend Filetiermesser kreuz und quer auf der Anrichte verteilt liegen zu sehen. Außerdem schleckte sich der Halbling gerade noch die Finger ab.

„Smalon!"

„Ja, ja, ja! Wollte dem guten Mann doch nur zur Hand gehen, damit du rechtzeitig deinen Wildschweinbraten bekommst."

Händeringend schob der Beleibte die Eindringlinge aus seiner Küche und verschloss die Tür hinter sich.

„Ich bin Zirs Dämmerling, der Hausherr. Ihr braucht ein Zimmer. Besser zwei oder drei?" Erstaunt blickte er von dem Elfen zu den Zwergen und dann wieder zum Halbling, den er vorsichtshalber nicht aus den Augen ließ. „Ich hatte noch nie die Ehre, Zwerge und Elfen in meinem Haus zu bewirten. Hereinspaziert, meine Herren!"

„Und einen Halbling?"

„Auch nicht! Aber ich bin auch nicht mehr darauf aus. Mir war zwar schon zu Ohren gekommen, dass eine Halblingsbande großes Unglück heraufbeschwören kann, aber doch nicht einer allein!" Erschöpft tupfte er sich mit einem rotblau karierten Tuch die Schweißperlen von der Stirn.

„Ich möchte ein Zimmer mit Ausblick auf die Pferdekoppel", fing Smalon wieder zu reden an.

„Bitte!?" Der Hausherr kratzte sich verlegen hinterm Ohr.

„Kann ich den Schlüssel haben?"

„Nein!" Noch während Zirs Dämmerling seine Gedanken zu ordnen versuchte, sprach ihn der Blonde an.

„Kann ich bei Ihnen baden?"

„Baden!?"

„Ja. Ein Holzbottich mit heißem Wasser gefüllt würde schon reichen."

„Herr Wirt! Bis die anderen wissen was sie wollen, könnt Ihr mir doch ein Bierchen einschöpfen." Lässig lehnte sich Elgin Hellfeuer auf das Pult am Empfang, und von hinten rief ihn ein Dicker: „Sagt, Herr Dämmerling, wie legt Ihr die Sau ein?"

„Gewöhnlicherweise gebe ich Sellerie, Karotten, Zwiebeln, Thymian, Pfeffer, Lorbeerblätter und Nelken in einen Tontopf. Dann gieße ich ein Fläschchen Liebeichener Bluttropfen über die Zutaten und lass das Ganze drei Tage ziehen. Ein Gedicht sage ich Euch – ein Gedicht."

„Gebt Ihr kein Schweineblut hinzu?" horchte ihn Mangalas weiter aus.

„Doch – natürlich! Hatte ich ganz vergessen."

„Bei dem Gedanken an den Braten läuft mir das Wasser im Munde zusammen." Genießerisch ließ Mangalas seine Zunge über die Lippen gleiten.

„Die Zimmer, Herr Dämmerling, die Zimmer!" Saskard wurde ganz kribbelig.

„Ach ja, natürlich! Wir haben fünf Zimmer. Drei im ersten und zwei im zweiten Stock. Die im zweiten Stock sind allerdings belegt. Vielleicht sollte der Graubart ein Einzelzimmer nehmen."

„Wer ist hier alt?" Mit hochrotem Kopf beugte sich der Priester über das Pult.

„Niemand. Wie war doch gleich der Name?"

„Hellfeuer! Das ist der neueste Schrei aus Eirach. Wisst Ihr nicht, dass dort die Männer ihr Haar grau gefärbt tragen?"

„Hört, hört", winselte der Wirt.

„Das ist mir noch nicht zu Ohren gekommen! Sollte ich was verpasst haben?" Ein giftiger Blick des Klerikers ließ Janos keineswegs verstummen. „Eirach! Tja, ja, wie sich die Zeiten so ändern." Glücklicherweise stieß niemand wie üblich in die gleiche Kerbe, wenngleich der Blondschopf nur darauf wartete, von irgendeiner Seite Unterstützung zu bekommen.

„Wer übernachtet noch bei Euch?" wollte Krishandriel wissen. Skeptisch sondierte der Elf die Lage, so als würden ihn Ahnungen beschleichen, die mit Logik nicht zu begründen waren.

„Äh ... wie? ... ja! Frau Mira Lockenrot, die Wirtin vom Keifenden Keiler, und ihr vierjähriger Sohn quartieren sich von Zeit zu Zeit bei uns ein, ebenso wie die Stadtgardisten, die jahrein, jahraus die Allee von Sumpfwasser entlang patrouillieren. Aber wieso interessiert Ihr Euch dafür, Herr Elf?"

„Reine Gewohnheit?"

„Spinnst du, Krisha? Denkt Euch nichts dabei, Herr Dämmerling. Er leidet unter der merkwürdigen, ja seltenen Krankheit Sonnentermitis." Smalon grinste erst den Elf, dann den Hausherrn an.

„Ist das ansteckend?" Irritiert trat der Wirt einen Schritt zurück.

„Nein, keine Sorge! Wir haben sie ja auch nicht."

„Smalon!"

„Sonnentermitis ist echt gut", kicherte der Magier.

„Ihr habt meine Neugier geweckt, Herr Wirt", rief Janos. „Ihr erwähntet eine Straße?"

„Ja, genau. Wenn ihr eine halbe Stunde Richtung Norden an unseren Feldern und Auen entlangmarschiert, kommt ihr auf eine gepflasterte Straße, die entlang des Flusses Raun nach Sumpfwasser führt."

„Die Zimmer, Herr Wirt!" Saskard strich sich nervös über die wenigen verbliebenen Kopfhaare.

„Wo war ich stehengeblieben?"

„Im zweiten Stock!" antwortete Saskard sogleich.

„Hier, nehmt die Schlüssel. Ein Zimmer hat drei Betten, die beiden anderen haben jeweils zwei, also wie für euch geschaffen. Eine Übernachtung,

Frühstück mit inbegriffen, kostet eine Goldmünze. Die ersten drei Getränke sind im Preis inbegriffen, jedes weitere kostet fünf Kupfergroschen." Zirs Dämmerling holte Luft. „Pro Pferd, die könnt ihr auf die Koppel stellen, bekomme ich nochmals zwei Silberlinge. Auf der Koppel befindet sich auch ein Brunnen mit frischem Quellwasser, dort könnt ihr euch waschen. Ach ja, beinahe hätte ich es vergessen. In jedem Raum gibt es einen Kamin mit Feuerholz, schürt ihr an, sind das nochmals fünf Kupfergroschen pro Nacht."

Einstweilen schien alles geklärt zu sein, obwohl Hoskorast hier unter keinen Umständen übernachtet hätte, vermutlich nicht einmal im Stall, aber unter solch glücklichen Umständen schluckte er die Proteste, die seine Zunge aufs Äußerste strapaziert hatten, schon mal hinunter.

Blitzartig rannte Smalon die Treppe nach oben, um die Zimmer zu besichtigen. Schon im ersten Raum wurde er fündig. Ein rotbrauner Schrank aus Lärchenholz, zwei frischbezogene weiße Federbetten, der blankgewienerte Holzboden, sauber geputzte, glänzende Scheiben, nicht ganz dicht, aber dennoch gut erhalten, all dies deutete schon sehr auf eine Hausfee hin. Und das Beste von allem: Smalon hatte einen Blick auf die Pferdekoppel. Nur die Raufe, die direkt unter einem Vorbau stand, konnte er nicht sehen.

„Komm rein, Krisha!"

„Ah, Südseite! Ausgezeichnet! Ich bleibe bei Smalon", rief er in den Korridor zurück.

„Krisha, schürst du an? Ich hab die Kälte satt."

„Ganz wie es dem Herrn beliebt. Möchtet Ihr noch eine Mohnschnitte zum Tee genießen oder liebäugelt Ihr eher mit Schokoladenplätzchen?"

„Du brauchst nicht so selbstgefällig daherzuschwätzen, ich entlade die Pferde und bring unser Gepäck hoch", ereiferte sich Smalon.

„Krishandriel, der Diener. Mal was Neues! – Wenn nur das verflixte Feuer in meinem Körper endlich verglimmen würde. Selbst Janos geht es inzwischen besser."

Das Gejammer des Elfen hörte sich Smalon nicht länger an. Mit einem Rums knallte er die Tür zu, setzte sich auf das polierte Treppengeländer und rutschte direkt vor den Augen Thea Dämmerlings nach unten. Die eilte soeben in den Keller, um für Elgin Hellfeuer zwei Krüge frisch gepressten Apfelwein zu holen.

„Wohl wahnsinnig geworden, junger Mann! Könnt Ihr nicht wie jeder zivilisierte Gast die Treppe benutzen?" Eine stämmige, gelockte, hochrot wütende Grauhaarige, die eine blaue, mit Zwetschgen bemusterte Schürze umgebunden hatte, wollte sich den Halbling zur Brust nehmen.

„Die Treppe verwenden ältere, gesittete und anständige Leute. Kinder und Halblinge nehmen das Geländer."

Als die übertölpelte, ordnungsliebende Hausfrau die Antwort endlich verdaut hatte, schlüpfte Smalon bereits ins Freie.

„Ja, potztausend! Stehen bleiben, sage ich, ja hört der denn nicht. Na warte, Bürschchen, du wirst die alte Thea schon noch kennenlernen."

Dann trabte sie in das Untergeschoss, um den Wein zu holen.

Erschrocken zuckten die Pferde zusammen, als der Halbling urplötzlich aus der Tür geschossen kam. Sie beruhigten sich allerdings ebenso schnell wieder, nachdem sie ihn erkannt hatten. Verstimmt registrierte Smalon, dass die hungrigen Mäuler immer noch ohne Fressen unter dem Vordach standen. Das gefiel ihm überhaupt nicht. Hätte sich nicht Janos, der soeben zur Tür herauskam, reumütig entschuldigt, wären ihre Rucksäcke in den Ausläufern der Kantara verschwunden. Denn einen Denkzettel hätte er ihnen auf jeden Fall verpasst. Immer noch verärgert, führte Smalon die Vierbeiner auf die Koppel und ließ sie dort laufen. Ohne Umschweife trabten die drei Pferde zur Heuraufe. Smalon, der erbärmlich fror, ließ es sich jedoch nicht nehmen, die Tiere noch eine Weile zu beobachten. Schließlich interessierte es ihn schon, ob sich das Pony auch mit größeren Artgenossen verstand. Glücklicherweise gab es an der weit verzweigten Futterkrippe keine Revierkämpfe. Während Smalon seinen Gedanken nachhing, tauchten Krishandriel und Mangalas auf, die sich am Brunnen zitternd entkleideten.

„Ich dachte, du wolltest unser Gepäck holen?"

„Du bist immer so kleinlich, Krisha. Ich mach's ja noch! – Wollt ihr euch tatsächlich hier in der Kälte waschen?"

„Ich bin hart! Eisenhart! Härter als Stahl!" Der Magier spritzte herum, als wenn ein Schwall Wasser gerade recht käme, um sich nach einem heißen Sommertag vergnügt abzukühlen.

„Oh, Mangalas! Du hast sie doch nicht alle." Smalon befürchtete, dass das Gehirn des Magiers durch die Kälte der letzten Tage wohl doch eingefroren sei. Anders konnte er dessen befremdliches Herumhüpfen nicht deuten.

Eine halbe Stunde später lag Smalon, der sich, angetrieben durch den närrischen Zauberer, ebenfalls gewaschen hatte, fröstelnd im Bett und wärmte seine ausgekühlten Glieder vor dem angenehm prasselnden Kaminfeuer. Zufrieden beobachtete er die feinen Kristallsternchen, die sich wie

Puderzucker auf Pfannkuchenteig an der Scheibe festsetzten. Es schneite. Von Zeit zu Zeit legte Krishandriel ein Scheit Kiefernholz nach, das funkensprühend unter der Hitze aufjohlte. Sie alle warteten nur auf Thea Dämmerlings Ruf, der die Gäste des Rauschenden Katers in Sekunden auf Trab bringen würde. Schon jetzt kroch der Duft des Wildschweinbratens über die Treppe in jede Ecke des Hauses. Und dann war es soweit.

„Ihr habt doch hoffentlich nicht Theas Ruf überhört! Das Wildschwein wartet auf uns. Also trödelt nicht wieder. Ich habe riesigen Hunger." Dann knallte Mangalas die Tür auch schon wieder zu. Rasch entfernten sich seine Schritte. Nur das herzzerreißende Quietschen der Treppenbretter hallte mitleiderregend durch den Korridor.

„Steh schon auf, Smalon, bevor Mangalas komplett durchdreht!"

„Ich bin sooo erledigt!" Jammernd krabbelte der Halbling unter der warmen Decke hervor. Nur seine Befürchtung, womöglich Aufregendes zu verpassen, siegte über die bleierne Müdigkeit.

Draußen vor der Tür begegneten sie Hoskorast, der sich mit Elgin ein Zimmer rechts von ihnen, nach Osten hin, teilte. Saskard und Janos, die den Raum zur Wegseite belegten, hatten die uneingeschränkte Anteilnahme aller: Sie durften aus nächster Nähe Mangalas' Trompetengeräuschen lauschen.

Beim Abendessen saßen sie vereint an einem ovalen Eichentisch direkt vor dem blaugrauen Kachelofen, an dem sich Mangalas und Smalon genießerisch den Rücken wärmten. Als Thea zwei dampfende Schüsseln Wildschweinragout, dazu einen goldgelb gerösteten Kartoffelberg und, ausdrücklich für Smalon, der sich bei der Hausherrin für seine Rutschtour entschuldigt hatte, ein Schälchen Preiselbeeren brachte, stürzten sie sich auf die vorzüglichen Speisen. Wie Mangalas schlugen auch die Zwerge gewaltig zu. Besonders Hoskorast, der Krishandriel mehrmals dankend zunickte, aß für zwei. Nach einer Stunde hatten sie die beiden Schüsseln, inklusive eines Zuschlags, geleert. Mangalas hatte sogar noch mit einer Weißbrotscheibe die vortreffliche Soße aufgetunkt, so glänzten die Schüsseln wie frisch gespült. Auf den Ruf von Thea „Noch eine Portion gefällig?" winkten alle ab, obwohl Hoskorast gerne noch weitergegessen hätte, aber er brachte einfach nichts mehr in seinen Bauch hinein. Elgin, der die Kochkünste der Wirtin gebührend gepriesen hatte, durfte sich nach dem Essen über einen selbstgebrannten Pflaumenschnaps feinster Qualität freuen.

Nachdem Krishandriel seinen zweiten Krug Apfelsaft bekommen hatte, sah er sich im Gastraum um. Direkt am Eingang saßen zwei glattrasierte

Männer, die sich einem Würfelspiel und frisch gezapften Bieren widmeten. Ständig musste Zirs Dämmerling die Tonkrüge nachfüllen. „Lass mal die Luft raus", sagte der eine immer wieder. Gewiss gehören ihnen die Braunen auf der Koppel, dachte Krishandriel. Auch die silberbeschlagenen Schwertscheiden, die über einer Stuhllehne hingen, passten wie die Faust aufs Auge dazu. Wenn sich die Männer unbeobachtet fühlten, tuschelten sie miteinander, schielten verstohlen zu ihnen herüber, störten ihre Runde jedoch nicht. Am Nebentisch saß mit dem Rücken zu ihnen Mira Lockenrot. Ihr schulterlanges, zinnoberrotes Haar leuchtete wie flammendes Feuer. Zu gern hätte Krishandriel einen Blick auf das Antlitz der Menschenfrau geworfen, aber die hatte nur Augen für ihren Spross. Das ärgerte ihn. Er fühlte regelrecht, wie der Nagel des gekränkten Stolzes an ihm kratzte. Wieso musste ihn die Frau, wie hässlich sie auch sein mochte, gänzlich übersehen? Nach einer Stunde – Krishandriels Nerven lagen beinahe blank – verabschiedete sich Mira Lockenrot von Thea und wünschte allseits eine gute Nacht. Ihr liebreizendes, lausbübisches Gesicht mit den smaragdgrünen Kulleraugen strahlte verführerisch, aber als Krishandriel ihr pralles Hinterteil begutachtete, das einer Kaltblutstute Ehre gemacht hätte, war er nahe daran, sich einen Gehörnten Doppelaffen hinter die Binde zu gießen. Glücklicherweise kam die Holde nicht mehr zurück.

Smalon, der genießerisch zwei Schoppen Wein getrunken hatte und schmauchend seine Pfeife mit Goldberger Turanaogrün paffte, wurde schlagartig müde. Zwei Engelchen schienen an seinen Wimpern zu hängen, die ihn mit Macht ins Land der Träume zogen. „Ich gehe ins Bett! Bin müde."

„Du machst schon schlapp, Smalon? Ich bleibe noch! Krisha hält mich heute Abend aus! Jawohl!" Hoskorast lachte und hob den Bierkrug in die Höhe.

„Ich gehe mit, Smalon. Ich will mich endlich einmal richtig ausschlafen."

„Wie, Krisha? Du gehst auch schon?" fragte Janos entgeistert, der den Elfen so nicht kannte. Meist schlüpfte Krishandriel als Letzter unter die Decke.

„In mir schwelt noch immer die Glut des Feuers."

„Prost, Krisha! Prost, Elgin! Auf alle!" Hoskorast, den die Krallen des Katers gepackt hatten, schüttete ein Bier nach dem anderen in sich hinein. Aufopfernd bemühte sich auch der Kleriker, mit dem Zwerg Schritt zu halten. Sogar Saskard ließ sich mittlerweile die dritte Flasche Liebeichener

Bluttropfen bringen, nur Janos hielt sich zurück, obwohl er von jedem Getränk kostete, das Zirs aus seinem Keller brachte. Mittlerweile glühte Mangalas' Kopf, der sich ebenso wie Saskard dem Rotwein verschrieben hatte, wie die dickbauchigen, lodernden Kerzen auf den Tischen.

Erschöpft legte Krishandriel noch zwei Holzscheite auf die heruntergebrannte Glut, dann kroch er unter die luftig frische, mit Gänsefedern gefüllte Decke. Smalon stand am Fenster, um seinem Pony eine gute Nacht zu wünschen. Leider sah er den Gefräßigen nicht, der ohne Zweifel direkt neben der Futterkrippe stand und ein Bündel Heu nach dem anderen in sein Maul stopfte. Schneeflocken hatten die Landschaft in ein weiß glitzerndes Meer verwandelt, das die hell leuchtenden Sterne tausendfach reflektierte. Nur der Mond zeigte sich nicht. Die Schrakierzeit ist angebrochen, hatte Saskard beim Abendessen gesagt. Die Geister der Toten wandeln nun wieder an der Grenze zum Leben, suchen händeringend nach den Irdenen, um wieder zurückzukehren. Leider konnte Smalon Saskards Gedankenwelt nicht nachvollziehen. Seine Mutter, die für die alltäglichen Dinge des Lebens meist auf uralte Halblingsweisheiten zurückgegriffen hatte, pflegte zu sagen: „Wenn der Vollmond scheint hell auf den Wegen, dann kommt die Zeit für reichlich Kindersegen." Dies stand nun im Widerspruch zu Saskards Philosophie. Vielleicht gab es aber auch Parallelen? Nur welche? Über der bizarren Betrachtungsweise brütend, nickte er ein.

Krishandriel rannte und rannte, immer verfolgt von der stämmigen Rothaarigen, die nichts als ein kurzes, durchsichtiges Nachtgewand trug. Seidenweiß glänzten Mira Lockenrots dralle Oberschenkel im Licht der Sterne. Krishandriel hastete durch einen Eichenwald voller Vögel und Blumen, doch gab es keine Verstecke, und das Schlimmste von allem: Das kraftstrotzende Weib kam näher und näher. Unglücklicherweise blieb er an einer Wurzel hängen, stolperte und fiel in ein Blütenmeer aus blauen Waldveilchen. Kaum wollte er weiter, thronte Mira, lustvoll stöhnend wie eine Löwin, ihre Beute fest im Griff, über ihm. Nicht einen Zoll konnte er sich bewegen, er war wie gelähmt. Als ihre rubinroten Locken seine Wangen kitzelten, feuchtnass glänzende Lippen sich seinem Mund näherten und ihn eine kosende Zunge zum Spiel des Lebens aufforderte, schloss er verzweifelt die Augen.

„Stell dich nicht so an! Du küsst mich doch nicht das erste Mal."

Zaghaft schielte er nach oben. Auf ihm saß Iselind. Die schwarzhaarige Elfin trug einen engangliegenden, dunkelgrünen Rock, der auf beiden Seiten bis zur Hüfte geschlitzt war. Das Gewand verhüllte nur zum Teil ihre ellenlangen Beine. Ihre Brust, ebenso spärlich bedeckt, zierte der gleiche Stoff. Beidseitig des schmalen Seidenbandes quollen schneeweiße Hügel hervor und drohten die Hülle zu sprengen.

„Krisha! Na, na, na!"

„Fass ich's! Donnerschlonz! Wie soll ich denn …? Oh, welch herrliche Früchte!"

„Wie ich sehe, bist du wieder genesen. Eine Narbe wirst du dennoch behalten, aber die macht dich nur männlicher." Lustvoll strich sie über seine Hüften. „Es wird nicht deine Letzte sein!" Sie warf ihre schwarzen Haare über die Schulter und besann sich auf den Grund ihres Kommens. „Farana lässt dich herzlich grüßen. Sie liebt dich innig wie eh und je und hofft, dass du bald zu ihr zurückkehren wirst. Ich soll dir auch einen Kuss schenken." Sittsam drückte sie ihre Lippen auf seine Stirn.

„Tiramir hat uns angegriffen. Er versuchte mich zu töten."

„Ich weiß! Die Untoten werden unser Land wie der Herbstregen überschwemmen, und Tiramir wird sie anführen. Aus diesem Grunde ist Tion dem Rat der Alten gefolgt, die entschieden haben, unserer Heimat den Rücken zu kehren. Alle sind aufgebrochen, nicht einer blieb zurück, auch nicht diejenigen, die sich dem Lebensende nähern. Dein Vater meint, wir sollten uns mit den Clans der Windreisenden, Elementarbeschwörer und Dunkeljäger zusammentun, um mit ihnen eine wirkungsvolle Verteidigungslinie aufzubauen."

Krishandriel setzte sich auf und stützte sich mit beiden Armen ab. „Mein Vater ist weise, aber die wenigen Krieger werden den Fluss des Bösen nicht aufhalten können. Er muss Botschaften zu den großen Halblingsstämmen im Nordwesten senden und sich auch den Menschen jenseits der Wälder nähern. Sonst sind wir verloren."

„Das hat er schon getan. Nur von den Menschen hält er sich fern."

„Ich hoffe, er weiß, was er tut."

„Bestimmt, er hat uns schon immer klug beraten."

Geistesabwesend hingen sie ihren Gedanken nach.

„Grüße Saskard von Ysilla", brach Iselind das Eis. „Dies hat mir Trrstkar aufgetragen. Die Zwergin denkt jeden Tag an ihn. Daran kannst du dir ein Beispiel nehmen."

„Ich denke auch an dich, liebste Iselind!" Schmollend presste Krishandriel seine Lippen zusammen.

„Genau, immer dann, wenn du nicht an Farana, Lisanna, Melira oder Zuska denkst."

„Iselind!"

„Du bist schon einmalig! Ich könnte dich ... Aber wie soll ich ...?"

„Mein Reden!" Krishandriel grinste von einem Ohr zum anderen, bis auch die schwarzhaarige Schönheit über das unverfrorene Angebot lächeln musste. Kurzzeitig blitzten ihre weißen Zähne auf, die Sehnsucht und Verlangen verrieten, dann hatte sie sich wieder im Griff.

„Du könntest mich ruhig loben. Endlich habe ich es geschafft, dich über Telepathie zu erreichen, und du interessierst dich nur für meinen Busen."

„Ich bin ein Mann!"

„Jetzt pass mal auf, du hirnverbrannter Schwachkopf. Falls du einmal in Not gerätst, versuch über die Wellen des Geistes zu wandeln. Vielleicht kann ich dich wahrnehmen."

„Geht's noch? Was soll ich ...? Wie stellst du dir das vor? Ich kann das nicht!"

„Streng dich gefälligst an!"

Wenn Iselind wütend wurde, sich eine Falte auf ihrer Stirn wie ein Blitz abzeichnete, wandelte jeder auf dünnem Eis, und da gab es auch für Krishandriel keine Ausnahme. So wechselte er schnell das Thema.

„Hoskorast hätte dich und Mutter am liebsten im Weinsud gekocht, mit Binsenfeuer ausgepeitscht und anschließend dem Herrn des Waldes geopfert."

„Wir haben für ihn gebetet. Mehr konnten wir nicht tun. Aber es geht um unser aller Leben, da mussten wir ein sehr hohes Risiko gehen. Glücklicherweise waren ihm die Götter wohlgesonnen."

„Rurkan sei Dank."

„Wurdet ihr noch einmal von Untoten angegriffen?"

„Nein, bis jetzt nicht!"

„Hütet euch vor ihnen! Sie sind euch nach wie vor auf den Fersen."

Das gefiel Krishandriel nicht. Auf Skelettkrieger konnte er getrost verzichten. Dennoch glaubte er, wenn sie Sumpfwasser erreichten, fänden sie Ruhe.

„Ich werde jetzt wieder in meinen Körper zurückkehren."

„Aber Iselind, wenn du schon mal da bist!"

„Liebling! Wie soll ich Farana unter die Augen treten, wenn wir im Geiste miteinander kuscheln?"

„Seit wann bist du um Ausreden verlegen?"

„Farana ist meine beste Freundin geworden. Wenn sie mir tief in die Augen sieht, kann sie in meiner Seele wie in einem Buch lesen."
„Bis bald, Liebste!"
Als Krishandriel sie berühren wollte, löste sich die Elfin wie von Geisterhand auf. Zurück blieb sein Körper, der in veilchenblauen, zerdrückten Blütenkelchen lag, die immer blasser wurden, bis nur noch ein samtweich schillernder Teppich übrigblieb, der sein inneres Auge verschloss.

„Morgen, Krisha! Wie hast du geschlafen?" weckte ihn Smalon.
„Iselind hat mich per Telepathie aufgesucht. Ich konnte mich richtig mit ihr unterhalten", murmelte Krishandriel noch immer wie im Rausch.
„Bist du sicher, dass es kein Traum war?"
„Absolut!"
„Toll! Erzähl schon, oder soll ich dir die Geschichte aus der Nase ziehen?"
„Ich soll Saskard von Ysilla recht herzlich grüßen." Langsam fing sich der Elf wieder.
„Da wird er sich aber freuen. Jetzt fang endlich an!"
Und so schilderte der Elf dem wissbegierigen Halbling sein nächtliches Erlebnis. Unwichtige Nebensächlichkeiten, wie die Begegnung mit Mira Lockenrot, ließ er schlichtweg unter den Tisch fallen.
„Hattest du auch einen Traum, Smalon?"
„Ja."
„Du auch? Leg los! Ich bin ganz Ohr."
„Wenn du meinst. Ich spazierte entlang eines ärmlichen Wohnviertels auf einer gepflasterten Straße. Links standen zwei Häuser an einem sonnenüberfluteten Hang, und rechts führte eine verrostete Eisentreppe zu einer Siedlung ins Tal. Auf der obersten Stiege stand eine Bauersfrau, nicht einmal Schuhe hatte sie an, dennoch wirkte sie beschwingt und froh gelaunt. Weiter unten spielte ein Kind im Sand. Ich glaube, es war ein Mädchen. Als es mich kommen sah, rannte es erschreckt in eine angrenzende Hütte."
„Kein Wunder!" Krishandriel grinste den Halbling an.
„Ruhe! Neugierig näherte ich mich der Frau. Beinahe hätte ich sie auch erreicht. Urplötzlich löste sich aber die Treppe aus der Verankerung, und das Stützwerk donnerte mitsamt der Frau in die Tiefe. Das Brechen der Knochen konnte ich bis auf die Straße hören."
„Du hast aber auch Träume!"

„Er ist noch nicht zu Ende. In der Welt, in der ich wandelte, gab es keine Grenzen. Ich konnte Kraft meiner Gedanken durch die Zeit reisen. Also drehte ich das Rad des ewigen Seins ein wenig zurück. So hoffte ich, die arme Seele zu retten. Kannst du mir folgen?" Smalon schaute Krishandriel direkt in die Augen.

„Sicher!" nickte der Elf.

„Wie gesagt, die gleiche Situation. Wieder laufe ich die Straße hinab, und wieder steht die Frau auf der Treppe. Als die Stützen zusammenbrechen, renne ich zu dem Weibe, packe sie am Arm und reiße sie von der obersten Stufe weg."

„Und? Hast du es geschafft?"

„Ja."

„Du bist ein Held!"

„Nein, ein Trottel. Die Treppe stürzte dennoch mit Getöse den Hang hinunter, und genau in diesem Moment trat das Mädchen aus der Tür, um nach seiner Mutter zu sehen."

„Kein schöner Traum."

„Ich weiß, aber was will er mir sagen?"

„Seid ihr endlich aufgewacht, ihr Eierköpfe? Das Frühstück wird nicht ewig auf euch warten!" Nur kurz tauchte der hochrote Kopf Elgin Hellfeuers in ihrem Zimmer auf, um ebenso schnell wieder zu verschwinden.

„Der hat sie wohl nicht alle!"

„Ruhig Blut, Smalon. Lass uns nachsehen, was vor sich geht!"

Vom Korridor durch die Tür hörten sie: „Mangalas, du fette Sumpfralle, du solltest eher abnehmen als dir schon wieder den Wanst vollzuschlagen. Jetzt glotz nicht so blöd! Komm, Hoskorast, wir gehen frühstücken, bevor der Dicke zuschlägt."

„Smalon, nun komm schon! Ich will wissen, welche Laus über Elgins Leber läuft." Hastig verließen sie ihr Zimmer und steuerten das nebenliegende an.

„Ich lass mir das nicht gefallen, Saskard. Ich bin zwar etwas korpulent, aber nicht fett."

„Beruhig dich doch! Bestimmt hat er es nicht so gemeint."

„Ich will mich nicht beruhigen." Mangalas war wütend. Mit einer Hand schlug er auf den Tisch. „Wenn er mich noch einmal beleidigt, knalle ich ihm eine."

„Was ist mit Hoskorast?" fragte Janos, der ebenso verschlafen wie ahnungslos in den Raum schaute.

„Er spricht kein Wort. Aber er läuft wie ein Schoßhündchen hinter Elgin her", erwiderte Saskard.

„Mir gefallen seine Augen nicht." Mangalas Lippen zitterten. „Sie gleichen denen, als er dem Kampfesrausch verfallen war."

„Wir sollten das Problem logisch angehen", meinte Krishandriel.

„Und was wissen wir?" forschte Janos nach.

„Fakt ist, dass Mangalas und ich gemeinsam zu Bett gegangen sind." Saskard überlegte. „Janos verließ uns schon eine halbe Stunde vorher. Demzufolge saßen nur noch die beiden Stadtgardisten beim Würfeln in der Wirtsstube. Als wir nach oben gegangen sind, setzten sich Hoskorast und Elgin zu ihnen."

„Demnach wissen wir nicht, wann sie den Gastraum verlassen haben?" Krishandriel versuchte, Licht in den mysteriösen Vorfall zu bringen.

„Nein", antwortete Janos.

„Und wir wissen auch nicht, ob sie mitgespielt haben."

„Spielt das eine Rolle, Krisha?"

„Keine Ahnung, Janos! Aber ich möchte alle Einzelheiten kennen. Waren die Wirtsleute noch wach?"

„Nein", entgegnete Saskard, „die hatten sich schon eine Viertelstunde vorher mit einem Gutenachtgruß verabschiedet."

„Vielleicht sollten wir mit den Gardisten sprechen?"

„Die sind schon abgereist, Krisha. Während ich mich ankleidete, habe ich einen Blick aus dem Fenster geworfen." Janos deutete nach draußen. „Ich konnte sehen, wie sie die Pferde von der Koppel führten."

„Was ist mit Mira Lockenrot und ihrem Sohn?" erkundigte sich Saskard nach den beiden Gästen.

„Ich finde, die können wir getrost außer Acht lassen. Die führen gewiss nichts Böses im Schilde", erwiderte Janos.

Was weiß der schon von der Rothaarigen. Bei den Göttern, die hätte mich beinahe vernascht! dachte Krishandriel.

„Die ist richtig griffig."

„Geht's noch, Mangalas!"

„Die hat was! Glaub mir, Krisha, die hat was!"

Der Elf zweifelte an Mangalas' Verstand.

„Schnuppel stand heute Morgen in der letzten Nachtstunde am Ende der Koppel."

„Wen interessiert jetzt dein Pony?" rief Saskard empört aus.

„Hast du es überhaupt gesehen? Es war doch noch dunkel", fragte Krishandriel dessen ungeachtet nach.

„Sicher! In der sternenklaren Nacht konnte ich es sogar von den anderen unterscheiden."

„Worauf willst du überhaupt hinaus, Krisha?" Janos war reichlich verwirrt.

„Weiß ich noch nicht!"

„Es ist ungewöhnlich, dass alle Pferde am Gatter stehen", auch der Halbling verstrickte nun seine Gedanken in dem Problem, „wenn in der Raufe noch genügend Futter zum Fressen bereitliegt. Wieso fällt mir das erst jetzt auf?"

„Bringt uns das weiter, oder spinnen wir uns nur ein Netz zusammen?" sinnierte Janos.

„Durchsuchen wir eben ihr Zimmer. Die beiden sind doch beim Frühstück. Unter Umständen finden wir Wichtiges!" brachte Smalon einen neuen Gedanken ins Spiel. „Irgendetwas stimmt hier nicht! Ich möchte wissen, was es damit auf sich hat."

„Wir sollen ihre Sachen durchwühlen?" Mangalas zog beide Augenbrauen nach oben. „Ich weiß nicht."

„Nein, nicht ihr persönliches Gepäck, aber ein Blick in ihr Zimmer könnte uns neue Aufschlüsse bringen."

„Mein Reden, Krisha! Janos und ich eignen sich bestens für diese Aufgabe, außerdem sind wir sowieso das geborene Diebesduo."

„Ich breche doch nicht bei Elgin und Hoskorast ein", rief Janos entrüstet aus.

„Wieso einbrechen? Die Tür ist bestimmt offen. Ich schau mal nach."

„Nein, Smalon! Nein!" Es war jedoch zu spät, den Halbling noch aufzuhalten. Wie ein Wiesel huschte er zum Ostflügel, ergriff die Klinke und drückte sie nach unten.

„Verschlossen! So ein Mist!" flüsterte er. „Die haben was zu verbergen!"

„Komm zurück! Smalon! Hörst du nicht!" Mangalas fielen drei Steine vom Herzen, als der Halbling wieder den Eingang hinter sich verschlossen hatte.

„Bist du wahnsinnig, Smalon? Wir sollten frühstücken gehen. Es wird auffallen, wenn wir nicht kommen."

„Wir gehen jetzt doch nicht essen, Mangalas! Die Spannung steigt auf den Siedepunkt, und Janos gibt eine Kostprobe seiner Fingerfertigkeiten."

Vor lauter Vorfreude rieb sich der Halbling bereits die Hände.

„Willst du mich beleidigen, Smalon? Du kennst doch meine Auszeichnungen!" Schon öffnete Janos seinen braunen Brokatmantel, um Smalon einen Blick auf seine Abzeichen werfen zu lassen.

„Natürlich kenne ich deine Medaillen, Preise und Ehrungen. Du zeigst sie doch jedem, mindestens zweimal pro Tag."

„Smalon, wir brauchen Janos!" Verzweifelt versuchte Saskard, die erregten Gemüter zu beruhigen.

„Verzeihung, ich wollte dich nicht beleidigen, Janos. Aber jetzt lass dich nicht hängen." Wie ein Affe hing Smalon an dem Blondschopf und zerrte ihn Richtung Ausgang.

„Wir brauchen Klarheit!" entschied Saskard kurzerhand.

„Mir fehlen die Worte!" würgte Mangalas hervor.

„Ich weiß, mir fällt es auch nicht leicht, aber das Orakel hat gesagt, wir dürfen uns keine Fehler erlauben."

„Elgin hat bestimmt bloß schlecht geschlafen." Der Magier schaute bedrückt drein, schließlich wollte er keinen Streit mit Elgin oder Hoskorast heraufbeschwören.

„Also, manchmal ...! Krishandriel, Mangalas und ich gehen in die Wirtsstube, beobachten nur und bleiben zwergenruhig. Währenddessen schlagen Janos und Smalon zu."

„Juhu! Fein! Ich werde ein Halblingsdieb!" Smalon rannte sogleich zur Tür, zog sie leise auf und schielte nach draußen auf den Flur.

Saskard musste das Risiko eingehen, Smalon bei Janos zu lassen, denn alles andere wäre absolut undenkbar gewesen und somit von vornherein zum Scheitern verurteilt. Pfeifend marschierten Saskard und Krishandriel die Treppe hinab, um Elgin und Hoskorast abzulenken, Mangalas schüttelte hilflos den Kopf.

Inzwischen wartete Smalon grinsend und voller Elan auf seinen Einsatz. Nichts tat er lieber, als fremde Zimmer zu durchstöbern, noch dazu mit einem fast offiziellen Auftrag. Janos zuzusehen war eine helle Freude. Aus einem Bündel Dietriche – ein unüberschaubares Wirrwarr aus gebogenen Eisen – wählte er zielsicher einen passenden aus. Zwei, drei gewandte Handgriffe und schon schnappte das Schloss auf. Dennoch konnte es Janos nicht verhindern, dass sich Smalon wie ein Schatten an ihm vorbeischob und den Raum als Erster betrat.

„Sieht alles ganz normal aus."

„Sie haben schon gepackt, Smalon!"

„Wenn es etwas zu finden gibt, werde ich es schon aufspüren. Schon meine Mutter sagte: Vor dem Kleinen ist nichts sicher!" Smalon kicherte.

Janos blieb in der Mitte des Zimmers stehen und ließ den Halbling gewähren, der innerhalb kürzester Zeit in sämtliche Schubläden und Türen seinen Kopf hineingesteckt hatte. Vom Schrank zur Kommode, zum Nachttischchen, bis hin zu den Kopfkissen und den Bettlaken durchstöberte er einfach alles. Er schob sogar ein Aquarell, ein Stillleben mit einer Obstschale, in der grasgrüne Birnen, tiefblaue Zwetschgen und goldgelbe Äpfel mit kirschroten Flecken aufeinandergestapelt lagen, zur Seite. Selbst in die erkaltete, ausgebrannte Glut des Kamins warf er einen Blick.

„Entweder sind die beiden gewiefter als ich dachte, oder es gibt wirklich nichts zu finden. Soll ich ihre Rucksäcke öffnen?"

„Nein, die rühren wir nicht an!"

„Und jetzt?" Smalon war verzweifelt. Nichts, nicht einmal einen Schatz, und den hätte er auf jeden Fall erwartet.

„Vielleicht suchen wir einfach falsch, Smalon, oder wir sind ihnen auf den Leim gegangen, und die treiben nur einen üblen Scherz mit uns?"

Dennoch grübelten sie beide und forderten ihren Gehirnschmalz aufs Äußerste.

„Wieso ist es hier so kalt? Das Fenster war doch verschlossen!" sagte Smalon unvermittelt, der einen Blick nach draußen warf, um sein Pony auch vom Ostflügel zu sehen. Die Umzäunung und einen Teil der Koppel sah er wohl, jedoch keine Pferde.

„Vielleicht wollten sie frische Luft reinlassen?"

„Kann ich mir nicht vorstellen. Die beiden und lüften, das geht über meinen Verstand. Ich kann Schnuppi nicht sehen!"

„Kannst du nicht einmal an etwas anderes als an dein Pony denken? Überleg lieber!"

„Ich werde den Gedanken nicht los, weshalb es heute Morgen nichts gefressen hat. Ob es krank ist?"

„Nein! Du nervst!" Wiederholt sah sich Janos im Zimmer um. „Vielleicht war es nur satt?"

„Das wäre eine Möglichkeit. Aber in der Krippe lag Heu für drei Tage. Ich versteh's nicht!"

„Kein Tier frisst ununterbrochen, und Pferde lieben die Gemeinschaft." Ungewollt vertiefte sich Janos in Smalons Welt. „Was wäre geschehen, wenn ein Raubtier an den Stallungen entlanggepirscht wäre?"

„Sie würden fliehen. Denkst du ein Berglöwe schielt nach meinem Pony?"

„Nein! Würde Schnuppel auch vor Fremden weichen?"

„Glaube ich nicht, Zweibeiner sind ihm vertraut."

„Und wenn Untote die Koppel passieren?"

„Sie würden davonlaufen, denke ich?"

„Rutsch mal, Smalon! Ich will einen Blick hinauswerfen." Ein schneidender Südostwind wehte Janos ins Gesicht. „Donnerwetter! Sind das nicht Fußabdrücke?"

„Ich kann nichts sehen! Hilf mir hoch!" jammerte der Halbling.

Janos ergriff Smalon am Hosenboden und zog ihn auf den Sims. Auf der hartgefrorenen Erde lag zwei Zoll hoch die angewehte weiße Pracht. Sehr deutlich sahen sie eine Spur, die von der Koppel bis direkt unter das Fenster führte.

„Ich kann nicht glauben, dass Elgin oder Hoskorast freundschaftlichen Besuch von draußen erwartet haben."

„Schwer vorstellbar! Aber da unten zu stehen, heißt noch nicht, dass sie das Zimmer betreten haben. Bis zum Fenster sind es mindestens acht Ellen."

„Denk an Krishandriels Levitationstrank. Ein Schluck und schon schwebte er in schwindelerregende Höhen. Für einen Magier wäre es ein Kinderspiel hier hochzukommen."

„Warum ist der Fremde dann nicht hereingeklettert und hat die beiden im Schlaf erdolcht?"

„Frag mich was Leichteres! Ich weiß es nicht. Vielleicht waren Elgin und Hoskorast noch in der Wirtsstube, oder der Eindringling hatte einen besseren Plan, oder er war sich seiner Sache nicht sicher."

„Dann hätten sie aber noch lange in der Schenke gesessen."

„Ich weiß, es gibt viel Rätselhaftes, dennoch sollten wir allmählich verschwinden. Nicht dass wir Elgin und Hoskorast noch in die Arme laufen!"

Rasch huschten sie zum Ausgang. Als Janos die Tür öffnete, fiel ihm weißliche Farbe am Boden neben einem Bettpfosten auf, der nicht zu der blitzsauberen Einrichtung passte. Beim Hinfassen erwies sich der Fleck jedoch als fingernagelgroßes Stück Papier, das nur durch einen Luftzug aufgewirbelt worden sein konnte. Sonst wäre ihm das Blättchen schon früher ins Auge gestochen.

„Was hast du, Janos?"

„Ein Schnipsel Papier, genaugenommen die Ecke eines Blattes, an dem die zerrissene Seite verbrannt ist. Zudem scheint es gebogen zu sein."

„Aber wer nimmt schon Papier? ... Das ist kein Papier, das ist Pergament. Fühl mal, Janos, viel kräftiger und stärker als Papier. Wenn du es gegen das Licht hältst, kannst du vermutlich Strukturen erkennen."

„Stimmt! Ich sehe feinste Rillen. Pergament also? Dann stellt sich die Frage: Wie hat das Original ausgesehen?"

„Unter Umständen war es eine Landkarte?"

„Hast du bei Hoskorast oder Elgin je eine Karte gesehen? Ich nicht! Und warum sollten sie dermaßen wertvolle Besitztümer verbrennen?"

„Zeigen wir Mangalas den Fund, er hat doch jahrelang seine Nase in dicke Wälzer gesteckt. Vielleicht hat er eine Idee."

„Schon möglich. Jetzt lass uns aber nach unten gehen."

Nachdem Janos mit einem Kunstgriff die Tür wieder verschlossen hatte, lockerten sich ihre zum Zerreißen angespannten Nerven.

„Wo bleibt ihr nur, ihr Narren?" begrüßte sie Elgin ungewöhnlich scharf. Smalon reagierte wie ein Eisblock, nämlich überhaupt nicht. Er blieb die Ruhe in Person, und Janos versuchte beschwichtigend abzulenken.

„Wir haben schon gepackt. Nach dem Frühstück können wir losmarschieren. Ich möchte zur Dämmerstunde Sumpfwasser erreichen."

„Das werdet ihr auch", rief Zirs vom Tresen herüber, der die gebrauchten Bierkrüge von gestern Nacht spülte. „Nur trödeln dürft ihr nicht. Wenn ..."

„Warum?" rief Smalon dazwischen, bevor der Wirt zu Ende reden konnte.

„Wenn die Sonne untergeht, wird das Tor geschlossen. Kommt Ihr zu spät, könnt Ihr draußen am Fluss nächtigen. Je kürzer die Tage werden, desto früher ziehen sie die Brücke hoch. Der Winter naht."

„Ja, ja", seufzte Krishandriel.

Am Frühstückstisch herrschte angespannte Stille, keine fröhliche Unterhaltung und keine allmorgendlichen Scherze hüpften wie Funken von einem zum anderen über. Mangalas hatte seine Arme vor dem Bauch verschränkt und starrte wie hypnotisiert auf die Krümel seines Essbrettes. Er ignorierte sogar den reich gedeckten Gabentisch, der seine Augen geradezu blenden musste. Knuspriges, frisch duftendes Roggenbrot, ein goldgelber Honigtopf, weich gekochte Eier in einer Wollhenne versteckt, Pflaumenmarmelade in einem Schälchen aus Ton, geräucherter Schinken im Ganzen, verschiedenartigste Käsesorten, meist aus Wiesland, auf Platten verteilt und zwei grasgrüne Obstschalen mit farbenprächtigem Inhalt zierten den Tisch. Auch den anderen fehlte der Appetit. Gequält blickten sie auf die herzhaften Speisen. Selbst Saskard, der Räucherschinken mit einem Hauch von Pflaumenmus bestrichen über alles liebte, hielt sich zurück, und Krishandriel, der morgendlich wahre Kunstwerke aus Äpfeln oder Birnen schnitt, bevor er sie aß, starrte mit Begeisterung auf ein Astloch an der Decke. Hoskorast hatte nichts gegessen. Nach wie vor lagen sein Messer und seine Gabel unberührt vor ihm auf dem Tisch. Gleichwohl glänzten Schweißperlen wie Morgentau auf seiner Stirn. Sein aufgesetztes Grinsen erinnerte an einen niederträchtigen Tyrannen, der es liebte, seine Opfer zu quälen. Nur Elgin aß für drei, verstreute Kerne, Käsehäute und Brotkrumen rund um sein Brett, stürzte in aller Eile zwei Krüge Bier hinunter und rülpste und furzte so grauenhaft, dass es Janos speiübel wurde. Nachdem der Kleriker seinen Hunger gestillt hatte, schlug er Hoskorast mit solcher Wucht auf die Schulter, dass dieser beinahe vom Stuhl gefallen wäre. „Komm, auf! Mach dich fertig, damit wir endlich in die Stadt kommen. Heute Abend lassen wir die Sau raus, bespringen ein paar Huren, und dann saufen wir, bis wir hackedicht sind."

Lüstern grinste Hoskorast. Er stand wie eine Marionette auf und trottete dem Priester hinterher.

„Ihr müsst noch zahlen, werte Herren!"

„Das übernimmt der schwabbelige Fettwanst dort. Er ist mir noch Geld schuldig."

„Lass, Mangalas!" Beruhigend klopfte Krishandriel dem Magier auf die Schulter, der nahe daran war, einen Zauber auf den Kleriker zu werfen.

„Wir übernehmen deine Rechnung, Elgin!"

„Elfen sind so schwach." Angewidert stapfte der sonst so herzensgute Hüne zur Wirtsstube hinaus.

„Meine auch, Krisha!" Schleim tropfte Hoskorast aus dem Mund und verklebte seinen schwarzen Vollbart ekelerregend. Er hohnlachte noch, als er bereits die Treppe nach oben stieg.

„Saskard, ich lass mir das nicht länger gefallen! Die sind doch nicht mehr zurechnungsfähig."

„Was habt ihr herausgefunden?"

„Wenig und dennoch viel." Flüsternd teilte Janos den gespannt Lauschenden seine Entdeckungen mit, äußerte Vermutungen, stellte gewagte Theorien auf und reichte Mangalas letztendlich das gefundene Stück Pergament.

„Ich bin mir nicht sicher … aber es könnte ein Überbleibsel einer magischen Schriftrolle sein."

„Willst du damit andeuten, dass Elgin verhext wurde?"

„Keine voreiligen Schlüsse, Janos! Es gibt tausend und abertausend Möglichkeiten, und du hast eine Variante aus dem Topf des Zufalls gezogen. Ich werde auf unser Zimmer gehen und mit einem Identifikationszauber mein Möglichstes tun, um Licht in die mysteriösen Geschehnisse zu bringen."

„Das könnte uns weiterbringen!"

„Und was tun wir, falls Elgin wirklich einem Zauber erlegen ist?" fragte Saskard weiter, der mit der neuartigen Situation nicht umzugehen wusste.

„Wir ignorieren die beiden so gut es geht und nutzen die Gunst des Augenblicks, um sie zu überwältigen. Spätestens heute Nacht, wenn sie schlafen, sollte es gelingen. Morgen früh bringen wir sie verknüpft und verknotet zu einem hochrangigen Magier, der den Fluch hoffentlich lösen kann", veranschaulichte Krishandriel seinen Plan.

„Mangalas ist doch auch ein Zauberer", wetterte Smalon, während dem Elfen ständig neue Geistesblitze durch den Kopf schossen.

„Ich kann das nicht! Dafür brauchen wir ein Genie, das sich auf Bannflüche, Austreibungen oder Ähnliches spezialisiert hat."

„Wenn man dich einmal braucht, hast du eine Ausrede. Kannst du die beiden nicht lähmen, so wie uns der untote Magier am Klingenberg außer Gefecht gesetzt hat?" Smalon war außer sich. Eine Möglichkeit musste es doch geben, dachte er.

„Nein, und nochmals nein!"

„Dann wirf doch einen Feuerball auf sie!"

„Grandios, wirklich grandios." Mangalas Wangen färbten sich mehr und mehr rot. „Ich werde gleich einen Halblingsfeuerball erfinden und ihn auf dich werfen, damit ich dein geistloses Geschwätz nicht mehr länger ertragen muss."

„Es fuchst mich maßlos, dass wir keine Lösung parat haben. Dabei sind Halblinge doch oberschlau! Krisha, jetzt sag doch was!"

„Ich hab schon alles gesagt. Besseres fällt mir im Moment nicht ein."

„Männer, wir halten uns an Krishandriels Plan. Im Laufe des Tages wird sich schon eine Gelegenheit ergeben, die beiden zu überrumpeln. Sind wir erst in Sumpfwasser, suchen wir eine ortsansässige Magiergilde auf. Alles andere wird sich schon finden."

„Ich weiß nicht, ob es von Bedeutung ist, Saskard, aber mir ist noch etwas aufgefallen!"

„Spuck's aus, Smalon, und spann uns nicht auf die Folter!"

„Hoskorast hat unter der Tischkante fortwährend einen unscheinbaren, silbrig glänzenden Ring gestreichelt. Ich glaube, er steckt an seinem linken Ringfinger."

„Ist der Ring sonst noch jemandem aufgefallen?" fragte Krishandriel in die Runde. Es schüttelten jedoch alle die Köpfe.

„Das riecht nach einem krummen Eisen! Es wäre schließlich denkbar, dass die untoten Heerführer ihre Taktik geändert haben und danach streben, unsere Gemeinschaft zu löchern wie einen Wiesländer Schafskäse. Also hütet euch vor Gaben und Schenkungen jeder Art, und achtet auf alles, was sonderbar erscheint. Besonders du, Smalon, du wärst der Erste, der auf intrigante Niederträchtigkeiten oder arglistige Täuschungen hereinfällt."

„Ich bin doch nicht blöd! Pass lieber selber auf, Spitzohr!"

„Keine Streitigkeiten, das können wir uns nicht leisten. Irgendwer, und da gebe ich Krishandriel voll und ganz Recht, will uns auseinanderbringen. Schafft er es, ist unsere Mission gescheitert." Saskard versuchte mögliche Reibereien schon im Ansatz zu ersticken.

„Welche Rolle könnte der Ring spielen, Krisha?"

„Sollte Mangalas Zauberkristalle an dem Stück Pergament feststellen, ginge es schon mit Wrars Höllendrachen zu, wenn der Ring nicht ebenso verhext wäre."

Während sie ihre Rechnungen beglichen – Krishandriel übernahm Hoskorasts und auch Elgins Ausgaben –, bedankten sie sich überschwänglich bei Thea und Zirs Dämmerling. Sie versprachen, jedem Wandersmann den Rauschenden Kater, wo es den besten Wildschweinbraten aller Zeiten gäbe, wärmstens zu empfehlen.

Als sie die Treppe hochstiegen, dröhnten ihnen vulgäre Lieder entgegen, die selbst durch die massive Eichentür kaum gedämpft wurden. Flugs eilte Mangalas in seine Stube, um die Zauberformel zu sprechen. Dicht gefolgt von Janos und Smalon, der wie eine Klette an dem Magier hing. Krishandriel blieb einstweilen im Gang stehen, um Elgin oder Hoskorast, falls einer der beiden überraschend auftauchen sollte, in ein Gespräch zu verwickeln. Sie wollten nichts riskieren, und niemand konnte wirklich vorhersagen, was geschähe, wenn sich der Priester oder auch der Zwerg durch die Magie bedroht fühlten. Dem wollten sie vorbauen.

Sie hatten Glück, die beiden Grölenden blieben in ihrer Kammer. Als Smalon seinen Kopf aus der Tür steckte und Krishandriel aufgeregt winkte zu kommen, löste sich die blassgelb durchscheinende Siebenfingerhand bereits wieder auf.

„Was hast du herausgefunden, Mangalas?" forschte Krishandriel sogleich nach, kaum dass er die Tür verschlossen hatte.

„An dem Blättchen Pergament hängen jede Menge Zauberkristalle. Vermutlich hat ein selbstauslösendes Feuer die Schriftrolle vernichtet. Ferner spürte ich ein hasserfülltes Geschöpf, das in der Magie gefangen schien. Ich vermag jedoch nicht zu sagen, welche Worte auf dem unheilbringenden Dokument standen."

„Elgin ist also verzaubert worden, und dem Anschein nach teilt Hoskorast sein Schicksal mit ihm." Saskard rümpfte verärgert die Nase. „Grubenmatsch und Stollenbruch! Das hat uns gerade noch zu unserem Glück gefehlt."

Leise schlüpften Krishandriel und Smalon über den Gang in ihre Stube zurück. Kaum hatten sie die Eichentür hinter sich verschlossen, hörten sie auch schon die verwunschenen Seelen im Korridor laufen.

„Raus mit euch! Lahmes Pack, elendes! Wir sind abreisebereit. Wir marschieren los, ob mit oder ohne euch ist uns egal."

„Wir sind gleich fertig", hörten sie Saskards tiefen Bass durch die Wand hallen.

„Beeil dich, Smalon! Ich will sie nicht aus den Augen lassen."

Hastig legten sie ihre Kleidung zusammen, packten ihr Waschzeug und verschnürten die prall gefüllten Rucksäcke, um möglichst schnell nach unten zu gehen.

Gelangweilt lehnte Elgin am Gatter der Sommerweide, die sich im Norden direkt an das Haupthaus des Rauschenden Katers anschloss, und inhalierte genusssüchtig den Dunst eines Buchenschmauchs. Er blinzelte verschlafen in die Sonne, deren Strahlen die schneebedeckten Gipfel der Kantara in ein silbrigweiß glänzendes Diamantenfeld verwandelte. Geschafft hatte er nichts.

„Wird auch langsam Zeit, dass ihr kommt! Schließlich müssen die Pferde noch gepackt werden."

„Ja, packt die Pferde, ihr Esel!" Der Zwerg lachte, dem Wahnsinn nahe, seine Augen funkelten eitrig gelb und sein Atem verströmte Hass. Zu viert holten sie die Tiere, nur Krishandriel blieb am Eingang stehen, um den beiden Verzauberten auf die Finger zu schauen.

Kaum hatten sie den Sichtbereich zum Eingang der Schenke verlassen, rannte Janos über die Koppel, stieg über das Gatter und folgte den Spuren im Schnee. Wie erwartet endeten die Abdrücke unter dem unglückseligen Fenster. Er prüfte die Fährte und konnte innerhalb kürzester Zeit mit ziemlicher Bestimmtheit sagen, dass der Eindringling nicht in seinen eigenen Abdrücken zurückgelaufen war. Demzufolge musste er einen anderen Weg gewählt haben. Nur welchen? Der geheimnisvolle Fremde hatte wie die Orks keine Schuhe getragen, jedes Zehenglied war deutlich im harschen Untergrund zu sehen. Sollte ein Untoter den Ring und die Schriftrolle als Köder ausgelegt haben? Es schien im Bereich des Möglichen zu liegen, aber absolute Gewissheit hatte Janos nicht. Ein Zauberer könnte sich mit Leichtigkeit von einem Ort zum Nächsten teleportieren; auch wegfliegen läge im Bereich magischer Fähigkeiten. Tiramir, den dämonischen Elfen, hatte er nicht in Verdacht, aber es gab sicherlich noch andere, die ihnen das Leben vergällen konnten. Vorsicht war auf jeden Fall geboten.

Mittlerweile hatten Mangalas und Saskard die ausgeruhten Maultiere beladen. Um keinen Verdacht zu erregen, ließ sich Smalon Zeit. Mit stoischer Ruhe putzte er seinen Fuchs, bis dessen rotbraunes Fell glänzte wie Perlen aneinandergebundener Sternenrubine. Als Janos zurückkehrte, liefen sie miteinander plaudernd von der Koppel, die das Pony angesichts einer noch reichlich gefüllten Heuraufe nur ungern verließ.

„Werdet ihr eigentlich überhaupt nicht fertig, ihr Schnarchnasen?" So wurden sie von Elgin empfangen. Sie ignorierten den aufgebrachten Kleriker jedoch und bepackten in aller Ruhe den unruhig hin und her trippelnden Rotfuchs. Elgin Hellfeuer, dem alles zu lange dauerte, geriet beinahe aus der Fassung. „Komm, Hoskorast! Wir marschieren schon los. Ich kann den Hohlköpfen nicht mehr zusehen!" Stillschweigend gesellte sich Hoskorast zu dem Priester. Vereint stiefelten sie über den festgefrorenen Wiesenpfad entlang einer Weide nach Norden.

„Ich glaube nicht, dass die sich allzu weit entfernen werden. Den beiden steht doch die Gier nach dem Flammenring und dem Kreuzäxteamulett buchstäblich ins Gesicht geschrieben. Also, aufgepasst!" mahnte der Elf. „Denkt immer daran, auf der Hut zu sein. In ihrer derzeitigen Verfassung sind es nicht unsere guten Kameraden, sondern zwei arglistig gemeingefährliche Halunken, die vor nichts zurückschrecken. Ihnen wird jedes Mittel recht sein, um die magischen Kostbarkeiten in ihren Besitz zu bringen."

„Verdammt noch mal! Was mache ich nur, wenn mich einer der beiden angreift?" regte sich Saskard auf. „Warum hast du dich in deiner Lehrzeit nicht mit Verzauberungen aller Art befasst, Mangalas?"

„Ich hatte eben eine Schwäche für Feuer. Nichts hat mich mehr fasziniert, und ich werde es dir zuliebe auch nicht ändern", entgegnete der Magier erbost.

„Hört auf zu streiten! Das bringt uns auch nicht aus der Sackgasse heraus. Ich frage mich: Was brüten Elgin und Hoskorast aus? Wie können wir uns vor ihnen schützen?" Mit klaren Worten drückte Janos das Dilemma aus, in dem sie steckten.

„Zirs Dämmerling erklärte mir, dass die Straße nach Sumpfwasser stark belebt sei. Vermutlich werden sie es nicht wagen, uns in aller Öffentlichkeit anzugreifen", meinte Krishandriel, „aber wenn die Dämmerung hereinbricht, müssen wir mit dem Schlimmsten rechnen. Hühnerkram und Morchelschleim, das könnte eine unterhaltsame Nacht werden!"

„Ich glaube, sie würden uns liebend gern die Kehle aufschlitzen. Selbst meinen Brokatmantel könnte ich darauf verwetten!" sprach Janos aus, was alle dachten.

„Ich soll dir herzliche Grüße von Ysilla ausrichten, Saskard."

„Wie!? Was!?" Krishandriel kam jetzt nicht umhin, seinen Traum zu schildern. Begierig hing Saskard an seinen Lippen. Jedes Wort, und war es noch so unbedeutend, saugte er schmachtend ein. Mitfühlend suchte Krishandriel nach feinsinnigen Worten, um den Zwerg zu erfreuen.

Mittlerweile hatten Elgin und Hoskorast den sichelförmigen Wiesenweg um die eingezäunte, mit Eiskristallen übersäte Sommerweide zurückgelegt. Unter zwei turmhohen Nadelbäumen, deren verschneite Spitzen den kristallblauen Himmel wie Lanzen durchstießen, blieben sie stehen. Smalon, der Krishandriel schon lange nicht mehr zuhörte und mit seinen Gedanken bei Mangalas' Identifikationszauber weilte, traute seinen Augen kaum, als ein schwarzer Schatten, kaum größer als eine Taube, mit atemberaubender Geschwindigkeit vom Dach des Rauschenden Katers zu den beiden Nadelbäumen rauschte.

„Habt ihr das gesehen?"

„Was?" erkundigte sich der Elf freudestrahlend, nachdem er schon zum dritten Male Saskards Fragen beantwortet hatte.

„Den Vogel, oder was es auch war, das vom Giebel der Schenke zu Elgin und Hoskorast geflogen ist."

„Ich habe nichts bemerkt. Von hier bis zu den Bäumen gibt es nur ein paar Sträucher, sonst nichts." Krishandriel hielt sich die Hand schützend über die Augen, um von der tiefstehenden Sonne nicht geblendet zu werden.

„Ich hätte zumindest einen Schatten wahrnehmen müssen. Außerdem gibt es keine Vögel, die wie Pfeile durch die Luft schwirren."

„Vielleicht war es kein Vogel?"

„Was sonst, Smalon?"

„Keine Ahnung, Janos. Aber ich bin doch nicht blind. Im Halblingsdorf Krakelstein ist weithin bekannt, dass Smalon die Augen eines Adlers hat!"

„Das ist mir allerdings neu! Dennoch geschehen seit geraumer Zeit eigenartige Dinge", fuhr Krishandriel fort, „die selbst ich, und es ist noch nicht lange her, als blanken Unfug abgetan hätte. Wenn Smalon was gesehen hat, dann wird es wahr sein. Achtet auf alles Ungewöhnliche! Schon eine winzige Unachtsamkeit könnte unseren Tod bedeuten."

Während der Halbling grübelte und grübelte, durchweg alle fliegenden Geschöpfe des Waldes und der Flur als nicht geeignet abhakte, ging im zweiten Stock ein Fenster auf und heraus blickte Mira Lockenrot. Im gleißenden Licht des Morgens brannte ihr rubinrotes Haar wie zuckender Flammenzauber.

„Gute Reise, Krishandriel, gute Reise! Falls du je nach Sumpfwasser kommst, beehre mich im Keifenden Keiler, dort kannst du mich in Kürze wieder antreffen."

Krishandriel meinte sich verhört zu haben. Die Rothaarige konnte doch unmöglich ihn gemeint haben. In einem Anfall von Sinnesverwirrung, anders konnte er seine Handlung im Nachhinein nicht deuten, winkte er zurück. „Vielen Dank, Mira! Werde den Keifenden Keiler in meinem Gedächtnis verwahren."

„Neue Freundin, Krisha?" warf Mangalas vielsagend ein.

„Geht's noch? Du spinnst wohl!"

„Sieht niedlich aus das Pummelchen", meckerte Smalon frohgemut.

„Also, ich finde sie total süß." Auch dem Zauberer gefiel die rothaarige Frau.

„Geht's noch, Mangalas?"

„Hast du ihren großen Busen gesehen, Krisha?"

„Fang du auch noch an, Blondi! Seid ihr alle geisteskrank?"

„Rote Locken, weiße Glocken – rotes Gift, dir das Herze bricht!"

„Jetzt reicht's aber, Smalon!" Krishandriel wurde wütend.

Saskard, der vor sich hinschmunzelte, zeigte unmissverständlich rhythmische Arm- und Leibesübungen an. „Taram, taram – taram tam tam!"

Das Lachen befreite sie von der bleiernen Last, die ihre Rücken zu zermalmen drohte. Auch die Götter lächelten, da sie beschlossen hatten, die Kette der Eintracht erneut einer Zerreißprobe zu stellen.

Erst Stunden später, als sich Krishandriel wiederholt seinen Phantasien der Nacht hingab, fiel es ihm wie Schuppen von den Augen: Sollte Mira Lockenrot den gleichen Traum wie er durchlebt haben?

Kapitel 2

Räucherlachs und Buchenkeil

Es sollte ein ausgesprochen schöner Spätherbsttag werden. Die Sonne mobilisierte letzte Energien, um den starren Boden vor dem nahenden Winter noch einmal zu erweichen. Kraftvoll schleckten die Strahlen an kärglichen Schneeresten. Auf der Erde glänzten bizarre Eiskristalle meist fünf-, sechs- oder siebenfach gezackt wie leuchtende Sterne in der Nacht, und unter der hauchdünnen Schicht aus Gefrorenem streckte und dehnte sich bereits der schwarzbraune Lehmboden, so als würde er die Wärme genießen.

Krishandriel erging es ebenso. Wie ein erwachender Schmetterling entfaltete er Arme und Beine im gleißenden Licht der Sonne. Schon von frühester Jugend an hatten seine einstigen Spielkameraden erkannt, dass es sich bei seiner Haut wohl eher um die einer Eidechse oder einer Schlange handeln musste, nicht jedoch um die eines Elfen. Dies blieb nicht ohne Folgen. Qualmi oder Glühle waren noch die harmlosesten Kosenamen, die sie ihm zuriefen, aber es traf den Nagel auf den Kopf: Krishandriel lebte erst auf, wenn die gelbgrünen Turanaopapageien im Frühsommer um ihre Weibchen buhlten.

Binnen kurzem erreichten die sieben Wanderer die von Zirs Dämmerling erwähnte Allee. In einer überwiegenden Gras- und Buschlandschaft reihten sich Ahornbäume beidseitig der Straße nach Norden. Durch das lichte Kronendach – safranfarbige und purpurrote Tupfen hatten das Grün bereits abgelöst – fielen goldgelbe Strahlen auf die aschgrauen, von Schnee und Eis überzuckerten Pflastersteine. Die Straße, circa zehn Schritte breit, schlängelte sich wie ein endloser Wurm in die Ferne, um am Horizont von dem Blattwerk verschlungen zu werden. An windgeschützten Stellen häuften sich verwelkte, teilweise schon vermoderte Blätter, die quietschend unter ihren Schritten aufseufzten. Rechts des Weges schoss ungebändigt die Wilde Raun aus dem Kantaragebirge herunter und maß ihre Kräfte an klotzigen Felsquadern. In dem tosenden Quirl, Schaumkrönchen tanzten Hand in Hand Ringelreihen, sah Janos silbrig glänzende Fischleiber aus den Fluten springen. Er erkannte dickleibige Lachse, die, aus der Glitzersee kommend, in ihre einstigen Geburtsstätten zogen, um dort zu laichen. Vehement stemmten sich die Salmoniden gegen die Urgewalt des Wassers. In Gumpen erholten sie sich von ihren Strapazen und schnellten dann unvermittelt, elegant und kraftstrotzend über gischtbrechende Barrieren hinweg. Angesichts des beeindruckenden Schauspiels verblassten seine trübsinnigen Gedanken im Fluss des Lebens.

Den Blickkontakt nicht abreißen lassend, marschierten Elgin und Hoskorast wie zwei Kundschafter vorneweg. Nie vergrößerte sich deren Vorsprung so weit, dass sie außerhalb ihrer Sichtweite gerieten, allerdings verringerten sie den Abstand auch nicht. Einerseits hatte das den Vorteil, eigene Pläne schmieden zu können, ohne behelligt zu werden, andererseits wussten sie nicht, was die beiden aushecken. In einem Punkt waren sie sich jedoch einig: Der Kleriker und der Zwerg wurden von einer dämonischen Macht gelenkt. Für Janos stand außer Frage, dass die beiden magiebehafteten Schmuckstücke ganz oben auf ihrer Wunschliste standen. Nichtsdestotrotz gedachte er, ihre Pläne zu durchkreuzen.

„Ich ließ noch einmal deinen Traum von letzter Nacht passieren, Smalon."

„Was meinst du, Krisha?"

„Sinnbildlich, denke ich, deutet er darauf hin, dass wir göttliche Regeln nicht außer Kraft setzen können. Wir werden nicht alle Wesen zum Licht führen, so sehr wir es uns auch wünschen." Der Elf überlegte. „Ebenso glaube ich, dass unser Lebensfaden bereits in der Sekunde unserer Zeugung erschaffen wurde. Er liegt direkt vor unserer Nase, einem roten Teppich gleich, nur sehen wir ihn nicht. Und wenn wir meinen, wir könnten ihn verlassen, um unserem eigenen Weg zu folgen, unterliegen wir einer Fehleinschätzung. Denn wohin wir uns auch wenden, stets eilt uns das Schicksal voraus."

„Willst du damit sagen, dass es einerlei ist, wie wir uns entscheiden, da in der Vorsehung schon alle Unwägbarkeiten bedacht sind?"

„Genau!"

„Wenn unser Schicksal schon feststeht, könnte unser Leben dann nicht bedeutungslos sein?" entgegnete der Halbling.

„Ganz so sehe ich es nicht. Der Weg ist das Ziel. Ihn zu finden ist mühsam genug. Ständig zweigen Trampelpfade, Hohlwege, herrlich ausgebaute Prachtstraßen und nicht zu vergessen jede Menge Sackgassen ab. Kurz gesagt: Ein Problem jagt das nächste."

„Meine Gedanken sind deinen sehr ähnlich, Krisha."

„Lass hören, Smalon."

„Mancherlei Dinge haben ihre Berechtigung, auch wenn ich es nicht wahrhaben will. Dennoch denke ich, dass letztendlich viele Wege zum Seelenheil führen."

„Schon möglich! Beweisen werden wir es jedoch nie."

Mit einem Ruck zog Smalon den Kopf des Ponys hoch, das am Straßenrand zu fressen begann.

„Wenn ihr euer philosophisches Geschwafel beendet habt, können wir uns dann wieder dringlicheren Belangen zuwenden?" ereiferte sich der Zwerg.

„Was gibt's Wichtigeres?"

„Da fragst du noch!" Saskards Augen blitzten ärgerlich auf. „Dort vorne laufen unsere Kameraden Elgin und Hoskorast, wir müssen sie erretten!"

„Ich seh's ja ein, aber sollten wir nicht unsere besprochene Strategie beibehalten?"

Obwohl Saskard am liebsten gleich das Problem angegangen wäre, so wie es eben seine Art war, ließ er sich vom Elfen dann doch umstimmen. Immer mehr Kaufleute, zum Teil auf Kutschböcken thronend, armselige Bauersfrauen, nur einen Handkarren ziehend, Patrouillenreiter, hoch zu Ross wachend, Weltenbummler, Glücksritter, Barden bis hin zu Landstreichern und zwielichtigem Lumpenpack kreuzten ihren Weg. Gemeinsam hatten sie nur eins: Heimlich verstohlen oder unverblümt direkt starrten sie dem Elfen, dem Halbling und den Zwergen nach, die sie zweifelsohne noch nie miteinander reisend gesehen hatten.

Am späten Nachmittag, als der Strom der Landfrauen und Händler, die aus der Stadt nach Hause eilten, allmählich nachließ, blieben Elgin und Hoskorast an einem Verkaufsstand am Straßenrand stehen. Smalon, der das Pony führte, wäre ohne Umschweife zu dem Kaufmann gerannt, aber urplötzlich weigerte sich Schnuppel weiterzulaufen. Mangalas dagegen, der das Schild „Frisch geräucherter Lachs – das Pfund nur drei Kupfergroschen" gelesen hatte, packte das Jagdfieber. So blieb Saskard, Janos und Krishandriel nichts anderes übrig, als dem Zauberer zu folgen.

„Na, Mangalas, hier gibt's Leckeres! Ich könnte wetten, dass dein Magen beim Anblick des Prachtkerls jubiliert?"

„Sicher, Elgin, sicher! Räucherfisch!" Genießerisch fuhr sich Mangalas mit der Zunge über die Lippen.

Ein alter Mann mit Schlapphut – sein Gesicht so zerfurcht wie welkes Herbstlaub – hatte auf einem Holztisch zwei goldbraune, um die zehn Pfund schwere Lachsforellen liegen.

„Dies sind meine beiden Letzten, die ich zum Verkauf anbiete. Vor vier Tagen habe ich die Fische in der Raun gefangen. Zu Hause legte ich sie in einem einzigartigen Kandiszuckersud ein. Ein Rezept meines Großvaters.

Anschließend füllte ich die Fische mit Wacholderbeeren und räucherte sie über trockenem Buchenholz. Vorzüglich im Geschmack, sage ich Euch. Nur fünfundzwanzig Kupfergroschen kostet ein Fisch – was meint Ihr?"

„Ich nehme einen. Den hier!" Rasch öffnete Mangalas seine mausgraue Umhängetasche aus Leinen, in der er Kräuter, Gewürze, Hartkäse, Schinken, eben notwendige Kleinrationen, um ein Hungerloch zu überbrücken, aufbewahrte.

„Willst du den Riesenfisch alleine essen?"

„Nein, Saskard! Ich gebe dir gerne was ab."

„Wenn er genauso gut mundet wie er riecht, wird unser Gaumen himmelhoch jauchzend frohlocken. Für mich wird bestimmt auch ein Stück abfallen, nicht wahr, Mangalas?"

„Sicher, Janos!"

Während der Magier ganz aufgeregt sein Geld abzählte, packte der werkelnde Alte den Lachs in feuchte Blätter der weißen Seerose ein.

Smalon war verzweifelt. All seine Gefährten standen um den Verkaufsstand und bewunderten die Salmoniden, und er kam nicht weiter. Schnuppel stand wie versteinert auf ein und derselben Stelle. Da konnte er ziehen und reden soviel er wollte, sein so geliebter Rotfuchs bewegte sich nicht.

„Was ist los?" rief Krishandriel herüber.

„Was weiß ich?" Smalon schwitzte Blut und Wasser. Ein enormer Druck, den er noch nie verspürt hatte, baute sich zwischen dem Pony und ihm auf. Urplötzlich tänzelte Schnuppel nach links, trabte schräg von der befestigten Straße in eine abgemähte Wiese, bis er nach fünfzig Schritten unvermittelt stehen blieb und augenblicklich zu grasen begann. Wie ein lästiges Anhängsel wurde Smalon hinterhergeschleift. Hätte er den Führstrick losgelassen, wäre der Rotfuchs auf und davon galoppiert.

„Was hast du denn, Schnuppi? Wenn du nur reden könntest!" Zärtlich streichelte der Halbling sein Pony, das nach wie vor gierig Grasbüschel für Grasbüschel in sein Maul stopfte.

Eine Weile später marschierten Elgin und Hoskorast auf der Straße an ihm vorbei. Smalon meinte, ein Lächeln im Antlitz des Zwerges gesehen zu haben. Dessen ungeachtet nagten Zweifel an ihm, denn die Lichtspiele unter den Ahornbäumen hatten schon mehrfach seine Augen geblendet. Der Rotfuchs äußerte sich nichtsdestotrotz fauchend wie eine Katze. „Chhhhhhh!" schnaubte er den Vorbeilaufenden hinterher. Wie ein Freudenjauchzer klang es jedenfalls nicht, fand Smalon. Als sich Saskard, Janos, Krishandriel und der über beide Backen grinsende Magier näherten, ließ sich das Pony sanftmütig wie eh und je auf die Allee zurückführen.

„Wieder alles in Ordnung, Smalon?" erkundigte sich Krishandriel bei ihm.

„Ja, ja! Ich weiß nur nicht, warum Schnuppel gesponnen hat. Elgin und Hoskorast scheint er jedenfalls nicht mehr zu mögen."

„Zerbrecht euch nicht den Kopf darüber! Ihr solltet lieber frohen Mutes sein, dass ich für uns alle so günstig eingekauft habe", warf Mangalas vielsagend ein.

Smalon hing seinen Gedanken nach, und Krishandriel sagte auch nichts, obwohl er im Grunde genommen nur nach einer stichhaltigen Erklärung suchte. Der Tatbestand, dass sich das Pony schon zum zweiten Mal an diesem Tage befremdlich benahm, beunruhigte auch ihn. Hühnerkram und Morchelschleim! Was haben wir übersehen? Still in sich gekehrt marschierte er weiter. Hätte er nur mit dem Halbling seine Gedanken ausgetauscht ... Aber Saskard, der ständig neue Pläne entwarf, um Hoskorast und Elgin zu überwältigen, und Mangalas, der in Vorfreude auf eine schmackhafte Meerrettichsoße unentwegt quasselte, verschleierten seinen Geist. Gewohnheitsgemäß warf Janos einen Blick über seine Schulter zurück. Verwundert stellte er fest, dass der Alte schon seinen Stand abbaute, obwohl er noch einen Fisch zum Verkauf hätte anbieten können. Da seine Phantasien jedoch bei Sumpfwassers Sprachwissenschaftlern weilten, maß auch er dem Geschehen keine Bedeutung zu.

Nach weiteren zwei Marschstunden endete die Allee. Die Straße führte nun entlang einer flachen, mit Tümpeln und Gräben übersäten Auenlandschaft, in der sich Riedgräser und breitblättrige Binsenkolben sanft im Wind bogen. Die mittlerweile still und ruhig dahinfließende Raun öffnete sich wie ein Scherenblatt, der größere Arm bog nach Osten ab, während der kleinere Sumpfwasser entgegenströmte.

Je näher sie der Stadt am Meer kamen, desto höher und gewaltiger ragte der Festungsgürtel in das wolkenlose Blau. Spitztürme, Zinnen, Wehrgänge und Vorbauten schlängelten sich einem Zickzackband gleich um die Bastion herum, ohne dass man ein Ende erkennen konnte. Die Straße selbst führte über eine hölzerne, mit Eisenstreben verstärkte Zugbrücke in die Stadt hinein. Flussbauer hatten die Raun dreigeteilt. Zwei Arme umschlossen sanft liebkosend die Ringmauer, an deren moosbewachsenen Granitblöcken sich plätschernd Wellen brachen. Der Hauptfluss sprudelte glucksend durch ein Labyrinth aus Windungen und Irrgängen, gespickt mit rotbraunen Eisenträgern, ins Innere der Stadt.

Krishandriel, Smalon und Saskard starrten wie vom Donner gerührt auf die eindrucksvolle Festung. Niemals hätte sich der Zwerg vorstellen können, dass Menschen, die bei weitem nicht so grandiose Baumeister wie sie oder die Gnome hervorbrachten, solch ein gigantisches Bollwerk errichten konnten. Von den beiden Wachtürmen links und rechts des Tores hingen Fahnen herab, die in der Mitte von drei parallelen, silbrig glänzenden Wellenlinien in zwei Hälften geteilt wurden. Im oberen Bereich zog ein Albatros, dessen schwarzgeränderter linker Flügelarm die tiefblaue Meeresoberfläche berührte, vor einem samtblauen Himmel einsam seine Bahn. Es war das Wappentier von der Grünmark, das jede Flagge und jeden Wimpel im ganzen Reich zierte. In der unteren Hälfte auf einer grasgrünen Wiese stand ein aufgerichteter schwarzbrauner Biber. Wie poliertes Blattgold leuchteten seine paarigen, orangeroten Zähne. In ganz Sumpflanden, bis hin an die Grenze von Enaken, liebten die Menschen den weit verbreiteten Nager.

„Donnerschlonz! Nicht übel das Mäuerchen."

„Da solltest du erst mal den Wall von Eirach sehen, Elfenkind!"

„Die müssen sich aber vor ihren Feinden fürchten. Wieso sollten sie sonst so hohe Mauern errichtet haben?"

„Damit wir heute Nacht ruhig schlafen können, Smalon", erwiderte Krishandriel.

„Bevor wir uns zur Ruhe begeben, sollten wir erst den Lachs verspeisen. Ich habe mächtigen Hunger."

„Ein alltägliches Problem!" Smalon grinste den Magier an.

„Lästermaul, lästiges! Wenn du weiterhin so dumm schwätzt, darfst du die Gräten zählen! Vermutlich wirst du sogar satt davon!"

„Könnt ihr nicht einmal euren Mund halten", Saskard schüttelte verstimmt den Kopf, „und einfach nur den Anblick genießen!"

„Wieso? Der Kleine fängt immer an!"

„Besser klein als dick!" Smalon feixte spöttisch lachend in seine hohle Hand.

„Siehst du, siehst du?" regte sich der Magier auf.

„Bei Rurkan!" Genervt knirschte Saskard mit den Zähnen.

„Ich geh jetzt rein, vielleicht brauchen die mich? Ich könnte bei den verschiedenartigsten Berufen helfen. Gewiss wäre ich sehr gefragt."

„Seit wann ist Nervensäge ein Beruf, Smalon?"

„Quatsch du nur, Spitzohr!"

So ging es eine Zeitlang hin und her, bis Elgin Hellfeuer, der mit Hoskorast gelangweilt vor den Toren von Sumpfwasser stand, herüberschrie: „Die ziehen gleich die Zugbrücke hoch, ihr Sackgesichter, also bringt eure Hufe in Gang!"

„Darf ich ihm heute Nacht meine Faust ins Gesicht drücken, Saskard?" Krishandriel rieb sich den Köchel der rechten Hand. „Auch wenn er verhext ist, allmählich regt er mich auf!"

„Nur zu, möglicherweise werde ich dir behilflich sein." Ausnahmsweise war der Zwerg mit dem Elfen einer Meinung.

Sie kamen dann doch schneller in die Stadt als erwartet, denn Smalon, der es vor Neugierde kaum mehr aushielt, trieb sie ständig an. Der Halbling hatte sich fest vorgenommen, noch einen Erkundungsgang zu starten. Nur Schnuppel bremste ihn in seinem Elan. Die ächzenden Holzbalken unter seinen Hufen und die träge dahinfließende Raun brachten das Blut des Ponys mächtig in Schwung. Einmal zappelig, dann wieder erschreckt zusammenfahrend, hüpfte der Vierbeiner dem Halbling hinterher, der hastend an vier Wachen vorbeieilte, ohne die blitzenden, auf Hochglanz polierten Rüstungen zu beachten. Die eingeflochtenen, seegrünen Bänder, die rückwärtig von den Helmen bis über die Schultern der Männer herabhingen, sah Smalon nicht. Jeder Zierstreifen gab Auskunft über den Rang und somit auch über das Ansehen eines Soldaten. In Friedenszeiten wurden die Abzeichen meist für erstandene Fechtkünste verliehen, aber auch Führungsqualitäten und Herkunft waren für eine Karriere von unschätzbarem Wert. Ältere Waffenträger hingegen hatten ihre Ehrerweisungen meist für Tapferkeit im Kampf in den Eislanden erhalten.

Smalon fand keine Zeit, sich mit all den neuartigen Gerüchen und Geräuschen zu befassen. Er wusste überhaupt nicht, worauf er sein Augenmerk zuerst richten sollte. So flogen ein lindgrün gestrichenes Wohnviertel und eine Geschäftsstraße, in der eine Backstube, eine Schmiede, eine Krämerei und eine Schusterei standen, geradezu an ihm vorbei. Obwohl links und rechts immer wieder schmale Gässchen und Steinbrücken in unerforschte Viertel abzweigten, hetzten der Priester und der Zwerg immer weiter, bis sich die gepflasterte Hauptgasse zu einem lichtüberfluteten Platz hin öffnete. Es war ein Marktflecken, auf dem rackernde Männer ihre Waren zusammenräumten, Stände abbauten und Wagen, Packpferde, Handkarren oder nur geflochtene Weidekörbe zur Heimreise beluden.

Die in einem Kanal eingebettete Raun, die sie nach wie vor rechts des Weges begleitete, wurde unmittelbar vor ihnen über die Straße geleitet. Um den Marktplatz zu erreichen, mussten sie eine Steinbrücke überqueren. Nach zweihundert Schritten mündete die Raun in einem weitläufigen See, direkt zwischen einem Pferdehof mit anschließender Weide, auf der gut und gerne zwanzig Tiere grasten, und dem pompösen dreistöckigen Gasthof Goldener Kahn, der wiederum nur über eine Brücke zu erreichen war. Die goldfarben angestrichenen, in Form von Jollen gebauten Balkone – vor allem die an der Stirnseite des Gasthauses – leuchteten im Licht der untergehenden Sonne, als würden sie auf den Startschuss einer allabendlichen Bootsfahrt warten. Flatternd zierten blaugrüne Fähnchen das Dach des Goldenen Kahns, und eine am tiefblauen Himmel kreischende Möwenschar, die akrobatische Flugmanöver vollführte, vollendete das ausdrucksvolle Bild.

Während der Halbling die Pferdekoppel fest im Blick hatte, schlenderten Hoskorast und Elgin über den sich leerenden Platz. Eilends trugen die noch anwesenden Kaufleute ihre Waren zusammen, um endlich nach Hause zu Frauen und Kindern zu kommen. Auch die Gassenjungen, die den ganzen Tag über, nicht selten nur für eine kräftige Suppe, Kaufwillige zu den Ständen gelockt hatten, waren schon verschwunden. In Kürze würde Ruhe einkehren, dann gehörte der Platz allein den Spatzen und Tauben, die schon jetzt in immer größeren Scharen anrückten, um zu Boden gefallene Brotkrumen und andere Essensreste aufzupicken.

„Dort unten am See könnten wir die Vierbeiner einstellen, Smalon."

„Hab den Hof auch schon ins Auge gefasst, Krisha! Meinst du, Halblinge dürfen in einer so noblen Herberge wie dem Goldenen Kahn übernachten?"

„Die Bleibe sieht echt teuer aus. Hoskorast wird dort niemals einziehen."

„Wenn du ihm die Unterkunft zahlst, wird er nicht nein sagen."

„Warum sollte ich ihn heute Nacht schon wieder einladen?" Zweifelnd schaute der Elf dem Halbling ins Gesicht.

„Um ihn zu überwältigen, Krisha! Zwei Zimmer direkt nebeneinanderliegend wären geradezu ideal."

„Für einen Alanor wäre der Gasthof gerade mal akzeptabel, vielleicht bekomme ich das Grafenzimmer. Ich sollte mit dem Besitzer reden", philosophierte Janos vor sich hin.

„Gebt euch keinen Illusionen hin, in der Nobelherberge ist bestimmt kein Zimmer mehr frei! Wir suchen uns besser eine billigere Unterkunft", teilte Mangalas allen seine Meinung mit.

Saskard konnte sich nicht entscheiden. Einerseits wollte er einmal in seinem Leben über dick gepolsterte, rote Läufer lautlos hinwegschweben, sich in mit Marmor verzierten Badewannen genüsslich schrubben, andererseits würde er sich vollständig zugrunde richten. Vor seinem inneren Auge sah er einen wohlgenährten Hausherrn im feinsten Zwirn, der jeden Kupfergroschen freudestrahlend in einen überdimensionalen Säckel fallen ließ. Allein der Gedanke trieb ihm Schweißperlen auf die Stirn.

Inzwischen entlud der Halbling an Ort und Stelle den Rotfuchs und die Maultiere. Die Rucksäcke stellte er auf die gepflasterte Straße.

„Ich schau mal, ob ich für mein Pony ein brauchbares Quartier finden kann, und wenn ich dann noch Lust verspüre, werde ich den Goldenen Kahn auf Tauglichkeit prüfen." Hastig zog Smalon die ungeduldig tänzelnden Vierbeiner, die dem Anschein nach schon ihre Kameraden auf der Weide gewittert hatten, hinter sich her.

„Was macht Smalon nur? Das Gasthaus ist nichts für Leute, wie wir es sind. Der Kleine treibt mich noch zur Weißglut."

„Folge ihm besser, Krisha! Einem Halbling geben sie nie das Grafenzimmer."

„Ja, ja!" entgegnete der Elf mit einem Lächeln.

Rasch eilte er dem Halbling hinterher. Man wusste einfach nie, was Smalon als Nächstes vorhatte, aber augenblicklich schien alles glatt zu gehen.

„Ihr findet uns auf dem Marktplatz", rief Janos den beiden noch nach.

Fröhlich miteinander plaudernd liefen Krishandriel und Smalon durch ein geöffnetes Scheunentor in den Innenhof einer Stallung.

„Seid Ihr ein Pferdemeister?"

„Nein, nein, ich bin der Stallbursche, Fiz! Aber wie kann ich Euch helfen?"

Ein spitzbübisch grinsender, rothaariger Junge, circa fünfzehn Jahre alt, begutachtete fachmännisch das Rotfuchspony und die Maultiere.

„Ich möchte die Vierbeiner bei bester Verpflegung für drei Tage bei Euch einstellen. Geht das?"

„Sicher, dafür sind wir ja hier."

„Nahrhafter Hafer, Heu und Karotten, könnt Ihr damit dienen?"

„Ja, selbstverständlich, und nach Sonnenaufgang kommen sie auf die Weide."

„Hervorragend! Was kostet das Ganze?"

„Wenn Ihr im Goldenen Kahn übernachtet, könnt Ihr für je eine Person ein Pferd bei uns einstellen, ansonsten müsst Ihr fünfzehn Silberlinge zahlen."

„Aha! Krishandriel, wir suchen uns ein Zimmer im Goldenen Kahn!"

„Ich hab's befürchtet. Was kostet eine Unterkunft in der Nobelherberge?"

„Zwei Goldmünzen und fünf Silberlinge. Falls ein Quartier frei sein sollte, braucht Ihr mir nur eure Namen zu nennen." Lächelnd nahm der Stallbursche die Tiere in Empfang.

„Das gefällt mir, und bestimmt wird es Schnuppi auch erfreuen. Komm schon, Krisha! Wir müssen uns ein Zimmer suchen."

„Warte, Smalon! Fiz, was ist das für ein Schimmel dort auf der Weide? Der sieht viel kleiner aus als all die anderen."

„Das ist ein Windläufer aus Larxis, den ein Durchreisender gegen einen Rappen eingetauscht hat. Er steht zum Verkauf. Iser Ibn Said heißt er. Mein Herr Vater sagt, es wäre ein sehr lauffreudiges Tier."

„Mangalas liebt Larxis, wenn ich mich nicht irre! Nur könnte er das Pferd nicht reiten. Es würde glattweg unter ihm zusammenbrechen." Smalon grinste von einem Ohr zum anderen.

„Danke für dein Angebot, Fiz. Ich werde es mir überlegen."

Während Smalon dem Stallburschen noch ein paar Kupfergroschen zusteckte, damit er das Pony auch wirklich liebevoll versorgen würde, dachte Krishandriel über die Herkunft des ausnehmend schönen Schimmels nach. Er konnte zwar nicht sagen warum, aber der Windläufer war ihm vom ersten Augenblick an sympathisch. Vorübergehend meinte er sogar, auf solch einem herrlichen Tier schon geritten zu sein. Das war er zwar noch nicht, dennoch setzten sich Zweifel in seinem Gehirn fest, die er mit Logik nicht begründen konnte.

Bestens gelaunt spazierten die beiden über die schmale Steinbrücke zum Goldenen Kahn hinüber. Bevor sie das Hotel betraten, warf Krishandriel noch einen Blick zum Marktplatz hinüber. Dort sah er, wie Saskard dem Priester und dem Zwerg ihr Gepäck reichte. Zur gleichen Zeit standen Mangalas und Janos nur fünfzig Schritte von den beiden entfernt vor zwei Flachbauten und bestaunten offensichtlich feilgebotene Waren. Mehr Muße zum Verweilen blieb ihm nicht, denn der Halbling eilte schnurstracks über den erdfarbenen Teppich geradewegs zu einer blondgelockten Empfangsdame, deren hellgrüne Seidenbluse aufregend wippte. Das konnte er sich nicht entgehen lassen.

„Verehrte Dame, wir bräuchten zwei Zimmer für je drei bis vier Personen. Am besten mit Ausblick auf die Pferdekoppel", begann Smalon, seinen Wunsch zum Ausdruck zu bringen.

„Besser wäre ein Zimmer nach Westen, um noch die untergehende Sonne zu genießen", fiel ihm der Elf ins Wort.

„Leider kann ich mit keinem von beidem dienen, meine Herren. Wir haben nur noch zwei freie Zimmer im dritten Stock mit Blick auf den Marktplatz."

„Was meinst du, Krisha?"

„Könnten wir die Zimmer besichtigen, bevor wir uns entscheiden?" entgegnete der Elf freundlich.

„Natürlich! Hier sind die Schlüssel für die Zimmer vierunddreißig und fünfunddreißig."

Blitzschnell ergriff Smalon die ihm gereichten Bünde und rannte zur Treppe, die schwungvoll über rotweinfarbene Teppiche nach oben führte. Bei einem Blick über das Geländer sah er noch, wie sich Krishandriel lässig über die Theke lehnte und die üppig ausgestattete Blondine in eines seiner typisch weltoffenen Gespräche verwickelte. Ein infantiles Kichern bestätigte seine Vermutung. Das liebreizende Wesen musste höllisch aufpassen, um nicht dem Charme des Elfen zu erliegen, der nahezu perfekt Süßholz raspeln konnte.

Mittlerweile hatte sich Saskard zu Janos und Mangalas begeben, die nach wie vor ihre Nasen an zwei Schaufensterscheiben plattdrückten. Beide Geschäfte boten ihre Waren hinter Eisenstäben an, und vor den Eingängen wachte ein Berg von Mann, dessen langes schwarzes Haar strähnig über die Schultern fiel. Einfältig, eher dümmlich, vermutlich war er mit wenig Gehirnschmalz und viel Muskelkraft gesegnet, nahm er jeden Besucher argwöhnisch in Augenschein. Der Zweihänder an seinem Bauchgurt, dessen Spitze knapp den Boden verfehlte, sprach jedoch deutliche Worte. Gewiss wusste ihn der Aufseher, dessen Nacken eher zu einem Stier gepasst hätte, auch einzusetzen.

In Lursian Gallenbitters Kräuterladen gab es Gebräue aller Art. Von herkömmlichen Extrakten aus Kamille, Hauswurz, Holunder, Sanddorn, Wegwarte, Johanniskraut, Mistel bis hin zu magischem Allerlei wie Stärke-, Hast- oder Levitationstränken, deren Preise sich in astronomischen Höhen bewegten, gab es für jedermanns Geldsack etwas zu kaufen. Über drei Stufen führte ein Podest aus Brettern direkt zu den Verkaufsräumen. Weder

Saskard noch Mangalas und auch nicht Janos, der sowieso nur wenige Goldmünzen zur Verfügung hatte, wagten sich auf die Stiegen. Konsequent gingen sie denkbaren Auseinandersetzungen mit dem griesgrämigen Aufseher aus dem Weg. Unter strengster Beobachtung schlenderten sie anschließend zum Schaufenster von Gäliens Waffenarsenal hinüber.

„Schau dir den Degen an, Mangalas! Da ist meiner ein klobiges Beil dagegen."

„Du meinst das saphirbestückte Teil mit dem goldenen Griff?" Der Zauberer tippte mit seinem Mittelfinger vorsichtig an die Scheibe.

„Du sagst es." entgegnete Janos schmerzlich.

„Jammerschade! Die Klinge wirst du dir leider nie leisten können." Mangalas zwinkerte Saskard zu. „Der Degen kostet ein Vermögen, und gerade das hast du nicht."

„Natürlich habe ich es!" regte sich Janos auf. „Die Alanors sind eine der angesehensten Familien in Eirach. Schließlich wurde mein Ururgroßvater vor einhundertsieben Jahren zum Ritter geschlagen."

„Warum gehst du dann nicht einfach hinein und erklärst dem Verkäufer, dass dein Ahnherr zum Ritter geschlagen worden ist?" hänselte Saskard den Blonden. „Vielleicht gewähren sie dir auch einen Nachlass."

„Weil ich vor zwei Monaten mein geliebtes Eirach verlassen musste, und dies mit nur einer Handvoll Goldmünzen in der Tasche. Es ist ein Jammer. Ich, der gutaussehende, aristokratische Sohn und Alleinerbe der Alanor'schen Güter, muss mein Essen mit meiner eigenen Hände Arbeit verdienen."

„Schreib doch deiner Mutter. Möglicherweise schickt sie dir ein paar Kupfergroschen!" spöttelte Mangalas.

Ein seelenvernichtender Blick des Diebes ließ den Magier verstummen.

„Vergiss das Prunkstück", griff Saskard das Gespräch wieder auf. „Es liegen eintausend Goldmünzen zwischen deinen momentanen Möglichkeiten und dem Degen."

„Ich weiß!" seufzte Janos.

„Mir gefällt das Kurzschwert, das als Kriegsbeute aus den Eislanden mitgebracht wurde, allemal besser", schoss sich der Zwerg auf die nebenan liegende Waffe ein.

„Genau unsere Preisklasse! Für die Kleinigkeit von zweitausendfünfhundert Goldmünzen werfen sie dir die Klinge glatt hinterher", feixte der Zauberer.

Während sie noch eine Zeit lang über Waffen, deren Vorzüge und Nachteile diskutierten, bummelten Hoskorast und Elgin über den Marktplatz. Vor einer Säule blieben sie stehen.

„Mangalas!" erklang Elgin Hellfeuers Ruf, als würde Feuer in der Stadt ausbrechen. Und noch einmal: „Manggaalass!"

„Was will der bloß von mir?" Misstrauisch tippelte der Magier dem Kleriker entgegen. Janos und Saskard folgten ihm gemächlichen Schrittes.

Triumphierend deutete der Priester auf einen Gesetzesaushang. „Schnell, Hoskorast! Lies die Bekanntmachung vor!"

„Hier steht's!" Die Augen des Zwerges leuchteten vor Freude. „Laut Proklamation der Stadt Sumpfwasser ist es gesetzeswidrig, Königslachse vom Frühherbst bis zum ersten Schneefall zu fangen. Auch das Erwerben oder Feilbieten frischer sowie geräucherter Fische ist strikt untersagt. Überführte Täter werden wie Diebe gerichtet. Das Strafmaß liegt im Ermessen des Wachhabenden und ist sofort zu vollstrecken. Gezeichnet, Graf Jirko von Daelin."

„Mangalas, du bist schuldig! In Sumpfwasser hat es noch nicht geschneit. Hoskorast, lauf zum Wachhabenden. Er soll herbeieilen und dem Dieb die Hand abschlagen", schrie Elgin wutentbrannt aus.

„Du weißt schon, dass Mangalas unser Freund ist?" versuchte Janos einzulenken.

„Er ist nicht mein Freund! Er hat sich der Fischwilderei schuldig gemacht und darf sich seiner gebührenden Strafe nicht entziehen!"

Mittlerweile rannte Hoskorast über den weitgehend menschenleeren Platz, direkt an dem bärbeißigen Leibwächter vorbei, der ungeachtet des Disputs für niemanden Partei ergriff.

Während Janos nach besänftigenden Worten suchte, spürte Saskard, wie ihnen die Situation entglitt. Die Augen des Klerikers leuchteten blutrot, sein Mund, fratzenhaft vom Jähzorn entstellt, spie Gift und Galle, und sein Geist schien vollkommen verdreht zu sein.

Zu Tode erschreckt suchte Mangalas Saskards Blick. „Elgin?! Ich hab doch ..."

„Schweig, Fettwanst! Am liebsten würde ich dich selbst richten!"

Beschwichtigend winkte Saskard ab und trat zwei Schritte zurück.

„Genau, Elgin! Mangalas wird seine rechte Hand verlieren. Recht so!" teilte Janos überraschend die Meinung des Priesters.

„Bist du übergeschnappt? Ihr könnt doch nicht ...! Wäre ich nur in Retra ..." Mangalas konnte Janos nicht verstehen.

„Du verdammter Bastard wirst mich nicht täuschen!" Jäh drehte sich der Priester auf dem Absatz um. Im Licht der untergehenden Sonne sprang ihm ein goldgelb leuchtender Buchenkeil in die Hand. Der Zwerg, der seine Axt bereits gezogen hatte, bog sich wie ein Gummiband zur Seite. Jedoch nicht weit genug. Elgins Arm, länger als jeder Degen, schnellte vor. Knapp oberhalb des Herzens durchbohrte das spitze Holz Saskards Wams und vermengte perlfrisches Rot mit milchigbleichem Weiß.

„Und du stirb auch!" Wie von Zauberei geführt stieß Elgin mit einem zweiten Pflock erneut zu. Doch Janos federte geradezu lässig zur Seite und schlug dem Kleriker den Griff seines Degens an die Schläfe. Krampfhaft versuchte sich Elgin in der Leere festzukrallen, aber es half nichts. Das steinharte Pflaster nahm ihn krachend in Empfang. Benommen blieb er liegen.

„Komm schon, Mangalas! Beeil dich!" zeterte Janos. „Die Wachen rücken schon an! Wirst du auf frischer Tat ertappt, bist du deine Hand los."

„Dieser Mistkerl hat mich tatsächlich angeschwärzt. Wäre er nur am Klingenberg verreckt!"

„Das hilft dir jetzt auch nicht!" Janos zog und zerrte den Magier, aber der rührte sich nicht.

„Wir können doch Saskard nicht liegen lassen!" schrie Mangalas wie von Sinnen.

„Doch! Genau das müssen wir! Krisha wird sich schon um ihn kümmern. Jetzt komm endlich!"

Als Smalon das geschmackvolle, mit Kirschholzmöbeln ausgestattete Zimmer besichtigt hatte, hörte er Elgin brüllen. Neugierig eilte der Halbling auf den Balkon. Er konnte kaum glauben, was er sah. Nahezu fliegend jagte Janos in die mittlere der fünf Gassen, die allesamt nördlich des Händlerplatzes sternförmig in die Altstadt liefen. Sein brauner Brokatmantel wehte vom Wind aufgebauscht wie eine flügelschlagende Fledermaus hinter ihm her. Schreiend folgte ihm Mangalas, dessen kurze Beine sich schier zu überschlagen drohten. Dann waren sie auch schon verschwunden.

Von der Südseite des nahezu menschenleeren Platzes führte Hoskorast vier Leibgardisten in ihren silbrig glänzenden Rüstungen herbei. Unbeherrscht kreischte der Zwerg auf, als er den Zauberer fliehen sah.

Unterdessen kam Elgin wieder hoch. Er wankte wie ein Schiff im heftigsten Sturm. Schwerfällig taumelte er der äußersten rechten Gasse entgegen, deren ineinander verschlungene Ecken, Vorbauten und Schrägen das

Sonnenlicht fernhielten. Augenblicklich verschluckte ihn der Schatten. Aber das tintenschwarze Geschöpf, das Elgin pfeilschnell über die Dächer folgte, erspähte Smalon trotzdem.

Urplötzlich sprang auch noch Krishandriel aus dem Eingangsportal des Goldenen Kahns. Mit wehendem Haar rannte er auf den mühsam wieder hochkommenden Saskard zu.

Der Aufseher vor Lursian Gallenbitters Kräuterladen wusste nun überhaupt nicht mehr, wohin er seinen Blick richten sollte. Er hatte aber seinen riesigen Zweihänder gezogen und blickte abwartend lauernd von links nach rechts und von Osten nach Westen. Seinen angestammten Platz vor den beiden Geschäften verließ er jedoch nicht. Nur nach den zwei aschgrauen Tauben, die über sein Haupt hinwegsegelten, stieß er sein Schwert. Hinter Giebeln, Dächern, Fahnen und rußgeschwärzten Kaminen entschwanden die Vögel seinem Blick.

An und für sich wären Smalon die farblosen Tauben nicht aufgefallen, aber die hektische Bewegung des Wachpostens hatte seine Sinne alarmiert. Irgendetwas stimmte nicht. Wenn er nur wüsste, was? Wie Schuppen fiel es ihm von den Augen: Den beiden grazilen Gleitern fehlten die für diese Region so typischen blassrosa Deckschwingen.

Stählernes Kettengerassel ließ Smalons Blick wenden. Knatternd und ratternd wanderte die eisenbeschlagene Zugbrücke in das lachsrot schimmernde, von nur wenigen Federwolken gesprenkelte Abendrot. Aus heiterem Himmel durchfuhr es den Halbling wie ein Blitz: „Wir sind eingeschlossen!"

Kapitel 3

Bezaubernde Klänge

Wie der Wind fegte Janos Alanor durch die schmalen Gassen der Altstadt. Einmal raste er links durch eine Passage, dann überquerte er einen Kanal, und anschließend rannte er nach rechts in einen Seitenweg. Mangalas hinter ihm japste wie eine Schindmähre in schlimmster Atemnot. Aus den Augen ließ ihn Janos nicht. Es würde heikel werden, verflixt heikel, und immer noch hatte er keinen geeigneten Schlupfwinkel aufgespürt, in dem sich der Magier verstecken konnte. Um sich selbst sorgte er sich nicht. Verfolgungsjagden in Städten trieben zwar seinen Puls in ungeahnte Höhen, aber der Nervenkitzel reizte ihn ungemein. Erwischt hatten sie ihn schließlich noch nie, obwohl sich die Flucht in der fremden Stadt um ein vielfaches schwieriger gestaltete als seinerzeit in Eirach. Den Magier wollte er jedoch retten, auch wenn er sich selbst opfern musste, aber gerade das Spiel auf Messers Schneide machte die Hatz so reizvoll. Erfreulicherweise streckten schon die Schatten der Nacht ihre Arme nach ihnen aus.

Rasant flogen eine Reihe rot angestrichener Holzhäuser, ein freier Platz mit einem Springbrunnen in der Mitte, dessen sechs Schwanenschnäbel lautlos nach Wasser klapperten, ein Hut- und etliche Warenläden, Kaschemmen wie das Rote Fass und die Tausend Hände nur so an ihnen vorbei. Immer wieder teilten sich die Wege. In einer Gasse mit zwei- und dreistöckigen Scheunen und Gehöften erspähte Janos jede Menge Schiebetore, die allesamt mit Vorhängeschlössern verriegelt waren. Wie von selbst legte sich ein schmuckloser Dietrich in seine geschmeidigen Finger. Zwei, drei schnelle Drehungen und schon sprang das Eisen auf.

„Beeil dich!" rief er Mangalas zu.

„Ich kann nicht mehr, Janos!"

„Siehst du die Luke dort oben? Lauf hoch und werfe das Seil herab. Nun mach schon!"

Janos hatte das Gefühl, von den Häschern eingekreist zu werden. Die kannten die Gassen wie ihre Westentaschen, er dagegen konnte sich nur auf seinen Instinkt verlassen. Hechelnd rannte der Zauberer ins zweite Stockwerk empor, während Janos das Herz schier auszusetzen drohte. Es schien, als würde Mangalas eine Treppe zu den Sternen hinauflaufen, so endlos kam es ihm vor. Bei jeder einzelnen Stufe, die unter dem Gewicht Mangalas' herzzerreißend aufstöhnte, meinte Janos dem Galgen einen

Schritt näher zu kommen. Mittlerweile hatte Janos seinen Rucksack in der Scheune auf dem Boden abgelegt und das Schloss von außen wieder verriegelt. Letztendlich saß er nun in der Falle.

Auf einmal hörte er Stiefel auf den Plastersteinen klackernd näher kommen. Nur dem glücklichen Umstand, dass sich die Gasse wie ein Bogen spannte, verdankte er es, nicht gesehen zu werden. Während er sich fieberhaft einen Fluchtplan zurechtlegte, fiel ihm das Tau vor die Füße. Rasch griff er zu, und Sekundenbruchteile später schwebte er schon dem nachtblauen Himmel entgegen.

Mangalas zog wie von Sinnen. Er glaubte, am Rande einer Ohnmacht zu stehen, und ausgerechnet jetzt kitzelte ihn trockenes Stroh in der Nase. Als sich seine Nase rümpfte, schwebte Janos zur Luke herein. Ungestüm drückte der Dieb dem beinahe Niesenden seinen Brokatmantel mitten ins Gesicht. Mangalas' Augäpfel weiteten sich, sie wurden größer und größer, Janos dachte, sie würden gleich herausspringen, doch kein Laut kam über die Lippen des Zauberers. Zeit, um die Luke zu schließen, hatten sie nicht. Zudem hing das Seil noch gute zwei Ellen ins Freie und pendelte wie eine Standuhr gleichmäßig hin und her. Fatalerweise rieselte feiner Heustaub wie glitzernder Goldregen in die Tiefe. Der Wachsoldat, der das Schloss prüfte, merkte jedoch nicht, dass sich gelb schimmernde Partikel auf seiner Uniform festsetzten. Gewissenhaft eilte er weiter. Nach oben sah er nicht. Als Janos Hoskorast fluchen hörte, war die Dachluke schon längst verschlossen.

Mittlerweile hatte Krishandriel Saskard erreicht, der zitternd in seiner linken Hand einen Buchenkeil hielt. Knapp oberhalb des Herzens hatte sich der Pflock in seine Schulter gebohrt. Im Grunde genommen war es nur eine Fleischwunde. Sonderbarerweise zersetzte jedoch das heimtückische Weiß Saskards groblederes Zwergenwams, und das machte den Elfen stutzig.

„Ist es Gift, Krisha?"

„Um ehrlich zu sein, ich weiß es nicht! Auf alle Fälle solltest du schleunigst deine Sachen ablegen, anschließend wasche ich die Wunde aus und verarzte dich."

„Habt ihr eine Unterkunft gefunden?" Immer wieder besah Saskard den Buchenkeil.

„Ich denke schon. Smalon besieht sich gerade zwei Zimmer im Goldenen Kahn."

„Dann lass uns gehen. Es wird dunkel, und auf Elgins Gesellschaft kann ich getrost verzichten."

Schweigend hob Krishandriel auch den zweiten, golden glänzenden Buchenkeil auf. Liegen lassen wollte er die absonderliche, noch unberührte Stichwaffe nicht. Eventuell konnten sie der eigenartigen Substanz auf die Spur kommen. Schwierig würde es allemal werden. Das fremdartige Weiß schien ihm mehr als ungewöhnlich zu sein. Im Stillen hoffte er, Rurkan würde dem Zwerg in den kommenden Tagen zur Seite stehen.

Urplötzlich knickte Saskard ein, und Krishandriel erwischte ihn gerade noch am rechten Arm, bevor der Zwerg stürzte. Es schien, als hätte Saskard einen Schock davongetragen. Seine blassbläulich zittrigen Lippen, sein jagender, schwer tastbarer Puls, die Schweißperlen, die silbrig auf seiner Stirn glänzten, und sein apathischer Blick ins Leere ließen nichts Gutes verheißen.

Während Saskard, gestützt von dem Elfen, schwankend auf den Eingang des Hotels zulief, rannte ihnen der Halbling entgegen.

„Wie geht es dir?" schrie er schon von weitem.

Bevor Saskard antworten konnte, erwiderte der Elf: „Alles in Ordnung! Nur eine Fleischwunde." Smalon, der die Situation intuitiv erfasste, hörte sofort einen befremdlichen Unterton in Krishandriels Stimme; da brauchte er nicht erst dessen ständiges Augenzwinkern zu sehen. Wortlos hob der Halbling Saskards Gepäck auf und eilte den beiden voraus. Der Empfangsdame hinter der Theke warf er im hohen Bogen einen Schlüsselbund zu. „Wir nehmen Zimmer fünfunddreißig. Geht das in Ordnung?"

„Gewiss doch!" Schmachtend seufzte die Blondine, als sie Krishandriels knackiges Hinterteil erblickte, aber der Elf beachtete sie nicht. Dabei wartete sie nur auf den rechten Moment, um ihre Hüllen fallen zu lassen; und zu bieten hatte sie allemal mehr als der Durchschnitt.

Saskards Verletzung sah nicht gut aus. Unter bestmöglicher Versorgung sollte die Wunde in zwei bis drei Tagen von Schorf bedeckt sein und abheilen, aber ein hungriges Insektenheer schien seine Haut systematisch aufzuzehren. Zudem erhitzten lodernde Flammen seinen Körper. Erst ein fiebersenkender Tee, den der Halbling als altes Hausmittel – eine Mischung aus Arnikablütenblättern, Hauswurz, Holunderblüten, Johanniskraut und Pomeranzenblüten – über den grünen Klee pries, ließ Saskard in einen ruhigen Schlaf fallen. Flüsternd zogen sich Smalon und Krishandriel aus der Kammer zurück.

„Was meinst du, Smalon?"

„Übel, sehr übel!" Der Halbling zog die Stirn zu hundert Falten.

„Sprich nicht in Rätseln!" Krishandriel ärgerte sich. Erbost blickte er auf den Halbling hinab.

„Ich bin kein Heiler! Aber ich denke, es handelt sich um das Blattgift eines Maulbeerbaumes", mutmaßte Smalon.

„Wenn wir die Substanz kennen, dürfte es nicht allzu schwierig sein, ein Gegenmittel zu finden", grübelte der Elf, während sein Blick über die weißen Wände glitt.

„Das eben ist unser Problem. Es gibt weit mehr als dreitausend verschiedenartige Maulbeerbäume. Wie sollen wir aus der Unmenge das Passende ausfindig machen?"

„Was weiß ich? Elgin hätte bestimmt eine Idee!" Krishandriel hasste es, im Sumpf zu stehen.

„Vielleicht! Um Rat brauchen wir ihn aber nicht zu fragen. Besser wäre, wir verbarrikadierten uns vor ihm."

Krishandriel blickte zur Tür und überlegte, wie er sie zuverlässig verschließen konnte. Dann klopfte es. Ein Kloß verschloss seinen Hals. „Sollen wir aufmachen?" murmelte er leise.

„Nein, lieber nicht! Vielleicht ist es Elgin, der uns hinrichten will." Smalon nahm seinen Bogen zur Hand.

„Quatsch, so ein Quatsch! Bestimmt sind es Mangalas und Janos, die endlich die Wachen abgeschüttelt haben! Wir müssen ihnen Unterschlupf gewähren."

Klopf, klopf.

„Es könnte auch eine Falle sein!" flüsterte der Halbling nervös.

„Spinn dich aus!" Krishandriel öffnete die Tür.

Es war jedoch die blondgelockte Empfangsdame, die ihre hellgrüne Bluse gegen ein hautenges, orangefarbenes Nichts ausgetauscht hatte. Die Brüste der jungen Frau sprangen dem Elfen geradezu in seine waldesgrünen Turanaoaugen. Er konnte den Blick einfach nicht von ihnen nehmen. Sie hypnotisierten ihn regelrecht. Das Tablett mit den Speisen sah er nicht.

„Hallo, Krisha! Da Ihr heute Abend nicht zum Essen kommen konntet, dachte ich, Ihr würdet gerne auf dem Zimmer speisen. Ich habe drei Portionen Kohlgemüse mit gerösteten Bratkartoffeln, frischem Endiviensalat und gegrillten Taubenbrüstchen mitgebracht."

„Wie du an uns denkst, Jasmin, das ist schon einzigartig. Und Hunger haben wir auch, nicht wahr, Smalon?"

Das Blondinchen strahlte wie eine Sonne, während der Halbling seinen Bogen entspannte.

„Komm herein und leiste uns Gesellschaft!" bat der Elf die blonde Frau.

„Das würde ich nur zu gerne tun, Krishhaa, leider muss ich noch bedienen!"

Wie sie das Wort „Krishhaa" schon aussprach, brachte Smalon nahezu an den Rand einer Krise. Sie hatten doch schon hinreichend Schwierigkeiten, fuhr es ihm durch den Kopf, da brauchten sie nicht noch ein weiteres Problem. Unterdessen schwebte die junge Frau leichtfüßig wie eine Gazelle über den rotweinfarbenen Teppich davon. Sie winkte ohne Unterlass, und Krishandriel schickte ihr einen Kussmund hinterher.

Beim Anblick des Essens bekam der Halbling unverhofft Hunger. Hastig griff er zu Messer und Gabel. Auch Krishandriel ließ sich nicht zweimal bitten, die warme Mahlzeit duftete zu verführerisch.

Klopf, klopf.

„Wer ist denn das schon wieder?"

„Ich steh nicht auf!" Smalon führte eine Kartoffel zum Mund. „Ist bestimmt wieder für dich."

„Mich kennt in Sumpfwasser doch niemand!" regte sich der Elf auf.

„Doch! Jasmin Farell und Mira Lockenrot!"

„Die würde mir gerade noch fehlen." Beunruhigt stand Krishandriel auf und ging zur Tür. „Jasmin! Hast du wohl doch Zeit?"

„Nein, Krishhaa! Ich wollte Euch nur eine Flasche Garnuser Glitzerbeere bringen."

„Das ist sehr lieb von dir. Smalon und ich trinken jedoch mit Vorliebe Apfel- oder Traubensaft mit Wasser vermengt." Krishandriel blinzelte der Frau zu. „Würde es dir viel Mühe bereiten, uns zwei Krüge zu bringen?"

„Nein, keineswegs, Krishhaa. Ich mach das doch gerne!"

Smalon schlitterte in eine Krise. Das Turteln ging ihm mächtig an die Nerven. Während er sich dem Essen widmete, bat er sämtliche Gottheiten, die er kannte, um inneren Frieden. Es half aber nichts. Das Seelenheil blieb ihm verwehrt.

Kaum saßen sie wieder am Tisch, klopfte es erneut.

„Die macht mich wahnsinnig!" stöhnte Smalon auf. „Vielleicht solltest du sie vernaschen, damit endlich Ruhe herrscht."

„Höre ich einen Hauch von Eifersucht?"

„Neiinn! Jetzt öffne ich, und dann sag ich ihr meine Meinung!"

„Untersteh dich!"

Erbost stapfte Smalon zum Eingang. „Habt Ihr eigentlich daran gedacht, uns im Pferdestall anzum…?"

„Bitte?"

Verwirrt starrte der Halbling auf einen circa sechs Fuß großen Mann mit schwarzem Haar und buschig gedrechseltem Schnurrbart, der sich über die Wangen bis hinauf zu den Augen ringelte. Sein Spitzbauch, den er wie ein Bajonett vor sich herschob, kam Smalons Gesicht bedrohlich nahe.

„Ich glaube, werter Herr, Ihr habt Euch in der Tür geirrt!"

„Nein, denke ich nicht! Man ließ mich zu einem Verletzten namens Saskard rufen."

Durch Smalons Gehirn jagten eintausend Gedanken gleichzeitig. Woher weiß der komische Schnauzbart, dass Saskard verletzt ist? Woher kennt er überhaupt seinen Namen? Wir haben doch keinen Arzt gerufen? Aber ebenso sah der Fremde aus.

„Seid Ihr ein Heiler?" fragte Krishandriel, dem anscheinend ähnliche Ideen den Geist verwirrten.

„So könnte man mich bezeichnen. Ein Diener der Natur träfe es auf den Punkt. Kann ich den Kranken sehen?" erkundigte sich der Fremde unverblümt und schob seinen Bauch in die Stube hinein.

„Heeee! Wohl verrückt geworden, wie?" schimpfte Smalon. Urplötzlich erspähte Krishandriel ein silbernes Funkeln unter dem Mantel des vermeintlichen Heilers. Kurzerhand zog er sein Schwert, und auch Smalon zückte seinen Dolch.

„Jetzt hört doch auf, ihr Narren, und lasst mich rein!"

Ungestüm drängte er den Halbling beiseite, um die Eingangstür hinter sich zu verschließen.

„Noch einen Schritt weiter und Ihr werdet den heutigen Tag als Euren Letzten bezeichnen", polterte Smalon los, der nicht im Leben daran dachte, den angeblichen Arzt vorbeizulassen.

„Ich bin es! Kennt ihr euren Gefährten Janos denn nicht mehr?"

„Janos ist blond und nicht so dick!" zischte der Halbling wie ein Nest voller hochgiftiger Nattern.

Glucksend zog der Fremde eine Perücke vom Kopf, und hellblondes Haar kam zum Vorschein.

„Janos! Du!" fuhr es Krishandriel aus der Kehle.

Smalon war sprachlos. Da hatte sie der Blondschopf aufs Glatteis geführt, und sie hatten nichts bemerkt, ja nicht einmal etwas geahnt.

„Ich sollte ihn mit meinem Dolch kitzeln, Krisha. Wie kann er Freunde nur so hinters Licht führen?"

Je mehr Janos bewusst wurde, dass sie ihn leibhaftig nicht erkannt hatten, desto mehr verzog sich sein Mund zu einem Grinsen.

„Ja, ja, lach nur. Wir sind eben vorsichtig!" Krishandriel bat Janos Platz zu nehmen. „Erzähl uns lieber, wie es Mangalas geht."

Nachdem sich Janos zu ihnen an den Tisch gesetzt hatte und den beiden von seinem Abenteuer mit den Wachen erzählte, klopfte es erneut.

„Ich dreh noch durch!" Zerknirscht stapfte Smalon an die Tür, während Janos seine Perücke wieder zurechtrückte.

„Krishaaa! Es ist Jasmin! Sie möchte dir persönlich das Wasser reichen."

„Die Blonde von der Pforte?"

„Sieht hübsch aus, nicht wahr?" Rasch eilte Krishandriel zum Eingang.

„Du meinst wohl ihren Busen!" neckte ihn flüsternd Janos.

Wenig später kam Krishandriel mit den Getränken zurück. Smalon meinte, durch die verschlossene Tür knutschende Laute vernommen zu haben, aber eigentlich war es ihm egal. Hauptsache, er konnte in Ruhe speisen. Nachdem er seine Portion aufgegessen hatte, zog er auch Saskards Teller heran.

„Hast du Hunger, Janos? Falls ja, werde ich Jasmin bitten, dass sie dir auch ein Gericht bringt."

„Nein danke, Krisha. Bin mehr als randvoll. Habe Riesenmengen von Räucherlachs vertilgt. Den Fisch kann ich euch wärmstens empfehlen. Erstklassig im Geschmack, nur die Sahnemeerrettichsoße und ein Gläschen Savjener Perlwein hätten den Hochgenuss in seiner Einzigartigkeit noch steigern können." Janos rollte seine Augen „Schade, dass es Mangalas nicht zu schätzen wusste."

Der Blondschopf hatte sich beeindruckend verkleidet. Selbst jetzt, wo sie es wussten, fiel es ihnen immer noch schwer, den schlaksigen Dieb vor sich zu sehen.

„Nimm wenigstens die Haarpracht ab, Janos! Fortwährend denke ich, der Arzt von Sumpfwasser sitzt mir gegenüber", brummelte Smalon, der ausnahmsweise auch die zweite Portion verzehrte.

„Wie geht es Saskard?" erkundigte sich Janos bei seinen Freunden.

„Nicht gut! Smalon meint, das Blattgift eines Maulbeerbaumes hat ihn vergiftet. Aber sieh selbst. Das ist der Buchenkeil, der dich treffen sollte."

„Vorsicht!" wisperte der Halbling.

„Gib mir deinen Dolch, Smalon!" Behutsam drückte Krishandriel die Klinge durch einen Schweinedarm an der Spitze des Holzes. Aus dem feinen Schnitt rann zähflüssig milchigweißer Saft, tropfte auf den Tisch und fraß sich ein fünftel Zoll tief in die Eichenplatte. Das Messer nahm keinen Schaden.

„Meine Güte!"

„Glaubt mir, es ist das Gift eines Maulbeerbaumes, es kann Fleisch, Haut und Knochen zersetzen. Schaut euch nur Saskards Wams an, dann wisst ihr, wie gefährlich der Saft ist", wiederholte Smalon seine Gedanken.

„Wir sollten den Buchenkeil zu einem Heiler bringen. Möglicherweise kann uns einer ein Gegenmittel anrühren."

„Und wenn nicht?" hielt Janos dagegen.

„Dann haben wir ein Problem", erwiderte Krishandriel.

„Ich sehe nach Saskard." Hurtig rutschte der Halbling vom Stuhl und trippelte in das nebenan liegende Schlafgemach.

„Wie wird es wohl Hoskorast und Elgin ergehen?"

„Keine Ahnung, Krisha! Und ich will es auch nicht wissen", entgegnete Janos abweisend.

Da es nichts mehr zu bereden gab, hingen die beiden ihren Gedanken nach, bis Smalon wieder am Eichentisch Platz nahm.

„Es geht ihm schlecht. Dem Anschein nach breitet sich das Gift weiter aus. Mit Gewissheit werde ich es jedoch erst morgen früh sagen können. Ich vermute, wir brauchen ein Heilmittel, sonst können wir Saskard noch in Sumpfwasser zu Grabe tragen."

„Keine rosigen Aussichten!" Deprimiert lehnte sich Janos auf seinem Stuhl zurück.

„Ich habe es schon einmal gesagt. Wieso bringen wir Saskard nicht zu einem Heiler?" wiederholte Krishandriel seinen Vorschlag.

„Haben wir Alternativen?" warf Janos locker lässig in die Runde.

„Wir könnten Elgin suchen", meinte der Halbling nüchtern. „Falls wir ihn finden, überwältigen wir ihn und schleppen ihn zu einem Magier. Allzu große Hoffnungen sollten wir in den Plan jedoch nicht setzen."

„Eine Idee hätte ich noch. Es könnte sich allerdings auch um eine verschrobene Idee handeln." Krishandriel ließ noch immer Smalons Dolch durch seine Finger gleiten.

„Spuck's aus, und spann uns nicht auf die Folter!" drängelte Smalon, dem es meist nicht schnell genug gehen konnte.

„Iselind hat mir geraten, wenn Not am Mann sei, auf telepathischen Geiststrängen zu wandeln. Falls ich sie aufspüre, könnte ich sie um Hilfe bitten."

„Probiere es zumindest, mehr als schiefgehen kann es nicht", antwortete Smalon noch immer gereizt.

Nachdem Janos ins gleiche Horn stieß, setzte sich Krishandriel nahe des Kamins – das Holz knackte, und das Feuer verströmte angenehme Wärme – auf ein flauschiges Schaffell, um in sich zu gehen. Er schloss seine Augen und sandte einen tiefblauen Gedankenflug an die schwarzhaarige Elfin. Dann klopfte es erneut.

„Ich werd noch verrückt!" stammelte der Halbling außer sich.

Krishandriel, der schon ahnte, dass Jasmin vor der Tür stehen würde, erhob sich rasch.

„Hallo, ich konnte noch drei Nachtische für euch abzweigen. Pfannkuchen mit heißen Birnen."

Obwohl der Halbling das Blondchen am liebsten in den Erdboden gestampft hätte, versiegten beim Anblick der leckeren Früchte all seine Hassgefühle wie ein Regenschauer in der Wüste. Köstliche Süßspeisen liebte er über alles. „Danke, Jasmin. Lieb von dir", brachte er beschämt über die Lippen.

Nachdem auch Janos die reizende Frau in den höchsten Tönen gelobt hatte und Krishandriel die sehnsuchtsvollen Blicke mehr als ausgiebig erwiderte, schwebte Jasmin wie auf Wolken davon.

„Hübsch ist sie schon!" feixte Janos. „Als Masseuse wäre sie nicht zu verachten."

„Ich sehe es eher umgekehrt. Die hat einiges zum Massieren. – Vermutlich will sie aber ein Heim mit vielen kleinen Krishas!" zwitscherte der Halbling vergnügt.

„Witzig, witzig, Smalon! Hab lange nicht mehr so gelacht." Ärgerlich lehnte sich der Elf auf seinem Stuhl zurück.

„Großer Busen, himmlisch zum Schmusen!" Smalon fand den Reim, den er zum Besten gab, einfach köstlich.

„Zum Drachen noch mal! Ihr könnt lästern, soviel ihr wollt. Ich werde doch kein so reizendes Angebot ausschlagen!"

„Nein, auf keinen Fall!" fuhr es Janos und Smalon gleichzeitig aus dem Mund.

„Ihr seid Deppen!" Krishandriel streckte seine Hände zur Decke aus. „Was habe ich nur verbrochen?"

„Du hast sie noch nicht vernascht!" Freudentränen kullerten dem Halbling über die Wangen.

Dann dachten sie wieder an Saskard, der sich im Zimmer nebenan unruhig in den Schlaf wälzte. So setzte sich der Elf ein weiteres Mal vor das knisternde Feuer, schloss seine turmalingrünen Augen und schickte einen dunkelblauen Geistesblitz zum Turanao.

*

Das von der Elfin gesammelte Bruchholz war niedergebrannt. Nur noch die Glut glimmte. Im weiten Rund der Lichtung pulsierte, rauchte, flammte und knisterte es jedoch an allen Ecken und Enden. Eine bezaubernde Stimmung hätte über dem Lagerplatz der Himmelsstürmer liegen können, wenn da nicht Ängste und dunkle Prophezeiungen wie bleischwere Nasswolken über dem Clan geschwebt hätten. Erst heute Morgen hatten sie ihre einzigartigen Baumhäuser verlassen und waren nach Norden ins Ungewisse gezogen. Der Ältestenrat hatte beschlossen, den untoten Heerscharen, die sie unter Tiramirs Führung erwarteten, erst einmal auszuweichen. Alle waren aufgebrochen, auch die Ergrauten und Gebrechlichen, selbst wenn sie kaum mehr laufen konnten, zurückbleiben wollte letztendlich niemand. Entlang verschlungener Dschungelpfade, durch glasklare Bäche und über blau schimmernde Felsterrassen hinweg hatte sie Tion geführt. Nach bestem Wissen suchte er Wege, auf denen sie keine Spuren hinterließen. Auf Iselinds Anraten schickte der Lagerführer auch Abordnungen nach Wiesland und Windwasser, um den dort lebenden Menschen ins Gewissen zu reden. Ob sie seinen Boten jedoch Glauben schenkten, stand in den Sternen. Zu oft war er schon enttäuscht worden, allesamt schienen sie der Habgier, dem Neid und der Eifersucht verfallen zu sein. Er hoffte inständig, dass sie ihre verblendeten Augen rechtzeitig öffneten, damit sie der drohenden Gefahr begegnen konnten. Iselind ahnte jedoch, dass Tions Hoffnungen auf den zahlreichen Halblingsstämmen im Nordwesten an der Grenze zu Larxis und natürlich auf ihren engsten Verwandten, den Elementarbeschwörern, ruhten.

Jetzt, in den ersten Nachtstunden, pausierte das Leben. Der anstrengende Marsch hatte den Elfen, besonders den Kindern und den Kranken, alles abverlangt. In warme Decken gehüllt, schliefen sie schon tief und fest oder ließen gedanklich die Zukunft erblühen.

Auch Iselinds Kräfte neigten sich dem Ende zu. Das ständige Vor- und Zurücklaufen, um Gebrechlichen oder Erschöpften über schwierige Wegstücke hinwegzuhelfen, hatte sie geschafft. Kurioserweise folgten ihr seit den frühen Morgenstunden zwei rotbuschige Fuchskinder. Vielleicht hatten die beiden ihre Mutter verloren, möglicherweise wollten sie auch nur spielen, jedenfalls wichen sie nicht mehr von ihrer Seite. Dreimal hatte sie die Rüden in den Dschungel zurückgetragen, geholfen hatte es nichts. Kaum waren die jungen Füchse ihrem Blick entschwunden, hörte sie auch schon wieder deren Schritte hinter sich hertrapsen. Nun lagen sie zusammengerollt auf und um ihre Füße – gerade so wie neugeborene Kätzchen – und grummelten leise im Schlaf. Nur ihre weißen Ohren stellten sich von Zeit zu Zeit gegen den Wind, so als lauschten sie den Geräuschen der Nacht; ähnlich wie Ilse, die über ihr in der Krone eines Virola-Baumes, dessen Harz als Pfeilgift verwendet werden konnte, ihr Nachtlager aufgeschlagen hatte.

Gleichwohl flößten ihr die lieblich verspielten, rotbraunen Gesellen Respekt ein. Beim gemeinschaftlichen Abendessen hatte sie Tion über ihre Findlinge belehrt. Er meinte, dass es keine normalen Füchse, sondern Riesenfüchse wären, dabei sahen die Burschen so niedlich aus. Die schwarzhaarige Frau konnte sogar ihre nackten Füße in dem schon dichten Winterfell der beiden wärmen. Es schien ihnen nichts auszumachen, eher im Gegenteil. Zog sie ihre Zehen ein, begannen die Fuchskinder jämmerlich zu winseln und dies schon am allerersten Tag ihres Beisammenseins. Dennoch prüfte sie mit sorgenvoller Miene deren spitze Krallen und die weiß glänzenden Zähnchen, die eine Länge von über zwei Zoll erreichen konnten. Ausgewachsen brachte ein Riesenfuchs bis zu fünfhundert Pfund auf die Waage, und wirklich fürchten musste das Raubtier nur übergroße Fleischfresser und Drachen. So fühlte sich Iselind zwischen liebevoller Fürsorge und aufkeimender Unruhe hin und her gerissen. Für heute hatte sie jedoch beschlossen, nichts mehr zu unternehmen, und was der morgige Tag brächte, machte ihr im Moment kein Kopfzerbrechen. Entspannt legte sich Iselind zurück und genoss die Stille der Nacht. Über ihr zogen gewaltige Wolkenlanzen wie Riesenschiffe durch das funkelnde Sternenzelt. Als sie die Müdigkeit übermannte, schloss sie die Augen.

Unvermittelt streifte ein türkisblauer Blitz ihre Gedanken. Trrstkar? Bist du es? ... Nein! ... Wer dann? ... Ob es Untote sind?

Immer wieder hatte sie ihr Lehrmeister vor magisch bewanderten Sehern der Unterwelt gewarnt. Auch unter ihnen gäbe es bedeutende Telepathen, sagte er nur allzu oft. Sie musste auf der Hut sein. Zaghaft sandte sie feine Nesselfäden aus. Erst meinte sie, einem besonders raffinierten Hexenmeister gegenüberzustehen, der sie in eine Geistfalle locken wollte; und Möglichkeiten gab es schier ohne Grenzen, dann aber erfühlte sie Krishandriel, der unkontrolliert Stränge durch die Nacht leitete. Flugs fasste sie den Wirrwarr von Gedanken zusammen und schloss die Verbindung.

„Krisha, bist du es wirklich, oder täuschen mich meine Sinne?"

„Iselind! Ich hab's geschafft! Ich bin der Größte, der Beste, juhuuuu!"

„Übertreib mal nicht! Das habe ich schließlich von dir erwartet, aber von wirklicher Größe bist du noch weit entfernt."

„Fass ich's! Ich bin einmalig, einzigartig! Grandios müsste mein Nachname sein."

„Heb nicht ab, Krisha! Überlass das den Schmetterlingen. Sag mir lieber, was dich zu mir führt! Grundlos suchst du mich bestimmt nicht auf, oder vermisst du mich?"

„Natürlich vermisse ich dich! Allerdings stecken wir bis zum Hals im Morast, und du könntest uns wieder herausziehen."

„Das hätte ich mir denken können! Du wirst dich doch nicht mit einer Menschenfrau eingelassen haben?"

„Ich doch nicht! Was denkst du von mir!"

„Nur das Beste! – Seit du weg bist ist es so langweilig, Krisha!"

„Bei mir tut sich auch nichts! Weit und breit keine schöne Frau in Sicht!"

„Armer Krisha!"

„Wenn ich wieder zurück bin, sollten wir Versäumtes schleunigst nachholen."

„Gib dich keinen Hoffnungen hin, ich werde nicht wie Farana oder Zuska dahinschmelzen. Die beiden plappern ständig von dir, ist kaum zum Aushalten. Aber nun erzähl! Was bedrückt dich?"

Krishandriel konnte Iselinds Gedanken kaum nachvollziehen. Eben noch spürte er pure Leidenschaft, und einen Moment später wirkte sie wie ein Eisländer. Aber gerade das machte sie so begehrenswert.

„Wir haben ein ernstes Problem. Saskard wurde von einem Buchenkeil verletzt, an dessen Spitze eine Giftblase angebracht war. Es scheint, als würde die Flüssigkeit seine Haut zersetzen. Wir vermuten, dass es sich um das Blattgift eines Maulbeerbaumes handelt. Smalon meint jedoch, dass es von dem Baum rund dreitausend Unterarten gibt. Kannst du uns helfen?"

„Oje, der arme Saskard. Das darf ich Trrstkar nicht erzählen. Erfährt es Ysilla, fällt sie glatt in Ohnmacht."

„Es sieht nicht gut aus, Iselind!"

„Habt ihr ihm einen Heiltrank gegeben?"

„Wir haben keinen mehr! Sie wurden allesamt aufgebraucht."

„Das ist schlecht. Was sagt der Priester zu Saskards Krankheit?"

„Elgin ist außer Kontrolle, Hoskorast ebenso. Frag lieber nicht weshalb! Morgen früh werden wir uns um die beiden kümmern."

„Dann muss ich passen!"

„Hühnerkram und Morchelschleim! Es muss doch eine Möglichkeit geben!"

„Ihr könntet in Sumpfwasser einen Heiler aufsuchen, allerdings ist mir kein Meister bekannt."

„Das ist entmutigend. Weißt du wenigstens, um welches Pflanzengift es sich handeln könnte?"

„Leider nein! Dazu müsste ich es, besser noch deine Mutter, sehen. Weiterbringen werden uns diese Gedanken jedoch nicht."

„Tolle Aussichten!"

„Halt! Eine Möglichkeit gäbe es. Am Strom Sassna, in der Nähe der Festung Biberau, lebt die Druidin Aserija. Von deiner Mutter weiß ich, dass die Menschenfrau schon bemerkenswerte Genesungen vollbracht hat. Falls ihr in Sumpfwasser nicht fündig werdet, solltet ihr sie aufsuchen."

„Das ist ein Lichtblick! Ich wusste doch, dass ich mich auf dich verlassen kann."

„Krisha, neben mir sitzt Farana. Die Hübsche klimpert schon ganz aufgeregt mit den Wimpern, vermutlich spürt sie, dass ich Kontakt mit dir habe. Ich werde meine Geiststränge auf sie übertragen. Da ich hinreichend mit ihr geübt habe, wirst du gleich ihre bezaubernde Stimme vernehmen."

Erst spürte Krishandriel nichts, dann aber setzte sich eine liebliche Stimme in seinem Gehirn fest. Beängstigend war nur, dass er sich bei Farana so ausgeliefert fühlte. Sein Geist wurde wie eine Zitrone zusammengepresst. Leicht konnte sie ihm ihren Willen aufzwingen. Gleichwohl versuchte er gelassen zu bleiben.

„Hallo, Liebster, wie geht es dir?"

„Farana, Püppchen, Zuckermaus, ich vermisse dich!"

„Ach, Krisha, mir geht es ebenso, fortwährend muss ich an unsere letzte Nacht am Ochsenkopf denken. Erinnerst du dich noch? Es war sooo schön!"

„Natürlich! Wie sollte ich den Abend vergessen."

„Meine Güte! Iselind erzählte mir, dass dich ein untoter Kapuzenkrieger schwer verletzt hat!"

„Stimmt, es hat mich ziemlich übel erwischt! Mittlerweile geht es mir aber wieder besser. Sogar mein leidiges Fieber scheint der Vergangenheit anzugehören."

„Seit ich von dem Unglück weiß, bete ich jeden Tag zu den Göttern und bitte sie, dich gesunden zu lassen."

„Ein guter Segen kann oft Wunder wirken. Danke, liebste Farana!"

„Krisha, liebster Krisha, wann kommst du wieder zurück?"

„So schnell es geht, mein Schatz!"

„Liebst du mich auch wirklich?"

„Natürlich liebe ich dich!" dachte Krishandriel, obwohl er es nicht wirklich glaubte.

„Weißt du, dass ich zu Ehren unserer letzten Nacht ein Lied komponiert habe?"

„Ein Lied?"

„Ja, ein Lied. Willst du meinen Gedanken lauschen?"

„Ja, unbedingt! Ich brenne förmlich darauf."

Sanfte, melodische Harfenklänge verzauberten Krishandriels Sinne. Er meinte, durch einen Himmelsbogen ins Reich des ewigen Frühlings zu fliegen. Sein Wille glich einem hinaustreibenden Boot ins endlose Blau.

Der glutrote Ball sich zur Ruhe begibt,
mein Liebster mich sanft in Händen wiegt.
Zauberhaft gedeckt ist unser Abendtisch,
genießerisch schlemmen wir Erdbeeren, Kirschen und Fisch.
Deine tiefgrünen Augen leuchten wie zwei Sterne,
es prickelt und knistert, doch weilst du in der Ferne.
Der Ruf nach Abenteuern, der hat dich vertrieben,
dabei müssten wir uns unter meiner Decke lieben.
Zu Füßen lege ich dir mein klopfendes Herz,
groß ist meine Sehnsucht und arg der Schmerz.
Komm Krisha – komm – an meine Brust,
ich hab Lust.

„Nein, Farana! Neeiinn!" hörte Krishandriel noch Iselinds Stimme. Dann herrschte Schweigen.

*

„Krisha, alles in Ordnung? Krisha!" Heftig schüttelte der Halbling den Elfen an der Schulter.

„Lass, Smalon! Farana ist so nah. Sie wohnt in meinem Herzen!"

„Er spinnt, Janos! Der Gedankenflug scheint ihm nicht bekommen zu sein", stöhnte der Halbling auf.

„Was hast du erreicht, Krisha?" fragte Janos. „Sag schon!"

„Mein Engel ruft nach mir. Ich muss zum Turanao zurück. Ihre Liebe ist so groß."

„Bitte?" Bestürzt sah Janos zwischen dem Halbling und dem Elfen hin und her.

„Ich sag's doch, Janos. Seine Sinne sind durcheinander geraten!" sprudelte es aus Smalon heraus.

„Saskard ist verletzt. Ein unheimliches Gift scheint seinen Körper aufzuzehren. Also rede nicht so geistlos daher! Sag uns lieber, was dir Iselind mit auf den Weg geben konnte."

„Iselind? ... Ja! ... Ich sehne mich nach Farana. ... Sie ist so liebreizend!"

„Wach auf, Krisha! Jetzt reicht's! Du bist in Sumpfwasser im Goldenen Kahn, und gleich wird Jasmin wieder an die Tür klopfen, oder hast du den blonden Engel schon vergessen?" schalt Janos den Elfen.

„Das Spitzohr geht mir vielleicht auf die Nerven!" Smalons Kopf glühte. Am liebsten hätte er Krishandriel seine Hand ins Gesicht gedrückt.

„Ich sollte ein Gedicht für meine Herzallerliebste schreiben. Sie wird mich auf Händen tragen, und morgen früh werde ich zu ihr zurückkehren. Zu lange weilte ich fern ihres Herzens."

„Du hast sie wohl nicht alle! Saskard wird sterben, nur weil du zu deiner Geliebten willst!" Janos wurde sichtlich böse, und Smalon starrte mit ungläubigem Blick auf den nach wie vor in sich gekehrten Elf. Vermutlich weilt Krishandriel noch in einer anderen Welt, dachte er. Nur, wann würde er wieder zurückkommen?

Janos, der Saskards Ableben schon vor Augen hatte, ließ nicht locker. Notfalls gedachte er dem Elfen sein Gehirn herauszuprügeln. Er konnte sich kaum mehr beherrschen. „Sprich, verdammt noch mal! Was hat es mit dem Gift auf sich? Was du machst ist mir egal, aber ich will Saskard zur Seite stehen! Ich bin es ihm schuldig!"

„Schrei nicht so! ... Wenn ich mich nur ... erinnern könnte."

„Du wolltest mit Iselind Kontakt aufnehmen. Iselind, hörst du?" wirkte Smalon beruhigend auf den Elfen ein.

„Iselind ... ich glaube ... sie sagte ... ich soll eine Druidin aufsuchen. Ja, genau! Aserija heißt die Frau."

„Und wo finden wir sie? Lass dir nicht jedes Wort aus der Nase ziehen!" Janos war wütend. Der ständig lächelnde Elf trieb seinen Herzschlag in ungeahnte Höhen.

„Sie soll in der Nähe der Festung Biberau am Fluss Sassna leben. Mehr weiß ich nicht! Und nun stört mich nicht länger, ich muss eine Ode an die Liebe erschaffen."

„Bist du völlig närrisch?" Janos rastete förmlich aus.

„Beruhige dich! Vermutlich kann er nicht anders. Gewiss reist er durch nebelverhangene Schleier der Traumwelt. Lassen wir ihn, morgen früh wird er schon wieder klar im Kopf sein." Nur wusste Smalon nicht, ob seine Vermutungen auch wirklich zuträfen, und eine Lösung, wie sie Krishandriel zurückholen sollten, hatte er nicht. Zumindest wussten sie jetzt, was zu tun sei. „Wir sollten Saskard schnellstens zu der Druidin bringen!"

„Hoffentlich sind das nicht nur Hirngespinste eines Verwirrten!"

„Glaube ich nicht", entgegnete Smalon. „Dennoch werde ich mich umhören. Eine Heilerin sollte hinreichend bekannt sein!"

„Wenn nicht, was dann? Wir bräuchten eine Alternative!" meinte Janos, wieder um einiges gelassener.

„Ja, schon! Mir ist aber noch nichts eingefallen."

„Eine Idee hätte ich! Nur ..."

„Wir stecken eh schon bis zum Hals im Sumpf. Ein Wagnis werden wir wohl eingehen müssen", unterbrach ihn der Halbling.

„Wir könnten aber auch vom Regen in einen Sturm geraten."

„Das Leben ist ein einziges Abenteuer, Janos. Wir sind hier, um unsere Aufgaben zu erfüllen. Sag schon, was schwebt dir vor?"

„Meinst du, ein Heiltrank könnte helfen?" entgegnete Janos.

„Schon möglich, nur haben wir keinen, und kaufen ...? Vergiss es! So viel Geld bringen wir nicht auf."

„Wer spricht von kaufen!"

Vor Schreck hielt sich Smalon die Hand auf den Mund. Das konnte Janos doch nicht wirklich in Betracht ziehen. Wenn man sie erwischte, würden sie hingerichtet werden. Smalon spürte jedoch, wie Janos in eine ihm fremde Welt eintauchte. Seine Augen fingen an zu leuchten, dann rannte er zur Eingangstür. „Ich muss einige Vorbereitungen treffen. In Kürze bin ich wieder zurück."

„Was hast du vor?" stöhnte Smalon auf.

„Will mich umsehen. Besorge du zwei leere Bierfässer und eine Säge."

„Was soll ich? Für was brauchst du …" Aber Janos hatte schon die Tür hinter sich zugeschlagen.

„Jetzt dreht der auch noch durch! Bin ich denn nur von Irren umgeben?" Kopfschüttelnd lief der Halbling um den Esstisch herum, während der Elf noch immer auf dem Lammfell vor dem Kamin saß und dichtete. Mit jeder Strophe, die Krishandriel reimte, stieg Smalons Puls. Dennoch bemühte er sich, konzentriert zu bleiben. Wenn er nur wüsste, wofür Janos zwei leere Bierfässer und eine Säge benötigte. Im Geiste folgte er dem Weg zurück, den sie bei der Ankunft in Sumpfwasser entlanggelaufen waren. Dann verließ auch er das Zimmer.

*

Es war eine klare Nacht. Millionenfach leuchtete das Sternenzelt, so als wenn ein Riese Diamantensplitter bis ans Ende des Universums geschleudert hätte. Die Schönheit der Natur an sich hätte Smalon begeistert, dennoch zitterte er wie Espenlaub. Und das nicht nur wegen der eisigen Luft, die durch seine dunkelblaue Jacke kroch, sich auf der Haut festsetzte und ihm das Mark in den Knochen gefrieren ließ. Janos, der buchstäblich mit der düsteren Hauswand von Lursian Gallenbitters Kräuterladen verschmolz, blickte gelassen über den menschenleeren Marktplatz hinweg.

„Als ich im Rauschenden Kater von dem geborenen Diebesduo Janos und Smalon sprach, dachte ich nicht an einen echten Einbruch. Wenn uns die Wachen erwischen, ist es aus mit uns. Sie werden uns hängen! Was wird dann aus meinem Pony werden? Ich darf nicht daran denken!" flüsterte der Halbling.

„Keine Sorge. Es wird schon schiefgehen!"

„Auf deinen Sarkasmus kann ich getrost verzichten. Wie konnte ich mich nur auf einen Raubzug einlassen?" Smalon schüttelte den Kopf. „Meinst du, der Stiernacken patrouilliert auch nachts?"

„Nein, glaube ich nicht", antwortete Janos. „Ich beobachte nun schon seit zwei Stunden das Geschäft und die nahe Altstadt. Nur ein paar Betrunkene wankten vorbei, ansonsten blieb es ruhig."

„Es braucht auch niemand vorbeizukommen", regte sich Smalon auf. „Die Nacht ist so hell, wenn nur einer nicht schlafen kann und im falschen Moment aus dem Fenster sieht, sind wir geliefert."

„Papperlapapp, kein Schwein schaut früh um vier aus dem Fenster. Anständige Leute schlafen um diese Zeit."

„Ein Schwein nicht, aber ..."

„Jetzt sei endlich still, und hör auf zu nörgeln!" fuhr ihn Janos an. „Du hattest doch auch keine bessere Idee. Sind die zwei Bierfässer bis zum Rand mit Steinen gefüllt?"

„Klar, bin doch nicht doof! Verdammt schwer sind die Dinger." Smalon schaute zu Janos hoch. „Warum hast du sie links und rechts des Eingangs platziert?"

„Damit das Gitter nicht mehr zufällt."

„Sind die Schlösser schon offen?"

„Ja! Ich muss nur noch das Eisen hochschieben, lästige Fallen entschärfen, raus- und reinmarschieren und wieder verschwinden."

„Hört sich an wie ein Spaziergang, aber so einfach wird es nicht sein."

„Bestimmt nicht!"

„Auf was wartest du noch, Janos?"

„Punkt vier Uhr, wenn der erste Glockenschlag ertönt, werde ich das Tor öffnen. Falls die Eisenstäbe quietschen, wird man es nicht hören."

Hastig warf der Halbling einen Blick zum Kirchturm hoch. „Du hast noch eine Viertelstunde."

„Ich weiß!"

„Was habt ihr mit dem übriggebliebenen Lachs gemacht?"

„Nachdem wir satt waren, grub Mangalas ein Loch im Boden der Scheune und verscharrte die Gräten und das restliche Fleisch."

„Das ist ihm bestimmt nicht leicht gefallen?" Obwohl eine gewagte Situation bevorstand, musste Smalon lächeln.

„Ich musste ihn schier dazu nötigen. Nachdem sich jedoch der Geruch des Fisches überall festsetzte, es stank wie in einer Räucherei, hat er es eingesehen."

„Auf Saskard können wir nicht mehr zählen, er wird von Stunde zu Stunde schwächer", berichtete der Halbling. „Selbst das Fieber scheint wieder zu steigen."

„Vor Hoskorast und Elgin sollten wir uns in Acht nehmen." Janos schaute nach rechts und nach links. „Hoffentlich tauchen die beiden nicht unvermittelt auf!"

„Sie sind hinter den magischen Schätzen her." Der Halbling fühlte sich nicht wohl in seiner Haut.

Janos nickte. „Davon müssen wir ausgehen, Smalon."

„Hoffentlich ist Krisha nicht auch noch verrückt geworden. Sag ehrlich, Janos, der hat seine Gedanken doch nicht mehr unter Kontrolle!"

„Was weiß ich, was in den gefahren ist!" Bei dem Gedanken an den Elfen zog Janos die Stirn in Falten. „Dabei dachte ich allen Ernstes, er würde mich eines Tages nach Eirach begleiten."

„Am meisten hat mich sein Liebesgedicht aufgeregt." Noch immer suchte Smalon nach einem stichhaltigen Anlass. „Sogar Jasmin, die uns einen Gutenachttrunk reichen wollte, ist heulend davongerannt. Das kann doch nicht unser Krisha sein?"

„Man könnte meinen, er wäre verzaubert worden, obwohl weit und breit keine Untoten zu sehen sind."

„Morgen früh will er den Windläufer kaufen, hat er gesagt", flüsterte Smalon, „und dann zu seiner geliebten Farana heimkehren. Meinst du, wir könnten ihn noch umstimmen?"

„Glaube ich nicht, und ich werde ihn nicht bitten!" antwortete Janos ebenso leise. „Soll er doch gehen!"

„Kannst du dich noch an sein Liebesgedicht erinnern?"

„Nur zum Teil. Wenn ich jedoch daran denke, kommt mir der Lachs wieder hoch!"

„Willst du den Ohrenschmaus noch einmal genießen?" In Gedanken suchte Smalon schon nach den Fersen, die Krishandriel gereimt hatte.

„Nein, mir ist schon schlecht!" erwiderte der Blondschopf deprimiert.

„Farana, du Schönste aller Schönen,
ich eile zu dir, um dich ein Leben lang zu verwöhnen.
Dein goldenes Haar so hell wie das Licht,
selbst die Sonne verblasst in deinem Gesicht.
Farana, du Schönste aller Schönen,
ich eile zu dir, um dich ein Leben lang zu verwöhnen.
Ein Wunderwerk der Natur ist dein Busen,
zärtlich werde ich deine Knospen schmusen.
Farana, du Schönste aller Schönen,
ich eile zu dir, um dich ein Leben lang …"

„Hör auf, sonst übergebe ich mich wirklich!" Janos wollte nichts mehr hören. Er hatte genug.

„Das waren aber noch nicht alle Strophen!" Der Halbling kicherte.

„Pst, sei still!"

Es war jedoch nur eine gescheckte Katze, die über den leeren Platz huschte.

„Du kannst wieder atmen, Smalon!" Es war wieder ruhig, kein Laut war zu hören.

„Das zehrt an meinen Nerven. Vermutlich können sie mich nicht einmal mehr aufhängen, weil ich schon vorher einer Herzschwäche erliege. Sag lieber, wie soll es weitergehen?" Forschend suchte der Halbling eine Erklärung in Janos' Gesicht.

„Ich denke, du verschwindest besser. Falls ich nicht alle Fallen entschärfen kann und sie mich tatsächlich erwischen, musst du Saskard zu der Druidenfrau bringen." Janos überlegte, wie ihm Smalon am besten dienlich sein konnte. „Auch Mangalas wird deine Hilfe benötigen. Gewiss braucht er schon in Kürze jede Menge appetitanregender Häppchen."

„An und für sich wollte ich den schwarzen Vogel jagen!" hielt Smalon dagegen.

„Sei vorsichtig, das könnte gefährlich werden, und vergiss nicht, von nun an bist du unser wichtigster Mann!"

„Viel Glück, Janos! Pass auf dich auf, und lass dich nicht einfangen."

„Wenn alles gelingt", Janos atmete hörbar aus, „werde ich im Laufe des frühen Nachmittags bei Hofe vorsprechen und um eine Audienz beim Grafen bitten."

„In Ordnung", entgegnete der Halbling so trocken, als wenn er Staub in seinem Mund bewahrte.

„Sechs Minuten bleiben dir noch, um zum Goldenen Kahn zurückzukehren." Umso näher der große Zeiger der vollen Stunde kam, desto mehr zitterte der Halbling. „Nimm Umwege in Kauf, lauf immer im Schatten, und lass dich nicht ablenken", gab ihm Janos als Rat mit auf den Weg.

Dann reichten sie sich verschworen die Hände. Leise schlich der Halbling über die Holztreppe von Gäliens Waffenarsenal davon. Über die freie Fläche bis hin zu den dreistöckigen, weinroten Giebelbauten der Altstadt rannte er so schnell er konnte. Unter den Dachschrägen im Schatten fühlte er sich sichtlich wohler. Nachdem sich sein Atem wieder beruhigt hatte, huschte er weiter. Zweimal überquerte er einen Kanal. Als er meinte, mögliche Augenzeugen auf die falsche Fährte gelockt zu haben, eilte er in einem Bogen zum Stadtsee zurück. Meist lief er unter Vorsprüngen, Erkern und Überbauten, um tunlichst nicht gesehen zu werden. Auf keinen Fall wollte er dem Nachtwächter in die Arme laufen, vor dem sich Janos schon zweimal verstecken musste. Wachen erblickte er nicht. Janos hatte sie nur an der Zugbrücke und in der Nähe des Grafenpalastes gesichtet. Es begegnete ihm auch wirklich nicht ein Bewohner. Wie ausgestorben war die Altstadt, nur ein hinkender, schwarzweißer Straßenköter und zwei gefleckte Mäusejäger kreuzten seinen Weg.

Am See hielt Smalon kurz inne. Auf der sich kräuselnden Fläche des Wassers tanzten tausende Lichtfunken wie in einem göttlichen Reigen. Es sah bezaubernd aus, und im Ufersaum, zwischen abgestorbenen Pflanzenstielen und grobkörnigen, schwarzweißen Kieselsteinen, hatte der Frostmann bereits seine Arbeit aufgenommen. Seine Eisfinger hatten schon zahlreiche Kristalle unterschiedlichster Art und Form erschaffen. Rosen und Sterne, gezackt oder gespitzt, Dreiecke, Trapeze, Pentagone und andere Polygone glitzerten in der Finsternis.

Aufgeregt blickte Smalon zum Kirchturm empor, der die Dächer und Giebel der Altstadt um mehr als das Doppelte überragte. Eine Minute vor Vier. Gleich würde der erste Glockenschlag ertönen. Ruhig und friedlich bot sich der Marktflecken dar. Keine Menschenseele war weit und breit zu sehen. Alles schien glattzulaufen. Auch er musste nur noch zweihundert Schritte bis zum rückwärtigen Eingang des Goldenen Kahns zurücklegen. Dann bewegte sich der große Zeiger. Unwillkürlich zuckte Smalon zusammen.

Dong, dong, dong, dong.

Als er losrannte, setzte ein markerschütterndes Sirenengeräusch ein, und ein Lichtblitz so grell wie die Sonne erleuchtete schlagartig halb Sumpfwasser. Auch er stand urplötzlich im grellsten Schein. Aus den Augenwinkeln heraus erspähte er zwei weiß gekleidete, Kapuzen tragende, untote Schwertmeister, die auf Lursian Gallenbitters Kräuterladen zustürmten. Als ihm das Hotel jegliche Sicht nahm, lief er nur noch um sein Leben.

Kapitel 4

Die Seelenquelle

Weit oben im Norden, in einem Land namens Tkajj, dort, wo die Sonne schon im Frühsommer die Steine zum Kochen bringt, wo zähflüssige Rotglut die Erde entflammt, in diesen knochentrockenen, wüsten Bergen, in denen weder Menschen, Elfen noch Zwerge lebten, hausten entsetzliche Kreaturen. Giftspeiende Kobolde, grobschlächtige Oger, gewaltige Riesen und eine Vielzahl anderer fleischfressender Wesen, die sich ständig um das karge Nahrungsangebot stritten. So war es kein Wunder, dass nahezu laufend nach Beute gesucht wurde, um in den Genuss rot triefender Muskelmasse zu kommen. Ob dann ein Steppenwolf oder ein Ork über dem Feuer schmorte, spielte nur eine untergeordnete Rolle. Hauptsache, man wurde satt.

Der reiche Süden, vor allem die Staaten Ammweihen und Larxis mit ihrem Überangebot an wohlschmeckendem Menschenfleisch, war den Stämmen schon allzeit ein ersprießliches Ziel. Das berichteten zumindest die Überlebenden, die sich je an dem einmaligen Gaumengenuss erfreut hatten. Würden ihnen nicht Palisaden, Wälle, Mauern und Festungen den Zugang versperren, wären sie schon längst zum großen Fressen aufgebrochen. Nur nach Osten hin, nach Enaken, war der Weg frei. Allerdings gab es in dem Dünenmeer von Ours nichts zu holen. Und selbst wenn sie die lebensfeindliche Wüste, in der gigantische Sandwürmer und gefräßige, blaue Drachen auf sie lauerten, sicher durchquert hätten, träfen sie durchwegs auf Gnome und Zwerge, die ihre Familien selbstmörderisch beschützten. Zudem schmeckte das Fleisch der Bergvölker wie gegerbtes Leder, das selbst nach stundenlangem Garen nicht weich werden wollte. Darauf konnten sie getrost verzichten.

In Tkajj schien die Zeit stehengeblieben zu sein. Selbst der vor zweitausendfünfhundert Jahren herrschende Krieg zwischen dem untoten Heer und der verhassten Völkergemeinschaft war spurlos an ihnen vorbeigegangen. Dennoch gab es im endlosen Sein nichts Beständigeres als den stetigen Wandel. In dieser Epoche sollte sich so mancherlei ändern. Zwei kraftstrotzende Krieger hatten verschiedenartigste Rassen und Stämme unter ihrer Obhut vereint. Meistens musste zwar etwas Druck ausgeübt werden, aber die verschwindend geringe Anzahl Toter diente bei den anschließenden Siegesfeiern als willkommene Abwechslung auf den Speisekarten, auf die auch die Unterlegenen nur ungern verzichtet hätten. Trotz der ständigen Ausfälle wuchs das Heer fortwährend an. Es war nur noch eine Frage der Zeit, bis sie Ammweihen wie die gefürchteten Wanderheuschrecken überschwemmen würden.

Vor kurzem, als Abgeordnete des untoten Königs Luucrim sie aufsuchten, um sich gemeinsam dem übermächtigen Feind zu stellen, schäumte ihr Glücksfass beinahe über. Da es an den Knochengestellen nichts zu beißen gab, wurde man sich auch schnell einig. Natürlich dachten weder Bashnac noch Krivnic, die beiden Führer, an ein wirkliches Bündnis, aber gegenwärtig schien sich das Füllhorn der Götter endlich einmal über ihnen zu entleeren. Und was später folgen würde, interessierte sie nicht. Nur eines stand unweigerlich fest: Wenn Luucrims Armeen von Süden und sie von Norden kommend attackierten, würden die dazwischen liegenden Länder wie von zwei überdimensionalen Mühlsteinen zerrieben werden. Alles schien glattzulaufen, bis zu dem Augenblick, als ihr Seher Winigrid die Nachricht vom katastrophalen Verlust des Kreuzäxteamuletts verbreitete.

„Skelettkrieger sind zu nichts, absolut zu überhaupt nichts fähig. Eigenhändig hätte ich die sieben Knirpse in den Boden gestampft und den Flammenring eingesackt. Aber der Dümmste von allen war der selbstherrlich handelnde Seher. Wie hieß der Narr noch mal?" erkundigte sich Bashnac bei seinem Bruder.

„Adrendath!" entgegnete dieser, während er mit einem Finger in der Nase bohrte.

„Zu schade, dass ihn Luucrim nicht einen Kopf kürzer machen konnte, da er bedauerlicherweise schon in Wrars Reich weilte. Man erzählt sich, er wäre vergiftet worden." Bashnac konnte sein Feuer, welches in ihm glimmte, kaum zügeln.

„Wenn Winigrid es sagt, wird es stimmen", antwortete Krivnic nahezu gefühllos.

„Luucrim soll so laut getobt haben, dass man sein Geschrei bis zum Erdmittelpunkt gehört haben soll." Die Augen Bashnacs waren so rot wie glühende Kohlen.

„Hoffentlich hat er nicht noch mehr solcher Hohlköpfe um sich geschart. Allein der Verlust des Amuletts ist schon unerträglich. Ob Gidd uns zürnt?"

„Mal nicht schon wieder unsere Hautfarben an die Wand, Bruder! Außerdem hat mir Winigrid vor kurzem zwei frohe Botschaften überbracht."

„Gleich zwei! Lass hören! Bin gespannt wie ein Zweiköpfiger." Krivnic zitterte vor Aufregung, Neues zu erfahren.

„Liebeichen, so sagt er, sei dem Erdboden gleich gemacht worden." Mit einem halbverkohlten Ast stocherte Bashnac in einem ausgebrannten Aschehaufen.

„Luucrim hat also Wort gehalten."

„Der Krieg beginnt. Wenn die Heerführer ihre Truppen abziehen und sich unseren Verbündeten stellen, schlagen wir zu. Die Bastion Weihenburg werden wir als Erstes zermalmen. Ist sie gefallen, werde ich ein Freudenfest geben, das alles je Dagewesene in den Schatten stellt." Bashnac klopfte die Asche von der Spitze des Ästchens am harten Fels ab.

„Was ist mit der zweiten Nachricht? Was hat Winigrid noch gesehen?" Wissbegierig lauerte Krivnic auf die zweite Information.

„Er meinte, dass die sieben Diener des Bösen auf der Flucht vor Luucrims Armeen die Glitzersee übersegeln und in der Nähe von Farweit an Land kommen könnten. Bis der Tag anbricht, wird zwar noch viel Feuer aus der Erde fließen, aber die Unwissenden könnten uns direkt in die Arme laufen." Bashnac warf den Ast vor Freude in die Höhe, und Krivnic fing ihn auf.

„Der Glücksstern über uns funkelt heller als die Sonne. Wahrlich, ich sage dir, Gidd steht uns bei. Wir sollten ein Fass aufmachen! Was meinst du, Bruder?"

„Ausgezeichnete Idee. Ich hole eins." Jubilierend stapfte Bashnac in die Tiefe der Höhle, um den Wein zu holen, den sie vor zwei Jahrzehnten törichten Geschöpfen abgenommen hatten. Seinen schäbigen Leinensack, in dem wunderbarste Schätze funkelten, nahm er mit.

*

Vor dreißig Tagen waren sie mit Pferden in Xis-Xis aufgebrochen. Anfänglich ritten sie bis an die Grenze von Larxis, überquerten bei der Festung Schlangeninsel den Fluss Scalar und folgten dann den Mauern, Gräben, Zäunen und Wällen, bis sie das Kastell Schattentod erreicht hatten. Dort erwartete man den Trupp schon, obwohl sie in geheimer Mission unterwegs waren. Kommandeur Herzog Sari von Beerenstein empfing sie mit allen Ehren, wie es gewöhnlich nur Königen, Grafen oder Fürsten zuteil wurde. Vermutlich waren die Caisseys jedoch weitaus bekannter, wenngleich sie keinen Titel ihr eigen nennen konnten. Der Berühmteste aller Zeiten, so sagte man, sei Embidor gewesen, der es dessen ungeachtet vorzog, mit einem Zwerg durch die Welt zu ziehen, anstatt seinem König mit Rat und Tat beiseite zu stehen. Heute diente Ria Caissey, schon schlohweiß und in die

Jahre gekommen, aber dank ihres scharfsinnigen Verstandes nicht zu ersetzen, König Sir Lenny Kupfermond. Die mächtige Zauberin sowie ihre Töchter Trinja und Larissa, die ihr kaum nachstanden, fanden sogar im fernen Grünmark Beachtung. Siri, die Zweitgeborene, weilte schon im Reich der Schatten. Vor über zwanzig Jahren kam sie unter mysteriösen Umständen ums Leben. Denkbar wäre, dass ihre Gebeine nahe der Ruine Purejj liegen könnten. Dennoch wurde die Frau bis heute nicht gefunden. Auch von ihrem Mann Nuhar und ihren beiden Zwillingsbuben Demin und Marlin sowie den neun Leibwächtern fehlte jede Spur.

Trinja, die Älteste, wohnte derzeit am Hofe des Herzogs von Lainbach. Ihr Sohn, Mero, der sich Bannzaubern verschrieben haben sollte, forschte dort hinter verschlossenen Türen nach wundersamen Neuentdeckungen.

Die Jüngste, Larissa, verliebte sich schon mit neunzehn in den Steppenprinzen Elira von Saana, den sie zehn Monate später, sehr zum Unwillen ihrer Mutter, auch ehelichte. Als sie nach der Geburt ihrer Tochter Olinja nach Larxis zog, führte dies zu übergreifenden Unruhen. Ganze siebzehn Jahre lastete der Schatten eines Krieges auf den beiden Staaten. Durchweg wurden jegliche Handelsbeziehungen eingefroren, und die königlichen Garden von Ammweihen errichteten am Fluss Glasar gleich drei neue Festungen: Bärfang, Fallende Wasser und Schlangeninsel. Dem Anschein nach wurde die Grenze nach Larxis stärker bewacht als die im Norden nach Tkajj. Erst vor drei Jahren, als Prinz Elira von Saana König Kupfermond und seine Gefolgschaft zur Geburt seines Sohnes Miros eingeladen hatte, entspannten sich die eisigen Beziehungen.

Dessen ungeachtet drückten die Ammweiher Larissa den Stempel einer Landesverräterin auf, da sie die einzigartige Kunst der Magie, die den Caisseys nachgesagt wurde, ihrem gefährlichsten Widersacher nahegebracht hatte. So war es kein Wunder, dass Olinja, die den Trupp der sieben Reiter anführte, mehr Misstrauen als Begeisterung entgegenschlug. Dennoch hatte Ria Caissey dank ihrer Beziehungen einen Konsens erwirkt, der es allen Beteiligten ermöglichte, kultiviert miteinander umzugehen. Beim abendlichen Festbankett, das Kommandeur von Beerenstein zu Ehren der Delegierten angeordnet hatte, fand man zwischen Wein und Bier Mittel und Wege, um mit den Fremden zu plaudern oder sie wenigstens in Augenschein zu nehmen.

Wie eine Caissey sah Rias Enkelin nun wirklich nicht aus. Es gab nur wenige Äußerlichkeiten, die auf ihre Großmutter schließen ließen, allenfalls deuteten ihre wasserblauen Kulleraugen, die alle weiblichen Caisseys ihr

Eigen nannten, auf einen gemeinsamen Ursprung hin. Aber die fünf goldenen Ringe an jedem Ohr, der rabenschwarze Reif in der Nase, ihre zu einem Zopf zusammengebundenen, ausgeblichenen Haare und die sechs Tätowierungen vermittelten eher den Eindruck einer Piratenbraut als den einer Prinzentochter. Von ihrer rechten Schulter brüllte ein sandfarbener Löwe, während auf der Herzensseite ein nussbrauner Falke thronte. Am linken Unterarm galoppierte ein Windläufer, und auf ihrem rechten Handgelenk spendete eine Sonne güldenes Licht. Links am Knöchel rankte sich eine dunkelrote Kletterrose nach oben, aber das Auffälligste von allem war ein blauschwarzer Leopard, der sich genüsslich oberhalb ihrer linken Brust räkelte.

Ständig, einem Schatten gleich, begleitete sie Umash Caron, der die zierliche Frau mehr als einen Fuß überragte. Seine quarzgrauen Augen, die kurzgeschorenen, braunen Haare, sein gestählter Körper, der nur aus Muskeln zu bestehen schien, und sein elastisch federnder Gang ließen schon erahnen, dass er ein Schwert meisterlich führen konnte. Da musste man nicht erst den schmucklos abgewetzten Griff oder die fünf Wurfmesser an einem speziell angefertigten Schultergürtel sehen, um sich dessen sicher zu sein. Dem genauen Betrachter entgingen jedoch nicht die feinen Härchen an seinen Schläfen, die bereits den Glanz von Silberfischen angenommen hatten. Eines war allemal gewiss: Getrost konnte man seinen letzten Kupfergroschen auf Umash Caron und jeden einzelnen seiner Truppe setzen, da sie ohne Ausnahme ihr Leben für die Tochter ihres Prinzen geben würden.

Neben Olinja Caissey erregte noch eine Kriegerin mit wallendem, kastanienrotem Haar erhebliches Aufsehen. Naya von Taleen scharte allein durch ihre Anwesenheit eine Traube von Offizieren um sich. Schweigsam zurückhaltend, mal hier einen Kommentar, mal dort eine Randbemerkung fallenlassend, ließ sie schillernde Heldentaten auf sich herniederprasseln. Nachdem sie jedoch drei Gläser des Ammweiher Spätgrauens getrunken hatte, taute sie urplötzlich auf und plapperte dann bis spät in die Nacht ohne Unterlass.

Am nächsten Morgen zogen die Larxianer zu Fuß weiter. Eine Eskorte, von Kommandeur Beerenstein persönlich begleitet, lotste sie über und durch einen befestigten Steinwall an die Zivilisationsgrenze. Von einem Schattentor, wie die vorgezogenen Beobachtungstürme genannt wurden, führten jede Menge goldgelb leuchtender Wege aus Sand in einen Irrgarten aus Felsspalten, Übergängen und Schluchten. Wild verstreut lagen bizarre, blutrote Wurzelgeflechte, die der Wind über Jahrhunderte freigelegt hatte. Nachdem sich Umash Caron beim Kommandanten für den geselligen

Abend und die Wasserschläuche bedankt hatte, die er seinen Männern als Gastgeschenk mit auf die Reise gab, zogen sie los.

Binnen kurzem hatten die Berge die Truppe verschluckt. Umashs ganze Sorge galt Olinja, die er sicher nach Purejj geleiten sollte. Den Weg, den er im Geiste bis zu einhundert Male durchlaufen war, kannte er in- und auswendig. Schon zweimal hatte er Larissa zu der einstigen Festung gebracht, und immer war alles glattgegangen. Warum sollte es ausgerechnet dieses Mal anders sein? Doch Umashs Verstand spielte nicht mit. Ständig gaukelte er ihm Tücken und Gefahren an allen Ecken und Enden vor, die er mit Logik nicht begründen konnte. Dabei sichtete er weder Orks noch Oger, und auch Grubenkobolde, die meist laut kreischend durch die Berge zogen, hörte er nicht. Wie ausgestorben schien das Land. Nur die Luft flimmerte, während der rot glühende Feuerball wie an der Schnur gezogen in den Zenit wanderte.

Am dritten Tag erspähten sie fünf Präriefüchse, und zwischen zwei Felsen in einem kühlen Loch entdeckte Olinja ein zischendes Klapperschlangennest. Als sie abends unter drei Lärchen nahe eines Felsvorsprungs ihr Lager aufschlugen, wurden sie unversehens von einer Schar Goblins angegriffen. Der Überfall der kleinwüchsigen Biester kam so unverhofft, dass selbst Umash einen Moment wie gelähmt war. Sirrende, grell blitzende Klingen brachten ihn in die Wirklichkeit zurück. Blitzschnell warf er sich zur Seite. Ein Messer verfehlte ihn nur knapp. Noch im Fallen riss er die Waffe aus der Scheide und stellte sich den drei Fuß großen Erdlingen, die wie ein Schwarm Insekten über ihn und seine Gefolgsleute hergefallen waren. Der Kampf währte nicht lange. Umashs Langschwert zog eine blutige Spur durch die angreifende Horde, die es durch seine massive Gegenwehr vorzog, genauso schnell wie sie aufgetaucht war wieder zu verschwinden. Blitzschnell huschten die wieselflinken Höhlenbewohner in ihre Löcher zurück, und durch unterirdische Tunnellabyrinthe, in denen ihnen kein Mensch folgen konnte, entwischten sie. Kopfschüttelnd nahm Umash das Ausmaß der Katastrophe hin. Olinja hatte Glück im Unglück gehabt. Sie lebte noch, gleichwohl steckte in ihrem linken Unterarm ein Messer. Seine männlichen Wegbegleiter waren tot. Dreien steckte ein handgeschliffener Speer in der Kehle, und dem vierten hatte eine Axt das rechte Knie und nachfolgend das Gesicht gespalten. Nur Naya von Taleen hatte keine Blessuren davongetragen.

Olinja ging es schlechter denn je. Seit zwei Tagen beutelten sie schon Krämpfe, besonders in der Leibmitte – dem Sonnengeflecht –, die sie jedes

Mal an den Rand einer Ohnmacht führten, und nun strömte auch noch Blut aus dem tiefen Schnitt am Arm. Vernünftigerweise hätten sie umkehren müssen, aber dann hätte er Olinja gleich einen Dolch in die Kehle stoßen können, und er wäre ihr postwendend ins Totenreich gefolgt. Seine Mission schien kläglich gescheitert. Drei Marschtage lag Purejj noch entfernt, und er wusste nicht, welches Wunder geschehen musste, damit sie die Ruine sicher erreichen würden. Entmutigt beobachtete er die rothaarige Kämpferin, wie sie sich um die Prinzentochter kümmerte. Auf einmal erstrahlte unter Nayas Händen orangefarben fließendes Licht, das Olinjas blassweiße Wangen mit einem Hauch rosa färbte. Das brachte Umash wieder auf die Beine.

Nachdem Naya von Taleen die Prinzessin verbunden hatte, hob Umash die Verletzte mit seinen starken Armen auf und trug sie so schnell er konnte fort von dem Ort des Grauens. Die toten Körper ließen sie unbegraben und ohne göttlichen Segen zurück. Für eine Leichenfeier gab es keine Zeit, und Olinjas Leben durfte er nicht aufs Spiel setzen. Nun verstand er auch, warum Larissa so nachdrücklich auf Nayas Gefährtschaft bestanden hatte, obwohl er sein Missfallen mehr als deutlich zum Ausdruck gebracht hatte.

Drei Tage später erreichten sie ohne weitere Zwischenfälle die ehemalige Festung Purejj. Sie erklommen eine Vielzahl von Außenmauern am Rande einer Schlucht, im Innenhof stiegen sie ein Bollwerk von sechs Stockwerken in die Tiefe, um der geweihten Kultstätte näher zu kommen. Zwischen dem löchrigen ersten und dritten Geschoss kletterten sie über eine Eibe nach unten, die zwischen Schotter und Moos Wurzeln geschlagen hatte. In der fünften Ebene – sie konnten kaum mehr die Hände vor Augen sehen – entzündete Umash eine Fackel. In den endlosen Gängen, Tunnels und Wehrmauern des sechsten Stockwerkes verirrten sie sich. Als sie nicht mehr weiterwussten, rasteten sie inmitten von zerborstenen Steinen, eingestürzten Kaminöfen und vermoderten Holzbalken. Es hätte ehemals eine Küche sein können, nachdem jedoch geschätzte fünfzehntausend Jahre seit jener Zeit vergangen waren, konnte diese Frage nicht mehr beantwortet werden.

„Wie geht es dir, Olinja?"

„Danke, ganz gut, Naya! Wenn du mich nicht geheilt hättest, läge ich längst unter der Erde." Hoffnungsvoll strahlte die Prinzessin die Paladinin an.

„Es grenzt schon an Hexerei, dass wir es bis hierher geschafft haben, obwohl ich mit deiner Mutter seinerzeit überhaupt keine Verluste zu beklagen hatte. All den Ogern, Kobolden, Orks und Goblins konnten wir mühelos ausweichen." Umash setzte sich auf einer umgestürzten Wehrmauer nieder.

„Bisweilen haben sie uns ein oder zwei Stunden lang verfolgt, aber ebenso schnell gaben sie ihr Vorhaben auch wieder auf. Heute scheinen die Schluchten leergefegt, und dennoch ist es gefährlicher als je zuvor. Man könnte meinen", er entzündete sich an der Fackel einen Stängel mit Glimmkraut, „sie hätten sich allesamt gegen uns verschworen, egal welcher Rasse sie angehören. Das gefällt mir nicht. Wenn mich mein Gespür nicht trügt, braut sich großes Unheil über unseren Köpfen zusammen." Umash blies den Rauch zu Boden.

„Wir müssen weiter! Kannst du dich nicht mehr erinnern, welche Richtung wir einschlagen müssen?" fragte Naya den braungebrannten Führer.

„Wir sind im richtigen Stockwerk, da bin ich mir ganz sicher. Ich kann mich aber nicht mehr entsinnen, wo der Kranichsaal liegt. Wenn hier drei Wände eingestürzt sind, sieht nichts mehr so aus wie es einst war."

„Könnte nicht auch die Quelle versiegt sein?" Zweifelnd blickte sich die rothaarige Frau um.

„Glaube ich nicht! Zweimal habe ich sie schon pulsieren sehen. Sie ist immens stark. Wenn ich es nicht besser wüsste, würde ich meinen, dass hier das Leben seinen Ursprung fand. Der Stein der Schöpfung kann direkt in deine Seele blicken", Umash schaute Olinja in die Augen, „du wirst es erleben. Einst erzählte mir deine Mutter, dass sie in archaischen Schriften eine Radierung gefunden hat, auf der die Quelle zwischen majestätischen Eichen und Linden zu sehen ist. Keine Burg, keine Mauern, nichts dergleichen, was heute hier steht. Ich will damit nur sagen: In ferner Zukunft, wenn der Wind, die Sonne und der Regen die Felsen abgetragen haben, wird noch immer das Wasser der Quelle Seelen spenden." Genießerisch atmete Umash den Rauch ein.

„Olinjaaa!" schrie Naya urplötzlich auf.

Lilienweiße Funken schossen aus dem orangefarben glänzenden Amulett und verschlangen die filigranen fünf Gravuren.

„Umash, nun tu doch was! Wenn Olinja nicht bald die Quelle erreicht, stirbt sie uns unter den Fingern weg", kreischte die Kriegerin.

„Folgt mir!" Umash warf den glimmenden Stängel zu Boden und lief los. „Wir werden den Weg schon finden."

Hastig kletterten die beiden Frauen über eine umgestürzte Zwischenwand und eilten Umash hinterher. Die lodernde Fackel benötigte der Krieger kaum mehr, denn Olinjas Amulett überstrahlte die goldgelben Flammen um ein Vielfaches. Kurioserweise griff das Feuer weder auf ihre Kleidung noch auf ihre Haut über, aber es schien ihre Seele zu verzehren. Wenn sie nicht bald den Kranichsaal erreichten, würde die ausnehmend hübsche Prinzentochter von außen her verglühen. Das Scheußlichste von allem wäre jedoch, dass sie ohne Hilfe der Götter nicht mehr ins Reich der Lebenden zurückkehren konnte, und diese Aussicht raubte Olinja schier den Verstand. Gnadenlos opferte die Quelle Frauen wie Männer. Wer ihren Anforderungen nicht gewachsen war, starb einen entsetzlichen Tod. Im Gegenzug förderte die Quelle jedoch magische Talente, verlieh Glücksgefühle und schenkte Herzenswärme, und dies wollte Olinja nie mehr missen.

Der Brunnen der Fülle stellt in seiner Einzigartigkeit einen Weg zu den Göttern dar. Ihre Großmutter wurde nur ein einziges Mal zu der mystischen Stätte gerufen, ihre Mutter dagegen schon dreimal, und sie selbst spürte – nachdem sie als Säugling den Talisman erhalten hatte – nun auch die Verpflichtung, der Quelle zu dienen.

Wie vom Blitz getroffen berührte Olinja ein herzbewegendes Wimmern, das ihre Gehirndecke zu durchschmelzen drohte. Das Seufzen flutete von rechts heran, während Umash geradeaus marschierte.

„Hierher! Kommt schon!" Die Prinzessin wandte sich jedoch von Umash in anderer Richtung ab.

„Nicht, Olinja! Verdammte Närrin, bleib stehen!"

Aber die junge Frau hatte ihre Sinne verloren. Obwohl ihre Mutter ihr verdeutlicht hatte, wie betörend das Wehklagen der Quelle klingen würde, raste ihr Herz zum Zerbersten. Leichtfüßig, einem Reh gleich, sprang sie durch schmale, dann wieder breite Gänge, rannte an einer Säulenhalle entlang, überquerte eine schneeweiße Marmorbrücke und fegte durch einen Spiegelsaal, in dessen Scherben sich ihr Seelenlicht tausendfach reflektierte. Naya und Umash hasteten ihr hinterher, aber sie erreichten die wie besessen Davonstürmende nicht.

Donnernde Schritte über ihren Köpfen ließen sie erschreckt zusammenfahren. Von der Decke rieselte feiner Staub, der im gleißenden Licht des Amuletts wie fallender Nieselregen wirkte. Immer heller erstrahlte die junge Frau, so als würde sie göttlicher Glanz umgeben. Fluchend warf Umash seine Fackel beiseite. Die brauchte er nicht mehr. Stattdessen zog er sein Schwert, dessen blitzende Klinge tiefblau funkelte. Auch Naya riss ihren Säbel aus der Scheide. Olinja jagte einen rötlich schimmernden Quarzflur nach oben. Das mächtige Stapfen über ihnen bog nach links ab. Umash Caron wusste jedoch, dass hier am Ziel ihrer Reise alle Wege im Kranichsaal zusammenliefen.

Imposant streckten sich riesige, schiefergraue Flügelschwingen unter einer gewölbten Kuppeldecke entlang. Beinahe schien es so, als hätten die Jahrtausende dem majestätischen Stelzenvogel, dessen Federkleid im Schein des Lichts silbern glitzerte, nichts anhaben können. Seine ellenlangen Beine steckten in einem Becken aus tiefblauen Mosaiksteinchen, die von Hand eins neben dem anderen gesetzt worden waren. Im ersten Augenblick meinte Olinja, der Kranich würde durch einen Teich waten, obwohl kein Tropfen Wasser das Bassin füllte. Der s-förmig gebogene Hals des Vogels schien sich wie eine Feder zu spannen, um den silbrig glänzenden Fischleibern im kühlen Nass nachzustellen, und sein kräftiger, kurzer Schnabel zeigte unmissverständlich auf einen Quader aus Gneis, gesprenkelt mit Spuren von weißem Feldspat und violettem Quarz.

Von Glücksgefühlen überwältigt hastete Olinja die Stufen zum Stein der Schöpfung hinab. Nichts würde sie aufhalten, auch nicht die drei grässlichen, annähernd zehn Fuß großen, circa fünfhundert Pfund schweren Muskelprotze, die wie monströse Schatten in das blendende Hell ihres Talismans traten. Ekelig beißender Geruch schwappte wie eine Riesenwelle über sie hinweg. Sonst nahm Olinja nichts wahr. Weder die warzigen Eiterbeulen, die deren schwarzbraune Haut einem Flickenteppich gleich bedeckten, noch die übergroßen Keulen, die sie bedrohlich über ihren Köpfen schwangen.

„Vorsicht, Olinja! Oger!" Umash Stimme überschlug sich, als er die Angreifer erblickte.

„Ejaaaaaaa! Nep Ties Rid – Nep Ties Rid!" Während die Prinzessin vorwärts stürmte, schossen aus den Fingerspitzen ihrer linken Hand cremefarbene Stränge, die zwei der herbeistapfenden Bergriesen in einem Wirrwarr von Fäden einschlossen. Rasend vor Zorn zogen die Kolosse an dem klebrigen Netz. Einerseits rissen sie Löcher in das Geflecht der tausend Arme, andererseits blieben sie an dem Kleister hängen und verstrickten sich aufs Neue.

„Sonro Sonra – Sonro Sonra – Iowwweee!" Auf den dritten Oger jagte Olinja zwei schimmernde Armbrustbolzen, die ihren Augen entsprangen. Jaulend gruben sich die Geschosse durch die gegerbte Fellrüstung in das Fleisch des Opfers. Als Olinja fieberhaft den leuchtenden Talisman in den Schlitz des Schöpfungssteines steckte, drohte ihre Lunge zu platzen. Saugend, einem Wirbelsturm gleich, zog es den Anhänger ins Innere. Zudem wurde Olinja wie eine Zitrone an den Felsen gepresst, so dass sie kaum mehr atmen konnte. Schlagartig füllte sich das Urgestein mit pulsierender

Energie. Sein ehemals grauschwarzer Körper fing perlmuttfarben an zu schillern, und an seiner Oberfläche entluden sich knisternd von Rein- und Klarheit beglückte Sternchen, die über den Boden davonhüpften.

Dann flogen auch schon Umash und Naya an ihr vorbei. Das Schwert des Kriegers zerteilte den Schädel des kreischenden Ogers, dessen Leib sich in einen blubbernden Säurekessel verwandelt hatte, und erlöste ihn von seinen Qualen. Schreiend rannte Naya von Taleen auf den zweiten Bergriesen zu, der sich aus dem Spinnennetz befreit hatte und sich blindlings vor Wut auf sie stürzte. Geistesgegenwärtig duckte sich die Kriegerin unter einem mächtigen Hieb und stieß ihren Krummsäbel in den Bauch des Angreifers. Obwohl sie ihn lebensgefährlich verletzt hatte, schlug der Oger zurück. Die mit Nägeln besetzte Keule spaltete ihren Schild, zersplitterte ihr Kettenhemd und überschwemmte ihre Hüfte mit Rot. Augenblicklich spürte sie ihre linke Seite nicht mehr. Erst als sie sich nach Luft schnappend auf dem Boden wiederfand, setzten die Schmerzen ein, die sich in der Umarmung des schwarzen Kraken rasch auflösten. Schemenhaft erkannte sie noch, wie sich Umashs blau funkelnde Klinge wundersam glatt in die Seite des Ogers bohrte. Brüllend kippte der Riese. Als der Krieger sein Schwert aus der Wunde riss, wusste er, dass sich der Fleischberg nicht mehr erheben würde. Den letzten noch lebenden Koloss, der sich hilflos in den klebrigen Strängen verstrickt hatte, ereilte das gleiche Schicksal. Dann herrschte Stille. Bedrückende Stille. Schleichend kroch klagendes Herzweh in Umashs Geist. Ehemals hätte sein klirrendes Lachen selbst den Tod noch verhöhnt, doch heute schien seine unüberwindbare Mauer aus Kälte ins Wanken zu geraten. Gleichwohl wusste er, dass er den Oger nicht zurücklassen konnte, schließlich musste er Olinja wieder lebend nach Hause zu ihrer Mutter bringen, und der Bergriese hätte ihnen noch hinreichend Unannehmlichkeiten bereiten können.

Wie angekettet klebte die Prinzessin an dem Schöpfungsfelsen. Auf ihren Wangen zeigten sich jedoch rosa Flecken, und auch das Zittern ihrer Hände hatte nachgelassen. Stattdessen liefen Tränen über ihr Gesicht. Aus dem Spalt des Urgesteins, in dem nach wie vor ihr Amulett steckte, lief taufrisches Nass. Erst tröpfelte es nur ein wenig, dann aber schoss ein grell leuchtendes Licht samt ihrem Amulett wie ein Korken hervor. Die Kraft des nachkommenden Wassers schleuderte Olinja zu Boden. Dessen ungeachtet blieb sie sitzen und genoss die einzigartige Herrlichkeit ihrer Geburt ein zweites Mal.

Umash ließ ihr Zeit zum Erholen, auch wenn er wusste, dass sie nicht lange verweilen konnten, obendrein musste er Nayas Wunden versorgen. Die Paladinin hatte großes Glück gehabt. Die Heftigkeit des Schlages hatten zwar ihren Schild und das Kettenhemd gespalten, nicht jedoch ihre Knochen. Die waren heil geblieben, nur aus etlichen gezackt geschlitzten, tiefen Rissen floss jede Menge Blut. Bevor Umash einen Verband anlegen konnte, nähte er die Male mit Nadel und Zwirn zusammen. Qualvoll stöhnte die in der Nebelwelt Weilende auf. Binnen kurzem hatte Umash die Wunden verschlossen. Zwar würde die Frau einen riesigen blauen Fleck davontragen, aber sie konnte wenigstens laufen. Ob sie es jedoch zurück bis zum Kastell Schattentod schaffen würde, wusste er nicht. Von ganzem Herzen hoffte er, dass ihr Körper dem Wundfeuer entginge. Wenn sie sich selbst heilen könnte, hätte sie beste Aussicht zu überleben. Auf dem Rückmarsch, das nahm sich Umash vor, würde er Umwege in Kauf nehmen, um denkbaren Verfolgern das ein oder andere Schnippchen zu schlagen. Und Zeit hatten sie nun jede Menge.

Nach wie vor saß Olinja Caissey, mittlerweile schon hüfthoch, in den blauen Fluten und bestaunte ihre Seele. Die einstigen fünf Gravuren gab es nicht mehr. Nun schmückten drei neue Formen den Talisman. Schon heute rätselte sie, welche Begebenheiten in der Zukunft auf sie warten würden. Im oberen Drittel leuchteten ihr zwei Silberdegen entgegen, einer nur halb so lang wie der andere, links davon schloss sich ein goldener Speer mit jeder Menge bunter Fähnchen an, und direkt gegenüber blickte sie in die hypnotisierenden Augen eines scharlachroten Drachens. Was die Symbolik zu bedeuten hatte, wusste sie nicht, aber die dolchartigen Zähne des feuerspeienden Untiers flößten ihr beklemmendes Unbehagen ein. Um in der Stunde der Wahrheit nicht den Glauben an die Schöpfung zu verlieren, sandte sie ein Gebet an Gott Kanthor. Umashs Ruf brachte sie in den Kranichsaal zurück.

Kapitel 5

Lursian Gallenbitters Kräuterladen

Als Janos Alanor die Gitterstäbe von Lursian Gallenbitters Kräuterladen nach oben zog, wusste er, dass er einen verhängnisvollen Fehler begangen hatte. Den erbsengrünen Punkt, nur halb so groß wie ein Stecknadelkopf, hatte er außer Acht gelassen, und das, obwohl ihm nicht wohl in seiner Haut gewesen war. Im Grunde genommen war es ihm leichtgefallen, die Sicherungsmechanismen zu finden und zu entschärfen, auch wenn jeder Erbauer eigene Ideen entwickelt hatte, um seine Errungenschaften zu verkaufen. Dennoch war es zu glatt gegangen, wie er im Nachhinein befand.

Blitzartig weitete sich das Licht bis zur Größe eines Tellers, um dann schlagartig ungeheuerliche Energien freizusetzen. Schon bevor der ungewünschte Effekt einsetzte, wusste Janos, dass er dem Tod in die Augen sah. Er, der Sohn einer adeligen Familie, gewiss einer der Besten seiner Zunft, war gescheitert. Vermutlich hatte ihn Smalon zu sehr von seiner Aufgabe abgelenkt. In Zukunft würde er wieder alleine arbeiten. Zukunft, schoss es ihm durch den Kopf, gab er keine mehr. Dem Anschein nach streckte der Sensenmann bereits seine Hand nach ihm aus. Nur, wie sah die Hand aus? Würde er durch einen gewaltigen Felsen erschlagen werden, in einem magischen Feuer verglühen oder durch einem klirrenden Schneesturm zu Eis erstarren? Er hatte aber ein Licht gesehen! Schlagartig ließ er das Gitter fallen. Er schloss seine Augen und verschränkte einen Arm vor dem Gesicht. Hoffentlich würde er Recht behalten. Ein Lichtblitz so grell wie die Sonne bohrte sich durch seine Arme und Hände in seine Augen. Hätte er nicht sein Antlitz bedeckt, wäre er von einer Sekunde zur anderen erblindet. Krachend donnerte das Eisen auf die beiden mit Steinen gefüllten Fässer. Janos fiel auf den Boden des Kräuterladens. Rasch kroch er auf die rückwärtige Seite des Verkaufstisches, dort öffnete er langsam die Augen. Erst sah er überhaupt nichts, dann sprangen ihm flimmernde Sternchen entgegen. Dennoch konnte er Konturen erkennen, wenngleich die Eindrücke rinnend wie Wasser, Farben oder Licht ineinanderflossen. Er erkannte ein Regal aus Holz, indem Phiolen aufgereiht neben- und hintereinander standen. Nur sahen die Fläschchen alle gleich aus, und die Aufkleber mit der grazilen Schrift konnte er nicht lesen.

Was nun? Ihm blieben höchstens ein oder zwei Minuten, um einen Heiltrank zu finden, wenn überhaupt. Nähmen sie ihn gefangen, würde er noch vor Sonnenaufgang am Galgen enden. Weshalb nur hatte er dem kleinen, so unscheinbaren grünen Punkt nicht genügend Beachtung beigemessen? Und das ihm! So was war ihm noch nie widerfahren. Noch während seine Gedanken wie prasselnder Regen fiel, ergriff er eine Phiole, um die Buchstaben zu entziffern. Seine Augen spielten aber nicht mit. Ständig wechselten die Zeichen Größe und Form, einzelne Wörter meinte er klar und deutlich zu erkennen, dann verschwammen sie wieder. Schritte ließen ihn zusammenfahren. In der Kürze der Zeit konnten ihn die wachenden Soldaten an der Zugbrücke oder vor dem Grafenpalast nicht erreichen. Bei einem Blick durch die Gitterstäbe auf den Marktplatz erschrak er zutiefst. Es waren nicht Sumpfwassers Wachen, sondern zwei Kapuzenkrieger aus dem Reich der Tiefe. Das erkannte er, wenngleich die Untoten einer Fata Morgana gleich hin und wieder verblichen. Er wusste, dass sie von der Magie des Kreuzäxteamuletts angelockt worden waren. Bei den Göttern! Er saß in der Falle. Wohin sollte er sich nur wenden? Es gab kein Schlupfloch, um den weißgekleideten Schwertmeistern zu entkommen, und Lursian Gallenbitters Kräuterladen hatte nur einen Ausgang. Obwohl er sich bis vor kurzem ganz sicher gewesen war, das Geschäft lebend und mit einem Heiltrank zu verlassen, schien seine Lebensflamme bedenklich zu flackern. Dabei meinte er, sich glänzend vorbereitet zu haben. Aber was nun? Es gab kein Versteck, und selbst wenn, die Ausstrahlung des Amuletts würde die Untoten dennoch auf seine Fährte führen. Janos' Gedanken rasten. So schnell gab ein Alanor nicht auf, das hatte ihm schon seine Mutter als Kind eingebläut.

Ringsum standen Regale. Durch die Theke konnte er von draußen nicht gesehen werden. Die allein bot schon reichlich Aussicht, um die Kapuzenkrieger auf Distanz zu halten. Wenn nur seine Sehkraft endlich zurückkäme!

Auf der Eingangsseite standen Schälchen und geflochtene Körbe, vermutlich mit Beeren, Kräutern, Pilzen und Wurzeln unterschiedlichster Sorten gefüllt. Rechts daneben, von der Decke bis zum Boden, waren Kordeln gespannt, an denen getrocknete Garben kopfüber angebunden wie Trauben hingen. Auf der gegenüberliegenden Seite hatte man Holzbretter in die Wand gebohrt, in denen Haken steckten, an denen gedrängt jede Menge Glücksbringer hingen. Von Gottheiten zu Beschwörer- und Bannartikeln, über blau glänzende Hufeisen zu filigranen Bäumchen, klimpernden Glasperlen, leuchtenden Sternen, Monden, von der Sichel bis hin zur vollen Scheibe, Sonnen, deren Strahlen die Nacht vertreiben sollten, Margeriten, Gänseblümchen und vieles, vieles mehr.

Janos wusste nicht, ob er einen Heiltrank in Händen hielt. Der Inhalt in der Phiole schimmerte goldgelb, möglicherweise aber auch orangefarben. Beim Blick nach draußen wurde ihm schmerzlich bewusst, dass keine Zeit mehr verblieb, nicht einmal mehr zum Nachdenken. Noch zehn Schritte, dann hatten die weißgekleideten Kapuzenkrieger den Eingang erreicht, und am Ende des Marktplatzes blitzten im grellen Licht vier Kürasse auf. Soldaten, fuhr es ihm durch den Kopf. Vermutlich wurde Lursian Gallenbitters Kräuterladen von allen Seiten regelrecht eingekesselt.

Janos' Hände bewegten sich rasch drehenden Windmühlenrädern gleich. Kurzerhand schob er etliche Phiolen in seinen bereits geöffneten Rucksack. Er hoffte, wenigstens einen Heiltrank eingepackt zu haben. Dann huschte er, hinter der Ladentheke versteckt, zu der Wand der Talismane. Den Rucksack ließ er am Boden stehen. So schnell er konnte riss er sich das Kreuzäxteamulett vom Hals und hängte es an einen freien Haken in die unüberschaubare Vielfalt der Glückbringer. Das Amulett verdeckte er mit ein paar silbernen Kettchen. Als das Gitter am Eingang hochgerissen wurde, tauchte er wieder hinter der Theke ab. Schritte auf der gegenüberliegenden Seite des Ladentisches nahmen ihm schier den Atem. Fieberhaft griff er nach einem Fläschchen. Er konnte nur hoffen, dass sich seine Augen nicht getäuscht hatten, sonst würde in dieser Nacht sein Lebenslicht unwiderruflich erlöschen. Er entkorkte die Phiole und führte das Glas zum Mund.

Und wieder hob sich das Gitter. Die ersten Schritte, die Janos gehört hatte, waren verstummt. Jeden Moment konnte ihn der untote Krieger sehen. Vermutlich wusste er nur nicht, wohin er seinen Blick wenden sollte. Mittlerweile war die Flüssigkeit Janos' Kehle hinabgelaufen. Nur tat sich nichts. Er fühlte jedoch einen heilenden Strom durch seine Adern und Venen in jeden Winkel seines Körpers vordringen. Bei den Göttern! Ein Mast ist gebrochen, Wasser bricht ein! Er hatte einen Heiltrank getrunken. Plötzlich tauchte ein augenloses Gesicht, umschlossen von einem lilienweißen Tuch, am Ende der Theke auf. Jäh sprang ihm der Untote entgegen. Sein Schwert flog ihm förmlich in die Hand.

Janos, der nur fünf Schritte entfernt am Boden kauerte, entkorkte eine weitere Phiole.

Als der Kapuzenkrieger losstürmte, trat Janos nach einem Regal, das er gleichzeitig mit seiner linken Hand in den Gang zog. Augenblicklich flogen fallende Phiolen kleinen Geschossen gleich durch den Raum, und die Scherben der brechenden Gläser spritzten wie fliegende Sterne davon. Wütend hieb der Untote auf das quer im Raum liegende Regal ein. Als Janos um die Ecke des Ladentisches kroch, hasteten auch von der anderen Seite Schritte herbei.

Glühendes Feuer zischte aus Janos' Mund, aber der erhoffte Effekt trat wieder nicht ein. Grell rote Flammen zuckten aus seinen Fingerspitzen. In höchster Not griff Janos nach einer weiteren Phiole, nun klemmte aber der Korken in dem Fläschchen. Während er sich abmühte, den Pfropfen nach links und rechts drehte und drückte, wurde das Gitter ein drittes Mal hochgerissen, und der Wächter des Kräuterladens, der Stiernacken, sprang in den Laden. Er stürzte sich auf den vorbeihastenden Krieger. Krachend flogen die beiden über den Tresen und mitten hinein in das querstehende Regal auf den zweiten Untoten.

Der Boden sah wie ein kunterbunter Flickenteppich aus. Mancherorts huschten goldgelbe Flammen über die Bretter, eine blau glänzende Pfütze wallte wie heißes Wasser in einem Topf, an einem Regal krochen grüne Tropfen empor, und vier bernsteinfarbene Schlangen mit purpurrotem Kopf schlängelten sich zwischen all dem zerbrochenen Glas.

Als die Gitterstäbe erneut hochgerissen wurden und vier Wachsoldaten in den Kräuterladen drängten, war Janos nicht mehr zu sehen. Mit Macht rückten die Soldaten den erstaunlich widerstandsfähigen Recken der Unterwelt zu Leibe. Sie bemerkten jedoch nicht, dass das Gitter für zwei Atemzüge im Nichts stehen blieb, bevor es erneut nach unten fiel.

Von allen Seiten strömten Menschen auf den taghellen Marktplatz. Meist waren es Wachen. Janos sah aber auch Schaulustige, die interessiert näher kamen. Etliche Fenster waren ebenfalls geöffnet worden, und ständig klapperten neue Läden. Ihn sahen sie nicht. Der Unsichtbarkeitstrank hatte schlagartig seine Wirkung entfaltet, nur wusste Janos nicht, wie lange er anhalten würde. Schleunigst musste er in einer der Gassen verschwinden, dort, wo die Dunkelheit nicht dem grellen Licht weichen musste. Beinahe wäre er mit einem bärtigen Riesen zusammengestoßen, dessen Haare feuerrot leuchteten. Das war ihm nur deswegen widerfahren, weil er das Kreuzäxteamulett in Lursian Gallenbitters Kräuterladen zurücklassen musste. Gegenwärtig spürte er die vorausgehenden Bewegungen der Menschen, an die er sich mittlerweile gewöhnt hatte, nicht mehr. Als er den Schatten der ersten Häuser erreichte, und nach wie vor alle an ihm vorbeihasteten, umspielte ein Lächeln seine Lippen. Er hatte es wieder Mal geschafft, wenngleich er viel Glück gehabt hatte.

Vermutlich würde der Graf, um den aufsehenerregenden Fall aufzuklären, Zauberer zu Rate ziehen. Sie könnten feststellen, dass nicht nur zwei

Krieger der Unterwelt in Lursian Gallenbitters Kräuterladen gewesen waren. Worauf sie mit Sicherheit noch sorgfältiger nach dem Täter suchen würden. Vor allem die direkt anliegenden Häuser, also auch der Goldene Kahn, wären die ersten Gebäude, die sie in Augenschein nähmen. Aus dem Kräuterladen dröhnten immer noch Schwertschläge. Dem Anschein nach wehrten sich die Untoten mit allen Mitteln, um dem drohenden Ende zu entgehen. Wo kamen die Kapuzenkrieger nur her? Das fragte sich zweifelsohne nicht nur Janos, auch Graf Jirko von Daelin würde seinen Offizieren diese Frage stellen. Hoffentlich waren nicht auch noch andere Untote über die Mauer nach Sumpfwasser gekommen. Janos vermutete, dass der Graf die Wachmannschaften verdoppeln würde. Das bedeutete für ihn, in den nächsten Tagen besonders vorsichtig zu sein, damit sie ihn nicht doch noch erwischten.

Nachdem Janos Alanor die dritte Quergasse hinter sich gelassen hatte, erreichte er den Schatten der Nacht. Von weitem hörte er schreiende, kreischende und auch klatschende Menschen. Aller Voraussicht nach hatten die Wachen die untoten Krieger überwältigt. Sein Weg führte ihn zu der Scheune, in der sich Mangalas versteckt hielt. Dorthin würde er sich zurückziehen, vielleicht einen Tag oder auch länger, aber das käme auf die jeweilige Situation an. Erst einmal musste er untertauchen.

Seinen Augen ging es mittlerweile wieder besser. Als er in die Gasse der mit Heu gefüllten Scheunen abbog, erblickte er Mira Lockenrot, der er vor zwei Tagen im Rauschenden Kater begegnet war. Ihre zinnoberroten Strähnen hingen ungekämmt herab. Übernächtigt sah die Wirtin aus, und ihre grünen Augen standen auf Halbmast, so wie die Fischkutter in Eirach, wenn sie auf Wind warteten. Andererseits meinte Janos, ein beängstigendes Flackern in Miras Augen entdeckt zu haben. Unvermittelt wendete sich die rothaarige Frau ihm zu. Er befürchtete, wieder sichtbar geworden zu sein, obwohl ihn zwei vorüberhastende Männer keines Blickes würdigten. Mira eilte dann aber doch weiter, so als wenn sie nicht wüsste, warum sie sich umgedreht hatte. Janos blickte ihr hinterher, bis sie um eine Ecke bog und seinen Augen entschwand. Auch wenn die Wirtin beleibt war, schlug Janos' Herz dennoch ein paar Takte schneller als üblich.

Leise schlich er weiter. Nach ein paar Schritten zog er seine Stiefel aus und lief auf Socken über die gepflasterten Steine bis zum Eingang der Scheune. Unter Umständen war Farbe oder irgendeine andere Substanz an seinem Stiefeln hängen geblieben, und fähige Magier könnten die Spuren entdecken, möglicherweise ihnen auch folgen. Wenn er nur früher daran gedacht hätte, fuhr es ihm durch den Kopf.

Das Vorhängeschloss an der Scheune öffnete Janos mit spielerischer Leichtigkeit. Leise schlüpfte er ins Innere. Das Tor konnte er nicht verriegeln, so nahm er das Schloss mit, um es, nachdem er sich von der Dachluke abseilen würde, von außen zu verschließen. Einer Katze gleich schlich er nach oben. Kaum war er im Obergeschoss angekommen, vernahm er Mangalas, der wie ein Bär schnarchte. Die Geräusche, so mutmaßte er, konnten von der Gasse vermutlich nicht gehört werden, dennoch beeinflussten sie sein Wohlbefinden.

Der Zauberer hatte in einer Ecke ein Bett aus Heu errichtet. Nachdem er sich hingelegt und zugedeckt hatte, war er eingeschlafen.

„Mangalas!" flüsterte Janos. „Mangalas!" Er tippte dem Magier mit einem Finger auf die Nase. Der Zauberer schlug jedoch nur mit einem Arm über sein Gesicht, so als wolle er eine Mücke verscheuchen, und drehte sich zur Seite. Dort atmete er entspannt aus und hoffte, ungestört weiterschlafen zu können. Janos konnte es kaum für möglich halten, vermutlich hätte er fremde Schritte schon am Boden der Scheune gehört. Der Magier jedoch schlief tief und fest.

„Mangalas, ich muss das Tor verschließen!" flüsterte er erneut. Um sicher zu gehen, dass der Zauberer auch wirklich aufwachte, hielt er ihm die Nase zu. Panisch schnappte Mangalas nach Luft, dann fuhr er wie von einem Skorpion gestochen in die Höhe.

„Spinn ich? Da hält mir einer im Traum die Nase zu?"

„Nicht im Traum!" murmelte Janos.

Erschreckt sah Mangalas um sich. Er entdeckte jedoch niemanden.

„Ich bin es, Janos!"

„Was soll das? Wo bist du?"

„Nicht so laut!" wisperte Janos. „Während du Schafe gezählt hast, musste ich mein ganzes Können aufbieten, um einen Heiltrank für Saskard zu besorgen. Bei meiner Flucht vor den Wachen nahm ich einen Unsichtbarkeitstrank zu mir, damit ich den Häschern entwischen konnte, und zwei untoten Kapuzenkriegern musste ich auch noch aus dem Weg gehen!"

„Was, Untote? In Sumpfwasser! Wie das?" hauchte Mangalas ganz aufgeregt zur linken Seite, obwohl Janos nach rechts lief, um das Tau zu holen. „Wo bist du?"

„Hier!"

Mangalas sah, wie sich das Seil von ganz alleine bewegte. „Wie lange wird die Wirkung des Trankes anhalten?"

„Keine Ahnung, schätze so ein bis zwei Stunden!" Janos öffnete die Dachluke.

„Was machst du?"

„Ich muss das Schloss am Tor der Scheune anbringen. Nun hilf mir schon!"

„Wie soll ich dir helfen, wenn ich nicht einmal weiß, wo du bist?"

„Nimm das Seil, und binde es an dem Balken fest!" Janos sah aus der Luke nach draußen. „Es ist niemand zu sehen. Ich seile mich ab, verschließe das Tor, und du ziehst mich wieder hoch."

„In Ordnung!" Mangalas wartete, bis sich etwas tat, dann klickte der Riegel ins Schloss.

„Zieh!"

Einen Augenblick später war Janos wieder in die Scheune geschlüpft, und Mangalas hatte die Luke verriegelt. Das Tau ließen sie angebunden direkt neben dem Ausstieg liegen.

„Wir lassen alles so, wie es ist! Unter Umständen müssen wir unser Versteck schnell verlassen." Janos ließ sich wenn möglich immer einen zweiten Fluchtweg offen.

„Und was nun?" riss ihn Mangalas aus seinen Gedanken.

„Wir legen uns schlafen … obwohl, Hunger hätte ich schon!"

„Was willst du? Essen? Ich hab nur noch einen kleinen Würfel Käse und ein paar Scheiben Schinken in meiner Tasche, davon werde ich kaum satt!" Mangalas strich sich mit einer Hand über den Bauch. „Wir werden noch verhungern!"

„Kann mir nicht vorstellen, dass ein Mann deiner Statur innerhalb eines Tages das Zeitliche segnet. Reserven hast du genug!" Janos grinste und zeigte dem Magier eine lange Nase, die dieser nicht sehen konnte.

„Woher willst du denn wissen, was ein ausgezehrter Körper an Nahrung verbraucht?"

Der Dieb fand die Situation einfach nur köstlich. „Setz doch deine Fastenkur fort!"

„In der erbärmlichen Lage, in der wir uns befinden, könnte das schicksalhafte Folgen nach sich ziehen!" Wiederholt klopfte sich Mangalas auf den Bauch.

„Finde ich nicht! Du könntest wie eine Gazelle durch die Gassen springen!"

„Und nach drei Sprüngen kraftlos zusammenbrechen."
„Mangalas, du kannst einen in den Wahnsinn treiben."
„Wie bist du eigentlich den Häschern entkommen?" kam der Magier auf ein bedeutsames Thema zu sprechen.
„Erzähle ich dir morgen früh. Sei nun still! Ich will nach Geräuschen lauschen." Müde legte sich der Dieb in das duftende Heu.
„Und hörst du was?"
„Mangalas, du nervst! Natürlich nicht! Du redest doch ständig."
Eingeschnappt drehte sich der Zauberer zur Seite. Binnen kurzem schliefen sie beide ein.

Ein Bauchgrummeln weckte Mangalas. Sein Magen jammerte erbärmlich. Ein leeres Fass hatte bestimmt noch Fülle, befürchtete er. Seufzend warf er einen Blick auf seine mausgraue Umhängetasche aus Leinen, in der er üblicherweise Kleinrationen aufbewahrte, die er mittlerweile nahezu aufgebraucht hatte. Janos lag sichtbar neben ihm. Er schlief und Mangalas ließ ihn in seinen Träumen verweilen, obwohl ihn sein Erlebnis brennend interessierte. Er mutmaßte, Janos hätte eine anstrengende Nacht hinter sich, denn der Blondschopf war meist schon vor ihm munter und richtete das Frühstück.

Hoch oben im Scheunendach suchten schräg einfallende Sonnenstrahlen jede nur erdenkliche Ritze, um ins Innere der Scheune zu gelangen. Goldgelb schimmerte das Heu, und im Licht tanzte feiner Staub Ringelreihen.

Draußen auf der Straße war es still, nicht einmal Hundegebell war zu hören. Dennoch war die Ruhe trügerisch. Fänden ihn die Wachen, würden sie ihm die Hand abschlagen. Die barbarischen Praktiken kannte Mangalas von Farweit, Gnade hatte er nicht zu erwarten. Vermutlich würden Sumpfwassers Gesetzeshüter kaum anders verfahren. Nur – welche Möglichkeiten hatte er? In spätestens zwei Tagen würde sein Vorrat an Wasser zur Neige gehen, danach müsste er zumindest einen Brunnen aufsuchen. Leicht konnte man ihn bei der Suche nach Wasser entdecken. Das Beste wäre, er verließe die Stadt. In einem viertel oder in einem halben Jahr wäre gewiss Gras über die Sache gewachsen.

Obendrein fuchste es ihn immer noch, dass ihm der bejahrte Händler einen Räucherlachs verkauft hatte. Mit dem Ziel – ja, mit welchem Ziel? Profit um jeden Preis zu erzielen oder ihn berechnend über die Klinge springen zu lassen? Nur warum? Er kannte den Kaufmann doch nicht. Er musste der Sache auf den Grund gehen, sich mit Krishandriel oder Smalon besprechen, die oftmals Dinge ahnten, die er nicht für möglich hielt. Leider hatte sich seit seiner halsbrecherischen Flucht noch keine Möglichkeit ergeben. Hoffentlich würde Janos bald munter sein, schließlich wollte er erfahren, was es Neues gäbe. Während Mangalas auf den gestrigen Tag zurückblickte, und letzten Endes immer daran dachte, wie er den Wachen entkommen könnte, schob er sich kontinuierlich ein Stück Käse nach dem anderen in den Mund. Hin und wieder wickelte er auch eine Scheibe Schinken um den Käse, um seinem Gaumen einen anderen Geschmack zu verschaffen.

Am frühen Nachmittag erwachte Janos. Obwohl er nahezu einen halben Tag geschlafen hatte, wirkte er so blass und bleich wie eine Leiche.

„Bei den Göttern! Wie siehst du denn aus?" sprach ihn Mangalas an.

„Bin ich müde!" Janos drehte sich zur Seite und schloss die Augen erneut.

„Nun erzähl schon!" Der Magier war unglaublich neugierig.

„Brauche erst etwas zum Essen", murmelte der Dieb im Halbschlaf.

Das animierte den Magier dazu, sich auch eine Scheibe Brot mit Käse und Wurst zu belegen.

Während des Frühstücks schilderte Janos seine Erlebnisse in Lursian Gallenbitters Kräuterladen. Nachdem sie gespeist hatten, holte Janos Phiole für Phiole aus seinem Rucksack.

Mangalas wurde es ganz angst und bange bei den vielen Fläschchen. „Finden sie dich, Janos, ist es aus mit dir!"

„Ja schon, aber was hätte ich tun sollen? Wir brauchen einen Heiltrank, und bezahlen – bezahlen hätte ihn vermutlich nur Hoskorast können." Janos zuckte mit den Schultern, so als wenn er nun wirklich nichts dafür könne, dass er etliche Phiolen aus dem Laden mitgenommen hatte.

„Wir wissen nicht einmal, ob der Heiltrank Saskard von seinem Leiden befreit."

„Egal! Einen Versuch ist es wert. Schließlich hat er am Klingenberg mein Leben gerettet, nun kann ich mich erkenntlich zeigen." Ausatmend legte sich Janos zurück ins Heu.

„Aber du hättest doch nicht gleich den ganzen Laden ausräumen müssen!"

„Ich hatte keine Zeit, Mangalas! Und die Schildchen an den Phiolen konnte ich nicht entziffern."

„Sag schon, Janos, was steht auf dem Etikett?"

„Warum drücken sich Kräuterhändler nur so undeutlich aus?" Der Dieb zog die Stirn in Falten.

„Nun sprich doch endlich!" Mangalas hielt es vor Neugier kaum mehr aus.

„Wohltrank?!"

„Na ja, der Trank wird einem wohl bekommen. Also heilen", teilte der Magier sein Wissen mit stolzer Brust Janos mit.

„Meinst du?"

„Ja, sicher! Das sind Heiltränke. In Retra benutzten sie ähnliche Namen."

Inzwischen starrte Janos auf eine der drei blassbläulichen Phiolen, in denen eine Flüssigkeit wabbelte, die wie Wasser aussah, jedoch viel kräftiger wirkte. Als der Blondschopf das Glas gegen das Licht hielt, meinte er, in der Mitte schwimmend, eine Luftblase zu erkennen. Überzeugt davon war er aber nicht. „Kräuterhändler sind Spinner!"

„Das glaube ich nicht." Kichernd zwinkerte der Magier dem Dieb zu.

„Mangalas, treib mich nicht in den Wahnsinn!"

„Das brauche ich gewiss nicht!"

„Ich stehe auch nicht kurz davor, falls du das meinst. Hier die Antwort." Janos holte tief Luft. „Fischwasser!"

„Fischwasser? Die spinnen, die Grünmarker!" echauffierte sich nun auch der Magier.

„Sag ich doch!" stimmte ihm der Dieb zu.

„Wäre nur Elgin hier, der könnte uns …"

„Hör auf! Ich kann es nicht mehr hören!" brauste Janos unvermutet heftig auf.

„Gib mir mal das orangefarbene Fläschchen!" bat Mangalas den Blondschopf, ohne auf seinen Wutausbruch einzugehen.

„Scheint als würde ein Feuer in der Phiole brennen?!"

„Ja, sieht so aus", sprach Janos, drehte die Phiole und reichte sie dem Magier. „Möglicherweise habe ich letzte Nacht ein derartiges Getränk zu mir genommen."

„Du?" Irritiert riss Mangalas die Augen auf.

„Ja, ja! Ich meinte, Flammen in meinen Fingerspitzen zu fühlen." Mitfühlend streichelte Janos seine Hand.

„Solche Getränke gibt es. Man spricht von Flammenden Händen", gab der Magier sein Wissen preis.

„Nimm du die Phiole, Mangalas!"

„Um Himmels Willen, nein! Mir reicht schon das Lachsvergehen! Ich will nicht auch noch für einen Einbruch zur Verantwortung gezogen werden." Abweisend hielt der Magier seine gespreizten Finger vor sich.

„Stell dich nicht so an!" Janos reichte Mangalas die Phiole. „Einen Heiltrank nimmst du auf jeden Fall!"

„Kommt nicht in Frage! Ich bin doch kein Langfinger!"

„Mangalas, wir müssen Freud und Leid teilen, vergiss das nicht. Vermutlich werden wir noch Wege betreten müssen, von denen wir niemals gedacht haben, sie je zu beschreiten."

„Ich doch nicht!" Der Magier wollte auf keinen Fall Diebesgut in seinem Rucksack aufbewahren, und Janos ließ sich auf keine Diskussion mit Mangalas ein. Er hoffte nur, dass der Zauberer nicht eines Tages in eine für ihn entsetzliche Lage geriet. „Gut, dann behalte ich ihn!"

„Du hast ja noch einen Trank." Schaudernd zog Mangalas eine Augenbraue hoch, während Janos die Phiole in seinem Rucksack verschwinden ließ. „Da haben dich deine Augen wohl im Stich gelassen! Ein Heiltrank ist dies nie und nimmer!"

Der Blondschopf grinste. „Eher nicht! Fand das Fläschchen einfach nur interessant."

„Was soll nur aus dir werden?" Der Magier war schockiert.

Janos rechtfertigte sich nicht, er lächelte und rieb sich vor Freude sogar die Hände.

„Wenn ich es mir recht überlege, weiß ich nicht, warum ich Retra je verlassen habe. Das Essen war vorzüglich, ich musste in keinem Heuschober nächtigen, und gesucht wurde ich auch nicht. Ich war ein angesehener Bürger der Stadt."

„Dafür hast du jetzt aber Freunde!" Kameradschaftlich klopfte ihm Janos auf die Schulter.

„Ja, schon! Aber ich werde gesucht! Ich bin ein Lump!" Mangalas verstand nicht, wie er in eine solch vertrackte Situation geraten konnte. Je länger er darüber nachdachte, desto schlechter fühlte er sich. „Ich sollte Sumpfwasser verlassen!"

„Ich weiß! Mach dir keine Sorgen. Wir werden schon einen Weg finden."

„Wenn möglich aber schnell!"

„Ruhig Blut, Mangalas! Schließlich leben wir noch, und niemand hat uns bis jetzt entdeckt."

„Lange kann ich aber nicht mehr warten, ich werde dem Hungertod erliegen, und glaub mir, das wollte ich nie!" Verzweifelt betrachtete der Magier seinen Bauch.

„Verhungern nicht, verdursten vielleicht!" Janos konnte sich ein süffisantes Lächeln nicht verkneifen.

„Tolle Aussichten! Woher du die nur hast? Sag lieber, wie soll es weitergehen?"

„Wir legen uns schlafen, Mangalas!"

„Schlafen?" Der Zauberer verstand nicht.

„Ich kann jetzt nicht in die Stadt. Es ist viel zu riskant. Es sind erst ein paar Stunden seit meinem Einbruch vergangen. Die Soldaten werden alle Bürger kontrollieren, die ihnen fremd sind oder die ihnen verdächtig erscheinen. Erfahrungsgemäß ist es am zweiten Tag um ein Vielfaches sicherer", entgegnete Janos, als wüsste er genau, wie die Wachen vorgingen.

„Was meinst du, wie wird Smalon die Zeit verbringen?"

„Wenn er klug ist, wird er sich in der Stube des Goldenen Kahns aufhalten und warten, bis sich die allgemeine Unruhe gelegt hat." Janos schien nichts aus der Ruhe zu bringen. Er verschränkte seine Arme hinter dem Kopf und schloss seine Augen.

„Vielleicht bringt mir der Kleine ja einen Happen zum Essen! Ein Fleischspieß wäre genau das Richtige! Wenn ich nur daran denke, läuft mir schon das Wasser im Munde zusammen."

„Mangalas, nun reiß dich doch einmal zusammen!" Wieso musste der Dicke ständig nur ans Essen denken, fuhr ihm ein Gedanke durch den Kopf.

„Wo hast du das Amulett?" lenkte Mangalas von seinen Bedürfnissen ab.

„Ich musste es in Lursian Gallenbitters Kräuterladen zurücklassen!" erklärte Janos, ohne einen Hauch von Regung zu zeigen.

„Bitte?" Entsetzt riss Mangalas die Augen auf.

„Still, sprich leise! Wir könnten gehört werden."

„Bist du von allen guten Geistern verlassen?" flüsterte der Magier und tippte sich mehrmals hintereinander an die Stirn. „Welcher Dämon hat dich denn geritten?"

Nachdem ihm Janos jedoch berichtete, warum er sich von dem magischen Artefakt trennen musste, pflichtete ihm der Magier dann doch bei.

„Mangalas, kannst du mir Geld leihen? In der Gemeinschaftskasse müssten noch Münzen sein. Du weißt schon, die, die wir den Orks abgenommen haben."

Der Magier wusste schon, was Janos meinte, nur glaubte er seinen Ohren nicht zu trauen. „Warum brauchst du Geld?"

„Wir müssen Speisen und Getränke einkaufen!"

Das schien Mangalas einleuchtend. Er gab Janos vier Goldmünzen.

„Vier Goldmünzen? Was soll das? Ich werde fünfzig brauchen!"

„Fünfzig! Willst du alle Stände leerkaufen?" Dem Magier blieb der Mund offen stehen.

„Jetzt sei nicht so knauserig! Du bekommst das übriggebliebene Geld doch wieder zurück."

Nur widerwillig gab Mangalas dem Blondschopf fünfzig Goldmünzen. Er konnte sich nicht vorstellen, warum Janos so viel Geld benötigte. Wenn er nur Lebensmittel kaufen würde, könnte er einen Wagen mittlerer Größe bis zum Dach beladen. Nach kurzer Überlegung ließ er die Sache jedoch auf sich beruhen. Bestimmt war es dienlicher, nicht zu wissen, was Janos vorhatte.

Nachdem die letzten Sonnenstrahlen erst zum Scheunendach und dann in den blauschwarzen Himmel wanderten, legten sich die beiden zum Schlafen nieder. Schon bald fielen Janos wieder die Augen zu. Mit einem herzergreifenden Seufzer schob sich Mangalas das letzte Stück Käse in den Mund. Dann drehte auch er sich zur Seite, um den Träumen Einlass zu bieten.

Am nächsten Morgen in aller Frühe – goldenes Licht flutete den Schober – erwachten sie. Der Tag verlief ähnlich wie der Gestrige, nur schien die Zeit außerordentlich langsam voranzuschreiten. Nachdem sie die Schinkenreste – es war aus Mangalas' Sicht ein erbärmliches Frühstück – verzehrt hatten, begann Janos sich zu maskieren. Besonderes Augenmerk legte er auf sein Antlitz. Er puderte die Wangen so weiß wie das Gefieder eines Schneehuhns, und mit einem Gänsekiel ritzte er sich Runzeln ins Gesicht. Um sein Aussehen noch weiter zu verändern, verbarg er sein rechtes Auge unter einer seidenen Augenklappe, durch die er jedoch sehen konnte. Sein blondes Haar verdeckte er mit einer schwarz gelockten, wallenden Perücke, und unter seine graue, mit goldfarbenen Knöpfen besetzte Weste schob er ein mit Heu gefülltes Tuch. Ein zusammenklappbarer Zylinder und ein ausziehbarer Stock vollendeten das Werk. Janos wirkte wie ein gutsituierter Ehrenmann der gehobenen Gesellschaft. Als Arzt, Kräuterhändler, Lehrer oder Adelsmann würde er ohne weiteres angesehen werden. Es fehlte ihm nur ein Gewand oder eine Tasche, aber auf diese Dinge musste er verzichten.

„Wie sehe ich aus, Mangalas?"

„Grandios und urkomisch zugleich. Vermutlich würde ich dich nicht erkennen, wenn ich dir auf der Straße begegnen würde. – Wohin gehst du eigentlich?"

„Zum Grafen, ich muss ihn vor den Untoten warnen! Er wird sich zwar schon seine Gedanken gemacht haben, dennoch wage ich es zu bezweifeln, ob er das Ausmaß der Flut, die Sumpfwasser überspülen könnte, einzuschätzen vermag. Sicher bin ich mir jedoch, dass er die Wachmannschaften in Bereitschaft versetzt hat. Aber darüber hinaus? Welche Vorsichtsmaßnahme wird er treffen … oder hat er schon getroffen?"

„Frag mich nicht, Janos! Ich habe keine Ahnung, wie Grafen, Fürsten oder Könige solch grundlegende Themen angehen."

„Dafür gibt's keine Regeln, Mangalas. Jeder Herrscher sieht die Dinge mit seinen ureigensten Augen. Folglich kann man die Wege, die sie beschreiten, nicht vorhersagen. Weitsicht ist jedoch von unschätzbarem Wert." Janos lüftete die Augenklappe. „In Kriegszeiten wird meistens derjenige Gebieter die Oberhand behalten, der Gefahren beizeiten erkennt, sich bestens gegen Unwägbarkeiten rüstet und im entscheidenden Augenblick unerbittlich zuschlägt."

„Krisha könnte das, denke ich!" tat Mangalas seine Meinung kund.

Obwohl Janos widersprechen wollte, weil er glaubte, dieses Wissen in sich selbst zu vereinen, antwortete er dennoch: „Ja, vielleicht!" Da er sich aber auf kein Zwiegespräch mit dem Zauberer einlassen wollte, wer nun der bessere Stratege wäre, wendete er seine Gedanken Wichtigerem zu: „Hier, Mangalas, nimm den Dietrich! Falls Smalon kommt, wird er das Schloss öffnen müssen, du kannst ihn aber auch hochziehen. Macht es, wie es euch beliebt, nur lasst euch nicht erwischen!"

Schweigend steckte Mangalas das schmucklose Eisen ein. „Nimmst du deinen Rucksack mit?"

„Hm?" Janos überlegte. „Nein, ich lasse ihn hier."

„Und deine Degen?"

„Bleiben auch hier! Waffen könnten mich verdächtig erscheinen lassen. Ein Dolch, schmucklos und klein, wird reichen. Knurrt da wohl dein Magen, Mangalas?"

„Ist das ein Wunder? Das Wenige, das ich in den letzten Tagen gegessen habe, reicht höchstens zum Überleben, aber nicht um satt zu werden." Wenn es um sein leibliches Wohl ging, hörte der Spaß bei dem Magier auf.

„Sieht man dir aber nicht an!" Janos' Zähne blitzten wie Eis.

„Du redest schon genauso schräg wie Smalon daher. Einmal hat man von dem Halbling seine Ruhe, fängst du an, in seine Spuren zu treten!" Zerknirscht stopfte Mangalas sein Hemd in die Hose. „Würde mich dennoch freuen, wenn ich Smalon zu Gesicht bekäme." Beim Gedanken an den Halbling strahlten die Augen des Zauberers.

„Du hoffst doch nur, dass er eine Wurst dabei hat!" holte ihn Janos in die Realität zurück. Sein Lächeln ist seltsam verzerrt, dachte Mangalas, aber er sagte es nicht. Janos' Anspielung ignorierte er auch, Smalon erwartete er schon, nur dachte er, dass ihn der Halbling längst vergessen hatte. „Wäre schön, wenn er käme! Aber ich weiß nicht, ob auf ihn Verlass ist."

„Da hast du leider Recht, wenn Smalon sein Pony anschaut, kommt mir die Frage in den Sinn: Arbeitet sein Verstand noch richtig? Denkt er ausnahmsweise nicht an den Rotfuchs, stellt er Unfug an. Erinnerst du dich noch an die Nacht in der Kantara, als er dir die Stiefel versteckte?"

„Der Depp, ich dachte, sie wären in den Gebirgsbach gefallen! Eine Ewigkeit hat er sie mich suchen lassen." Beim Blick in Mangalas' Gesicht meinte Janos, der Zauberer wäre tatsächlich in der Zeit zurückgereist und durchlebte das Geschehene ein zweites Mal.

„Habe mich köstlich amüsiert!" Der Dieb konnte sich eine Grimasse nicht verkneifen.

„Du schon – ihr alle – aber ich nicht!" regte sich der Magier auf.

Noch eine Weile sprachen sie über den Halbling und dessen Späße. So verstrich die Zeit. Urplötzlich stand Janos auf. „Ich mach mich auf den Weg!"

„Lass dich nicht einfangen!" Besorgt blickte Mangalas drein.

„Niemals! Mir wird schon nichts geschehen! Pass du nur auf dich auf!" Spitzbübisch lächelte der Dieb.

„Fühle mich nicht sonderlich gut, aber ich werde es schon schaffen."

„Sobald ich den Grafen gesprochen habe, kehre ich zurück." Dann lief er zur Dachluke und warf durch Ritzen und Spalten einen Blick auf die Straße hinab. „Wenn ich unten bin, ziehst du das Tau augenblicklich wieder hoch", murmelte er.

„Siehst du jemanden?" Angestrengt versuchte Mangalas etwas zu erkennen.

„Nur ein altes Mütterchen, das gemächlich durch die Gasse schlurft." Sachte schob Janos den rostigen Eisenhebel auf. Er ruckte zwar, als würde er über ein Reibeisen gleiten, aber das Knirschen war auf der Straße sicherlich nicht zu hören. Achtsam öffnete Janos die Luke, so dass er hinausschielen konnte. Die Gasse war menschenleer. Niemand war zu sehen. Kaum hatte die alte Frau einen Fuß in die abbiegende Gasse gesetzt, warf Janos das Seil zu Boden und schwebte nach unten. Die letzten drei Fuß ließ er sich fallen.

Mangalas, der nur auf diesen Moment gewartet hatte, zog das Seil geschwind wieder hoch. Von neuem war ihm bewusst geworden, dass sie gesucht wurden. Schweißperlen säumten seine Stirn. Nachdem er die Luke verschlossen hatte, blickte er durch einen Spalt Janos hinterher. Dieser humpelte, als hätte er ein Hüftleiden, die Scheunentore entlang. Seinen Gehstock setzte er unterstützend ein. Nach zwanzig Schritten blieb er stehen, um zu verschnaufen und seinen Zylinder an die rechte Stelle zu rücken. Mangalas schaute ihm bewundernd hinterher. Als sich fahler Nebel, der vom offenen Meer herüberwallte, vor die Sonne legte, wurde es kühl. Beißende Schleier schienen ihre Fühler nach Mangalas auszustrecken. Eisig kalt wurde es dem Magier. Er ahnte Schlimmes!

Kapitel 6

Mira Lockenrot

Sechsundreißig Stunden zuvor fuhr Mira Lockenrot senkrecht in ihrem Bett in die Höhe. Ihr Herz raste wie ein galoppierender Windläufer. Joey, ihr vierjähriger Sohn, dagegen schlief tief und fest. Es war das dritte Mal in dieser Nacht, dass sie meinte, ihr Herz würde aussetzen. Vor zwei Wochen hatten diese schrecklichen Phantasien ihren Anfang genommen, und fortan träumte sie von bleichen, fleischlosen Geschöpfen, die mit Beilen, Schwertern, Sensen oder Bögen bewaffnet waren. Sie starrten sie zwar nur an, vielleicht sahen sie auch durch sie hindurch, dennoch mutmaßte sie, wahrgenommen zu werden. Manche der Wesen wandelten sich vor ihren Augen in furchterregende, grün schimmernde Spinnen, feuerspeiende Drachen oder ihr unbekannte Kreaturen, für die sie keine Namen fand.

Nachdem sie dem Elfen Krishandriel vor zwei Tagen im Traum nahegekommen war, erschienen ihr die grässlichen Gestalten immer häufiger. Sie hatte buchstäblich das Gefühl, die Kontrolle über sich zu verlieren. Dabei hatte sie die Begegnung mit dem atemberaubend gutaussehenden Elfen sogar genossen. Beinahe hätte sie ihn auch geküsst, ihre Lippen berührten schon seinen großen, fein geschwungenen Mund, und ihre karminroten Locken kitzelten seine Stirn. Urplötzlich wurde sie jedoch von einer ihr unbekannten Macht wie ein loses Blatt davongewirbelt. Aus der Ferne konnte sie eine langbeinige, schwarzhaarige Frau erkennen. Kraft ihrer Gedanken versuchte sie, die unerwartet erschienene Konkurrentin zu vertreiben, aber es gelang ihr nicht. Die Barriere, die einem massiven Steinwall glich, konnte sie nicht sprengen. Selbst die Landschaft, die sie geformt hatte – majestätische Eichen, zu deren Füßen Vergissmeinnicht blühten –, entglitt ihr wie Wasser im Sand. Da sie die Sperre nicht durchbrechen konnte, richtete sie all ihre Sinne auf die beiden. Obwohl sie Krishandriel nicht belauschen wollte, konnte sie dennoch nicht von ihm lassen. Mira zitterte, als säße sie in einer Wanne mit Eiswasser. Sie verstand zwar nicht jeden Satz, dennoch wusste sie binnen kurzem, dass es sich bei der Frau um Iselind handelte.

Aber es war doch nur ein Traum? Noch während sie nach Erklärungen suchte, löste sich erst die schwarzhaarige Elfin und wenig später auch Krishandriel auf. Zurück blieben nur die monumentalen Eichen, deren Äste sich in abertausende rotköpfige Schlangen verwandelten. Als selbst die Vergissmeinnichtpflanzen lebendig und menschengroß geworden waren, wachte sie schweißgebadet auf. Ganz nah zog sie das flauschige Federbett an ihren Körper heran. Dennoch wurde ihr nicht warm. Schloss sie vor Erschöpfung die Augen, geriet sie in denselben Traum zurück. Erst am Morgen, als die Nacht dem hellen Licht des Tages weichen musste, schlief sie ein.

Lautes Geschrei weckte sie. Interessiert eilte sie zum Fenster. Es war die absonderliche Schar Reisender, die gestern Abend in der Wirtsstube gespeist hatten. Selbst ihrem Sohn Joey war dies nicht entgangen. Bevor er vor Übermüdung eingeschlafen war, hatte er ihr schier ein Loch in den Bauch gefragt.

Der stattliche Hagere, dessen Kleidung auf die eines Priesters schließen ließ, und sein Begleiter, ein Zwerg, marschierten soeben nach Norden gen Sumpfwasser. Ihre Gesichter wirkten, als wären sie mit Feuerzungen gebrandmarkt worden, und die frostig klare Morgenluft schien nicht der Verursacher zu sein. Mira mutmaßte, sie hätten sich gestritten. Ihre wütenden Blicke sprachen Bände. Neugierig blieb Mira am Fenster stehen. Sie musste nicht lange warten, dann sah sie auch die anderen, die den beiden folgten. Urplötzlich überkam sie ein seltsames Verlangen. Sie riss das Fenster auf und rief dem Elfen liebreizende Worte hinterher. Als Krishandriel zurückwinkte, wäre sie vor Scham am liebsten im Erdboden versunken. Glücklicherweise überdeckten ihre zinnoberroten Haare die feurige Glut ihrer Wangen. Schleunigst hatte sie das Fenster wieder verschlossen. Sie war doch keine Vierzehn mehr, was sollte der Elf nur von ihr denken. Hoffentlich würde er ihr Angebot, sie zu besuchen, nie wahrnehmen. Sie machte sich ja zum Gespött ganz Sumpfwassers.

„Mama, warum stehst du am Fenster?" Neugierig war Joey schon immer gewesen.

„Ach nichts!" winkte sie ab und drehte sich ihrem Sohn zu.

„Aber du hast doch nach jemandem gerufen?" Manchmal ließ ihr Sohn einfach nicht locker.

„Das war nur ein Gast, von dem ich mich verabschiedet habe." Nach wie vor dachte Mira an den Elfen.

Joey setzte sich im Bett auf. „Du kanntest doch überhaupt niemanden!"

„Nein, ich kenne keinen!" gestand Mira ihrem Sohn. Hauptsache, sie musste sich nicht weiter rechtfertigen.

„Mama, ich verstehe dich nicht!"

„Steh endlich auf und wasch dich, wir gehen frühstücken!"

Zögerlich rutschte Joey unter der Bettdecke hervor. Sich waschen wollte er aber nicht, er sah es rundweg als überflüssig an. So schlüpfte er in eine gemusterte, graugrüne Weste, die seine Großtante Edith Wiedekind gestrickt hatte.

„Hat deine Haut Wasser gesehen, Joey?" ermahnte ihn seine Mutter.

„Hat sie nicht!" eiferte sich ihr Sohn.

„Das traust du dich auch noch zu sagen." Mit vorgetäuscht strengem Blick eilte seine Mutter herbei. Kreischend sprang Joey um den Eichentisch davon und hechtete mit einem Satz wieder zurück ins Bett. Dort erwischte ihn Mira jedoch.

„Raus mit dir! Und wasch dich endlich!" befahl sie ihm barsch.

„Nein! Ich will nicht!" Wütend zog Joey die Decke über den Kopf.

„Doch, du wirst dich waschen!" Mira zog ihn an den Füßen voran aus dem Bett.

Während Joey notgedrungen das Wasser in eine Schüssel goss, dachte Mira an den charismatischen Elfen und den scheußlichen Traum. Sie spürte ein aufkommendes Unwohlsein, obwohl der Gedanke vernunftmäßig nicht zu begründen war. Es waren doch alles nur Träume! In Sumpfwasser, ihrem Zuhause, hinter starken Festungsmauern, mutmaßte sie, wäre sie in Sicherheit. Nachdem sie gefrühstückt hatten, entschloss sich Mira zurückzukehren. Sie spannte die beiden falbenfarbigen Stuten Zig und Zana vor ihren Wagen, den sie gekauft hatte, als sie wusste, sie würde ein Kind gebären.

Freudig erregt erzählte sie es seinerzeit ihrem Lebensgefährten. Der schien jedoch nicht sonderlich begeistert zu sein. Als sich die Niederkunft ankündigte, fuhr Mira zu ihrer Tante, Edith Wiedekind, einer Hebamme, nach Birkenhain. Dort brachte sie ihren Sohn zur Welt. Zwei Wochen später kam sie mit dem Winzling im Arm nach Sumpfwasser zurück. Ihre Wohnung fand sie leergeräumt vor. Nichts war ihr geblieben. Nur Hosen, Röcke, Blusen und ein Mantel hingen noch im Schrank, und zwei Paar Schuhe standen einsam und verlassen inmitten des Zimmers auf dem Holzboden. Ihren Partner sah sie nie wieder. Um ihrem Sohn und sich das Überleben zu sichern, musste sie eine Anstellung finden. Das Wort aufgeben kannte sie nicht. Der Besitzer des Keifenden Keilers, ein schon betagter, resoluter, aber auch kinderlieber Mann, stellte sie als Bedienhilfe ein. So wusch sie Tonkrüge aus, zapfte Bier, Wein oder Met, richtete einfache Speisen an und servierte sie den Gästen. Gelassenheit war ihre große Stärke. In Verlegenheit kam sie eigentlich nie. Nicht einmal dann, wenn sie einen Klaps aufs Gesäß bekam oder nach ihrem Busen gefingert wurde. Vermutlich fühlten sich die Männer durch ihre kokette Art sogar noch animiert. Aber die Trinkgelder fielen großzügig aus. Es dauerte nicht lange, und die Schenke war in aller Munde. Die Goldmünzen flossen dem Hausherrn wie ein warmer Regen zu. Da sich der Inhaber und sie außerordentlich gut verstanden, kam dies wiederum der Gaststätte zu Gute.

Drei Jahre lang schwammen sie auf einer Glückswelle. Dann wurde der Eigentümer krank. Erst meinte er nur, er hätte sich den Magen verdorben, doch schon bald wurden die Schmerzen schier unerträglich, egal welche Heilmittel er auch einnahm. Als er Blut zu spucken begann, sich sein Urin rot färbte und sein Stuhl die Farbe von Purpur angenommen hatte, eilte der Sensenmann mit Riesenschritten herbei. Gleichwohl versprach ihm ein Bader Heilung, wenn er sich dem Aderlass hingäbe. Es nützte nichts. Zwei Tage später betrat Miras Gönner das Reich der Seelen.

Sie trauerte lange um ihn. Der alte Mann hatte ihr jedoch sein gesamtes Vermögen hinterlassen. Von einem Tag auf den anderen gehörte der Keifende Keiler ihr ganz allein. Zwar blieb nach der Beisetzung nicht viel übrig, da Mira aber keine Schenkhilfe einstellte, floss das Geld von nun an in ihren Sparsack. Sie hatte jedoch kaum hinreichend Zeit für ihren Sohn. Doch dreimal im Jahr gönnte sie sich eine Pause, um sich ausschließlich um ihren Sprössling zu kümmern. Ihre Gäste verstanden Mira nur allzu gut, dass sie sich jedoch keinen Mann mehr nahm, führte zu vielfältigsten Spekulationen.

In den letzten Tagen hatte Mira lange Spaziergänge, dick eingemummt gegen die Kälte, genossen. Abends, nachdem ihr Sohn schlief, trank sie meist noch ein Gläschen Garnuser Glitzerbeere in der urgemütlichen Wirtsstube des Rauschenden Katers. Nun lenkte sie ihren Wagen entlang der abgeernteten Felder zur befestigten Straße nach Sumpfwasser zurück.

Mira fühlte sich nicht wohl in ihrer Haut. Zuviel Gesindel kam ihr auf der Allee entgegen. Nachdem sie jedoch zwei Patrouillenreitern begegnet war, verschwanden die Ängste. Die Soldaten begleiteten sie auch ein Stück des Weges. Nach einer Weile zogen die Berittenen nach Osten zur Festung Biberau weiter. Vor den Toren Sumpfwassers erblickte Mira Krishandriel und seine Gefährten wieder. Als sie die Zugbrücke überquert hatte, war der Elf wie vom Erdboden verschwunden. Es war ihr jedoch ganz recht so. Mehr als peinlich wäre es ihr gewesen, wenn sie Krishandriel von Angesicht zu Angesicht gegenübergestanden hätte. Vermutlich hätte er gemeint, sie wäre ihm hinterhergelaufen. So schlug sie den kürzesten Weg zum Keifenden Keiler ein. Nachdem sie den Wagen entladen und in den Schuppen gestellt hatte, der direkt an die Schenke grenzte, führte sie Zig und Zana zur Koppel am Stadtsee. Dort hatte sie ganzjährig zwei Stallabteile gemietet.

Den Abend verbrachte Mira mit ihrem Sohn. Nachdem sie ihn ins Bett geschickt hatte, packte sie ihre Sachen aus. Gegen Mitternacht legte auch sie sich zum Schlafen nieder. Kaum öffnete sie die Pforte ins Traumland, tauchten schon wieder gebleichte Skelettkrieger auf. Immer schneller wuchs deren Zahl, und urplötzlich standen sie vor Sumpfwassers Toren. Sie überwanden die Stadtmauer und töteten ohne Ausnahme alle Einwohner, egal ob Kinder, Frauen oder Männer. Da sie der Traum in der gleichen Nacht mehrmals heimsuchte, kam es auch vor, dass die Angreifer von den gräflichen Garden zurückgeschlagen wurden. Jedes Mal wieder versuchte sie den Traum zu beeinflussen, aber es gelang ihr nicht. Mitunter meinte sie, beobachtet zu werden, obwohl sie niemanden entdecken konnte, aber das Gefühl war ständig präsent. Schreckte sie hoch und schlief erneut ein, kehrte das Geschehene wieder. Es gab kein Entrinnen.

Während zweier Wachphasen grübelte sie über den Sinn ihrer Träume nach. Sollte ihre Heimat Sumpfwasser zu einem Massengrab werden? Oder war alles nur Humbug? Ihr Sohn schlummerte tief und fest. Es sah nicht so aus, als plagten ihn Alpträume.

Einmal glaubte Mira, die schwarzhaarige Elfin, vertieft in ein Gespräch mit einem uralten Zwerg, erblickt zu haben. Die Vision verschwand jedoch nachdem sie erschienen war wieder im Nichts; und sie kam nicht zurück, obwohl Mira sich mit aller Macht auf die beiden Personen konzentrierte.

Dann streifte Mira ein greller Lichtblitz, und von weitem hörte sie den Klang von Hörnern. Der Ton berührte sie wie durch eine Nebelwand, er drang in ihr Ohr ein und setzte sich fest.

„Mama, warum ist es so hell?"

„Was? Lass mich schlafen, ich bin so müde!"

„Die Wachen blasen Alarm, Mama!" Joey war aufgestanden und rüttelte seine Mutter. „Hörst du es nicht?"

„Die Hörner ... ja ... jetzt höre ich sie auch!" Völlig erschlagen quälte sich Mira aus dem Bett. „Ich werde nachsehen, was los ist!"

„Ich komme mit!" quengelte Joey los.

Seine Mutter schüttelte den Kopf. „Untersteh dich! Du bleibst liegen, verstanden?"

„Aber ...", wollte ihr Sohn aufbegehren.

„Keine Widerrede!" Miras Ton war scharf wie eines ihrer speziell angefertigten Messer.

Murrend legte sich Joey wieder ins Bett. Mira selbst schlüpfte in eine nussbraune Stoffhose, und über ihr Nachtgewand zog sie eine gefütterte Schneejacke. „Deck dich wieder zu, Joey. Du wirst frieren!" Beleidigt drehte sich ihr Sohn zur Seite, aber das Federbett zog er über sich. Nachdem Mira ihre Stiefel geschnürt hatte, eilte sie die Treppe hinab zum Ausgang. Über dem Marktflecken lag ein heller Schein, das sah sie sofort, und von dort her kamen auch die Stimmen. Je näher sie Lursian Gallenbitters Kräuterladen kam, desto mehr schwoll der Lärm an.

Von allen Seiten strömten Schaulustige herbei. Die Leute drängten, schubsten und schoben, und jeder wollte einen Blick auf den Kräuterladen werfen. Mira konnte nichts sehen, zu viele Hände und Arme verwehrten ihr den Blick. Doch sie kam auch nicht mehr zurück, da die Zahl der Hinzukommenden ständig wuchs. Hämmernde Geräusche ließen sie aufhorchen. Wenn sie doch nur sehen könnte, was vor sich ging! Urplötzlich wurde sie nach links gedrückt, so dass sie den Kräuterladen erblickte. Vor Schreck hielt sie den Atem an. Vier Wachsoldaten hatten zwei lilienweiß gekleidete, Kapuzen tragende Krieger an die Bretterwand nahe des Eingangs genagelt. Die Untoten glichen denen, die sie auch in ihren Träumen heimgesucht hatten. Sollten die abscheulichen Kreaturen wahrhaftig existieren? Waren ihre vermeintlichen Illusionen schon Realität geworden? Was aber, wenn mehr als zwei Untote in Sumpfwasser weilten? Des Nachts sah sie oft Hunderte. Mira zitterte. Sie konnte kaum ihre Hände ruhig halten. Wie konnten die beiden Krieger nur die Ringmauer überwunden haben? Würde in naher Zukunft eine Armee Sumpfwasser in Angst und Schrecken versetzen? Mussten seine Bewohner sogar mit Krieg rechnen? Auf einmal fühlte sich Mira trotz des beeindruckenden Festungsgürtels nicht mehr sicher. Am liebsten wäre sie augenblicklich wieder abgereist. Nur wohin? In Birkenhain wohnte ihre Tante! Vielleicht konnte sie dort ihren Alpträumen entfliehen. Möglicherweise hatte sie diese grässlichen Träume nur deswegen, weil Sumpfwasser ein schrecklicher Krieg ungeahnten Ausmaßes bevorstand. Während sie hin und her überlegte, drängten sich unablässig Schaulustige an ihr vorbei. Binnen kurzem stand Mira wieder in hinterster Reihe. Gesehen hatte sie genug. Eilends lief sie nach Hause.

Bis zum Morgengrauen machte Mira kein Auge zu. Erst als es hell wurde, schlief sie vor Erschöpfung ein. Gegen Mittag erwachte sie. Obwohl sie daran dachte, den Keifenden Keiler erstmals seit einer Woche wieder zu öffnen, fasste sie dennoch den Gedanken ins Auge, zu ihrer Tante Edith Wiedekind nach Birkenhain zu fahren. Sie ahnte, dass es besser wäre, ihre Heimat schnellstmöglich zu verlassen. Nur wollte sie nicht alleine reisen. Das schien ihr zu leichtsinnig zu sein. Wenn sie nur einen Begleiter fände! Aber sie mutmaßte, dass nicht einer der Männer, die sie kannte, ihr wirklich beistehen würde. Sie nahm sich jedoch vor, den Wachhabenden am Haupttor um Hilfe zu bitten. Vor einem Jahr hatte ihr ein Offizier schon einmal einen Patrouillenreiter zur Seite gestellt. Nun benötigte sie wieder einen. Sie stiftete damals ein Fass Bier und eine deftige Mahlzeit. Aber es hatte sich gelohnt, ungefährdet erreichte sie einst Birkenhain.

Am späten Nachmittag eilte Mira in die Stadt. Sie hatte es eilig. Lebensmittel einkaufen, wenngleich nur für einen Tag, ihre Tasche packen, eine Nachricht mit dem Wortlaut, ihre Tante läge im Sterben, hinterlassen, und Fiz, dem Pferdeburschen, Bescheid geben, damit er ihre beiden Stuten morgen früh nicht auf die Koppel stellte. Rasch machte sie sich auf den Weg. Am Haupttor nahe der Zugbrücke stand ein Flachbau, in dem sich die Soldaten die dienstfreie Zeit mit Karten spielen und schlafen vertrieben. Schon von weitem sah sie den Wachhabenden, der einen Buchenschmauch drehte und die passierenden Reisenden aus der Entfernung musterte. Es war Lund Schrammenberg, der ihr auch damals hilfreich zur Seite gestanden hatte.

„Schön, dass ich Euch treffe, Herr Schrammenberg!" begann die Wirtin ein Gespräch.

„Wie gehen die Geschäfte, Frau Lockenrot?" entgegnete der Offizier höflich.

Sofort brachte Mira ihr Anliegen zur Sprache. Um den heißen Brei reden konnte sie nicht. Sie fiel gleich mit der Tür ins Haus. „Ich kann nicht klagen, Herr Schrammenberg, gleichwohl müsste ich dringend nach Birkenhain. Meine Tante ist krank, sie könnte sterben, wurde mir geschrieben. Ich bräuchte einen Begleiter! Wäre das möglich?"

„Das wird nicht gehen, Frau Lockenrot", gab ihr der Offizier zur Antwort.

„Herr Schrammenberg, Sie können sich gewiss denken, wie wichtig es mir ist, meine Tante noch einmal zu sehen. Ich würde mich auch erkenntlich zeigen!"

„Das glaube ich Euch gerne, Frau Lockenrot. Aber es geht wirklich nicht. Seit dem Vorfall von heute Nacht wurden wir angehalten, alle ein- und ausgehenden Reisenden, selbst deren Karren und Fuhrwerke, aufs Genaueste zu kontrollieren." Wieder blickte der Offizier zum Tor. „Keiner, nicht einmal eine Laus, darf ungesehen in die Stadt. Ich kann keinen Mann entbehren. Falls sich die Lage wieder entspannen sollte, werde ich Ihnen behilflich sein. Gegenwärtig ist es mir aber nicht möglich."

Mira schluckte. Ein Kloß schien ihren Hals zu versperren. Sie bekam kaum noch Luft. „Schade!" würgte sie hervor. Sie kannte den Offizier dessen ungeachtet so gut, dass sie wusste, sie bräuchte nicht weiter in ihn zu dringen. Das hatte keinen Sinn. Wenn er sagte, er würde sein Möglichstes tun, konnte sie sich auf seine Aussage verlassen. Bevorzugungen gab es bei Lund Schrammenberg nicht, auch nicht für sie.

„Tut mir aufrichtig leid, Frau Lockenrot!"

„Ich versteh Euch schon, Herr Schrammenberg! Recht herzlichen Dank für Ihre Mühen." Vergrämt eilte Mira weiter. Mit einer so bitteren Absage hatte sie nicht gerechnet. Wie sollte sie nun nach Birkenhain kommen? Hätte sie nur einen Mann oder wenigstens einen Gefährten, aber auf die Schnelle würde ihr keiner zufliegen!

Nachdem sie jedoch einmal einen Entschluss gefasst hatte, würde sie ihn auch in die Tat umsetzen. Falls sich kein Begleiter fände, musste sie die Reise eben alleine antreten. Das Gespräch mit Lund Schrammenberg bestärkte sie nur in ihrer Meinung, dass ernsthafte Gründe vorliegen mussten, die noch verschwiegen wurden, um die Stadt zu sichern. Soweit sie von Erzählungen her wusste, war der Graf ein erfahrener Regent, der die Bevölkerung erst nach sorgfältigem Abwägen benachrichtigen würde. Sie spürte, wie der Konflikt an allen Ecken und Enden zu schwelen begann, und auf den Ausbruch des Feuers wollte sie nicht warten.

Als Mira zur Weide am See kam, fiel ihr ein Kind auf, das durch den Zaun hindurch ein Pony streichelte. Beim Näherkommen erkannte sie den Halbling wieder, den sie im Rauschenden Kater erstmalig gesehen hatte. Argwöhnisch blieb sie stehen. Sie beobachtete, wie der kleine Mann einem Rotfuchs eine Mohrrübe zum Fressen reichte. Möglicherweise weilte Krishandriel noch in der Stadt? Sie wusste, dass sich die beiden im Rauschenden Kater ein Zimmer geteilt hatten. Während sie abwog, ob sie den Halbling um Auskunft bitten sollte, drehte sich dieser bereits um. Er sah ihr direkt in die Augen. Sein Blick schien sich flüssigem Eisen gleich in sie zu bohren.

„Seid Ihr nicht die Wirtin vom Keifenden Keiler?" hörte sie ihn fragen.

„Ja!" Zu mehr Worten kam sie nicht, denn der Halbling plapperte munter weiter.

„Stehen Eure Pferde auch auf dieser Koppel?"

„Ja!"

„Mir gehört das Rotfuchspony. Es ist ganz lieb ..."
„... und gefräßig, wie mir scheint!" Mira lächelte.
„Ja, das ist es. Seine Lieblingsbeschäftigung ist das Fressen."
„Das sieht man!" gab Mira ihre Meinung zum Besten.
„Warum?" Erstaunt blickte der Halbling sein Pony an.
„Es ist zu dick!"
Sogleich warf Smalon einen weiteren Blick auf seinen Rotfuchs. „Es ist nicht dick, nur gut genährt. Kann ich erst galoppieren, wird es noch schlanker werden. Mir fehlt nur die Übung." Der Halbling zeigte zu Miras falbenfarbigen Pferden auf der Weide. „Sind das Ihre?"
„Ja, Zig und Zana sind enge Freunde, deswegen stehen die beiden Stuten immer beieinander."
„Sie grasen Kopf an Kopf." Smalon konnte es kaum glauben.
„Ja! Sie mögen sich wirklich", bestätigte sie ihre erste Aussage.
Während sie sich unterhielten, schnüffelte das Pony an Smalons Weste.
„Ich habe keine Mohrrüben mehr! Sieh her!" Zur Bekräftigung stülpte der Halbling die Hosentasche nach außen. „Du hast sie alle verdrückt!" Doch das Pony rieb seine Nüstern auch an der Innenseite des Futters. Da es aber nichts mehr zum Fressen fand, drehte es ab und trabte zu den Maultieren hinüber, die auf einem sanft ansteigenden Hügel standen.
„Wenn Ihr Krishandriel sprechen wollt, muss ich Euch enttäuschen. Nachdem er heute Morgen den Windläufer gekauft hatte, verließ er Sumpfwasser." Erneut blickte Smalon dem Pony hinterher. „Möglicherweise kanntet Ihr das Pferd. Es stand auch auf dieser Koppel. Wohin Krishandriel geritten ist, weiß ich nicht, vermutlich aber zum Turanao zurück."
„Warum erzählt Ihr mir das?" Sie hatte doch nicht gefragt.
„Wolltet Ihr es nicht wissen?" Irritiert zog Smalon eine Augenbraue nach oben.
„Schon, aber nicht weshalb Ihr denkt!" Auf einmal wurde Mira unsicher.
„Sondern?" forschte der Halbling auf seine unverbesserliche Art und Weise nach.
„Das ist ... nicht so wichtig!" lenkte sie ab.
Der Halbling meinte jedoch zu spüren, wie ihre Gedanken abschweiften. Nur zu gerne hätte er gewusst, wohin sich der Wind drehte.
„Ich bin Smalon, und wer seid Ihr?" brachte er das Gespräch wieder in Gang.
„Ich bin Mira Lockenrot!"

„Lustiger Name."

Mira zog die Stirn einem Faltengebirge gleich zusammen, aber sie widersprach nicht.

„Schaut Ihr ebenso wie ich den Pferden beim Grasen zu?" kam Smalon wieder auf sein Lieblingsthema zu sprechen.

„Gott behüte! Nein! Dafür habe ich keine Zeit. Ich wollte nur Fiz Bescheid geben, dass er morgen früh meine Stuten im Stall stehen lässt. Ich werde Sumpfwasser den Rücken kehren. Das solltet Ihr übrigens auch tun!" fügte die Rothaarige hinzu.

„Warum?" Der Halbling wusste nicht, was er von der Aussage halten sollte.

Mira redete bisweilen schneller, als sie dachte. Sie hoffte, kein neues Problem aufgetan zu haben. So äußerte sie sich zurückhaltend: „Ihr wisst doch, was heute Nacht in Sumpfwasser geschehen ist, oder nicht?"

„Schon!"

Mira schien mehr zu wissen oder zu ahnen, welche Gefahren Sumpfwasser heimsuchen könnten.

„Dann habt Ihr die Skelette, die sie an den Kräuterladen genagelt haben, auch gesehen?"

Der Halbling nickte.

„Ich vermute, es sind nur Kundschafter. Möglicherweise folgen ihnen Hunderte, wenn nicht sogar Tausende", fuhr Mira fort.

„Könnte schon sein!" entgegnete der Halbling argwöhnisch.

„Bis die Gefahr gebannt ist, werde ich nach Birkenhain ziehen."

„Euren Sohn nehmt Ihr mit?"

„Ja, natürlich, warum fragt Ihr?" Unsicher trat Mira einen Schritt zurück.

„Reitet Ihr?" Der Halbling wollte es nun ganz genau wissen. In seinem Kopf gestaltete sich eine Idee.

„Nein, ich habe einen Wagen."

„Alleine?"

Auf was wollte der Halbling eigentlich hinaus? Er schien sie regelrecht auszufragen. „Ja, alleine?!"

„Ist die weite Fahrt für eine Frau nicht sehr riskant?"

„In Begleitung wäre es natürlich sicherer, aber ich habe keinen Mann, und Wagenzüge, denen ich mich anschließen könnte, fahren im Spätherbst nur noch sehr selten", gab Mira trotz aller Bedenken bereitwillig Auskunft.

Der Halbling schien mit seinen Gedanken in der Ferne zu weilen.

Mit den Worten „Wollt Ihr mir beistehen?" brachte sie Smalon wieder in die Gegenwart zurück.

„Ja und nein!" Smalon überlegte. „Reist Ihr wirklich morgen früh schon ab?"

„Ja, wenn ich die Pferde angespannt habe!"

„Was würdet Ihr sagen, wenn ich Euch eine Begleitung brächte?" Der Halbling strahlte, als hätte er bei einer Tombola den Hauptpreis gezogen.

Mira wusste nur nicht, was sie erwidern sollte. Schon seit Stunden suchte sie einen Leibwächter, und nun wurde ihr einer auf einem silbernen Tablett serviert. Das kam ihr seltsam vor. „Einen Mann ... für mich?"

„Ja!" Smalon nickte ihr zu.

„Was würde es mich kosten?" Kritisch begutachtete die Wirtin das Angebot.

„Nichts!"

Faule Eier roch Mira gegen den Wind. Und das bei diesem Vorschlag etwas nicht stimmte, war mehr als offensichtlich. „Nun mal raus mit der Sprache! Ihr tischt mir doch eine Lüge auf!"

„Nein, niemals! Ich bin mir nur nicht sicher, ob ich Euch trauen kann", entgegnete der Halbling geschwind.

„Habt Ihr auch einmal darüber nachgedacht, dass ich Euch nicht trauen könnte? Eure Darstellung wirkt erstunken und erlogen wie die Fischabfälle unten am Hafen."

„Wie könnt Ihr nur so ungläubig sein? Ich sage Euch was: Ich stelle Euch den Mann vor, und Ihr entscheidet!" gab der Halbling zur Antwort.

Skeptisch blickte Mira drein. „Ist es einer, der das Tageslicht scheut, einer, der einem für ein Mittagessen die Kehle durchschneidet? Nein danke! Einen Nichtsnutz werde ich nicht anheuern."

„Ich sprach von einem grundehrlichen Menschen, keinem Halunken!" regte sich Smalon auf. Das ging entschieden zu weit.

„Kenne ich ihn?" erkundigte sich Mira bei dem Halbling und blies sich eine ihrer Locken aus dem Gesicht.

„Vom Sehen schon!" Der Halbling kam näher, so als wenn er nicht wolle, dass sie belauscht würden. „Er ist ein rechtschaffener, guter Mann."

„Wo ist dann der springende Punkt?" Allmählich wurde Mira wütend.

Der Halbling streckte sich zu ihrem Ohr und flüsterte: „Es wird nach ihm gefahndet!"

„Was?!" Erschreckt richtete sich die Wirtin auf.

„Nicht so laut!" stöhnte Smalon.

„Ich dachte, Ihr wärt ein Ehrenmann!" Mira zitterte regelrecht vor Aufregung.

„Wie Ihr mir zu verstehen gabt, sollten wir einander trauen, auch wenn wir uns fremd sind", murmelte der Halbling. „Es wird nicht bei den zwei untoten Kriegern bleiben", fügte er nach einer Atempause hinzu.

Mira zuckte zusammen. Ihre zinnoberroten Locken flogen wie ein Schwarm Leuchtkäfer in ihren Nacken. Was wusste der Halbling? Hatte er auch Träume, oder konnte er ihre Gedanken lesen, wie die Weissager auf der Kirmes? „Ihr meint, es könnte gefährlich werden?"

Erneut nickte der Halbling.

„Wie kommt es, dass Euer Freund gesucht wird?"

„Er kaufte einen Räucherlachs!"

„Wie konnte er nur ... das weiß doch jedes Kind, dass Lachse vom Beginn der Apfelernte bis zum ersten Schneefall nicht gefangen oder verkauft werden dürfen."

„Wir sind fremd in der Stadt! Wir konnten es nicht wissen! Zudem, glaube ich, wurde mein Freund vorsätzlich getäuscht", rechtfertigte sich der Halbling.

„Wer sollte sich solche Gemeinheiten ausdenken?" Mira konnte es kaum glauben.

„Na ja, eine Vermutung", Smalon zögerte, „hätte ich schon ..."

„Nun aber raus mit der Sprache! Was verheimlicht Ihr mir?"

„Ich vermute, untote Magier könnten ihre Hände im Spiel haben!"

„Das meint Ihr doch wohl nicht wirklich?"

Mira wusste nicht, was sie entgegnen sollte. Die Vorstellung an sich war schon maßlos überzogen.

„Was haltet Ihr davon, wenn wir einen Pakt schließen, Frau Lockenrot? Ihr bringt meinen Freund in Eurem Wagen aus Sumpfwasser, und ich verspreche Euch, er wird Euch zum Dank dafür nach Birkenhain begleiten." Vielversprechend blickte Smalon die Wirtin an.

„Ich weiß nicht. Wenn ihn die Wache entdeckt, wird nicht nur er seine linke Hand verlieren." Mira begann zu zittern. Sie wusste eigentlich nicht, wie sie in eine solch vertrackte Situation geraten konnte. Sie wollte doch lediglich dem Stallburschen Fiz Bescheid geben, damit er morgen früh die Pferde nicht auf die Koppel ließe. „Kommt um Mitternacht zum Keifenden Keiler. Gewähre ich Euch Einlass, stehe ich Euch bei; wenn nicht, müsst Ihr alleine zusehen, wie Ihr Euren Freund aus Sumpfwasser bringt." Zum Glück konnte sie gerade noch ihren Hals aus der Schlinge ziehen.

„Ihr verratet uns aber nicht!" Warum nur zog sich die Rothaarige von seinem Angebot zurück?

„Nein, natürlich nicht ... was denkt Ihr nur von mir!"

Aber der Ton in ihrer Stimme gefiel dem Halbling nicht. „Gebt mir Eure Hand darauf."

Mira zögerte zwar, dennoch schlug sie ein, obwohl ihr Kopf dem eines schwärmenden Bienenvolkes glich.

Nachdem sie sich verabschiedet hatten, eilte Mira zum Marktplatz, um rasch noch dringend erforderliche Einkäufe zu tätigen. Der Halbling lief über die Steinbrücke zum Goldenen Kahn zurück. Ob er dort ein Zimmer bezogen hatte? ging es ihr durch den Kopf. Oder sollte er sich in Widersprüche verfangen haben? Der Halbling wirkte zwar redlich. Aber glaubte er, sie wäre so einfältig, ihm ohne Wenn und Aber Vertrauen zu schenken? Die Frage war: Gab es Gründe, sie zu belügen? Sollte möglicherweise mit ihrer Unterstützung Schmuggelware aus der Stadt geschafft werden? Oder wollte man sie berauben und um ihr Leben bringen? Der Schweiß rann Mira in Strömen den Rücken hinab. Sie musste Lund Schrammenberg benachrichtigen. Das war ihre Bürgerpflicht! Dann würde dem Halbling das Handwerk gelegt werden, und sie konnte wieder in Frieden schlafen. Noch einmal schlug Mira den Weg zur Torwache ein.

*

Janos Alanor lief zum Marktplatz. Er ließ sich Zeit, mitunter blieb er auch stehen, rückte sich den Zylinder zurecht, verschnaufte oder wischte sich mit einem Tuch die glänzenden Tropfen von der Stirn. Obwohl er sich nicht wirklich anstrengen musste, schwitzte er, als nähme er ein heißes Bad. Die Menschen, die an ihm vorbeieilten, bemerkten dies nicht, aber sie grüßten ihn, als wenn er dem Rat der Ältesten angehörte, und er nickte ihnen wohlwollend zu. Seinen linken Fuß zog er gleichmäßig bei jedem seiner Schritte nach. Er musste sich ungemein konzentrieren, Nachlässigkeiten durfte er sich nicht erlauben, da nahezu an jeder zweiten Ecke Soldaten standen. Sie musterten ihn zwar sehr genau, nachdem ihm jedoch des Öfteren zugenickt wurde, verloren sie ebenso schnell wieder ihr Interesse an ihm.

Mittlerweile verstauten am Marktplatz schon die ersten Händler ihre Ware, und vor Lursian Gallenbitters Kräuterladen stand der Stiernacken, der mit zwei Wachen plauderte, deren Rüstungen im Schein der tief stehenden Sonne wie Blattgold glänzten. Geschäftig lief Janos an ihnen vorbei und stieg die ächzenden Stufen zum Eingang empor. Es schien ihm, als wäre der Laden erst vor kurzem eröffnet worden. Der Gedanke kam ihm, da soeben zwei Männer mit Werkzeugtaschen das Geschäft verließen. Er konnte sich aber auch irren.

Rechts und links des Eingangs hingen noch immer die beiden untoten Krieger an der Wand. Matt glänzten deren blanke Knochen in der Sonne. Die Kapuzen, die ihre Schädel im Kampf umrahmt hatten, flatterten im Wind, und das rosa Flimmern ihrer Augenschalen war erloschen.

„Guten Abend, der Herr! Was wünscht Ihr?" wurde Janos empfangen. Ein circa vierzigjähriger Mann mit Glatze, gedrechseltem Schnurrbart und strahlend blauen Augen witterte ein Geschäft.

„Ich suche einen Anhänger oder etwas ähnlich Nettes!" entgegnete er freundlich.

„Da sind Sie bei mir richtig, dort hinten an der Wand hängt jede Menge Zierrat, wenn Ihr jedoch Raritäten sucht", der Mann drehte sich, „wie das Sonnenamulett in der Vitrine, müsst Ihr tiefer in Euren Beutel greifen. Was Passendes sollte jedoch auch für Euren Geldsäckel zu finden sein. Der blaurote Glockenfalter neben dem Sonnenamulett ist auch eine Rarität! Wenn Ihr das Schmuckstück in Eurem Haus aufstellt, werdet Ihr nie mehr von Ungeziefer heimgesucht werden."

„Ach was?" Janos Neugier war geweckt, obwohl er sich für die kostbaren Artefakte nicht wirklich interessierte. „Was würde der Schmetterling kosten?"

„Einhundert Goldmünzen, aber es wäre ein echter Hingucker, und die Wirkung, geradezu überwältigend. Aserija erschafft immer wieder ganz außergewöhnliche Artefakte!"

„Aserija! Meint Ihr die Druidin, die nahe der Festung Biberau wohnt?" Janos nahm den Zylinder vom Kopf und legte ihn auf den Ladentisch.

„Genau! Zweimal im Jahr reise ich zu ihr, um Heilkräuter und andere Dinge zu erwerben."

„Aserija soll, wie man hört, eine gute Heilerin sein?"

„Begnadet würde ich sagen", erwiderte der Händler wichtigtuerisch. „Meiner Meinung nach gibt es in Sumpfwasser niemanden, der ihr nur annähernd das Wasser reichen kann."

„Was Ihr nicht sagt!" Janos war verblüfft. Er saugte das Gehörte wie einen vortrefflichen Savjener Perlwein ein.

Zustimmend nickte der Glatzkopf.

„Vielleicht sollte ich die Frau aufsuchen. Ich bin auch ein Heiler ... wie Ihr Euch sicher gedacht habt." Janos konnte vor Aufregung kaum einen klaren Gedanken fassen. „Bestimmt könnte ich mancherlei von ihr lernen."

„Gewiss doch, selbst der Graf lässt die Druidin regelmäßig zu sich kommen."

„Könnt Ihr mir eine Wegbeschreibung zu Aserija geben?" Janos ließ seine Finger über den Rand des Zylinders kreisen. „Vor kurzem ist einer meiner Freunde erkrankt. Mein Wissen ist aufgebraucht, möglicherweise könnte ich mir bei ihr einen Rat holen!"

„Eins weiß ich genau, mein Herr. Wenn sie nicht helfen kann, dann wird für Euren Freund eine schwere Zeit anbrechen!" gab der Verkäufer zu bedenken.

„Und wie finde ich die Druidin?" erkundigte sich Janos bei dem Glatzkopf.

„Passt auf! Ihr geht ..."

Janos' Gedanken rasten. Einerseits musste er Acht geben, was der Kaufmann sagte, andererseits ließ ihn die Suche nach dem Amulett mit den gekreuzten Äxten, das er vor zwei Tagen in dem Kräuterladen zurücklassen musste, keine Ruhe. So schielte er hin und wieder zu der Wand mit den Anhängern hinüber.

„Kennt Ihr die Einmündung der Sassna in die Glitzersee?" fragte ihn der Mann unvermittelt und sah ihm direkt in die Augen.

„Ja doch ... nur nicht so genau." Janos versuchte sich zu konzentrieren.

„Ihr müsst die Sassna bei dem Weiler Lauben passieren. Mit einer Fähre könntet Ihr den Fluss überqueren, und im Gasthof Schwalbennest lohnt es sich einzukehren. Allabendlich werden Fische aus der Glitzersee über offenem Feuer ..."

Schon wieder schweiften Janos' Gedanken ab. „Sprecht nur weiter, ich schaue mich einstweilen nach einem Anhänger um." Janos musste nicht lange suchen, das Amulett mit den gekreuzten Äxten sprang ihm augenblicklich in die Augen. Niemand schien es bemerkt zu haben. Ihm wurde ganz heiß. Bedächtig zog er das Amulett aus dem Wirrwarr der Anhänger hervor. „Das sieht doch nett aus, das würde meinem Neffen sicher gefallen ... Sehr schön! ... Was meint Ihr?"

„Ja ... doch?" Der Händler kratzte sich mit einer Hand im Nacken und starrte auf das Amulett.

„Wie viel würde der Anhänger denn kosten?"

Obwohl Janos das Amulett am liebsten nicht mehr aus den Händen gegeben hätte, reicht er es dem freundlichen Herrn. Er hoffte nur, dass es der Verkäufer nicht selbst umhängen würde, sonst musste er sein geplantes Vorhaben gegebenenfalls ändern. Der Glatzkopf legte das Amulett jedoch nur auf ein samtweiches, schwarzes Tuch. Janos spürte, wie sein Gegenüber den Anhänger in Augenschein nahm. Vermutlich wusste er nicht, woher der Gegenstand stammte, und Janos wollte ihm keine Zeit zum Nachdenken geben. „Seht Ihr wohl eine Scharte?"

„Nein, natürlich nicht!" Erschreckt schaute der Händler auf.

„Wie viel bin ich Euch schuldig?" Janos tippte mit seinem Stock auf den Boden, als wenn er in Eile wäre.

„Ja ... hm ... ich denke, Ihr gebt mir sieben Goldmünzen."

„Sieben Goldmünzen?" fragte Janos, erstaunt über dem hohen Preis.

„Ja, ich weiß, es ist viel Geld, aber das Amulett ist außergewöhnlich schön gearbeitet."

„Ich gebe Euch fünf Goldmünzen!"

„Sechs!"

„Einverstanden!"

Rasch zählte Janos die Geldstücke ab und legte sie auf den Ladentisch. „Vielen Dank, mein Herr!"

Nachdem Janos das Amulett in eine Tasche seines Mantels gesteckt hatte, verließ er dankend den Kräuterladen.

„Beehrt uns bald wieder, und schöne Grüße an Ihren Neffen!" rief ihm der Verkäufer hinterher.

Als eine steife Brise seine erhitzte Haut angenehm kühlte, erfasste Janos eine ungeheure Zuversicht. Sein Vorhaben war von Erfolg gekrönt worden, obwohl er natürlich, das gestand er sich schon ein, riesiges Glück gehabt hatte. Am liebsten wäre er vor Freude in die Luft gesprungen, nur wagte er es nicht. Stattdessen hinkte er zu den kleinen Markthäuschen hinüber, vorbei an Gäliens Waffengeschäft, um noch einen Fleischspieß zu kaufen. Während er einen Stand ins Visier nahm, fiel ihm auf, dass Gäliens Kaufladen schon geschlossen hatte, und dies, obwohl die Sonne noch nicht untergegangen war. Warum nur musste ihm jede Kleinigkeit ins Auge stechen, fragte er sich. Bestimmt gab es einen triftigen Grund dafür. Vielleicht hatte der Besitzer einen guten Abschluss erzielt, oder er war krank geworden. Noch während er darüber nachdachte, bemerkte er, dass in der Auslage das sündhaft teure Kurzschwert aus den Eislanden fehlte. Wer konnte sich solch teure Waffen nur leisten, fuhr es ihm durch den Kopf. Vermutlich war es einer der Reichen oder Adligen gewesen. Nur ein erwählter Personenkreis konnte derart ausgefallene Anfertigungen erstehen. Der goldene Degen dagegen, der vortrefflich zu ihm gepasst hätte, lag noch unberührt im Schaufenster. Schade, dachte Janos, dass er nicht genügend Goldmünzen besaß, sonst wäre er in Versuchung gekommen, die einmalige Stichwaffe zu erwerben.

In Gedanken versunken lief Janos weiter. Während er eine Scheibe Krustenbrot und einen noch brutzelnden Fleischspieß erwarb, hängte er sich das Amulett um den Hals und schob es unter sein seidenes Hemd. Die Bewegung glich einer sich brechenden Welle, die sich über blankpolierte Kiesel zu Tal stürzte. Es ging so schnell, dass es vermutlich nicht einmal der Verkäufer des Standes gesehen hatte. Wie wild klopfte Janos' Herz, als das kühle Metall wieder seine Brust berührte. Nur ganz allmählich ließ seine Anspannung nach.

Immer mehr Stände wurden abgebrochen, binnen kurzem zeigte sich der Marktplatz von seiner ruhigen Seite. Nachdem Janos sich das letzte Stück Fleisch in den Mund geschoben hatte, säuberte er sich sehr vorsichtig mit einem Tuch den Mund, damit die Farbe, die er aufgetragen hatte, nicht verwischte.

Dann schlug er den Weg zum Grafenpalast ein. Als er ein ärmliches Viertel durchquert hatte, kam er auf einen großen Platz, in dessen Mitte ein Galgen stand. Goldfarben glänzte das nussbraune Holz im Licht der untergehenden Sonne. Rasch eilte Janos weiter. Nur ungern dachte er an seinen nächtlichen Diebeszug zurück. Hätten ihn die Soldaten ergriffen, wäre er vermutlich hier am Galgen vor einer grölenden Menschenmenge den Weg ins Jenseits angetreten.

Janos humpelte über die freie Fläche und kam in eine breite, gepflasterte Straße, der er Richtung Westen, immer dem glühenden Stern entgegen, folgte. Als er zwei Soldaten am Eingang des Grafenpalastes schon vor Augen hatte, entdeckte er zu seiner linken Hand an einem braun gestrichenen Eckhaus ein Schild aus hellem Eichenholz, auf dem rot angemalt das Wort „Bibliothek" stand. Zwei Schritte hinkte er noch weiter, dann stand er verwurzelt wie eine Eiche. Eigentlich wollte er um eine Audienz beim Grafen bitten. Nahezu unentwegt dachte er jedoch auch an die geheimnisvolle Sprache, die sich von Zeit zu Zeit seiner Zunge bemächtigte. Zumeist, wenn sich sein Herzschlag erhöhte oder Gespräche nicht ihren gewohnten Lauf nahmen, kamen fremdartige Worte aus seinem Mund, die keiner seiner Freunde deuten konnte. Aber es musste eine Sprache sein, da waren sich alle einig gewesen, nur wusste niemand, wo sie gesprochen wurde. Von Geheimnisvollem umgeben zu sein, faszinierte Janos, er fühlte regelrecht den unergründlichen Mythos, der ihn umgab, andererseits verkrampfte sich sein Hals bei dem Gedanken, eine fremde Seele hätte Besitz von ihm ergriffen. So etwas sollte es ja geben, hatte Smalon eines Abends erwähnt, als sie ums Feuer saßen. Das flößte ihm Angst ein, vielleicht bemächtigte sich ein Dämon seiner Seele, und er würde einem schrecklichen Tod erliegen. Wenn er nur wüsste, was mit ihm geschehen war! Obwohl er regelmäßig in seinen Körper hineinhörte, war ihm bis zum heutigen Tage nichts Schlimmes widerfahren. Vielleicht sollte er einen Gelehrten aufsuchen, der sein Bewusstsein erweitern, sozusagen eine erste Kerze entzünden würde. Instinktiv schlug er den Weg zur Bibliothek ein. Janos eilte in einen düsteren Gang, dessen Finsternis sich wie Eisen auf sein Gemüt legte, dann folgte er einer steinernen Wendeltreppe zwei Stockwerke nach oben. Das spärliche Abendlicht, das durch einen Schlitz in der Wand fiel, beruhigte seine Nerven nicht. Was will ich nur hier? grübelte er. Am Ende des düsteren Aufgangs führte ein nicht minder dunkler Gang zu einem Schreibpult, an dem ein Ordensbruder saß. Es musste einer sein, dachte Janos, da der junge Mann kahlgeschoren war und ein graues, schlichtes Gewand mit Kapuze trug. Zaudernd näherte sich Janos. Der Bibliothekar las geradezu andächtig in einem Buch, seine Hände waren gefaltet, so als würde er beten, schlafen oder schon im Jenseits weilen. Nichts regte sich, nur die Flamme einer Kerze, die wiederkehrend aufflackerte, schien am Leben zu sein.

„Was führt Euch zu mir?" wurde Janos aus seinen Gedanken gerissen. Der Mann hatte nicht einmal seine Augen bewegt, noch immer starrte er in das Buch, so als wolle er unter keinen Umständen von der spannenden Geschichte lassen. „Sucht Ihr ein Buch? Dann kann ich Euch leiten. Ich kenne alle Bücher in allen Regalen mit all ihren Werdegängen."

Janos schluckte. Er konnte sich kaum vorstellen, was er soeben gehört hatte. Von dem Pult führte ein Gang nach links und ein weiterer nach rechts. Beidseitig schienen Regale die Decke zu stützen, und alle Fächer waren gefüllt mit Büchern. Gewiss dreißig Schritte weit in jede Richtung reichten die Gänge, dann kreuzten weitere, das vermutete Janos jedenfalls. An den Gabelungen standen gusseiserne Kessel, in denen dickbauchige Kerzen brannten. Irritiert schaute Janos zu dem Mann. Er wusste nicht, was er antworten sollte, er suchte doch kein Buch! „Ja ... wisst Ihr ..."

„Ich höre", wurde er unterbrochen.

„Ich glaube, ich bin hier falsch!" Zweifelnd schaute sich Janos um.

Noch immer schaute ihm der Mönch nicht in die Augen. Es schien Janos unhöflich zu sein. Als er sich Achtung verschaffen wollte, fiel ihm der Mann schon wieder ins Wort. „Ich bin blind, spürt Ihr das nicht?" Am liebsten wäre Janos davongerannt. Dieser Ort und der Fremde waren ihm unheimlich geworden. Schaudernd sah Janos, wie sich vom linken Ohr des Mannes eine weiße Spinne abseilte. Er hielt den Atem an. Die Spinne war kaum größer als ein Kragenknopf. Bei den Göttern! Wie lange saß der Mönch schon an diesem Pult? Er konnte die Buchstaben doch nicht entziffern! Und wie sollte er nur wissen, wo all die Bücher standen? Unvermittelt blätterte der Mann eine Seite um, so als wenn er sie zu Ende gelesen hätte. Nur hauchdünn kam die Spinne, die über die Zeilen huschte, mit ihrem Leben davon. Sie hangelte sich über das sich noch bewegende Blatt auf die nächste Seite weiter.

„Nun?"

Janos schnappte hörbar nach Luft. Die Maskerade, der Zylinder, alles schien ihm nun hinderlich zu sein. Schweiß bildete sich auf seinen Händen. „Von Zeit zu Zeit ... spreche ich eine ungewöhnliche Sprache." Janos hüstelte. „Ich kenne sie nicht."

Der Mann blickte auf und sah ihm ins Gesicht, seine Augen waren jedoch verschlossen. Die Spinne setzte sich auf den goldenen Rand des Buches, auch sie schien ihn zu beobachten. „Lasst hören!"

„Bitte?" Janos' Zunge schien aus Blei zu sein.

„Ihr müsst die Sprache schon sprechen, damit ich sie hören kann!"

„Ich kann es nicht steuern! Das geht nicht auf Abruf", entgegnete er verlegen.

„Interessant! – Kommt mit!" Der Bibliothekar stand auf, nahm einen gedrechselten Stock zur Hand und eilte zielsicher in den rechten der beiden Gänge. Es war ein Schritt, wie Janos meinte, der älter schien, als die Person wirkte. Die Spinne bewegte sich nicht. Sie saß noch immer am Rand des Buches.

Mit langen Schritten eilte Janos dem Mönch hinterher. Der bog am ersten gusseisernen Kessel nach rechts ab, ohne ein Buch, ein Regal oder die Wand zu berühren. Beim Vorüberlaufen erkannte Janos einen wassergefüllten Bottich, in dem eine brennende Kerze stand. Sie war exakt so hoch wie der halbe Durchmesser des Kessels. In welche Richtung die Kerze auch stürzen würde, sie fiele in das Becken. Ein möglicher Brand, der unschätzbare Werte vernichten würde, konnte an diesem Ort nicht entstehen.

Der Mönch huschte durch die Gänge. Nur das Klappern der Holzpantoffeln war zu hören. Und Janos eilte hinterher, er vergaß sogar zu hinken. Zum Glück konnte ihn niemand sehen. Nachdem sie zwei weitere gusseiserne Kessel, jeweils auch mit Wasser gefüllt, passiert hatten, hielt der Bibliothekar vor einer Wand, die mit schweren, dunkelblauen Vorhängen abgehängt war, an. Hastig zog er ein Buch aus einem Regal und reichte es Janos. „Könnt Ihr lesen?"

„Ja!" Janos fühlte sich so unwohl wie noch nie in seiner Haut. Woher der Mann nur wusste, wo er stand?

„Nun fangt schon an!" wurde er erneut bedrängt.

Janos schlug das Buch in der Mitte auf und las eine Zeile laut vor. Er wusste sofort, dass es sich um Ammweihisch handelte.

„Das ist es wohl nicht!" Der Mönch riss ihm das Buch geradezu wieder aus der Hand. „Die Ammweiher Sprache ist unserer sehr ähnlich, trotzdem ist es nicht die Gesuchte. Sie sprechen eine Handvoll Sprachen, nicht wahr?" Die Hände des Mönchs huschten über eine Reihe von Buchrücken, ohne dass sie innehielten.

Instinktiv nickte Janos, während er die Bücher in einer Reihe zählte, dann schätze er die Anzahl der Regale, deren Breite und Höhe ... Der Bibliothekar kann unmöglich alle Bücher und deren Inhalt kennen, fand er, dafür bräuchte er schon zwei Leben.

Von den ersten sieben Büchern, die ihm gereicht wurden, erkannte Janos durchweg alle Sprachen.

Derweil wurde der Mönch immer unruhiger. Fieberhaft nahm er eine kleine Leiter zur Hand, stieg auf die oberste Sprosse und zog ganz oben einen schon sehr alten Wälzer hervor. Janos beherrschte die Sprache nicht, dennoch konnte er Zeichen deuten, wenngleich er die Zusammenhänge nicht verstand. So ging es weiter.

Das zweiundzwanzigste Buch, das der Mann aus dem Regal riss, rutschte ihm durch die Finger und fiel zu Boden. „Passt doch auf!" zeterte der Bibliothekar.

„Wieso ich? Ihr habt das Buch doch fallen lassen", antwortete Janos höflich.

„Das war Eure Schuld ... Eure Schuld ... Ihr Tunichtgut!"

„Meine?" Janos befürchtete, der Blinde sei nicht mehr ganz bei Trost! So entgegnete er gnädig, schon ein bisschen herablassend: „Werter Herr! Das Buch rutschte aus Eurer Hand, nicht aus meiner!"

„Was bildet Ihr Euch ein?" Der Bibliothekar hatte einen hochroten Kopf. „Das sind unschätzbare Werte! Das wird Euch teuer zu stehen kommen, Ihr Nichtsnutz!"

Das ging entschieden zu weit. Beleidigen ließ sich Janos nicht: „Se naw du pelmi zuak." Verdutzt blickte er drein.

„Entschuldigt bitte!" Der Bibliothekar lächelte. „Aber einen Versuch war es wert."

„Ihr habt das Buch absichtlich fallen gelassen?" Irritiert blickte Janos die Leiter nach oben.

„Nein! Aber als es auf den Boden aufschlug, durchfuhr mich dieser Gedanke! Was sagtet Ihr genau?"

„Se naw du pelmi zuak. – Was ist das für eine Sprache?"

„Lasst mich überlegen! ... Sie ist mir fremd! – Oder?" Der Mönch starrte die Decke an, als würde dort die Lösung stehen.

„Dann sind wir genauso weit wie zuvor!" hörte sich Janos antworten.

„Nein! ... Wenn ich nur wüsste ... Wo habe ich nur den Klang dieser Sprache schon einmal gehört? ... Sie scheint sehr alt zu sein!" Der Bibliothekar kratzte sich am Kinn. „Wartet!" Rasch stieg der Mönch von der Leiter herab, nahm sie auf und eilte in den nächsten Gang, um sie dort augenblicklich wieder aufzustellen. Aus dem obersten Regal nahm er ein sehr schmales Buch und reichte es Janos. „Werft hier einen Blick hinein!"

Janos nahm das Büchlein entgegen und schlug die erste Seite auf. Er sah eine Radierung aus uralten Zeiten. „Ich sehe eine Landkarte. Es scheint sich um die Stadt Savjen an der Glitzersee zu handeln. Nur sieht die Stadt ganz anders aus ... Sie ist viel größer ... denke ich ... Aber wie kann das sein?"

„Könnt Ihr die Schrift entziffern?" wurde er aus seinen Gedanken gerissen.

„Nein, kann ich nicht, aber sie kommt mir vertraut vor. Vielleicht bilde ich es mir aber auch nur ein", erwiderte Janos, während die fremden Wörter durch seinen Kopf rasten.

„Es handelt sich um den Stadtstaat Savjen, so wie er vor rund dreitausend Jahren ausgesehen hat." Der Mönch stand noch immer auf der obersten Sprosse, blickte jedoch ins Nichts, so als wenn er sich zu erinnern versuchte.

„Was heißt Stadtstaat? Savjen gehört doch zur Grünmark?"

„Heute schon, damals nicht. Savjen war eine unabhängige Stadt und ein Dorn im Auge des ehemaligen Herrschers. Meines Wissens erteilte er den Befehl, Savjen zu unterwerfen. Die Soldaten Savjens konnten den Armeen

Grünmarks nicht standhalten. Die Stadt wurde erobert, die Sprache verboten und die hohen Herrn durchweg hingerichtet." Der Mönch stieg von der Leiter herab. „Niemand eilte Savjen zu Hilfe, weder die stets unversöhnlichen Reitervölker aus Larxis noch die königlichen Garden aus Ammweihen."

Janos räusperte sich, um auch wieder zu Wort zu kommen. „Ich bräuchte einen Übersetzer, der mich der Sprache näherbringt."

„Wer soll das sein? In Sumpfwasser wurde diese Sprache nie gesprochen. Ihr werdet niemanden finden. Ich könnte mir jedoch vorstellen, dass es in Savjen noch Familien gibt, die dieser Sprache mächtig sind", erklärte der Bibliothekar.

„Ja schon, aber warum spreche ich dieses Kauderwelsch?" Janos konnte sich einfach keinen Reim auf die ihm unbekannte Sprache machen.

„Vielleicht wart Ihr einer der letzten Stadtfürsten!"

Das gefiel Janos, obwohl er an eine Seelenwanderung nicht glauben wollte, aber ein Fürst, wenngleich nur von einer Stadt, hätte seinen Ansprüche schon entsprochen. Er antwortete jedoch: „Schon möglich, das erklärt aber nicht das warum!"

„Ihr könntet Schuld auf Euch geladen haben, die noch nicht beglichen worden ist."

„Inwiefern?" Janos wusste überhaupt nicht, worauf der Mönch hinauswollte.

„Das wird Euer Leben zeigen!" entgegnete der Mann mit einer Selbstsicherheit, als kenne er sein Gegenüber schon seit Urzeiten.

„Sprecht deutlicher, was meint Ihr?" Janos wurde es Angst und Bang.

„Möglicherweise habt Ihr falsch gerichtet, Eure Frau getötet, Kinder geschändet oder sonst einen unverzeihlichen Fehler begangen."

„Das hört sich weniger gut an!" Unvermittelt fühlte er jedes einzelne seiner Nackenhärchen. So hatte er sein Leben noch nie gesehen. Er konnte sich überhaupt nicht vorstellen, jemals nur eine der schrecklichen Taten begangen zu haben. Nur, warum fühlte er sich dann so schlecht?

„Die Götter vergessen nie", sagte der Mönch ins Nichts. „Egal, wie viel Zeit vergeht."

Janos' Augen begannen zu tränen. Er spürte den Funken Wahrheit in den Worten des Bibliothekars, den die Schleier der Zeit verdeckten. Ihm würde die Rechnung präsentiert werden, das wurde ihm von einer zur anderen Sekunde klar, wenn nicht in diesem Leben, dann im nächsten. Die Worte des Mönchs „Die Götter vergessen nie. Egal, wie viel Zeit vergeht" gingen ihm nicht mehr aus dem Sinn.

In Gedanken versunken lief Janos dem Mönch hinterher. Der eilte zum Eingang zurück, lehnte seinen Stock an das Pult und setzte sich wieder auf den etwas erhöht stehenden Stuhl. Die weiße Spinne saß immer noch an derselben Stelle am Rande des Buches.

„Wisst Ihr eigentlich, was Ihr vorhin mit der fremden Sprache ausdrücken wolltet?" sprach ihn der Bibliothekar an.

„Nein, nicht wirklich!" entgegnete Janos, obwohl ihm die Worte „komischer Kauz" in den Sinn gekommen waren.

„Wollt Ihr eine Abschrift des Buches erwerben?" Der Mönch richtete die Kapuze an seiner Kutte.

„Wäre das möglich?" Erfreut und irritiert zugleich sah Janos auf.

„Gewiss doch!"

„Und die Kosten?"

„Das kommt darauf an! Wenn Ihr nur den Wortlaut erwerben wollt, wäre es billiger, für Zeichnungen, Radierungen oder Bilder müsst Ihr schon tiefer in die Rocktasche greifen."

„Der Text wird genügen", erklärte Janos, obwohl er nicht verstand, woher der Mönch wusste, dass auch Zeichnungen in dem Büchlein waren. Aber der Bibliothekar war ihm sowieso nicht geheuer, wenn nicht sogar unheimlich.

„Zwischen sechs und zehn Goldmünzen kämen auf Euch zu, wäre das in Ordnung?"

„Ja, das ist es! Ich bräuchte die Abschrift in spätestens zwei Tagen."

„In zwei Tagen! Das ist sehr wenig Zeit. Vermutlich müsste ich zwei Gehilfen beauftragen, mir zu helfen, insofern wird es kostspieliger werden."

Es verunsicherte Janos sehr, dass er dem Mönch nicht in die Augen sehen konnte. Der Mann zeigte keine Regung. „Was würde mich der Zusatzaufwand kosten?"

„So zwei bis drei Goldmünzen!"

„Das ist in Ordnung! Ich hole mir die Abschrift in zwei Tagen von Euch ab." Janos wandte sich zum Gehen.

„Einverstanden!" eilte ihm die Verabschiedung des Bibliothekars hinterher.

Janos war froh, als er wieder unten auf der Straße stand. Sein mögliches Vorleben hatte seinen Herzschlag in die Höhe getrieben, doch ein kräftiger Wind, der einzelne grauschwarze Wolken von Westen kommend vor sich herschob, kühlte seine heiße Stirn. Gerade eben war die Sonne hinter dem Grafenpalast versunken, und im Osten zeigte sich bereits die feine Sichel des Mondes. Während ein Liebespaar Hand in Hand an ihm vorbeilief, verschlossen auf der gegenüberliegenden Straßenseite zwei Wachen das gusseiserne Tor des Grafenpalastes.

„Halt, so wartet doch!" So schnell ihn seine Füße trugen, rannte Janos zu den Soldaten hinüber. „Ich muss den Grafen sprechen, es ist außerordentlich wichtig, es geht um Sumpfwassers Zukunft! Bitte gewährt mir Einlass!"

„Das geht nicht, werter Herr. Ist die Zugbrücke hochgezogen, werden die Tore verriegelt. Kommt morgen früh wieder", wurde er von einem bärtigen Soldaten angesprochen, dessen Zähne so gelb wie Eidotter waren.

„Wart Ihr nicht vor kurzem noch auf dem Marktplatz?" fragte ihn die andere Wache, ein junger Mann mit braunem, kurz geschorenem Haar. „Ich meinte, ich sah Euch hinken!"

Janos' Haut wurde aschfahl. „Ich keineswegs, da müsst Ihr Euch getäuscht haben", brachte er holprig über seine Lippen. „Könnt Ihr nicht eine Ausnahme machen, ich muss zum Grafen, es ist wirklich sehr wichtig." Rasch fand Janos seine innere Mitte wieder.

„Unmöglich, der Graf speist nach Sonnenuntergang mit seiner Gattin." antwortete der Bärtige. „Wir dürfen ihn nur in wirklich dringenden Angelegenheiten stören, und dies scheint mir nicht der Fall zu sein."

Der noch junge Soldat starrte ihn anhaltend an, er traute ihm nicht über den Weg, vermutlich suchte er nach Widersprüchen. Janos durfte ihm keine Gelegenheit geben, das unerwünschte Gespräch nochmals aufzunehmen.

„Ich war dort drüben", Janos zeigte auf die Bibliothek, „den ganzen Nachmittag lang, Ihr könnt den blinden Mönch fragen. Aber sagt bitte, wann könnte ich den Grafen sprechen?"

„Morgen früh, drei Stunden nach Sonnenaufgang, wird das Tor wieder geöffnet. Dann könnt Ihr um eine Audienz bitten."

„Und vorher?" Janos war voller Ungeduld.

„Geht nicht, der Graf übt sich im Bogenschießen."

Janos überlegte. „Richtet ihm bitte aus, ich hätte einen Gegner für ihn, der ihn möglicherweise in Bedrängnis bringen könnte."

Die Männer lachten, und Janos, dem nach wie vor ein Stein auf der Brust zu liegen schien, zeigte seine schneeweißen Zähne.

„Niemand schlägt den Grafen im Bogenkampf! Wisst Ihr denn nicht, dass er in Liebeichen zum Sieger gekürt worden ist?" Zweifelnd schaute ihn nun auch der Bärtige an.

„Das möchte ich auch nicht bestreiten, aber er hatte keinen wirklichen Gegner. Leider verspäteten sich mein Freund und ich."

„Ach, Ihr seid nicht der Schütze?" forschte der ältere Soldat nach.

„Nein!" Janos lächelte. „Was haltet Ihr von einer kleinen Wette? Sagen wir, Ihr verschafft mir morgen früh Einlass, wenn sich der Graf seinen Übungen widmet. Kann sich mein Begleiter mit dem Grafen messen, bin ich so glücklich, dass ich keine Ansprüche an Euch stellen werde. Verliere ich, erhält jeder von Euch fünf Goldmünzen. Was meint Ihr?"

„Hört sich nicht schlecht an!" sagte der junge Soldat und kratzte sich mit zwei Fingern hinterm Ohr. „Aber sagt, wo liegt Euer Nutzen?"

„Ich sagte doch schon, ich muss den Grafen sprechen. Es ist außergewöhnlich wichtig."

„Nun gut", brummte der Bärtige mit den gelben Zähnen, „wir werden einen Vorstoß wagen, versprechen können wir aber nichts."

„Wie war doch gleich Euer Name?" erkundigte sich der junge Soldat, während er den Schlüssel abzog, mit dem er das Tor verschlossen hatte.

„Janos Alanor aus Eirach." Galant zog Janos seinen Zylinder und verneigte sich.

„Kommt morgen früh zwei Stunden nach Sonnenaufgang an dieses Tor. Wird Euch Einlass gewährt, holt Euch einer von uns beiden ab."

„Meine Herren, es ist mir eine Ehre." Mit einem Knicks verabschiedete sich Janos. Er lief Richtung Altstadt davon. Seinen Stock ließ er wie ein Akrobat mehrmals im Kreise um seine Hand tanzen.

„Vergesst nicht, Euren Geldsack mitzubringen", rief ihm der Bärtige lachend hinterher.

Unterdessen entschwand Janos hinter einer Schmiede ihren Blicken. Er dreht sich nicht mehr um. Erst als ihn die Wachen nicht mehr sehen konnten, verlangsamte er seinen Schritt.

Über Umwege lief Janos zum Markplatz zurück. Mittlerweile hatte sich der Schatten der Nacht über Sumpfwasser gelegt. Aus einem Hauseingang drang lautes Kindergeschrei. Janos' Gedanken kreisten jedoch wie ein Adler um die Grenzstadt Savjen, an der westlichen Glitzersee gelegen.

Am Ende der dunklen Gasse bog er in eine etwas breitere Straße ein. Dort erhellten schon etliche Laternen, die der Nachtwächter entzündet hatte, die grauen Pflastersteine. Gespenstisch schwankten die gläsernen Gehäuse im Wind. Mitunter fingen sich auch Böen an den schaukelnden Lichtern.

Janos überlegte, wohin er sich wenden sollte. Smalon musste er finden, den bräuchte er morgen früh zum Bogenschießen, nur wusste er nicht, wo er den Halbling aus Krakelstein suchen sollte. Verlassen konnte er sich bei Smalon so ziemlich auf nichts, was wiederum auch berechenbar war. Über diese Betrachtungsweise grübelnd, schmunzelte er. Drei Gassen weiter hatte er sich entschieden, er würde nach Saskard und nicht nach Smalon suchen. Er hoffte, der Halbling würde dem kranken Zwerg beistehen, und wenn nicht, dann konnte er noch immer nach Smalon Ausschau halten.

Janos lief mitten über den menschenleeren Marktplatz, vorbei an Lursian Gallenbitters Kräuterladen zum Haupteingang des Goldenen Kahns. Durch den Nebeneingang würde er nicht gehen, das war unter seiner Würde, schließlich war er ein Alanor. An der Tür stand ein Wachsoldat, der vermutlich durch die Vorkommnisse der letzten Tage zur Sicherheit der Gäste abkommandiert worden war.

„Wohin führt Euch Euer Weg, mein Herr?" Die Wache sah ihn argwöhnisch an.

Janos nahm den Zylinder vom Kopf. „Ich wurde von einem Halbling gerufen, um nach dem Kranken von Zimmer fünfunddreißig zu sehen", erklärte er, ohne eine Miene zu verziehen.

„Wir wissen Bescheid, das sagte der Halbling auch, bevor er ausgegangen ist. Er erwartete Euch bereits. Den Schlüssel erhaltet Ihr am Empfang." Freundlich öffnete ihm die Wache die Tür und ließ ihn eintreten.

„Danke sehr, und noch einen schönen Abend!" Janos war verwundert, damit hatte er nicht gerechnet, das war untypisch für Smalon. Aber Unwägbarkeiten jeglicher Art warfen ihn nicht aus der Bahn, da hatte er schon ganz andere Situationen gemeistert. Bezeichnend war jedoch, dass der Halbling nicht vor Ort war. Sollten Vorkommnisse geschehen sein, von denen er nichts wusste? Janos hoffte, Smalon würde dem Zauberer einen Räucherschinken bringen. Bei dem Gedanken daran, was alles schiefgehen könnte, lief ihm jedoch der Schweiß in Strömen den Rücken hinab.

„Gebt mir bitte den Schlüssel für Zimmer fünfunddreißig", bat er die Empfangsdame, „damit ich nach dem Kranken sehen kann."

Wortlos reichte ihm eine annähernd sechzigjährige, grauhaarige Frau den Bund.

„Dankeschön!" Geschäftig eilte Janos über den samtweichen Teppich zur Treppe.

Das Zimmer sah ebenso aus wie vor zwei Tagen, nur dass Krishandriels Sachen fehlten, und das wiederum gab Janos einen Stich nahe seines Herzens. Rasch entzündete er eine Kerze, dann sah er nach Saskard. Der Zwerg schlief. In dem großen Bett mit dem weichen Federbett verschwand er nahezu, nur der Kopf lugte unter der Decke hervor. Janos nahm den Geruch von Baldrian und Melisse wahr. Und richtig, auf einer Kommode neben dem Bett stand eine Karaffe mit Tee, und direkt daneben in einer kleinen Schale lagen aufgebrühte Blüten und Blätter. Unter anderem meinte er, Lavendel und Waldmeister zu erkennen. Vermutlich hatte der Halbling einen Tee gekocht, damit Saskard die Nacht in Ruhe verbringen konnte. Janos weckte den Zwerg nicht auf, was hätte es schon gebracht, und wie es um Saskards Wohlbefinden stünde, würde er von Smalon noch früh genug erfahren. Auf Zehenspitzen trippelnd, verließ er die Kammer, und ebenso leise verschloss er die Tür. Er setzte sich in einen mit fünf orangefarbenen Kissen bestückten Korbsessel, zog seine Stiefel aus, streckte die Beine weit von sich und legte sie auf einen lederbespannten Schemel. Er entschloss sich, auf Smalon zu warten, dessen Pferdebuch geöffnet auf dem Tisch lag. Zweifelsohne würde der Halbling bald wiederkehren.

Nachdem sich Janos einen Krug Apfelwein eingeschenkt hatte, nahm er Smalons Buch zur Hand, um ein wenig zu lesen. Drei Seiten später schief er ein.

Kapitel 7

Ein Teufelchen

Es war eine dunkle Nacht geworden. Die Sterne und die sichelförmige Scheibe des Mondes, die noch um Mitternacht den Himmel zierten, versteckten sich nun hinter einer grauen, wolkenverhangenen Schicht. Es sah nach Nebel, vielleicht auch nach Regen aus. Schon seit zwei Stunden lag Smalon auf dem Dach einer Scheune mit Sicht auf die Schenke Biberburg. Er vermutete, dass Elgin Hellfeuer in der Trinkstube saß.

Plötzlich wurde die Tür aufgestoßen. Smalon spannte seinen Bogen. Aber es war nicht der Priester, sondern ein dicker Mann mittleren Alters, der seinen Hut am Knie ausklopfte, zum Himmel blickte und stampfend in eine Gasse enteilte. Smalon sah ihm hinterher, bis er durch die Dunkelheit nicht mehr zu erkennen war. Erschöpft ließ er den Druck aus seinem Arm entweichen. Gewiss schon zehn Mal hatte er den Bogen gespannt, doch nie war es der Priester gewesen. Jede Menge Schweißperlen hatten sich schon auf seiner Stirn versammelt, ab und zu flossen sie in seinen Nacken oder über die Wange den Hals hinab. Mitunter wischte er mit dem Handrücken die silbrig glänzenden Tropfen beiseite, aber sie entsprangen einer nicht versiegenden Quelle ständig aufs Neue. Mit der Zeit schliefen auch seine Arme ein, erst der linke, dann der rechte. Da er jedoch unentdeckt bleiben wollte, bewegte er sich kaum. Immer wieder spähte er über die Dächer von Sumpfwasser hinweg, aber das Wesen aus der Unterwelt zeigte sich nicht. Beinahe hätte er eine schwarze Katze getroffen. Zum Glück miaute der Mäusejäger im letzten Moment, bevor er den Pfeil von der Sehne gelassen hatte.

Smalon fror erbärmlich. Dennoch fielen ihm vor Erschöpfung bisweilen die Augen zu. Und Elgin kam und kam einfach nicht zum Vorschein. Als seine Gedanken noch einmal zum letzten Abend schweiften, schlief er ein.

Kurz vor Sonnenuntergang hatte er Saskard einen Schlaftrunk zubereitet, damit der Zwerg in Ruhe die Nacht verbringen konnte. Die Wunde, die ihm Elgin Hellfeuer mit dem Buchenkeil zugefügt hatte, heilte nicht. Es bildete sich kein Schorf. Saskards Haut wurde weich wie ein Schwamm, fiel regelrecht in sich zusammen und löste sich auf. Der Zwerg hatte auch einen Schock erlitten, von dem er sich noch immer nicht erholt hatte. Lethargisch saß er an dem ovalen Eichentisch. Er war überhaupt nur aufgestanden, weil ihn Smalon aus dem Bett gezogen hatte, aber die Lammkeule und das frische Weizenbrot rührte er nicht an. Vom Apfelwasser trank er jedoch zwei volle Krüge.

Mit Tränen in den Augen hatte die hübsche Empfangsdame die Speisen auf ihr Zimmer gebracht. Jasmin Farell tat ihm aufrichtig leid. Ein paar aufmunternde Worte kamen ihm sogar über die Lippen. Das hatte jedoch nur zur Folge, dass Jasmin von neuem die Tränen über die Wangen kullerten. Smalon versprach ihr, Krishandriel besonders liebe Grüße auszurichten, wenn er ihn wiedersehen würde. Wann das sein sollte, wusste er aber nicht.

Nachdem sich Saskard ins Bett gelegt hatte, packte Smalon die Lammkeulen mit einem Grinsen in seinen Rucksack. Dann verließ er das Zimmer, um nach Mangalas zu sehen. Da er insgeheim hoffte, Janos würde Saskard zu späterer Stunde aufsuchen, erzählte er der Wache, dass ein Heiler beabsichtigte, nach dem Kranken zu sehen.

Als er den Goldenen Kahn verließ, hatten schon die Schatten ihre Arme über Sumpfwasser gelegt. Um möglichst nicht aufzufallen, hatte der Halbling ein tiefblaues Wams über sein braun kariertes Hemd gezogen. Eine lange Nacht stand ihm allemal bevor. Sein Weg führte ihn zur Altstadt hinüber. In den dunklen Gassen war es ruhig geworden. Nur einmal begegnete er einer Zweimannpatrouille, vor der er sich nicht mehr in Sicherheit bringen konnte. Schnell trat er in das Licht einer Laterne, grüßte freundlich und fragte die Soldaten, wo man abends gemütlich ein Bier in netter Gesellschaft trinken könne. Sie meinten, der Keifende Keiler wäre nicht schlecht, aber er solle sich vor dem Roten Fass und der Biberburg in Acht nehmen und die Tausend Hände auf alle Fälle meiden.

Smalon ließ sich den Weg zum Keifenden Keiler beschreiben, schließlich wollte er Mangalas Mira Lockenrot vorstellen. Nachdem sich Smalon von den Soldaten verabschiedet hatte, schlug er den Weg zur Gaststätte ein. Als er überzeugt davon war, nicht verfolgt zu werden, lief er in anderer Richtung weiter.

Schon bald hatte er die Bogengasse erreicht. Dort standen keine Laternen, nur das funkelnde Sternenmeer und die schmale Mondsichel, die vor kurzem im Osten aufgegangen war, erhellten seinen Weg. Seine Füße hingegen konnte er kaum sehen; es schien ihm, als würden seine Beine in einem Moor stecken.

Je näher Smalon der besagten Scheune kam, desto mulmiger wurde ihm. In der Gasse war es auffallend still. Selbst die eigenen Schritte jagten ihm Schauer über den Rücken. Ängstlich blickte er sich immer wieder um. Als eine fette Ratte seinen Weg kreuzte, hielt er vor Herzklopfen den Atem an. Angestrengt überlegte er, wie er sich bemerkbar machen sollte. Er konnte doch nicht rufen. Besseres fiel ihm aber auch nicht ein. „Mangalas!" hauchte er. Es blieb still wie auf einem Friedhof. Nervös tastete Smalon den Boden nach kleinen Kieselsteinen ab. Nun überlegte er nicht mehr, ob er gehört werden könnte. Falls er wirklich entdeckt werden sollte, würde ihm schon was einfallen. Um Ausreden war er noch nie verlegen gewesen. So warf er schnell hintereinander zwei Kiesel an die Luke, die sich im Nachthimmel schemenhaft abzeichnete. Die klingenden Schläge ließen ihn dennoch zusammenzucken. Erneut rief er, nun schon etwas lauter: „Mangalas!" Es folgte der nächste Stein. Als er meinte, ein Geräusch vernommen zu haben, hielt er inne.

„Ich bin es, Smalon!" rief er empor.

„Sei leise!" Mangalas' Kopf kam zum Vorschein. „Ich werfe dir ein Seil zu, dann ziehe ich dich hoch."

Fieberhaft sah sich Smalon um. Es zeigte sich niemand, aber er konnte nicht weit sehen. Dumpf fiel das Seil auf den Boden. Er griff zu. Im Nu hatte Mangalas ihn emporgezogen.

Nachdem der Zauberer den Einstieg verschlossen hatte, umarmte er Smalon. „Schön dich zu sehen, Kleiner! Wie geht's dir?"

„Mir geht's gut, Dicker!" Der Halbling grinste zurück. „Aber du scheinst abgenommen zu haben!"

„Mein Bauch ist so leer wie ein Schober kurz vor der Ernte. Nicht ein Stück Käse habe ich mehr."

„Deswegen bin ich gekommen." Smalon öffnete seinen Rucksack. In der stockfinsteren Scheune konnte Mangalas jedoch keine Details erkennen, obwohl er seine Augen aufs Äußerste strapazierte. „Riechst du schon was?"

„Nein ... ja ... ich weiß nicht?"

„Wenn du errätst, welche Leckereien ich in Händen halte, bekommst du die Mahlzeit!" Ein Glucksen entfuhr Smalons Kehle.

„Was soll ich? ... Du spinnst wohl! Ich bin am Verhungern!"

„Hungerleidende sehen anders aus! Also, was riechst du?"

Am liebsten hätte Mangalas Smalon am Wams gepackt und kräftig durchgeschüttelt. Nur hatte der Halbling ein paar Schritte zur Seite gemacht, und nun wusste er nicht, wohin er sich wenden sollte. „Smalon, wo bist du?"

„Sag ich nicht!"

Mangalas hörte den Halbling kichern. „Wenn uns die Soldaten erwischen, nur weil du mir Nahrhaftes verweigerst, dann …"

„Was dann?" ẳffte Smalon dazwischen.

„… ich weiß auch nicht!"

„Raten ist angesagt!"

Der Zauberer biss sich vor Ärger auf die Lippe. „Irgendwann, du kleinwüchsiger Mausdreck, werde ich dir all deine Gemeinheiten zurückzahlen!"

„Nun?" kam eine Antwort aus der Dunkelheit.

„Ich rieche Brot … frisches Brot könnte es sein."

„Das ist gut! Das ist wirklich gut! Hier, nimm!" Smalon reichte Mangalas das duftende Weizenbrot.

Gleich zwei Mal in rascher Folge biss der Zauberer von dem Laib ab. „Schmeckt fabelhaft! Aber sag, wieso bringst du mir Brot?"

„Das ist nur die Beigabe. Die Hauptspeise halte ich noch in Händen."

„Du bringst mich noch um meinen Verstand! Nun gib schon her!"

„Riechst du denn überhaupt nichts?" Smalon meinte förmlich, im Duft der Lammkeule zu baden.

Mangalas musste sich zwingen, seine aufkommende Wut zu unterdrücken, sonst würde er über den Halbling herfallen.

„Es ist wahrhaft Leckeres!" hörte er Smalons Stimme.

„Du wirst mir doch nicht Fleisch mitgebracht haben?"

„Doch!"

„Rieche ich Thymian und Rosmarin?"

„Mangalas, du bist die Wucht! Wenn du jetzt noch weißt, an welches Fleisch die Kräuter als Zutaten gegeben werden, hast du den Braten."

„An eine Lammkeule!"

„Hier, nimm sie!"

„Eine Lammkeule – hohoho!" Gierig biss der Magier in das gebratene Fleisch.

„Ich hab sogar noch eine zweite."

„Eine zweite!" Mangalas' Stimme zitterte. „Obwohl du gelegentlich meine Nerven haltlos strapazierst", genüsslich kaute der Zauberer, „bist du dennoch ein stets willkommener Gast. Isst du wohl auch?" Mangalas meinte, Smalon kauen zu hören.

„Ich muss die Keule doch wenigstens probieren! … Schmeckt gut!"

Von nun an war es still. Smalon labte sich vorwiegend an dem knackigen Weizenbrot, und Mangalas nahm dankend das Fleisch in Empfang.

„Die Lammkeule war ebenso gut wie der Wildschweinbraten im Rauschenden Kater." Entspannt lehnte sich Mangalas an einen Dachbalken. Mit gefülltem Bauch war die Last des Gesuchtwerdens leichter zu ertragen.

„Stimmt! Willst du einen Schluck Apfelwasser haben?"

„Natürlich! Woher hast du ihn?" Durstig streckte Mangalas seine Hand aus.

„Vom Goldenen Kahn. Hat mir die Empfangsdame gegeben."

„Danke, Smalon!" Genüsslich ließ der Magier den Saft in seine Kehle fließen.

„Mangalas, ich muss mit dir reden!"

„Nur zu!" entgegnete der Magier.

„Es gäbe eine Möglichkeit, Sumpfwasser zu verlassen." Smalons Mund war so trocken wie die Wüste Ours. „Nur musst du einwilligen!"

„Das hört sich an", Mangalas hatte einen befremdlichen Unterton in Smalons Stimme vernommen, „als könnte es Probleme geben!"

„Schon möglich!" Der Halbling suchte nach passenden Worten. „Heute Nachmittag traf ich Mira Lockenrot an der Pferdekoppel. Sie sucht eine Begleitung, um sicher durch die Sümpfe nach Birkenhain zu ihrer Tante zu gelangen. Da habe ich dich erwähnt." Unruhig rutschte der Halbling hin und her.

„Hast du ihr gesagt, dass mich die Soldaten suchen?"

„Was sollte ich denn tun?" rechtfertige sich Smalon.

„Du kannst doch nicht jedermann erzählen, dass ich auf der Flucht bin!"

„Weiß ich auch, aber mir fiel nichts Besseres ein. Ich sagte ihr jedoch nicht, wo du dich versteckt hältst."

„Wenn die Wirtin dir nicht traut und mich bei den Wachen anschwärzt, sind wir geliefert!"

Smalon verstand Mangalas nicht. Wieso sollte er nun auch gesucht werden? Ihn beruhigte aber die Tatsache, dass ihm der Soldat im Goldenen Kahn freundlich gesonnen war. Vielleicht hatte der Mann aber nur die Order bekommen ihn auszuhorchen? Welche Schleusen hatte er nur geöffnet, und wann würde das Wasser über sie hereinbrechen? Bei den Göttern! Den Fluss konnte er nicht mehr aufhalten. „Ein Wagnis wird es bleiben, egal, wie wir es bewerkstelligen wollen. Ohne fremde Hilfe wirst du Sumpfwasser nicht verlassen können."

„Und was nun?" Mangalas schluckte seine Ängste hinunter. „Bestimmt suchen die Wachen schon nach uns!"

„Hör auf zu unken, lass dir lieber erzählen, was ich geplant habe."

„Wieso immer ich? Wäre ich nur in Retra geblieben!" Seufzend lehnte sich Mangalas zur Seite. „Ist Krisha wirklich abgereist?"

„Ja, schon! Nachdem er den Windläufer erstanden hatte, verließ er Sumpfwasser."

„Toll, er ist draußen, und ich bin drinnen. Wieso hat er mich nicht mitgenommen?"

„Darüber brauchst du dir den Kopf nicht mehr zu zerbrechen. Das ist ähnlich wie der Schnee vom letzten Winter. Weg ist weg!" Smalon nahm den Apfelschlauch zur Hand und trank. Nachdem er sich die Lippen abgewischt hatte, sprach er weiter. „Nun hör doch mal zu! Ich dachte mir, um Mitternacht schleichen wir uns zum Keifenden Keiler. Gewährt uns Mira Einlass, haben wir nichts zu befürchten. Wenn nicht, sehen wir uns nach anderweitigen Möglichkeiten um. Und zurück in die Scheune können wir ja auf jeden Fall gehen."

„Wie konnte ich auch nur einen Gedanken daran verschwenden, dass du einen nur halbwegs vernünftigen Plan entworfen hast!" Mangalas verstand einfach nicht, wie jemand so völlig unbedarft durchs Leben laufen konnte. „Wo ist eigentlich Janos?"

„Keine Ahnung, habe ihn seit Tagen nicht gesehen!"

„Ich bin ein echt armes Schwein! Meine einzige Hoffnung, der misslichen Lage zu entkommen, ist ein Halbling!" Er hörte Smalon kichern. „Was ist so komisch?"

„Du hast keine Wahl!" Erneut hörte der Magier ein Glucksen. „Entweder du nimmst meine Hilfe an oder du hast keine!"

„Toll, Smalon! Wirklich ein guter Witz, könnte mich nahezu totlachen!"

„Das solltest du auch tun, wenn sie uns erwischen!" Smalon biss die Zähne zusammen, um nicht lauthals loszubrüllen.

Bei den Göttern, dachte der Zauberer, ist der dämlich!

„Pass auf, Mangalas, ich erkläre dir meinen Plan. Hast du keine Lust, oder möchtest du das Risiko nicht eingehen, lassen wir es!"

„Schieß los!" Da der Magier keine Chance sah, wie er Sumpfwasser sonst den Rücken kehren konnte, hörte er dem Halbling zu. Er hoffte, wenigstens einmal im Leben vom Glück bedacht zu werden. Schon nach wenigen Sätzen Smalons fielen seine Hoffnungen ins Bodenlose, wenn nicht sogar tiefer. Smalon hatte keinen blassen Schimmer von einem grundsoliden Plan. Mögliche Einwände, die er zu bedenken gab, ignorierte der Halbling durchweg. Es konnte nur schiefgehen, da war sich Mangalas ganz sicher. Dessen ungeachtet freute er sich, nicht mehr alleine in der Dunkelheit der

Scheune sitzen zu müssen. Smalons Ausführungen endeten mit den Worten: „Nun, was sagst du?"

Wir werden untergehen und den Meeresboden küssen, dachte er, während ihm der Halbling frohgemut die Hand entgegenstreckte. Nach einer Zeit des Überlegens schlug Mangalas in Smalons kleine Hand ein. Bei näherem Betrachten des Vorhabens liefen ihm eiskalte Schauer über den Rücken. „Und wie geht's jetzt weiter?"

„Du packst zusammen, und ich vergrabe die Lammknochen in der Erde. Wir warten, bis die Glocke Mitternacht schlägt, dann ziehen wir los."

„Hoffentlich geht alles gut!" Mangalas fühlte sich einfach nur jämmerlich.

„Natürlich, wird es! Was soll schiefgehen?"

„Was weiß ich?!" stöhnte der Magier auf.

„Meine Güte!" Smalon wollte Mangalas von seinen Ideen begeistern, ihn aufheitern, ihn berauschen, nur dann ließ der Zauberer nicht gänzlich den Kopf hängen. „Ich bin mir ganz sicher, dass alles gut gehen wird. Du wirst schon sehen. Der Mond wird uns den Weg weisen. Kannst mir glauben!"

„Meinst du, Mira wird mich leiden können?"

„Warum nicht, jeder der deine Bekanntschaft macht, ist von dir angetan."

„Wirklich?"

Smalon meinte, Mangalas strahlen zu sehen. „Weißt du das nicht?"

„Ich wünsche es mir manchmal, aber wissen, nein, wissen tue ich es nicht!" Der Magier schluckte einen Kloß hinunter. „Ich bin zu dick!"

„Das sind nur Nebensächlichkeiten, die nicht wirklich wichtig sind." Der Halbling kroch zu dem Zauberer hinüber und drückte ihn fest mit beiden Armen. „So, und nun packst du dein Zeug zusammen, sonst kommen wir hier nie weg." Der Halbling stand auf und suchte die im Heu liegenden Knochen, um sie zu vergraben. Während er die Leiter hinabstieg, hörte er, wie sich Mangalas die Nase schnäuzte. Er ist schon ein verdammt guter Kerl, der Dicke, dachte er. Seltsamerweise wurden seine Augen feucht, und er konnte es nicht verhindern.

Kurz nach Mitternacht, die Sichel des Mondes zeigte sich über der Kirchturmspitze, brachen sie auf. Janos' Degen, sein Gepäck und auch das Seil ließen sie in der Scheune zurück. Nachdem Mangalas durch die Dachluke auf die Gasse gesehen hatte und sich niemand zeigte, seilte sich Smalon ab.

Kaum war der Halbling unten angekommen, zog Mangalas das Tau wieder hoch und verschloss den Ausgang. Leise stieg er über die Stiegen in der Scheune nach unten.

Mittlerweile versuchte Smalon, mit dem Dietrich in der Hand das Schloss von außen zu öffnen.

„Was ist, Smalon?" flüsterte Mangalas von innen.

„Ich bring das mistige Ding nicht auf!" hörte er den Halbling schimpfen.

„Das fängt ja gut an!"

„Ich bin nicht Janos!"

„Das ist ein einfaches Vorhängeschloss!" Mangalas' Stimme zitterte. „Das wirst du doch aufbringen."

„Dieses krätzige Eisen ... gib nach ... du Krötenteil! Bei Janos springst du freiwillig auf ... und bei mir? Ich werde wütend werden und eine Feile auspacken ... das wirst du dann davon haben."

Mangalas hielt den Atem an. Gewiss würde Smalon jeden Moment von einer Wache aufgegriffen werden. Wie konnte er sich nur auf ein so hirnloses Abenteuer mit einem Halbling einlassen.

„Gib nach ... sage ich ... wenn ich wütend werde ... und ich bin es bald ... breche ich dich entzwei."

Der Zauberer wischte sich den Schweiß von der Stirn. Wenn er nur etwas sehen könnte!

„Du verdammtes Aas ... du ... wirst du wohl!"

Mangalas tastete nach seiner Hand, sie würde ihm fehlen.

„Ich werfe dich ins Wasser! Ich ertränke dich in Schweineblut! ... Na also! Kaum wird man böse, schon geht es auf. Nun komm schon, Mangalas, oder willst du in der Scheune übernachten?" Smalon hatte das Tor aufgestoßen und zog den Zauberer in die Gasse hinaus. Mangalas' blasses Gesicht stand im krassen Gegensatz zu der finsteren Nacht. Er wirkte wie eine Leiche.

„Smalon, sie werden uns hängen, du wirst sehen!" stammelte der Zauberer.

Rasch verschloss der Halbling das Tor. „Blödsinn!"

„Was machen wir, wenn wir Fremden begegnen?" Mangalas lief stocksteif, als hätte er ein Schwert vom Rücken bis zu den Knöcheln durch Hemd und Hose stecken.

„Was schon, grüßen!"

„Witzig ... echt witzig!"

Gleich an der ersten Ecke stießen sie beinahe mit zwei Männern zusammen. „Könnt ihr nicht aufpassen?" wurde Mangalas von einem hageren Burschen, dessen rote Nase wie eine saftige Erdbeere leuchtete, angepöbelt.

„Sagt, wo ist der Keifende Keiler? Dort soll es das beste Bier von Sumpfwasser geben", entgegnete der Halbling, bevor der Zauberer die Frage verarbeitet hatte.

„Im Roten Fass gibt es frisches Herbbier!" antwortete ein kleiner, dünner, noch sehr junger Mann, in dessen Schweinsaugen Sterne zu tanzen schienen.

„Wir sollten ins Rote Fass gehen! Was meinst du?"

„Ich ... wenn du meinst!" stotterte Mangalas.

Der Hagere starrte den Zauberer unverhohlen angriffslustig an.

„Pass auf, dass du nicht umfällst, Kleiner. Das Bier ist stark", lallte der andere und klopfte sich angeberisch auf die Brust. „Ist nur was für richtige Männer."

„Komm schon, beeil dich, sonst ist die Sause vorbei! Ich will das Bier probieren!" Fieberhaft zog Smalon den Zauberer weiter.

„Musst du denn mit jedem ein Gespräch anfangen?" Mangalas hatte seine Sprache wiedergefunden.

„Was sollte ich denn tun", entrüstete sich der Halbling, „wenn du den Mund nicht aufkriegst."

„Ich halte das nicht aus!"

„Natürlich wirst du es aushalten. Wer soll dich schon kennen, dich hat doch kaum einer zu Gesicht bekommen." In den engen Gassen der Altstadt war es so finster, dass die beiden kaum eine Hand vor ihren Augen sahen. Laternen standen hier nicht. Smalon warf einen Blick zur Kirchturmspitze empor. „Es ist schon nach Mitternacht! Mira wird auf uns warten."

„Hoffentlich lauern uns keine Soldaten auf!"

„Wir sind gleich beim Keifenden Keiler, Mangalas! Wir müssen nur noch durch den schmalen Durchgang gehen. Das ist eine Abkürzung, wir kommen direkt bei der Schenke raus. Niemand wird uns sehen."

„Wir laufen in eine Falle, Smalon! Kommt uns eine Wache von vorne entgegen und eine zweite schneidet uns von hinten den Weg ab, sind wir geliefert."

Smalon ging nicht weiter auf Mangalas' Logik ein. Er stieg über einen am Boden stehenden Blumentopf hinweg, machte noch zwei Schritte und schielte dann zum Eingang des Keifenden Keilers hinüber. Vor der Gaststätte stand eine Laterne, und direkt darunter stand ein Soldat mit einem

Buchenschmauch in der Hand. In der Schenke brannte noch Licht. Smalon hielt Mangalas mit einer weit ausholenden Armbewegung zurück. Er wollte dem Zauberer keinen Blick zu dem Wirtshaus gewähren.

„Was ist los?" flüsterte der Magier in sein Ohr.

„Nichts", murmelte der Halbling in die Nacht hinaus.

Der Zauberer sah aus, als wäre er in einen Guss Sommerregen gekommen. Die glänzenden Schweißperlen entsprangen seinem Körper einer sprudelnden Quelle gleich. Dennoch drückte er sich über den Halbling hinweg, um auch einen Blick um die Ecke zu wagen. Als er den Soldaten erblickte, meinte er, den Boden unter den Füßen zu verlieren. „Sie hat mich ... Ich verdrück mich!" Er machte auch gleich einen Schritt zurück, zog den Halbling mit und stolperte über den am Boden stehenden Blumentopf, der augenblicklich umfiel.

Das Klirren und Smalons Aufschrei waren eins. „Da steht doch so ein dämlicher Topf im Weg." Unwirsch riss sich der Halbling von Mangalas los und stolperte auf die Straße hinaus. Der Magier drückte sich an die Hauswand und hielt den Atem an.

„Guten Abend", grüßte Smalon den Soldaten.

Überrascht blickte der Mann auf, während der Halbling geradewegs auf ihn zueilte. „Wisst Ihr, ob noch Bier in der Kneipe ausgeschenkt wird?" Smalon zeigte auf den Keifenden Keiler.

„Wo kommt Ihr denn her?" Stirnrunzelnd beobachtete der Soldat den Halbling.

„Aus der Gasse dort!" Smalon drehte sich. „Bin vom Roten Fass herübergelaufen, dort gibt es ein vorzügliches Herbbier." Der Wachmann blies den Rauch des Buchenschmauchs ins Licht der Laterne.

„Seid Ihr alleine?"

„Ja, sicher, bin vor zwei Tagen angereist. Heute Abend erkunde ich die Altstadt."

„Dann wisst Ihr, dass zwei Krieger aus dem Reich der Tiefe Sumpfwasser heimgesucht haben!"

„Ich habe die Knochengerüste am Kräuterladen hängen sehen. Mir wird aber nichts zustoßen, schließlich bin ich bewaffnet." Stolz zog Smalon seinen blitzenden Krummdolch und zeigte ihn der Wache.

„Ja, das ist gut!" Der Soldat mit den blonden Haaren schaute ihn jedoch an, als wenn er dem Narrenvolk angehörte, das betuchte Bürger mit einstudierten Aufführungen erfreute.

„Seht Euch nur die Klinge an!" Smalon hielt dem Mann den Dolch vors Gesicht.

„Ist schon gut, Junge." Der Soldat schob den Halbling zurück und drückte die matt schimmernde Dolchspitze mit zwei Fingern zur Seite.

Da Smalon unter allen Umständen die Wache von Mangalas, der vermutlich immer noch in der Gasse stand, ablenken wollte, stampfte er urplötzlich um den Soldaten und die Laterne herum und fing zu krakeelen an. „Gebt mir ein Bier ... ein herbes ... oder auch ein dünnes ... nur eins vom Fass ... sollte es sein." Smalons Stimme schwoll wie ein aufbrausender Sturmwind an.

„Was ist denn das für ein Geschrei?" Mira Lockenrot trat in Begleitung zweier Soldaten zur Tür heraus. Der Halbling warf ihr gleich einen Blick zu. „Frau Wirtin, so hört!" Smalon holte kurz Luft. „Welch flammende Pracht, wie hübsch Ihr nur lacht, von nah und fern werden Herren eilen, um mit Euch ein Bett zu teilen."

Die Soldaten konnten sich ein Schmunzeln nicht verkneifen. Die Worte des Halblings und die Wahrheit lagen näher als ein Steinwurf entfernt.

„Nun lasst schon das Bier in den Krug fließen, um es endlich zu genießen", posaunte Smalon weiter hinaus.

„Ruhe! Da kann man doch nicht schlafen!" hallte eine Frauenstimme durch die Nacht.

„Ist Euch der Halbling bekannt, Mira?"

„Nein, ich denke nicht", erwiderte die Wirtin mit einem Augenzwinkern. „So wie der lärmt, ist es besser, Ihr nehmt ihn mit. Werdet Ihr das tun, Rodd?"

„Sicher, Mira!"

„Habt Ihr denn kein Herz für Halblinge, Frau Wirtin? Ein Krug Herbbier würde all meine Träume erfüllen. Ich hatte mich so darauf gefreut." Smalon war froh, die Aufmerksamkeit ganz auf sich gelenkt zu haben, auch wenn sich das Gespräch in eine Richtung entwickelte, mit der er nicht gerechnet hatte.

„Tut mir aufrichtig leid, aber heute schenke ich kein Bier mehr aus!"

„Kommt!" Der Soldat an der Laterne tippte ihn auf den Arm und trat seinen Buchenschmauch mit der Stiefelspitze seines Fußes aus. „Macht keinen Ärger und lasst die Wirtin in Ruhe." Beruhigend legte er seine braungebrannte, kräftige Hand auf Smalons Schulter. Am Tor werden wir ihn wieder laufenlassen. Die Gefängnisse wären ja übervoll, wenn wir jeden Singenden einsperrten, dachte Mort Lindbaum noch.

Smalon sah sich von drei Soldaten umringt. „Ihr wollt mich wohl alle nach Hause geleiten?" Er griente die Männer an.

„Du wirst dich ausgesprochen sicher fühlen." Rodd grinste zurück, aber er lächelt nicht wirklich, fand Smalon. Er würde die Aufgabe, die er Mira versprochen hatte, ernstnehmen. Widerstand würde der braungebrannte Soldat mit den kurzen Haaren gewiss nicht dulden.

„Guten Abend, Frau Wirtin, vielleicht ein anderes Mal." Smalon verbeugte sich vor der rothaarigen Frau, dann lief er mit den Wachen durch die Altstadt davon.

Mira sah den Männern nach, bis sie um eine Ecke ihrem Blick entschwanden. Geschäftig eilte sie in den Schankraum zurück, verschloss die Eingangstür und löschte die noch brennenden Kerzen.

Mangalas hielt den Atem an. Sein Herz raste, als die Wachen Smalon vorbeiführten. Ihn sahen sie nicht. Da hatte ihnen die beleibte Wirtin einen Strick gedreht. Er war den Häschern gerade noch entwischt, und Smalon würden sie in den Kerker werfen, vermutlich in den Wasserturm, den er nahe der Zugbrücke gesehen hatte. Ihm wurde heiß und kalt bei dem Gedanken daran. Hoffentlich käme Smalon nicht in eine Zelle mit hungrigen Ratten oder blutsaugenden, ekelerregenden Würmern. Mit Smalons Konstitution schien es nicht weit her zu sein. Schales Wasser, steinhartes Brot, und der Halbling würde unweigerlich dem Tod ins Auge blicken. Bei den entmutigenden Gedanken daran, was Folterknechte Menschen antun konnten, drehte es ihm beinahe den Magen um. Kein klarer Gedanke befreite sein Gehirn. Die Angst schnürte ihm wie die Hinrichtung mit einem nassen Lederband die Kehle zu. Er wusste weder ein noch aus, und wohin er sich wenden sollte, überstieg seine Vorstellung. Der Einzige, der ihm zur Flucht verhelfen konnte, war Janos, nur wusste Mangalas nicht, wie er den Blondschopf finden sollte. Und ohne seine Hilfe käme er nicht einmal in die vermeintliche Sicherheit der Scheune zurück. Es schien nur eine Frage der Zeit zu sein, bis die Soldaten ihn fänden. Würde die Sonne erst ihr strahlendes Gesicht zeigen, brächen schwere Zeiten für ihn an.

Nach einer Weile bekam Mangalas seinen Atem wieder unter Kontrolle. Immer noch stand er wie gelähmt an der Hausmauer des engen Gässchens. Seine Beine fühlten sich an, als wären sie in der Erde verwurzelt. Er musste seinen rechten Fuß schier aus dem Boden reißen, um einen Schritt dem Schein der Laterne entgegen zu tun. Vorsichtig lugte er um die Ecke der Gasse. Außer ein paar Faltern, die aufgeregt um das Licht flatterten, sah er keine Menschenseele, auch keine Soldaten, und vom offenen Meer her blies ein kühler Wind.

Im Keifenden Keiler war es dunkel, Mira Lockenrot hatte die Gaststätte schon verriegelt. Zögerlich ging Mangalas ein Stück des Weges. Klare Gedanken konnte er nicht fassen, sie entwichen ihm wie der dahinschmelzende Schnee in der Frühjahrssonne. Was würde nur aus ihm werden? Er ärgerte sich auch nicht über die Wirtin, auch wenn sie ihn verraten hatte. Gut möglich, dass er ähnlich gehandelt hätte. Ein Geräusch ließ ihn aufhorchen, er drehte sich, sah aber niemanden. Angst stieg in ihm hoch. Sollten in Sumpfwassers Gassen Gespenster oder Untote wandeln? Die Panik, die sich in ihm ausbreitete, war so mächtig, dass er nicht auf die Kraft seines Glaubens zurückgreifen konnte. Sein Geist weigerte sich, ein Bündnis mit seiner Seele zu schließen. Als sich die Scheune neben dem Keifenden Keiler einen Spalt öffnete, schienen sich seine Knie in Pudding zu verwandeln. Sie hatten ihn! In seiner verzweifelten Lage hatte er nicht in Erwägung gezogen, dass die Soldaten ihm eine Falle stellen könnten. An Flucht verschwendete er keine Gedanken, vermutlich hatten ihn die Wachen schon längst eingekreist.

Es war jedoch Mira Lockenrot, die ihm aufgeregt winkte, er solle zu ihr kommen. Freiwillig würde er sich dem Henker aber nicht ausliefern. Nur wohin sollte er sich wenden?

„Kommt schon, oder wollt Ihr gesehen werden?" rief ihm die Wirtin zu.

„Ich", Mangalas Augen traten hervor, „bin unschuldig!"

„Das ist nicht der Augenblick, um sich reinzuwaschen! Nun bewegt Euch endlich!"

„Was soll ich?" Der Zauberer verstand zwar die Worte, sein Gehirn erreichten sie jedoch nicht.

„Meine Güte!" Eilends sprang Mira vor, packte den Dicken am Arm und zog ihn hinter sich her. Erst als sie die Scheune verschlossen und verriegelt hatte, atmete sie auf. Mangalas regte sich nicht. Er erwartete, jeden Moment verhaftet zu werden. „Kommt, wir gehen in meine Stube hoch", flüsterte Mira. Sie nahm ihn bei der Hand und führte ihn durch die finstere Scheune in einen Weinkeller und dann über eine steinerne Treppe ins Haus. Ein immer heller werdender Schein wies ihnen den Weg. Es war eine Bienenwachskerze, deren Licht Miras Kammer erleuchtete. Der Magier betrat ein einfaches, sehr sauberes Zimmer. In einem Kamin lagen aufgeschichtete Holzscheite zum Anzünden bereit, direkt gegenüber hing ein Bild, das zwei falbenfarbige, weidende Pferde auf einer hügeligen Grasfläche zeigte. In der

Mitte des Raumes stand ein massiver Tisch, vermutlich aus Kirschholz, auf dem eine gehäkelte, weiße Tischdecke lag, an deren Rand sich herbstlich gefärbte, rote, braune und gelbe Blätter abwechselnd aneinanderreihten.

„Setzt Euch", Mira zeigte auf einen der drei Holzstühle, „wenn es Euch beliebt."

„Ich bin Mangalas", murmelte der Zauberer, während er einen Stuhl heranzog, auf dem ein weinrotes Kissen lag.

„Ihr seid Smalons Freund, richtig?"

„Ja, aber woher wisst Ihr?" Mangalas schaute verwirrt drein.

Mira nahm die Bienenwachskerze vom Tisch und entzündete mit der Flamme eine Handvoll trockener Blätter, die im Kamin zwischen Birkenholz und etlichen Tannenzapfen lagen. „Ich sah Euch im Rauschenden Kater neben dem Halbling auf der Bank am Kachelofen sitzen. Mein Gedächtnis lässt mich nicht im Stich."

„Warum wart Ihr in der Scheune? Habt Ihr mir entgegengesehen?"

„Ich wusste, dass Smalon nicht alleine herkommt. Er wollte einen Freund mitbringen. Folglich brauchte ich nur zu warten, bis sich mir ein bekanntes Gesicht zeigte."

„Und da kam ich aus der Gasse gelaufen." Mangalas atmete hörbar aus.

„Richtig! Lange hätte ich jedoch nicht mehr ausgeharrt."

„Ich dachte", räusperte sich der Zauberer, „Ihr hättet uns verraten."

„Nein, habe ich nicht, obwohl ich mit dem Gedanken spielte." Mira, die erneut in die züngelnden Flammen blies, schaute zu Mangalas auf.

„Ihr müsst Euch nicht rechtfertigen, ich glaube, ich kann Euch verstehen. Aber warum ließet Ihr Smalon abführen?"

„Das war doch nichts! Rodd wird den Halbling am Tor wieder laufen lassen. Der Bursche kann zwar böse schauen, aber im Grunde genommen hat er ein gutes Herz. Außerdem habe ich Smalon zugezwinkert, und Einlass konnte ich ihm wirklich nicht gewähren." Mit einem Schwung warf Mira ihre feuerroten Haare nach hinten über die Schulter. „Wie sich der benahm!" Die Wirtin schüttelte den Kopf. „Ich bat die Soldaten, das Würfelspiel früher einzustellen, da ich noch zu packen hätte. An sich war dies schon ein schwieriges Unterfangen. Meint Ihr, ich hätte dann einen betrunkenen Halbling hereinbitten können?" Mira wischte sich eine Strähne zur Seite.

„Nein, sicher nicht!" Betrübt schaute Mangalas auf seinen sich hebenden und senkenden Bauch. Nachdem die Angst seinen Körper verlassen hatte, spürte er den trockenen Gaumen und die aufquellende Zunge erneut. „Kann ich bitte einen Becher Wasser haben?"

„Ihr könnt auch ein Glas Wein oder einen Krug Bier bekommen."

„Nein, danke." Mangalas winkte ab. „Wasser wird genügen."

„Wenn ich Euch aus der Stadt brächte, würdet Ihr mich dann nach Birkenhain begleiten?" Nachdem Mira dem Zauberer einen Becher Wasser gereicht hatte, setzte sie sich zu Mangalas an den Tisch.

Der Zauberer streckte seinen Rücken. „Bin ich in Freiheit, bin ich Euch zu Dank verpflichtet."

Mira schenkte sich ein Glas Savjener Perlwein ein und prostete Mangalas zu. „Ich habe auch schon einen Plan, wie es gelingen könnte."

Obwohl sich mit dem Wort Plan bei dem Zauberer schon wieder der Magen zusammenzog, ermutigte er die Wirtin mit einem Nicken, ihre Ideen preiszugeben.

Aufgeregt nippte Mira an ihrem Glas. „Also …"

*

Smalon lief inmitten der Soldaten durch die Altstadt über den Marktplatz bis zum Haupttor zurück. Die Männer unterhielten sich über das Würfelspiel. Wer von wem wie viele Münzen gewonnen hatte und warum die Würfel so gut oder so schlecht gefallen waren, schien ausnehmend wichtig zu sein. Smalon interessierte sich nicht wirklich dafür. In Kürze wusste er aber die Vornamen der Soldaten, dass sie derzeit nicht im Dienst waren und im Morgengrauen ihre Kameraden an der Zugbrücke ablösen sollten.

Als sie die Schenke Biberburg passierten, stürzte ein hagerer Mann, in einen flatternden Umhang gehüllt, aus der Eingangstür heraus, verfolgt von einem kräftigen Rothaarigen mit Vollbart, der wie von Sinnen schrie. „Verdammter Dieb!" Nach nur drei Sätzen erwischte er den Burschen an der Schulter und riss ihn zu Boden. „Wo ist mein Geldsack? – Sag schon!"

Urplötzlich blitzte die schimmernde Klinge eines Dolches auf. Mort Lindbaum schlug dem schmächtigen Burschen mit einem Fußtritt das Messer aus der Hand.

„Aaaahhhh!"

„Du Lump, wolltest mich wohl aufschlitzen?" Der Rothaarige packte den schreienden Kerl an der Kehle. „Dir werd ich's zeigen!"

„Auseinander, aber sofort!" schrie Mort Lindbaum die beiden sich wälzenden Männer an.

Nun griffen auch Rodd Willamoos und Mers Schattenhain in das Handgemenge ein. Zimperlich gingen sie nicht zu Werke.

„Was wollt ihr nur von mir", brüllte der Rothaarige die Soldaten an.

Der Schmächtige hielt sich seine Hand und wimmerte.

Von Smalon nahm niemand Notiz. Es war, als säße er in einer Theateraufführung in der ersten Reihe, und vor ihm setzten sich die Künstler in Szene, ohne ihn wahrzunehmen. Vorsichtig trat er zwei Schritte zurück, und dann noch einen. Als ihn die Wachen nicht mehr sehen konnten, drehte er sich um und rannte los.

„Wo ist denn der Halbling?" hörte er einen Ruf hinter sich.

„Der wird sich doch nicht verdrückt haben!"

Die Aussicht, die Nacht in einer Gefängniszelle zu verbringen, beflügelte Smalon. Wie ein Windhund jagte er die Gasse entlang. Bei der ersten sich bietenden Möglichkeit bog er nach links ab. Unerwarteterweise schwankte ihm Elgin Hellfeuer wie ein Fischkutter bei Windstärke zehn entgegen. Blitzschnell rannte Smalon hinter ein übergroßes Bierfass und hielt den Atem an. Torkelnd schlurfte der Kleriker vorbei.

„Habt Ihr ihn gesehen?"

„Wen?" hörte Smalon Elgin Hellfeuer antworten.

„Nun, einen Halbling!"

„Nein, habe ich nicht! Ihr solltet ihn aber einfangen. Man hört, es soll eine Bande dieser nichtsnutzigen Kerle Sumpfwassers Kaufmannsgilden um ihren verdienten Lohn bringen."

„Ist mir nicht bekannt!" hielt der Soldat dagegen.

„Ist doch vollkommen egal!" regte sich der Kleriker auf. „Aufhängen würde ich das Pack!"

„Meint Ihr nicht, Ihr hättet genug getrunken?"

„Was geht Euch das an!" brauste Elgin auf.

„Keine Beleidigungen, junger Freund, sonst lasse ich Euch für zwei Tage in eine Zelle werfen!"

Ein segelndes, nachtschwarzes Geschöpf aktivierte Smalons Sinne. Er sah es nur, weil er darüber nachdachte, über ein angrenzendes Scheunendach zu fliehen, und nach oben zum Sternenhimmel geblickt hatte. Das Jagdfieber packte ihn. Vielleicht hatte er Glück.

Weiter hinten in der Gasse fand Smalon eine Leiter, die aber zu kurz war, um aufs Dach zu gelangen. Über einen ausgedienten, schon baufälligen Hundezwinger kam er ein Stück höher. Und von der Hütte aus reichte die Leiter, die er mitgenommen hatte, bis an ein schilfbedecktes Dach. Rasch hastete er die Sprossen hinauf. Kaum war er von unten aus nicht mehr zu sehen, zog er die Leiter nach und legte sie neben sich. Er verweilte, bis er die Stimme des nach ihm suchenden Soldaten nicht mehr vernahm. Dann blickte er sich um. Leicht schien man von einem Dach aufs Nächste zu gelangen.

Smalon meinte, die Richtung des fliegenden Geschöpfes erfasst zu haben. Falls das überhaupt möglich war. Da er sich aber nicht wieder auf Sumpfwassers Straßen zurücktraute, andererseits seine Jagdleidenschaft erwacht war, schlich er wie eine Katze in die grob über den Daumen gepeilte Richtung. Da alle Dächer annähernd gleich hoch waren und sich die Schilfrohre an den Enden beinahe berührten, kam er mühelos voran. An einer breiten Straße endete die Verfolgung. Er kam nicht weiter und überlegte nun, was zu tun sei. Vom Dach steigen konnte er nicht, sonst lief er womöglich den Wachen, die gewiss nach ihm suchten, in die Arme. Bevor jedoch die Sonne ihr Antlitz zeigte, musste er auf die Straße zurück, sonst würden ihn die Anwohner von der gegenüberliegenden Seite aus sehen.

Unvermittelt hörte er Elgins Stimme. Den rabenschwarzen Vogel, der in seltsam vertrauter Weise dem Priester nahestand, entdeckte er nicht. Vielleicht war er aber in der Nähe? Wenn er jedoch zwei zurückversetzt liegende Häuser überquerte, käme er auf eine Scheune, von der er möglicherweise einen besseren Blick hatte. Sogleich machte er sich auf den Weg.

Er hatte kein Glück. Er sah nur den beleuchteten Kneipeneingang zur Biberburg. Dort könnte der Priester gestanden haben! Möglicherweise war Elgin in das Wirtshaus gegangen. Wenn ja, dann musste er auch wieder herauskommen.

Smalon orientierte sich. Er lag auf dem Holzdach einer Scheune, das schräg nach hinten abfiel. Dort standen rund zwanzig Bierfässer übereinander gestapelt, über die er mühelos auf die Straße zurückgelangen konnte. Er nahm seinen Goldbuchenbogen von der Schulter, holte einen Pfeil aus dem Köcher und legte ihn auf die Sehne. Vielleicht zeigte sich das nachtschwarze Wesen? Mit einem gezielten Schuss würde er die Kreatur erlegen. Stünde Elgins Geist mit dem Geschöpf in Verbindung, müsste er wieder frei sein. Seine Gedanken entsprangen zwar nur einer wilden Theorie, aber warum, fragte er sich, sollte er nicht Recht behalten? Und zu verlieren hatte er sowieso nichts.

Während er auf dem Dach lag, dachte er an Mira Lockenrot. Ob sie ihn tatsächlich verraten hatte? Sollten sich seine Befürchtungen bewahrheiten, würde er die rothaarige Wirtin noch einmal aufsuchen. Recht sprechen hieß dies in Krakelstein!

Seine Arme und Beine taten ihm weh, und müde wurde er obendrein, aber an einschlafen war nicht zu denken. Ihm war einfach zu kalt, und die Nacht schien kein Ende zu nehmen. Ausharrend wie seinerzeit, als er dem Silberlöwen nachstellte, der seine Eltern geschlagen hatte, lag er auf der Lauer. Als der Horizont so bleich wie Milch wurde, die ersten Möwen flügelschlagend die Kälte der Nacht vertrieben, fielen ihm die Augen zu.

*

Mangalas und Mira Lockenrot hatten ein paar Stunden geschlafen. Die Wirtin war schon vor Sonnenaufgang aus dem Bett gestiegen und zum Pferdestall am Stadtsee hinübergelaufen, um ihre Stuten Zig und Zana zu holen. Nach einem kurzen Plausch mit Fiz eilte sie wieder zurück. Dann weckte sie Mangalas.

„In Kürze wird das Tor geöffnet. Wenn wir gut vorankommen, sollten wir es bis heute Abend zur Siedlung Dorngrün schaffen. Dort könnten wir in der Gaststätte Zur Weißen Wand übernachten."

„Wie lange brauchen wir bis Birkenhain?" erkundigte sich Mangalas, während er in eine graue Strickweste schlüpfte.

„Sieben Tage, vermute ich!" Mira Lockenrot drehte ihre ausgestreckte Hand abwechselnd nach links und rechts. „So ungefähr!"

„Könnte es gefährlich werden?" Mangalas zog eine Augenbraue nach oben.

„Solange wir die Straße befahren nicht, aber in den Sümpfen lungert jede Menge Gesindel herum. Ich hoffe, Ihr steht mir bei!" Skeptisch musterte ihn die rothaarige Frau. „Ein Schwertkämpfer seid Ihr nicht!"

„Bei den Göttern, bewahre! Einen Dolch habe ich, und zur Wehr setzen kann ich mich auch. Dennoch … man wird sehen." Mit seiner Magie konnte er jeden Lumpen vertreiben, falls es aber zu einem Handgemenge käme, sah er sich in aussichtsloser Lage.

„Sicher scheint Ihr Euch aber nicht zu sein?"

„Doch, doch!" Mangalas richtete sich zu voller Größe auf. „Beschützen kann ich Euch. Nur bin ich gegen eine Übermacht hilflos."

„Das wird kaum geschehen. So wie die Treckleute erzählen, handelt es sich meist nur um einzeln umherziehende Schurken."

„Na dann", Mangalas streckte seinen Bauch heraus, „wird es keine Probleme geben." Seine Stimme zitterte dennoch. Er hoffte, Mira würde es nicht spüren.

„Hast du dein Gepäck schon im Wagen verstaut, und ist es in Ordnung, wenn wir uns duzen?"

„Ja, sicherlich." Mangalas stand auf und schob den Stuhl zum Tisch.

Nervös zupfte Mira mit einer Hand an ihrer Lippe, um ein Stückchen Haut zu entfernen. „Ja, ich bin fertig! – Ich hole nur noch meinen Sohn." Auf leisen Sohlen ging sie in die Schlafstube ihres Sohnes. „Komm, Joey, wir fahren zu Tante Edith!"

„So früh schon?" Verschlafen rieb sich der Vierjährige die Augen, während er aus dem Bett kroch.

Nachdem Mira alle Kerzen gelöscht hatte und Joey angezogen war, liefen sie durch den Weinkeller in die nebenan liegende Scheune.

„Mangalas, du gehst zu Joey in den Wagen!"

„Mira, ich muss noch einmal zum Goldenen Kahn zurück! Ich möchte mich von meinen Kameraden verabschieden. Ich bin es ihnen schuldig." Der Magier konnte zwar Miras Gesicht nicht sehen, aber er ahnte, dass die rothaarige Wirtin beunruhigt dreinblickte.

„Meinst du, es ist besonders klug, sich dem Leichtsinn auszusetzen?"

Mangalas schluckte seine aufkommenden Ängste hinab. Er musste Mira Lockenrot beistehen. Wenn sie ihn aus der Stadt brächte, war er ihr es schuldig, aber sollte er deswegen einen seiner Freunde … Warum nur musste das Leben so kompliziert sein, und Entscheidungen treffen war noch nie sein Ding gewesen. „So früh am Morgen werden alle Bewohner schlafen. Mich wird niemand sehen!" Mangalas versuchte entspannt zu wirken, aber ob Mira ihm Glauben schenkte, stand in den Sternen.

„Du musst es wissen." Hörbar atmete die dralle Wirtin aus. „Ich bringe dich zum rückwärtigen Eingang des Hotels. Alles andere ist deine Sache."

„Danke, Mira!"

„Nun setz dich endlich zu Joey in den Wagen, damit wir loskommen", fuhr sie ihn an.

Mit Joeys Hilfe stieg der korpulente Zauberer auf den Kutschbock.

Zwischenzeitlich hatte Mira die Scheune geöffnet. In der linken Hand trug sie ein Schild mit der Aufschrift: „Wegen Krankheit vorübergehend geschlossen!" Der Wortlaut stimmte zwar nicht ganz, aber sie hatte nur drei Schilder mit drei verschiedenen Beschriftungen vom Holzschnitzer Birkner anfertigen lassen, und dieses traf am ehesten zu. Sie hängte das Brett an einen dafür vorgesehenen Nagel am Eingang. Dann schaute sie zum Himmel empor, vermutlich würde Nebel aufziehen, und die Sonne käme kaum zum Vorschein. Sie hoffte, es würde nicht anhaltend regnen, sonst wären die Wege in den Sümpfen nur sehr schwer passierbar.

Mit einem seufzenden Blick auf den Keifenden Keiler band sie ihre Stuten los und führte sie zu der offenen Scheune. Zig brummelte leise. Die Pferde wussten, dass Arbeit auf sie zukäme, dennoch blieben die Tiere, ohne festgebunden zu sein, stehen. Mira behandelte ihre Stuten gut, die Peitsche verwendete sie nie, und zu fressen bekamen die Vierbeiner mehr als genügend. Auf Reisen nahm sie stets einen Sack voll Hafer oder Gerste mit. Nachdem sie Zig und Zana eingespannt hatte, fuhr sie den Wagen aus der Scheune. Der Wind trieb Wolken heran, die sich über dem offenen Meer gebildet hatten.

Rasch verschloss Mira das Tor, anschließend stieg sie erneut auf den Kutschbock und lenkte die Pferde auf eine breite Straße. Traurig sah sie sich noch einmal um. Wohin würde sie der Wind nur treiben? Nach all den schrecklichen Träumen ließ sie es einfach geschehen. Wie ein abgerissenes Blatt flog sie durch die Lüfte davon. Wo sie zu Boden fallen würde, wusste sie nicht. Aber es war ihr egal geworden. Nachdem sie auf die seltsamen Gäste im Rauschenden Kater gestoßen war, hatte sie der Sturm mit seinen Krallen gepackt, und nun ließ er sie nicht mehr los.

Gemächlich zogen die Stuten das Gefährt über die menschenleeren Straßen. Hell wie Glockenschläge klangen die Pflastersteine unter den eisenbeschlagenen Hufen der Pferde. Mira dirigierte das Gespann entlang des Stadtsees, auf dem Enten schnatternd ihre Bahnen zogen, zum Hintereingang des Goldenen Kahns. Dort hielt sie an. Zig machte noch ein paar Schritte auf der Stelle, dann stand auch sie. „Wir sind angekommen! Du kannst dich von deinen Kameraden verabschieden. Bleib nur nicht allzu lange!"

Eilig krabbelte Mangalas über den Kutschbock nach unten auf die Straße. Er rannte zum Eingang, drückte die Klinke und schob die Holztür leise auf. Niemand war zu sehen. Als er die Eingangspforte erreicht hatte, sah er auf der gegenüberliegenden Seite am gläsernen Portal Janos in Verkleidung mit einem Wachsoldaten in ein Gespräch vertieft stehen. Mit zittrigen Fingern berührte Mangalas den Bund mit der Nummer fünfunddreißig und zog ihn sachte vom Haken. Rasch eilte er zu der Wendeltreppe und stieg nach oben.

Die Wohnstube war leer. Dank seiner Gabe entlockte er seinen Fingerspitzen ein loderndes Flämmchen und entzündete eine Kerze. Das Wachs war noch weich. Er war allein. Hastig fingerte er in seiner Weste nach dem Stück Papier, auf dem er eine Nachricht hinterlassen hatte. Er legte das Blatt neben Smalons Pferdebuch auf den Tisch und beschwerte es mit einem Krug Wasser, damit es nicht durch einen Luftzug davongetragen werden konnte.

Dann sah er nach Saskard. Der Zwerg schlief, hatte aber Fieber. Besonders gut schien es ihm nicht zu gehen. Schweiß stand auf seiner Stirn. Fasziniert beobachtete Mangalas, wie goldgelbe Flammen aus seinen Fingerspitzen züngelten, ohne ihn zu verbrennen. Saskards Ring könnte ihm nützliche Dienste erweisen, und der Zwerg brauchte ihn nicht. Möglicherweise könnte er ihn sich ausleihen, und in ein paar Tagen, wenn er von Birkenhain zurückkäme, dem Zwergen wiedergeben. Aber was würden seine Freunde sagen? „Nein!" sprach er leise. „Das geht zu weit!" Sanft klopfte er Saskard auf die Schulter und fuhr ihm den Arm hinab. Mit einem leise gemurmelten Gutenachtgruß verließ er das Zimmer.

Als er die breit geschwungene Treppe nach unten lief, sah er den Soldaten gähnend in einem grauen Ledersessel nahe der Rezeption sitzen. Sonst war niemand zu sehen.

„Morgen, der Herr! – Ihr seid aber schon früh auf den Beinen!"

„Habe Wichtiges zu erledigen!" rechtfertigte sich Mangalas. „Nur das frühe Huhn fängt den Wurm!" fügte er grienend hinzu. Er eilte jedoch ohne Umschweife zum Empfang, um den Bund wieder an seinen angestammten Platz zu hängen. Sich nochmals umzudrehen wagte er nicht – sicher war sicher. Vor lauter Nervosität stieß er mit einer Hand an den Schlüsselkasten, so dass alle Eisen zu hüpfen begannen.

„Der Spruch ist gut!" hörte er den Soldaten kichern. „Muss ich mir merken. Hoho! Nur das frühe Huhn fängt den Wurm!"

„Schönen Tag noch!" Über die Schulter winkte Mangalas der Wache zu, dann stieß er die rückwärtige Tür zum Goldenen Kahn auf.

Mittlerweile war es hell geworden, aber auch kälter. Fröstelnd stieg Mangalas wieder zu Mira auf den Kutschbock.

„Konntest du deinen Freunden Bescheid geben?"

„Ja!" murmelte Mangalas. Ins Gesicht schaute er der Wirtin jedoch nicht.

„Joey!" rief Mira. „Schieb die Matratze beiseite."

„Hoffentlich geht das gut", flüsterte der Magier, als er den schmalen Einstieg zum Radkasten sah. Platz hatte er kaum, Smalon dagegen wäre vermutlich in dem dunklen Loch verschwunden; aber er war doch um einiges größer und auch stattlicher als der Halbling. „Meinst du, Mira, die Soldaten fallen auf unseren kindischen Trick herein?"

„Ja, sicher, aber nun beeil dich!" Sie drückte Mangalas in den arg beengten Unterbau. Er fühlte sich wie eine gequetschte Schnecke in seinem Versteck. „Von draußen kann dich niemand sehen, brauchst dir keine Sorgen zu machen", flüsterte Mira ihm hinterher, „und durch die feinen Ritzen wirst du genug Luft bekommen."

Mangalas fühlte sich schrecklich, aber für einen Rückzieher war es nun zu spät.

„Sei still und rühr dich nicht!" Mit Joeys Hilfe legte sie die Matratze über den Zauberer. „Und du legst dich hin und schläfst. Verstanden!" Ihr Sohn nickte. „Du sprichst kein Wort, versprich mir das!"

„Ja, Mama! ... Mama? ... Machen wir Verbotenes?"

„Wie kommst du denn darauf? Der Mann wurde verraten. Es ist unsere Pflicht, ihm beizustehen."

Joey zog seine Lippen hoch und die Stirn in Falten. Er kannte seine Mutter. Nur sehr selten zeigten ihre Wangen ein so ungewöhnliches Grau.

„Leg dich ins Bett, dort gehörst du sowieso noch hin." Liebevoll fuhr Mira ihrem Sohn durchs Haar.

Als sie sich erneut auf den Kutschbock setzte und die Zügel aufnahm, hatte ihr Sohn die Decke bis zum Kopf hochgezogen und die Lider geschlossen.

Mira schnalzte mit der Zunge. Langsam setzten sich Zig und Zana in Bewegung. Der Wagen rollte polternd dem Tor entgegen. Einzelne Tropfen so groß wie Glasperlen fielen aus der grauen Wand am Himmel, sie klatschten auf die Plane und federten in die Höhe, bevor sie auf der straff gespannten Haut zur Ruhe kamen.

Zwei Fuhrwerke standen bereits vor dem noch verschlossenen Tor, und hinter ihr reihte sich bereits der nächste Wagen ein.

„Morgen, Frau Lockenrot", begrüßte sie Lund Schrammenberg, als er die Wirtin erkannt hatte. „Wo habt Ihr Euren Begleiter gelassen?"

„Habe leider keinen gefunden! Mir erzählte jedoch ein Gast, dass in der Siedlung Dorngrün ein Kundschafter einen Treck zusammenstellt, dem werde ich mich anschließen."

„Seht nur zu, dass Ihr Dorngrün vor der Dunkelheit erreicht!"

„Deswegen stehe ich ja schon so zeitig am Tor!" entgegnete die Wirtin nervös.

Der Offizier schenkte ihr ein charmantes Lächeln, dann rief er zwei Soldaten, die auf einem erhöhten Platz auf der Festungsmauer standen, seinen allmorgendlichen Befehl zu: „Lasst die Zugbrücke herab! Und Ihr", er wendete sich abermals der Wirtin zu. „Passt gut auf Euch auf, Frau Lockenrot. Wäre schade um Euch!" Er führte zwei Finger zum Gruß an die Stirn. Dann lief er zum Tor. „Mers! Rodd! Durchsucht die Wagen. Fangt vorne an!"

„Jawohl, Sir!" Die beiden Soldaten liefen los, um dem Befehl Folge zu leisten. Das gefiel Mira überhaupt nicht. Mit Schrecken dachte sie daran, was passieren würde, wenn sie Mangalas fänden. Ein eiskalter Schauer lief ihr über den Rücken. Rodd kannte sie. Er hatte gestern Abend bei ihr im Keifenden Keiler bis Mitternacht gewürfelt. Der braungebrannte Mann stieg von hinten auf den vor ihr stehenden Wagen, schob die Plane beiseite und kletterte ins Innere. Sehen konnte sie ihn nicht, aber sie hörte, wie er etwas Schweres von einer Seite zur anderen rückte. Binnen kurzem erschien sein Kopf am Kutschbock. „Alles in Ordnung!" rief er Lund Schrammenberg zu.

„Dann nimm dir den nächsten Wagen vor!" antwortete der Offizier.

Ein Knarren ließ Mira zusammenzucken. Holz und Eisen knirschte unter der gewaltigen Last der sich senkenden Brücke. Erst bewegte sich der Übergang nur ruckweise, dann ächzte selbst die Stadtmauer wie eine im Sturm wankende Galeone. Mit einem dumpfen Grollen setzte die Brücke auf, und auch das Tor wurde geöffnet. Staub wirbelte durch die Luft. Gemächlich setzte sich der erste Wagen in Bewegung.

„Guten Morgen, Mira! Darf ich zu Ihnen auf den Kutschbock steigen?"

„Ja, doch!" sagte sie zögerlich und reichte dem jungen Mann widerstrebend die Hand.

„Ihre Hände sind aber kalt!"

„Mich fröstelt", brachte Mira zaghaft über ihre blassen Lippen.

„Ihr Sohn fährt auch mit?" Rodd war überrascht, als er ins Innere des Wagens blickte.

„Ja, aber lasst ihn schlafen!"

„Das wird nicht gehen, Mira! Ich habe meine Befehle." Mit einem großen Schritt trat der Soldat in den Wagen. Er sah sich kurz um, warf einen Blick in einen Sack, in dem er goldgelbe Kartoffeln vorfand, und hob ihre Reisetasche an. „Nun mein Kleiner, steh bitte auf! Ich muss einen Blick unter die Matratze werfen!"

Verschlafen rieb sich Joey die Augen.

„Ich darf nicht aufstehen! Mama sagt, ich soll stillliegen."

„Nun komm schon!" Rodd streckte seine Hände nach Joey aus.

Mira zitterte ohne Unterlass. Was würde nur mit ihrem Sohn geschehen? Ihn wollte sie unter allen Umständen retten. Ihre Hand würde sie ebenso wie Mangalas verlieren. Das Spiel ging zu Ende. Als Rodd ihren Sohn zur Seite hob, schloss sie die Augen für ein letztes Gebet.

*

Durch das Rasseln der Ketten wachte Smalon auf. Erschreckt fiel ihm ein, weshalb er auf dem Dach Posten bezogen hatte. War Elgin Hellfeuer noch in der Schenke, oder hatte er die Biberburg schon vor Stunden verlassen? Hell geworden war es auch. Er lag wie auf einem Präsentierteller. Wenn nur ein Bewohner von der gegenüberliegenden Häuserzeile erwachte und aus dem Fenster sah, wäre es um ihn geschehen.

Am Tor standen die beiden falbenfarbigen Stuten von Mira Lockenrot eingeschirrt vor einem Wagen. Sollte die Wirtin Sumpfwasser verlassen? Bei den Göttern, durchfuhr es ihn. Was war nur aus Mangalas geworden? Als Smalon in der Schlange der Wartenden Hoskorast erblickte, wurde er fühlbar nervös. Warum nur wollte der Zwerg zu so früher Stunde die Stadt verlassen? Das ging ihm überhaupt nicht aus dem Sinn. Einerseits war er zwar froh, Hoskorast abreisen zu sehen, andererseits stand er vor einem Rätsel. Hatte der untote Herrscher möglicherweise den Angriff auf Sumpfwasser befohlen? Nur, warum sollte Hoskorast dann der Stadt den Rücken kehren? Smalon zerbrach sich beinahe den Kopf. Es ergab alles keinen Sinn!

Ob sich vielleicht auch Elgin Hellfeuer vor dem Tor einfinden würde? Den großgewachsenen Priester konnte er jedoch nirgends entdecken. Aber in der Biberburg brannte noch immer Licht! Er konnte es kaum glauben, aber vielleicht weilte Elgin tatsächlich noch in der Schenke.

Vorsichtig bewegte er sich, sein Körper war eiskalt geworden und sein linkes Bein eingeschlafen; aber auf dem Bogen lag nach wie vor ein Pfeil. Smalon ließ seine Augen über die Dächer und Schornsteine der Altstadt gleiten. Träge senkten sich die mausgrauen Wolken unter ihrer nassen Last. Einzelne Schwaden lagen schon tiefer als die Kirchturmspitze. In Kürze würde der aufkommende Nebel mit seinen feuchten Armen jedes Gebäude umschließen. Das wäre seine Rettung, dann könnten ihn weder die Soldaten noch ein Bewohner entdecken, und in den Schleiern des grauen Dunstes würde er ungesehen entkommen.

Als sich die Eingangstür der Biberburg öffnete und Elgin Hellfeuer wie ein Fischkutter ins Freie schwankte, drückte sich Smalon aufs Dach, um nicht gesehen zu werden. Der Priester konnte kaum einen Fuß vor den anderen setzen, so sehr hatte er Schlagseite. Beängstigend schnell schienen ihm die Hausmauern entgegenzukommen. Er versuchte sich wo immer es ging festzuhalten oder wenigstens abzustützen. Nachdem er an einer Laterne vorbei die Straße überquert hatte, wackelte er nach links in eine schmale Gasse der Altstadt.

Smalon traute seinen Augen kaum, als er auf dem Giebel der Biberburg ein nachtschwarzes, flügelschlagendes Geschöpf erblickte. Der Vogel, oder was es auch sein mochte, war doppelt so groß wie ein Rabe, und, da war er sich sicher, er stand in Verbindung mit Elgin Hellfeuer. Seine Schwingen schienen ledrig wie von Fledermäusen oder Drachen zu sein. Bedächtig spannte Smalon seinen Bogen. Nur keine schnelle Bewegung, sagte er sich. Er zielte von der Seite aus, um möglichst nicht aufzufallen. Er hoffte, die Kreatur bliebe lange genug neben dem Schornstein sitzen. Sanft strich das Holz seine Wange entlang. Als Kimme und Korn eins waren, ließ er los. Lautlos zischte der Pfeil über die Straße hinweg. Die Sehne sirrte. Knallend brach das rotgefiederte Geschoss am Kamin entzwei. Der Vogel war verschwunden, obwohl er ihn doch hätte treffen müssen. Smalon reckte seinen Kopf, um mehr zu sehen. Aber nichts! Die Kreatur war einfach verschwunden, so als wenn es sie nie gegeben hätte. Nur Elgin Hellfeuer wankte durch die Gasse davon. Binnen kurzem würde der Priester um eine Ecke seinem Blick entschwinden.

Das Brechen des Pfeils hatten auch die Wachen gehört. Zwei Mann kamen näher. Sie suchten die Dächer ab. Vorwiegend sahen sie jedoch dorthin, wo der Pfeil eingeschlagen hatte. Smalon drückte sich auf das Scheunendach. Er wollte unter keinen Umständen gesehen werden. Leider war der Nebel noch nicht tief genug gefallen. Als die Zugbrücke dumpf auf den Boden aufschlug, wurde er angegriffen. Etwas schwarz Flatterndes schlug ihm heftig ins Gesicht. Eine Kralle riss ihm die Wange auf, und ein schrecklich weit aufgerissenes Maul mit blitzenden weißen Zähnen versuchte seine Kehle zu packen. Panisch schlug Smalon um sich. Aber er traf den Vogel nicht. Unglaublich schnell wich dessen Maul seinen Schlägen aus. Flatternd und kreischend hackte das Wesen auf ihn ein. Smalon konnte sich nicht mehr halten. Er rutschte über das klamme Dach nach unten. Die Kreatur jagte ihm hinterher. Verzweifelt versuchte er, das Tier zu greifen oder loszuwerden. Beides misslang. Der Vogel bewegte sich einfach schneller als seine Augen. Polternd flog sein Goldbuchenbogen an ihm vorbei. Der Rand des Daches kam näher.

„Alarm!" hörte er irgendjemanden schreien. Dann flog er wie ein fallender Apfel in die Tiefe.

*

Schon seit einer Stunde suchte Janos nach Smalon. Der Halbling war nicht in den Goldenen Kahn zurückgekehrt, und er hatte die Nacht in den weichen Kissen des Korbsessels verschlafen. In aller Frühe verließ er den Gasthof, um Smalon zu finden. Als Erstes lief er zu der mit Heu gefüllten Scheune, in der er sich zwei Tage lang versteckt gehalten hatte. Da er im Inneren keinen Laut vernahm, öffnete er das Schloss und holte seinen armlangen Degen; seinen Rucksack mit den Getränken ließ er versteckt in dem Schober zurück. Anschließend ging er die Gassen ab. Sein Weg führte ihn an den Tausend Händen vorbei, hinüber zum Keifenden Keiler – am Eingang hatte er ein Schild erblickt, auf dem Mira Lockenrot erklärte, ihre Schenke sei geschlossen – und abschließend durch die Altstadt. Als er Elgin Hellfeuer aus der Biberburg wanken sah, duckte er sich, um nicht gesehen zu werden. Nahezu gleichzeitig hörte er das Sirren einer Sehne. Ein Pfeil war abgeschossen worden. Zwei Wachposten mussten das Geräusch auch wahrgenommen haben. Angestrengt spähten sie über die Dächer hinweg.

Um sich nicht verdächtig zu machen, lief Janos den Männern entgegen. Schon aus der Ferne hob er die Hand zum Gruß. Plötzlich hörte er schlagende Schwingen, und ein Bogen flog über das Dach einer Scheune. Ihm folgte ein Knäuel aus Händen, Füßen und Flügeln. Es stürzte in die Tiefe auf ein Eichenfass, das durch den heftigen Aufprall kippte und weitere aufeinandergestapelte Fässer wie eine sich lösende Lawine mit sich riss.

Janos zog seinen Degen und sprang über ein auf ihn zurollendes Fass. Erschreckt sah er den Halbling auf den Rücken am Boden liegen und mit einem schwarz glänzenden, fauchenden Vogel ringen. Als die Kreatur Janos mit gezücktem Degen erblickte, löste sie ihre Krallen aus Smalons Gesicht und flog blitzartig dem Himmel entgegen. Janos stieß seinen Degen ins Nichts. Das Amulett der Geschicklichkeit wies ihm den Weg. Die Klinge fuhr durch das Gefieder des Vogels, drang in die Gedärme ein und trat am Rücken nahe des Halses wieder aus. Ein Kreischen, und die Schwingen des

Scheusals fielen in sich zusammen. Leblos hing sein blutverschmiertes Maul herab. Nur noch seine Beine zuckten ein wenig nach.

„Smalon, geht es dir gut?" Janos rannte dem Halbling entgegen. Der setzte sich soeben wieder auf. Aus seiner rechten Wange floss Blut. Vier Krallen hatten tiefe Risse hinterlassen. Smalons Hals sah auch nicht besser aus. Jede Menge Bisse, aber die große Schlagader war nicht verletzt worden.

„Kannst du aufstehen?"

„Denke schon!" Mühsam kamen die Worte über Smalons Lippen. „Das Mistvieh wollte an meine Kehle!" Vorsichtig strich sich der Halbling über den Hals.

„Steh schon auf!" Janos wirkte besorgt. „Ich will sehen, ob du dich bewegen kannst."

„Oh Mann, mir tut alles weh!" Smalon tastete seinen Körper ab. Aber glücklicherweise schien er sich nichts gebrochen zu haben. Er konnte sogar mit seinen Fingerspitzen seine silbriggoldenen Schuhe berühren und sich nach hinten und vorne und zu beiden Seiten drehen.

„Das ist doch der Halbling, der uns letzte Nacht entwischt ist!" rief einer der Soldaten verwundert aus.

Erschreckt blickte Smalon auf. Auch das noch! dachte er. „Wo ist mein Bogen, Janos?" Verzweiflung schwang in seiner Stimme mit.

„Der liegt dort drüben auf einem Fass! Ich hole ihn!"

„Ist er heil?" rief der Halbling ihm nach.

„Ja, scheint alles in Ordnung zu sein."

Beruhigt setzte sich Smalon auf ein liegendes Holzfass. Dann holte er ein Tuch aus seiner Hosentasche, um sich das Gesicht und den Hals abzuwischen und die Wunden zu stillen.

„Mein Gott, was ist das?" schrie Mort Lindbaum auf.

„Ein Geschöpf aus der Unterwelt!" entgegnete Janos so ruhig, als wenn er Eis geschluckt hätte.

Von allen Seiten rannten nun Soldaten herbei. „Was ist hier los?" brüllte Lund Schrammenberg, um sich Gehör zu verschaffen.

„Der Halbling ist uns gestern Nacht entkommen", informierte Mers Schattenhain seinen Vorgesetzten. Das getötete Wesen ließ er nicht aus den Augen.

„Festnehmen!" Zwei Mann traten vor, um Lund Schrammenbergs Befehl nachzukommen.

„Das geht nun wirklich nicht!" hielt Janos dagegen, so als wenn er die Befehlsgewalt innehätte. „Wir haben in Kürze eine Audienz beim Grafen."

„Wer seid Ihr überhaupt?" fuhr ihn Lund Schrammenberg an.

„Mein Name ist Janos Alanor. Ich komme aus Eirach, und das ist mein Gefährte Smalon."

Der Halbling lauschte dem Wortwechsel nicht, er beobachtete stattdessen, wie Mira Lockenrot den Wagen auf die Zugbrücke lenkte und Hoskorast ihr folgte. Er verstand überhaupt nicht, was dort vor sich ging.

„Ein grässliches Tier! Habt Ihr es aufgespießt?" fragte der Offizier.

„Ja, es scheint aus der Totenwelt zu kommen." entgegnete Janos. „Deswegen muss ich ja zum Grafen. Das ist erst der Anfang! Noch viele dieser und auch anderer Wesen werden folgen!" Durchdringend musterte ihn Lund Schrammenberg. „Ihr könnt uns auch festnehmen, wenn Euch wohler dabei ist, aber bitte bringt uns zum Grafen!" wiederholte Janos sein Anliegen.

„Was er sagt, Sir", Smalon wischte sich das Blut von der Stirn, „entspricht der Wahrheit. Wir kommen aus Liebeichen." Eindringlich sprach der Halbling auf Lund Schrammenberg ein. „Sagt Euch das nichts?"

Ein Zucken im rechten Auge des großen Mannes bestätigte ihm, dass er ins Schwarze getroffen hatte. Folglich mussten auch die Tauben den Palast erreicht haben. „Liebeichen, Ihr wisst, was ich meine, nicht wahr?"

„Engelbert Stern!"

„Jawohl, Sir!" antwortete ein circa vierzigjähriger Soldat, dessen graues Haar fallendem Wasser glich.

„Bringt die beiden zum Grafen – und kein Aufsehen, verstanden!"

„Ja, Sir!"

Rasch rief der Genannte vier weitere Soldaten zur Begleitung herbei. Dann geleiteten sie den schwarzhaarigen Mann mit der Wuschelfrisur, der ein Bader hätte sein können, und den Halbling zum Grafenpalast. In dem sich senkenden Nebel entschwand die Eskorte schon bald Lund Schrammenbergs Blick.

Die weit im Süden liegende Ortschaft Liebeichen ging dem Offizier nicht mehr aus dem Sinn. Was hatten die Fremden zu berichten? Vermutlich waren es die ersten Augenzeugen, die dem Massaker entkommen waren. Bei den Göttern! Welch schreckliches Schicksal war den Einwohnern Liebeichens nur widerfahren? Die Angst vor untoten Kriegern schnürte ihm die Kehle zu. Vielleicht hätte er Mira Lockenrot warnen sollen, dachte er noch. Dazu war es nun leider zu spät. Schweren Herzens eilte er zum Tor zurück.

Eisiger Wind kam auf. Lund Schrammenberg spürte, wie die Festungsmauern berührt wurden und die Steine unter dem Druck nachzugeben schienen. Eingekesselt, nur die Glitzersee im Rücken, würde Sumpfwasser schweren Zeiten entgegengehen. Der Nebel senkte sich mehr und mehr, und ein Falke schrie.

Kapitel 8

Im Palast

Mit aller Macht senkte sich der Nebel über Sumpfwasser. Seine feuchten Arme umschlangen jedes Gebäude, und die klamme Kälte setzte sich in Form von Tropfen an Dächern, Türen und Scheiben fest.

Smalon fror erbärmlich. Die lange Nacht hatte seinem Körper sämtliche Energien entzogen, Janos dagegen wirkte ausgeruht wie ein neuer Tag. Forschen Schrittes liefen sie begleitet von vier Wachen zum Grafenpalast. Engelbert Stern, ein Unterführer mit tiefblauen, eisigen Augen, führte sie. Sein Haar war grau, so grau wie das von Katzen, aber sein Harnisch war mit vier grasgrünen Bändern gekennzeichnet, und das wiederum zeichnete ihn als exzellenten Kämpfer aus. Vier Bänder hatte der Halbling noch bei keinem Soldaten gesehen, selbst Lund Schrammenberg konnte sich nur mit dreien rühmen. Fasziniert beobachte Smalon den Unterführer, der nach wie vor Janos' Degen trug. Das rabenschwarze Untier regte sich nicht mehr, die ledrigen Flügel hingen schlaff herab, und sein Maul stieß bei jedem Schritt Engelbert Sterns an die blutverschmierte Klinge.

Binnen kurzem hatten sie das von Janos beschriebene Tor erreicht, an dem Ted Jarkon und Fedrin Rath Wache hielten. Als die Posten Engelbert Stern erkannten, nahmen sie Haltung an.

„Morgen, Männer!" Janos nahm als Erster das Gespräch auf. „Was konntet Ihr erreichen? Wird uns der Graf empfangen?"

Die Soldaten antworteten nicht. Vermutlich warten sie auf Engelbert Sterns Befehle, dachte Smalon, während er wie üblich die Menschen und die nahe Umgebung beobachtete.

„Kennt Ihr den Mann?" erkundigte sich Engelbert Stern bei dem bärtigen Posten mit den gelben Zähnen.

„Ja, Sir! Der Fremde bat gestern Abend um eine Audienz. Heute Morgen habe ich den Grafen davon in Kenntnis gesetzt. Er erwartet die beiden am Schießstand."

„Wenn ich fragen darf, Sir", Ted Jarkon zeigte voller Entsetzen auf die fremdartige Kreatur. „Was ist das?"

„Das wissen wir nicht, Ted." Engelbert Stern zeigte auf Janos. „Der Fremde sagt aber, er müsse uns Dringliches mitteilen!"

„Selbstverständlich werde ich das, aber gerade deswegen möchte ich ja den Grafen sprechen. Schon bald wird Sumpfwasser von untoten Wesen bedroht werden!" Janos nahm seinen Zylinder vom Kopf. „Ihr müsst Vorkehrungen treffen, um nicht von einem feindseligen Heer eingekesselt zu werden!"

„Sperrt das Tor auf, Fedrin! Wenn der Graf eine Zusammenkunft wünscht, wollen wir ihn nicht warten lassen."

Sogleich sperrte der Bärtige das Tor auf und ließ seine Kameraden, Janos und Smalon eintreten. Abschätzend betrachtete Ted Jarkon den Halbling und dessen Goldbuchenbogen. Auf die versprochene Wette traute er sich Janos aber nicht anzusprechen. Im Geiste verschob er es auf einen späteren Zeitpunkt.

Geschlossen marschierten sie zum Grafenpalast. Beidseitig des gepflasterten, graublau marmorierten Weges waren Blumenbeete angelegt. Einige wenige, verschlossene Rosen gediehen noch. Wenn der Nebel seine kalten Schleier lüftete und die Sonne zum Vorschein käme, würden die weinroten Kelche ihre volle Pracht entfalten.

Vor ihnen im Nebel tauchte ein freier Platz auf, in dessen Mitte ein gemauerter Brunnen mit vier Pferden stand, aus dessen Mäulern und Nüstern Wasser in die Höhe schoss. Beidseitig des Weges standen blaue und grüne Bänke. Im Sommer waren dies Plätze, an denen sich die Hofdamen und ihre Verehrer die Zeit vertrieben. Mitunter wurden zu heißblütige Bewerber gewiss von den Damen auf die Etikette hingewiesen, geküsst wurde aber dennoch. Bäume, Büsche und Hecken verhinderten Blicke allzu neugieriger Augen, egal, ob sie von inner- oder außerhalb des Palastes kamen. Gerne ließen sich die Paare zu keiner Zeit beobachten.

Der Weg führte zu einem überwältigend großen, sandsteinfarbigen Haus. Unter einem schräg abfallenden, von vier Säulen gestützten Dach konnten gut zweihundert Personen zu einem Bankett Platz nehmen, ohne nass zu werden. Rückseitig schloss sich ein Saal an, und darüber vom ersten bis zum dritten Stock zählte Smalon je sechs Fenster, die beidseitig mit orangefarbenen Vorhängen ähnlich wogenden Wellen ausstaffiert worden waren.

An den fein geschliffenen, hellgelben Wänden des Hauses hatte sich bereits der Nebel abgesetzt. Allseits liefen winzige Wasserperlen herab.

Unter Engelbert Sterns Führung liefen sie entlang des Palastes zu einer Pferdestallung. Während sie vorüberliefen, entfachte ein Schmied mit einem Blasebalg in der Hand ein Feuer in einer Esse, und ein Junge schaute zu. Hinter dem Halbwüchsigen stand ein Rappe, dem vermutlich die Hufe beschlagen werden sollten. Wie ein nervöses Kind trippelte der Hengst ständig auf und ab, bis sich der Strick spannte, an dem er angebunden war. Dann lief er wieder zurück.

Nachdem die Soldaten, Janos und Smalon einen sich anschließenden Obstgarten mit wenigen rotbackigen Früchten an einem Apfelbaum durchquert hatten, erreichten sie eine Wiese, die von drei Seiten von einem Erdwall eingefasst worden war. Fünf farbige, aus Stroh gepresste Schießscheiben standen inmitten des Grüns. Zwanzig Schritte weiter legte ein Mann einen Pfeil auf einen Bogen. Unvermittelt fühlte Smalon Janos' Hand auf seinem Arm: „Du sagst nichts, das Reden überlässt du mir!" flüsterte ihm der Dieb zu.

„Ja doch!" entgegnete der Halbling unwirsch. „Meinst du, ich bin blöd?" brummelte er ärgerlich in sich hinein.

Janos enthielt sich eines Kommentars. Einerseits beobachtete ihn Engelbert Stern, andererseits verstand er überhaupt nicht, was Smalon schon wieder zu nörgeln hatte. Er hatte doch nichts Verwerfliches gesagt. Dennoch stampfte der Halbling über den graublau marmorierten Weg, als wollte er seine Fußabdrücke auf dem harten Stein hinterlassen.

„Euer Gnaden", begann Engelbert Stern das Gespräch, „darf ich Euch Janos Alanor aus Eirach und seinen Begleiter Smalon vorstellen!"

Der Graf, der soeben einen weiteren Pfeil gereicht bekam, drehte sich, um die Neuankömmlinge zu begrüßen.

Smalon sah in ein attraktives, gepflegtes Gesicht. Des Grafen dunkelbraune Haare waren kurz geschnitten und streng nach hinten gekämmt. Sein Lächeln, gekünstelt, wie Smalon fand, wurde von feinen, geschwungenen Lippen fest umschlossen, und über seine nussbraunen Augen schienen dunkle Schatten zu huschen. Der muskulöse Mann, ähnlich groß wie Janos, gleichwohl doppelt so alt, bewegte sich erstaunlich geschmeidig. Hätte sich Janos nicht als gutgenährter Bader verkleidet, hätte er sich glatt hinter dem Grafen verstecken können.

„Was habt Ihr uns da mitgebracht, Herr Stern?" Graf Jirko von Daelin tippte, ohne eine Regung zu zeigen, mit einem Pfeil auf den seltsamen schwarzen Vogel.

„Euer Gnaden, dieser Herr", erneut wies Engelbert Stern auf Janos, „konnte die Kreatur zur Strecke bringen. Sie scheint ebenso wie die beiden Kapuzenkrieger aus dem Reich der Tiefe zu stammen."

„Seid Ihr Euch sicher, Herr Stern, oder meint Ihr es nur zu wissen?" forschte der Graf nach, dessen Stirn sich in Falten gelegt hatte.

„Es ist nur eine Vermutung, Euer Gnaden! Sicher bin ich mir nicht. Vielleicht kann Euch aber Herr Alanor aufklären. Wie ich vernehmen konnte, soll er aus Liebeichen angereist sein!"

„Darf ich sprechen, Euer Gnaden?" Der musternde Blick des Grafen und Janos' Verbeugung waren eins.

Nach einer Weile, die Janos schier endlos vorkam, forderte ihn Jirko von Daelin auf: „Erhebt Euch!"

„Danke, Euer Gnaden!" Janos meinte, jeden einzelnen Knochen in seinem Rücken zu spüren, aber er zeigte keine Regung. „Ja, es stimmt", begann er zu erzählen, „ich komme geradewegs aus Liebeichen. Auf meiner Wanderung traf ich den Halbling Smalon. Um gefahrlos reisen zu können, schlossen wir uns mit einem Zwergen, der aus seiner Heimat vertrieben wurde …"

Während Janos ihre Reise schilderte, schweifte Smalon mit seinen Gedanken ab. Er konnte überhaupt nicht verstehen, wieso Janos Krishandriel, Hoskorast, Elgin Hellfeuer und Mangalas unerwähnt ließ. Der Graf musste denken, sie wären nur zu dritt durch die Berge gezogen. Er mischte sich jedoch nicht in das Gespräch ein.

„… und am Klingenberg, so nannten wir im Nachhinein das Hochplateau in der Kantara, stellte uns eine Patrouille Skelettkrieger. Nur mit viel Glück konnten wir sie in dem urwüchsigen Gelände", Janos berauschte sich regelrecht an dem Gefecht seiner Fantasie, „besiegen!"

Smalon dagegen erblickte einen hochgewachsenen, schlanken Mann, der durch den Torbogen, der die Schießanlage mit der Pferdestallung verband, auf sie zuspazierte. Der Fremde wirkte auf ihn wie ein Priester oder Pastor, die Kleidung war jedoch die eines gutsituierten Kaufmanns. Seine Weste, gespickt mit goldenen Knöpfen, zeigte einen grünen Drachen, der Feuer spie. Er trug eine rabenschwarze Hose, elegant geschnitten, und um seine Hüfte hatte er eine raffiniert gebundene, dunkelgrüne Schärpe geschlungen. Gemächlichen Schrittes kam der Mann näher, plötzlich zuckte er jedoch jäh zusammen, dann blieb er stehen. Smalon hatte es dennoch gesehen. Erstaunt beobachtete der Halbling, wie sich die Adern auf der Stirn des Fremden wölbten.

Warum sehe ich nur einen Priester vor mir? dachte Smalon. Und warum massiert der Fremde unablässig seine linke Schläfe? Dort sitzt das Gefühl, die Intuition, fuhr es ihm siedendheiß durch den Kopf. Warum nur? Unvermittelt schwappte ein eisiger Hauch über ihn hinweg. Der Graf ging zwei Schritte zurück und legte den Pfeil, den er bis jetzt in der Hand gehalten hatte, auf die Sehne. Smalon sah auch, wie Engelbert Stern den Griff seines Schwertes umfasste. Hektisch zupfte er an Janos' Umhang.

„Im Rauschen Kater konnten wir uns letztendlich ... was ist, Smalon?" Ärgerlich blickte Janos auf den Halbling hinab.

„Der Mann sieht dein wahres Gesicht!" flüsterte der Halbling so leise, wie es ihm möglich war. Er hoffte, Janos würde begreifen, die Umstehenden aber nicht.

Janos verstand nur „Gesicht".

Als Smalon jedoch zu flüstern begann, spannte Jirko von Daelin seinen Bogen, und Engelbert Stern zückte sein Schwert. Die Schneide fuhr durch die morgendliche, noch kühle Luft, und auch der Fremde warf ein Messer. Blitzschnell hatte es seine Hand verlassen.

Janos ließ sich fallen. Mit der einen Hand riss er sich die Perücke samt Zylinder vom Kopf. Nur hauchdünn fuhr die Klinge über seinen Kopf hinweg. Ein paar blonde Strähnen fielen dennoch. Klirrend brach sich der Dolch an Engelbert Sterns Schild.

Urplötzlich sah sich Smalon von jeder Menge gezogener Schwerter, Dolche und Degen umgeben. Geistesgegenwärtig warf er sich auf Janos, um ihn mit seinem Körper zu schützen. „Ihr dürft ihm nichts tun! Ihr dürft ihm nichts tun! Er kam guter Dinge, er wollte Euch vor den Untoten warnen!" schrie er. „Er hat sich nur verkleidet, um nicht entdeckt zu werden!"

„Wir sollten ihm den Kopf abschlagen", brüllte Neri Loffan, ein glatzköpfiger Soldat. Rasend vor Zorn stieß er seine Schwertspitze in Janos' rechten Unterarm.

„So lasst ihn doch!" Smalon breitete seine Arme aus.

„Aufhören, lasst ab!" rief der Graf, um sich Gehör zu verschaffen.

Als Neri Loffan wutentbrannt sein Schwert aus der Wunde riss, stöhnte Janos ein weiteres Mal auf. Dann kippten seine Lider nach oben weg.

„Wusste doch, dass mit dem Kerl was nicht stimmt!" polterte Ted Jarkon wie ein Fuhrwerkskutscher. „Ich hab ihn gestern Abend gesehen! Er humpelte durch die Gassen der Altstadt. Da bin ich mir ganz sicher!" fuhr er fort.

„Er wollte nicht gesehen werden. Die untoten Krieger suchten nach ihm!" schrie Smalon wie von Sinnen.

Derweil begrüßte der Graf lächelnd Amon Noma Alverda. „Ihr seid mir aber auch einer! Wie konnte Euer Dolch nur sein Ziel verfehlen? So etwas habe ich ja noch nie erlebt!"

„Ich kann alles erklären, ich weiß warum." Nach wie vor schützte Smalon Janos mit seinem Leib. Der Blondschopf lag wie tot unter ihm, und aus seinem rechten Arm floss jede Menge Blut.

„Ich begreife es nicht, Euer Gnaden!" Kopfschüttelnd hob Amon Noma Alverda seinen Dolch vom Boden auf.

„So helft ihm doch! Er wird verbluten!" schluchzte der Halbling.

„Hört endlich auf zu kreischen, erklärt Euch lieber!" Jirko von Daelins Augen blitzten wie Onyxsteine auf. Smalon meinte, seine Haut würde von dem glühenden Blick des Grafen Feuer fangen. Dennoch blieb er gelassen. Er nahm das Tuch von seinen noch frischen Wunden, krempelte Janos' Hemdsärmel zurück und umwickelte den stark blutenden Stich. Noch während er den Verband anlegte, nahm er das Gespräch auf. „Die Untoten jagen uns schon seit Wochen. Was Janos sagte, stimmt! Sie werden in Scharen kommen." Smalon schaute zu dem Grafen empor. „Ihr wisst, dass ich die Wahrheit spreche, Euer Gnaden! Sind Euch nicht vor kurzem zwei Tauben aus Liebeichen zugeflogen?"

Amon Noma Alverda und Jirko von Daelin warfen sich einen verstohlenen Blick zu.

„Woher wisst Ihr?" erkundigte sich der Graf.

Mit einem Knoten verschloss Smalon das schon jetzt tiefrot getränkte Tuch. „Ich habe sie gesehen!"

„Euer Gnaden, Ihr solltet nicht auf ihn hören! Halblinge lügen, wenn sie den Mund aufmachen!" Neris Augen brannten wie flüssiges Eisen. Am liebsten würde er den beiden Eindringlingen den Kopf abschlagen.

„Beherrscht Euch, Herr Loffan!" wies ihn der Graf zurecht.

„Jawohl!" Demutsvoll blickte der Soldat zu Boden.

„Sumpfwasser ist in großer Gefahr", fuhr Smalon fort. „Die Untoten sind so zahlreich wie die Sterne am Himmel. Sie werden kommen! Glaubt mir oder auch nicht, Vorsorge solltet Ihr dennoch treffen, sonst werden Sumpfwassers Mauern bersten." Beschwörend blickte der Halbling den Grafen an. „Ihr seht doch, welch schreckliche Wesen ihre Fühler bereits ausgestreckt haben."

„Mir geht einfach nicht aus dem Kopf, warum mein Dolch sein Ziel verfehlt hat", sprach Amon Noma Alverda leise dazwischen.

„Meinem Hieb konnte er auch ausweichen." Erstaunt blickte Engelbert Stern zum wiederholten Male auf seine Klinge und dann auf Janos, der nach wie vor die schwarze Perücke mit einer Hand festhielt.

„Wenn Ihr mir versprecht, Gerechtigkeit walten zu lassen, Euer Gnaden, werde ich sein Geheimnis preisgeben."

„Ich muss Euch nichts versprechen!" Amüsiert blickte Jirko von Daelin drein.

„Euer Gnaden!" Urplötzlich hatte Smalon eine Idee. „Was haltet Ihr von einem Gottesurteil? Nur ein Pfeil, der Gerechtigkeit wegen. Was meint Ihr? Besiege ich Euch, lasst Ihr uns in Frieden ziehen."

Fedrin Rath und Neri Loffan brachen in schallendes Gelächter aus, und auch die anderen konnte sich ein Schmunzeln nicht verkneifen, selbst der Graf wirkte sichtlich belustigt.

„Verliere ich, verwirke ich unser beider Leben." Smalon hoffte, der Graf nähme sein Angebot an. Immerhin konnte er auf eine kurze Entfernung exzellente Schießergebnisse aufweisen, besser sogar als Krishandriel, aber eben nur auf eine nahe Distanz. Der Nebel schien ein willkommener Freund zu sein. Über dreißig Schritte konnte selbst der Graf, so gut seine Augen auch sein mochten, das Ziel nicht mehr erkennen.

„Wie stellt Ihr Euch das vor?" Nach wie vor lächelte Graf Jirko von Daelin. Die Herausforderung schien ihm Freude zu machen.

„Wir hängen den schwarzen Vogel an einer Scheibe auf. Wer ihm das linke Auge ausschießt, hat gewonnen. Trifft keiner von uns beiden, gewinnt derjenige, der dem Ziel am Nächsten kommt."

Eigentlich hielt Jirko von Daelin nichts von einem Gottesurteil, aber er musste sich der Herausforderung stellen, ansonsten würden es seine Soldaten als Schwäche auslegen. Zudem wusste er, dass er auf fünfundzwanzig Schritte nahezu jeden Punkt treffen konnte, und auf eine weitere Entfernung konnte auch der Halbling das Auge des Vogels nicht mehr gewahren. „Ich weiß zwar nicht, warum ich mich zu einem Wettstreit herablassen soll, aber Ihr sollt Euren Spaß haben. Wir schießen auf fünfundzwanzig Schritte! – Herr Perlgrau!"

„Ja, Euer Gnaden?" Eilig sprang ein Dienstbote herbei.

„Befestigt den Vogel an der Zielscheibe, und zwar so, dass wir das linke Auge sehen können. Gebt mir Bescheid, wenn Ihr fertig seid!" Dann sah er lächelnd auf den Halbling hinab, der soeben seinen Goldbuchenbogen von der Schulter nahm. „Ihr wollt mich mit einem Schnellschuss überraschen, nicht wahr?"

Smalon grinste. „Euer Gnaden, das kann ich mir nicht erlauben, Ihr seid der Meisterschütze."

„Euer Gnaden!" Aufgebracht winkte Engelbert Stern seinem Gebieter zu. „Der Halbling könnte Euch erschießen!"

„Das solltet Ihr verhindern, Herr Stern!"

„Jawohl, Sir! – Nur eine falsche Bewegung, und Ihr seid noch kleiner, als Ihr sowieso schon seid!"

„Keine Sorge, Herr Stern, ich werde dem Grafen gewiss kein Leid zufügen!"

Dennoch stellte sich der Unterführer mit gezückter Klinge hinter den Halbling. Mittlerweile war der Diener zu einer Schießscheibe gelaufen und befestigte den schwarzen Vogel an einer Hanfschnur, die er zuvor aus dem Haus geholt hatte.

„Euer Gnaden!" Amon Noma Alverda lief auf seine Majestät zu und flüsterte ihm leise ins Ohr. „Ihr solltet den Halbling ernst nehmen! Ich weiß nicht weshalb, aber in seiner Seele strahlt ein Licht mit ungewöhnlich starkem Glanz."

Abschätzend warf der Graf einen Blick auf Smalon. Er hatte schon viele Personen mit herrlich geschwungenen Elfenbögen gesehen, auch er hatte einen, aber noch nie konnte sich jemand mit ihm messen. Diejenigen, die er kannte, trugen die Bögen nur, um zu prahlen. Wirklich damit umgehen konnten die wenigsten. Aber wenn ihm Amon Noma Alverda eine Warnung zuflüsterte, hatte dies seine Berechtigung. Er durfte den Halbling nicht auf die leichte Schulter nehmen.

Nachdem der Diener die seltsame Kreatur an der Schießscheibe befestigt hatte, nahmen die beiden Schützen Aufstellung. Für die schlechte Sicht waren fünfundzwanzig Schritte schon sehr weit, vereinzelt zogen sogar Nebelschwaden wie führerlose Geisterschiffe durch den Garten. Smalon konnte den Kopf des Vogels gerade noch erkennen, das gelbe Mandelauge jedoch nicht. Dem Graf, so hoffte er, würde es ähnlich ergehen. Ein wenig mulmig wurde ihm schon, wenn er daran dachte, sein Leben aufs Spiel gesetzt zu haben. Im Grunde genommen gab es überhaupt keinen Zweifel darüber, wer der bessere Schütze war. Er musste den Grafen aus der Reserve locken, ihn in Sicherheit wiegen oder wenn möglich überraschen, aber das Glück schien auf Reisen zu gehen.

„Herr Amon Noma Alverda, Ihr gebt das Zeichen. Nehmt Ihr die Hand nach unten, beginnt der Wettstreit." Der Graf drehte sich zu Smalon. „Wir legen beide einen Pfeil auf die Sehne und halten die Arme gestreckt. Keiner spannt den Bogen. Einverstanden?"

„Ja, einverstanden!" würgte Smalon hervor.

Der Priester ließ sich erstaunlich viel Zeit, um den Wettkampf zu eröffnen. Oder war es Absicht? Smalon wusste nicht, auf was er sich konzentrieren sollte: auf das Ziel, Amon Noma Alverda oder den Grafen. Und sollte er einen Schnellschuss wagen? Schweiß trat auf seine Stirn. Seine Finger wurden so feucht wie der morgendliche Tau.

„Und los!" Amon Noma Alverda gab das vereinbarte Signal. Genau in dem Moment hatte Smalon an sein geliebtes Pony gedacht. Wie es ihm wohl auf der Weide ergehen mochte? Überrascht hob er den Bogen. Umherziehende Nebelschwaden nahmen ihm den Blick. Das Mandelauge des schwarzen Vogels war nicht zu sehen. Wann nur würde der Graf schießen? Smalons Gedanken rasten. Je länger er das gelbe Auge der Kreatur suchte, desto mehr verschwamm das Ziel. Doch als die Flamme in seiner Seele zu wachsen begann, wurde er eins mit ihr. Nahezu gleichzeitig sirrten die Sehnen auf. Dumpf schlugen die Pfeile ein.

„Das sieht gut für Euch aus", meinte der Graf trocken und reichte Smalon die Hand.

„Euer Schuss war auch nicht schlecht! Wer jedoch gewonnen hat, wird sich noch zeigen." Lächelnd drückte Smalon die dargebotene Hand.

„Dann lasst uns nachschauen!" Der Graf setzte sich in Bewegung. Als sich ihm der Tross anschloss, regte sich Janos wieder.

„Kümmert Euch um Ihn, Herr Perlgrau, und lasst Verbandszeug holen!" rief Jirko von Daelin seinem Diener zu.

Janos' stöhnte auf.

„Darf ich Ihn umsorgen, Euer Gnaden?" bat Smalon den Grafen.

„Und Euer Schuss? Interessiert er Euch nicht?"

„Schon ... aber er ist doch mein Freund!"

„Steht Ihm bei!" Erstaunt blickte Jirko von Daelin dem zurückeilenden Halbling hinterher. „Das ist schon einer", entfuhr es ihm, als er voranschritt.

„Mort, Rodd! Ihr bewacht die beiden!" Engelbert Stern ging kein Risiko ein.

„Ja, Sir!" kam postwendend die Antwort.

Der Graf und sein Gefolge liefen zur Schießscheibe. Schon aus fünf Schritten Entfernung vermutete Jirko von Daelin, die Pfeile könnten sich berühren und beide im Kopf der Kreatur stecken. Beim näheren Hinsehen bestätigte sich seine Vermutung. Die Pfeile hatten das Auge des Vogels geteilt, und zwar exakt in der Mitte. Auch beim Nachmessen – Engelbert Stern nahm einen Strohhalm zu Hilfe – gab es keinen Gewinner. „Ein außergewöhnlicher Schuss, Euer Gnaden", entfuhr es Ted Jarkon.

„Ja, wirklich! Hätte ich dem Halbling nicht zugetraut."

„Wir haben keinen Sieger!" sprach Amon Noma Alverda aus, was alle dachten. „Was gedenkt Ihr zu tun, Euer Gnaden?"

„Ihr, Herr Alverda, untersucht das Wesen! Versucht herauszubringen, woher es kommt, wer es geschickt hat, seinen Auftrag, eben alles bedeutend Erscheinende."

„Jawohl, Euer Gnaden! Dennoch würde mich interessieren, was der Halbling meinte, als er sagte, er könnte erklären, weshalb sich der Verwundete so blitzartig in Sicherheit bringen konnte."

„In der Tat, Herr Alverda! Wir werden ihn befragen!" Bedächtig zog der Graf die Pfeile aus dem Auge des toten Tieres. Anschließend ging er zu Smalon zurück, der am Boden neben Janos Alanor kniete und dessen Arm säuberte.

Amon Noma Alverda deutete mit dem Finger auf den Schnitt. „Der Stich muss genäht werden, sonst wird es lange dauern, bis die Wunde verheilt."

Janos wischte sich mit seinem gesunden Unterarm den Schweiß von der Stirn.

„Soll ich unseren Bader rufen?" fragte ihn der hochgewachsene Mann.

Janos wusste nicht, was der großgewachsene Mann beabsichtigte, so nickte er.

„Schickt nach Herrn Brederis!" rief Amon Noma Alverda dem Diener zu.

„Der Mann versteht sein Handwerk", beruhigte der Graf den am Boden sitzenden Janos, „wenn sein Humor auch gewöhnungsbedürftig ist."

Irritiert blickte Janos auf. Wenig später eilte ein dickleibiger Mann mit schwitzendem Gesicht um die Ecke. Er kniete sich auch gleich zu Janos hinab und besah sich dessen Verletzung. „Eine Narbe werdet Ihr behalten, das kann ich Euch versichern!" Unverhohlen grinste er den Blondschopf an. „Ein Zickzackband würde sich gut machen! Was meint Ihr?"

Am liebsten hätte ihm Janos eine schallende Ohrfeige verpasst. „Ihr liebt Euren Beruf, nicht wahr?"

„Ja, doch!" Der Mann lachte gekünstelt auf, und die Aussicht, blutendes Fleisch mit Faden und Nadel zusammenzunähen, schien ihm Freude zu bereiten. „Macht's Euch bequem und beißt auf das Stück Holz hier! Einigen Verletzten habe ich auch meine Initialen eingenäht."

„Untersteht Euch!" würgte Janos hervor.

„War nur ein Späßchen!"

„Bei meinem Arm hört der Spaß auf!" entgegnete Janos bestimmt.

Ted Jarkon und Fedrin Rath hielten seinen Arm so eisern sie nur konnten, und Mort Lindbaum fasste ihn von hinten durch die Arme und hielt ihn einem Schraubstock gleich umschlungen. Janos konnte sich kaum mehr bewegen. Als der Bader den Faden durch die Öse geführt hatte, schloss er die Augen. Die Stiche brachten ihn nahe an eine Ohnmacht, dann wurde ihm der Arm gedreht, bevor das feine Eisen von neuem seine Haut durchstach. Immer fester biss er in das Holz. Sein Kiefer knirschte. Violett und schwarz strömte von allen Seiten in sein inneres Auge. Sein Geist weigerte sich jedoch, der Ohnmacht nachzugeben. Als eine brennende Flüssigkeit seinen Arm in einen Glutofen verwandelte, verspeiste ein weißes Licht die dunklen Farben. Urplötzlich stand er auf einer Stadtmauer und schaute auf die Weite des blauen Meeres hinaus. Der Wind lief mit den Wellen einher. Eine kühle Brise erquickte sein erhitztes Gesicht. In seinem Rücken brannte eine Stadt. Es gab keine Rettung mehr, weder für ihn noch für die Einwohner. Ihn würde der Freitod erlösen. Er musste sich nur fallenlassen. Es war ganz einfach. Die Götter des Meeres würden ihn in Empfang und mit in ihr Reich nehmen. Dort würde er Frieden finden. Er breitete seine Hände aus und sprang über die Klippen hinaus. Der Flug in die Tiefe währte schier endlos. Als sich die schwarzen Felsen in seinen Augen spiegelten, die Gischt der brechenden Wogen in sein Gesicht klatschte und sein Arm zersplitterte, kam die Schwärze zurück.

„Janos, bei den Göttern!" Eine kleine Hand streichelte sein Gesicht. „Ich dachte, du wärst entseelt!" Tränen rannen über Smalons Wangen.

In Janos' Augen spiegelte sich der Tod. Warum nur wollte er nicht zurückkehren? Er liebte doch das Leben ebenso wie er. Seine Seele aber sehnte sich nach Frieden. Doch den Weg, den er betreten wollte, gab es nicht. Er konnte seiner Bestimmung nicht entkommen. Die Götter nahmen ihn noch nicht auf.

„Du warst lange im Reich der Stille, zu lange, wie alle meinten!"

Amon Noma Alverda fühlte nach Janos' Herzschlag. „Ich konnte Euch nicht gehen lassen!" meinte er lächelnd. „Ihr seid mir noch eine Antwort schuldig."

Janos fand sich auf einer Liege in einem einfachen Zimmer wieder, und Smalon saß auf einem Hocker direkt neben ihm. Sein Arm schmerzte, als würden ihn glühende Speere durchbohren. „Eine Antwort?" erwiderte Janos matt.

„Wie konntet Ihr meinem Dolch entgehen? Ich hätte Euch treffen müssen!" Ungläubig schaute ihn Amon Noma Alverda an. „Der Halbling kennt zwar die Antwort, aber er wollte, dass Ihr selbst Euer Geheimnis preisgebt."

Janos sah keine Möglichkeit, das Amulett der gekreuzten Äxte zu verbergen, und durchsuchten sie ihn, fanden sie es gewiss. So zog er es unter seinem Seidenhemd hervor und zeigte es dem Priester. „Ich sah den Dolch schon fliegen, bevor er Eure Hand verließ, und ich wusste, dass er mein Herz von hinten durchbohren sollte!"

„Himmel noch mal!?" Amon Noma Alverda zuckte von dem rot glänzenden Metall zurück. „Ihr könnt es nicht behalten! Bitte gebt es mir!"

„Das dürft Ihr nicht!" fuhr der Halbling aufgebracht dazwischen. „Der Graf versprach uns, uns wie wir kamen auch wieder gehen zu lassen."

„Das hat er, aber nur falls Ihr einen Sieg davon tragen würdet. Es war aber ein Unentschieden. Folglich muss er sich nicht an seinen Schwur halten." Amon Noma Alverda streckte seine Hand aus. „Darf ich bitten!"

Ohne Regung führte Janos die Kette über seinen Kopf und reichte das Amulett dem Priester.

„Das darfst du nicht, Janos!" Der Halbling wollte ihn zurückhalten.

„Lass nur, Smalon!"

Des Halblings Augen schienen Feuer auf den Priester zu schleudern. Der nahm jedoch keine Notiz davon. Rasch verließ Amon Noma Alverda das Zimmer.

„Warum gibst du es ihm", brauste Smalon auf.

„Hätte ich es ihm nicht freiwillig gegeben, was glaubst du wohl, hätte er getan?"

„Meinst du, es war wirklich schlau, um eine Audienz zu bitten?" Deprimiert schaute der Halbling drein.

„Ja, es musste sein!" erwiderte Janos seufzend. Er legte sich auf das Kissen zurück und schloss seine Augen. „Bin ich schon lange hier, Smalon?"

„Weiß nicht genau. Die Dämmerung setzt bald ein. Schätze so einen halben Tag."

Stillschweigend hörten Fedrin Rath und Ted Jarkon zu, die auf zwei Stühlen in einer Ecke des Zimmers saßen. Als es Nacht wurde, brachte ihnen ein Diener geräucherten Speck, Hartkäse, Weizenbrot und zum Trinken für jeden einen Krug voll mit Wasser. Der Mann entzündete drei Kerzen, die auf einem Ecktisch standen, bevor er die Stube wieder verließ.

Während sie aßen, stieß Amon Noma Alverda die Tür auf. „Der Graf wünscht Euch zu sprechen, Herr Alanor!"
„Und ich?" rief Smalon.
„Ihr kommt selbstverständlich mit", gab ihm der Priester zur Antwort.
Sogleich sprang der Halbling auf. Fedrin Rath und Ted Jarkon mussten Janos stützen, der sich nach wie vor elend fühlte. Schweigend liefen sie dem großen Mann hinterher, der sie erst ein Stockwerk tiefer und dann zu einem Raum führte, an dessen Eingang zwei mit Lanzen bewaffnete Posten standen.
„Ihr könnt eintreten!" empfing sie eine der Wachen.
Der Graf saß hinter einem mächtigen Schreibtisch, auf dem verteilt etliche Landkarten lagen. Lund Schrammenberg und zwei weitere Offiziere studierten die Karten. Beim Vorbeilaufen erkannte Janos, dass es sich um Sumpfwasser, die nahe Umgebung und die Festung Biberau handelte.
„Ihr weilt wieder unter den Lebenden, Herr Alanor?" Prüfend schaute ihm der Graf ins Gesicht. „Wir brauchen Eure Hilfe! Wollt Ihr uns beistehen?"
„Das wollte ich von Anfang an, Euer Gnaden!" erwiderte Janos, ohne eine Regung zu zeigen.
„Dann sagt, habt Ihr eine Vorstellung, wie viele Skelette die Untoten gegen uns führen könnten? Ausrüstung, Waffen, Anzahl je Einheit, deren Stärken und Schwächen, was Euch auch immer einfällt, es könnte hilfreich sein!"
„Wir stießen auf zwei Gruppen mit je dreißig Skeletten. Schwerter und Schilde führten die Krieger mit sich. Vermutlich wird es aber auch Einheiten mit Pfeil und Bogen geben. Anführer konnten wir nur einen ausmachen, der war zusätzlich der Magie mächtig." Janos überlegte, was er noch zu berichten hatte. „Auf unserer Flucht trafen wir einen Zwerg, dessen Dorf ebenfalls zerstört wurde. Er erzählte von riesigen Spinnen, einem Lindwurm und einer Chimäre, die er gesehen hatte. Wir sollten aber davon ausgehen, dass es auch noch andere Untiere geben könnte."
Smalon wollte schon rebellieren. Er fand, Janos brächte das Geschehene vollkommen durcheinander, aber ein Blick in sein Gesicht ließ seine Zunge verweilen. So erzählte und schilderte der Blonde alles ihm wichtig Erscheinende. Er verstrickte sich jedoch so sehr in der Geschichte, dass er sie gewiss kein zweites Mal ebenso wiedergeben konnte. Gespannt lauschten die Offiziere seinem Bericht, sie hingen geradezu begierig an seinen Lippen.

„Was mich interessieren würde", so endete Janos, „wäre die Nachricht, die uns die Tauben mitgebracht haben."

„Zwei Dinge wurden uns zugetragen", entgegnete Lund Schrammenberg. „Und die wären?" fragte Janos augenblicklich.

Der Offizier sah zum Grafen, um dessen Einverständnis zu erhalten. Nachdem Jirko von Daelin nickte, wendete er sich wieder Janos zu. „Ein Eichenblatt und ein Feuerstein!"

„Der Mann, der die Tauben fliegen ließ, kann nicht schreiben!" Vielsagend schaute der Halbling zu Janos empor.

„Schon möglich, Smalon! Das Eichenblatt und Liebeichen sind eins, und der Feuerstein könnte bedeuten ..." Janos hielt den Atem an. „Liebeichen brennt!"

„So ähnlich dachten wir auch!" meinte der Graf. Er stand von seinem Stuhl auf und reichte Janos die Hand. „Tut mir leid, dass Euch einer meiner Männer verletzt hat! Bitte nehmt meine Entschuldigung an."

„Natürlich nehme ich sie an, Euer Gnaden!"

„Was werdet Ihr nun tun?" fragte sie der Graf.

„Ich werde zum Goldenen Kahn zurückgehen und mich schlafen legen!"

„Genau!" Der Halbling gähnte schon zum vierten Mal in Folge. „Ich bin völlig erledigt!"

Obwohl Jirko von Daelin lächelte, hatte Smalon einen lauernden Ton in seiner Stimme vernommen. Traute ihnen der Graf nicht? Er hoffte nur, dass niemand eine Verbindung zum Einbruch in Lursian Gallenbitters Kräuterladen herstellen konnte, denn dann würde Janos' Seele unwiderruflich ins Reich der Toten einkehren.

„In zwei Tagen wollte ich mich mit dem Zwergen auf den Weg zur Druidin Aserija machen. Unter Umständen kann sie ihn vom Tod bewahren." Janos verbeugte sich vor dem Grafen. „Natürlich nur, wenn es Euren Wünschen entspricht."

„Haltet Euch einstweilen zu meiner Verfügung bereit! Erst wenn ich Euch meine Erlaubnis erteile, dürft Ihr Sumpfwasser verlassen!"

„Danke, Euer Gnaden!" Während sich Janos erhob, gähnte Smalon erneut. An seinen Lidern schienen Bleie zu hängen.

„Dürfen wir uns zurückziehen, Euer Gnaden?"

„Ihr dürft, Herr Alanor!"

Nachdem Smalon und Janos ihre Waffen wiedererhalten hatten, liefen sie durch Sumpfwassers Gassen zum Goldenen Kahn zurück. Mittlerweile war es Nacht geworden. Weder Mond noch Sterne zeigten sich am Himmel.

Sumpfwasser lag wie ausgestorben unter einer Glocke aus Dunst. Der Nebel hatte sich festgesetzt. Die weißen Schwaden glitten wie riesige Schlangen durch die schmalen Wege. Nicht einen Bewohner bekamen sie zu Gesicht.

„Wie geht es deinem Arm, Janos?"

„Nicht gut. Er schmerzt."

„Konntest du einen Heiltrank ... besorgen?" erkundigte sich Smalon hinter vorgehaltener Hand.

„Ja!" entgegnete Janos leise. „Der liegt aber noch in der Scheune, und gerade dorthin kann ich im Moment nicht gehen. Außerdem wollte ich ihn für Saskard bewahren."

Fragend schaute ihn der Halbling an. „Der Trank wird Saskard nichts nützen, da bin ich mir ziemlich sicher. Die einzige Chance, die ich sehe, ist die: Wir bringen Saskard zu Aserija, und zwar möglichst schnell! – Dir könnte der Trank jedoch von Nutzen sein."

„Schon möglich!"

„Warum hast du beim Grafen das Amulett nicht erwähnt?"

„Es hätte nichts gebracht, Smalon! Ein für allemal wird es verloren sein!" Janos fühlte sich niedergeschlagen. Er hatte so viel riskiert und doch nichts erreicht.

„Wie geht es weiter?" Der Halbling ließ nicht locker. „Willst du beim Grafen einbrechen?"

„Nein, verrückt bin ich nicht! Ich leg mich schlafen. Morgen früh sehen wir weiter."

„Das machen wir! Mir wird schon was einfallen! Einen Plan kann ich schließlich ebenso gut wie Krishandriel entwerfen."

Ungläubig warf Janos einen Blick auf den Halbling. Vermutlich glaubte Smalon wirklich, dass er dazu imstande wäre. Janos ließ ihm seinen Glauben. Ein Streitgespräch wollte er heute nicht mehr entfachen. So liefen sie schweigend über den Marktplatz zum Goldenen Kahn zurück. Nachdem sie mit der Wache ein paar Worte gewechselt hatten, stiegen sie die Treppe empor und gingen zu ihrem Zimmer.

Überraschenderweise saß Saskard am Tisch, er hatte sich sogar rasiert, und gegessen hatte er auch. Brotkrumen lagen verteilt auf einem Teller.

„Wie geht es dir?" Freudestrahlend eilte Smalon zum Zwerg.

„Erbärmlich! Meine Haut zersetzt sich! Langsam aber beständig werde ich verfaulen. Komme mir vor wie ein stinkender Fisch."

„Ich kann es riechen!" Janos hängte seinen Umhang an einen Haken neben die Tür. „Du siehst aber besser aus."

„Findest du?"

„Ja!"

Leise summte der Zwerg den Goldmünzenmarsch durch die Zähne. „Zum Sterben bin ich noch nicht bereit!"

„Wir werden Aserija, eine Druidin, aufsuchen. Nach allem was wir über die Frau in Erfahrung bringen konnten, besteht die berechtigte Hoffnung, dass sie dir helfen kann."

„Wann gehen wir?" Saskards Augen erstrahlten in neuem Glanz.

„In zwei Tagen!"

„Warum nicht morgen?" hielt der Zwerg dagegen.

„Der Graf hat mir nicht gestattet, Sumpfwasser zu verlassen. Morgen werde ich ihn erneut bitten."

„Einen Tag werde ich schon noch aushalten, aber dann muss ich los! Du weißt, was ich meine?"

„Ich weiß, Saskard. Wollen wir hoffen, dass uns die Götter auch über schwere Zeiten hinweghelfen."

„Gibt's sonst irgendwas Neues?"

„Kann man wohl sagen!" Janos zeigte Saskard seinen verbundenen Arm. „Komm mit auf den Balkon, ich brauche noch etwas frische Luft, dann erzähl ich dir, was in den letzten Tagen vorgefallen ist."

„Gute Nacht, Männer! Ich leg mich schlafen! Bin hundemüde! Aber euren Gesprächen kann ich ja noch eine Zeitlang lauschen." Erschöpft schlich der Halbling in seine Schlafstube. Wenig später lag er auf einer sauberen, mit weißen Leinen überspannten Strohmatratze. Die herrlich weiche Federdecke zog er bis zu den Ohren hoch, nur sein Mund und die Nase schauten noch hervor. Durch das geöffnete Fenster hörte er die Stimmen von Janos und Saskard. Er konnte die beiden sich sehr leise Unterhaltenden jedoch nicht verstehen.

Ungestüm brauste eine Böe zum Fenster herein. Smalon sah, wie sich die Nebelwände am Himmel teilten. Einer Herde flüchtender Hirsche gleich trieb der Wind die Wolken auseinander. Sterne erschienen am Firmament. Sie funkelten wie blankpoliertes Eis. Als Smalon in die Traumwelt hinüberglitt, hörte er noch einmal Saskards rauchiges Lachen. Es klang, als würde der Zwerg den Tod verhöhnen, der sich in seinem Körper bereits eingenistet hatte. Aber wie lange würde Saskard noch durchhalten?

Kapitel 9

Aufbruchstimmung

„Morgen, Kleiner! Wie schaust du denn?" begrüßte Janos den Halbling. Saskard saß bereits am gedeckten Frühstückstisch.

„Mir tut alles weh!" lamentierte Smalon. „Mein Rücken, meine Arme, selbst meine Beine schmerzen! Die blauen Flecken scheinen schneller zu gedeihen als das Unkraut in meinem Garten."

„Sei froh, dass du dir nichts gebrochen hast", munterte der Dieb ihn auf. „Schließlich bist du vom Dach einer Scheune gefallen!" Da sein rechter Unterarm jedoch brannte wie das Feuer in einer Esse, fehlten ihm die passenden Worte.

„Verscherz es dir nicht mit den Göttern!" Saskards tiefbraune Augen schienen den Halbling zu durchbohren. „Du hattest mindestens zwei Schutzengel zur Seite stehen."

„Will ja nicht unken!" Die Schmerzen spiegelten sich dennoch in seinem Gesicht. Er hält tapfer durch, fand Janos, nicht ein Laut kommt über seine Lippen, wenngleich es scheint, als müsse er die Zähne zusammenbeißen.

„Unsere Kampfkraft lässt von Tag zu Tag nach. Wenn uns noch einer verlässt, wird uns eine Bande achtjähriger Knirpse das Fürchten lehren." Janos hob eine Kanne, um heißes Wasser auf leuchtend rote Hagebutten in eine Tasse zu gießen. „Mein Arm! – Verdammt noch mal! Nicht einmal Tee kann ich aufbrühen!" Unwirsch stellte er die Kanne auf den Tisch neben den gelben Rosenstrauß zurück.

„Deine andere Hand ist doch gesund. Wieso gebrauchst du sie nicht?" Saskard kratzte sich am Bart.

„Siehst du den Verband hier!" Janos hielt eine Scheibe mit reichlich Schinken belegt empor.

„Du wirst länger zum Frühstücken brauchen, Blondi. Aber langsam essen soll ja gesund sein."

„Du wandelst auf tückischem Boden, Kleiner!" Gereizt schickte Janos einen Blick über den Tisch zum Halbling.

„Bis du aufstehst, habe ich schon gegessen!" Smalon gähnte zum Schein, während sich seine Backen aufblähten.

„Bei den Portionen ist das auch kein Wunder!"

„Kaum ist Mangalas weg, musst du wohl seine Rolle übernehmen!" hielt der Halbling dagegen.

„Dir scheint es wieder besser zu gehen, Smalon, nicht wahr?" Nun mischte sich auch Saskard in das Gespräch ein.

„Mir? – Nein! – Du könntest aber meinen Rücken ein wenig durchkneten! Das würde mir gewiss gut tun."

„Du hast wohl einen Knall!" Gereizt schüttelte der Zwerg den Kopf.

„Ist das Wasser heiß!" Janos stieß einen spitzen Schrei aus, als er den Tee kostete.

Mitfühlend klopfte ihm Smalon auf den Rücken.

„Du kannst ja richtig nett sein."

„Bin ich doch immer!"

„Stimmt, immer dann, wenn du nicht nervst!"

„Bist du schon einmal gegen eine Wand aus Fäusten gelaufen?" Der Halbling zeigte ihm seine geballten Hände.

Janos konnte sich ein Schmunzeln nicht verkneifen.

Der Halbling verpasste dem Blonden einen Schlag auf seinen linken Oberarm.

„Bist du übergeschnappt?" Janos massierte sich die getroffene Stelle.

„Könnt ihr euch wieder beruhigen?" fuhr Saskard dazwischen.

„Was mischst du dich überhaupt ein?" begehrte der Halbling auf.

„Bei uns in Eirach sitzen die Alten und Kranken auf einer Bank aus Stein, der so genannten Kalkbank, und schauen aufs Meer hinaus. Sie würde gut zu dir passen."

„Ihr müsst euch wohl gegen mich verbünden, wie? Aber mit zwei von eurer Sorte nehme ich es glatt mit einer Hand auf."

„Mit welcher?" fragte Smalon lachend. „Mit der, die du nicht mehr bewegen kannst, oder mit der anderen, die zittert wie Wackelpudding."

„Hör auf, Smalon, das geht entschieden zu weit!" Janos ärgerte sich, dass er sich dem Halbling angeschlossen hatte.

„Entschuldigung, Saskard!" Smalon schaute betrübt auf seinen Teller. „Ich mein das nicht so, aber meine Worte sind zuweilen schneller als meine Gedanken."

„Ich weiß, Smalon!" Obwohl Saskard den Spaß mitgemacht hatte, fühlte er sich nun wieder dem Schicksal ausgeliefert. „Wie lange habe ich eigentlich noch zu leben?" sinnierte er und schlurfte langsam zum Schlafgemach.

„Warte!" Smalon rannte dem Zwerg hinterher. „Tut mir wirklich leid." Der Halbling drückte Saskard so fest er konnte.

„Ist schon gut, Smalon!"

„Bevor du dich hinlegst, sollten wir noch ein paar Dinge klären", hielt ihn Janos' Stimme auf.

Schnaufend zog Saskard einen Stuhl herbei und setzte sich.

„Smalon, das gilt auch für dich!"

„Ja, ja!" Genervt setzte sich Smalon auf einen Stuhl.

„Saskard fand diesen Zettel auf dem Tisch."

„Wie?" erkundigte sich Smalon irritiert.

„Mangalas hat Sumpfwasser verlassen, aber lies selbst." Janos reichte dem Halbling das Blatt Papier.

Rasch überflog Smalon den Text.

„Mangalas begleitet Mira Lockenrot nach Birkenhain. Anschließend will er schnellstmöglich …", begann Janos den Inhalt des Briefes kundzutun.

„Wusste ich schon!" fiel ihm der Halbling ins Wort. „Habe gestern früh Miras Wagen vor dem Tor gesehen. Möglicherweise hat sich Mangalas unter dem Kutschbock versteckt!"

„Du wusstest es?" Janos war überrascht.

„Vor zwei Tagen habe ich die Wirtin an der Pferdekoppel getroffen. Sie suchte einen Beschützer, und ich konnte ihr Mangalas bieten."

Saskard rümpfte die Nase. „Erst Krishandriel und nun auch noch Mangalas. Es geht dahin!"

„Auch Hoskorast hat Sumpfwasser verlassen! Ich habe ihn gesehen."

„Hoskorast ist auch fort!" Erschreckt hielt Janos den Atem an.

„Wenn ich es dir sage! Es sah beinahe so aus, als folgte er Mira Lockenrots Wagen."

„Das riecht nach schalem Wasser!" Janos' und Saskards Blicke trafen sich über dem Tisch. „Grubenmatsch und Stollenbruch!"

„Ich bin froh, dass er weg ist!" hielt Smalon dagegen.

„Verstehen tue ich es nicht!" griff Janos das Gespräch wieder auf. „Elgin und Hoskorast wollten doch um jeden Preis die Artefakte. Das Amulett hat nun der Graf. Sie werden es nicht wagen, in den Palast einzudringen. Uns bleibt der Flammenring, und den hat Saskard."

Der Zwerg fühlte mit seinem Daumen nach dem Ring, aber er spürte ihn nicht. Zweifelnd stand er auf, griff sich in die Westen- und dann in die Hosentasche. Er drehte sämtliche Futterinnenseiten nach außen. Der Ring kam nicht zum Vorschein.

„Du wirst doch wohl wissen, wo du den Ring hingesteckt hast!" Nervös rutschte Smalon auf dem Holzstuhl hin und her. „Hast du schon in deinem Brustbeutel nachgesehen?"

„Nein!" antwortete Saskard erleichtert. „Da wird er sein." Hastig zog er das Band, an dem das Täschchen hing, über den Kopf und leerte den Inhalt auf die Tischplatte. Drei Silbermünzen, eine Sicherheitsnadel, ein paar getrocknete Xsarblätter, ein feuerroter Dreieckswürfel und eine Haarlocke Ysillas fielen heraus, aber der flammensprühende Ring blieb verschwunden. Nachdem Saskard den Rucksack und seine komplette Habe dreimal durchsucht hatte, schlug er mit der Faust auf den Tisch. „Das gibt's doch nicht!"

„Weißt du denn überhaupt nicht mehr, wo du ihn hingelegt haben könntest?" versuchte ihn Smalon zu beruhigen.

„Nein, kann mich nicht erinnern. Ich war doch ständig in einer Art Traumwelt."

Janos hielt seinen Kopf mit der linken Hand gestützt und grübelte. Seine Stirn glich einem sich ständig ändernden Faltengebirge.

„Ich muss bestohlen worden sein!" Saskards Lippen zitterten.

„Bei dir piept's wohl!" Der Halbling tippte sich an die Stirn. „Meinst du, wir haben nichts Besseres zu tun, als dir den Ring zu klauen?"

„Aber er kann sich doch nicht in Luft aufgelöst haben!" wetterte der Zwerg wie ein Gewitter los.

„Überlegen wir einmal in Ruhe. Das hat uns doch auch im Rauschenden Kater weitergebracht."

„Nicht gerade dein Talent!" brach die Unruhe aus dem Halbling hervor.

„Halt den Mund, Smalon! – Krishandriel hätte sich bestimmt gefragt", Janos griff sich ins Haar, „welche Personen unsere Stube betreten haben."

„Ja, wir! Aber ich hab den blöden Ring nicht! Und du vermutlich auch nicht!"

„Stimmt schon, Smalon! Aber es waren auch noch andere in unserem Zimmer", überdachte Janos die Situation.

„Du meinst doch nicht etwa Krisha? Das glaube ich nicht!" Missmutig lehnte sich Smalon zurück und verschränkte die Arme ineinander.

„Was ist mit Jasmin Farell? Und auch Mangalas hat das Zimmer betreten."

„Mangalas steht für mich außer Frage, und Jasmin hatte doch nur Augen für Krisha", erwiderte der Halbling.

Fragend schaute Saskard zwischen Janos und Smalon hin und her. „Es könnten Fremde gewesen sein!"

Der Halbling griff nach einer Scheibe Schinken. „Wer sollte schon Wertvolles bei uns vermuten?"

„Nehmen wir mal an", Janos ging nicht auf Smalons Bemerkung ein, „Krisha oder Mangalas hätten den Ring an sich genommen, dann wird es schon einen Grund gegeben haben."

„Du bist vielleicht witzig!" Saskards Augen sprühten Feuer.

„Wir sollten froh sein, dass der Ring weg ist!"

„Du sprichst in Rätseln!" Irritiert blickte Janos auf den Halbling.

„Wenn Saskard den Ring hätte, wie lange glaubst du wohl, würde es dauern, bis ihn uns die Soldaten abgenommen hätten? Finden sie ihn, ist er für alle Zeiten verloren."

„So wie das Amulett!" seufzte Janos.

„Wir sollten uns eine stimmige Geschichte zulegen", mahnte Smalon.

„Das ist einfach!" Saskard räusperte sich. „Das Amulett hat vor Jahrhunderten ein Goldschmied in Buchen hergestellt. Über die Generationen hinweg wurde es immer an den obersten Heerführer weitergegeben. Später, nachdem uns das Amulett von den Tiefenzwergen gestohlen worden war, nahm der Flammenring dessen Platz ein. Zu unserem Glück wissen die Soldaten nichts von dem Ring."

„Bei dem Überfall auf Goldbuchen konntest du das Amulett retten", fügte Janos Saskards Erzählung hinzu.

„Genauso machen wir es." Smalon strahlte.

„Und der Wahrheit entspricht es so einigermaßen auch", schloss Saskard den Gedankenaustausch ab.

„Und wieso trag ich nun das Amulett und nicht Saskard?" Janos kamen erste Zweifel.

„Weil Saskard denkt, er müsse bald sterben!" entkräftete der Halbling Janos' Bedenken.

„Was meinst du, Saskard?"

„Das könnten uns die Soldaten abkaufen."

„Na also!" Smalon klatschte in die Hände. „Und was machen wir nun?"

„Dir wird's wohl schon wieder langweilig?" Ungläubig schaute Janos auf den Halbling, der, als wäre er von einer Hummel gestochen worden, vom Frühstückstisch aufsprang.

„Hier bleibe ich nicht!" Ungeduldig lief er auf und ab. Was er jedoch zu tun gedachte, wusste er selbst noch nicht.

„Ich lege mich wieder hin. Sollten wir morgen früh Sumpfwasser verlassen dürfen, werde ich all meine Kräfte brauchen. Wie viele Tage werden wir bis zu der Druidin unterwegs sein, Janos?"

„Schätze, übermorgen Abend könnten wir dort sein."

„Das könnte ich schaffen!" Saskard atmete hörbar auf. „Du solltest noch einmal mit dem Grafen sprechen, Janos. Lassen sie uns nicht ziehen, werde ich bald in Rurkans Reich einkehren."

„Werde es versuchen!" brachte Janos kleinlaut hervor. „Und was machst du, Smalon?" fragte Janos unruhig. Seine Hände wurden schon bei dem Gedanken feucht, den Halbling den ganzen Tag über unbeaufsichtigt zu lassen.

„Mir wird schon was einfallen", entgegnete Smalon.

Dann klopfte es zweimal rasch hintereinander an der Tür.

„Es wird Jasmin sein!"

Es war jedoch nicht die blonde Empfangsdame, sondern Mort Lindbaum in Uniform.

„Guten Morgen, Herr Smalon! Der Graf wünscht Euch zu sprechen!"

„Mich?" Sprachlos drehte sich der Halbling zu Janos um. „Ja, dann komme ich …"

„Wünscht Euer Gnaden mich auch zu sehen?" Rasch erhob sich Janos. Seinen verbundenen Arm stützte er am Ellenbogengelenk mit der gesunden Hand ab.

„Er bittet Euch, zum Mittagstisch zu kommen, und der Zwerg sollte Euch begleiten."

„Richtet Eurer Hoheit aus, wir kommen gerne!"

„Euren Bogen, Herr Smalon, solltet Ihr mitnehmen."

„Lasst bitte den Herrn weg!" brummelte der Halbling mürrisch, während er ein grell leuchtendes, orangefarbenes Hemd über ein dunkelgrünes Wams zog. Mit einem „Bis später dann!" schulterte er seinen Goldbuchenbogen und verließ mit Mort Lindbaum die Stube.

Argwöhnisch blickte Janos den beiden hinterher, bis sie seinem Blick am Ende des Ganges entschwunden waren. Dann schloss er die Tür. „Was meinst du, Saskard?"

„Sie werden Smalon nach dem Amulett befragen."

„Denke ich auch." Janos stützte sich mit beiden Armen in der Hüfte ab. „Hoffentlich verplappert er sich nicht."

Der Zwerg kratzte sich am Kinn. „Mich werden sie ebenfalls aushorchen."

„Gut möglich! Wollen wir wetten, dass sie unsere Unterkunft auch durchsuchen?"

„Denkbar wäre es! Würden wir doch ähnlich machen, oder?" Saskard zwinkerte Janos zu.

„Aber sie werden nichts finden, weil wir ihnen nichts hinterlassen."

„Ich leg mich wieder hin." Nachdem sich der Zwerg zurückgezogen hatte, setzte sich Janos in den Korbsessel und ließ Geschehenes sowie Bevorstehendes einem rauschenden Bach gleich an sich vorüberziehen. Schade fand er, dass Krishandriel Sumpfwasser verlassen hatte. Er vermisste ihn sehr. Während er alle Unwägbarkeiten zu erfassen versuchte, fielen ihm die Augen zu. Erschreckt fuhr er hoch, als er sich erneut auf der Festungsmauer von Savjen wiederfand und in den Abgrund springen wollte. Abermals waren Stunden verronnen, obwohl er glaubte, es wären nur Sekunden gewesen. Die Sonne stand schon im Zenit. Er verstand überhaupt nicht, wo die Zeit geblieben war. Als ihm bewusst wurde, dass er beim Grafen zu Tisch geladen war, sprang er auf. „Saskard! Komm, auf! Es ist schon Mittag!" rief er und öffnete die Tür zum Schlafgemach.

„Warum weckst du mich nicht früher?" Gähnend quälte sich Saskard im Bett hoch.

„Bin eingeschlafen!" Rasch warf sich Janos seinen Umhang über. „Nun mach schon! Wir sind spät dran!"

„Ja doch!" Saskards Seite brannte wie glühende Holzscheite. „Bitte hilf mir in die Stiefel!" Schweiß trat auf seine Stirn.

„In zwei Tagen bist du bei der Druidin. Du wirst es schon schaffen, du musst durchhalten!"

„Werde ich auch!" ächzte er, während feurige Lanzen seinen Körper zu durchstechen schienen. „Grubenmatsch und Stollenbruch! Ich bin zu überhaupt nichts mehr zu gebrauchen!" Mit Schrecken dachte Saskard an den Zweitagesmarsch. Sollten Widrigkeiten auftreten, würde er in Kürze bestattet werden.

„Geht es?" erkundigte sich Janos nach seinem Befinden.

„Ja, doch!" keuchte der Zwerg. In seinen Augen schienen sich vor Ärger, Wut und Enttäuschung tiefschwarze Gewitterwolken zusammenzubrauen, die jede Menge grellgelber Blitze mit sich trugen.

Schon bald liefen Janos und Saskard über den Marktplatz durch die Altstadt an der Bibliothek vorbei zum Grafenpalast. Am Tor standen Rodd Willamoos und Mers Schattenhain, die sie freundlich empfingen. Janos hatte dennoch das Gefühl, überwacht zu werden. Saskard gab keinen Laut von sich, obwohl er Schmerzen hatte. Fortwährend hielt er seine linke Seite. Nachdem sie ihre Waffen abgegeben hatten, brachte sie Rodd Willamos zum Eingang des Herrenhauses. Innerhalb des Anwesens liefen sie einen nussbraun gesprenkelten Marmorboden entlang, der sich wie ein Fluss durch die Gänge schlängelte. Links und rechts waren hellgrüne Fliesen verlegt worden, und an die gewölbte Decke hatte ein Maler alle zehn Schritte eine leuchtendgelbe Sonne gepinselt. Beidseitig an den Wänden streckten sich Ulmen, Kastanien, Eichen, rot leuchtende Holunderfrüchte und blau getüpfelte Schlehenhecken in die Höhe. Janos meinte, unter einer schattenspendenden Allee entlangzuwandeln.

Am Ende des Flures standen zwei Soldaten mit Lanzen bewaffnet vor einer Tür.

„Die Herren Alanor und Saskard wurden zum Mittagsmahl geladen", kündigte sie Rodd an.

„Ihr könnt passieren!" erwiderte eine der Wachen und öffnete die Tür.

Janos kannte die beiden Posten nicht. „Danke!" antwortete er und trat ein.

An einer für acht Personen gedeckten Tafel saßen der Graf, Amon Noma Alverda, Lund Schrammenberg, die Offiziere Sevald Eisenbart und Celas Grünwald und Smalon. Ein wenig abseits stand Sugat Perlgrau und wartete darauf, die geladenen Gäste zu bewirten.

„Da seid ihr ja!" Freudestrahlend sprang der Halbling auf.

„Euer Gnaden!" begann Janos zu sprechen. „Darf ich Euch Saskard aus Goldbuchen vorstellen."

„Ist dies der Zwerg, der sich Euch angeschlossen hat?" erkundigte sich der Graf, kaum dass Janos geendet hatte.

„Ja, Euer Gnaden!"

„Setzt Euch, Herr Alanor!" Spielerisch ließ Jirko von Daelin den Suppenlöffel um seine Finger kreisen. „Wir wollen mit dem Essen beginnen."

„Vielen Dank für die Einladung, Euer Gnaden!" Janos setzte sich zwischen Lund Schrammenberg und Saskard, der stumm wie ein Fisch geblieben war. Nachdem der Graf den ersten Löffel zum Mund geführt hatte, langten auch die anderen zu. Smalon hatte mächtigen Appetit, er verlangte sogar Nachschlag von der Brühe. Als Hauptgericht gab es frisch gebratenen Fasan mit Kartoffeln in cremiger Ahornsirupsoße. Zum Mahl wurden Schwarzbeeren und Preiselbeeren in bunten Schälchen gereicht. Smalon verteilte zwei volle Löffel mit den frischen Früchten über die Soße. Der gefüllte, knusprig braun gebratene Wildvogel schmeckte vorzüglich. Als

Nachtisch gab es kleingeschnittene gelbe Äpfel, blaue Pflaumen und rote Walderdbeeren. Auch ein Zwetschgenwasser feinster Sorte wurde ihnen angeboten. Die Früchte verschlang Smalon geradezu gierig, vom Schnaps wendete er sich jedoch ab. Saskard dagegen verzichtete auf das Obst, ließ sich aber von der glasklaren Flüssigkeit ein großes Gläschen bis zum Rand einschenken.

„Euer Freund Smalon, Herr Alanor, ist ein ganz ausgezeichneter Schütze. Hatte schon lange nicht mehr das Vergnügen, einer echten Herausforderung gegenüberzustehen."

„Ihr übertreibt, Euer Gnaden!" Smalons Kopf wurde so rot wie die Walderdbeeren in seinem Nachtisch. „Bei einer Entfernung von über vierzig Schritten seid Ihr der eindeutig bessere Schütze."

„Das ist wohl wahr, Smalon, dennoch musste ich mich aufs Äußerste konzentrieren, um Euch zu besiegen. Würdet Ihr mich nach dem Mahl noch einmal auf den Schießstand begleiten?"

„Ja sicher!" Begeistert sprang der Halbling auf.

Schließlich kam auch Janos zu einer Erwiderung. „Entschuldigt, Euer Gnaden! Smalon ist zwar bisweilen sehr sprunghaft, aber ohne ihn hätten wir den Kampf gegen die Skelette nicht überlebt."

Smalon ärgerte sich, dass ihn Janos schon wieder getadelt hatte, andererseits staunte er nicht schlecht, dass er aus dem gleichen Munde ebenso überschwänglich gepriesen wurde. Übereifrig wollte er Krishandriel als noch besseren Schützen ins Gespräch bringen. Die Bemerkung konnte er sich zum Glück gerade noch verkneifen.

Nachdem der Graf mit einem brennenden Kienspan einen Buchenschmauch entzündet hatte, stand er auf. Augenblicklich erhoben sich seine Offiziere, Amon Noma Alverda, und auch Janos, Saskard und Smalon.

„Entschuldigt, Herr Alanor, bei dem herrlichen Sonnenschein sollten wir auf den Schießstand hinausgehen. Zieht am Nachmittag Nebel auf, müssen wir das Üben ohnehin einstellen. Nun kommt schon, Smalon!"

Begeistert legte der Halbling den Löffel, mit dem er das Obst gegessen und ständig herumgespielt hatte, zur Seite.

„Was ist mit Euch, Herr Zwerg? Geht es Euch nicht gut? Seit Eurer Ankunft habt Ihr kein Wort gesprochen!"

„Wie Ihr zutreffend bemerkt habt, Euer Gnaden, geht es mir nicht wirklich gut! Ich wurde von einem Buchenkeil vergiftet. Seit ich an dieser Verletzung leide, löst sich meine Haut wie eine Zwiebel auf. Die einzige Möglichkeit, am Leben zu bleiben, liegt jenseits Sumpfwassers Mauern bei der

Druidin Aserija. Deswegen bitte ich Euch, mich gehen zu lassen." Saskard verneigte sich vor dem Grafen.

„Herr Alverda soll Eure Wunden betrachten, dann sehen wir weiter. Und Ihr, Herr Alanor, würdet Ihr bitte meinen Offizieren noch einmal Rede und Antwort stehen?"

„Soweit es mir möglich ist, Euer Gnaden, werde ich all ihre Fragen beantworten."

„Meine Herren!" Der Graf schaute in die Runde. „Wir treffen uns am späten Nachmittag zu einer Lagebesprechung."

„Jawohl, Euer Gnaden!" ertönte es im Chor. Anschließend verließ der Graf mit Smalon, einer Wache und Sugat Perlgrau das Esszimmer. Janos begleitete Lund Schrammenberg, Celas Grünwald und Sevald Eisenbart in die Kammer der Karten, und Saskard blieb mit dem Priester alleine zurück.

„Nun!" Amon Noma Alverda musterte den Zwerg. „Saskard ist Euer Name?"

„Ja, so nennt man mich!"

„Ich soll mir Eure Wunde ansehen?"

„Schaden wird es nicht", meinte der Zwerg trocken, ohne eine Miene zu verziehen.

„Dann begleitet mich bitte!"

Neugierig und skeptisch zugleich folgte Saskard dem großgewachsenen Priester. Er bedauerte es, seine Waffen aus den Händen gegeben zu haben, wenngleich die Soldaten Amra nicht erkannt hatten. Aber ein Messer wäre ihm schon sehr gelegen gekommen.

Im ersten Stockwerk hatte der Priester sein Zimmer. Es war ein großer, lichtdurchfluteter Raum. An den Wänden und Fenstern hingen Amulette, Glücksbringer und Figuren, die aus Glas, Holz, Kupfer, Silber und Gold gefertigt waren. Hundertfach brachen sich die Sonnenstrahlen an den funkelnden Kunstwerken. Der Raum war geschmückt wie sein Zuhause, wenn sie Mittwinternacht feierten. Für einen kurzen Augenblick vergaß Saskard sogar seine lebensbedrohende Krankheit.

„Gefällt Euch mein Gemach?" wurde er aus seinen Träumen gerissen.

„Schön habt Ihr es!" Nicht ein Gegenstand schien von geringer Qualität zu sein.

„Wollt Ihr Euch nicht setzen, vielleicht dort drüben am Fenster, wo die Sonne das Holz erwärmt?"

Saskard schwebte über den samtweichen Teppich wie auf Wolken dahin. Kein Laut war zu hören. „Ihr könnt mir nicht helfen, obwohl ich mir nichts sehnlicher wünsche! Mein Körper wurde vergiftet, vermutlich vom Saft eines Maulbeerbaumes."

„Nun lasst mich doch wenigstens einen Blick auf Eure Wunde werfen. Noch seid Ihr am Leben."

„Wie Ihr meint!" Vorsichtig zog Saskard sein Wams über die verletzte Schulter. Das sandfarbene, wollene Hemd hob er ebenso behutsam an und ließ es über die Arme auf den Boden gleiten. Anschließend wickelte er das Laken von seiner Brust. Der ehemalige Einstich war nur noch eine schwabbelige Masse aus gelbem Eiter. Die Entzündung glich einem tobenden Buschfeuer, das sich ständig ausweitete. Sie reichte bereits vom Schultergelenk bis zur Hüfte. Amon Noma Alverda wusste keine Medizin, die er gegen die Krankheit ins Feld führen konnte. In Kürze schon würde Saskards Haut aufbrechen und die Eingeweide aus seinem Bauch quellen.

„Meine Güte! Ich kann Euch nur Linderung verschaffen. Kein mir bekannter Trank wird die Wunden schließen. Möglicherweise kann Euch Aserija retten, ich kann es nicht!" Bedrückt schaute Amon Noma Alverda in Saskards braune Augen.

Der Zwerg bedeckte die Wunde wieder mit dem Leinentuch. „Deswegen will ich ja zu ihr!"

„Ja, ich kann Euch verstehen. – Trinkt Ihr ein Tässchen Tee mit mir?"

Saskard nickte dem bleich gewordenen Priester zu.

Während er sich ankleidete, goss Amon Noma Alverda heißes Wasser auf eine Schale mit grünen Blättern.

„Ihr solltet unsere Warnungen ernst nehmen! Für Spielchen gleich welcher Art habt Ihr keine Zeit, und ich kann Euch versichern, dass wir auf derselben Seite des Zaunes stehen."

„Möchtet Ihr über Eure Reise sprechen?" Ein Unterton in der Stimme des Priesters ließ Saskard aufhorchen. Dennoch erzählte er von seiner Heimat und der Flucht aus Goldbuchen. Wenngleich Amon Noma Alverda ab und zu einen Schluck aus dem Tontässchen nahm und scheinbar gelangweilt zum Fenster hinausblickte, traute ihm der Zwerg nicht. In Lügen konnte er sich bei seinen Erzählungen nicht verstricken, und Höhen und Tiefen gab es keine. Saskard wirkte so eisig, starr und unüberwindbar wie die Kantara im tiefsten Winter. Obwohl er bereitwillig Auskunft gab, gingen dem Priester mit der Zeit die Fragen aus. Von dem Tee trank Saskard nicht einen Schluck. Er meinte, der frischherbe Duft würde ihm nicht bekommen. So ließ er die Tasse unberührt stehen, obwohl sein Gaumen immer trockener wurde je mehr er redete. Eine Stunde später führte ihn Amon Noma Alverda wieder zu Janos und den Offizieren zurück.

Im Besprechungszimmer ging es hoch her. Auf den Landkarten standen Soldaten, aus Zinn gegossen. Mögliche Verteidigungsstrategien wurden analysiert, für gut befunden oder als nicht durchführbar wieder verworfen. Janos wurde bisweilen von Lund Schrammenberg oder Sevald Eisenbart auf mögliche Eventualitäten hingewiesen, die er zu seinem Leidwesen falsch eingeschätzt hatte.

Als sich die Sonne zum Horizont neigte, kam der Graf mit Smalon vom Schießstand zurück.

„Nun, meine Herren", wendete er sich an seine Offiziere, „was konntet Ihr erreichen?"

„Wir kommen gut voran, Euer Gnaden!" berichtete Celas Grünwald.

„Vielen Dank, Herr Alanor, und entschuldigt bitte das Versehen mit Eurem Arm. Ich hoffe für Euch, dass die Wunde rasch heilt."

„Danke, Euer Gnaden, es war mir eine Freude, Euch dienen zu dürfen."

„Mir hat der Tag ebenfalls viel Freude bereitet. Herzlichen Dank dafür. Das Schießen werde ich noch lange in Erinnerung behalten. Smalon ist ein ganz hervorragender Schütze."

Der Halbling verbeugte sich: „Ihr ebenso, Euer Gnaden!"

„Da noch jede Menge Arbeit auf mich wartet", der Graf klatschte in die Hände, „muss ich Euch bitten, mich zu verlassen."

Nachdem Janos sah, wie Saskard die holzgetäfelte Decke anflehte, nahm er all seinen Mut zusammen: „Euer Gnaden?"

„Was gibt es noch, Herr Alanor?"

„Wie Ihr ja seht, geht es meinem Kameraden sehr schlecht, und wenn ich Herrn Alverdas Wink richtig gedeutet habe, denke ich, dass er Saskard nicht wirklich helfen konnte. Ich bitte Euch, lasst ihn mich zu Aserija bringen."

Saskard zeigte keine Regung, selbst auf die Gefahr hin, dass ihm der Graf die Ausreise verweigerte.

„Wenn ich Euch ziehen ließe, welchen Weg werdet Ihr einschlagen, nachdem Ihr die Druidin aufgesucht habt?"

„Zur Festung Biberau!" Janos trat einen Schritt vor, während Jirko von Daelin Amon Noma Alverdas Blick suchte. „Wir wollen Sandro Aceamas unsere Aufwartung machen."

Smalon meinte, ein Augenzwinkern des Priesters gesehen zu haben, was immer dies auch zu bedeuten hatte.

Der Graf überlegte, dann sagte er: „Ihr habt meine Genehmigung! Morgen früh dürft Ihr Sumpfwasser verlassen!"

„Vielen Dank, Euer Gnaden!" Wiederholt verbeugten sich Janos, Saskard und Smalon vor dem Grafen. Dann verließen sie das Kartenzimmer. Eine Wache begleitete sie zum Tor. Dort händigte man ihnen die Waffen aus. Wortlos steckte Saskard Amra in eine Schlaufe seines Gürtels. Das Interesse an ihnen schien nachgelassen zu haben, und Amon Noma Alverda, vor dem sie Smalon ausdrücklich gewarnt hatte, war nicht präsent.

Vereint liefen sie zum Goldenen Kahn zurück. Smalon bibberte wie ein Schaf nach der Schur. „Bei den Göttern, Saskard, du frierst ja nicht einmal!"

„Nein, warum auch!" Der Zwerg grinste den Halbling an.

„Es ist hundekalt!" Smalons Stimme zitterte.

„Könnt ihr nicht einfach still sein? Wir könnten verfolgt und beobachtet werden."

„Meinst du?" erkundigte sich verdutzt der Zwerg bei Janos.

„Ja, sicher! Wir haben die Mauern Sumpfwassers noch nicht hinter uns gelassen, und ich weiß nicht, was den hohen Herren noch alles einfallen könnte." Beiläufig drehte sich Janos um, Verfolger sah er keine. „Was hast du mit dem Grafen gesprochen, Smalon?"

„Nichts Wichtiges!"

„Vermutlich hast du all unsere Geheimnisse ausgeplaudert!"

„Wieso? Welche denn? Wir haben doch keine! Was sollte ich ausplaudern?"

Bei dem Gedanken daran, was Smalon alles erzählt haben könnte, bildeten sich Schweißperlen auf Janos' Rücken. Vermutlich war es ein Wunder, dass sie noch nicht hingerichtet worden waren.

„Amon Noma Alverda bot mir Tee zum Trinken an. Hab mich jedoch zurückgehalten", begann Saskard zu berichten.

„Tee?" Janos Stimme hob sich um zwei Oktaven.

„Und was nun?" sprach Smalon, dem der Tee einerlei war.

„Wir gehen auf unsere Zimmer, verhalten uns so unauffällig wie möglich und hoffen, morgen früh die Stadt verlassen zu dürfen."

„Ich muss Schnuppi noch holen!"

„Ja, wir wissen schon, dass du ihn niemals zurücklassen würdest!" ärgerte sich Janos.

„So ist es! Schließlich ist er mein Freund, und Freunde lässt man nicht im Stich."

„Wenn wir im Hotel sind, lege ich mich ins Bett. Der Tag hat mich enorm viel Kraft gekostet." Der Zwerg fühlte sich restlos geschafft.

„Du könntest zu Aserija auf einem Maultier reiten!" Der Halbling verzog seinen Mund zu einem Grinsen.

„Nein, kommt überhaupt nicht in Frage! Maultiere sind mir nicht geheuer. Sie sind bockig und hinterlistig. Ich steige nicht auf ihre Rücken."

„Du wirst doch nicht Angst haben?"

„Angst? Spinnst du, Smalon? Die Biester sind mitunter unberechenbar, aber Angst … nein … nicht wirklich." Ohne einen Blick nach links oder rechts zu werfen, stampfte Saskard weiter.

Beim Anblick der vielen Händler vergaß der Halbling den Zwerg. Es gab so viele neue Sachen zu entdecken. Als ein Obstbauer einen Korb mit Äpfeln auf eine Karre lud, stibitzte er eine Birne aus einer Holzkiste.

„Bist du wahnsinnig!" fuhr ihn Janos an, nachdem sie den Sichtbereich des Bauern verlassen hatten.

„Warum? Du hörst dich schon an wie Mangalas. Ihr wollt doch immer, dass ich wie ein Hefekuchen aufgehe. Kaum esse ich was …"

„Rede nicht so dumm daher! Du weißt genau, was ich meine. Von Stehlen war nie die Rede. Wir dürfen nicht auffallen!"

„Dort drüben verkauft ja einer Hühner!"

Hört der mir überhaupt zu? dachte Janos und drehte seine Augen gen Himmel.

Inzwischen rannte der Halbling zum Stand des Geflügelbauern hinüber. „Was kostet ein Huhn, werter Herr?" kam Smalon ohne Umschweife auf den Punkt.

„Komm, Saskard! Wir kennen ihn nicht." Janos zog den Zwerg an seinem Wams weiter.

„Drei Goldmünzen!" beantwortete der Händler des Halblings Frage.

„Drei Goldmünzen!" Smalons Stimme überschlug sich. „So ein mageres Huhn!"

„Kann der Tölpel nicht einmal normal sein?" Saskard raufte sich mit einer Hand durch sein lichtes Haar.

„Den will keiner!" Ohne sich umzudrehen, lief Janos weiter. Er achtete nur darauf, dass ihm der Zwerg folgte.

Als Saskard die Tür zu ihrer Stube im Goldenen Kahn verschlossen hatte, schimpfte er wie ein Bierkutscher auf den Halbling. Er holte kaum Luft.

„Lass gut sein, Saskard!"

„Ich will mich nicht beruhigen!" tobte der Zwerg weiter.

„Leg dich hin! Morgen wird ein anstrengender Tag."

„Der Halbling treibt mich noch zum Wahnsinn!"

Janos ignorierte Saskards Wutausbruch. „Sobald uns das Abendbrot gereicht wird, werde ich dich wecken!"

„Dieser Depp!" schimpfte er weiter.

„Meinst du, du wirst es schaffen?"

„Ich habe nur noch eine Chance, Janos! Kann mir die Druidin nicht helfen, segne ich in Kürze das Zeitliche!"

„Ich lass dich nicht im Stich! Solltest du nicht weiter können, binden wir dich auf ein Maultier." Janos verzog seine Lippen zu einem Lächeln.

„Fang du nur auch noch an!" Brummig wie ein Bär trottete Saskard in die Schlafkammer und verschloss die Tür.

Janos setzte sich in den Korbsessel mit den orangefarbenen Kissen und überlegte, wie es weiterginge. Als die Sonne rot glühend hinter der Kirchturmspitze versank, stürzte Smalon zur Tür herein. Unter seinem Arm hielt er eine grau gescheckte, schnatternde Gans.

„Bist du noch bei Sinnen!" Trotz seiner Schmerzen im Arm sprang Janos wie von einer Biene gestochen auf. „Was willst du denn mit der Gans?"

„Sie tat mir so leid, Janos, und der Bauer wollte sie schlachten!"

„Im Herbst werden nun mal Haustiere geschlachtet. Das ist so Brauch. Du kannst nicht jede Gans retten!"

„Das weiß ich! Aber sie hat so entsetzlich geschrien!"

„Und was willst du mit ihr machen?"

„Ich nehme sie mit!"

„Bitte?! Wir sind doch kein fahrender Zirkus!" Janos' Stimme schien aus dem Nichts zu kommen.

„Ich dachte mir, wir bringen sie der Druidin als Willkommensgeschenk!"

„Was will die Druidin mit einer Gans?"

„Sie beschützen und freilassen!"

„Dann lass sie doch fliegen!" Janos war außer sich.

„Würde ich ja gerne, aber sie kann nicht. Man hat ihr die Flügel gestutzt!"

„Toll!" Verstimmt setzte sich Janos in den Korbsessel zurück. Nachdem der Halbling die Gans jedoch losgelassen hatte und diese wild flatternd durch den Raum schoss, sprang er ebenso schnell wieder auf. „So geht das nicht, Smalon! Erwische ich sie, drehe ich ihr den Hals um!"

„Bist du gleich still, sie wird dich noch verstehen!"

Eigentlich wusste Janos nicht mehr, wie es weitergehen sollte, er fühlte sich erschöpft. Überdies war er froh, dass Smalon nur eine Gans vor dem Schlächter gerettet hatte.

Nachdem die Sonne untergegangen war, lief Janos zur Bibliothek, um die Abschrift des Buches, die er in Auftrag gegeben hatte, zu holen. Als er zurückkam, stand auf dem Tisch eine gemischte Wurst- und Käseplatte, an der sich Saskard und Smalon bedienten. Die Gans lag in dem Korbsessel, den Kopf auf einem Kissen, und schlief.

„Wir werden beschattet!"

„Hab ich es mir doch gedacht!" Saskard legte ein Krustenbrot mit rohem Schinken zur Seite.

„Wieso?" Irritiert blickte der Halbling auf.

„Einer der Männer trinkt unten im Gastraum ein Bier, der andere hält draußen Wache! Beide tragen unauffällige Kleidung. Ich bin mir aber ganz sicher!"

„Was wollen die nur?" Der Zwerg nahm die Scheibe Brot wieder auf und biss ein Stück davon ab.

„Als wir beim Grafen geladen waren, haben sie unsere Stube durchsucht!"

„Unsere Stube!" brummte Saskard.

„Sie haben deinen Rucksack aufgemacht. Mir fiel das nur auf, da die beiden Schnurenden anders lagen als vorher."

„Auf was du alles achtest!" Nachdenklich schaute Saskard aus dem Fenster.

„Reich mir bitte den Käse, Smalon. Danke! Glücklicherweise konnten sie nichts finden."

„Und was ist mit deinem Rucksack, und … dem Inhalt?" Smalon wagte nicht, Falsches auszusprechen.

„Werde ich noch holen!" erklärte Janos lapidar.

Der Zwerg hielt mit dem Essen inne. „Hast du dir das auch gründlich überlegt?"

„Meinst du, ich lasse meine Sachen in Sumpfwasser zurück?"

„Und wie willst du an den Wachen vorbeikommen?" erkundigte sich Smalon.

„Überhaupt nicht! Und du wirst mir behilflich sein!"

„Ich!" Smalon wusste überhaupt nicht, was Janos von ihm wollte.

„Ja, du!" entgegnete der Blondschopf energisch.

„Und wann?" forschte der Halbling nach.

„Um Mitternacht! Nach dem Essen werden wir das Licht löschen, um den Wachen unser Zubettgehen vorzutäuschen."

„Wie soll ich dir behilflich sein, Janos?"

„Du lässt mich raus aus dem Hotel und dann wieder rein."

„Ich versteh kein Wort!" Der Halbling wusste überhaupt nicht, auf was der Dieb hinauswollte.

„Ich erkläre es dir später!" erwiderte Janos genervt, als sich Smalon von ihm abwendete, um die Gans mit Brot- und Apfelstückchen zu füttern.

„Sie mag mich!"

„Sie wird nach deinen Fingern schnappen", prophezeite ihm Saskard.

„Nein, das macht sie nicht, sie ist ein gutes Tier."

Als Smalon zu gähnen begann, hauchte Janos die Kerzen aus. „Wenn du das Licht ausmachst, schlafe ich ein."

„Das wollen wir den Soldaten doch vorgaukeln!" Nachdem Janos das fünfte Licht gelöscht hatte, war es stockfinster.

„Da brauche ich nichts vorzutäuschen", nörgelte der Halbling. „Ich bin …"

„Weiß ich!" fiel ihm Janos ins Wort.

„Das Wachen übernehme ich! Du kannst dich schlafen legen, Saskard."

„Ausnahmsweise werde ich dein Angebot annehmen. Gute Nacht miteinander!" Um nirgends anzustoßen, schlich der Zwerg wachsam wie eine Katze in die Schlafstube, und Smalon machte es sich im Korbsessel neben der Gans gemütlich. Nach wenigen Minuten atmete er tief und fest. Janos spähte von Zeit zu Zeit aus dem Fenster, um nach dem Posten im Freien zu sehen. Er sah die Wache in der Nähe von Lursian Gallenbitters Kräuterladen mit dem Stiernacken in ein Gespräch vertieft.

Um Mitternacht weckte Janos den Halbling. „Steh auf! Du musst mir helfen!"

„Was ist?" Gähnend rappelte sich Smalon hoch. „Was soll ich tun?"

„Komm mit!" Lautlos öffnete Janos die Tür zum Flur. Draußen war niemand zu sehen, zudem war es so finster wie in einem Sarg. Auf Zehenspitzen schlichen sie zum Ende des Ganges an der Stirnseite des Hotels. Von einer in der Nähe stehenden Laterne fiel etwas Licht herein. Rasch befestigte Janos an der Türklinke einer Abstellkammer das mitgebrachte Seil. Dann öffnete er das Fenster.

„Du willst doch nicht etwa hier hinabsteigen?" Smalon tippte sich an die Stirn.

„Natürlich! Was denkst du denn?" rechtfertigte sich Janos flüsternd.

„Das Seil soll dich tragen?" entgegnete der Halbling zweifelnd.

„Keine Ahnung! Leg all deine Kraft in das Halten."

Smalon meinte, sich verhört zu haben.

„Nun tu nicht so fassungslos!"

„Und die Wache im Haus?"

„Die schläft in einem Sessel in der Vorhalle!" Janos drehte sich und sah kurz in den düsteren Flur zurück. „Ist der Zeiger auf halb eins, komme ich wieder! Du ziehst das Seil hoch, gehst ins Zimmer und wartest bis die Zeit reif ist!"

„In Ordnung!"

„Und schlaf nicht ein!" gab er dem Halbling noch mit auf den Weg.

„Ich doch nicht!"

„Es geht um mein Leben, Smalon!"

„Tu doch nicht immer so gescheit!"

„Wenn mich die Soldaten erwischen – hörst du mir überhaupt zu?"

„Ja doch!" kam es aufgebracht zurück. „Nun mach schon! Ich will hier nicht übernachten!"

Erstaunt beobachtete der Halbling, wie Janos über das Fenstersims nach außen kletterte und sich lautlos abseilte, so als hätte er es schon hunderte Male getan. Wie ein Dieb! dachte Smalon entsetzt. Schon bald war Janos seinem Blick entschwunden, und die Tür ächzte unter dem Gewicht des Blonden bedenklich auf, aber der Griff hielt dem Druck stand. Als er schlagartig nachließ, zog Smalon das Seil so schnell er konnte wieder hoch, verschloss das Fenster, löste die Schlinge und eilte in das Zimmer zurück. Jetzt hieß es warten. Es war schon kurz nach Mitternacht, er musste nur wenige Minuten verstreichen lassen. Entspannt setzte er sich wieder in den Korbsessel neben die Gans. Dann schlief er ein.

Als sich eine Hand auf seinen Mund legte, fuhr er erschreckt hoch. „Ich sollte dir die Kehle durchschneiden!" zischte eine Stimme.

Eine Klinge berührte seinen Hals. „Ich weiß auch nicht ... bin vermutlich eingeschlafen ... es war so finster und so still."

„Auf dich ist kein Verlass!" Janos steckte seinen Dolch wieder ein. Fahrig strich sich der Halbling über seine Kehle. Er hatte nicht einmal gemerkt, dass Janos die Stube betreten hatte. „Ist alles glattgegangen?" fragte er vorsichtig an.

„Ja, wie an der Schnur gezogen."

„Und wie kamst du in den Goldenen Kahn zurück?" fügte er kleinlaut hinzu.

„Durch die große gläserne Tür. Sie war offen!"

„Und die Wachen?" erkundigte sich Smalon, elend zumute.

„Sie schliefen!" Janos war sauer.

„Alle beide?"

„Ja, alle beide!"

„Entschuldigung, Janos! Ich weiß auch nicht, wie mir das passieren konnte!"

„Leg dich wieder schlafen, Kleiner, morgen wird ein anstrengender Tag werden!" Entspannt strich Janos dem Halbling über den Kopf. Der eilte sogleich in seine Kammer und legte sich ins Bett. Bevor er die Augen schloss, warf er noch einen Blick auf die Kirchturmspitze. Es war kurz nach drei!

Nach wenigen Stunden erwachte Smalon. Sein Pony war ihm im Traum erschienen, aber er konnte sich nicht an Einzelheiten erinnern. Hoffentlich geht es ihm gut! durchzuckten ihn unruhige Gedanken. An Schlafen war nicht mehr zu denken. Obwohl es sehr zeitig am Morgen war, beschloss Smalon aufzustehen und nach seinem Rotfuchs zu sehen. Rasch kleidete er sich an. Janos und Saskard schliefen noch, und auch das Frühstück würde erst in einer Stunde gebracht werden. Bis die beiden aufwachten, wäre er gewiss schon wieder zurück. Leise verließ er das Zimmer. Dann stürmte er den Gang entlang und die breite Wendeltreppe hinab, immer gleich zwei Stufen auf einmal nehmend. Entsetzt schauten ihm die Wachen nach. Kaum war er im Freien, rannte er über die Steinbrücke zum Gestüt hinüber. Der Stallbursche hatte den Tieren bereits Hafer in den Trog geschüttet und ihnen frisches Heu gegeben.

„Morgen Fiz, wie geht es meinem Pony?"

„Ausgezeichnet", antwortete der Junge, in der Hoffnung, ein Trinkgeld zu erhalten.

„Wir ziehen heute weiter", entfuhr es dem Halbling, während er gleichzeitig nach dem Abteil schielte, in dem sein geliebter Freund stand.

Der rothaarige Bursche stützte sich auf eine Mistgabel. „Wenn Euer Pony gefressen hat, könnt Ihr es mitnehmen."

„Danke, Fiz!" Dann eilte er zu seinem Pferdchen. „Hallo Schnuppi!" säuselte er, als er die Box erreichte. Überrascht sah der Rotfuchs auf. Den Hafer hatte er bereits gefressen, und auch von dem Heu lagen nur noch wenige Reste auf und zwischen dem Stroh. Gut genährt und zufrieden sah das

Pony aus. Smalon ließ es weiterfressen. Gleichwohl holte er einen Striegel und bürstete das Fell des Rotfuchses, bis es kupferrot glänzte. Als das Pony genüsslich das letzte Bündel Heu verdrückt hatte, streifte er ihm ein Halfter über, hakte den Führstrick ein und zog den Rotfuchs aus dem Abteil. Unaufhörlich redete er auf Schnuppel ein, der sich einem arbeitsscheuen Kamel gleich hinterherziehen ließ.

„Beehrt uns mal wieder!" rief ihm Fiz nach.

„Machen wir!" antwortete Smalon. Er war jedoch zu sehr mit seinem Pony beschäftigt, um Fiz' Trinkgeldwünsche zu erfüllen.

Smalon beschloss, mit dem Rotfuchs ein wenig spazieren zu gehen. Gemächlich lief er über die Steinbrücke zum Goldenen Kahn zurück und dann zum Marktplatz. Zwei Händler hatten sich dort bereits eingefunden. Sie bauten soeben ihre Stände mit frischem Obst und Gemüse auf. Als Schnuppel Äpfel, Birnen, Möhren und Mais witterte, schlug er den Weg zum dargebotenen Mahl ein. Nur mit Mühe konnte Smalon den sich kopfschüttelnd gebärenden Vierbeiner an dem Stand des Bauern vorüberziehen.

Da Smalon kein Ziel hatte, übernahm das Pony die Führung. Unvermittelt standen sie am Eingang der Kirche. An dem mächtigen, aus grauschwarzen Quadern erbauten Turm, dessen Kuppe bereits von der Sonne beschienen wurde, blieb der Rotfuchs stehen. Eine Handvoll vorwiegend älterer Frauen beeilte sich, um dem allmorgendlichen Gottesdienst beizuwohnen.

Einige hatte Smalon schon bei der gestrigen Abendandacht gesehen. Die Neugierde hatte auch ihn zur Kirche getrieben. Ruhe finden und beten wäre ihm gelegen gekommen. Er wurde jedoch ständig von einem Priester zum Aufstehen, Hinknien, Singen oder Hinsetzen aufgefordert. So fand er keinen Frieden, obwohl der Klang der Orgel und die melodischen Choräle ihn mächtig beeindruckt hatten.

In Gedanken lief Smalon ein paar Schritte weiter. Links und rechts neben dem bronzenen Tor hingen gebundene Engel aus Heu. Smalon weilte bei den Menschen, die alltäglich den Gottesdienst besuchten. Ob sie den Göttern näherstanden? ging es ihm durch den Kopf. Vermutlich schon, sonst kämen sie doch nicht jeden Tag. Nur verstand er nicht, wie die Kirchgänger bei den andauernden Pflichtgeboten in sich gehen konnten.

Im Geiste ging er ein paar Jahre zurück. Er konnte sich noch gut daran erinnern, als er damals am Quellbach des Turanaos unter einer betagten Eiche saß, deren Wurzeln halbseitig vom Frühjahrshochwasser freigelegt worden waren. Es war ein beeindruckender Sonnenaufgang gewesen, nahezu gleichzeitig öffneten alle Blüten ihre taubenetzten Kelche, und in dem glasklaren Wasser spiegelten sich die perlmuttfarbenen Schuppenkleider der Fische. Als Bim am Ufer erschien und mit seiner hohen Glockenstimme zu singen begann, schien sich ein Tor zur Unendlichkeit aufzutun. Smalon meinte zu jener Zeit, er könne die Götter bei ihren Gesprächen belauschen, so deutlich vernahm er deren Stimmen. Nur verstand er den Sinn ihrer Worte nicht, sie schienen ihm übermächtig, eingebunden in Raum und Zeit, aber dennoch allgegenwärtig zu sein. Während er sich an der Erinnerung berauschte, drang ein zupfendes Rascheln an sein Ohr. „Schnuppel, bist du wahnsinnig?" Das Pony zog soeben ein Bündel Heu aus einer der beiden Figuren. Einem Engel fehlte bereits der linke Arm und der halbe Kopf. Hastig zog Smalon den störrischen Rotfuchs weiter. „Du kannst …!" Gehetzt blickte er sich um. Eine alte Frau kam ihm entgegen, die verstümmelten Figuren nahm sie jedoch nicht wahr. „Du kannst doch nicht Engel fressen, spinnst du!" Das Pony schien Smalon nicht zu verstehen. Treuherzig blickte der Rotfuchs auf den Halbling herab. Gemeinsam liefen sie zum Marktplatz zurück. Nachdem Smalon jedoch nicht von einer schreienden Meute alter Hausmütterchen verfolgt wurde, verlangsamte er bald wieder seinen Schritt. Niemand schien Schnuppels Zerstörungswerk gesehen zu haben. Dennoch fühlte sich der Halbling nicht wohl. Auf kürzestem Weg lief er zum Gestüt zurück, um auch die beiden Maultiere zu holen. Als er die Steinbrücke überquerte, hörte er einen Ruf. „Smalon, nun warte doch!"

Abrupt blieb er stehen. „Ihr schon?"

„Nimm deine Gans!" empfing ihn Janos.

„Wieso hast du ihr eine Schnur um den Hals gebunden? Du führst sie ja wie einen Hund spazieren!"

„Was sollte ich denn deiner Meinung nach tun? Meinst du, sie folgt mir aus freien Stücken?"

„Ja, sicher doch! Gib sie schon her!" Vorsichtig nahm Smalon die Gans in den Arm, die sich schnatternd an ihn drückte. „Sie hat Angst! Ihr gefällt es nicht, eine Schnur um den Hals zu tragen."

„Nimm sie und mach mit ihr, was immer du willst, aber belästige mich nicht weiter mit dem Federvieh!" Janos war echt bedient.

„Armes Ding, was hat er nur mit dir angestellt?" Zärtlich kraulte Smalon dem zitternden Geschöpf den Kopf.

„Schauen wir zu, dass wir Sumpfwasser den Rücken kehren", brummte Saskard.

„Ich hole die Maultiere!" Ohne eine Antwort abzuwarten, lief Janos los.

„In Ordnung!" rief ihm der Zwerg hinterher.

Smalon hätte vier Hände gebraucht. Schnuppel zog ihn nach links über die Brücke zu einem schmalen Streifen, auf dem Gras wuchs, und die Gans schmiegte sich an seinen dünnen Körper wie eine Katze.

„Interessant, Kleiner! Bin gespannt, wie du das auf die Reihe bringen willst!" Spottend leckte sich Saskard über die Lippen.

„Du wirst dich nicht an ihr vergreifen!"

„Ich nicht, aber Janos besitzt einen kleinen blitzenden Dolch, mit dem …!"

„Hör auf!" fuhr ihn der Halbling an. „Sie wird sich noch vor dir fürchten!"

„Ich versteh dich ja, Smalon! Du willst sie retten. Kannst du auch, aber hör mir bitte einmal genau zu. Wenn sie uns aufhält und wir nicht zügig vorankommen, wirst du sie freilassen. Der Weg zu der Druidin ist weit. Ich weiß nicht, wie ich es ohne eure Hilfe schaffen soll!" Saskards nachdrucksvoller Ton ließ den Halbling aufhorchen.

„Ich weiß", würgte er hervor. „Wenn es nicht anders geht, werde ich die Gans freilassen."

Saskard nickte. Somit war alles gesagt. Gleichwohl fühlte sich Smalon nicht besser. Hin und her überlegte er, wie er dem Zwergen, seinem Pony und auch der Gans helfen konnte. Alles unter einen Hut zu bringen, schien schwierig. Bis heute war ihm jedoch immer eine rettende Idee gekommen. Er hoffte, dass sich auch dieses Mal ein Weg auftun würde.

Nachdem Janos mit den Maultieren zurückgekehrt war, liefen sie zum Tor. Da die Zugbrücke noch wie eine Speerspitze in den Himmel zeigte, beluden sie die Maultiere. Saskard hatte Amra wieder in seinem Rucksack verstaut. Er trug nun wieder die Axt, die ihm Olibran mit auf die Reise gegeben hatte.

Janos' Arm schmerzte nach wie vor. Er musste den Heiltrank sofort zu sich nehmen, wenn er Sumpfwassers Tor durchschritten hatte. Vorher traute er sich nicht. Er befürchtete, Herr Alverda würde sich vor dem Tor einfinden, und vor ihm hatte er allerhöchsten Respekt. Teilen musste er den Trank nicht. Der Zwerg meinte, er würde ihm eh nicht helfen. Janos verstand ihn.

Leise miteinander plaudernd, warteten sie auf den allmorgendlichen Befehl des Wachoffiziers, damit die Zugbrücke herabgelassen wurde. Kalt war es geworden. Kein Wölkchen trübte das azure Blau, und der Atem kristallisierte bei jedem ihrer Worte.

Plötzlich bogen Lund Schrammenberg, Amon Noma Alverda und in ihrer Begleitung vier Wachsoldaten um die Ecke einer Sattlerei. Janos stockte der Atem.

„Morgen, die Herren!" wurden sie begrüßt.

„Guten Morgen!" antwortete auch Janos. Seine Sinne waren aufs Schärfste gespannt. Was will nur der Priester von uns? Ganz ohne Grund ist er gewiss nicht gekommen, noch dazu in Begleitung der Wachen.

„Öffnet das Tor!" rief Lund Schrammenberg den schon wartenden Posten auf der Mauer zu. „Und ihr durchsucht die Wagen!"

„Jawohl, Sir!" erklang es viermal. Forschen Schrittes eilten die Soldaten zu den bereits wartenden Wagen.

„Der Graf lässt sich entschuldigen." Janos wurde von Herrn Alverda aus den Gedanken gerissen.

Smalon spürte, wie der Priester feinste Nesselfäden aussandte.

„Lasst dem Grafen unsere besten Wünsche übermitteln!" erwiderte Janos. „Wenn Saskard geheilt ist, werden wir der Festung Biberau einen Besuch abstatten."

„Ich werde es dem Grafen ausrichten, Herr Alanor!"

Mittlerweile hatte die Zugbrücke auf der gegenüberliegenden Seite der Raun auf der Flussmauer aufgesetzt, und der erste Wagen rollte über das polternde Holz. „Gute Reise, Herr Alanor!" Freundschaftlich reichte ihm der Priester zum Abschied die Hand.

Janos erstarrte zu Eis, als kühles Metall seine Handfläche berührte. Zitternd öffnete er ein wenig seine Finger. Das knallige Rot der gekreuzten Äxte strahlte ihm entgegen. Wie betäubt blickte er in das Gesicht des Priesters und schloss die Hand wieder.

„Behaltet Ihr es!" flüsterte Amon Noma Alverda. „Bei Euch ist es am Besten aufgehoben!"

„Aber ... !"

„Kein aber, die Götter wollen es so!"

Schwankend entfernte sich Janos. Er konnte sein Glück kaum fassen. So fest er nur konnte, drückte er das Amulett in seine bebende Hand.

Im Schatten eines Hauses stand Elgin Hellfeuer. Er hatte die Spur des Amuletts aufgenommen. Sein eisiger Blick hätte Wasser zu Eis gefrieren lassen können. Er musste dem Blondschopf folgen.

Kapitel 10

Festung Weihenburg

Die Sonne brannte. Vor fünf Tagen hatten sie die Seelenquelle verlassen, sie hatten es bald geschafft. In der Dämmerung würden sie die Festung Weihenburg erreichen. Umash Caron hatte sich nicht für den Rückweg zur Bastion Schattentod entschieden. Anfangs liefen sie entlang bizarrer, roter und gelber Felsstalaktiten, die ins azurne Blau wie Nadeln stachen, danach marschierten sie durch Schluchten, deren Grund noch nie Wasser gesehen hatte, und über windgebeutelte Höhen hinweg. Feindlich gesinnten Wesen begegneten sie nicht. Tkajj war ausgestorben, bis auf die Sonne, die unerbittlich von frühmorgens bis spätabends auf sie herabbrannte.

Olinja, der Steppenprinzessin aus Larxis, machten die Strapazen nichts aus. Ihr ging es großartig. Ständig war sie zu Scherzen aufgelegt, selbst dem brummigen Caron konnte sie ab und zu ein Lächeln abgewinnen, und ihre Haare wurden von Tag zu Tag heller. Naya von Taleen machte die meisten Späße zwar mit, aber wirklich zum Lachen war ihr nicht zumute. Ihre Hüfte schmerzte. Von der linken Seite ihrer Schulter bis hinab zur Hüfte war sie blau, gelb und grün angeschwollen. In den letzten fünf Tagen hatte sie sich allmorgendlich selbst geheilt, wenngleich ihre Kräfte nicht wie gewohnt Wirkung zeigten.

„Bei den Göttern, ist das heiß! Und dabei sollte der Winter schon bald Einzug halten", keuchte Naya erschöpft. Kurzerhand blieb sie stehen und wischte sich eine kastanienrote Strähne aus dem Gesicht.

„In Tkajj gibt es keinen Winter, und Schnee ist noch nie gefallen, aber die Nächte können sehr kalt sein", sprach Umash seine Gedanken aus, während er eine Hand schützend vor die Augen hielt, um nicht von der Sonne geblendet zu werden. Die vorgeschobenen Wachtürme der Festung Weihenburg konnte er noch nicht erkennen, obwohl sie eigentlich aus großer Entfernung zu sehen waren.

„Ich bin einfach nur froh, wenn wir Tkajj endlich verlassen", stöhnte Olinja.

„Heute Abend werden wir die Grenze überschreiten. In Ammweihen sind wir vor Übergriffen sicher!" erwiderte Naya. „Die Einwohner werden uns dennoch keine Herzlichkeit entgegenbringen, aber Respekt sollten sie uns schon zollen."

Als sich die Prinzessin, wegen der sie die strapaziöse Reise auf sich genommen hatten, räusperte, drehte sich Umash zu ihr um. Olinja hatte besser durchgehalten als er es für möglich gehalten hatte. Ihre Mutter wäre stolz auf sie gewesen.

„Unsere Wasservorräte sind nahezu aufgebraucht, Umash! Lass uns weitergehen." Forschen Schrittes setzte sich Naya in Bewegung.

„Warte, lass mich vorangehen. Du bist noch zu sehr von deinen Verletzungen geschwächt! Wenn wir angegriffen werden, bist du möglicherweise nicht in der Lage, uns zu beschützen."

Mit einer weit ausholenden Armbewegung ließ Naya den drahtigen Mittvierziger vorübergehen. Im Grunde genommen war es ihr nur Recht, wenn Umash die Führung übernahm, Hauptsache, sie kamen ihrer Heimat näher. Hintereinander laufend marschierten sie weiter. Erst schien ihnen die Sonne ins Gesicht, dann heizte der leuchtende Stern ihre rechten Wangen auf.

„Dort drüben, seht ihr?" Umash zeigte über eine Schlucht hinweg. Es waren drei vorgeschobene Wachtürme hinter einem Palisadenzaun zu erkennen.

„Umash?"

„Ja, Naya?"

„Warum sehe ich über Weihenburg nicht den Staub, der normalerweise wie eine Glocke über der Festung liegt?"

„Vielleicht wurden die Soldaten zum Essen gerufen! Die Zeit würde passen." Umash hatte jedoch seine Zweifel. Nervös kaute er mit den Zähnen auf seiner Oberlippe.

„Schon möglich, aber ungewöhnlich ist es trotzdem!" Fragend blickte Naya zu dem Kämpfer an ihrer Seite.

„Lasst uns doch weitergehen! Nach fünf Tagen Wüste hätte ich nichts gegen ein gepflegtes Bad einzuwenden." Olinja wollte sich einfach nur waschen und dann in einem großen Bett, bewacht von Soldaten, einschlafen.

„Täuschen sich meine Augen, Umash, oder steht der linke von den drei Türmen schräg?"

„Du könntest recht haben. Wir müssen auf der Hut sein!" entgegnete der Mann mit den quarzgrauen Augen.

„Was ist denn nun schon wieder los? Wollen wir reden oder weiterkommen?"

„Olinja!" Wütend drehte sich Umash zu der Steppenprinzessin um. „Hüte deine Zunge!"

Jedem anderen hätte Olinja eine Strafe zuteil werden lassen, zumindest hätte sie ihn zur Rede gestellt, aber bei Umash traute sie sich nicht. Der Mann hatte ihr schon einmal fünf Finger ins Gesicht gedrückt, und niemand, auch nicht ihre Mutter, hatte ihr damals beigestanden. Umash war nun mal Umash, und einen Befehl unter seinem Kommando zweifelte man nicht an. Mittlerweile hatte auch Naya ihren Säbel gezückt und schärfte ihre Sinne. Falls ein Angriff unmittelbar bevorstehen sollte, wollte sie vorbereitet sein. Angst breitete sich in ihr aus. Wie ein achtarmiger Krake kroch die Furcht in all ihre Glieder, bemächtigte sich ihres Körpers und schnürte ihr die Kehle zu. Unterdessen stieg Umash einen Geröllhang hinab. Hinter jedem Felsen vermutete er ein feindlich gesinntes Wesen – aber nichts geschah. Im schattigen Talgrund war es merklich kühler. Die flammenden Strahlen der Sonne beschienen nur noch die höchsten Spitzen der Hochebene. Nachdem sie die Talsohle durchschritten hatten, begann der Aufstieg. Jeder Schritt war eine Qual. Das lockere Geröll rutschte ihnen buchstäblich unter den Stiefeln weg. Ein toter Grubenkobold ließ sie erstarren. Kopfüber hing er über eine Böschung. In seinem Rücken steckte ein Pfeil. Umash legte seinen Zeigefinger über den Mund. Die beiden Frauen verstanden. Achtsam stieg Umash alleine weiter. An einem sanft abschüssigen Hang, der einer ausgeschwemmten Flusslandschaft glich, hielt er inne. Der Boden zu seinen Füßen war von unterschiedlichsten Fußstapfen übersät. Ein mächtiges Heer schien diesen Steig emporgezogen zu sein. Die Spuren, so schätzte Umash, waren höchstens einen Tag alt.

„Das sieht nicht gut aus!" Nayas Lippen zitterten, als ihr Umash die Spuren zeigte.

„Die Streitmacht, gewiss etliche tausend Krieger stark, wird Weihenburg überrollt haben."

Kontinuierlich folgten sie der auffälligen Fährte. Nachdem sie den Rand der Hochebene erreicht hatten, teilte sich der Hohlweg in viele kleine Pfade wie ein Mündungsdelta auf. Umash entschied sich für einen Steig ganz am linken Rand, der überschaubar nach oben führte. Als er ein vom Wind freigelegtes, kupferbraun schimmerndes Wurzelgeflecht erreicht hatte, erblickte er einen Wachturm, dessen Stützbalken vorne rechts gebrochen war. Naya hatte Recht behalten, ihre Augen waren bei weitem besser als seine. Der hölzerne Aussichtsturm stand zwar noch, aber ein kräftiger Windstoß würde ihn zu Fall bringen. Um den Aufstieg lagen zwei Orks, drei Goblins und ein mächtiger Oger. Pfeile hatten die Angreifer niedergestreckt. Von den Verteidigern fehlte jede Spur. Eine Schlacht hatte hier nicht stattgefunden,

Umash erinnerte es eher an eine Sturmflut, die mit einer einzigen Welle die Besatzung davongespült hatte. Die rund einhundert Soldaten, die in Weihenburg ihren Dienst ableisteten, wie Umash wusste, hatten gegen eine solch erdrückende Übermacht keine Chance gehabt. Mit Grauen dachte er an die riesigen Fußabdrücke im ockerfarbenen Sand. Kreaturen, die solch gewaltige Spuren hinterließen, waren nicht so ohne weiteres aufzuhalten. Das Eingangstor lag zersplittert am Boden, und im Innenhof brannten fünf große, noch glimmende Aschehaufen.

„Sie wurden verspeist!" Umashs Mund war so trocken wie das Land, aus dem sie kamen.

„Bei den Göttern!" entfuhr es Olinja. Sie fühlte, wie sich ihr Magen drehte. „Und was nun?" brachte sie kaum hörbar über die Lippen.

„Ich werde mich umsehen", entgegnete Umash. „Bevor die Nacht hereinbricht, ziehen wir weiter!"

Naya schwieg. Seit sie die grauenvolle Stätte betreten hatte, hörte sie außer ihrem wild schlagenden Herzen nichts mehr.

„Wohin gehen wir eigentlich?" erkundigte sich Olinja bei dem großgewachsenen Mann.

„Das sage ich dir, wenn ich die Festung inspiziert habe!" Achtsam marschierte Umash entlang der noch qualmenden Gluthaufen zu den gemauerten Unterkünften der Soldaten hinüber. Nachdem der Krieger in einem Eingang Nayas Blick entschwunden war, erwachte ihr Mund zu neuem Leben. „Olinja, lass uns Wasser aus dem Brunnen dort drüben schöpfen!" Ohne auf eine Antwort zu warten, lief sie los.

„Das haben die Soldaten wahrlich nicht verdient!" stammelte die Prinzessin immer noch tief bewegt. Dann trottete sie Naya hinterher. Als Olinja den Brunnen erreichte, hatte Naya den Ledereimer bereits über den Rand in die Tiefe geworfen. Klatschend schlug der Kübel auf.

„Ob das Wasser vergiftet ist?" Skeptisch schaute Olinja in Nayas regungsloses Gesicht.

„Werden wir sehen", erwiderte die rothaarige Frau und zog den vollgelaufenen Eimer wieder hoch. „Auch Oger und Orks brauchen Wasser. Warum sollten sie sich ihre Lebensgrundlage entziehen?"

Argwöhnisch schaute Olinja auf das perlende Nass. „Aussehen tut es ganz normal!"

„Ich werde kosten!" Bedächtig stellte Naya den tropfenden Eimer auf den Rand des Brunnens und formte ihre rechte Hand zu einer Schale, in die sie ein wenig Wasser hineinlaufen ließ. Durch die Zwischenräume ihrer

Finger tropfte die Flüssigkeit auf den gemauerten Brunnenrand zurück. Sie roch an dem perlenden Nass und benetzte ihre Zunge.

„Und?!" erkundigte sich Olinja, kaum dass Naya den Mund geschlossen hatte.

„Nichts! Meine Zunge ist weder trocken noch gelähmt, und sie brennt auch nicht. Folglich müsste das Wasser genießbar sein. Eine Weile warten wir trotzdem, gut möglich, dass sich mein Befinden noch ändert."

„Die Sonne geht schon unter! Wo bleibt nur Umash?" Nervös blickte sich Olinja um.

„Er wird schon kommen. Er lässt uns nicht im Stich." Gleichwohl beobachteten die beiden Frauen die Umgebung. Aber es regte sich nichts, bis auf den heißen Wüstenwind, der in unregelmäßigen Abständen wiederkehrend über die Festung fegte.

„Was macht deine Zunge?" Olinjas Stimme zitterte. „Spürst du eine Veränderung?"

„Nein, nichts, das Wasser scheint trinkbar zu sein."

Nachdem sie beide ihren Durst gestillt und die leeren Wasserbeutel aus Hirschleder gefüllt hatten, tauchte Umash auf der gegenüberliegenden Seite des Exerzierplatzes wieder auf. Bei jedem seiner Schritte flog der feine Sand bis zu den Stiefelschächten hoch.

„Das Heer ist Richtung Südwesten weitergezogen!"

„Nach Südwesten? Dorthin führt doch auch unser Weg." Bestürzt brachen die Worte aus Olinjas Kehle hervor.

„Jetzt nicht mehr!" Dankend nahm Umash den Wasserschlauch entgegen, den ihm Naya reichte. „Wir dürfen ihrer Spur nicht folgen, das wäre zu gefährlich! Die Heerführer werden sich bestimmt auch nach hinten absichern. Das Wagnis, entdeckt zu werden, ist zu groß."

„Wohin werden sie ziehen, Umash?" wollte Olinja wissen.

„Das kann ich dir nicht beantworten. Aber sie werden ihre Planungen jeden Tag neu überdenken. Tun sie das nicht, werden sie nicht weit kommen. Sicher bin ich mir nur, dass sich ihnen die königlichen Garden aus Ammweihen entgegenstellen werden." Erneut führte Umash den Wasserbeutel zum Mund.

„Meinst du, ein so riesiges Heer könnte auch Larxis gefährlich werden?" Unruhig griff Olinja in ihren Zopf.

„Vermutlich nicht. Die Steppen Saanas sind zu gewaltig. Aber wirklich wissen kann man es nicht."

„Meine Mutter wird sich um mich sorgen!"

Gut möglich! dachte Umash und nickte. Falls sich der Krieg ausweiten sollte, würde Prinz Elira von Saana den Caisseys und somit Sir Lenny Kupfermond beistehen. Aber nur, und da konnte er getrost sein letztes Hemd verwetten, wenn man dem Steppenprinz eine Aufwartung machen würde, und daran konnte er kaum glauben. Seine Gedanken behielt er aber für sich. Olinja würde er damit nur ängstigen, und auf die Geschehnisse Einfluss ausüben war sowieso nicht möglich. Naya schienen ähnliche Fiktionen durch den Kopf zu gehen.

„Wohin werden wir uns wenden?" brachte ihn Olinja in die Gegenwart zurück.

„Wir haben keine große Wahl. Zurück ... niemals. Nach Westen", Umash schüttelte den Kopf, „versperrt das feindliche Heer unseren Weg, und im Osten liegt die Wüste Ours. Folglich werden wir nach Süden laufen, wir folgen dem Fluss Triene bis nach Lainbach. Dann werden wir weitersehen! Möglicherweise müssen wir uns auch bis zur Glitzersee durchschlagen und ein Schiff besteigen. Vielleicht kommt es aber auch ganz anders. Wir wissen nicht, welche schicksalhaften Begegnungen uns noch erwarten." Umash zuckte mit den Schultern.

„Keine Weisheiten! Darauf kann ich im Moment getrost verzichten! Ich will einfach nur nach Hause." Angriffslustig blitzten Olinjas weiße Zähne auf.

„Wollen Naya und ich auch, dennoch treibt uns der Wind Saanas nach Süden, und keiner von uns wollte je dorthin."

Erbost warf die Prinzessin ihren Zopf zurück. Ihr wütender Blick prallte an dem alten Haudegen jedoch wie Regen an seinem Harnisch ab. „Wir brauchen Pferde, Umash! Sieh zu, dass du welche findest!"

„Daran habe ich auch schon gedacht. Morgen früh werde ich mich darum kümmern. Jetzt müssen wir uns aber sputen, um ein Nachtlager auszumachen. Hier in Weihenburg können wir nicht bleiben."

Ohne auf die Frauen zu achten, lief Umash los. Schmunzelnd vernahm er Schritte in seinem Rücken. Olinja und Naya würden ihm folgen, egal, wohin er sie führte.

Schon während sie marschierten, sah er sich nach einem Lagerplatz um. Der Boden zu seinen Füßen war übersät von unzähligen braunroten Kiefernadeln. Lautlos schwebten sie über den weichen Teppich hinweg. Einige lindgrüne Pflänzchen stachen zischen all den Erdfarben wie Vorboten eines neuen Lebens hervor. Das schien ein gutes Zeichen zu sein. Während sich die Dunkelheit wie Spinnenfäden über sie senkte, blitzte im matten Licht der Sterne ein Helm auf.

Kapitel 11

Janne von Loh

Janne von Lohs Augen sprühten einem sich brechenden Wasserfall gleich, und ihr kurzes, blondes Haar leuchtete wie ein wogendes Weizenfeld im Wind. Übermütig schwenkte sie Marcella Morgentaus Hand, um ihr die Trauer zu nehmen, während sie gleichzeitig ein Kinderlied aus ihrer Heimat Ammweihen summte. Die Sonne meinte es gut mit ihnen, sie lachte schon den ganzen Tag von einem makellos blauen Himmel.

Marcella fühlte sich schrecklich, am liebsten würde sie des Nachts einschlafen und nicht mehr erwachen. Loren Piepenstrumpf fehlte ihr sehr. Dachte sie nur an ihren schrecklichen Tod, brach der Damm, der ihre Tränen hielt. Der Fluss aus Perlen schien einen nicht enden wollenden Quell zu besitzen.

In der Kürze der Zeit hatte Marcella zu wenig wärmende Wäsche eingepackt. Zu spärlich war sie bekleidet. Würde sich der Himmel erst grau färben und Flocken tanzen lassen, käme sie binnen kurzem in eine lebensbedrohende Situation. So beobachtete sie ständig die Wolken. Schnee hatten sie noch nicht im Gepäck, obwohl die letzten Nächte schon bitterkalt waren. Zum Glück konnte sie auf Hans Haberkorns wärmende Decke zurückgreifen, die er ihr allabendlich reichte.

Mehrmals am Tage bot ihnen der Knecht auch schmackhaften Käse, deftigen Schinken, geräucherte Blutwürste, Apfelmarmelade, Taubeneier und ein schwarz gebackenes Krustenbrot an.

Hans Haberkorn war bestens ausgerüstet. Seinen Rucksack hatte er auf den kleineren der beiden Rappen gebunden, den er zitternd im Wiesengrund in der Nähe der Wassermühle vorgefunden hatte. Shahin, das größere Pferd, hatte sich bei der panischen Flucht aus Liebeichen eine triefende Wunde an der linken hinteren Wade zugezogen, und bei beiden Vierbeinern waren Schnitte am Hals und am Kopf zu sehen. Das weiche, mit Fett eingeriebene Leder musste sich augenblicklich in ihr Fell eingegraben haben. Wie verbrannt sahen die Wunden aus. Von der anstrengenden Flucht entkräftet, hatten die Tiere inmitten des saftigen Grüns gestanden. Mühelos konnte ihnen Hans das zum Teil zerrissene Zaumzeug abnehmen. Schnaubend begannen die Rappen zu grasen. Hans ließ sie gewähren. Aus den entzweiten Lederbändern fertigte er zwei Schlingen an, die er den Pferden um den Hals legte. Nun konnte er die Tiere mit sich führen. Als Hans wenig später Janne von

Loh und Marcella Morgentau ebenso erschöpft vorgefunden hatte, versorgten sie gemeinsam die Vierbeiner. Während Marcella beruhigend und streichelnd auf Shahin und Chari einwirkte, konnten Hans und Janne deren Wunden mit einer Paste aus Ringelblumen bestreichen.

Hans überließ die Führung Janne von Loh. Der blonden Frau mit dem Temperament eines wilden Pferdes hatte er nichts entgegenzusetzen. Er deutete jedoch an, dass er zur Uth wollte, um bei dem ehemaligen Kommandeur Schutz zu suchen. Da Janne seine Gedanken teilte, überlegten sie nur noch, welcher Weg der sicherste wäre. Bevor sie sich aufmachten, überprüfte die blonde Frau ihre spärliche Ausrüstung. Erst nachdem sie über jedes Detail genauestens Bescheid wusste und Hans ihr einen seiner Dolche überlassen hatte, marschierten sie los. Sie liefen auf der Straße quer durch die Santiara bergauf und bergab. Von Untoten blieben sie verschont, selbst Menschen bekamen sie nicht zu Gesicht. Nur etliche Springböcke und ein uralter, ergrauter Wolf kreuzten ihren Weg. Nachdem sie den Turanaofluss durchquert hatten, erreichten sie die Ausläufer der Uthberge. Sie wanderten am Waldrand mächtiger, schattenwerfender Eichen, Ulmen, Buchen und Kastanien entlang, deren Blätter schon tiefrot verfärbt waren. An einem herabplätschernden, schäumenden Bach blieben sie stehen. Sie zogen ihre Schuhe aus und wateten durch das quirlige Nass. Das Wasser war so eisig, als würde es einem Schneebrunnen entspringen. Es lähmte buchstäblich ihr Blut, vorübergehend nahm es Marcella sogar den Atem. Janne hingegen schien die Abkühlung zu genießen. Ihre Augen blitzten vor Freude auf, als das Wasser ihre Fesseln umspülte.

„Komm schon, Marcella! Quäl dir nicht jedes Lächeln ab. Du lebst, schrei es in die Wildnis hinaus!"

„Ich kann nicht, Janne! Meine Füße schmerzen, und nachts friere ich erbärmlich!"

„Nun schrei schon!"

„Oh, Janne! Mir fehlt Loren. Ich bring ihren Tod einfach nicht aus meinen Gedanken."

„Mir geht es ebenso. Aber ich bin Loren unendlich dankbar, dass ich auf ihr Gefühl gehört habe ... sonst wären wir schon in den Hain der Götter eingezogen."

Marcella begann zu weinen, und Janne legte liebevoll ihre Arme um das schluchzende Mädchen. „Es wird die Sonne auch wieder für uns scheinen. Du wirst es erleben! Helm wird uns Obdach gewähren, da bin ich mir ganz sicher, und wenn Segen auf uns fällt, können wir vielleicht sogar Schneejacken erwerben!"

Marcella schluchzte. „Ohne dich … hätte ich es … nie geschafft!"

„Sollten wir nicht weiterziehen?" erkundigte sich Hans bei den Frauen. „Schon bald wird die Sonne untergehen."

„Doch, natürlich! Komm, Marcella, zieh deine Stiefel an, ich will die Herberge noch vor Einbruch der Nacht erreichen!"

Nachdem Marcella in ihre Schuhe geschlüpft war und die Bändel verschnürt hatte, liefen sie weiter. Als sich der Wald ein wenig lichtete, trat plötzlich ein großgewachsener Mann mit kurzgeschnittenem, schwarzem Haar hinter einer Ulme hervor. Blitzartig zog Janne ihren Dolch, aber im gleichen Atemzug erkannte sie den ehemaligen Kommandeur wieder, den sie schon beim Einkaufen von Handelswaren in Liebeichen gesehen hatte. Marcella und Hans hielten den Atem an.

„Zwei Frauen und ein Mann in der Uth? Was soll das?" Helms Stimme verlangte eine Antwort. Er war es gewöhnt, Auskünfte, Meldungen und Rechtfertigungen zu erhalten. Janne von Loh erkannte er auf Anhieb. In gewisser Weise war sie ebenso bekannt wie er. Seinerzeit wurde er mit einem Falken verglichen, sie käme seiner Meinung nach einem bunten Kuckuck am nächsten, und wenn die Eskapaden, die man sich über sie erzählte, nur halbwegs stimmten, dann stand er einem lodernden Vulkan mit blauen Augen und unschuldigem Blick gegenüber. Das schwarzhaarige Mädchen an ihrer Seite kannte er nicht. Als er sie musterte, suchte die junge Frau erschreckt nach Janne von Lohs Hand.

Was bildete sich der ehemalige Kommandeur nur ein? Janne war wütend. In diesem Ton erlaubte sich niemand mit ihr zu reden. „Liebeichen wurde von entsetzlichen Kreaturen erstürmt. Alle Häuser stehen in Flammen. Ob es Überlebende …"

„Liebeichen brennt?" Entgeistert starrte sie der Mann an.

„Vermutlich steht kein Stein mehr über dem anderen!" Janne fauchte wie eine keifende Katze. „Hans konnte jedoch zwei Kuriertauben auf die Reise schicken. Möglicherweise hält sie der Graf bereits in Händen."

„Das war eine kluge Entscheidung!" Helms eisiger Blick ließ den Knecht erstarren.

„Ich dachte … lass sie fliegen", kam ihm über die Lippen.

„Könnt Ihr uns helfen?" brachte Janne von Loh die Unterredung wieder in Gang. „Wir bräuchten eine Bleibe, ein Bett für zwei oder drei Tage und etwas zum Essen. Wir können auch zahlen!" fuhr sie schnell fort, als sich auf Helms Stirn ein Faltengebirge aufwölbte.

„Ich weiß nicht …?!"

„Und zwei Schneejacken benötigen wir auch!"

Vermutlich konnte ihn die blonde Frau in Grund und Boden reden. Aber in Anbetracht der misslichen Lage, in der sich die drei befanden, musste er ihnen beistehen. „Kommt mit!" rief er ihnen ein wenig freundlicher zu.

Erleichtert schlossen sich ihm Marcella, Janne und Hans an. Auf einem von Rotwild ausgetretenen Pfad führte er sie heimwärts.

Unverhofft kam Wind auf. Die Bäume bogen sich, und ganze Heerscharen von gelben und roten Blättern in verschiedenartigsten Schattierungen fielen auf sie herab. An manchen Stellen war der samtgrüne Waldboden kaum mehr zu erkennen. Helm weilte in Gedanken bei seiner Frau. Er hoffte, sie würde Janne von Loh nicht kennen. Wie sollte er ihr sonst erklären, dass die verrufenste und zugleich bestaussehendste Liebesdienerin in ihrem Heim nächtigen würde. Obendrein hatte er unversehens neue Sorgen. Schleunigst musste er Vorkehrungen treffen, um seine Familie, die Wegeners und die Rübckes zu schützen. Krishandriels Sorgen waren schneller Wirklichkeit geworden, als er es je für möglich gehalten hätte. Ursprünglich wollte er in den folgenden Tagen nach Liebeichen reisen und Vorräte für den bevorstehenden Winter kaufen. Daran war nun nicht mehr zu denken.

„Papa, haben wir neue Gäste?" rief ihm unerwartet seine jüngste Tochter zu.

„Itna! Wo kommst du denn her?" Er hatte sie nicht bemerkt. Zu sehr war ihm die Wirklichkeit entglitten. Seine Gedanken glichen einer hohlen Nuss, die von den Wellen in eine Nebelbank getrieben worden waren.

„Das ist Janne von Loh, und … wie heißt Ihr eigentlich?" Gereizt fuhr er das schwarzhaarige Mädchen an.

„Marcella Morgentau", flötete sie, während sich ihre Wangen orangefarben röteten.

„Zwei oder drei Tage werden sie bei uns nächtigen, Itna."

„Ich werde es Mama erzählen!" Eilig rannte sie den Gästen voraus.

„Nein!" rief ihr Helm hinterher. Itna wollte ihren Vater jedoch nicht mehr hören.

„Nette Tochter!" säuselte Janne.

„Ja, und sie ist nicht die Einzige!" antwortete Helm zerstreut.

Als sie das Haus am Rand der Uthberge erreichten, trat Negride aus der Tür, um die Ankommenden zu begrüßen. Sie unterhielt sich mit den Frauen so selbstverständlich, als hätte sie ihre besten Freundinnen seit langem wieder getroffen.

Bestimmt tauschen sie gleich Kuchenrezepte aus, dachte Helm missgelaunt. Vermutlich Nussschokoladenplätzchen gegen Apfelbirnkranztorte.

„Helm, was schaust du so, zeig unseren Besuchern lieber ihr Schlafgemach!" Zur Bekräftigung ihrer Worte gab sie ihrem Gatten einen Stoß in die Rippen.

„Ja, doch!" Griesgrämig eilte Helm ins Haus. Den Frauen zeigte er die Betten am Kaminschacht, Hans wies er das achte Bett am Ende der Kammer zu. Abgrenzend stellte er eine Wand aus geflochtenen Weidengerten neben dem Knecht auf, so dass sich die Frauen entkleiden konnten, ohne neugierigen Blicken ausgesetzt zu sein.

Negride hatte Kartoffeln geschält, und in einer Schale lagen fein säuberlich geputzte Karottenschnipsel. Nun schnitt sie Zwiebeln. Sie mochte die Knollen nicht. Ständig musste sie Tränen beiseite wischen. Zum Abendessen sollte es einen Kartoffel-Käse-Auflauf mit Kümmel und Petersilie geben. Ihre Töchter liebten diese Speise. Hoffentlich würde sie ihren Gästen ebenso munden. Negride freute sich schon auf die Zeit nach dem Essen, wenn sie sich mit Janne und Marcella zusammensetzen würde. Eine vergnügliche Zeit stand ihr bevor.

Während seine Frau die Speisen zubereitete, brachte Helm Hans' Tauben in den nahen Schuppen. Als er wiederkehrte, saß Janne von Loh neben seiner Frau am Tisch und schmierte eine Pfanne mit Fett ein.

„Haben wir für Janne und Marcella zwei Schneejacken?" Bevor Helm sich eine Antwort zurechtlegen konnte, wurde er von Negride abermals unterbrochen. „Meine Güte! Was wird nur mit den vielen Menschen aus Liebeichen geschehen sein? Warum besprichst du solch wichtige Ereignisse nicht mit mir?"

Schleunigst verließ Helm die Küche. Er hörte noch, wie seine Frau einen Faden zu weben begann, wie sich ihr eine koordinierte Verteidigung darbot, aber davon hatte sie nun wirklich keine Ahnung. Forschen Schrittes eilte Helm in seine Rumpelkammer, in der er zwei pelzgefütterte Lederjacken vorzufinden hoffte. Nach dem Abendessen würde er den Rübckes und Wegeners einen Besuch abstatten, um ihnen von den schrecklichen Ereignissen zu berichten. Hans beabsichtigte er zu dem Treffen mitzunehmen. Zu späterer Stunde, als die Gespräche an Hans und ihm gleich Wolken vorbeischwebten, brachen sie auf. Für die Frauen war ihre Anwesenheit nun nicht mehr von Belang.

Empfindlich kalt war es geworden. Am nachtblauen Himmel zeigten sich bereits die ersten blass schimmernden Sterne, und im Osten ging der Mond auf. „Bist du nicht froh, ihrem Geschnatter entkommen zu sein?" erkundigte sich Helm bei dem Knecht.

„Doch ... schon! Aber ich weiß nicht, wie ich dir helfen kann. Ich hab doch kaum etwas gesehen."

Hans' Atem gefror. Die Luft war so eisig, dass sich Helm die Schneejacke bis zum Ansatz zuknöpfte.

Nach dreihundert Schritten erreichten sie die Kate der Wegeners. „Macht auf, ich bin es!" Fröstelnd rieb sich Helm die Hände. „Die Nacht wird verdammt kalt werden!"

„Schrei nicht so", empfing ihn Sona. „Habe gerade Tim zu Bett gebracht. Vermutlich bekommt er einen Zahn. Ich will nicht, dass er wieder aufwacht." Schweigend eilte sie den Männern voraus. Im Kamin in der Wohnstube loderten zwei funkensprühende Buchenscheite, und direkt gegenüber an einem massiven Eichentisch saßen Rall Rübcke und Joel Wegener. Jeder von ihnen hatte einen randvoll gefüllten Humpen vor sich stehen. „Wollt ihr auch ein Bier?" erkundigte sich Sona bei den Gästen.

„Sicher doch! Schenkt uns zwei Krüge ein. Ihr trinkt doch Bier, nicht wahr?"

„Wenn es keine Umstände macht ... dann nehme ich auch einen Krug!"

Emsig eilte die rotbackige Frau in den Vorratsraum, um zwei weitere mit Bier gefüllte Steinkrüge zu holen.

„Helm, stimmt es, was ich von einem meiner Söhne hörte", begann Rall und fuhr sich über die Glatze, „dass Liebeichen zerstört worden ist?"

Helm rückte sich seinen Stuhl zurecht. „Ja, scheint so! Einzelheiten kann Hans berichten! Er konnte sich noch im letzten Augenblick retten."

Joels blaue Augen traten hervor. „Wollt Ihr uns erzählen, was Ihr beobachtet habt?"

„Äh ... nun ... viel war es nicht. Krieger sah ich keine, zum Glück, aber über den Dächern flogen zwei riesige Drachen!"

„Drachen!" fiel ihm Joel augenblicklich ins Wort.

„Ja!" murmelte der Knecht und hüllte sich in Schweigen.

„Seid Ihr sicher?" erkundigte sich auch Rall bei Hans.

„Sie haben Feuer gespieen, und das tun Drachen doch ... oder?"

„So, hier habt ihr euer Bier!" Krachend stellte Sona zwei Krüge, über deren Rand Schaum quoll, auf den Tisch. Als sie jedoch einen quäkenden

Laut ihres Sohnes vernahm, eilte sie in seine Kammer und kam nicht mehr zurück.

„Sie werden uns doch verschonen, Helm? Was meinst du?" nahm Joel die Unterhaltung wieder auf.

„Ich denke, in der Uth sind wir sicherer als in jeder Stadt. Was die Zukunft jedoch bringt, vermag auch ich nicht zu sagen", entgegnete der ehemalige Kommandeur.

„Sucht uns jedoch eine Armee heim, werden wir ins Nebelreich einziehen!" Schwarzsehend schaute der Schreiner in Helms graue Augen.

„Uns wird keine Armee heimsuchen, Joel! Die Schlachtenführer wissen, dass es in der Uth nur wenig Seelen zu holen gibt!"

„Aber was ist", mischte sich nun auch Rall in das Gespräch ein, „wenn sie uns dennoch zu Leibe rücken?"

„In der Uth können wir uns Erdmäusen gleich verkriechen. Auch Untote werden uns nicht so leicht beikommen!" Gelassen nahm Helm seinen Krug zur Hand, führte ihn zum Mund, trank von dem würzigen, kühlen Bier und wischte sich den Schaum von den Lippen. „Glaubt mir, die Städte werden ihre vorrangigen Ziele sein, uns werden sie vorläufig verschonen!"

„Hoffentlich hast du recht, Helm! Ich möchte mein Kind heranwachsen sehen." Furcht setzte sich in Joels Gliedern fest.

„Wirst du auch!" versuchte ihm Helm seine Sorgen zu nehmen.

Um gemeinsam mit den anderen anzustoßen, hob Rall abermals seinen Krug. „Lasst uns auf unsere Familien anstoßen!" Klingend stießen die Steinkrüge aneinander.

Sie diskutierten bis spät in die Nacht hinein, arbeiteten Taktiken aus und vereinbarten Plätze, an denen sie sich bei überstürzten Fluchten finden wollten. Gegen Mitternacht machten sich Hans und Helm auf den Heimweg.

Schon von weitem konnte Helm die Frauen hören. Sie schwatzten noch immer, ihr Redefluss glich einem heißen Topf, aus dem unentwegt Milch quoll. So zog er es vor, schnellstmöglich in sein Bett zu gehen.

Stunden später legte sich Negride zu ihrem Mann. „Schläfst du schon?"

„Jetzt nicht mehr!" Gähnend drehte sich Helm zur Seite.

„Janne ist eine ganz passable Frau. Sie kennt mehr Kuchenrezepte als ich!"

„Ist das wichtig!?" Im Geiste schlug Helm die Hände über dem Kopf zusammen.

„Nein, aber ich kann einfach nicht begreifen, wieso Janne ein Allerweltsliebchen geworden ist. Verstehst du das?"

„Ich? ... Nein! ... Ein Allerweltsliebchen?"

„Nun tu bloß nicht so! Jeder in Liebeichen kennt schließlich Janne von Loh!"

„Also ich", seufzte Helm, „hatte schon von ihr gehört." Er weigerte sich aber entschieden, mit seiner Frau über Janne zu debattieren. „Wollen wir nicht schlafen?"

„Ja, doch!" Negride platzte beinahe vor Wut. Genervt schüttelte sie ihr Kopfkissen auf und drehte Helm den Rücken zu. Als sie ihren Gatten ruhig und gleichmäßig atmen hörte, schlummerte auch sie ein.

Obgleich sie nur wenige Stunden geschlafen hatte, stand Negride am Morgen als Erste in der Küche. Binnen kurzem gesellte sich Janne zu ihr. Da die anderen noch schliefen, setzten sich die Frauen an den Tisch und frühstückten miteinander. Interessiert aneinander nahmen sie das Gespräch von letzter Nacht wieder auf.

Missgelaunt kam Helm eine Stunde später zur Tür herein. Er setzte sich zu ihnen, sprach jedoch kaum ein Wort. Negride musste ihm schier jeden einzelnen Buchstaben aus der Nase ziehen. Nachdem Helm etliche Scheiben Krustenbrot belegt mit geräucherten Schinken, Tomaten und Käse verzehrt hatte, stand er urplötzlich auf, nahm seine Schneejacke vom Haken und verließ das Haus. Ein Schwert nahm er auch mit. „Was ist los?" rief ihm seine Frau hinterher.

„Schau mich nur ein wenig um!" erwiderte er.

„So früh am ...", hörte er Negride noch rufen. Dann fiel die schwere Eichentür ins Schloss.

Helm genoss die frische Bergluft. Wenn nur das laue Gefühl in seinem Magen nicht wäre. Ergrimmt stieß er das Schwert in die harte Erde. Anschließend lockerte er seine verspannten Muskeln. Während er sich dehnte und streckte, dachte er an die Zeit zurück, als er noch Kommandeur in der Festung Schneeziege gewesen war. Damals hätte er die Wachen auf Rundgang befohlen und die Posten an den Wällen verdoppelt. Irgendetwas stimmte nicht! Wenn er nur wüsste, woher der Wind die Wolken triebe. Schon immer hatte er sich auf seine Ahnungen verlassen können. Vermutlich hatte ihn Sandro Aceamas genau aus diesem Grund zum Befehlshaber ernannt.

An diesem Spätherbsttag konnte er auf keine Waffenträger zurückgreifen. Er war auf sich allein gestellt, und Hilfe konnte er von seinen Nachbarn, Hans und den Frauen nicht erwarten. Nachdem seine Muskeln warm waren, zog er das Schwert aus der Erde und wischte die Klinge mit etwas

Blattgrün ab. Von seinen Ahnungen geleitet, lief er in den nahen Wald. Im Schatten eines Kirschbaumes verschwand seine Gestalt.

Erschreckt fuhr Hans im Bett hoch. „Meine Tauben!" Er musste seine Lieblinge füttern. Bestimmt warteten sie schon sehnsuchtsvoll und hungrig auf ihn. Von Unrast getrieben stand er auf und kleidete sich an. Durch die Küche – Negride und Janne buken einen Apfelkuchen – eilte er mit dem Worten: „Komme gleich wieder … muss nur schnell die Tauben versorgen!"

„Was ist denn mit Hans los?" Verschlafen rieb sich Marcella, die von dem Knecht geweckt worden war, die Augen.

„Er vergaß, seine Tauben zu füttern!" entgegnete Janne von Loh.

„Und Itna und Icolele?"

„Die schlafen noch!" erklärte Negride achselzuckend.

Nachdem Janne den Kuchen ins Backrohr geschoben und sich das Mehl von den Händen geklopft hatte, beschloss sie, bei der Quelle vor dem Haus ihre Haare zu spülen. „Negride, kannst du mir ein Stück Seife geben? Ich möchte meine Haare waschen!"

„Einen Moment!" Unverzüglich eilte die Hausherrin, um eine Seife und ein Tuch zu holen.

„Ich werde mein Haar auch waschen", rief Marcella Janne hinterher.

Die Sonne strahlte vom Himmel. Um nicht geblendet zu werden, hielt Janne eine Hand vor die Augen. Durch die Luft flogen glitzernde Spinnweben. Frohgelaunt lief Janne zu der plätschernden Quelle, deren Wasser sich in einem kreisrunden Teich sammelte. In schillernde Farben getaucht, tanzten Blätter im Takt des Windes wie Jollen über die spiegelglatte Oberfläche. Das Wasser war ebenso kalt wie klar. Janne kniete sich nieder, um ihr Haar in dem sprudelnden Nass zu waschen. Nur wenige Sekunden konnte sie den eisigen Strahl ertragen. Flugs seifte sie die Haare ein. Es tat gut, die filzigen, verklebten Strähnen vom Fett zu befreien. Sich den Kopf massierend, schloss sie die Augen.

Unvermittelt vernahm sie Schritte, und auch die Eingangstür von Helms' Kate öffnete sich. Obwohl sie ihren Kopf zur Seite drehte, konnte sie keine der beiden Personen erkennen. Der Schaum in ihren Haaren nahm ihr die Sicht.

Einen Atemzug später kristallisierte das Wasser in ihren Haaren zu Eis, und ihr Herzschlag gefror. Verschwommen nahm sie einen Schatten wahr.

Ein peitschender Hieb, und sie bekam wieder Luft. Blut spritzte über sie hinweg. Als das Sonnenlicht ihre Augen streifte, fiel Leneora Melkums

Kopf vor ihr in den Teich. Durch das glasklare Wasser sah sie ihre schwarzblauen Locken dem kieselsteinigen Grund entgegenschweben. Ihre einst so schönen blauen Augen waren grenzenlos tot. Marcella schrie, als wäre sie aufgespießt worden. Erst als ihr Helm eine schallende Ohrfeige versetzte, brach das Mädchen schluchzend auf der Erde zusammen. Ohne eine Regung zu zeigen, wischte Helm das Blut von seinem Schwert.

Allmählich kam Leben in Jannes Körper zurück. Während die Sonne das Eis in ihren Haaren in perlmuttfarben schillernde Tropfen verwandelte, zog sie Leneoras Kopf aus dem Wasser. Abermals war sie dem Sensenmann von der Schippe gesprungen, obwohl sie sein Klopfen schon an ihrem Hals gespürt hatte. Noch durfte sie sich ihres Atems erfreuen. Die Frage war nur: Wie lange würden ihr Körper und ihre Seele noch im Gleichschritt marschieren?

Kapitel 12

Der Weg ist das Ziel

Nachdem sich Janos außerhalb der Sichtweite von Sumpfwasser befand, fischte er den Heiltrank aus einer der vielen Taschen seines Mantels. Er öffnete die Phiole, dankte Saskard und schluckte den Saft hinab. Seinem Arm ging es augenblicklich besser. Geschmeidig und beweglich fühlte sich jede einzelne Sehne an. Voller Tatendrang marschierte er weiter zur Wilden Raun. Der Zwerg und der Halbling folgten ihm.

Am Fluss teilte sich die Straße. Ein Weg führte nach Liebeichen, der andere über eine massive Brücke aus Stein nach Fort Biberau. Flussbauer hatten den Übergang erschaffen. Inmitten des Gewässers war eine Stützmauer in den kiesigen Boden gerammt worden. Fünfundzwanzig Schritte weit spannte sich der steinerne Bogen, bis er auf der gegenüberliegenden Seite der Raun wieder aufsetzte. Janos musste Smalon am höchsten Punkt der Brücke auf das Geländer heben, damit der Halbling auf den still dahinfließenden Fluss hinabblicken konnte. Wie die Schuppen eines Silberdrachen spiegelte sich das Wasser auf der Oberfläche. Hätte die Gans nicht lautstark ihren Unmut kundgetan und Saskard einen verächtlichen Blick auf sie geworfen, wäre Smalon auf dem Rand sitzen geblieben, um den Fischen beim Spielen mit den Wellen zuzusehen. So rutschte er jedoch schnell wieder hinab und eilte den beiden hinterher.

„Zieh Schnuppel den Hals nicht so lang! Er ist doch kein Kamel!" rief er aufgebracht dem Dieb zu.

„Dir kann man es wohl nie recht machen! Nimm ihn doch selbst!" Unwirsch warf Janos Smalon den Führstrick zu. „Es ist sowieso dein Baby!"

„Ja, ist es!" Zärtlich streichelte der Halbling das Pony, worauf ihn Schnuppel anstupste. Er will fressen, fuhr es Smalon durch den Kopf. Er spricht zu mir! Seit Tagen überlegte er, wie Tiere miteinander kommunizieren konnten. Den Gedanken an sich fand er überaus spannend, obwohl sich Saskard bei seinen Ausführungen des Öfteren mit dem Finger an die Stirn tippte. Aber irgendwie mussten sich doch auch Pferde unterhalten. Wenn er nur wüsste wie? Da sich Schnuppel jedoch entschlossen hatte, den Maultieren zu folgen und es jede Menge Interessantes zu sehen gab, war er nicht mehr imstande, seine Überlegungen zu Ende zu spinnen.

Schwer beladen eilten Marktweiber mit Körben, Taschen oder Rucksäcken an ihnen vorbei. Es interessierte ihn unbändig, was die Frauen so alles mit sich führten. Fleischige Tomaten, grasgrüne Gurken und gebundene Sträuße mit Paprika entdeckte er, einmal erhaschte er sogar einen Blick auf einen riesigen, schwarzgelb gefleckten Kugelkürbis, der von einem Mädchen in einem Leiterwagen gezogen wurde.

Nach etwa einer Stunde waren sie allein. Nur einige armselige Anwesen lagen beidseitig der gepflasterten Straße. Die Dächer der Häuser waren mit Reet gedeckt, und Ställe für Kühe, Schafe oder Schweine gab es so gut wie nie. Meist standen die Tiere auf weitgehend abgegrasten Wiesen, und als Unterschlupf diente allenfalls ein Dach aus Schilfrohrstangen.

Gegen Mittag rasteten sie am Ende der Straße, wo ein breit ausgetretener, lehmiger Feldweg seinen Anfang nahm. Saskard konnte nicht mehr. Er musste pausieren, um wieder zu Kräften zu kommen. „Grubenmatsch und Stollenbruch! Ich bin euch nur eine Last! Wir sind kaum schneller als Schnecken." Wütend über sein Schicksal nahm er dennoch dankbar ein Käsebrot entgegen, das ihm Smalon reichte.

„Beklag dich nicht! Wir sind weiter gekommen, als ich von vornherein dachte. Dreiviertel des Weges dürften wir schon hinter uns haben!"

„Du willst mich wohl aufheitern?"

Suchend ließ Janos seinen Blick über die Wiesen gleiten. „Nein!" Nicht einmal Höfe oder Hütten gab es in diesem Teil der Grünmark. Über die Schilfwälder – das Meer war nah – wehte ein stürmischer Wind, der winzige Salzkristalle über den weiten Auen fallen ließ. „Warum sollte ich dir einen Bären aufbinden?" nahm er das Gespräch wieder auf.

„Nun ... um mich bei Laune zu halten!" hielt der Zwerg dagegen.

„Du spinnst!" regte sich Smalon auf und biss von einem grasgrünen Apfel ein Stück ab.

Saskard fühlte sich zu schwach, um mit dem Halbling zu streiten, und darauf würde es hinauslaufen, wenn er seinen Empfindungen nachgab. So erwiderte er: „Werden wir noch vor Einbruch der Nacht den Strom Sassna erreichen?"

„Keine Frage, so sicher wie die Priester die Hände falten!" erwiderte Janos.

„Und wie steht es um mich?"

„Schlecht! Aber das weißt du doch selbst! Erreichst du die Druidin nicht, kannst du getrost davon ausgehen, dass wir unsere Berufung in den Wind schreiben können."

„Möchtest du auf Schnuppel reiten?" fragte der Halbling dazwischen.

„Nein!" Gequält stand Saskard auf und setzte sich in Bewegung. Bewundernd schauten ihm Janos und Smalon hinterher.

Hier nahe dem Meer gediehen keine Bäume, das Rohrdickicht dagegen breitete sich einem schlingenden Teppich gleich mehr und mehr aus. Rauschend bogen die Halme ihre Köpfe im brausenden Wind. Zwischen trüben Teichen und morastigen Sümpfen wuchsen zur Landseite Gelbseggen, Flatterbinsen und Kelchlilien. Nur selten wurde diese Region von Menschen betreten; insbesondere nicht im Hochsommer, wenn sich die gefürchteten Stechmücken aus den unzähligen Brutstätten erhoben.

Sie kamen immer langsamer voran, und Janos stand dem Zwerg immer wenn er es für nötig hielt bei. Dankend nahm Saskard jede Hilfe an. Um die Gans nicht tragen zu müssen, setzte der Halbling sie auf Schnuppel. Zuerst kam das Pony mit dem gespenstischen Quaken auf seinem Rücken überhaupt nicht zurecht, aber im Laufe des Nachmittags entspannte es sich. Von Zeit zu Zeit, wenn die Gans mit allzu heftigen Flügelschlägen gegen den böigen Wind ankämpfte, erschrak das Pony dennoch.

Als die Sonne hinter unzähligen Schilfstangen im Meer versank, erreichten sie die Sassna. Wie eine glitzernde Schlange wand sich der Strom aus der Kantara an ihnen vorbei. Auf der gegenüberliegenden Uferseite reihten sich Fischerboote und zum Trocknen aufgespannte Netze, und hinter einer Böschung ragten Schornsteine in die hereinbrechende blauschwarze Nacht.

„He, he ... hallo!" schrie Janos über den Strom hinweg, als er auf der anderen Seite zwei Männer erblickte, und Smalon hüpfte, um Aufmerksamkeit zu erreichen, wie ein springender Ziegenbock auf und ab. Das Pony verabscheute hektische Inszenierungen gleich welcher Art. Es machte einen gewaltigen Satz zur Seite, und die Gans schwirrte wie eine flugunfähige Hummel ins dichte Schilf. Schimpfend watschelte sie durch die Stangen zurück auf den Weg. „Ruhig, Schnuppi! – Alles gut!" Für das Pferdchen schien allerdings nichts in Ordnung zu sein. Das Geschrei ängstigte es, und der Strom, ein gurgelnder Wasserdrache, drohte es zu verschlingen. Da die Maultiere jedoch desinteressiert über die Oberfläche hinwegstarrten, suchte das Pony schnaubend nach etwas Fressbarem. Smalon ließ es gewähren. Aber der Lärm hatte seinen Zweck erfüllt. Die beiden Männer auf der gegenüberliegenden Seite des Stromes hatten sie entdeckt. „Es ist schon spät!" hallte es über das Wasser.

„Wir brauchen eine Unterkunft für uns und unsere Tiere!" schrie Janos zurück, ohne auf die Antwort des Rufers einzugehen.

Die Männer bewegten sich, sie betraten ein Gefährt aus Holz. Als sich die Fähre bewegte, spannten sich zwei Taue aus Hanf zu Janos' Füßen, die an einem fest im Schlick eingegrabenen Pfahl befestigt worden waren.

„Kannst du für uns alle bezahlen, Smalon?"

Ungläubig schielte Smalon zu Janos empor. „Ja, kein Problem!" Er glaubte dem Blondschopf jedoch nicht, dass er keine Münzen mehr besaß.

Schlingernd fraß sich das Floß vorwärts, und der Pfahl zu ihren Füßen knirschte, als riebe ein Wolf seine Zähne an einem Gitter aus Eisen. Nachdem die Fähre die Mitte des Stromes passiert hatte, schien sie von den Wellen getragen zu werden. „Und zieh! Und zieh!" kamen die Worte und das Boot näher.

„Eure Muskeln tanzen nicht schlecht!" begrüßte Janos die Fährleute. Ein braungebrannter Hüne, gute sechs Fuß hoch, steuerte den Blondschopf an. Seine Augen, so kupferfarben wie das Laub des Herbstes, streiften nur kurz den Halbling und den Zwerg, ebenso schnell hatte er die beiden wieder vergessen. Saskard schwieg. Mittlerweile wusste er, dass Janos bei weitem gewiefter mit Worten jonglieren konnte als er, und Smalon, dessen Pony erschreckt durch die tiefe Stimme des Fährmanns habgierig nach spärlichem Grün suchte, hatte nur Augen für seinen Liebling.

„Otwin nennt man mich. Otwin Meergrün!" Ein stählerner Händedruck quetschte Janos' Finger, dass dieser meinte, sie würden wie die Trauben des Liebeichener Bluttropfens gepresst. „Habt Ihr Geld?"

„Sicher doch!" Janos ließ sich den Schmerz nicht anmerken. Lächelnd zeigte er seine blitzenden Zähne. „Wir wollen übersetzen, wenn möglich mit den Pferden!"

„Natürlich wollen wir alle rüber!" fiel ihm Smalon ins Wort „Meinst du wohl, ich lasse Schnuppel zurück?"

„Ihr seid ein Halbling, nicht wahr?" Nervös zog der Fährmann seine Wollmütze vom Kopf.

Smalon richtete sich zu voller Größe auf. „Sieht man doch!"

„Euer Pony schein unruhig zu sein", fuhr Otwin Meergrün unbeirrt fort.

„Ich weiß, ich habe es noch nicht allzu lange, aber ich lasse es keinesfalls zurück!"

„Das Wasser scheint ihm Angst einzuflößen."

„Könnte sein!" murmelte Smalon, als er die Breite des Stromes abschätzte.

„Nun gut, bringen wir erst einmal die Maultiere aufs Floß!" Skeptisch schielte Otwin auf die Gans. „Und was ist mit ihr?"

„Die kommt auch mit!"

„Reemar, steh uns bei!" brummte der Fährmann. Er konnte jedoch nicht verhindern, dass er meinte, er stiege in einen Eisbach. „Am Ruder steht mein Sohn, Aron heißt er!"

„Was kostet die Überfahrt?" Verzweifelt versuchte Janos Ordnung in das sich anbahnende Durcheinander zu bringen. Mittlerweile führte Saskard ein Maultier auf die Fähre. Zögernd folgte ihm der Vierbeiner, und auch die Gans watschelte treu ergeben hinterher.

„Drei Goldmünzen – für alle!"

„Hier habt Ihr Euer Geld!" Rasch zählte Smalon drei Goldmünzen ab und drückte sie Otwin Meergrün in die sehnige, mit Falten durchfurchte Hand. Schulden zu haben, liebte er nicht.

Sehr gründlich beschnüffelte das Pony die mächtigen Balken der Fähre, dennoch lief es, wenn auch zögerlich, dem zweiten Maultier hinterher. Als jedoch der von Wind und Wetter gegerbte Kapitän das Seil aufnahm, fauchte ihn der Rotfuchs bitterböse wie eine Katze an.

Smalon ahnte Schlimmes. Je weiter sich die Fähre vom Ufer entfernte, desto unruhiger wurde das Pony. Als die ersten Wellen über das Boot hüpften und den Boden überschwemmten, rutschte Janos, der mit den Fährleuten am Seil zog, auf dem glitschigen Holz aus und trat die Gans, die aufheulend zur Seite flatterte. Erschreckt drehte sich das Pony, um sich der Gefahr in seinem Rücken zu stellen. In diesem Augenblick brach sich eine große Welle am Ruder. Schäumend ergoss sich quirlendes Wasser über die Fähre. Schnuppel sprang mit allen vier Beinen gleichzeitig in die Höhe, um dem gurgelnden Nass zu entkommen. Beim Wiederaufsetzen glitt es jedoch ebenso wie Janos auf dem glitschigen Holz aus, knickte ein und prallte auf das Maultier, das sich schleunigst aus der Gefahrenzone brachte. Unglücklicherweise näherte sich das Maultier dem Rand der Fähre, dadurch verlagerte sich der Schwerpunkt. Mehr und mehr Wasser schwappte über das Holz.

„Mein Schnuppi!" quietschte der Halbling auf.

„Jeder bleibt auf seinem Platz. Haltet euch fest!" Wie ein Eisläufer schlitterte Otwin zu dem Maultier, fasste es an der Trense und zog es mit aller Macht in die Mitte der Fähre zurück. Nur hauchdünn entkam er einem widerspenstigen Biss. Das Pony dagegen rutschte weiter zum Rand des Bootes hin.

„Schnuppiiii!" Wie von Sinnen zog Smalon an dem Führstrick, um seinem Freund zu helfen, aber es nützte nichts. „Spring!"

Saskard, der die Situation genauso schnell wie Otwin erfasst hatte, hastete zu dem Pony und fasste nach dem Halfter.

„Spring doch!" Smalons Stimme schwappte spritzend wie ein Wasserfall über.

Mit einem Satz sprang Schnuppel zur Seite und kam mitten auf der Fähre zum Stehen.

„Das war knapp!" Aufatmend sah sich Otwin Meergrün um. Er entspannte sich, und die Falten auf seinem Gesicht verzogen sich einem Gewitter gleich. Schweiß perlte von seiner Stirn.

Erleichtert tätschelte Smalon sein Pony. „Hast du dir auch nichts getan?" Besorgt tastete er die Beine seines Gefährten ab.

„Er hat sich schlimmstenfalls die Sehnen ein wenig gedehnt, aber widerfahren ist ihm nichts", beruhigte ihn Janos.

„Bist du dir sicher?" erkundigte sich der Halbling ganz aufgeregt bei dem Blondschopf.

„Klar! Wir sind doch seit dem frühen Morgen auf den Beinen, somit sind seine Muskeln ebenso locker wie unsere. Folglich kann ihm nichts passiert sein!"

Als die Fähre knirschend Sand aufwirbelte, schickte der Fährmann dankend ein Stoßgebet zum Gott des Meeres.

„Nun ja!" meinte Janos gedehnt. „Wir haben übergesetzt!" Urplötzlich kam ihm Elgin Hellfeuer in den Sinn. Wie es dem Priester wohl ergehen mochte? Er musste die Gegend um Lauben erkunden. Sicher ist sicher! dachte er. Schwimmend konnte Elgin den Strom wohl kaum überqueren, und Hoskorast mit seiner Komplettausrüstung hatte schlichtweg keine Chance. Entspannt schaute Janos über die träg dahinfließende Sassna hinweg. Auf der Oberfläche spiegelten sich die zum Trocknen aufgespannten Fischernetze im goldenen Licht der untergehenden Sonne, und ein Schwarm perlmuttfarbener Fische sprang aus dem Wasser, um ebenso schnell wieder abzutauchen.

„Komm, Schnuppi! Gleich haben wir festen Boden unter den Füßen." Zögernd setzte der Rotfuchs einen Huf vor den anderen, bis er die Planken hinter sich gelassen hatte. Allerdings spazierte das Pony sofort weiter auf eine angrenzende Wiese, um seine überreizten Nerven beim Fressen zu beruhigen. Peinlich genau beobachtete Smalon seinen Schützling. Nicht einen seiner Schritte ließ er unbeobachtet. „Ich glaube, du bist nicht verletzt?!" sprach er zu sich selbst, um dennoch eine Antwort von Janos zu erhalten. Die kam aber nicht.

„Mit Verlaub, Herr Meergrün, wo finden wir eine empfehlenswerte Unterkunft?" rief Janos Otwin zu, der soeben die Fähre mit Seilen an einer Handvoll in den Boden geschlagenen Pfählen befestigte.

„Ihr braucht nur", mit seinem Unterarm wischte sich Otwin den Schweiß von der Stirn, „dem Weg dort folgen! Dann kommt Ihr ins Dorf."

„Danke! Und einen schönen Abend Euch beiden!" Eilig lief Janos dem Zwerg, der bereits mit den Maultieren den sanft ansteigenden Wiesenweg nach oben stiefelte, hinterher.

„Komm, Smalon! Es wird Zeit, dass wir ein Dach über den Kopf bekommen. Es wird kalt werden!"

„Meinst du, Schnuppi hat sich wirklich nichts getan?"

„Nein! Schau nur, er bewegt sich wie eh und je!"

„Zieht er das rechte hintere Bein nicht ein wenig nach?"

„Nein!"

„Du kannst dich ruhig zu einer erschöpfenderen Antwort herablassen!"

„Was willst du nur? Dein Pony hat nichts! Und jetzt nerv nicht!"

„Du bist so griesgrämig, so widerlich griesgrämig!"

„Ich bin nicht griesgrämig!" fuhr Janos den Halbling an. „Du wirst mich aber noch dazu bringen!"

„Ich?!" Smalon meinte, sich verhört zu haben.

„Ja, du!"

„Bist du aber empfindlich!"

Janos entschied, Smalon den Rücken zu kehren und loszulaufen. Und er glaubte nicht wirklich daran, das letzte Wort zu haben, selbst wenn er die ganz Nacht über mit dem Halbling diskutierte. Nur wenn Smalon der Atem ausginge, und davon war nicht auszugehen, hatte er den Hauch einer Chance, den Punkt zu setzen. Da der Halbling jedoch nach wie vor grübelnd bei möglichen Verletzungen seines Ponys weilte, endete der Dialog ebenso schnell wie ein Regenschauer.

Zwölf Häuser reihten sich auf der Anhöhe einem Spinnennetz gleich um den Dorfbrunnen von Lauben. Anwohner sahen sie nicht, nur ein grauschwarzer Kater kreuzte ihren Weg.

„Dort drüben ist die Schenke!" rief Saskard und zeigte auf ein nahezu rundes Haus.

Janos, der ihn eingeholt hatte, entgegnete: „Wie geht es dir?"

„Mittelprächtig!" erwiderte der Zwerg mürrisch.

„Also erbärmlich! – Gib mir die Maultiere!" Wortlos reichte ihm Saskard die Führstricke.

Über dem Eingang des Gasthofs war Schwalbennest in einen Balken geritzt worden, und die Buchstaben leuchteten, als wären die Farben des Meeres in ihnen verewigt worden. Rasch warf Janos einen Blick durch ein Fenster in die Wirtsstube. Etliche Kerzen erhellten den Raum.

„Meint ihr, das Wirtshaus hat auch einen Stall?" flogen dem Halbling die Worte aus dem Mund, als er seine Freunde erreichte.

„Siehst du einen?" entgegnete Janos schnippisch.

So ein Depp! Smalon ignorierte den Blondschopf und lief mit Schnuppel links entlang der Schenke, um einen möglichen Einstellplatz für sein Pony zu suchen.

„Wo willst du nun schon wieder hin?" Kopfschüttelnd blickte ihm Janos hinterher.

Mittlerweile stiefelte Saskard geradewegs in die Schenke. Der Gasthof erinnerte ihn allerdings mehr an einen Fuchsbau als an ein Schwalbennest. Hinter der Theke stand eine zierliche Frau mit tintenschwarzem, nach hinten zusammengebundenem Haar. Nur eine Locke fiel wie eine sich rollende Schlange über ihr rechtes Auge auf ihre Wange herab. In der linken Hand hielt die junge Frau einen übergroßen Weinkelch, den sie anhaltend schwenkte. Am Eingang saßen sechs Männer, die den Zwerg anstarrten, als stände Rurkan höchstpersönlich vor ihnen.

„Habt Ihr ein Zimmer? Wir bräuchten drei Betten!" erkundigte sich Saskard befehlend bei der jungen Frau hinter der Theke.

Erschreckt stellte diese den Kelch auf dem Tresen ab. „Ja, haben wir!" Ein wenig zitterte ihre Stimme. „Seid Ihr Händler?"

„Nun!" Gekonnt übernahm Janos das Gespräch. „In gewisser Weise schon, verehrte Dame! Wir bringen eine Botschaft zur Festung Biberau!"

„Oh!" Unsicher blies die junge Frau die einzelne Locke aus ihrem Gesicht, nahm den Kelch wieder auf und zeigte Janos ihr schönstes Lächeln.

„Erwähntet Ihr nicht, Ihr wäret zu dritt?"

„Unser Freund, Smalon, wird gleich zur Tür hereinkommen. Er sucht nur eine Koppel für die Vierbeiner. Ihr habt doch eine?"

„Gleich hinter unserem Vorratsschuppen befindet sich eine Weide." Erfreut, eine positive Auskunft geben zu können, schickte Perina Sais ein Lächeln auf die Reise.

„Das erfreut gewiss das Herz unseres Kameraden!" schickte Janos postwendend liebreizende Worte zurück. Allerdings, und das gestand er sich kurzerhand ein, passte die Frau nicht wirklich zu einem Alanor. Seine gehobenen Ansprüche und eine Wirtin ... nun ... das konnte nicht gut gehen, obwohl sie ganz nett zu sein schien.

„Jeder unserer Gäste kann seine Pferde auf die Weide stellen."

„Das ist fürwahr eine gute Nachricht. Smalon wird erfreut sein!"

„Warum werde ich erfreut sein?" entgegnete der Halbling, kaum dass er die Tür ins Schloss geworfen hatte. Die Gans hielt er fest im Arm.

Als die sechs Männer den Halbling erblickten, hielten sie erschreckt ihre Bierkrüge fest.

„Der Weidegang für die Pferde ist im Preis inbegriffen!" teilte ihm Janos mit.

„Hervorragend! Hilfst du mir die Maultiere entladen?"

„Sicher doch! Verehrte Dame!" Elegant verbeugte sich Janos vor der Herrin des Hauses, und Smalon reichte Saskard die Gans.

„Gibt's auch eine Kammer für die Sättel?" erkundigte sich der Halbling im Gehen bei der Wirtin.

„Ein Vorratsschuppen grenzt an die Weide, dort könnt Ihr Eure Sättel deponieren."

Ungeduldig zog der Halbling Janos hinter sich her.

Als die Tür ins Schloss fiel, atmeten die sechs Männer erleichtert auf, prosteten sich zu und ließen ihre Gedanken wie Mücken über den Tisch tanzen.

Nachdem Perina Sais Saskard den Schlüsselbund für eine Stube im ersten Stock und eine Kerze gereicht hatte, marschierte dieser sogleich nach oben. Ihm war elend zumute, er musste sich hinlegen. Im Schein des Lichts erhellte sich ein spärlich eingerichtetes Zimmer. Zwei Schränke und drei Bettgestelle fielen ihm sofort ins Auge. An der Wand zu seiner linken Seite befand sich ein schlichter Kamin, in dem Moos, Streu und trockenes Strandgutholz aufgeschichtet lagen. Nicht ein Bild hing an der Wand, aber der blankgewienerte Boden glänzte, als wäre er mit Kupfer überzogen worden. Schwer atmend stellte Saskard seinen Rucksack neben dem Fenster ab. Er war so erledigt, dass er sich sogleich auf eine Strohmatratze legte. Seine Kleidung und auch seine Stiefel behielt er an. Er wusste nicht wirklich, ob er je wieder aufwachen würde. Vermutlich kehrte er in Kürze in Rurkans geheiligte Hallen ein. Seufzend schloss er seine Augen. Das besinnliche Schnattern der Gans, die sich zu seinen Füßen gelegt hatte, hielt ihn noch eine Weile wach. Während er an Ysilla dachte, schlief er ein.

Unterdessen hatten Janos und Smalon das Pony und die Maultiere entladen, sie mit Stroh abgerieben, ihnen ein Haferbreigemisch zum Fressen gegeben und sie anschließend auf die Weide entlassen. Da nicht ein weiteres Tier auf der Wiese stand, gab es keine Revierkämpfe. Trabend verschwanden die Vierbeiner in der Nacht. „Komm, Smalon, lass uns speisen gehen, mein Bauch ist so leer wie eine Scheune im Frühling."

„Das trifft sich gut. Mein Magen steht deinem in nichts nach!"

Irritiert blickte Janos auf den Halbling herab. „Dir steht der Sinn nach Essen? Nimmst du mich auf den Arm?"

„Ich? Niemals, was denkst du von mir?" neckte ihn der Halbling.

„Mich gelüstet es nach Fisch!" entgegnete Janos. „Silberlinge in heißem Fett gebraten oder gerösteter Achtarmfisch!" Genüsslich schnalzte er mit der Zunge. „Vielleicht schwimmt auch ein Flachkopf im Topf, oder sie schmoren Weißfische über offenem Feuer. Ein einzigartiger Genuss! Schade, dass Mangalas nicht bei uns weilt, sein Magen würde vor Freude jubilieren."

Während sie noch ein wenig über Mangalas' Essensgewohnheiten lästerten, liefen sie in die Schenke zurück. „Ich sehe nach Saskard! Such dir einstweilen einen Platz!" rief Janos dem Halbling zu. Er selbst eilte zwei Stufen auf einmal nehmend die Treppe empor. Hinter einer Ecke entschwand er Smalons Blick.

Der Halbling spazierte ohne Umschweife auf die einheimischen Fischer zu. „Schönes Wetter hatten wir heute, nicht wahr?"

Sechs Augenpaare starrten ihn an, als käme er von einem fremden Stern.

„Ja!" brachte ein circa Sechzigjähriger, dessen Bart schwärzer als die finsterste Nacht war, über die Lippen, und fünf Köpfe nickten so gleichmäßig, als wären sie hypnotisiert worden. Verkrampft hielten alle ihre Bierkrüge fest.

„War Euch das Meer wohlgesonnen? Welche Fische konntet Ihr landen?" Zwei Fragen, die wie Heuschreckenschwärme über sie fielen, waren des Guten zu viel. Hilfesuchend blickten sie sich um. Die Worte schienen Purzelbäume in ihren Köpfen zu schlagen. Zudem mussten sie auch noch ihre Geldsäckel, Tabakdosen, Pfeifen und was sie sonst noch in ihren Taschen trugen festhalten. Sollten nämlich die Geschichten, die Reisende über Halblinge erzählten, nur halbwegs der Wahrheit entspringen, durften sie froh sein, wenn ihnen beim Verlassen der Schenke wenigstens noch die Socken blieben.

„Schlangenfisch ... Großmaul ... Gott Reemar ... der Wind blies ... Scharfzahn ... Delfine ... ein Schwarm Silberfische ... Schwarzmuscheln ...

peitschende Wellen ... Schaumkronen ... in den Netzen!" brachen bruchstückhafte Sätze wie eine Steinlawine über den Halbling herein.

„Nicht schlecht!" erwiderte Smalon irritiert und zog seine Pfeife und einen Beutel Goldberger Turanaogrün aus der Tasche.

„Mein Kraut!" entfuhr es einem Alten. Erschreckt sprang er auf und kramte in seinen Taschen. Den anderen Männern ging es annähernd ebenso. Einer stieß sogar beim Aufspringen den Krug seines Nebenmannes um. Schäumend verteilte sich das Bier über die Eichenplatte, und der Alte an der Stirnseite schlug sich sein Knie an der Tischkante an.

„Schönen Abend noch die Herren!" Feixend entfernte sich der Halbling, er kam jedoch nicht umhin, seinen Feuerstein in die Luft zu werfen, ihn elegant aufzufangen, durch die Finger gleiten zu lassen und letztendlich auch wegzustecken. Wörter wie „weg ... Feuerstein ... Halbling ... wo ... Tabak" hüpften wie Leuchtkäfer durch den Raum. Smalon freute sich diebisch, obwohl er doch überhaupt nichts getan hatte. Am liebsten hätte er die Narretei auf die Spitze getrieben, aber ein verzweifelter Blick Perina Sais' brachte ihn zur Vernunft. Nachdem er ein Mischgetränk aus Preisel-, Schwarz- und Holunderbeeren mit Wasser vermengt in Auftrag gegeben und auch bekommen hatte, kam Janos die Treppe herab.

„Schon etwas bestellt?"

„Nur Saft mit Wasser, sonst nichts."

„Was darf ich Euch bringen?" Leichtfüßig wie ein Reh war Perina hinter Janos getreten.

„Oh ...!" Verlegen blickte der Blondschopf in ihre Augen. Sie waren so grün wie der Frühling.

„Ich kann Euch frische Silberfische, gebraten im eigenen Saft, empfehlen, oder zwei Flussbarsche, ausgezeichnet im Geschmack, kaum Gräten, oder eine Brasse im Salzteig."

„Das klingt ja fantastisch." Janos schnalzte mit der Zunge. „Wir nehmen als Vorspeise ein paar Silberfische und danach die Brassen im Salzteig. Was meinst du, Smalon?"

„Mir ist alles recht, Hauptsache, die Fische haben keine Gräten."

„Habt Ihr einen Weißwein?"

„Ja." Perina Sais nickte. „Das Essen wird dauern, Ihr müsst Euch gedulden!"

„Bringt nur den Wein!" sprach Janos und blickte der Wirtin hinterher, bis sie in der Küche seinem Blick entschwand.

„Wie geht's Saskard?" erkundigte sich nun der Halbling bei ihm.

„Er schläft. Er hat nicht einmal mitbekommen, dass ich die Stube betreten habe. Ich habe ihm die Stiefel ausgezogen, eine Decke über ihn gelegt und das Holz im Kamin entfacht."

Nachdem die Wirtin die Getränke gebracht hatte, murmelte Janos: „Morgen früh müssen wir zeitig losziehen. So willensstark Saskard auch sein mag, lange wird er nicht mehr durchhalten. Der Weg führt in die Kantara, und das heißt, es geht bergauf." Mit gemischten Gefühlen sah Janos dem morgigen Tag entgegen.

„Hauptsache uns verfolgen keine Untoten", flüsterte ihm der Halbling zu.

„Glaube ich nicht!" wisperte Janos zurück. „Der Strom wird sie abhalten!"

Dann plauderten sie noch über dies und jenes, bis Perina Sais die frisch gebackenen Silberfische auf heißem Stein brachte. Nahezu ausgehungert langten sie zu. Die Fischer hätten denken können, es handle sich um ein Wettessen. „Lecker, sehr lecker!" murmelte der Halbling, während ein Fischchen nach dem anderen in seinem Mund verschwand. „Schade, dass Mangalas nicht hier ist ... Er hätte das Essen geschätzt!"

„Nein!" hielt Janos dagegen. „Säße er an unserem Tisch, würden nichts als Gräten für uns bleiben, und das", er zwinkerte dem Halbling zu, „wäre jammerschade!"

Nachdem sie die Silberfische verzehrt hatten, brachte Perina die Brassen in Salzkruste und knackte die Hülle mit einem spitzen Messer auf. Heißer Dampf trat aus und quoll bis zur Decke empor. Nachdem die Wirtin Kopf und Flossen entfernt hatte, teilte sie die Fische und zog das Rückgrat mitsamt den Gräten heraus. Flugs servierte sie Janos und Smalon je einen Teller, holte aus der Küche eine Schale mit goldbraun gerösteten Kartoffeln und wünschte einen gesegneten Appetit. Das ließen sich die beiden nur zu gerne sagen. „Mein Gott, ist das lecker ... Und der Fisch schmeckt überhaupt nicht nach Salz ... Wären wir nicht in Eile ... müssten wir glatt noch einen Tag bleiben ... um auch den Barsch zu kosten!"

Smalon nickte. Janos musste zusehen, dass er Schritt halten konnte. Im Allgemeinen aß der Halbling nur sehr wenig, bis auf die berühmten Ausnahmen, und heute schien so ein Tag zu sein. Geschwind verkleinerte sich der Berg der in Butter geschwenkten Erdfrüchte. Nichts blieb übrig, bis auf die Gräten, und auch die hatte Smalon abgezaust, als würde er einen Fasanenschenkel in Händen halten.

„Wollt Ihr einen Nachschlag?" erkundigte sich Perina bei Janos, als sie den Becher wieder mit Wein auffüllte.

„Nein, werte Dame, mein Magen ist übervoll, und ich glaube, meinem Freund geht es ebenso."

Smalon nickte. „Bring nichts mehr hinein", sagte er und drückte seinen Bauch wie eine schwangere Elchkuh nach vorne heraus.

Nach dem Essen stopfte sich der Halbling eine Pfeife und blies den Rauch genüsslich in die Wirtsstube. Doch bald wurde er müde, und seine Lider hingen schwer herab. Janos erging es ebenso. Als er den dritten Becher Wein getrunken hatte, spürte er, wie sein Körper vollends absackte.

„Komm, lass uns zu Bett gehen, Smalon!"

Der Halbling nickte und klopfte die Asche seiner Pfeife in einem mit Sand gefüllten Topf aus. Sämtlicher Kräfte beraubt, quälten sie sich die Treppe empor.

Saskard schlief. Sein Atem rasselte, als rolle eine mit Stein beladene Lore durch die Stube. Bevor Janos zu Bett ging, legte er stillschweigend drei Scheite Holz auf die noch glimmende Glut, und Smalon putzte seine Zähne. Dann krochen sie unter die Decke. Während sich die Flammen knisternd am Holz emporfraßen, schliefen sie ein.

Glanz erfüllte die Stube, als Janos erwachte. Um den prickelnden Sonnenstrahlen zu entgehen, drehte er sich zur Seite. Dunkler wurde es dennoch nicht. Jäh fuhr er hoch. Er hatte verschlafen. Seinen Erkundungsgang konnte er in den frühmorgendlichen Wind schreiben. Zu dieser Stunde wollten sie schon längst auf den Beinen sein, und Smalon und Saskard ruhten auch noch.

„Aufstehen! Es ist schon hell!"

Gequält lugte der Halbling unter seiner Decke hervor. „Bist du wahnsinnig geworden, mich mitten in der Nacht zu wecken!"

„Verdammt, verdammt!" Wie ein Panther sprang Janos aus dem Bett.

Mit schmerzverzerrtem Gesicht quälte sich Saskard hoch. „Ich kann nicht mehr!"

„Dann binden wir dich eben auf ein Maultier!"

„Ich bin euch doch nur noch eine Last!" antwortete der Zwerg, ohne auf Smalons Anspielung, nicht reiten zu wollen, einzugehen.

„Kommt nicht in Frage! Und du, Smalon, steh auf!" Wortlos mühte sich der Halbling aus dem Bett, obwohl er sich wie ein Igel im tiefsten Winterschlaf fühlte.

Als die Sonne im Zenit stand, marschierten sie los. Nur wenige Federwolken zierten das tiefe Blau. Da sich der Zwerg nach wie vor weigerte, ein Maultier zu besteigen, blieb ihm nichts anderes übrig als zu laufen. Smalon spürte jedoch, dass Saskard schon nach einer kurzen Wegstrecke am Ende seiner Kräfte war. Nur sein eiserner Wille, nicht aufzugeben, trieb ihn vorwärts.

Sie liefen stromaufwärts. Gegen Mittag kam Wind auf. In den mitunter heftigen Böen bog sich das Schilf, als wolle es sich verneigen. Links des Weges gediehen jede Menge urwüchsiger Gräser: breitblättrige Hühnerhirse, zwei Ellen hoher Strandhafer, Rasenschmiele, Pfeifengras und dazwischen Strandsalzschwaden. Eine beeindruckende Armee!

Am frühen Nachmittag brach Saskard zusammen. Am liebsten wäre er für immer liegen geblieben, aber seine Freunde zogen ihn wieder hoch. Sie gaben nicht auf. Sie wollten die Druidin noch vor Sonnenuntergang erreichen, vorausgesetzt die hereinbrechende Nacht würde ihren Marsch nicht stoppen.

Nachdem sie eine Weile gerastet hatten, halfen sie Saskard auf ein Maultier. „Grubenmatsch und Stollenbruch! Ich will nicht auf diesen mistigen Bock!"

„Halt endlich deinen Mund!" brüllte der Halbling zurück. „Meinst du, wir schinden uns wie die Irren ab, nur um dich zu retten, und du hast nichts Besseres zu tun, als es uns auch noch schwer zu machen?"

„Hab ich euch hirnverbrannte Narren darum gebeten?"

„Klappe!" schrie Smalon den Zwerg mit aller Vehemenz an. Am liebsten wäre er Saskard an die Kehle gesprungen. Der starrte jedoch geradeaus und pfiff leise, so als wäre nichts gewesen, den Goldmünzenmarsch vor sich hin.

Nach einer Stunde strammen Marsches bog der Weg gen Osten, während die Sassna ihrem Ursprung nach Westen folgte. Janos hatte noch die Worte des Kräuterhändlers im Ohr, der ihn an dieser markanten Stelle nach Süden in die Kantara, also geradeaus, schickte. Doch es war kein Weg zu sehen. So liefen sie querfeldein weiter. Die Gans thronte wieder auf dem Rücken des Ponys, und quäkte sie, legte das Pony ein Ohr nach hinten, um dem Geräusch auf den Grund zu gehen.

Ständig ging es bergauf, und je höher sie stiegen, desto steiniger wurde der Boden und umso weniger spross das Gras. Bald hatten sie die mannshohen Gräser- und Schilfstangen hinter sich gelassen, und am Horizont ragte ein Gebirge in die Höhe, dessen Gipfel mit Puderzucker bestreut schienen.

Bis sie es erreicht hatten, mussten sie jedoch noch einen weiten Weg zurücklegen, und im Westen neigte sich der gelbe Stern bereits zur Erde.

„Janos, mir gefällt das nicht!" tat Smalon seine Meinung kund.

„Was gefällt dir nicht?" entgegnete der Blondschopf und blieb schwer atmend stehen. Müde stemmte er eine Hand in die Hüfte und schaute auf den Halbling hinab.

„Die Sonne geht bald unter, und von dem Haus der Druidin ist nach wie vor nichts zu sehen."

„Ich weiß!" Achselzuckend warf Janos einen Blick auf Saskard. Der Zwerg saß zusammengesunken auf dem Maultier. Ob er ihrem Gespräch folgte, wusste er nicht.

„Meinst du, wir schaffen es?" Zweifelnd schaute sich der Halbling um.

„Ich hoffe es!" hielt Janos dagegen. Seine Zuversicht sank aber ebenso schnell wie die untergehende Sonne.

„Sind wir wenigstens auf dem rechten Pfad?"

„Wenn der Kräuterhändler mich nicht angeflunkert hat, müssten wir in Kürze das Heim der Druidin erreichen."

Schnaufend marschierte Janos weiter, aber die Hoffnung schwand. Die Landschaft blieb durchweg gleich, und die Berge kamen kaum näher. Als das orangefarbene Licht im Westen erst einem milchigen Grau, dann einem Tiefblau und letztendlich einem Schwarz weichen musste, blieb Janos stehen. Er wusste nicht mehr, wohin er sich wenden sollte.

„Es hat keinen Sinn mehr, Smalon. Wir müssen uns einen Schlafplatz suchen!"

„Hat uns das Glück verlassen?" Verzweifelt schaute Smalon in die Finsternis.

„Ich hoffe nicht!" seufzte Janos. „Komm, lass uns ein Lager bei dem Busch dort aufschlagen!"

„Meinetwegen!" entgegnete der Halbling, der sich ebenso nach einer passenden Stelle umsah, letztendlich aber auch keine bessere Idee hatte. Als Erstes hoben sie Saskard vom Maultier und zogen ihm Stiefel, Pelzjacke und Wams aus. Erschöpft kroch der Zwerg in seine Schlafdecke. Essen wollte oder konnte er nicht. Er schloss einfach nur die Augen.

Hoffentlich nicht für immer! dachte der Halbling, während er gemeinsam mit Janos das andere Maultier entlud. Die Vierbeiner ließen sie freilaufen, weit würden sich die Tiere nicht entfernen, und zwischen dem harten Gestein konnten sie ausreichend Grün finden. Auch die Gans suchte nach Nahrung. Immer wieder verschwand ein Blatt in ihrem Schnabel.

„Wollen wir uns etwas zu essen machen, Smalon?"

„Ich denke schon", erwiderte der Halbling, der durch die Dunkelheit seinem Pony hinterher sah.

„Es läuft schon nicht weg!" beschwichtigte ihn Janos.

Unsicher biss sich der Halbling auf die Lippe.

Nachdem sich beide einen Platz zum Schlafen gesucht hatten, holte Janos Wurst, Käse und Brot aus seinem Rucksack und reichte Smalon hin und wieder eine Scheibe oder ein Stück zum Essen.

Nachdem sie satt waren, krochen sie unter ihre Decken.

„Bei Sonnenaufgang müssen wir los", murmelte der Blondschopf im Liegen.

„Unbedingt!" entgegnete der Halbling. „Hoffentlich überlebt er die Nacht", flüsterte er in Janos' Ohr.

Der Stein war hart, vermutlich konnte er nicht einschlafen, und auch der Halbling schien nach einer möglichst erquicklichen Stellung zu suchen, um dem Gott des kleinen Todes zu huldigen.

„Gute Nacht!"

„Ebenso!" erwiderte Smalon, aber er schlief nicht ein. Nach einer Weile zählte er Sterne. Unversehens legte sich die Gans neben ihm zur Ruhe. Von seinem Pony vernahm er nicht einen Ton, obwohl er von Zeit zu Zeit angestrengt in die Finsternis lauschte. Nach Mitternacht schoben sich dunkle Wolken vor die Himmelslichter, und dem Halbling entglitten die Gedanken. Erstaunlicherweise konnte er Krishandriel auf einem Windläufer über taubenetzte Grasflächen dahingaloppieren sehen. Die Nüstern des Pferdes waren schaumbedeckt, und in seinem Fell hing die Feuchtigkeit wie in einem Schwamm. Wieso der Windläufer jedoch quäkte, blieb ihm schleierhaft. Der Ton konnte Entseelte zurückholen. Ein Picken an seiner Nase ließ ihn zu Tode erschrecken. Schlagartig war er wach. Über ihm zogen grauschwarze Wolken wie Geisterschiffe dahin. Sein Blick glitt zu Janos. Verblüfft starrte er in dessen graue Augen. Sie glühten, als hätten sie Feuer gefangen. Und immer noch quäkte die Gans. Sollten womöglich Untote in der Nähe sein? Smalons Herz pulsierte, seine Ohren rauschten wie die Wellen des Meeres, aber er konnte nichts Verdächtiges erkennen. Als die Scheibe des Mondes hinter einer schwarzen Wolke verschwand, flog ein Schatten über ihn hinweg. Goldenes Buchholz blitzte auf. „Hab ich dich!"

Janos' Arm zitterte wie die Blätter im Abendwind. Obwohl er das Amulett der gekreuzten Äxte trug, hatte ihn der Kleriker überrascht. Nicht schnell genug hatte er seine Decke abwerfen können. Noch immer lag er auf dem Rücken, und der glänzende Buchenkeil berührte seine Brust. Mit Gebrüll stürzte sich Smalon auf Elgins Rücken. Blut floss. Rasend vor Zorn packte Elgin den Halbling und schleuderte ihn durch die Nacht. Benommen rutschte Smalon an einem Felsen zu Boden. Janos nutzte die unerwartete Bewegungsfreiheit. Mit aller Macht drosch er seinen Ellenbogen in Elgins Gesicht. Dennoch hatte der Schlag nicht den gewünschten Erfolg. Zwar schwankte der Kleriker, aber er fiel nicht. Elgin schien unglaubliche Kräfte zu besitzen. Wieder drückte er Janos zu Boden, und wieder kam der blutverschmierte Buchenkeil näher. „Dieses Mal wirst du mir nicht entkommen!" Elgins fratzenhaftes Gesicht glich einem glühenden Schmiedeofen.

Janos kämpfte um sein Leben. Lange würde er nicht mehr durchhalten. Panik stieg in ihm hoch. Schon spürte er die Holzspitze an seiner Kehle. Ein krachender Schlag, und der enorme Druck ließ nach. Der Priester verdrehte die Augen und kippte wie eine gefällte Eiche zu Boden. Japsend schnappte Janos nach Luft. „Dachte ... du bist schon ... in Zwergenhausen ... angekommen!" keuchte er.

„Dachte ich auch! Rurkan hat mir jedoch keinen Einlass gewährt", murmelte Saskard.

„Smalon? Was ist mit dir?" Suchend blickte sich Janos um.

„Ich habe ein Riesenhorn ... und schwindlig ist mir ... aber sonst fehlt mir nichts!"

„Ich bin vergiftet worden." stellte Janos sachlich fest.

„Du auch?" flüsterte Smalon fassungslos.

„Denke schon!"

„Nun müssen wir die Druidin finden!"

Janos nickte und strich sich mit einem Finger über die harmlos aussehende Wunde.

Während sich im Osten der Himmel bereits grau färbte, setzte sich der Zwerg auf einen Felsen. „In Kürze wird es hell werden."

„Hilf mir, Elgin zu fesseln!" bat ihn der Halbling.

„Hast du ihn nach Waffen durchsucht?" entgegnete Janos.

„Ich hab nur einen Buchenkeil bei ihm gefunden. Sonst nichts, nicht einmal ein Messer trug er bei sich."

„Und sein Rucksack?" Der Blondschopf wollte es genau wissen.

„Keine Ahnung, wo er sich befindet. Ist es hell, werde ich ihn suchen gehen."

Fieberhaft banden sie die Hände des Priesters auf seinem Rücken zusammen. Sie verknoteten ihn so sehr, dass er sich mit ziemlicher Sicherheit nicht mehr bewegen konnte.

„Und was machen wir nun?" meinte Janos verlegen.

„Wir bringen ihn zu Aserija, vielleicht hat sie eine Idee", entgegnete Smalon, ohne nachzudenken.

„Ist es noch weit?" brummte Saskard, der spürte, wie das Leben seinem Körper entwich.

„Keine Ahnung", entgegnete Janos. „An und für sich müssten wir ihr Heim schon erreicht haben. Weit kann es nicht mehr sein! Sobald der Tag sein Antlitz zeigt, ziehen wir weiter." Erschöpft kroch Janos unter seine Decke, auch Smalon legte sich nieder. Saskard nicht. Er blieb einfach auf dem Stein sitzen und wartete auf den Morgen.

Als die Sonne ihr Antlitz zeigte, weckte Saskard die Ruhenden mit einer beunruhigenden Frage. „Wo sind eigentlich die Maultiere und das Pony?"

„Schnuppi!" Smalon sprang auf, als hätte ihn eine Riesenwespe gestochen. Im weiten Umkreis war jedoch kein Vierbeiner zu sehen. „Schnuppi!" schrie der Halbling so laut er konnte in die Kantara hinaus.

„Bist du irre?" fuhr ihn Janos an. „Willst du vielleicht noch Untote auf uns hetzen?"

„Mein armes Pferdi!" Sterbenselend drehte sich der Halbling im Kreis.

„Wir finden ihn schon, mach dir keine Sorgen. Aber schrei nicht so!" entgegnete Saskard so ruhig er nur konnte, obwohl er den Halbling am liebsten ungespitzt in den harten Stein der Kantara gerammt hätte.

„Weißt du, Smalon", fuhr Janos nüchtern fort, „du könntest eine Chimäre anlocken, und glaube mir, die fressen Ponys."

Starr vor Entsetzen traten die meerwasserblauen Augen des Halblings hervor: „Eine Chimäre ...?"

„Wo eine ist, können auch zwei sein! Was wissen wir schon von unseren Feinden!" erwiderte Janos ernst.

Inzwischen war Elgin Hellfeuer der Umklammerung des schwarzen Kraken entkommen. Sprechen wollte der Priester nicht, und sein Blick glich einer mit Luft gefüllten Blase, die man nicht greifen konnte. Widerwärtig heruntergekommen sah Elgin aus. Seine Robe war verschmutzt und hing wie ein leerer Sack an ihm herab. Vermutlich hatte er auch seit Tagen nichts mehr gegessen.

„Mein armer Schnuppi!" jammerte der Halbling.

„Was aus Elgin oder Saskard wird, interessiert dich wohl nicht?" Schockiert schüttelte Janos den Kopf.

„Der da rennt uns doch nicht weg! Gebunden ist gebunden!"

„Und Saskard?" Janos konnte Smalons Gleichgültigkeit nicht nachvollziehen.

„Ich bleibe hier sitzen", mischte sich der Zwerg in die hitzig geführte Diskussion ein. „Und ihr sucht die Vierbeiner."

„Hervorragende Idee!" Leidenschaftlich zog Smalon Janos hinter sich her. „Ist dir eigentlich klar, dass uns die Gans das Leben gerettet hat? Hätte sie nicht gequäkt, wären wir ..."

„Ich weiß, Smalon, ich weiß!" unterbrach ihn Janos.

„Dann sei dankbar!"

„Bin ich doch!" regte sich der Blondschopf auf.

„Gut, dann hilf mir Schnuppel suchen!"

Janos prüfte den Boden. Zwischen den Felsen gab es wie auf einem Flickenteppich jede Menge grüner Inseln, auf denen spärlich Gras, Moos oder stachelige Ritter mit zollangen Dornen wuchsen. Binnen kurzem hatte Janos die Spuren gefunden. Auch Smalon konnte deutlich Hufabdrücke auf der Erde erkennen. Die Fährte führte gen Osten der aufgehenden Sonne entgegen, und es ging bergauf. Treu wie ein Hund watschelte ihnen die Gans hinterher. Immer schroffer und bizarrer wurden die Felsen. Von Zeit zu Zeit glänzten sie, als hätte sich der Atem der Götter auf ihnen verewigt, dabei war es nur Sonnenlicht, das sich auf dem tiefschwarzen Gestein spiegelte. Nach fünfhundert Schritten entschwand Saskard ihren Blicken; gleichzeitig tauchte eine mächtige Eiche auf, unter der die Vierbeiner standen.

„Das ist doch Schnuppi!" Smalon riss seinen rechten Arm hoch und zeigte den Hügel hinauf.

„Scheint so!"

So schnell Smalon konnte, rannte er seinem Liebling entgegen. Janos vermochte ihm kaum zu folgen, und auch die Gans flatterte quakend hinterher. Mehr als vier Ellen über den Boden schaffte sie aber nicht, dann segelte sie wieder zur Erde zurück.

Schnaufend hielt Smalon inne. Vor ihm fiel eine blühende Wiese sanft wie auslaufende Wellen zu Tal. Das Gras und die Blumen gediehen, als wäre der Frühsommer ausgebrochen, dabei müsste in der Kantara in Kürze der Winter Einzug halten. Selbst die Eiche hatte noch bei weitem mehr Blätter an den Zweigen als ihre kümmerlichen Brüder, die sie vereinzelt in der Nähe von Sumpfwasser gesehen hatten. Kein Wunder, dass die Tiere von dem

Gras angelockt worden waren. Schweifwedelnd vertrieben sie lästige Mücken, während ihre Kiefer das frische Gras zermalmten. Weiter unten im Tal plätscherte ein Bach, dort stand auch eine kleine Hütte, und am Horizont an den Spitzen einer schroffen Felswand glitzerte Schnee. Wie war das nur möglich?

„Träume ich, Janos, oder sind wir soeben durch die Himmelspforte gestiegen?"

„Wir sind, glaube ich, angekommen! Nur wusste ich nicht", fasziniert blickte Janos über die sich im Wind wiegenden Blumen und Gräser hinweg, „dass es hier so schön ist."

Am Bach quäkte es. Als die Gans vertraute Laute vernahm, schoss sie wie ein Pfeil durch die blühende Landschaft davon.

„Schau nur!" Der Halbling strahlte, als hätten ihn die Götter mit Lorbeeren überhäuft.

„Auch wenn ich es nicht gerne zugebe, war es dennoch ein Segen, dass du sie mitgenommen hast!"

„Juhu!" Berstend vor Glück berauschte sich Smalon am Wohlbefinden der Gans.

„Und was machen wir nun?" brachte Janos den Halbling wieder in die Realität zurück.

„Wir holen die Maultiere, beladen sie mit unseren Sachen und laufen zur Hütte! Ich denke, dort lebt die Druidin."

Doch die Vierbeiner ließen sich nicht einfangen. Das frische Gras schmeckte ihnen so gut, dass sie einfach ihre Hufe fliegen ließen und davongaloppierten.

„Lass sie, Smalon! Die kriegen wir nicht. In zwei Stunden, wenn sie satt sind, werden sie uns aus eigenem Antrieb folgen."

So marschierten sie zu Saskard zurück, halfen ihm auf und stützten ihn, während sie den Weg zur Hütte einschlugen. Elgin Hellfeuer ließen sie verschnürt am Boden liegen. Er rührte sich nicht. Nach wie vor glitt sein Blick wie wallende Nebelschleier durch sie hindurch.

„Ist es weit, Smalon?"

„Nein, Saskard! Nur den Hügel rauf."

„Das könnte ich schaffen!"

In Kürze hatten sie die blühende Auenlandschaft ein weiteres Mal erreicht.

„Das gibt's doch nicht!" Obwohl Saskards Mundwinkel von Bleiche gekennzeichnet waren, huschte ein Lächeln über seine Lippen. „Wer solche

Wunder vollbringen kann, dem müssen mächtige Verbündete zur Seite stehen." Erwartungsvoll schaute er zu Janos hinüber, der argwöhnisch mit seinem Finger über die frische Wunde strich.

„Es scheint niemand zu Hause zu sein!" mutmaßte Smalon, als sie vor der Hütte standen. „Soll ich anklopfen?"

„Ich weiß nicht ... vermutlich schläft die Druidin noch!" entgegnete Janos unsicher.

„Wir können doch nicht warten, bis Saskard in Rurkans Reich einzieht!"

„Nein, das können wir nicht!" Janos trat ans Fenster und blickte durch die milchigen Scheiben ins Innere. Sehen konnte er die Druidin jedoch nicht. Behutsam klopfte er an das Glas, aber es rührte sich nichts, kein Schritt, keine Bewegung, nur ein Hauch von Wind hob und senkte die Blätter einer in der Nähe stehenden Eiche.

„Keiner zu Hause."

„Klopf an die Tür!" riet ihm der Halbling.

„Wenn du meinst ..." Klopf, klopf! „Hallo?"

„Was führt Euch zu mir?" wurden sie plötzlich von hinten angesprochen.

Erschreckt fuhr Smalon zusammen, Janos zog seinen Degen, und Saskard drehte sich gelassen, obwohl auch ihn ein eiskalter Schauer durchzuckt hatte.

Eine muskulöse Frau mit schwarzem Haar und kantigen Wangenknochen stand direkt vor ihnen. Ihre dunklen Augen blitzten wie Feueropale, und von ihrer Nasenspitze über den Mund bis zum Kinn hinab leuchtete eine sichelförmige, blutrote Narbe, die von einem schrecklichen Unfall herrühren mochte. Bekleidet war sie mit einem groben grauen Pullover aus Schafswolle und einer erdfarbenen knielangen Hose. Schuhe trug sie keine. Über dem Kopf der Frau flatterten zwei strahlend gelbe Sonnenfalter, auf ihrer rechten Hand saß eine blattgroße schwarze Spinne, und eine zweite hing kopfüber an ihrem linken Unterschenkel. Smalon sah genau, wie das Insekt ein Bein ausstreckte, so als würde es einen Schritt tun. Das Alter der Frau konnte man nicht schätzen, der Halbling meinte jedoch, einer eher Betagteren gegenüberzustehen, obwohl er nicht wirklich hätte sagen können warum.

„Wir bräuchten Eure Hilfe", brach Janos den Bann. „Ihr seid doch Aserija?"

„Ja, so nennt man mich bei den Menschen! Obwohl ich ihnen schon oft meine Gunst angeboten habe, wagen nur sehr wenige den Weg zu mir herauf."

„Und der Graf?" erkundigte sich Smalon frei heraus.

„Jirko von Daelin ist ein mutiger ..."

Bevor die Druidin geendet hatte, fiel ihr der Halbling erneut ins Wort. „Die bewegt sich ja!" Gemächlich krabbelte eine Spinne Aserijas Arm hinauf.

„Meine Gefährten sind folgsam – meistens jedenfalls! Wollt Ihr eine streicheln?"

„Spinnen streicheln?!" Smalon meinte, sein Herz würde aussetzen. „Ich halt mich lieber an mein Pferdi."

„Ihr habt ein ausgesprochen schönes Pony, ich habe es schon begrüßt!"

„Wie?" Verunsichert schaute Smalon von der Druidin zu seinem Pony und wieder zurück.

„Ich habe ihm segensreiche Gedanken geschickt."

„Einem Tier Gedanken schicken!?" Smalons angeborene Neugier war geweckt. Schon immer wollte er sich mit seinem besten Freund unterhalten, nur wusste er nicht, wie er dies bewerkstelligen sollte.

„Ich schicke ihm Bilder, umarme seine Seele, und ein Bild kann auch er mir zurücksenden."

„Er schickt Bilder?!" Bevor Smalon weitere Fragen stellen konnte, ergriff Janos das Wort.

„Smalon, halt dich zurück! Saskard steht bereits an Rurkans Pforte."

„Ihr habt vollkommen recht, wie konnte ich nur!" Rasch eilte sie zu dem Zwerg, der sich kaum mehr auf den Beinen halten mochte. Smalon gefiel das zwar nicht, aber ein Blick in Janos' Augen ließ keinen Zweifel aufkommen. So schluckte er seine Entrüstung hinab und lief der Druidin und Janos hinterher, die den Zwerg in ihre Hütte führten.

Saskard riss sich zusammen. Schwäche wollte er keine zeigen, noch dazu vor einer Frau, dennoch meinte er, in Kürze aus den Stiefeln zu kippen. Als ihm die Druidin einen Schemel zum Sitzen anbot, schickte er drei Dankesgebete zu Rurkan empor. „Ich bin vergiftet worden", brachte er trocken über seine fiebrig aufgesprungenen Lippen.

„Zeigt mir die Wunde!" Behutsam entfernte Janos das Leinentuch, das er um Saskards Körper geschlungen hatte. Mit schmerzverzerrtem Gesicht ließ der Zwerg die Prozedur über sich ergehen. Dennoch bildete sich Schweiß auf seiner Stirn. An manchen Stellen war die Haut bereits aufgebrochen, Eiter floss, und der Brand schien sich wie ein Steppenfeuer immer weiter auszubreiten. Smalon wurde es schon vom Hinschauen schlecht. Er war nahe daran, sich übergeben zu müssen. Aserija sprach nicht ein Wort, während sie die Wunde mit einem Holzstäbchen abtastete.

„Das ist der Verursacher, ein vergifteter Buchenkeil! Wir haben ihn dem Täter abgenommen."

„Zeigt ihn mir bitte!" Die Druidin hielt die Waffe, an deren winziger Öffnung ein Tropfen Schleim hing, durchs Fenster ins Sonnenlicht.

„Ich wurde auch verletzt!" Janos zeigte auf seinen Hals.

„Ihr auch?"

„Ja, aber erst heute Morgen. Viel schlimmer hat die Verletzung bei Saskard am Anfang aber auch nicht ausgesehen."

„Wo ist der Übeltäter?"

„Wir konnten ihn überwältigen und fesseln. Er liegt jenseits dieses Hanges." Janos' fühlte sich nach seiner Aussage, als hätte er Essig getrunken. „Eigentlich ist es unser Freund, Elgin Hellfeuer. Könnt Ihr ihm helfen?"

„Nun", sprach Aserija gedehnt. „Holt ihn und bringt ihn zu mir."

„Wenn Ihr meint?" Irritiert schaute Smalon zu Janos.

„Ihr könnt mir sowieso nicht helfen." Entschieden winkte Aserija die beiden nach außen.

„Wie lange habe ich noch zu leben?" erkundigte sich Saskard bei der Druidin, nachdem sie alleine waren.

„Das kommt darauf an, ob Euch meine Gehilfen dienlich sein können!"

„Gehilfen? Ich dachte, Ihr seid allein!"

„Legt euch einstweilen auf die Matratze dort. Ich bin gleich wieder da." Sprach sie und eilte zur Tür hinaus.

„Tolle Untersuchung", murmelte Saskard in seinen Bart. „Und die will mir helfen?" Da er jedoch durch und durch erschöpft war, legte er sich, wie sie ihm geheißen hatte, auf das Bett. Kaum hatte er die Augen geschlossen, kam Aserija wieder herein. In ihren Händen hielt sie einen Blumentopf, in dem es klapperte und knackte.

„Was habt Ihr da?" Das unheimliche Geräusch erinnerte ihn an frostige Wintertage, wenn Ysilla Nüsse gesammelt hatte, die er am Abend mit einer Zange brach, um an die köstlichen Früchte zu gelangen. Behutsam griff Aserija nach einem münzgroßen, karminroten Krebstier und hob es aus dem Topf. „Das sind Bachkrebse! Es sind wunderbare Geschöpfe. Normalerweise nähren sie sich von totem Fisch, sie können aber auch Gift saugen." Zielbewusst setzte sie den Winzling mit den klappernden Zangen auf Saskards Brust, der sich vor Bestürzung erschreckt aufsetzte.

„Bei den Göttern, das glaub ich nicht!"

„Lasst sie ihre Arbeit aufnehmen", entgegnete Aserija, ohne ihre Stimmlage zu verändern.

„Es piekst!" beschwerte sich Saskard.

„Und wie soll sich die Wunde schließen? Ich dachte, Ihr seid ein Zwerg!"

Zerknirscht legte sich Saskard wieder auf den Rücken. „Und das soll helfen?"

„Werden wir heute Abend sehen. Ein Krebstier wird jedoch sehr lange beschäftigt sein ... deswegen ... habe ich noch ein paar mitgebracht!"

„Bei Rurkan ...!"

Ohne Saskards Reaktion abzuwarten, schüttete Aserija den erdgrauen Tontopf über seiner Brust aus, und ein Dutzend Krebse stürzten sich auf die Wunde.

„Aaaahhhh!"

„Ganz ruhig!" Bestimmt drückte die Druidin Saskard, der sich erneut erheben wollte, auf die weiche Unterlage zurück, und ein spitzer Dorn fuhr in seinen Nacken. „Was habt Ihr getan?"

„Ihr werdet ein wenig schlafen. Das wird Euch gut tun!"

Schon wenige Sekunden später konnte Saskard kaum mehr sprechen. Wie Blei lag seine Zunge im Mund. Er wollte sich aufbäumen und davonlaufen, aber sein Körper schien Tonnen zu wiegen. „Ihr ... habt mich ..." Dann rührte er sich nicht mehr.

„Plagt euch!" befahl Aserija den wuselnden Krebsen. „Und du, Liliane, komm!" Ergeben krabbelte eine Spinne über Saskards Ohr wieder auf ihren Arm zurück. „Hast eine gute Tat vollbracht! Der Zwerg wird nun eine Zeitlang schlafen. Hoffen wir, dass die Krebse die Wunde schließen können." Als Aserija den Raum verließ, schwoll das Klappern der Zangen unbestreitbar an.

Draußen führten Janos und Smalon den Kleriker herbei. Der Blondschopf hatte dem Priester die Fußfesseln entfernt, ihn aber ausdrücklich gewarnt, Fluchtversuche zu unternehmen, da er sonst seinen Degen zu spüren bekäme. Nun band er erneut seine Beine zusammen. Willenlos ließ sich der Priester schnüren.

„Konntet Ihr Saskard helfen?" erkundigte sich Smalon bei der Druidin, als diese vor die Tür trat.

„Ich denke schon. Habe ihm Bachkrebse auf die Brust gesetzt. Nun saugen sie Gift. Der Anblick ist jedoch gewöhnungsbedürftig."

Blitzartig sauste der Halbling in die Hütte, Aserija und Janos folgten ihm. Mittlerweile hatten sich die rotbeinigen Krebse gleichmäßig über Saskards Brust verteilt. Melodiös klapperten die Zangen. „Oh!" Mehr brachte Smalon nicht heraus.

„Ist die Behandlung auch erfolgversprechend?" wandte sich Janos an die Druidin.

„Wenn die Sonne untergeht, wissen wir es", erwiderte Aserija gelassen.

„Ich will ja nicht unverschämt sein, aber könnt Ihr unseren Freund Elgin Hellfeuer auch untersuchen?"

„Ich werde ihn mir ansehen." Erneut lief Aserija zur Tür hinaus, hob Elgins Kinn, drehte seinen Kopf von links nach rechts und schaute ihm tief in die Augen. „Sein Wille wurde gefangengenommen! Hat man ihn verzaubert?" erkundigte sie sich bei Janos.

„Wir wissen es nicht, aber wir vermuten, es könnte so sein."

„Möglicherweise hilft ein Trank des Vergessens?"

Augenblicklich erhellte sich Janos' Gesicht. „Wenn es eine Chance gibt, sollten wir sie nutzen!" forderte er Aserija zum Handeln auf.

Die Druidin stand auch wirklich auf, kehrte gedankenversunken den beiden den Rücken, lief zum Ufer des nahen Baches, setzte sich auf einen Stein und lauschte dem Rauschen des Wassers.

„Und was machen wir nun?" Verwirrt schaute Smalon den Blondschopf an.

„Unser Gepäck ins Haus bringen, uns um die Pferde kümmern, ausruhen."

„Mein Gott, ist das langweilig!"

„Tja, Aufführungen, um uns zu amüsieren, gibt es hier keine!" Seufzend sah sich Janos nach einer Sitzgelegenheit um. Eine aus dem Boden ragende Wurzel bot ausreichend Platz. Derweil eilte Smalon den Hang zu seinem Pony empor.

Die Landschaft war unvergleichlich schön. Hummeln, Spinnen, Wespen und Bienen gab es zuhauf. Ständig brummte und summte es. Die Blumen breiteten sich bis zur steilen Bergwand hin aus. Rot, gelb, weiß, blau und violett schillerten die Kelche, und es duftete nach Sommer, obwohl der Herbst, vermutlich eher der Winter, schon längst Einzug hätte halten sollen. Die Zeit schien in diesem Tal stehengeblieben zu sein. Janos genoss den Tag. Nachts plagten ihn dessen ungeachtet nach wie vor Träume, die jedes

Mal mit dem Sturz von Savjens Burgmauer ins kristallklare Meer und mit seinem Tod endeten. Wohin würde ihn diese Reise nur führen? Bei einem Blick zurück sah er den Halbling unter einer Eiche sitzen und ebenfalls auf die faszinierende Landschaft hinabblicken.

Als die Sonne hinter einer Bergkuppe verschwand und der Himmel orangefarben, als stünde er in Flammen, erglühte, tauchte die Druidin wie aus dem Nichts wieder auf. Nachdenklich beugte sie sich über den am Boden liegenden Kleriker. Janos hatte Elgin mehrmals am Tag zu trinken gegeben, Speisen hatte er verweigert, und bemitleidenswert sah er aus, beinahe wie ein Lumpensammler.

Aserija hatte eine Phiole mit erdbraunem Inhalt mitgebracht. Der Trank glich schmutzigem Regenwasser, doch am Boden des Gläschens schien ein Feuer zu flackern. Stetig schlugen orangefarbene Zungen empor, die den Eindruck verstärkten.

„Wollen wir ihm den Trank reichen?" erkundigte sich Aserija bei Janos. „Ich bin mir nicht sicher, ob er den gewünschten Erfolg bringen wird. Morgen früh werden wir Bescheid wissen."

„Kann er sterben?" Janos' Lippen zuckten, als er die für ihn unvermeidliche Frage stellte.

„Nein, das nicht, aber er wird Euch auch keine Hilfe mehr sein!"

„Was erblickt Ihr in mir?" wechselte Janos das Thema, da er zu fühlen meinte, dass Aserija in seinem Innersten wie in einem Buch lesen konnte.

„Eure Seele umgibt ein Glanz, den ich in allen von Euch erkennen kann. Ihr gehört zusammen wie Sonne, Mond und Sterne. Ich gebe ihm den Trank!" beendete Aserija den Gedankenaustausch. Kurzerhand setzte sie die Phiole an Elgins Lippen. Er trank den Inhalt mit zwei durstigen Zügen aus, worauf sie den Kleriker wieder zu Boden sinken ließ.

„Wollen wir ihn hier draußen gefesselt, so wie er ist, liegen lassen?"

„Auf jeden Fall!" erwiderte Janos energisch. „Keinesfalls möchte ich mit einem Messer in den Rippen die Reise zu den Göttern antreten."

„Gehen wir ins Haus", entgegnete Aserija lapidar. Auf Janos' Bemerkung ging sie nicht weiter ein.

„Können die Krebse meine Verletzung auch schließen?" rief Janos der schwarzhaarigen Frau hinterher.

„Nehmt Euch ein paar Krebse und setzt sie Euch auf die Brust, dann werdet Ihr sehen!"

Janos überlegte nicht lange. Der Zwerg atmete, folglich hatte auch er nichts zu befürchten. Friedfertig sahen die Krebse jedoch nicht aus! Dennoch griff er nach einem sich wehrenden, zappelnden Tierchen, lehnte sich zurück und setzte es nahe seiner Verletzung auf. Am Rande des Stiches hatten sich bereits Eiterflecken gebildet. Da sich Janos liegend nicht mehr helfen konnte, bat er den Halbling, der eben zur Tür hereinkam, ihm noch zwei weitere Krebse aufzusetzen.

Als die Nacht hereinbrach, war Janos' Schramme sichtlich geschrumpft. Die drei Krebse rückten immer näher zusammen, hin und wieder berührten sich ihre auf- und absausenden Zangen. Janos schloss seine Augen und ließ die Bachkrebse gewähren. Mitten in der Nacht erwachte er. Es war still geworden, und die Krebse waren verschwunden. Er fror, und in der Hütte flackerte kein Feuer. Aserija lag unbedeckt auf einer Matte aus Stroh und schlief. Er konnte sie nur erkennen, da der Mond durch das Fenster schien und die Druidin in fahles Licht tauchte. Pedantisch fühlte Janos nach seiner Verletzung. Die Wunde war verschlossen, ein samtener Schorf hatte sich über den Einstich gelegt. Auf der anderen Seite des Raumes ließ ihn ein Schnarchen aufhorchen. Es musste Saskard sein. Sehen konnte er ihn zwar nicht, aber wenn der Zwerg tief und fest schlief, sollte dies ein gutes Zeichen sein, wenngleich das sägende Geräusch seine Nerven schrubbend über ein Waschbrett zu ziehen schien. Bibbernd vor Kälte zog Janos eine Decke über den Kopf und zitterte sich in den Schlaf.

Ein gellender Aufschrei weckte ihn.

„Verdammt! Was soll das? Wieso bin ich gefesselt, und wo bin ich überhaupt?"

Sogleich sprang Janos aus dem Bett. Smalon war schneller. Der Halbling huschte schon durch die Tür ins Freie. „Elgin!?"

„Was soll das?" Der Priester streckte Smalon seine zusammengebundenen Hände entgegen.

„Du warst nicht bei Sinnen!"

„Wie ... ich war nicht bei Sinnen? Schneid mich schon los!" begehrte der Priester auf.

„Warte!" Janos trat aus der Tür. „Wir wissen nicht, ob er sich nur verstellt!"

„Du bist wohl gegen eine Mauer gelaufen, Blondi!"

„Ich nicht! Du dagegen hast mit deinem Kopf schon öfter eine Mauer geküsst!"

„Weißt du, Janos, du hättest schon lange eine Tracht Prügel verdient!"

„Wer sollte es wagen?" Der Dieb feixte vor Vergnügen.

„Ich, zum Beispiel!"

„Du? Du kannst ja nicht einmal aufstehen!" Janos packte den Kleriker an der Nase und schüttelte sie wie einen Pflaumenbaum. „Als Träger meines Gepäcks wärst du wie geschaffen! Schließlich bin ich derjenige, der den Weg kennt."

„Du kennst den Weg?" Elgin war verblüfft.

„Vor meinen Augen liegt der Pfad der Weisheit. Nur ich sehe ihn!"

Smalon schmunzelte. Die Konversation zwischen den beiden machte ihm Laune auf mehr.

„Und deine Intelligenz, was ist mit dieser? Die hast du wohl verloren?"

„Das ist eine Grundvoraussetzung, aber die ist dir fremd, Elgin, weil sie den Einzug in deinen Kopf verpasst hat! Ich wurde schon damit geboren!"

„Ich weiß nicht, wer von uns närrisch ist." Der Priester schaute in die Runde. „Smalon, was meinst du?"

„Bist du wieder der alte Elgin?"

„Klar ist er es!" Saskard schlenderte, die Hände in den Hosentaschen, herbei.

„Siehst du, Janos, Saskard erkennt meinen sprühenden Charme auf Anhieb."

„Befreie ihn von den Fesseln, Smalon!" Unvermittelt stand Aserija bei ihnen. Niemand hatte sie kommen sehen. „Eure Zeit drängt! Ihr müsst zur Festung Biberau! Untote Wesen verfolgen Euch!"

Woher wusste Aserija nur, dass sie von untoten Kreaturen verfolgt wurden?

Mittlerweile hatte der Halbling Elgins Fesseln durchtrennt. Janos gefiel das im Grunde genommen nicht. Auch wenn er jeden Spaß mitmachte, traute er dem Kleriker noch nicht über den Weg. Möglicherweise verstellte sich Elgin nur, um sie bei passender Gelegenheit zu morden. Auf jeden Fall würde er den Priester im Auge behalten.

Von Schwäche gezeichnet konnte sich der Kleriker kaum erheben.

„Du musst mir erzählen, was los war, Smalon, haarklein, jedes Schlupfloch, ich will alles wissen! Die Lücke in meinem Gedächtnis scheint groß zu sein."

„Dem kann ich nur zustimmen!" Janos setzte ein unverschämtes Grinsen auf.

Der Halbling prüfte, ob er einen Vorteil aus Elgins Amnesie ziehen konnte: „Elgin, kann ich einen Blick in dein Zauberbuch werfen?"

„Mit Verlaub, Smalon, mir ist zwar jede Menge entfallen, aber ... vergiss es!"

„Nicht schlecht der Versuch! Nicht schlecht!" Janos ließ keine Gelegenheit aus, um sich mit dem Kleriker zu messen.

„Milchgesicht, du nervst!" Jäh packte Elgin Janos' linkes Hosenbein und zog an. Völlig unvorbereitet traf es den Dieb. Mit den Händen wild durch die Luft rudernd, landete er krachend auf dem Hosenboden. „Jetzt bist du mir ebenbürtig!"

„Du Lump!" Wütend stürzte sich Janos auf den Priester.

„Geht das schon wieder los!" Donnernd wie eine Gewitterwolke rollte Saskards Bass über sie hinweg! „Reißt euch zusammen, es ist eine Dame unter uns! Was bin ich Euch überhaupt schuldig?" wandte er sich an die Druidin und zeigte auf seine vernarbte Brust.

„Nichts", entgegnete Aserija, ohne eine Miene zu verziehen. „Ich durfte Euch heilen."

„Äh ... ja schon ... Das kann ich aber ... nicht annehmen!" stotterte der Zwerg, als hätte er die Sprache verloren.

„Saskard, was geht in Euch vor? Geld und Güter bedeuten mir nichts!"

„Dann?!" Verlegen kratzte sich der Zwerg am Bart. „Danke, Aserija!"

„Deckt unter der Eiche dort drüben mit mir gemeinsam den Tisch, damit wir frühstücken können."

„Einverstanden!" Der Zwerg nickte ihr mit einem strahlenden Lächeln zu.

„Und vergesst nicht, für uns alle das Licht zu erretten!"

Woher wusste Aserija nur von der Begebenheit mit dem Licht? fuhr es Saskard durch den Kopf. Die Aussage war stimmig mit der Willdours.

Die Druidin ließ dem Zwerg jedoch keine Zeit, seine Gedanken zu ordnen. „Im Haus führt eine Treppe nach unten, dort habe ich schmackhafte Speisen gelagert. Wollt Ihr mir helfen?"

„Doch ... natürlich!" Verlegen stapfte Saskard Aserija hinterher.

„Kommt, Smalon, helft uns auch!"

Da der Halbling tierischen Hunger verspürte, konnte ihn weder Schnuppel noch ein Zauber von seinem Vorhaben, seinen Magen zu füllen, abhalten. Augenblicklich rannte er den beiden hinterher.

„Und wenn Ihr Eure Reibereien beendet habt, tragt den Tisch und die Stühle aus der Kate!" rief die Druidin Elgin und Janos zu.

„Altes Haus!" Mit glänzenden Augen boxte Janos dem Kleriker auf den rechten Oberarm. „Schön, dass du deine Gesinnung wiedergefunden hast. Hab dich schmerzlich vermisst!"

„Hilf mir hoch, Freund!" Bittend reichte Elgin dem Blondschopf die Hand. Und Janos half dem Priester, der sich vor Schwäche kaum halten konnte, auf die Beine.

„Nein, das geht nicht!"

Fragend schauten sich die Männer an.

„So kommt Ihr nicht an den Tisch. Meine Nase schreit nach Luft, wenn ich nur an Euch vorübergehe! Ich verordne Euch ein Bad! Und zwar allen!"

Nachdem Elgin und Janos den Tisch und die Stühle aus dem Haus getragen hatten, folgten sie Saskard und Smalon durch die taufrische Wiese zu dem plätschernden Bach hinab. Andächtig schaute ihnen die Druidin hinterher.

Wenig später saßen sie alle zusammen an einem frisch gedeckten Tisch. Unter den Speisen befanden sich auch zwei geräucherte Aale. Smalon fand den vor Fett triefenden Fisch abscheulich und absolut ungenießbar. Die anderen langten jedoch begeistert zu. Die Aale waren die einzig tierische Nahrung auf dem Tisch, und Smalon hätte gerne gewusst, warum, doch traute er sich nicht zu fragen, obwohl dies ganz untypisch für ihn war. Zudem hielten ihn die beiden schwarzen Spinnen, die huschend über Kopf, Schultern und Arme der Druidin liefen, in Atem und somit von seinem Vorhaben ab.

Ferner standen ein Topf mit sämigem Honig, eine Schale mit Heidelbeermarmelade, Käse mit Löchern, ohne Löcher, in Scheiben, in Würfeln, mit Nüssen, mit Paprika und Bärlauch, frischer Endiviensalat und knuspriges Steinbrot auf dem Tisch. Zu trinken gab es Hagebuttentee. Saskard, dem die Speisen nicht kräftig genug waren, holte noch ein Stück Räucherschinken aus seinem Rucksack, den er gezwungenermaßen mit Elgin und Janos teilen musste.

Nachdem die Sonne den Himmel, an dem sich feine Schleierwolken aneinanderrieben und in sich verhakten, erklommen hatte, waren alle satt. Elgin hatte dreimal soviel wie jeder andere gegessen; er meinte, seine Kutte würde aus den Nähten platzen. Dessen ungeachtet hätte er weiter zugelangt, wenn er nur noch einen Bissen hinuntergebracht hätte.

„Ich glaub, ich bin übersatt!" stöhnte Smalon. „Vermutlich kann mich nicht einmal Schnuppel mehr tragen."

„Leichtgewichte wie dich spürt das Pony doch kaum!" Genießerisch reckte und streckte sich Janos. Er fühlte sich rundweg wohl.

„Wenn ich ihm in den Rücken falle, wird es ihm schädlich sein."

„Stimmt schon, Smalon! Ein guter, übergewichtiger Reiter beeinträchtigt sein Pferd kaum, ein schlechter dagegen sehr."

„Siehst du, ich wusste es! Ich darf nicht mehr soviel essen."

„Sei froh, dass Mangalas nicht bei uns weilt, du weißt, was er sagen würde."

„Ja, ja, ja, dummes Geschwätz!" sagte er und sprang auf. „Ich schau nach Schnuppel!"

„Du hast nun mal keine Reserven!" riefen ihm Janos, Elgin und Saskard im Chor hinterher.

Nachdem Smalon weg war, überlegten sie, was zu tun sei. „Und nun? Wohin wollen wir uns wenden?"

„Da gibt's nicht viel zu überlegen, Saskard", verdeutlichte Janos seinen Plan. „Wir marschieren zur Festung Biberau. Punkt und aus!"

„Ja, das solltet Ihr tun!" meldete sich Aserija, die bis jetzt geschwiegen hatte, zu Wort.

„Ein, zwei Tage Rast täten Saskard und mir aber auch ganz gut", hielt Elgin dagegen.

Die Druidin stand jedoch auf und richtete ihren Blick auf die schneebedeckten Hänge. „Eure Zeit bei mir ist abgelaufen. Ihr solltet aufbrechen, und zwar schleunigst!"

„Was habt Ihr?" Argwöhnisch erhob sich auch Saskard.

„Eure Häscher rücken vor. Seht Ihr den Adler dort drüben bei den zwei Zinnen kreisen?"

Um den Raubvogel zu entdecken, forderten alle ihre Augen aufs Äußerste. Erblicken konnten sie ihn dennoch nicht.

„Ich dachte, ich sehe gut, aber Eure Augen scheinen den Blick der Weite zu besitzen!" rechtfertigte sich Janos, dem es schlichtweg schleierhaft war, wie Aserija auf diese Distanz einen Vogel erspähen konnte.

„Das Tier wurde erschreckt, ich spüre seine unsteten Gedanken. Wenn sich der silberne Stern der Nacht erhebt, werden schreckliche Wesen mein Tal betreten. Nur wenig Zeit wird Euch bleiben, auch ich muss Acht geben, damit ich nicht behelligt werde."

„Dann kommt doch mit uns", bot der Zwerg seine Hilfe an.

„Nein, mein lieber Saskard, das geht nicht. Ich hoffe, sie beschäftigen sich nicht allzu lange mit meiner Wenigkeit, aber Ihr seid wirklich in Gefahr!"

„Wie viele Tage werden wir bis zur Festung Biberau unterwegs sein?" erkundigte sich der Priester bei Aserija, während er noch nach einer Scheibe Käse griff.

„Marschiert Ihr strammen Fußes, solltet Ihr das Fort morgen Abend erreicht haben."

Auf Janos' Stirn bildete sich Schweiß, urplötzlich fiel ihm das Atmen schwer. Unweigerlich trafen sich seine und Saskards Augen. „Wir gehen!" ließ der Zwerg verlauten.

„Smalon!" Elgin winkte nach dem Halbling, der sich zu seinem Pony in die Wiese gesetzt hatte. „Hol die Vierbeiner, wir reisen ab! Und stell keine Fragen!"

Der Kleriker ließ es sich mit Janos und Saskard jedoch nicht nehmen, die Tische wieder ins Haus zu tragen, und Aserija brachte die Vorräte zurück in den Keller. Anschließend packten sie ihre Taschen. Nachdem sie alles verstaut hatten, lief Smalon mit dem Pony und den Maultieren herbei. „Haben wir es eilig?"

„Könnte sein, dass uns schon wieder Untote im Nacken sitzen, möglicherweise ist es dieses Mal sogar eine Armee", erwiderte Janos.

„Wir müssen schnellstmöglich zur Festung Biberau. Zweitausend Mann leben in dem Fort. Dort sind wir sicher!" Der Zwerg meinte es jedenfalls, überzeugt war er aber nicht.

Während sie überlegten, welchen Weg sie nehmen sollten, beluden sie die Maultiere.

„Was ist los, Smalon?"

„Ich komm nicht hoch, Elgin! Bitte hilf mir, meinen Rucksack auf Schnuppel festzubinden!"

Wortlos half der Priester dem Halbling. Mit seinen Gedanken weilte er jedoch bei seiner Liebsten. Außerdem verstand er überhaupt nicht, wieso er sich an die Geschehnisse der letzten Tage nicht entsinnen konnte. Nur bruchstückhaft kamen die Erinnerungen wieder. Ob ich Loren je wiedersehen werde? dachte er.

Als sie reisefertig waren, kam Aserija aus dem Haus. Ein sorgenvoller Blick hing in ihren Augen.

„Vielen Dank", empfing Saskard die Druidin, „für die aufopfernde Hilfe! Ich stehe tief in Eurer Schuld."

„Nicht doch! Ich habe Euch gerne geholfen, aber nun seht zu, dass Ihr loskommt."

Ein Unwetter braute sich über dem Berg zusammen. Immer höher türmten sich rabenschwarze Wolken auf. Es schien nur eine Frage der Zeit zu sein, bis der Sturm seine Kräfte entfesselte.

„Wo ist die Gans?" entfuhr es Smalon plötzlich.

„Macht Euch keine Gedanken um sie, sie hat Freunde getroffen. In spätestens einem Schrakier wird sie sich mit ihren Artgenossen wieder in die Lüfte erheben können!" Aserijas schwarze Augen sprühten vor Freude. „Sie vertraute mir an, ich soll Euch ausrichten, dass sie in ihrem Herzen einen ganz besonderen Fleck für Euch bewahren wird."

„Das ist schön! So die Götter wollen, komme ich eines Tages zu Euch zurück, damit Ihr mich die Sprache der Tiere lehrt."

„Ihr braucht nicht wiederzukehren! Das Wissen tragt Ihr bereits in Euch!"

Irritiert zog Smalon seine Stirn kraus. Er verstand zwar, was Aserija sagte, konnte den Sinn ihrer Worte jedoch nicht ergründen. Da Janos und Saskard jedoch schon losmarschiert waren und Elgin ihn aufforderte, endlich zu kommen, verabschiedete auch er sich von der Druidin.

„Was hat Aserija nur damit gemeint, ich trage das Wissen bereits in mir?" erkundigte er sich bei Elgin.

„Ich weiß es nicht, Smalon, ich weiß es wirklich nicht!" Zweifellos hätte der Priester dem Halbling eine Antwort geben können, aber er konnte die Gedanken, die um seine Liebste wie ein Falke kreisen, einfach nicht abschütteln.

Als sie ein Stück über die blühende Wiese nach Osten gelaufen waren, drehte sich Smalon, um sich winkend von Aserija zu verabschieden. Die Druidin war jedoch nicht mehr zu sehen. Einsam und verlassen war es um die Kate geworden. Doch das Dach glänzte im Licht der strahlenden Sonne, als wäre es mit Goldstaub umhüllt worden.

Kapitel 13

Ein beißendes Liebchen

Der Himmel öffnete sich, und dicke, schwere Regentropfen fielen zu Boden. Der anhaltende Schauer verschluckte alle anderen Geräusche, als gäbe es sie nicht. Angenehm beruhigend empfand Krishandriel das monotone Rauschen. Schon oft hatten seine Ohren dieses Geräusch vernommen. Positives konnte er den Tropfen des Himmels aber nicht abgewinnen. Er beschloss liegen zu bleiben ... nur ... wo befand er sich? Sie hatten sich doch in Sumpfwasser im Goldenen Kahn einquartiert? Aber wenn ihn sein Gehör nicht täuschte, befand er sich im Turanao unter einem Dach aus Ästen und Zweigen. Oder war er schon wieder in Iselinds Träume entrückt? Es war Zeit, um der Sache nachzugehen. Langsam öffnete er seine turmalingrünen Augen. Zu seinen Füßen lag ein Riesenfuchs, und ein zweiter lümmelte direkt neben ihm. Vorsichtig streckte Krishandriel seine rechte Hand nach dem einen aus. Er spürte ein weiches Fell, obwohl er meinte, einer optischen Täuschung zu unterliegen. Spielerisch stupste ihn der Fuchs am Arm, mutig setzte er sogar eine Vorderpfote auf seine Brust. Das Tier schien ihn anzulächeln, wenngleich der riesige Rachen und die blitzenden Zähne nicht gerade einladend wirkten. Bei den Göttern! durchzuckte es Krishandriel, als hätte ein Blitzschlag seinen Körper durchfahren. Bedächtig setzte er sich auf. Er befand sich unter einem regenabweisenden Schutzdach, das elfischer Baukunst entstammte. Der Fuchs ließ sich einfach nicht abschütteln, immer wieder schleckte seine Zunge nach seinem Gesicht. „Geht's noch?!" Behutsam, aber bestimmt drückte Krishandriel den aufdringlichen Burschen beiseite. Der andere Geselle regte sich nicht, aber seine orangefarbenen Augen beobachteten jede seiner Bewegungen aufs Genaueste. Krishandriel erkannte, dass die beiden Füchse noch nicht erwachsen waren. Dennoch mahnte ihn sein Instinkt zur Vorsicht. Wenn er nur wüsste, wo er die Nacht verbracht oder wer das Dach über ihm errichtet hatte? Falls er sich in einem Traum befand, was er immer noch nicht gänzlich ausschloss, musste er einen Weg in seinen Körper zurückfinden. Sicherheitshalber fühlte er nach Dingen um ihn herum. Die Blätter schienen ein Produkt der Natur zu sein und der Boden, das Schaffell und der Regen ebenso.

Krishandriel schaute auf eine Wiese hinab. Neugierig kroch er ins Freie, um sich einen Überblick zu verschaffen. Der vorwitzige Fuchs sprang nach wie vor an ihm hoch. Krishandriel konnte sich seiner Zunge kaum erwehren. Erschrocken fuhr er zusammen, als ihn ein weidender, im Regen stehender Windläufer, den er von seinem ursprünglichen Platz aus nicht gesehen hatte, wiehernd begrüßte. Nun wusste er überhaupt nicht mehr, ob er seinen Eindrücken noch trauen konnte. Es schien, als kenne ihn das Pferd, und der Wald in seinem Rücken fühlte sich wie der Turanao an. Unter dem provisorisch erbauten Dach lagen sein Schwert, das Trageschirr und sein Rucksack. Folglich hatte ihn niemand gefangengenommen, und verschleppt worden war er sicher auch nicht. Seine Gedanken stürzten wie die Wellen eines Wildbaches zu Tal. Ganz schwindelig wurde ihm. Logisch erklären konnte er das Ganze nicht. Wo waren nur Mangalas, Smalon und Janos, und wie mochte es Saskard, Elgin und Hoskorast ergehen?

„Nun mal ganz langsam, Krisha! Du trinkst keinen Alkohol mehr, folglich muss der Knoten doch entwirrbar sein!" Je länger er sein Gehirn jedoch marterte, desto mehr Fragezeichen entsprangen seinem Geist.

Tief hingen die Wolken über dem flachen Land, und es regnete, gleichbleibend und beständig, ohne Unterlass. Wie aus einer nicht versiegenden Quelle fielen die Tropfen vom Himmel. Urplötzlich spitzten die Füchse ihre Ohren, und dann jagten sie los, als wären sie gerufen worden. Irritiert blickte ihnen Krishandriel hinterher. Auf der anderen Seite der Lichtung trat eine Frau aus dem Dickicht, und die Füchse jaulten und sprangen um sie herum, als wäre ihre leibhaftige Mutter vor sie getreten.

„Ist schon gut!" hörte Krishandriel eine ihm wohlbekannte Stimme. Er musste sich täuschen. Gleichwohl kam ihm Iselind entgegen. Ihre schwarzen Haare umwallten ihr Gesicht wie eine Löwenmähne. Sie trug eine erdfarbene Hose und eine ebensolche Bluse. Wie eine Bäuerin sah sie aus. Beim Näherkommen sah Krishandriel an ihr einen goldenen Umhang mit abertausenden roten Punkten. Nachdem er jedoch einmal geblinzelt hatte, waren der Schleier und die Farben wieder verschwunden. Ihre Haare waren leidlich feucht, vermutlich musste sie sich bis vor kurzem im Trockenen aufgehalten haben.

„Wo bin ich?" empfing Krishandriel die schwarzhaarige Frau. „Begegnen wir uns schon wieder in einem Traum?"

„Ojemine, das sind zwei Fragen zuviel", entgegnete Iselind lächelnd. Ihr fiel auf, dass sich Krishandriel verändert hatte. Er war nicht mehr nur der Herzensbrecher aller Frauen, sondern er war ein Mann geworden, wenngleich er seine Bestimmung gewiss noch nicht gefunden hatte.

„Du bist so ganz anders, Iselind!"

„Die Welt wandelt ihr Gesicht", erwiderte sie ernst. Dann setzte sie sich zu ihm auf die Decke und schaute ihm lange in die Augen. Ein Fuchs krabbelte auf ihren Schoß und drückte seine Schnauze winselnd an ihre Brust. „Man wird geboren, genießt die Freuden der Jugend, und unverhofft schleudert dich die Seele in ein neues Leben."

„Man sieht es!" feixte Krishandriel. „Du bist Mama geworden!"

„Obwohl ich mich ernsthaft geweigert habe, aber die Burschen liefen mir so lange hinterher, bis ich nicht mehr anders konnte."

„Sag, Iselind, wo bin ich? Es kann doch kein Traum sein?"

„Nein, es ist kein Traum! Du sitzt wirklich neben mir, und auch meine Fuchskinder sind kein Hexenwerk!" Sie holte tief Luft. „Wir sitzen hier am Rande des Turanaos südlich von Birkenhain."

„Bitte?!" Krishandriel schaute so verzweifelt drein, als hätte sich seine Freundin den Freuden von Lindwurmfeuer hingegeben.

„Farana hat dir per Telepathie einen Liebeszauber auferlegt. Ihr Ziel war es, und niemand konnte es verhindern, dass du dich nach ihr verzehrtest."

Krishandriel glaubte, ihm würde eine Wintermär aufgetischt. „Ja, ja! Nett, ganz nett die Geschichte, aber jetzt sprich Wahres!"

Iselind plauderte jedoch einfach weiter. „Als du gestern ankamst, war der Windläufer mit seinen Kräften am Ende, du hast ihn beinahe zu Tode geritten. Ich musste ihm viel Gutes tun, damit er nicht verstarb."

„Geht's dir gut?" Krishandriel wog ab, ob Iselinds Augen dem Wahn verfallen waren.

„Nachdem du eine Liebesnacht mit Farana verbracht hast, hat sich der Zauber von ganz alleine gelöst. Das war's in Kurzform. Weißt du denn überhaupt nichts mehr?"

„Äh ... nein!" Da Iselind keinerlei Regung zeigte, wurde ihm die Tragweite allmählich bewusst. Seine Freundin schien tatsächlich nicht zu lügen. Ihre spitzbübischen Augen waren weich wie Samt und von einem Zittern ihrer Lippen war ebenfalls nichts zu sehen.

„Falls, und ich sagte falls, dies stimmen sollte, so sag mir bitte, wo ist die Gute geblieben?"

„Ich habe sie weggeschickt, damit du ihr nicht Worte an den Kopf werfen kannst, die du eines Tages bereust."

„Ist die närrisch! Saskard geht es hundeelend ... Wo sind meine Freunde geblieben?"

„Keine Ahnung, vermutlich sind sie ohne dich weitergezogen."

Krishandriel stand auf und stellte sich in den Regen. „Verdammt! Was mach ich hier? Ich sollte der dämlichen ...!"

„Nicht, Krisha! Sag besser nichts! Sie fühlt sich ausnehmend schlecht!"

„Diese Pute! Ich könnte sie ...!"

„Das hat heute Nacht aber ganz anders geklungen!" fiel sie ihm stichelnd ins Wort. „Mein Liebchen, mein Engel, mein ..."

„Hör auf!" Er konnte, nein, er wollte sich nicht mehr beruhigen! Weiber! schoss es ihm durch den Kopf. Weiber, Weiber, Weiber! Farana würde er ... ja, was würde er nur mit ihr tun?

„Vermutlich hast du aber dennoch Glück gehabt!"

„Glück?! Wieso?"

„Ich glaube, sie ist nicht in guter Hoffnung."

„In guter Hoffung?!" Krishandriel drehte sich, dass selbst der Windläufer vor Schreck einen Satz zur Seite machte. „Ist die vollkommen neben der Tatze? Wieso mir, und wieso glaubst du das bloß?"

„Nun, ich bin kein Hellseher!"

„Das würde noch fehlen. Krisha wird Vater! Toll! Ich geb mir den Elfenpfeil ... Spring vom Dach unserer Wohnung ... Am besten mischt Mutter mir kübelweise Entfallentee!"

„Es gibt Schlimmeres!" versuchte ihn Iselind aufzuheitern. Aber Krishandriel war außer sich, am liebsten hätte er Farana zu den Sternen geschossen, und das passierte ihm, verzaubert von seiner besten Freundin, er, der jede Frau im Lager hätte haben können. Die Götter meinten es wirklich nicht gut mit ihm. „Richte ihr aus", fuhr er Iselind an, „ich will sie...!"

Krishandriels Ton gefiel den Füchsen nicht, fletschend bauten sie sich vor ihm auf.

„Ist schon gut, Blauauge, und du, Grauohr, musst dich auch nicht aufregen, Krisha tut uns nichts." Beruhigend streichelte sie die Rücken der Füchse.

Unterdessen bemühte sich Krishandriel, seine Nerven in den Griff zu bekommen, aber die Unglaublichkeit, die ihm widerfahren war, sprengte selbst die Fesseln von Drachen, Chimären und was sonst noch in der Unterwelt beheimatet sein mochte. Deprimiert setzte er sich unter das Dach zurück und starrte trostsuchend in den Regen hinaus, der ihn aber auch nicht aufheiterte. Am liebsten hätte er ein tiefes Loch ausgehoben, wäre hineingesprungen, hätte sich selbst zugeschüttet und würde hoffen, niemand grabe ihn je wieder aus.

„Weißt du, Krisha, wir mussten unsere Heimat verlassen!"

Kopfschüttelnd nahm Krishandriel die nächste grauenhafte Nachricht in Empfang. „Nehmen denn die Hiobsbotschaften überhaupt kein Ende?"

„Trrstkar, der Zwerg, sagte mir, dass Tiramir, dessen Hass Grenzen zu sprengen scheint, untote Krieger durch den Turanao führt. Als ich deinem Vater davon erzählte, entschied er, und der Ältestenrat schloss sich ihm an, die Bäume unserer Vorväter zu verlassen! Wir sind auf dem Weg zu unseren Brüdern, den Elementarbeschwörern."

Krishandriels Welt stürzte zusammen als würde ein Erdbeben Schluchten auftun, in denen Städte vergingen. Sein Zuhause, der Ochsenkopf, alles Geschichte! „Ich finde, allmählich sollte ich aufwachen!"

„Ich weiß, Krisha, die Last ist schwer zu tragen."

„Sag meinem Vater, er muss sehr vorsichtig sein, Tiramir ist gefährlicher als ein Hort voller Drachen!"

„Ich werde es ihm ausrichten."

„Wo hält sich unser Volk derzeit auf?"

„Eine Tagesreise gen Westen. Farana und ich blieben zurück, um dich abzufangen."

„Sehr schön, wirklich sehr erquickende Nachrichten!" Beißende Ironie schwappte wie Eiswasser über Iselind hinweg. „Wie geht's meiner Mutter?"

„Du kennst sie doch, sie sprüht geradezu vor lauter neuer Ideen."

„Ich bin ganz unten! Leben heißt Leiden! Und was hat sich bei dir so getan?" fauchte er Iselind wieder an.

„Deine Mutter bildet mich in Heilkunde aus, Trrstkar fördert meine Anlagen in Telepathie und Telekinese, und mit Tieren kann ich auch ganz gut umgehen", erwähnte sie lapidar. Dass sie jedoch einen blauen Saphir und einen honiggelben Bernstein von Trrstkar erhalten hatte, erwähnte sie nicht.

„Kannst du dich druidischer Kräfte bedienen?" Krishandriel glaubte seinen eigenen Worten kaum.

„Ja!" schmunzelte sie.

„Du warst doch vor kurzem noch die schärfste Braut des Lagers!"

„Krisha, lass den Quatsch! Jeder folgt seiner Bestimmung, auch du kannst dich ihr nicht entziehen."

„Aber ..."

„Da gibt's kein aber!" schnaubte sie ihn an.

„Mir scheint ..."

„Sag bloß nichts Falsches!"

„Ich ... ich leg mich wieder hin."

„Vergiss es! Du musst zurück zu deinen Kameraden! Du willst doch nicht, dass sie sterben!"

„Iselind, es ist aus und vorbei. Ich weiß nicht einmal, wo sich meine Freunde befinden. Sie haben etliche Tage Vorsprung, ich kann sie nicht einholen."

„Dein Weg führt dich nach Birkenhain."

„Was soll ich denn dort!?"

„Mach es einfach! Trrstkar sagte mir, ich solle es dir ausrichten."

„Du denkst, weil irgendein Zwerg seine Meinung zum Besten gibt, springe ich?"

„Wenn du eine bessere Idee hast ... bitteschön! Schließlich gibt es ein Überangebot von Türen, die du öffnen kannst!"

Die spricht schon genauso töricht wie mein Vater, dachte er. Seine Gedanken behielt er aber für sich. Nicht dass er sich nicht getraut hätte ... dennoch wusste man nie, wie Iselind reagierte!

„Der Windläufer wartet nur darauf, dich tragen zu dürfen. Du wirst sehen, er ist schneller als je zuvor."

Krishandriels zweifelnder Blick glitt an Iselind wie Nebelschwaden vorbei. Dennoch schauderte es ihm, wenn er nur daran dachte, dass Mächte, die er nicht ergründen konnte, sein Wirken beeinflussen sollten. „Du meinst ... ich bin gekommen, um mit Farana ...?"

„Genau!" fiel sie ihm ins Wort.

„Und jetzt soll ich nach Birkenhain reiten?"

„Langsam verstehst du den Sinn!"

„Es regnet!"

„Du wirst es überleben!" seufzte sie.

Bei allen Mächten des Universums, so hatte er sich seine Rückkehr zu Iselind nicht erträumt, und ein Leben ohne seinen geliebten Ochsenkopf konnte er sich selbst in seinen kühnsten Phantasien nicht vorstellen. Wenig später saß er auf dem Windläufer. Es goss in Strömen.

„Lass dich von deiner inneren Stimme führen, Krisha. Sie wird dich leiten."

Wissend nickte er Iselind zu.

„Du reitest nach Birkenhain, verstanden? Und schau dich im Hafen nach dem Küstensegler Roter Adler um!" Lächelnd gab sie dem Windläufer einen Klaps, und das Pferd setzte sich in Bewegung.

Ruckartig drehte sich Krishandriel im Sattel. „Was soll ich? Woher weißt du ...?"

Spitzbübisch feixend schaute ihm die schwarzhaarige Frau hinterher. „Manche Dinge sind so klar wie spiegelndes Quellwasser."

Krishandriel hasste Weisheiten, deren Ursprung er nicht ergründen konnte, zudem regnete es ohne Unterlass, und er sollte nach einem Schiff Ausschau halten. Bogen sich in seinem Gehirn eigentlich noch alle Windungen an der rechten Stelle? Unvermittelt trabte der Windläufer an. Wie selbstverständlich schlug er den Weg nach Norden ein.

In der Ferne wallten tiefliegende Schwaden über das Grün, als wäre das Oben nach unten gekehrt worden. Nachdem der Windläufer den Nebel durchquert hatte, schienen ihm Flügel zu wachsen. Sein Galopp fühlte sich an, als wolle er den Reiter durch einen gold schimmernden Himmelsbogen zu ewigem Glück führen. Die Jagd begann!

*

Mangalas stieß die Matratze von sich und schnappte wie ein Ertrinkender nach Luft. Miras Sohn rutschte seitwärts auf die Planken herab. „Ich dachte, ich ersticke!"

„Bleib, wo du bist!" fauchte ihn Mira an.

Erschöpft und glücklich zugleich legte sich der Magier zu Joey auf die Matratze zurück und schloss die Augen. Das gleichmäßige Klappern der Hufe wirkte wie Balsam auf seine zum Zerreißen angespannten Nerven. Nachdem mit der Zeit die Anspannung von ihm abfiel, schlief er wie ein Stein ein. Mira ließ ihn ruhen. Auf der gepflasterten Straße bis zur Ortschaft Dorngrün waren sie verhältnismäßig sicher. Mira genoss die Fahrt, und Sumpfwasser wollte sie wegen ihrer schrecklichen Träume sowieso den Rücken kehren.

Die kurvenreiche Straße führte entlang der Glitzersee. Manche Buchten strotzten regelrecht vor Schönheit. Türkisblaue Wellen plätscherten sanft über lilienweiße Strände, während draußen in den Buchten schwarz glänzende, blankpolierte Felsen von Schaumkronen umspült wurden, die sich im Wasser reihten, als hätte sie ein Sämann fallengelassen. An den Böschungen schmiegte sich dunkles, sattes Grün. Mancherorts glitzerten auch Eiskristalle, welche die Sonne im Laufe des Tages mit ihren wärmenden Strahlen liebkosen würde, bis die Perlen zwischen den gezackten Ritzen zu Boden tropften und von der Erde verschlungen wurden.

Gegen Mittag erwachte Mangalas. Urplötzlich schreckte er hoch, als ihm Hoskorast im Traum aufgelauert hatte. Hastig krabbelte er ans Ende des

Wagens, um unter der Plane ins Freie zu lugen. Sehen konnte er den Zwerg jedoch nicht.

„Was ist?" rief ihm Mira verunsichert vom Kutschbock aus zu, als sie seiner Hektik gewahr wurde.

„Wollte mich bloß versichern, dass wir nicht verfolgt werden." Halbwegs entspannt krabbelte Mangalas zu ihr auf den Kutschbock. Die Luft war schneidend kalt geworden, und der Himmel sah aus, als könnten schon bald Kristalle zur Erde schweben.

„Wir hatten verdammt noch mal viel Glück!" sprudelte es aus Mangalas heraus, während er sich die eiskalten Hände wärmend aneinanderrieb.

„Hauptsache, uns folgen keine Soldaten. Sind wir weit genug gekommen, wird sowieso niemand mehr nach uns suchen."

Mangalas antworte nicht, er fror erbärmlich. Der böige Wind fuhr durch seine Kleidung, als trüge er nichts am Leib. So kalt war es in Farweit nie geworden, selbst nicht zum Mittwinterfest, und bis dorthin würden noch zwei Schrakiere ins Land ziehen. Schlotternd vergrub er seine Hände in den Taschen der Hose und stülpte den Kragen seiner Jacke über den Nacken hoch. Dennoch konnte er ein Zittern nicht verhindern.

„Kannst du ein Gespann fahren?" holte ihn Mira in die Realität zurück.

Ungläubig schaute er der rothaarigen Wirtin ins Gesicht. „Nicht wirklich! Habe es zwar einmal probiert, konnte mich jedoch mit den vielen Schnüren und Leinen nicht anfreunden."

In diesem Augenblick wusste Mira, dass sie den falschen Begleiter für die Reise ausgewählt hatte. Hoffentlich lief der dicke Mann nicht beim ersten Anzeichen einer Gefahr auf und davon. Leider sah ihr Beschützer aber ebenso aus. „Was wirst du unternehmen, wenn uns Lumpenpack auflauert?"

„Ich werde sie vertreiben", erwiderte Mangalas, ohne eine Miene zu verziehen.

„Und wie? Du hast kein Schwert!" Verwirrt sah ihn Mira an.

„Mach dir keine Sorgen, so leicht wird man unser nicht habhaft werden!"

Beruhigen konnte er Mira mit seinen Worten jedoch nicht. Womit, glaubt er wohl, könne er uns schützen? dachte sie. Mit einer Predigt, schönen Worten, dass wir ohnehin nichts haben, was es zu stehlen lohne! Wie konnte sie nur so einfältig gewesen sein. Zum Glück hatte sie ihr Mann das Werfen mit Messern gelehrt. An ihrer Schulter hing ein Wehrgehänge mit zwei Wurfdolchen, und ein dritter steckte in ihrem rechten Stiefel. Trotzig blickte sie sich um.

Gegen Abend erreichten sie Dorngrün. Die Häuser lagen erhöht auf einer Kuppe hinter senkrecht aufragenden Kreidefelsen. Wie ein Adlerhorst kauert die Schenke am Rand der hell leuchtenden Klippen. Müde waren Zig und Zana geworden. Mit hängenden Köpfen quälten sie sich die steile Straße empor.

Über dem Eingang der imposanten, ganz in Holz verkleideten Schenke hing ein Schild mit der Aufschrift Zur Weißen Wand. Die Buchstaben waren so hell wie Schnee, und sie leuchteten, als hätten es Sterne werden sollen.

„Wir sind angekommen", stellte Mira sachlich fest. „Ich bringe die Pferde in den Stall, und du trägst unser Gepäck ins Haus."

Sogleich kletterte Mangalas vom Kutschbock herab, um ihrer Bitte nachzukommen.

Seit einer Stunde machte er sich Vorwürfe. Er konnte nicht verstehen, dass er seiner Eingebung so ohne weiteres nachgegeben hatte. Dabei wollte er die Wirtin nur beschützen. Gedanken an Saskard vermied er so gut es eben ging. Kam ihn der Zwerg dennoch in den Sinn, glühte seine Stirn, als hätte sie Feuer gefangen. Mit der Bürde, Miras Taschen und seinem Gepäck beladen, stiefelte er in das Gasthaus.

Stimmen schlugen ihm entgegen, und die Rauchschwaden, die über den Köpfen der Männer wie Geistgestalten schwebten, schienen unheilbringende Blicke auf ihn zu werfen. Er wusste überhaupt nicht, wohin er schauen sollte. Viele Gäste stellten ihre Gespräche ein, um ihn zu mustern.

„Der Himmel steh mir bei!" entfuhr es Mangalas, als ein Mann wie eine zu Tal stürzende Lawine auf ihn zuwalzte. Der Koloss hatte gewaltige Arme, sein Bauch passte kaum durch die Küchentür und die weiße Schürze, die er umgebunden hatte, bedeckte seinen massigen Leib nur zur Hälfte. Gleichwohl umspielte ein Lächeln sein Gesicht. „Ihr sucht gewiss ein Zimmer oder zwei, wenn ich nach dem Gepäck urteilen darf? Drei Stuben im ersten Stock habe ich noch zu vergeben!"

Mangalas war überwältigt, er hätte den Wirt küssen mögen. Mit einer so aufbauenden Nachricht hatte er nun wirklich nicht gerechnet. „Eine Frau und ihr Sohn reisen mit mir."

„Darf ich Euch die Zimmer zeigen?"

Mittlerweile hatte wieder heftiges Stimmengewirr eingesetzt, und Mangalas schien vollkommen vergessen worden zu sein.

„Ja, natürlich." Geschwind stiegen sie die Treppe empor, der Wirt vorneweg und er in seinem Schatten, in dem er sich hätte verstecken können, hinterher. Die Zimmer waren klein und schlicht möbliert. Mangalas störte es nicht. Hauptsache, er hatte ein Bett, um zu schlafen. Dass der Blick durch das Fenster die Landseite zeigte, war ihm einerlei. Mira gefiel die Aussicht nicht, aber die Stuben, die ihnen noch zur Verfügung standen, lagen allesamt nebeneinander und waren kaum zu unterscheiden. Mira beschloss, das mittlere der drei Zimmer zu beziehen. Warum, hätte kein Mann sagen können, und Mangalas entschied sich, die vom Treppenaufgang entlegenste Stube zu nehmen. Nachdem sie ihr Gepäck abgestellt hatten, gingen sie zum Essen nach unten.

In der Schenke ging es zu wie in einem Ameisenhügel. Um den Wünschen der Gäste nachzukommen, hätten den Dienstmädchen Flügel wachsen müssen. Krüge wurden gespült, gefüllt und erneut ausgetragen. Ein ständiger Kreislauf, und ein Abnehmer fand sich allemal. Zu den Getränken reichten die Bediensteten heimische Speisen. Vom Rehragout über Schweinebauch bis hin zu vielfältigsten Fischgerichten gab es nahezu alles. Mangalas' vortrefflicher Geruchssinn wurde fortwährend von neuen Gerüchen entzückt. Er wusste kaum, wohin er seine Nase richten sollte. Nach ein paar Minuten hatte sich eines der Mädchen zu ihnen durchgekämpft, und sie konnten bestellen. Mangalas nahm zwei Portionen von der gebratenen Schweineschulter, und einen Zuschlag verlangte er obendrein.

Als sie gegessen hatten, brachte Mira ihren Sohn zu Bett, und da sie ebenfalls müde war, entschloss sie sich, auch im Zimmer zu bleiben. Den Zauberer dürstete es jedoch nach Bier. So eilte er, kaum dass die rothaarige Wirtin die Treppe nach oben gestiegen war, dem Tresen entgegen. Unmittelbar neben dem Zapfhahn fand er einen Stehplatz – Sitzmöglichkeiten waren rar, und jeder, der einen Stuhl ergattert hatte, bewachte ihn wie die Henne das Ei.

„Ein Schwarzbier, bitte!"

„Kommt gleich, mein Herr!" rief ihm ein schwitzender Bursche zu. Zu Beginn führte Mangalas ein interessantes Gespräch mit einem Schafhändler aus Wiesland, und der Zauberer fand es schade, dass der Vollbärtige in Richtung Sumpfwasser unterwegs war. Nachdem er den zweiten Bierkrug geleert hatte und seine Zunge nicht mehr im Zaum halten konnte, kam er mit den unterschiedlichsten Reisenden in Kontakt. Er debattierte mit einem Tuchhändler aus Savjen, einem Pferdewirt, der schier unglaubliche Geschichten, ob sie nun wahr waren oder nicht, von der Aufzucht von Windläufern wiedergab, und einem Mittvierziger, dessen angetraute Ehefrau Alte heißen musste und der einen Witz nach dem anderen zum Besten gab. Binnen kurzem hatte sich eine Menschentraube um ihn gebildet, und zum Lachen gab es jede Menge.

Unvermittelt spürte Mangalas in seinem Rücken jedoch klirrende Kälte, so als würde Luft zu Eis erstarren. Auch andere Gäste drehten sich um. Eine hübsch anzusehende Frau trat zur Tür herein. Sie war nicht sehr groß und auch schon etwas reifer, gleichwohl erregte sie die Gemüter aller, weil ihr enorm großer Busen den dunkelblauen Wollpullover, den sie trug, mächtig ausdehnte. Gepäck führte sie nicht mit sich.

„Sucht Ihr eine Kammer, gnädige Frau?" begrüßte sie der Wirt ebenso freundlich, wie er Mangalas vor Stunden empfangen hatte.

Nachdem ihr Blick über alle Gäste gehuscht war, lächelte sie. „Ja, schon!"

„Ich habe aber nur noch eine kleine Stube mit Blick auf den Innenhof frei."

„Das macht nichts, ich nehme das Zimmer."

„Und Euer Gepäck?"

„Hab keines! Ich bin in einer sehr eiligen Mission unterwegs, konnte nicht einmal mehr packen. Morgen früh werde ich in aller Bälde ..." hörte Mangalas noch. Dann konnte er dem Gespräch nicht weiter folgen, da der Wirt mit der Frau die Treppe nach oben stieg.

„Gut bestückt!" entfuhr es dem Mittvierziger. Lüstern schielte er dem spät eingetroffenen Gast hinterher.

Wenig später kam die Frau die Stiegen wieder herab und gesellte sich zu den Gästen. Mangalas fand sie einfach nur unheimlich, obwohl er nicht hätte sagen können warum, und er war sich sicher, sie schon einmal gesehen zu haben, nur wusste er nicht an welchem Ort.

„Entschuldigt?" Ein Finger berührte seine Schulter. „Trinkt Ihr ein Glas Wein mit mir und leistet mir ein wenig Gesellschaft?"

„Ich ...", stammelte Mangalas, als ihm die Frau ein strahlendes Lächeln schenkte. Weshalb hatte sie überhaupt ihn angesprochen, obwohl weitaus ansehnlichere Männer am Tresen standen? Instinktiv zog er seinen Bauch ein. „Warum nicht?"

„Mundschenk! Bringt zwei Krüge Liebeichener Bluttropfen!"

Das Wort Liebeichen brachte Mangalas' Blut zum Wallen.

„Ich bin Rosin, und Ihr?"

„Mangalas nennt man mich, ich komme aus Farweit!" stellte er sich vor.

„Seid nicht so schüchtern!" Von hinten schlug ihm der Pferdwirt auf die Schulter. Mangalas nahm sein herzhaftes Lachen, das einem glucksenden

Bach glich, wahr, aber nach Scherzen war ihm nicht zumute. Rosin Walgara hatte er in den Hängenden Trauben gesehen. Er konnte sich noch an ihren himmelblauen, seidenen Umhang erinnern, durch den sich ihr Busen abgezeichnet hatte. Liebeichen war aber von Untoten heimgesucht worden. Vielleicht hatte sich Rosin Walgara vor den Kriegern der Unterwelt retten können, denkbar war dies schon, dann wäre es auch einleuchtend, dass sie so ganz ohne Gepäck reiste, dennoch setzten sich Zweifel in seinem Kopf fest. Er hörte Rosin, die wie ein tosender Wasserfall auf ihn einredete, nur noch mit einem Ohr zu. Nachdem er aber den zweiten Krug Liebeichener Bluttropfen ausgetrunken und einen dritten bestellt hatte, wurde auch er immer redseliger. Er erzählte ihr von der charismatischen Stadt Farweit, in der er aufgewachsen war. Dass er sie kannte, erwähnte er nicht.

„Wollt Ihr sie berühren?" flüsterte sie ihm unverhofft in sein Ohr.

„Ich glaube ... es ist schon ... Meine Begleiterin ... Vielleicht ein andermal!" Fieberhaft drängte sich Mangalas an ihr vorbei.

„Nun geht doch nicht!" rief ihm Rosin hinterher.

Der Zauberer atmete jedoch erst auf, als er seine Tür von innen verriegelt hatte. Schweiß stand ihm auf der Stirn. Er griff nach seinem ledernen Brustbeutel und spürte die prickelnden Flammen in seinen Fingern. Erleichtert setzte er sich aufs Bett. Wenn nur die anderen hier wären! Krishandriel, Janos oder Elgin; die wüssten, was zu tun wäre. Fieberhaft zog er sein Hemd und die Hose aus und legte sich zum Schlafen nieder. Von den Gesprächen in der Gaststube wurde er nicht mehr belästigt, und da ihm Rosin nicht gefolgt war und er unbehelligt blieb, nickte er ein.

Ein Hahn, der dem Anschein nach direkt unter seinem Fenster krähte, weckte ihn. Obwohl es noch zeitig am Morgen war, stand er auf. Soeben setzte die Dämmerung ein, und vom Meer wehte eine kräftige Brise, so dass sich die Buchen, die vereinzelt im Dorf standen, vor dem aufbrausenden Wind verneigten. Vermutlich hatte er gestern Abend doch zu viel Bier und Wein getrunken. Erfreulicherweise vertrug er aber eine ordentliche Menge. Auf der Kommode stand ein Krug mit frischem Quellwasser. Er füllte einen Becher und erfrischte seine Kehle an dem köstlichen Nass. Erquickt setzte er sich aufs Bett zurück, griff nach seinem Rucksack und zog ein frisches Hemd heraus. Er hatte es schon seit seiner Flucht getragen. Er traute seinen Augen kaum, als ihm ein Gläschen mit sonnengelbem Inhalt entgegenpurzelte. Es war eine Phiole, die Janos bei seinem Einbruch in Lursian Gallenbitters Kräuterladen erbeutet hatte. Sein Gesicht wurde so heiß wie glühende Kohlen, als ihm die Tragweite, Diebesgut mit sich zu führen, bewusst wurde. Hätten ihn Sumpfwassers Soldaten erwischt, wäre ihm vermutlich nur seine linke Hand geblieben. Janos, dieser Mistkerl, musste ihm heimlich die Phiole in seinen Rucksack gesteckt haben. Hätte er ihn vor sich gehabt, er wüsste nicht, wie er reagiert hätte. Leider sah er nur sein hämisches Grinsen vor seinem inneren Auge. Gewiss hätte der Dieb eine passende Ausrede parat gehabt. Nachdem er sich eine Weile aufgeregt hatte, packte er die Phiole wieder ein. Zurücklassen wollte er den Heiltrank nun auch nicht. Aber er würde Janos schelten, wenn er ihn wiedertreffen sollte, dass dieser nicht mehr in seine Stiefel passte.

Da sich sein Magen wie ein leeres Fass anfühlte, beschloss er, obwohl noch sehr zeitig am Morgen, frühstücken zu gehen. „Vielleicht gehe ich auch zweimal speisen", philosophierte er, „einmal allein und dann mit Mira." Die Vorstellung an sich entlockte ihm ein Lächeln. Hungrig verließ er das Zimmer. Er lauschte kurz an Miras Stube, vernahm jedoch keinen Ton. Anscheinend schliefen seine Begleiterin und ihr Sohn noch. Dann eilte er dem Geruch von gebratenem Speck entgegen, der sich allmählich auch in den oberen Stockwerken ausbreitete. Zu seiner Bestürzung sah er Rosin Walgara in der Gaststube sitzen. Soeben reichte ihr ein Dienstmädchen einen Korb mit frischem Brot. Zum Glück konnte sie ihn nicht sehen, da sie ihm dem Rücken kehrte, doch er hatte sie an ihren Haaren und der Stimme sogleich wiedererkannt. Unschlüssig überlegte er, was er tun sollte. Die Treppe würde er keinesfalls hinabsteigen. Mit der eigenartigen Frau wollte er nichts mehr zu schaffen haben. Leise stieg er die beiden letzten Stufen zurück. Er atmete aber erst auf, als sie ihn nicht mehr sehen konnte. Als er an ihrer Stube vorbeilief, kam ihm der Gedanke, einen Blick in ihr Zimmer zu werfen. An sich hätte er den absurden Einfall entschieden von sich gewiesen, dennoch blieb die Idee wie klebriger Honig an seinen Sohlen haften. Smalon hatte nicht verzagt, vermutlich hätte der Halbling ohne zu überlegen die Tür geöffnet. Schritt für Schritt überlegend lief Mangalas weiter, dann hielt er inne. Seine Handflächen waren so feucht geworden, als hätte er eine taufrische Wiese berührt. Warum eigentlich nicht? irrte ein Satz durch seinen Kopf. Instinktiv kehrte er um und eilte zu Rosin Walgaras Stube zurück. Sachte drückte er den Griff nach unten. Die Tür war nicht versperrt. Weshalb auch, Rosin hatte eh nichts bei sich, was sich zum Stehlen lohnte. Nur wenig Licht fiel durch die Ritzen der Fensterläden ins Innere des Zimmers. Gleichwohl fiel ihm das zerwühlte Bett ins Auge, aber sonst sah er nichts Ungewöhnliches. Er zitterte jedoch, als stünde er mit nackten Füßen in einem eiskalten Gebirgsbach. Als er das Zimmer schon wieder verlassen wollte, entdeckte er einen Stiefel hinter dem vorderen linken Bein des Bettes. Es war ein Männerschuh! Sollte einer der Gäste Rosin aufs Zimmer gefolgt sein? Seltsamerweise lag aber nur ein Stiefel auf dem Boden, und von der Person war nichts zu sehen. Mangalas bückte sich, um nachzusehen. Dort lag ein Mensch! Das ist ja ein Fuß! schrie sein Gehirn. Mit Grauen packte er das Leinen und zog an. Augenblicklich wurden seine Hände so rot, als hätte er sie in Kirschsaft gebadet. Es war der Gast, der letzte Nacht so viele Witze gerissen und sein Weib immer mit Alte bezeichnet hatte. Der Mann war tot. Er trug keine Kleidung, und seine Augen stierten ins Nichts. Sein Hals, oder was davon übriggeblieben war, sah furchterregend aus. Mangalas meinte, ein Panther müsse seine Kehle zerfetzt haben. Rasch warf er das Leinen wieder über die Leiche und schob sie mit den Füßen zurück unters Bett. Erschreckt fuhr er zusammen, als eine Blutspur auf dem Holzboden zurückblieb. Fieberhaft sah er sich um. Auf einer Kommode lag ein frisches Handtuch. Er griff danach, tauchte es in die nebenstehende Schale mit kaltem Wasser und wischte den Boden. Das blutverschmierte Handtuch schleuderte er zu der Leiche unters Bett. Nun glänzte das Holz zwar wie ein Spiegel, aber daran konnte er nichts ändern. Vorsichtig öffnete er die Tür und lugte in den Flur hinaus. Niemand war zu sehen. Rasch lief er zu Miras Zimmer und klopfte. Panik überfiel ihn.

„Ja?" vernahm er ihre Stimme.

„Mach auf!" Noch immer stand er im Gang. Zum Glück hatte bis jetzt keiner der Gäste sein Zimmer verlassen. Es kam aber jemand die Treppe empor. Sanfte, weiche Schritte. Vermutlich eine Frau! Wo sollte er nur hin? Sein Zimmer konnte er nicht mehr ungesehen erreichen.

„Es ist ..." Rücksichtslos drängte sich Mangalas an Mira vorbei. Mit einer Hand hielt er ihr den Mund zu, während er mit der anderen den Eingang verschloss.

„Was ist?"

„Still!" zischte er ihr zu. Draußen im Flur kamen Schritte näher, hielten einen Moment inne und entfernten sich wieder.

„Stell bitte keine Fragen! Wir müssen so schnell wie möglich die Schenke verlassen. Ich werde im Stall auf dich warten", flüsterte er ihr ins Ohr.

„Spinnst du?" begehrte Mira auf.

„Mach einfach, was ich sage, unser Leben und das deines Sohnes könnten davon abhängen!"

„Aber ...!"

„Bitte!" Ohne eine weitere Reaktion ihrerseits abzuwarten, entschlüpfte er ihren Fragen. Im Gang war niemand mehr zu sehen. Hastig flitzte er zu seiner Stube. Erfreulicherweise hatten sich keine ungewünschten Besucher in seinem Zimmer eingenistet, aber er wäre darauf vorbereitet gewesen. Blitzartig hätte ein Zauber seine Hände verlassen. Nachdem er seinen Rucksack geschnürt hatte, eilte er in den Gastraum hinab. Rosin Walgara erblickte er nicht. Ein Glück!

„So früh am Morgen und schon munter? Meine Gäste treibt es heute aber zeitig aus den Federn."

„Ja", erwiderte Mangalas irritiert. Einen Reim konnte er sich auf die Äußerung des Wirtes aber nicht machen.

„Die Frau mit ... Ihr wisst schon ...", Birk Walschwert formte einen üppigen Busen in die Luft und grinste, „hat uns verlassen!"

Mangalas meinte sich verhört zu haben. Dann war er ja im Haus sicherer als draußen auf der Straße! „Bringt mir ein Frühstück: Eier, Speck, Brot und viel Schinken wären nicht schlecht."

„Sehr wohl, mein Herr!" Mit forschem Schritt eilte der Wirt in die Küche, um das Essen zuzubereiten. Unterdessen legte Mangalas sein Gepäck auf eine Holzbank und eilte schnell noch einmal die Treppe empor.

„Was ist denn jetzt schon wieder?" empfing ihn Mira.

„Wir haben nun doch Zeit! Ich warte im Gastraum auf dich."

Noch bevor Mira antworten konnte, entschlüpfte ihr Mangalas wieder.

Alsbald kam sie mit samt ihrem Gepäck und Joey die Treppe herab. Sie hatte sich beeilt. „Was ist denn in dich gefahren?" wisperte sie, kaum dass sie ihre Taschen abgestellt hatte.

„Nicht jetzt!" Mangalas Augen leuchteten so finster wie Onyxsteine, und seine Stimme klirrte wie Eis. Tatsächlich hielt Mira ihre Zunge im Zaum, obgleich sie brannte, als lägen glühende Kohlen auf ihr.

Eine Stunde später holperte ihr Wagen am letzten Haus Dorngrüns vorüber. Der Weg führte in einen lichten Buchenhain, der keinen Ausgang zu haben schien, und die Sonne küsste mit ihren wärmenden Strahlen so manch gefrorene Pfütze, um das Wasser zum Fließen zu bringen.

„Nun, was hast du mir zu berichten?" begann Mira fragend.

Nervös knetete Mangalas seine Hände. „Ich weiß nicht, wie ich beginnen soll. Es ist nicht leicht zu verstehen."

„Nimm dir einfach Zeit", entgegnete sie lapidar.

Nachdem Mangalas seine Gedanken geordnet hatte, begann er die Ereignisse, die sich am frühen Morgen in der Schenke zugetragen hatten, in Worte zu fassen.

Mira spürte jedoch, dass ihr nur die Sahnehäubchen des Kuchens dargeboten wurden. „Heißt das, die Leiche lag noch im Zimmer, als wir aufgebrochen sind?" Mangalas nickte.

„Mein Gott! Sie werden uns suchen! Wir sind verloren!" Panik trat in ihre Augen.

„Glaube ich nicht! Schau, Rosin und der Mann, der sein Leben gelassen hat, standen noch an der Theke, als ich schon geschlafen habe. Viele Gäste könnten dies bezeugen."

„Aber warum, frage ich dich, sollte ein Allerweltsliebchen einen Reisenden töten? Diese Art von Frauen lassen sich entlohnen, und nicht einmal schlecht, wie man hört!"

„Rosin kommt aus Liebeichen, Mira. Und Liebeichen ...", Mangalas stockte, „das weiß ich aus sicherer Quelle, wurde von abscheulichen Kreaturen heimgesucht! Man sagt, sie kämen aus der Unterwelt!"

Erschreckt stieß Mira einen spitzen Schrei aus. Als sie erfuhr, dass ihre abscheulichen Träume zum Leben erwacht waren, hielt sie bebend eine Hand vor den Mund. Tränen standen in Miras Augen. „Aber eins versteh ich dennoch nicht. Was haben ein Allerweltsliebchen und Krieger der Unterwelt gemein?"

„Wenn ich das nur wüsste!" Mangalas fand keine Antwort auf ihre Frage, obwohl er der Meinung war, dass es eine Erklärung geben musste.

„Und woher weißt du, dass Skelettkrieger uns nach dem Leben trachten?"

„Von einem Orakel." Urplötzlich versiegte Mangalas' Redefluss wie eine Quelle in der Wüste. Mehr wollte er nicht ausplaudern.

Mira fand, der Geschichte fehlten die Zutaten. Ihr Begleiter hatte ihr nur leichte Kost serviert, aber nun schwieg er, als würde Leim seine Lippen verschließen.

„Wer bist du eigentlich, und woher kommst du? Ich weiß überhaupt nichts von dir."

„Ich komme aus Farweit", antwortete Mangalas, nun wieder die Ruhe in Person.

„Viel mehr weiß ich jetzt aber auch nicht!" entgegnete die Wirtin unwirsch.

„Ich bin ein Magier, Mira. Ich besuchte viele Jahre lang die Schule von Retra."

Die rothaarige Wirtin schaute ihren Beschützer an, als hätte er tags zuvor etliche Krüge Liebeichener Bluttropfen zu viel getrunken. Dann lachte sie so laut und herzerfrischend auf, dass die Vögel ihren Gesang wieder einstellten.

„Es stimmt aber!" Dennoch fühlte er, dass ihm Mira niemals Glauben schenken würde.

„Was soll das, Mangalas? Du musst dich nicht in die Sonne setzen, um Eindruck zu schinden. Das hast du nicht nötig!"

„Siehst du meine Hand?"

„Was ist damit?"

Zischend fuhr ein armlanger Feuerstrahl aus seinen Fingerspitzen. Zig und Zana machten einen Satz, dass Mira um ein Haar die Zügel verloren hätte. „Bist du verrückt geworden?" herrschte sie ihn an. „Willst du, dass die Pferde durchgehen?"

„Glaubst du mir jetzt wenigstens?" begehrte er auf.

Obwohl Mira eine selbstbewusste Frau war, fühlte sie ihren Atem kaum. Sie meinte zwar, dass ihr der Mann nichts antun würde, aber wirklich darauf verlassen konnte sie sich nicht. Was wusste sie schon von ihrem Beschützer? Am liebsten hätte sie nach Hilfe gerufen – nur, wer würde sie hören? Vielleicht hatte ja Mangalas den Gast umgebracht, und das nächste Opfer war sie. Vorsorglich fühlte sie nach einem ihrer Dolche.

„Du brauchst keine Angst vor mir zu haben, Mira!"

Ich muss einen Knall haben, mit einem Magier durch die Lande zu ziehen! sinnierte sie. Urplötzlich schrie sie ihn, der überhaupt nicht wusste, wie ihm geschah, gellend an: „Wenn du meinen Sohn anlangst, wirst du spüren, wie sich eine Lockenrot zu verteidigen weiß." Aufgebracht schnappte sie nach Luft. „Nehmen wir an, die Geschichte mit dem Orakel entspricht der Wahrheit. Nehmen wir weiterhin an, du hast den Mann nicht getötet. So sag mir, warum sollte uns ein Allerweltsliebchen aus Liebeichen folgen?"

„Vielleicht ist sie nicht, was sie zu sein scheint?"

„Was meinst du?" fragte Mira irritiert.

„Liebeichen wurde zerstört, Überlebende gibt es nicht, und dem Toten wurde die Kehle herausgerissen. Wer tut so was ... mit solch brutaler Gewalt ... wenn nicht ein Raubtier oder ein Krieger der Unterwelt? Somit stellt sich für mich die Frage: Ist es vielleicht eine Kreatur, die nur die Hülle eines Menschen angenommen hat?"

„Ich hoffe doch, es ist ein Allerweltsliebchen, sonst ... ja sonst ..."

Mangalas würgte, als schlucke er einen Stein hinab. „Ich führe ein Relikt mit mir, dass Untote anlocken könnte!"

„Du spinnst!" eiferte sich Mira erneut. „Du willst mir aber nicht sagen, was es ist?"

„Besser nicht."

„Du jagst mir Angst ein!" Mira erschauderte unter ihrem warmen Winterkleid.

„Ich bring dich sicher nach Birkenhain, wirst sehen!"

Dann hingen sie ihren Gedanken nach. Den ganzen Tag lang fuhren sie, und außer einer kleinen Handelskarawane mit fünf Wagen, die Wiesländer Käse, Gewürze und Obst geladen hatte, begegneten sie niemandem. Als die Sonne hinter lichten Buchen versank, beschlossen sie zu lagern. Den Wagen platzierten sie als Windschutz gegen die stürmischen Böen.

Nachdem Mira Joey zu Bett gebracht hatte, schauten sie gemeinsam auf ein kleines Feuer, das Mangalas in einer Grube entzündete hatte, und lauschten den rauschenden Wellen, die sich in der Dunkelheit an den Felsen brachen. Wieder hingen sie ihren Gedanken nach und grübelten, welch schicksalhafte Begegnungen ihnen die Götter zugedacht hatten.

„Wollen wir Wache halten?" unterbrach Mira nach einer Weile die Stille.

„Denke schon! Ich übernehme die erste, und du ruhst, bis ich dich wecke."

„In Ordnung. Ich leg mich schlafen, bin ziemlich erschöpft. Nebenbei muss ich etliches Neues verdauen, vermutlich werde ich einige Tage an deiner Botschaft zu knabbern haben." Kraftlos stand sie auf, und eine Miene zog sie, als hätte sie zum Abendessen fünf saure Gurken verzehrt.

„Schlaf gut!" Mangalas schickte ihr ein schalkhaftes Schmunzeln hinterher.

„Mach dich nicht lustig über mich! Vergiss nicht, du musst es noch eine Woche lang mit mir aushalten. Wenn du mich reizt, versalze ich dir die Mahlzeiten."

„Das wirst du schön bleibenlassen, schließlich hast du einen guten Ruf zu verlieren!"

Mira zeigte dem Zauberer vom Wagen aus eine lange Nase, dann schloss sie die Plane. Gähnend legte sie sich neben ihren Sohn zum Schlafen nieder. Einen Dolch steckte sie aber in ihren Ärmel, um auf alle Unwägbarkeiten vorbereitet zu sein. Bald fielen ihr vor Erschöpfung die Augen zu.

Mangalas legte derweil zwei Scheite auf die Glut, damit ihm die Wärme erhalten blieb. Glücklich lehnte er sich an die Speichen eines Rades und spähte zu Zig und Zana hinüber, die genüsslich an Blättern und Gras herumknabberten.

Immer mehr Sterne bevölkerten das Firmament, es sah beinahe so aus, als würde ein Stern den nächsten mit seinem Glanz entzünden. Gegen Mitternacht zeigte der Mond sein Antlitz.

Obwohl Mangalas den Flammen immer genügend Nahrung gab, wurde ihm kalt. Frierend blinzelte er in die Glut. Vermutlich war er trotz der Kälte eingeschlafen, aber ein Knacken hatte ihn geweckt. Etwas ungewöhnlich Frostiges schien sich ihm zu nähern.

„Wer da?" rief Mangalas einem sich bewegenden Schatten zu.

„Ich bin es, Rosin. Erkennst du mich nicht?"

„Warum schleichst du nachts durch den Wald?"

Rosin trug exakt die gleiche Hose und denselben Pullover.

„Lass mich ans Feuer, damit ich mich wärmen kann!"

„Bleib stehen!" Ungewöhnlich scharf herrschte Mangalas sie an. Aber Rosin reagierte nicht, sie lief schnurstracks auf Mangalas zu, ohne ihren Schritt zu verlangsamen. Als sie den Magier beinahe erreicht hatte, beschwor dieser den Himmel, und zwei weiß glühende Pfeile mit roter Spitze und gelbem Federkiel manifestierten sich über seiner rechten Schulter.

Rosins Lächeln verschwand. Fratzenhaft groß wurde ihr Mund. Ihre Augen schlossen sich, und zolllange Reißzähne wuchsen aus ihrem Kiefer. Krachend fuhren Mangalas' magische Pfeile durch sie hindurch. Doch die Geschosse explodierten erst, nachdem sie auf eine Buche trafen.

Mit einem wilden Hieb streckte Rosin den Zauberer zu Boden. Sie war unverletzt geblieben. Furcht stieg in Mangalas empor. Er riss seinen Silberdolch aus dem Halfter und stieß zu. Rosin wich der Klinge geradezu spielerisch aus. Sie drückte seinen Arm zur Seite, als wäre er aus Pudding. Leider war Mangalas kein Mann, dem das Kämpfen in die Wiege gelegt worden war. Schon nach Sekunden kam er außer Atem. Rosin bog sein Handgelenk nach hinten, bis ihm der Dolch mit einem Schrei entglitt. Gehetzt blickte er zu ihr hoch. Wie eine Löwin thronte sie über ihrer geschlagenen Beute. Doch urplötzlich stöhnte sie auf. Als Mangalas spürte, dass ihr die Kräfte schwanden, stemmte er sich mit aller Macht gegen ihren eisernen Griff. Frei kam er dennoch nicht.

Mira konnte nicht glauben, dass die Frau trotz des wippenden Messers in ihrem Rücken nicht von ihrem Opfer ließ. Rasch warf sie einen weiteren Dolch, und der bohrte sich von hinten in ihr Herz. Nun erst ließ Rosin von ihrem Opfer. Sie knickte seitlich ein und rutschte leblos auf die feuchte Erde.

Wie ein Ertrinkender schnappte Mangalas nach Luft. „Das war knapp!" Zitternd griff er sich an die Kehle. Blut klebte an seinen Fingern.

„Es ist nur ein Kratzer, musst dir keine Sorgen machen!" sprach Mira. Dann stieß sie ihren letzten Dolch von hinten in Rosins Nacken. Die Frau rührte sich nicht mehr.

„Sie war immun gegen Magie!" krakeelte Mangalas. „Glaubst du mir nun wenigstens die Geschichte, die sich im Gasthof ..."

„Ich hab sie dir schon immer geglaubt!" schnitt ihm Mira das Wort ab.

„Wirkte auf mich aber nicht so."

„Das kommt daher, dass mir die Ereignisse der letzten Tage an die Nieren gegangen sind."

„Mama, ist das Monster tot?"

„Ja. Aber untersteh dich runterzukommen, du bleibst im Wagen! Verstanden! Was machen wir nun mit ihr?" Mira zeigte auf Rosin.

„Wir werfen sie über die Klippen. Das Meer wird sich ihrer schon annehmen."

„Wenn du meinst!" Mira war alles recht, Hauptsache, die Kreatur entschwand aus ihren Augen. Mit einem Ruck zog sie jeden ihrer Dolche wieder aus Rosins Körper. Anschließend schleppten sie den Leichnam zum Klippenrand. Die Sterne zeigten ihnen den Weg. Nach einhundert Schritten dröhnten die brechenden Wellen wie Donnerhall zu ihnen empor. Schnaufend hielten sie inne.

„Dachte nicht, dass eine so kleine Frau so schwer sein kann!"

Beipflichtend nickte Mira ihm zu. Am Überhang stießen sie Rosin über die Klippen. Nicht einmal den Aufschlag ihres Körpers konnten sie hören, da die tosenden Wellen jedes Geräusch schon im Ansatz verschlangen.

„Das wäre geschafft!" Gewissenhaft säuberte sich Mangalas an feuchten Flechten vor dem Abgrund seine Hände.

„Meinst du, uns folgen noch weitere schreckliche Kreaturen?" erkundigte sich die Wirtin bei ihrem Begleiter.

„Kann sein, aber ich glaube es nicht", beruhigte er sie, obwohl er keinen Eid darauf geschworen hätte. Der Gedanke, Hoskorast würde nach ihm suchen, hatte sich schon lange in seinem Geist verfangen.

„Morgen früh beseitigen wir die Spuren, nicht dass Rosin aus unerklärbaren Gründen gefunden wird und wir zu Tätern erklärt werden."

„Daran dachte ich auch schon! Wichtiger wäre aber, dass die magischen Geschosse von niemandem gehört wurden. Nicht dass der Lärm Diebe oder Landstreicher wie Motten zum Licht führt."

„Geknallt hat es irre laut! Dennoch wird es schwer sein, uns mitten in der Nacht zu finden." Ins Gespräch vertieft, erreichten sie wieder das Lager.

„Joey, leg dich schlafen!"

Ihr Sohn hatte sich anscheinend nicht bewegt. Er stand noch exakt an der gleichen Stelle des Wagens wie vor wenigen Minuten.

„Ist sie weg?"

„Ja, ist sie, und sie wird uns auch nie wieder belästigen."

„Ich kann nicht schlafen!"

„Aber hinlegen kannst du dich!"

Genervt verschwand Joeys Kopf hinter der Plane. „Mama, es geht nicht!"

„Schließ deine Augen! Die Ruhe kommt von ganz allein."

Erschöpft setzte sich die Wirtin zu Mangalas ans Feuer. Gemeinsam blickten sie in die Flammen, die sich züngelnd an den Holzscheiten emporfraßen.

„Danke, Mira! Wärst du nicht gewesen, hätte ich das Tor zu meinen Vorfahren schon aufgestoßen!"

„War purer Selbstschutz. Meine Chancen, Birkenhain lebend zu erreichen, wären gleich null gewesen."

„Wer hat dir beigebracht, so mit Messern zu werfen?"

„Mein Mann."

Mangalas spürte jedoch, dass dieses Thema Miras Zunge nicht lösen würde. So ließ er es dabei bewenden. „Gut zu wissen, dass wir uns gegenseitig beistehen können!"

„Weißt du", öffnete Mira ein weiteres Kapitel ihrer Seele, „ich verließ Sumpfwasser wegen zahlreicher schrecklicher Träume, in denen mir Skelettkrieger und andere furchterregende Wesen aufgelauert haben."

„Du hast von ihnen geträumt?" Erstaunt blickte Mangalas auf.

„Nahezu jede Nacht, ich musste nur meine Augen schließen."

Sie sahen sich an und waren froh, miteinander so offen sprechen zu können. Der immense Druck, der auf ihren Schultern lastete, wich, als würden sich Sturm- in Federwolken wandeln. Das Reden tat ihnen gut.

Die Schatten waren noch nicht entrückt, als Mangalas zu gähnen begann. Kurzerhand schickte ihn Mira zu Bett. Es blieb ruhig, vermutlich waren Mangalas' magische Geschosse von niemandem gehört worden.

Wärmende Sonnenstrahlen verscheuchten die Nacht. Mira weckte den Zauberer, ihren Sohn ließ sie noch schlafen. Nachdem Mangalas in die Hose geschlüpft war und die Stiefel geschnürt hatte, band er aus weitgehend mit Blättern versehenen Zweigen einen Reisigbesen. Damit verwischte er die Schleifspuren, so wie es ihm Janos in den Santiarahügeln gezeigt hatte. Nach getaner Arbeit warf er die gebundenen Äste in die Brandung. Rosin sah er nicht. Ihr Körper war verschwunden, vermutlich hatte ihn die Flut erfasst und ins offene Meer hinausgespült.

Nachdem sie die Spuren beseitigt hatten, löschten sie das Feuer und zogen weiter. Noch am gleichen Abend trafen sie auf eine Reisegruppe, die bereits ihre Tagestour beendet hatte. Der Führer, ein schlaksiger, großer Mann, dessen Lippen nicht stillzustehen schienen, redete sie buchstäblich in Grund und Boden. Letztendlich konnten sie sich ihm und dem Treck aber anschließen.

Ohne nennenswerte Zwischenfälle verstrichen die nächsten sechs Tage. Es zeigten sich weder Straßenräuber noch Diebesgesindel, und das Wetter hielt. Nachts fielen die Temperaturen zwar unter den Gefrierpunkt, aber am Tage reckte so manch Reisender sein Gesicht den lieblichen Strahlen entgegen. In der letzten Nacht, bevor sie Birkenhain zu erreichen hofften, fiel Schnee. Der herbstliche Buchenwald glänzte, als hätten ihn Feengeister zum Mittwinterfest geschmückt, und an dem flach abfallenden Sandstrand leckten Wellen wie Riesenzungen nach dem funkelnden Weiß. Als sich die Sonne anschickte, das Land zu erwärmen, lösten sich die Schneewolken ganz allmählich wieder auf.

„Es hat geschneit, es ist herrlich", weckte Mira den Zauberer, der sich frühmorgendlich nur sehr schwer von seiner geliebten Decke trennen konnte. „Der Frühstückstisch ist auch gedeckt!"

Das Wort Frühstück rüttelte an seinen Sinnen. Sein Bauch schien vor Vorfreude regelrecht zu wackeln.

„Ich hatte heute Nacht einen seltsamen Traum, Mangalas!"

„Hoffentlich nicht wieder von Untoten", entgegnete der Zauberer so leise es ihm möglich war, um die anderen Mitreisenden nicht in Angst und Schrecken zu versetzen.

„Nein!" Mira schüttelte den Kopf. „Diese Träume habe ich in Sumpfwasser gelassen. Ich sprach mit einer Elfin!"

„Mit einer Elfin?" Irritiert kratzte sich Mangalas am Kinn. „Wie sah sie denn aus?"

„Typisch Mann! Wieso willst du das wissen?"

„Das verstehst du nicht!"

„Ja, ja!" winkte Mira spöttisch ab. „Sie sah gut aus, sehr gut sogar, sie hatte eine Figur, da würde ein jeder Mann mit der Zunge schnalzen."

„Hatte sie schwarze Haare?"

„Schwarze Haare? Ja!"

Mangalas kannte Iselind nicht, aber nach Krishandriels Beschreibungen musste sie umwerfend gut aussehen.

„Weißt du ihren Namen?" fragte er Mira, bevor sie ihre Gedanken ordnen konnte.

„Äh ... Ich weiß nicht."

„Es könnte Iselind gewesen sein!"

„Woher willst du das wissen?"

„Es ist Krishandriels Freundin. Sie kann ihn per Telepathie erreichen."

Das Wort Freundin gefiel Mira nicht. Der charismatische Elf mit den turmalingrünen Augen hatte ihre Gefühle durcheinandergebracht.

„Vielleicht wollte sie dir eine Botschaft übermitteln!"

„Ich denke, sie will mich treffen."

„Dich treffen?" Mangalas verstand nicht.

„Ich", Mira schloss ihre Augen, „soll Birkenhain gen Norden verlassen, und sie würde mir entgegenkommen ... meine ich ... vielleicht." Sie zuckte mit den Schultern. „Na ja, mal schauen, was wird."

„Du willst alleine gen Norden ziehen? Reicht dir unser Abenteuer noch nicht?"

„Doch schon, aber was mache ich, wenn in Birkenhain wieder schreckliche Träume auf mich warten?"

„Ich weiß es nicht!" Mangalas biss sich auf die Lippe.

„Ich kann dich aber beruhigen. Erst einmal suche ich meine Tante auf. Später kann ich mir dann immer noch den Kopf zerbrechen, wohin mich mein Weg führen wird!"

Binnen kurzem waren sie wieder unterwegs, mittags ließen sie den Wald hinter sich, und nach einer Kehre lag Birkenhain geradewegs vor ihnen. Drei Ringmauern, getrennt durch einen Wassergraben, umgaben die Stadt, und über den Ecktürmen auf Birkenhains Flagge zog ein Albatros vor einem samtblauen Himmel einsam seine Bahn. Sein schwarzgeränderter Flügelarm berührte mit den Federspitzen die tiefblaue Meeresoberfläche der Glitzersee. Im unteren Teil der Fahne bogen sich drei ockerfarbene Haferhalme, deren Rispen vor einem sandfarbenen Hintergrund verspielt miteinander zu klimpern schienen. Birkenhain war die Kornkammer der Grünmark.

Herzog Syman Bergwinter regierte mit eiserner Hand. Wie Mira zu berichten wusste, hatte der Herrscher schon weit über siebzig Winter erlebt. Angeblich sollten ihm hin und wieder Fürsten den Thron streitig gemacht haben, so erzählte man es sich jedenfalls hinter vorgehaltener Hand. Spekulationen gab es zuhauf, aber mögliches Wissen schwappte nie über die Mauern des Palastes. Sonnenklar war allerdings, dass sich Gauner und Lumpen nicht erwischen lassen durften. Wer den Gefängnisturm von Birkenhain unfreiwillig betrat, wurde meist nur noch herausgetragen. Den rechtschaffenen Bürgern kam dies zugute, Hafenkinder und Frauen konnten bedenkenlos schummerige Gassen passieren, ohne dass ihnen nachgestellt wurde. Miras Ausführungen gefielen Mangalas. Er selbst hielt sich auch gerne an Gesetze. Nur mit Schrecken erinnerte er sich an seine Verfehlung, einen geschützten Fisch zur falschen Jahreszeit gekauft zu haben. Vermutlich suchten ihn Sumpfwassers Soldaten noch heute. Während ihm Mira die Stadt schmackhaft vor Augen führte, erreichten sie die erste Ringmauer.

Birkenhain war erheblich größer als Sumpfwasser. Eine viel größere Zahl von Menschen passierte das Tor. Mangalas fiel auf, dass jede Menge Soldaten den Eingang bewachten. Durch Miras Unruhe ließ sich der Zauberer anstecken, obwohl er annahm, sie wären beileibe zu unbedeutend, um gesucht zu werden. Dennoch konnte er ein Zittern nicht unterdrücken.

Ob Jirko von Daelin den Herzog von Birkenhain benachrichtigt hatte? Er jedenfalls hätte es getan. Weshalb sollte der Graf seine Gedanken nicht teilen?

Unbehelligt passierten sie die dritte Mauer. Ein riesiger Markt, auf dem jede Menge Buden, Stände und Läden aufgebaut waren, lag vor ihnen. Der Boden zu seinen Füßen war mit schwarzem Granit gepflastert worden. Die Steine glänzten wie Spiegel, nur konnte man sein Gesicht nicht erkennen. Mira lenkte Zig und Zana an den Geschäften vorbei in eine schmale Gasse. Sie fuhren an hohen, sehr bejahrten Steingemäuern, hinter denen dem Anschein nach Adelige lebten, entlang. Vieles schien möglich, nur würden die Wände ihr Geheimnis nicht ohne weiteres preisgeben.

„Wohin fahren wir, Mira?"

„Zum Hafen und dann weiter zur Glasbucht."

„Glasbucht?" Neugierig schaute Mangalas auf.

„Einst wurde in der Bucht nach Perlen getaucht. Heute sind die Muscheln weitgehend verschwunden, aber der Name Glasbucht ist geblieben."

„Und dort wohnt deine Tante?"

„Genau!"

„Meinst du, ich kann bei deiner Tante über Nacht bleiben? Morgen früh kehre ich zu meinen Freunden zurück."

„Es wird sich schon eine Möglichkeit finden!"

Mangalas dankte Mira und wandte seinen Blick wieder den Galeeren, Seglern und Fischkuttern zu. Annähernd zwanzig Boote ankerten am Hafen. Eine Galeasse hatte soeben erst angelegt, angrenzend lag ein schlanker Küstensegler, dessen Rumpf ein Seemann von Muscheln befreite, die sich wie Kletten an die Planken gesaugt hatten.

Aufmerksam dirigierte Mira das Gespann an der Galeasse vorüber. Die farbenprächtig gekleideten Matrosen standen in schwindelerregender Höhe auf den Rahen und bargen die Segel. An der Kleidung erkannte Mangalas die Männer. Sie stammten aus Enaken, nur der tiefbraune Steuermann war vermutlich auf einer der vorgelagerten Inseln Ammweihens geboren worden.

Die raue Brise tat Mangalas gut. Er füllte seinen Lungen bis zum Bersten und atmete entspannt wieder aus. Während er das bunte Treiben auf der Galeasse genoss, hörte Mira brüllendes Gelächter aus einer Schenke nach außen dringen, und von anderer Seite schrie ein Fremder: „Beiseite! Macht Platz, Leute!"

Erstaunt hielt Mira ihren Wagen an. Auf dem gegenüberliegenden Kai galoppierte ein Reiter im Zickzack durch eine Ansammlung aufgebrachter Seeleute. „Ist der noch ganz bei Trost?"

Der Zauberer stand auf, um sich einen besseren Überblick zu verschaffen. „Wo will der nur hin?"

Die Matrosen sprangen wie die Hasen beiseite, um dem Närrischen Durchlass zu gewähren.

„Ein Küstensegler legt ab, vermutlich will der Fremde noch ein Billett lösen." Zu sich selbst redend, sprach Mira weiter. „Das schafft er nie!"

Mit atemberaubendem Tempo jagte der Mann das Tier dem Schiff entgegen. An der Kaimauer stoppte er den Vierbeiner so jäh, dass Mangalas meinte, der Reiter würde kopfüber abheben und baden gehen. Doch dem war nicht so. Wie von einem Zauber geführt, stand der Fremde unversehrt neben seinem Pferd. „Ich muss nach Sumpfwasser", hörte Mangalas den

Mann rufen. Die Stimme kannte er doch? „Krisha!" schrie er, so laut er konnte, über den Kai und die Menschen hinweg.

Der Entfernte hörte ihn nicht, er führte jedoch seinen Vierbeiner bereits auf den Küstensegler.

„Mira!" Mangalas Stimme überschlug sich. „Ich glaube, Krishandriel ist dort drüben." Eilends griff er nach seinem Rucksack und sprang vom Wagen. „Pass gut auf dich auf!" Dann rannte der Magier los.

Verdutzt und sprachlos zugleich schaute ihm Mira hinterher. Sie wusste nicht, ob sie lachen oder weinen sollte, dennoch hob sie ihre Hand und winkte ihm nach. Ob sie ihn je wiedersehen würde?

„Sind denn alle närrisch geworden?" röhrte ein bärtiger Fischer wie ein brunftiger Hirsch.

Mangalas folgt seiner Bestimmung, fuhr ein Blitz durch Miras Gedanken. Unvermittelt wusste auch sie, wohin ihr Weg sie führte.

Mittlerweile hatte der Zauberer die gegenüberliegende Mole erreicht. Da er etliche Fischer und Seeleute angerempelt hatte, flogen ihm Flüche wie Pfeile hinterher.

An der Kaimauer hatte das Schiff seinen Anker gelichtet. Mangalas sah, dass der Mann den Windläufer schon verladen hatte. Soeben legte der Küstensegler ab.

„Krisha!"

Überrascht wandte sich der Elf. Das lange Haar fiel ihm verschwitzt über sein Gesicht. Es war Krishandriel. „Mangalas? Spring, Mangalas!"

„Das schaff ich nie!"

„Mach schon!" Krishandriel spornte den Zauberer an.

Unvermutet blähte sich die Flagge des Küstenseglers, und ein roter Adlerkopf auf weißem Grund erhob sich gegen den Wind. Als Mangalas den silbernen Ring im Schnabel des Raubvogels entdeckte, meinte er, sein Atem müsse aussetzen. Er konnte den Blick nicht mehr von der Fahne nehmen, und selbst Krishandriel, der ihn zu immer höherem Tempo antrieb, entschwand seinen Gedanken. Plötzlich verlor er den Boden unter den Füßen. Kalt funkelte die Glitzersee. Sein Amulett war zum Leben erwacht, und es schien, als wolle es ihm das Herz aus dem Leibe reißen. Sollte die Fahrt auf dem Küstensegler sein Untergang werden?

Kapitel 14

Die Zeit brennt

Die Nacht war kalt. Kein Stern leuchtete am Firmament. Tief hingen die Wolken über den Spitzen der Bäume. Beinahe konnte man die Wipfel mit der ausgestreckten Hand ergreifen, und der Wind spielte ein schauriges Lied mit den Ästen knorriger Fichten und Tannen. Mitten auf einer kleinen Lichtung stand, eingehüllt in einen tiefblauen samtenen, bis zum Boden reichenden Umhang, Luucrim. Der König hatte seine Führer rufen lassen, und alle waren gekommen, nicht einer war ferngeblieben. Es hätte schlimmere Folgen nach sich ziehen können, als nur von seinem Posten enthoben zu werden. Doch sie hielten gebührenden Abstand zu ihrer Majestät.

„Geliebter König, Ihr habt uns rufen lassen!" brach Gwilahar das Schweigen, da nicht einer der Anwesenden auch nur in Erwägung zog, seine Lippen zu bewegen. Plötzlich aber stand er im Mittelpunkt aller.

„Wie weit sind die Vorkehrungen getroffen?" entgegnete Luucrim und nahm Blickkontakt mit seinem Heerführer auf.

„Fort Biberau ist eingekesselt, Majestät. Nur knapp zweitausend Mann werden uns Widerstand leisten."

„Lange werden sie nicht gegen uns bestehen", mischte sich Uneaa in das Gespräch ein.

„Ich vertrete denselben Standpunkt!" äußerte sich nun auch Aseanna. Sie war die einzige, die Luucrim ohne Majestät oder Hoheit ansprach. Man mutmaßte, der König müsste einen Narren an ihr gefressen haben, sonstige Erklärungen ergaben einfach keinen Sinn. Gerade deswegen wurde Aseanna aber von allen hofiert. Die Kriegerin nutzte das Vertrauen, das ihr entgegengebracht wurde, jedoch schamlos für eigene Zwecke aus.

„Seid Euch nicht so sicher", hielt Luucrim dagegen. „Sandro Aceamas ist ein verschlagener Wolf. Viele Schlachten hat er schon erlebt."

„Gewiss, Majestät. Der Kommandant ist ein Garant für den Sieg, nur hat er dieses Mal einfach zu wenig Männer um sich geschart."

„Uneaa!" entgegnete der König scharf. „Lehnt Euch nicht zu weit aus dem Fenster!" Mahnend erhob Luucrim seinen knochigen Zeigefinger. „Handelt Ihr eigenmächtig, so gnade Euch Wrar."

„Majestät ..."

„Schweigt, Uneaa!" donnerte Luucrims Stimme wie ein Orkan. „Warum ist Elgin Hellfeuer wieder in Freiheit? Wie konnte das nur geschehen? Wir hatten ihn doch schon in unserer Hand!"

„Majestät, sein Diener wurde ermordet. Noch wissen wir ..."

„Genug!" Ein Aufschrei, als koche ein Vulkan über, lähmte den Seher vollends.

„Entschuldigt, Hoheit, wenn ich mich einmische!" Gwilahar verbeugte sich tief vor seiner Majestät.

Der Blick, der ihn traf, ließ ihn zu Tode erstarren. Er hatte den Mund zu voll genommen. Bestürzt schaute er zu Boden, während sich die grün schimmernden Platten seines Drachenharnischs lautlos in ihre neue Position schoben.

„Gwilahar, Gwilahar, Gwilahar!"

„Mir ..." japste der Heerführer. Seine Stimme klang wie eine rostige Kette auf rauem Eisen. „Mir wurde kundgetan, dass die Auserwählten das Fort erreicht haben. Nun sind sie wie die Fische im Netz gefangen."

„Gut gesprochen, Gwilahar, dennoch konnten sich die Grünschnäbel bis heute jedem unserer Zugriffe entziehen."

„Schon, aber wohin sollen sie dieses Mal flüchten, Majestät? Haben wir die Festung genommen, stehen sie mit ihren Füßen in der Glitzersee."

„Damit es so bleibt, werden Uneaas Einheiten die Schiffe versenken. Nicht dass sie uns abermals entkommen."

„Meine Gedanken sind die Euren, Majestät!" Schrittweise zog sich Gwilahar zurück.

„Aseanna!" fuhr Luucrim fort. „Ihr führt den Sturm auf das Fort. Und achtet auf die Bogenschützen, nicht dass meine Männer schon fallen, bevor sie den Zaun erreicht haben."

„Sehr wohl!" Vor Entzücken wollte Aseanna ihre Freude hinausschreien, sie unterdrückte aber ihre Gefühle.

„Von allen Seiten werden wir sie attackieren, wir machen es wie die Wellen des Meeres. Die erste Welle führt Aseanna. Haben sich Sandro Aceamas Truppen am Tor formiert, stößt Gwilahar im Westen vor, und nachfolgend schlägt Gulmor mit ganzer Härte im Osten zu. Auf Katapulte können wir verzichten, Leitern sollten die Truppen aber mit sich führen."

„Wir haben schon eine Vielzahl hergestellt!" Aseanna freute sich diebisch. Schon wieder konnte sie glänzen. Es war nur noch eine Frage der Zeit, bis sie die neue Nummer zwei werden würde. Gwilahars Ära neigte sich dem Ende zu. Aufreizend warf sie ihre wenigen schwarzen Haare über die Schulter und sonnte sich in ihrem Glanz.

„Pelimond!"

„Majestät!" Ein schrecklich entstelltes Fratzengesicht trat einen Schritt nach vorne. Strubbelig fielen ihm lange, dick wie Wolle verfilzte Haare über das Gesicht. „Wie kann ich Euch dienen?"

„Ihr zieht mit Euren Männern nach Sumpfwasser, bereitet den Angriff auf die Stadt vor, wartet jedoch bis wir zu Euch stoßen."

„Jawohl, Majestät!"

Pelimond lächelte, als er hörte, welche Aufgabe ihm zugetragen wurde.

„Und nun zu den vier Auserwählten. Ich will sie tot sehen! Habt Ihr mich verstanden? Derjenige, der mir das Amulett zurückbringt, wird fürstlich entlohnt."

Vor Freude schlug Gulmor die Hände zusammen, da jedoch niemand seinem Beispiel folgte, stellte er das Klatschen augenblicklich wieder ein.

Eiskalt streifte ihn Luucrims Blick. „Noch haben wir nichts zu feiern, Gulmor, aber morgen Nacht werden wir die Grünmark in rote Farbe tauchen. Und nun zu Euch Uneaa! Wo befindet sich der Ring der Flammen?"

„Majestät, ein peinlicher Zwischenfall, nichts von Belang. Meine Häscher folgen dem Magier schon seit Tagen. Bald wird die Jagd ein Ende finden."

„Das will ich für Euch hoffen! Versagt Ihr abermals, werde ich Euch in einem Kasten verpackt zu Bashnac schicken. Man erzählt sich, er würde Freunde ebenso wie Feinde verspeisen."

„Majestät, ich werde Euch nicht enttäuschen!" Uneaas Stimme zitterte nicht, obwohl Pelimond mutmaßte, sein Mark müsse in den Knochen bereits brodeln. Alle fünf Finger würde er sich lecken, wenn der Seher ebenso wie Adrendath seiner Aufgabe zum Opfer fiel.

Der König ließ es bei dieser ersten Zurechtweisung bewenden. Mit einer lässigen Handbewegung schickte er die Befehlshaber zu ihren Truppen zurück. „Halt, Gwilahar, mit Euch habe ich noch zu reden!"

Die meisten schätzten sich glücklich, entlassen worden zu sein. Aseanna nicht. Sie verstand nicht, weshalb Luucrim ausgerechnet noch mit Gwilahar sprechen wollte.

„Was macht Tiramir?" erkundigte sich der König, kaum dass er mit Gwilahar alleine war.

„Er schlägt sich mit seinen Mannen durch den Turanao, Hoheit. Auch wenn er auf den meisten Pfaden zu Hause ist, steht das Unterfangen auf wackligen Beinen. Ferner stellen sich ihm die Elfen nicht. Sie laufen ihm wie die Hasen davon."

„Gibt es Neues von unseren Verbündeten? Wie weit sind ihre Vorbereitungen gediehen?"

„Keine Vorbereitungen mehr, geliebter König!" Gwilahars Augenschalen leuchteten wie die Morgenröte. „Bashnac hat die Festung Weihenburg eingenommen. Nun fällt er mit seinem Heer in Ammweihen ein."

„Sind sie schon auf königliche Garden gestoßen?"

„Bis jetzt nicht, Majestät, aber es wird nur eine Frage der Zeit sein, bis König Kupfermond seine Einheiten formiert hat."

„Das vermute ich auch. Solange sie jedoch im Norden Ammweihens gebunden sind, können sie der Grünmark nicht zu Hilfe eilen! Es läuft beinahe zu gut", frohlockte der König. „Unsere Feinde sind jedoch sehr verschlagen, allzeit müssen wir präsent sein, und unterschätzen sollten wir sie niemals!"

„Ihr sprecht mir aus der Seele, Majestät!"

„Noch ein Wort zu morgen, Gwilahar. Solange Aseannas Einheiten das Tor bestürmen, haltet Ihr Eure Männer im Zaum. Erst wenn sich Sandro Aceamas Truppen am Tor eingefunden haben, rückt Ihr im Westen vor!"

„Jawohl, Majestät!"

„Versenkt Uneaa mit seinen Lindwürmern die Schiffe, dürfte niemand entkommen."

„Das ist ein wirklich guter Plan, Majestät!" Gwilahar nickte dem König wie eine Marionette immer und immer wieder zu.

Dann schickte Luucrim ihn zu seiner Streitmacht zurück.

*

Am Himmel über Fort Biberau reihten sich graue Schichtwolken wie Schuppen eines Fisches aneinander. Nur vereinzelt erreichten die Strahlen der Sonne die Erde. Schafften sie es dennoch, hüpften sie wie Springkäfer von einem Punkt zum nächsten. So glänzte der Palisadenzaun bisweilen im weichen Licht der untergehenden Sonne, als hätte man ihn mit Honig bestrichen. Auf den vier Wachtürmen flatterten Sumpfwassers Fahnen. Schon von weitem waren die farbenprächtigen Flaggen zu sehen. Die Landschaft um das Fort war so flach wie ein Teller, und in der Ferne funkelte die Glitzersee.

Smalon hatte schon den ganzen Tag über das Gefühl, jeden Moment könne er seine Hände ins Wasser stecken, gleichwohl blieb das Meer fern.

Jetzt am Abend hatten sie es beinahe geschafft. Vor ihnen blitzte die Oberfläche der Glitzersee wie poliertes Silber, im Westen färbte sich der Himmel purpurrot, und die wenigen Wolken am Horizont leuchteten, als wären sie mit Blut gefüllt worden. Als Saskard, Smalon, Janos und Elgin Hellfeuer dem Fort näher kamen, sichteten sie etwa zehn Dutzend Männer, die rings um das Fort Gräben aushoben.

„Die Wachen haben uns gesehen!" Der Zwerg zeigte auf die arbeitenden Soldaten.

„Ich weiß", erwiderte Elgin so beiläufig, als trinke er einen Schluck Wasser. „Sie werden uns keine Beachtung schenken!"

„Sie werden uns vier Wachen zur Begrüßung schicken."

„Warum vier?" wollte der Halbling wissen, da er Janos nicht glauben mochte.

„Das entspricht der üblichen Vorgehensweise, Smalon. Einerseits wollen sie uns Achtung und Respekt entgegenbringen, andererseits werden sie wachsam sein!"

„So eine Faselei!" regte sich der Kleriker auf.

„Nehmen wir an, ich behalte Recht. Lädst du uns dann zum Essen ein, Elgin?"

„Wetten? Warum nicht!" Der Priester nahm den Blödsinn, den der Blondschopf von sich gab, nicht wirklich ernst.

„Janos, was ist los mit dir? Du klingst so bedrückt, als hätten die Götter deine Seele gestohlen."

„Ich fühl mich so leer wie eine Quelle ohne Wasser, Smalon. Haben wir Fort Biberau erreicht und Elgin das Essen spendiert, leg ich mich schlafen!" Schnaufend zwang sich Janos ein Lächeln ab.

„Pah!" entgegnete der Priester. Er stapfte des Weges, als wolle er mit seinen Füßen die Erde plätten.

„Es scheint, als würden sie einen Angriff erwarten", warf Smalon vielsagend ein.

„Aber woher wissen sie, was ihnen blüht?" gab Saskard zu bedenken.

„Ich denke", äußerte sich Janos und hüstelte, „Graf Jirko von Daelin hat seinen Kommandeur schon eingeweiht."

„Was heißt eingeweiht?" meinte Smalon skeptisch. „Erscheint eine Chimäre am Himmel, klappern ihre Herzen als wären sie aus Ton. – Komm, Schnuppel! Bleib doch nicht andauernd stehen", redete der Halbling auf sein Pony ein. „Wir kommen überhaupt nicht vorwärts. – Ich weiß, dort sind Menschen, aber genau dort müssen wir hin."

Brummig stiefelte Saskard voran, während der seiner Meinung nach hirnverbrannte Halbling sein Rotfuchspony streichelte.

„Das Tor öffnet sich!" rief Elgin erfreut aus. „Ein Posten wird uns entgegenreiten!"

„Es werden vier sein, nicht einer, und sie werden uns zu Fuß empfangen!"

Ärgerlich schüttelte der Kleriker seinen Kopf, Janos war so eingebildet. Das Tor ließ er jedoch nicht mehr aus den Augen.

„Was denkst du, Saskard?" erkundigte sich Smalon bei dem Zwerg. „Werden wir auf vier oder einen Soldaten treffen?"

„Weder noch, Smalon. Es werden zwei Soldaten sein, und sie führen eine weiße Fahne mit sich!"

Auf diesen Unsinn antwortete Janos nicht, er fragte sich nur, weshalb die Götter einen solchen Dummkopf zum Auserwählten erkoren hatten.

„Es sind zwei!" Ungestüm schrie Saskard seine Freude hinaus und schlug sich mit stolzer Hand auf die Brust.

Es folgten jedoch zwei weitere Soldaten den ersten beiden Männern, Pferde führten sie nicht mit sich, und sie marschierten exakt in ihre Richtung. Binnen Sekunden waren Saskards Mundwinkel zu Eis erstarrt, und Elgins Kopf glühte, als wäre er die Sonne, die unterging.

„Ich zähle vier, es sind eindeutig vier Männer und Fahne tragen sie auch keine mit sich!" sprudelte es aus Smalon heraus. Der Halbling grinste so hämisch, wie man nur grinsen konnte, während Elgins Wangen von einem orangefarbenen Rot zu einem aschfahlen Grau wechselten. Saskard sprach kein Wort, allerdings hätte er dem Halbling am liebsten Gwillas Pfanne übergebraten.

„Wo bleiben die Antworten, meine Herren?" Unweigerlich trieb sie Smalons spitze Zunge an den Rand der Verzweiflung.

„Halt den Mund!" polterte Saskard los. Der Kleine konnte ihn mit seinen spöttischen Bemerkungen zur Weißglut treiben. Warum ließ er sich nur immer wieder auf Diskussion mit ihm ein?

„Vier, ich sehe vier!"

„Lass es gut sein!" brachte Janos den Halbling zum Schweigen, dem es irren Spaß bereitete, seinen Kameraden die Fassung zu rauben.

„Ich wollte doch nur erwähnen, dass es vier, also exakt vier Soldaten sind!"

Niemand antwortete, obwohl die Nerven Elgins und Saskards zum Zerreißen gespannt waren.

„Ihr seid echte Spielverderber, es sind ..."

„Genug!" fuhr ihn der Zwerg aufbrausend wie ein Sturmwind an.

Kaum blickte Saskard jedoch wieder nach vorne, hörte er: „Es sind nun mal vier, und die bleiben es auch!" Zähneknirschend ignorierte er Smalons spitzfindige Bemerkung.

Wenig später erreichten sie die Soldaten. „Wer seid Ihr?" wurden sie unwirsch von einem Offizier empfangen, dessen Stimmung so eisgrau wie sein Bart war.

Smalon interessierte sich nur für die eingeflochtenen, seegrünen Bänder. Neugierig zählte er sie. Leider konnte er nicht genau erkennen, wie viele von jedem ihrer Helme herabfielen.

Die Soldaten waren bestens gerüstet. Die Klingen ihrer Schwerter glänzten, als seien es frisch gepresste Kupfergroschen, und auf den Harnischen konnte Smalon sogar Umrisse seines Spiegelbildes entdecken.

„Mein Name ist Janos Alanor. Wir kommen aus der Stadt. Frohe Botschaften bringe ich Euch jedoch nicht."

„Ihr kommt nicht aus der Stadt! Sumpfwasser liegt im Westen!" wies ihn der Offizier zurecht.

„Das habt Ihr richtig bemerkt", entgegnete Janos höflich und zeigte auf den Zwerg. „Wir begehrten Aserijas Hilfe. Saskard hatte sich eine schwere Vergiftung zugezogen."

Anerkennend zuckten die Augenbrauen des Hauptmanns in die Höhe. Mut hatte er schon immer bewundert. Freiwillig würde er dennoch niemals das Tal der Spinnenfrau betreten. Jeder vernünftig denkende Mensch ging der Druidin aus dem Weg, nur Jirko von Daelin, Sandro Aceamas und Amon Noma Alverda waren je so kühn gewesen, Aserijas Reich betreten zu haben. „Ist er wieder gesund?"

„Seht ihn Euch an, er ist zwar noch nicht der Alte, aber seine Kraft wächst wie der Hefeteig meiner Mutter."

„Welche Botschaften bringt Ihr uns?"

„Nun", entgegnete Janos gedehnt und lächelte, „sicherlich versteht Ihr, dass ich nur dem Kommandeur meine Informationen näherbringen darf."

Ritter Uslan von Rosenlind war von Sandro Aceamas bereits eingeweiht worden. Er hatte jedoch nicht damit gerechnet, dass der Blondschopf tatsächlich den Schneid hatte, Fort Biberau aufzusuchen. Willkommen waren die Wanderer allemal, da das Fort mit knapp eintausendfünfhundert Soldaten sowieso nur schwer zu halten war. Überdies hatte der Graf zwei Regimenter nach Sumpfwasser beordert, folglich brauchten sie jeden einzelnen

Mann. Er hatte auch vernommen, dass der Halbling exzellent mit seinem Bogen umgehen konnte, obwohl er dem Gerücht nicht so recht Glauben schenken mochte. Fragen würde er ihn keinesfalls, und nähern durfte sich ihm der Halbling beileibe auch nicht. Instinktiv umschlossen seine Finger den Beutel aus Leder, in dem er seine Goldmünzen wähnte. „Mein Kommandeur wünscht Euch zu sprechen. Folgt mir!"

Ausnahmsweise hatte der Halbling seinen Mund gehalten. Von Saskard hatte Janos das erwartet, und Elgin war glücklicherweise nicht in der Lage, sie in die Enge zu treiben.

„Soll er doch kommen!" erhob Smalon plötzlich seine Stimme.

„Lass den Blödsinn!" fuhr ihm Janos über den Mund. Dann wandte er sich wieder an Ritter Uslan von Rosenlind. „Entschuldigt bitte!"

„Gerne", meinte dieser verlegen.

Um den Offizier auf andere Gedanken zu bringen, wechselte Janos schnell das Thema. „Ihr befestigt das Fort?"

„So ist es. Unsere Möglichkeiten sind jedoch beschränkt. Ehemals war das Fort ein vorgeschobener Posten, um gegen Angriffe aus Enaken gewappnet zu sein. Seit wir jedoch mit dem Herzogtum in Frieden leben, wird Fort Biberau nur noch als Ausbildungsstätte genutzt. Momentan heben wir Gräben aus und bringen Markierungen an, um die Krieger der Finsternis gebührend empfangen zu können."

„Vermutlich werden sie in der Dunkelheit angreifen", erwiderte Janos trocken.

„Wieso nachts?" Verunsichert blickte Ritter Uslan von Rosenlind zwischen den Neuankömmlingen hin und her.

„Die Untoten scheuen das Licht. Dementsprechend werden sie uns in der lichtlosen Zeit heimsuchen. Mit Verlaub, mit brennendem Öl könntet Ihr sie auf Distanz halten."

„Obendrein wäre das Schussfeld hell erleuchtet!" zeigte Elgin weitere Vorteile auf.

„Hm!" murmelte der Offizier. Schon vor zwei Tagen hatte Sandro Aceamas den Gedanken ausgesprochen. Gegenwärtig füllten sie Öl in Fässer, die an strategisch wichtigen Punkten vor dem Tor aufgestellt wurden. Aber alle Informationen wollte er dem naseweisen Jüngling auch nicht auf die Nase binden.

Binnen kurzem erreichten sie das Fort. Dort wurde an allen Ecken und Enden gearbeitet. Einige Soldaten bedeckten ausgehobene Gruben mit abgeschnittenem Ried; am Palisadenzaun entstanden bucklig unwegsame

Gräben, um feindlich gesinnten Kriegern keinen guten Stand zu ermöglichen.

Interessiert beobachteten Janos, Saskard und Elgin die Vorbereitungen. Zwar hatten sie keine Ahnung, wie eine zweckmäßige Verteidigung aufgebaut wird, aber sie erkannten, dass die Anweisungen von einem Meister stammen mussten.

Die Soldaten beobachten sie ebenfalls. Manche musterten sie geradezu ungeniert. Auch im Innenhof herrschte reges Treiben. Nahe dem Zaun waren schon jede Menge Eimer mit Wasser aufgereiht worden, um Brände löschen zu können. Ferner wurden neben dem Tor Sandsäcke gestapelt, mit denen nachts der Eingang verbarrikadiert werden sollte.

Sehr schlau! dachte Smalon, als er an den Soldaten vorüberlief.

Janos sah blass aus, und auf seiner Stirn reihten sich Schweißperlen aneinander, als wäre ein Regiment Zinnsoldaten zum Schuhputzen angetreten. Schon bald würde ihn eine Krankheit ans Bett fesseln, und Saskard wusste auch warum.

Soeben entschwand die Sonne hinter der Palisadenwand im Westen seinem Blick. Das Dach des Stabsgebäudes erstrahlte jedoch weithin im goldenen Licht, so als wäre es in Kamille gebadet worden.

Auf der Treppe vor dem Eingang standen zwei Wachen. Erstaunlicherweise waren ihre Stiefel mit Staub bedeckt. Der in Kürze zu erwartende Angriff sprengte alle Regeln.

Nachdem sie einen Vorraum durchquert hatten, klopfte Ritter Uslan von Rosenlind an eine Tür.

„Ja bitte!" dröhnte eine tiefe Stimme durch das Holz. Der Offizier drückte seine Brust heraus und trat ein. Sandro Aceamas stand hinter einem gediegenen Mahagonitisch und blickte auf eine Landkarte. Der Mann war so groß wie Elgin Hellfeuer, doch erheblich kräftiger gebaut. Beeindruckend war das richtige Wort, fand Smalon. Dem Anschein nach konnte der Kommandeur einen Schmiedehammer schier endlos schwingen. Das von Wind und Wetter gegerbte Gesicht stand im harten Kontrast zu den kurz geschnittenen, grauen Haaren des Mannes. Normalerweise fand Smalon immer als Erster die Sprache wieder, um sein überschäumendes Temperament zum Fließen zu bringen. Nachdem er jedoch in die stahlblauen Augen des Kommandeurs gesehen hatte, erlosch der Gedanke, bevor er Feuer fing. Saskard erging es ebenso. Noch nie war er einem Menschen begegnet, dessen Ausstrahlung so greifbar war wie die des Heerführers. Helm von der

Uth hatte nicht übertrieben, eher im Gegenteil. Schon zu Lebzeiten schien Sandro Aceamas eine Legende zu sein.

„Herr Kommandeur", begann der Offizier, „darf ich Euch Janos Alanor und seine Kameraden vorstellen?"

„Wir haben Euch sehnlichst erwartet!" grollte der dunkle Bass des Heerführers auf. „Ihr dürft uns verlassen, Hauptmann!"

„Danke!" Ritter Uslan von Rosenlind schlug seine Haken so hart zusammen, dass der Sand, der an den Absätzen haftete, zu Boden rieselte. Am Eingang salutierte er abermals und verließ mit forschem Schritt das Zimmer.

„Herr Kommandeur", versuchte Janos natürlich zu wirken, „wir freuen uns, Eure Bekanntschaft zu machen. Den Vorbereitungen entnehme ich, dass Ihr Botschaften aus Sumpfwasser erhalten habt!"

Sandro Aceamas nickte. „Jirko von Daelin schickte eine Taube. Zum Schutz von Sumpfwasser musste ich zu meinem Bedauern zwei Regimenter ziehen lassen."

„Das heißt, wir sind auf uns allein gestellt?" erwiderte Janos schlicht, obwohl er nicht wirklich gemerkt hatte, dass die Hälfte der Soldaten fehlte.

„Meine Späher berichten nichts Gutes. Schon morgen könnten Skelette an unser Tor klopfen."

„Das vermute ich auch!" brachte sich Elgin Hellfeuer ins Gespräch ein. „Seit zwei Tagen verfolgt uns eine Wolke. Hat sie uns eingeholt, sitzen wir fest!"

„Nach den Berichten, die ich erhalten habe, müssen wir davon ausgehen."

„Das geht nicht!" sprudelte es aus Smalon wie aus einer Quelle hervor. „Mein armes Pony!"

„Was ist mit Eurem Pony?" fragte der Kommandeur befehlend in die Runde, während sich Janos am liebsten aufgelöst hätte und Saskard mit den Zähnen knirschte.

„Ich will es nicht verlieren!" Mutig stellte sich Smalon dem großgewachsenen Heerführer.

„Ihr tragt gute Gedanken in Euch, kleiner Mann. Falls wir jedoch angegriffen werden, wird uns der Krieg Opfer abverlangen."

„Aber ..." Mehr brachte der Halbling nicht heraus. Sandro Aceamas' Blick schien seine Worte schon während der Entstehung einzufrieren. Gleichwohl war Smalon bewusst, dass der Kommandeur die Wahrheit gesprochen hatte. Dennoch lastete die Angst, sein Pony zu verlieren, wie ein Mühlstein auf seinem ohnehin schmalen Rücken.

„Herr Alanor, seid Ihr krank?" erkundigte sich Sandro Aceamas bei dem Blondschopf.

Janos meinte, die eisigen Augen des Kommandeurs hielten ihn gefangen. „Ich weiß zwar nicht weshalb, aber immer wenn uns Untote folgen, vergiften ihre unheilbringenden Gedanken meinen Körper. Eine andere Erklärung habe ich nicht!"

„Sehr ungewöhnlich, Herr Alanor. Sucht Ihr in misslichen Situationen das Weite?"

„Gewiss nicht!" begehrte Janos auf. „Werden wir angegriffen, das kann ich Euch versichern, stehe ich in vorderster Linie!"

„Schon gut!" besänftigte ihn der Kommandant. „Es lag mir fern, Euch zu kränken! Mir reicht es schon, wenn ich den täglichen Bittstellungen meiner Soldaten, die um Freigang bitten, nicht entsprechen kann. Gleichwohl stehen sie zu mir."

„Habt Ihr einen Plan?" erkundigte sich der Halbling kleinlaut bei dem Heerführer.

„Vorkehrungen treffen und so viele Männer wie nur möglich retten. Damit mein Vorhaben jedoch in die Tat umgesetzt werden kann, brauche ich Eure Hilfe. Nun erzählt schon! Was könnt Ihr mir berichten? Jedes auch noch so unwichtig erscheinende Erlebnis kann uns bei einer Belagerung von Nutzen sein."

Und so schilderten Janos, Saskard und Elgin alles, was ihnen widerfahren war. Eingehend veranschaulichten sie die Schlacht mit den schwerterschwingenden Skeletten, der feuerspeienden Chimäre und den magisch bewanderten Zauberkundigen.

Smalon interessierte sich nicht für das Gespräch. Schon nach kurzer Zeit verweilte er mit seinen Gedanken bei Schnuppel. Die Diskutierenden waren jedoch so sehr in die Unterredung vertieft, dass sie den Halbling vergaßen.

„Herr Alanor, was meint Ihr? Sollte Euer Kamerad Smalon nicht die Pferde in den Stall bringen?"

„Eine sehr gute Idee! Unter Umständen kann er für uns alle ein Nachtlager beziehen."

„Das wäre an und für sich kein Problem", fing Sandro Aceamas den Ball, den ihm Janos zurückspielte, wieder auf. „Herr Smalon, lasst Euch ein Quartier für vier Personen zuweisen. Unterkünfte stehen derzeit genügend zur Verfügung!"

Der Halbling war heilfroh, als er das Zimmer des Kommandanten verlassen konnte. Seine Augen sprühten vor Freude. Geschäftig eilte er zum Eingang. „Bin schon weg!"

Draußen war es bereits dunkel geworden, nur eine Handvoll Sterne erhellte das Firmament. Vor dem Stabsgebäude standen noch immer die Pferde. Niemand hatte sich um sie gekümmert. Nicht einmal zu trinken hatte man ihnen gegeben. Verstimmt erkundigte sich Smalon bei einem gähnenden Posten, wo er die Maultiere und das Pony tränken könnte. Der Mann zeigte ihm grob die Richtung. Flugs löste der Halbling die Führstricke und marschierte mit den Tieren geradewegs über den Exerzierplatz zu einem Brunnen.

Nachdem Schnuppel und die Maultiere ihren Durst gestillt hatten, führte er die Vierbeiner zu den Stallungen und händigte sie einem Burschen aus, der ihnen Hafer und Heu zum Fressen brachte. Als die Tiere sich auf das Futter stürzten, verabschiedete er sich von dem Stalljungen und machte sich auf die Suche nach dem Wachhabenden, der ihm wiederum einen Laufknaben zuteilte. Dieser führte ihn zu einem Quartiermeister. Smalons Nerven lagen beinahe blank, als ihn ein aalglatter Schnauzbart mit schier endlosen Fragen wie einen Wiesländer Käse löcherte. Letztendlich wurde ihm dennoch eine Vierbettenstube zugewiesen. Er war heilfroh, als er die Unterkunft gefunden hatte. Gleichwohl musste er noch dreimal zum Stall laufen, bis er auch das Gepäck seiner Kameraden in das Quartier geschleppt hatte. Nicht einmal zu einem Erkundungsgang hatte er sich mehr aufraffen können, aber morgen in aller Frühe würde er ihn nachholen. Nachdem er sich das Gesicht gewaschen hatte, legte er sich aufs Bett. Rasch übermannte ihn der Schlaf.

„Smalon!" Eine Berührung an seiner Schulter weckte ihn. „Wir sehen uns ein wenig um. Kommst du mit?" Es war die Stimme des Priesters.

„Wir gehen auch was essen!" hörte er Saskards tiefen Bass.

„Essen? Mitten in der Nacht? Spinnt ihr?" Genervt drehte sich Smalon zur Wand.

Gegen Mittag wurde er munter. Er wälzte er sich noch zweimal in jede Richtung, dann stand er auf.

Auf der anderen Seite des Zimmers lag auch Janos noch im Bett. Er war mindestens mit drei Schichten eingehüllt worden, nur sein Kopf lugte unter den Decken hervor.

„Janos?!" Der Blondschopf reagierte nicht. Beunruhigt tippelte der Halbling zu seiner Pritsche. Janos standen die Schweißperlen so dick wie

Regentropfen auf der Stirn, und zu frieren schien er auch. „Was ist mit dir?" Aber der Kranke reagierte nicht, er bibberte wie Wackelpudding. Smalon überlegte, was er tun sollte. Kurzerhand füllte er einen Becher mit Wasser und flößte Janos ein wenig Flüssigkeit ein.

Überraschend kam Elgin zur Tür herein. „Wie geht's ihm?"

„Schlecht! Er scheint Fieber zu haben!"

„Ich werde ihm kühlende Wickel um die Waden und die Arme legen, das wird die Glut in seinem Körper senken."

„Na, hoffentlich!"

„Smalon, ich hab mit dir zu reden, und reg dich bitte nicht gleich wieder auf." Der Priester atmete ungewohnt schwer.

„Was ist?" Der Halbling hatte ein schlimmes Gefühl. Elgins Tonlage verhieß nichts Gutes.

„Wir haben Schnuppel und die Maultiere letzte Nacht auf einen Küstensegler verladen."

„Bitte?!" Smalon meinte, sich verhört zu haben.

„Wir waren der Meinung, dass die Untoten die Schiffe ..."

„Ihr habt meinen Schnuppi verladen?" unterbrach ihn der Halbling ungläubig.

„Wir mussten es tun, die Schiffe sind unsere letzte Rettung!"

„Wieso habt ihr mich nicht aufgeweckt?"

„Wir versuchten es doch, aber du hast rumgemault und dir die Decke über den Kopf gezogen!"

„Ich?!"

„Ja, du! Und sag bloß nicht, du kannst dich nicht mehr erinnern!"

„Ihr hättet doch nur Schnuppi erwähnen müssen, dann wäre ich schlagartig wach gewesen!"

„Hör auf zu lamentieren, wenn es nach Saskard gegangen wäre, hätte ich dich überhaupt nicht erst wecken dürfen!"

Smalon konnte sich einfach nicht mehr erinnern, dennoch ärgerte er sich maßlos. „Seid ihr vollkommen übergeschnappt?"

„Es war die beste Idee, die wir hatten. Wir mussten die Schiffe schnellstens beladen und ablegen lassen, damit wir den einzigen Trumpf, den wir haben, zum richtigen Zeitpunkt ausspielen können."

Smalon war außer sich. „Wo sind die Schiffe hingesegelt?"

„In eine abgelegene Bucht, die vom Land aus nicht einzusehen ist."

„Das heißt, mein Pony ist weg!"

Elgin nickte.

„Ihr seid so gemein!"

„Bei den Göttern, Smalon, überleg doch mal! Wir mussten es tun!"

„Er wird verhungern!"

„Nein, wird er nicht! Wir haben reichlich Heu an Deck gebracht."

„Aber er wird sich ängstigen!"

„Schon möglich, aber wenn wir ihn im Stall belassen hätten, wäre dies sein Tod gewesen!"

„Meinst du, die Skelette sind blöd? Vermutlich wissen sie schon längst, dass die Schiffe weg sind!"

„Kann schon sein, aber wir haben jede ausgediente Galeere, jeden Segler, selbst jede Jolle herausgeputzt. Vielleicht lassen sie sich täuschen. Es könnte unsere einzige Chance sein, das Fort wieder lebend zu verlassen."

„Toller Plan!" Smalon konnte dem Unternehmen nichts Positives abgewinnen. „Ihr hättet mich wecken müssen! Was mach ich denn nun? Ich konnte mich nicht einmal von Schnuppi verabschieden!"

Trübsinnig schaute der Priester drein. Genauso hatte er sich die unausweichliche Diskussion mit dem Halbling vorgestellt. Sie hätten ihn wecken müssen.

Um eine Strafpredigt kam auch Saskard nicht herum. Da der Zwerg jedoch keinen Deut vor seiner Meinung wich, schrien sich Smalon und er dermaßen laut an, dass die Wachen zur Tür hereinstürmten. Elgin konnte die Streithähne zwar wieder besänftigen, die Hand reichten sie sich dennoch nicht.

Wütend verließ der Zwerg mit den Wachen das Quartier. Er stampfte wie ein Schlachtross durch den groben Sand über den Exerzierplatz zu Sandro Aceamas bescheidener Wohnung hinüber. Hinter dem Haus hatten sie sich zu einer Übung verabredet.

Der Kommandeur wartete bereits auf ihn. Nur mit einem Hemd und einer weit geschnittenen Hose bekleidet focht er Übungen mit dem Wind. Obwohl der Hüne sein Schwert schon längst mit einem Ruhesessel hätte tauschen können, bewegte er sich geschmeidig wie eine Katze, und trotz seines hohen Alters konnten sich nur sehr wenige mit ihm messen. Den Zweihänder führte er spielerisch wie eine Feder. Das jedenfalls vermutete Saskard, da der Kommandeur nicht im Geringsten ins Schwitzen kam.

„Nimm dir eine Klinge!" forderte ihn Sandro Aceamas auf. Im Sand steckten zwei Schwerter, ein Speer und eine Axt, aber Waffen aus Holz konnte der Zwerg nicht entdecken. Zweifelnd blickte er sich um.

„Ich meine schon die Scharfen!"

Scharfe Waffen?! War der Mann vollkommen verrückt geworden? Er wollte doch nicht bei einer Übung sein Leben lassen.

„Zeig, was du kannst!"

„Aber ... ich kann doch ..." Saskard wusste nicht, was er tun sollte.

„Gefochten hast du sicher in jeder freien Minute, aber wenn dein Leben wahrhaft bedroht ist, wie ist es dann um dich bestellt?"

Da Saskard immer noch eine gehörige Portion Wut im Bauch mit sich trug, legte er sein Wams ab, riss die erstbeste Klinge aus dem lockeren Sand und stellte sich dem Kommandeur, der wie ein Riese in den Himmel ragte. Er war sieben Fuß groß. Neben dem Hünen wirkte er wie ein Winzling, aber die Chimäre war auch mächtig stark gewesen, gleichwohl hatte er sie bezwungen. Obendrein zeigte der Feldherr Muskeln wie ein Bergmassiv, und der Reichweite seiner Arme hatte er eh nichts entgegenzusetzen.

„Komm schon!" Aufmunternd forderte er Saskard zum Kampf heraus.

Das Lachen wird ihm schon vergehen, dachte Saskard mit finsterer Miene. „Große Männer fallen tief!" pflegte Trrstkar immer zu sagen. Er packte das Schwert so fest er konnte und schlug zu. Klirrend knallten die Klingen aneinander, sie rieben sich, bis glühende Funken durch die Luft sprangen. Und Saskard gab nicht nach. Er deckte den Kommandeur gehörig ein. Sandra Aceamas wich jedoch keinen Deut zurück, obwohl er Saskards Schläge, Hiebe und Stiche nur parierte. Der Mann schien nicht müde zu werden. Schon nach kurzer Zeit schwitzte Saskard wie noch nie in seinem Leben. Sein Hemd klebte pitschnass an seinem Körper. Beim Kampf mit den Skeletten am Klingenberg hatte er immer eine Lücke in ihrer Verteidigung gefunden. Sandro Aceamas war jedoch eine lebende Mauer. So schlug der Zwerg mit aller Macht den Groll und seine Anspannung aus sich heraus. Er wollte dem Heerführer unbedingt eine Lektion erteilen. Aber es gelang ihm nicht! Zwar versetzte er Aceamas einmal mit seiner freien Linken einen Faustschlag in die Seite, doch er brachte ihn nicht zu Fall. „Verdammt!"

„Verschleudere nicht deine Energien, du wirst sie noch brauchen!"

Schon bald kam Saskard selbst in Bedrängnis, da ihn der Hüne mehr und mehr attackierte. Ein gewaltiger Hieb beendete den ungleich gewordenen Kampf. In hohem Bogen flog Saskards Schwert durch die Luft. Seine rechte Hand brannte, als hätte sie Feuer gefangen.

„Nicht schlecht!" Kraftvoll rammte Sandro Aceamas seinen Zweihänder in den Sand.

„Ihr seid wahnsinnig! Wir hätten unser Leben verlieren können!"

„Wir nicht, du schon!"

Saskard antwortete nicht. Er konnte seine Wut kaum bändigen.

„Kommt mit! In meiner Wohnung liegen noch ein paar Holzschwerter, üben wir mit ihnen noch ein wenig weiter."

Entkräftet schlurfte Saskard hinter dem Kommandeur her. Das Schwert, das ihm aus der Hand geschlagen worden war, ließ er liegen.

Smalon hatte den Kampf von weitem beobachtet. Nun verschwanden die beiden Recken hinter einem Vorratsschuppen. Der Halbling fühlte sich von allen verraten. Was sollte er nur tun? Sein Pony war auf ein Schiff verladen worden. Tief vergrub er die Hände in den Taschen seiner Hose und schlenderte gen Meer. An den Piers wurde eifrig geschafft. Ausgediente Kähne und Barken waren mit Segeln beflaggt worden, als wenn eine Regatta abgehalten werden sollte.

Smalon wollte allein sein, und den Soldaten war dies ganz recht. Sie liefen aneinander vorbei, ohne in Kontakt zu geraten. Er spazierte nach Osten, bis er an den gepfählten Palisadenzaun kam. Dort setzte er sich in einer Bucht ans Ufer. Plätschernd liefen die Wellen bis zu seinen silbrig goldenen Schuhen und wieder zurück. Unendlich weit entfernt schien ihm der Horizont zu sein. Jählings sprangen Fische aus dem glitzernden Nass und tauchten wieder ab, und plötzlich umgab Smalon eine Stille, wie er sie nur selten gespürt hatte. Die Zeit schien stehenzubleiben. Ausatmend schloss er die Augen. Ganz nah war sein Innerstes. Er verweilte in seinem Herzen, bis sich vor seine Lider etwas Dunkles schob und er fröstelnd die Augen öffnete. Eine rotierende Wolke verschlang mit ihren gefräßigen Armen die letzten Funken Licht. Rasch sprang er auf und rannte so schnell ihn seine Füße trugen zu seinen Freunden zurück. Er preschte in die Stube und schlug die Tür krachend hinter sich zu. „Die Wolke ist da!"

„Schrei doch nicht so!" fuhr ihn Saskard an. „Wir haben sie auch gesehen."

„Der Angriff der Untoten steht uns bevor!" Smalons Stimme überschlug sich. Einerseits fieberte er dem Angriff entgegen, damit die Schiffe endlich kamen, andererseits würden sie dann dem Tod in die Augen sehen.

„Meine Meinung!" pflichtete Elgin dem Halbling bei, während er Janos ein feuchtes Tuch auf die Stirn legte.

„Willst du nicht wenigstens wissen, wie es Janos geht?" ereiferte sich Saskard.

„Natürlich will ich es wissen!" fauchte Smalon einem Drachen gleich.

„Er hat hohes Fieber, spricht in dieser fremdartigen Sprache und faselt immer wieder was von einer Festungsmauer!"

„Das Feuer wird seine Sinne verwirrt haben. Aber was machen wir nun?"

„Wir packen unseren Krempel zusammen, damit wir Fort Biberau schnellstmöglich verlassen können", brachte Elgin seine Gedanken zum Ausdruck.

„Sandro Aceamas hat uns einen Platz neben dem Tor zugeteilt." Saskards Blick war so finster wie die Wolke über dem Fort.

„Hat er?" Irritiert blickte sich der Halbling um. Da Smalon jedoch so schnell wie möglich Fort Biberau verlassen wollte, begann er ebenso wie der Zwerg seine Sachen zu verstauen.

„Ich bleibe bei Janos! Er braucht meine Hilfe." Elgin wusste, was er zu tun hatte.

„In Ordnung, aber beobachte, was draußen vor sich geht, und vergiss nicht, wir kommen nur zurück, um zu verschwinden."

„Ich pass schon auf! Sind wir nicht mehr hier, sind wir bereits zum Pier gegangen."

„Gut!" Saskard war zufrieden.

Nachdem der Halbling und er die Rucksäcke verschnürt hatten, verließen sie das Quartier.

Am Tor war mächtig viel los. Hektisch eilten Soldaten kreuz und quer von einem Befehl zum nächsten. Nur der Wind war ihr Begleiter. Er jagte ebenso schnell wie die Männer durch die schmalen Gassen.

Bei Einbruch der Nacht wurde das Tor verschlossen und die Innenseite fünf Ellen hoch mit Sandsäcken verbarrikadiert. Beidseitig des Einlasses führte ein Palisadengang, der nur über Leitern erreicht werden konnte, längs des Zaunes bis hin zum Meer. Dort oben hatte man einen ausgezeichneten Blick. Feindliche Truppen konnten schon aus betrachtlicher Weite gesehen und mit einem Pfeilhagel eingedeckt werden. Schlupfwinkel gab es keine. Weder Felsen noch Bäume, Senken oder Spalten waren vorhanden. Vom Palisadengang bis zu den scharfkantigen Spitzen waren es fünf Fuß, ebenso wie bis zum Erdboden. Eindringlinge konnten den Zaun mit Leitern jedoch mühelos überwinden. Das Fort war mit nur eintausendfünfhundert Mann kaum zu halten. Um auf jede Situation möglichst schnell reagieren zu können, hatte Sandro Aceamas vier Einsatztruppen mit je einhundert Mann zusammengestellt. Sollte dessen ungeachtet eine Armee Fort Biberau bestürmen, war es nur eine Frage der Zeit, bis das Tor fallen würde. Der Kommandeur wusste aber auch, dass nur siebenhundert Mann auf den Schiffen Platz finden konnten.

„Merk dir eins", brach Saskard unvermittelt das Schweigen, „drei Galeeren, zwei Langschiffe und zwei Küstensegler wurden letzte Nacht mit Lebensmitteln, Wasser und Waffen beladen. Jedes Schiff hat eine ihm eigens zugeteilte Flagge."

„Warum erzählst du mir das?" fragte der Halbling den Zwerg.

„Unterbrich mich nicht ständig! Hör lieber zu! Schnuppel und die Maultiere sind auf einem Küstensegler untergebracht."

„Ich kenne doch nicht den Unterschied zwischen einer Galeere, einem Langschiff und einem Küstensegler!"

„Musst du auch nicht! Du brauchst dir nur die Farbe gelb zu merken. Der Küstensegler wird so gelb wie die Sterne beflaggt sein. Und dieses Schiff müssen wir besteigen, egal, wie sehr es drunter und drüber geht."

„Mein Schnuppi!" entgegnete Smalon geistesabwesend. Aber die Farbe gelb hatte sich in sein Gehirn eingebrannt. Sie würde ihm nicht mehr aus dem Sinn kommen.

„Saskard!" wurden sie vom Hüter des Tores, Ritter Uslan von Rosenlind, angesprochen. „Bezieht mit dem Halbling links neben dem Tor Stellung. Seht Ihr die Plattform dort oben, wir haben sie eigens für Euch beide angebracht", betonte er schmunzelnd. „Schließlich sollt ihr auch sehen, was draußen vor sich geht."

Das gefiel Smalon. Wissen wollte er schon, welche Streitkräfte sich vor dem Tor formierten, aber in den Krieg ziehen, nein, das behagte ihm nicht.

Bleiern lag die geheimnisvolle Wolke über dem Fort. Sie thronte wie eine düstere Prophezeiung direkt über ihnen. Gelegentlich schielte die ein oder andere Wache nach oben, um zu sehen, ob die Wolke weiterziehen würde, aber den Gefallen tat sie ihnen nicht.

Nachdem die meisten Soldaten ihren Posten bezogen hatten, kehrte Ruhe ein. Trügerische Ruhe, denn beim Anrücken des Feindes würde sie sich sprunghaft in Hektik wandeln.

„Ob sie kommen?" hörte Smalon einen circa fünfzigjährigen Glatzkopf sich bei seinem Nebenmann erkundigen.

„Sicher! Meinst du, die Wolke am Himmel hält sich nur zur Kurzweil hier auf?"

„Ich hab noch nie gegen Skelette gekämpft!"

„Ich auch nicht, aber heute werden wir es tun!" Dann lief der jüngere Soldat weiter.

„Was denkst du, Saskard?"

„Hm", brummte der Zwerg, während seine Augen wie glühende Nadeln durch die Nacht wanderten. „Mich beunruhigt der Gedanke, dass wir nicht wissen, wie viele es sind. Warum sonst sollte Sandro Aceamas unsere Flucht vorbereitet haben? Er weiß, dass Fort Biberau nicht lange zu halten ist."

„Wo ist er überhaupt?" erkundigte sich Smalon beim Zwerg und schaute sich um.

„Ich weiß es nicht, vermutlich bespricht er sich mit seinen Hauptleuten!"

Krieg interessierte den Halbling nicht wirklich. Er hoffte, der Kelch würde ebenso schnell wie ein Gewitter an ihm vorüberziehen.

Die Zeit verrann. Lähmende Langeweile breitete sich in Smalon aus. Wenn er sich nur mit Saskard über sein Pony unterhalten könnte, aber mit seinem Lieblingsthema konnte er den Zwerg in den Wahn treiben.

Am Firmament zeigten sich keine Sterne, und auch der Mond, der an den letzten Tagen sein schönstes Lächeln präsentiert hatte, war nicht zu sehen. Gegen Mitternacht stieg Sandro Aceamas die Leiter empor. Sein rabenschwarzer Harnisch glänzte, als wäre er in Sternenstaub getaucht worden. Wie von selbst nahm Saskard Haltung an. Unheimlich war ihm der Heerführer geworden. In seinen Augen spiegelte sich der Tod, und die Aura, die ihn umgab, schien mit Gift gefüllt zu sein.

„Schon was zu sehen?" befragte der Kommandeur den Zwerg.

„Nein!" entgegnete Saskard konzentriert.

Smalon war schläfrig geworden. Nur mit Mühe konnte er seine Augen offen halten.

„Meine alten Muskeln zucken, als würde sich das Wetter ändern", sprach der Kommandeur und entlockte dem Halbling ein müdes Lächeln. „Lange werden wir uns nicht mehr gedulden müssen!"

*

„Meine Einheiten stehen bereit! Wir könnten voranschreiten", brachte Aseanna Luucrim die Botschaft, auf die der untote König schon sehnsüchtig gewartet hatte.

„So lasst uns marschieren!" gab er zufrieden nickend den Befehl.

Gleichsam trat Aseanna unbewusst einen Schritt näher an seine Majestät. Das hätte sie nicht tun sollen. Drohend richtete sich das Untier neben Luucrim stehend wie ein Berg vor ihr auf. Seine nussbraune Mähne hing einem dichten, gewebten Bart gleich an ihm herab, und mit seinen fledermausartigen Flügeln fächerte er Wind auf, dass sich der Staub des Bodes erhob.

„Ist schon gut!" Beruhigend sprach Luucrim auf das monströse Wesen ein, und Aseanna bewegte sich achtsam wieder zurück. Erst vor drei Tagen hatte die Kreatur einen unvorsichtigen Unterführer aus Gwilahars Einheiten direkt vor ihren Augen mitten entzweigerissen.

Nachdem sich die Kämpferin wieder gefangen hatte, kam Luucrim erneut auf den bald beginnenden Angriff zu sprechen. „Gibt es Probleme?"

„Nein, es dürfte uns leicht fallen, das Fort zu nehmen. Nur ..."

„Was nur?" erhob Luucrim seine Stimme.

„Es ankern nur sehr wenige Schiffe im Hafen." Umsichtig brachte Aseanna dem König die Botschaft näher.

Aber Luucrim blieb gelassen. „Hat Uneaa alles im Griff?"

„Scheint so, aber mit den wenigen Galeeren werden sie uns wohl kaum entkommen."

„Aceamas ist ein nicht zu unterschätzender Kommandant. Geht getrost davon aus, dass seine Männer vorbereitet sind, und haltet Reserven bereit. Nicht dass sie einen Ausfall riskieren und eine Schneise durch unsere Reihen schlagen!"

„Das wird er nicht wagen!" Vielfältigste Möglichkeiten hatte Aseanna in ihren Planungen einbezogen, dennoch schien ihr das halsbrecherische Unternehmen, mit Pferden durchzubrechen, nicht praktikabel zu sein.

„Lasst uns den Krieg beginnen!" schreckte Luucrim die Kriegerin aus ihren Gedanken.

Sogleich eilte Aseanna zu ihren Einheiten zurück, während der König die Kreatur in die Knie zwang, damit er auf deren breitem Rücken aufsitzen konnte.

*

Gespenstischer Rauch von abertausenden brennenden Fackeln färbte den nachtschwarzen Himmel orangefarben. Saskard sah die untoten Krieger bereits, bevor sie irgendjemand anders erblickt hatte. Von weitem waren ihre Schritte nur ganz leise zu hören gewesen. Als sie jedoch näher kamen, wurden sie so markerschütternd laut, dass der Boden zu schwanken begann. Beim Anblick der aufmarschierenden Skelette stockte so manchem Soldaten der Atem.

Auf Kommando hielten die Krieger der Unterwelt in beträchtlichem Abstand inne. Kein Pfeil konnte sie erreichen. Dann droschen sie mit aller Macht mit ihren Schwertern auf die übergroßen Schilde ein. Donnerndes Getöse rollte wie eine Steinlawine über die verängstigten Soldaten des Forts hinweg.

Sandro Aceamas blieb gelassen. In aller Ruhe zog er seine gerippten, braunen Lederhandschuhe über die Finger und ließ den Dingen ihren Lauf. Er war vorbereitet. Der Feind – wie viele es auch sein mochten – konnte kommen. In etlichen Gesichtern hatte sich jedoch Angst wie Felsspalten eingegraben. Zudem hatten die meisten Soldaten Frauen, Söhne und Töchter, und die Aussicht, im Morgengrauen aufgespießt über den Pfählen zu liegen, ließ auch standhaften Recken das Blut in den Adern gefrieren. Sandro Aceamas konnte sie verstehen, und er wusste, dass viele gute Männer unter den eisernen Klingen fallen würden. Es gab jedoch auch etliche unter ihnen, die ihr Leben nicht so ohne weiteres aus der Hand gaben, und mit den Überlebenden konnte er selbst den Ort der Verdammnis aus den Angeln heben.

Als Sandro Aceamas bewusst wurde, wie viele Skelette vor dem Tor aufmarschierten, wusste er, dass Fort Biberau niemals zu halten war. Höchstens ein paar Stunden, möglicherweise bis zum Morgengrauen, länger sicherlich nicht. Eine ungeheuer große Zahl untoter Krieger hatte sich vor dem Eingang versammelt. Er mutmaßte, rund zwanzigtausend Angreifern gegenüberzustehen.

Johlend hieben die Untoten auf ihre Schilde ein, gleichwohl hielten sie Abstand. Plötzlich ließen sich Lindwürmer durch die dichte Wolkendecke am Himmel fallen. Sie stießen Laute aus, als härte ein Schmied eine glühende Klinge im eisigen Wasser. Keiner der Soldaten hatte es je mit so einem Gegner zu tun gehabt. Mit Macht holte sich Sandro Aceamas die Aufmerksamkeit seiner Soldaten zurück. Als er jedoch sein Schwert in die Höhe hob und sich hunderte Bögen spannten, schoss ein grell leuchtender Blitz vom Himmel herab.

Magie! durchzuckte es Sandro Aceamas. Er hatte es geahnt, aber kaum für möglich gehalten. Hexenwerk hatte er nichts Gleichwertiges entgegenzusetzen. Hinter riesigen, durchsichtigen Schilden rückten die Krieger der Unterwelt vor. Der Alb war Wirklichkeit geworden! Die Schlacht begann.

Kapitel 15

Mit Silvana die Küste entlang

Mangalas stolperte und fiel auf die Planken des Schiffes. Er atmete schwer, und sein Herz schmerzte, als wenn es ihm die Götter aus dem Leibe hätten ziehen wollen. Sein Lebensfaden spannte zum Zerreißen, und seine Seele brannte einer feurigen Glut gleich. Intuitiv blickte er über die Glitzersee hinweg nach Norden, bis er Krishandriels Stimme vernahm.

> Welch Seele meine Aura berührt,
> von den Mächten des Universums geführt.
> Es ist keine Illusion und auch kein Schein,
> es muss Freund Mangalas sein.
> Gemeinsam dürfen wir nun wieder Zeit und Raum durchschreiten,
> Allwissende werden uns begleiten,
> um uns erfüllt mit Weisheit, in Glückseligkeit zu bringen,
> dort dürfen wir mit den Göttern singen.

„Mangalas, was machst du denn hier in Birkenhain?" Der Elf freute sich unbändig, seinen alten Weggefährten wiederzusehen.

„Ich ... nun ... und du?" Mangalas war noch zu sehr mit seinem Ich beschäftigt, er konnte sich kaum konzentrieren.

„Oh, das ist eine lange Geschichte!" Der Elf winkte ab und half dem Zauberer auf die Beine. „Blass siehst du aus!"

„Krisha, ich werde ..." krächzte Mangalas, unterbrach jedoch abrupt, als ihn zwei riesige Pranken am Kragen packten und ihn leicht wie eine Feder emporzogen.

„Na warte, Bürschchen! Hoffentlich kannst du schwimmen!" Die Hände, die ihn ergriffen und wie Wäsche in die Luft hielten, glichen den Tatzen eines großen, grauen Bären. Mangalas hatte den Boden unter seinen Füßen verloren. Es ging so schnell, dass er überhaupt nicht wusste, wie ihm geschah. „Mein Schiff ist doch kein Auffangbecken für Narren. Erst der Elf und nun Ihr!"

„Kapitän!" versuchte Krishandriel den Schiffseigner zu beruhigen. „Wir entrichten den doppelten Preis für die Überfahrt! Nur gebt meinen Freund wieder frei!"

„Den dreifachen, sonst fliegt der Dicke über Bord!"

„Einverstanden!" entgegnete Krishandriel so gelassen, als säßen sie beschaulich bei einem Tratsch mit Kaffee und Kuchen zusammen.

Unterdessen waren sie von fünf wüst anzusehenden Matrosen eingekreist worden. Ohne zu zögern würden sie den Worten ihres Kapitäns Taten folgen lassen.

„Den dreifachen?!" Skeptisch blickte Kapitän Van Brautmantel drein. Vermutlich hätte der Elf noch tiefer in die Tasche gegriffen, aber dessen Muskeln waren auch nicht zu verachten, und auf einen handfesten Streit wollte er sich nicht mit ihm einlassen. Leise klimperten seine sechs goldenen Ohrringe im Wind. Aber wenn er schon einmal in Verhandlungen trat, wollte er möglichst viel für sich und seine Männer an Land ziehen. „Für das Pferd erhalte ich einen extra Zuschlag! Wenn allerdings ein Sturm aufkommt, gebe ich Euch keine Gewähr, dass der Vierbeiner nicht von Bord stürzt."

„Das lasst meine Sorge sein. Hauptsache, Sumpfwasser ist unser Ziel."

„Hm!" Brummig stellte Van Brautmantel Mangalas auf die Bohlen seines Seglers Silvana zurück. Er zeigte nicht den Hauch einer Regung, obwohl er den strampelnden Dicken nicht eine Sekunde hätte länger halten können.

„Was fordert Ihr für die Fahrt?"

„Fünfzehn Goldmünzen für euch beide, das ist der normale Preis, mal drei, und dreißig Goldmünzen für das Pferd, also insgesamt fünfundsiebzig Goldmünzen!"

Deutlich vernehmbar zog Anwand Doppelrain die Luft durch die Lücke eines ihm fehlenden Schneidezahnes ein, und Dedrin Lu warf spielerisch ein Messer in die Luft, als stünde er auf einem Jahrmarkt, um neugierigen Zuschauern das Geld aus der Tasche zu locken, wenngleich er nicht abgeneigt schien, die Klinge auch blutrot einzufärben.

„Viel Geld!" würgte Mangalas hervor, während er das blauweiß karierte Hemd in die Hose stopfte und anschließend nach seinem Brustbeutel griff.

„Was sagt Ihr?" fuhr ihn Van Brautmantel an.

„Lass deinen Geldsack stecken, Mangalas! Ich werde die Rechnung begleichen." Krishandriels Stimme hatte eine untrügliche Schärfe angenommen.

Dessen ungeachtet grinste der Kapitän so gefällig, als wäre es ihm eine Freude, den Dicken tatsächlich über Bord gehen zu lassen. Sein Atem glich dem eines Drachens, nur roch er nach Zwiebeln und Knoblauch, als hätte er die Gewürzpflanzen in Massen verschlungen. Verunsichert sah sich Mangalas um. Schräg hinter ihm stand Marc Speichendreher, der soeben seine Hemdsärmel zurückkrempelte. Gewaltige, braungebrannte Oberarme, die schmierig im Licht der Sonne glänzten, kamen zum Vorschein.

„Meinetwegen!" stammelte der Magier, während Krishandriel keine Miene verziehend einen Beutel aus seinem Rucksack zog und diesen Van Brautmantel in die Hand drückte. Fieberhaft öffnete der Kapitän den Sparsack und stellte ihn auf den Kopf. So viel blankpoliertes Geld hatte auch er nur selten auf einmal gesehen. Nachdem er die Münzen jedoch zweimal gezählt hatte, brüllte er den Elf an. „Das reicht nicht, es sind nur fünfzig Stück!"

Krishandriel ließ sich jedoch nicht aus Fassung bringen. Leise, gleichwohl klar, erwiderte er: „Zwei Drittel des Geldes habt Ihr soeben erhalten, Kapitän, kommen wir sicher nach Sumpfwasser, erhaltet Ihr die übrige Rate. Mein Wort darauf!"

Die Härte in Krishandriels Worten hatte deutlich zugenommen. Van Brautmantel ließ sich nicht einschüchtern, dennoch beschlich ihn ein unbehagliches Gefühl. So wendete er sich seinen Leuten zu.

„Was glotzt ihr so? Setzt die Segel! Kinsano, du gehst ans Ruder!" Wie fliegende Sägespäne spritzten die Matrosen beiseite. Dann wandte sich Van Brautmantel wieder an Krishandriel. „Meine Männer haben bis auf den Jüngsten alle Familie. Die letzten Fahrten haben uns nur sehr wenig eingebracht! Ihr versteht?" Die deutlichen Worte waren ihm sichtlich schwergefallen, dennoch umspielte ein Lächeln seine Lippen, da er seinen Schatten um etliche Ellen übersprungen hatte.

„Ja, ich verstehe, Kapitän! Legen wir in Sumpfwasser an, bekommt Ihr das restliche Gold. Meine Hand darauf!" Sogleich streckte Krishandriel Van Brautmantel seine Hand entgegen, und dieser schlug ohne zu zögern ein. Damit war der Vertrag besiegelt, und keiner der beiden würde vor Ankunft in Sumpfwasser mehr ein Wort über die Vereinbarung verlieren.

Zwei Reisende hatten dem Spektakel aus sicherer Entfernung zugesehen. Nun kamen sie näher. Kaufleute, die ihre Ware nach Sumpfwasser bringen wollten, mutmaßte Krishandriel. Vermutlich waren es Vater und Sohn.

„Ich hoffe, Ihr bringt keinen Unmut an Bord!" begann der Ältere, dessen lichtes Haar nur noch den Hinterkopf bedeckte, vorsichtig ein Gespräch.

„Sicher nicht!" entgegnete Krishandriel ebenso gelassen wie freundlich. „Aber ich muss so schnell wie möglich nach Sumpfwasser, und da mein Pferd dringend Ruhe benötigt, habe ich mich in letzter Sekunde entschieden, ein Schiff zu nehmen. Gleichwohl kann ich den Kapitän verstehen. Die Art und Weise wie wir den Küstensegler in Beschlag genommen haben, war fürwahr nicht schicklich. Letztendlich konnten wir aber eine Übereinkunft finden." Krishandriel spürte, dass er den Fremden beruhigen konnte.

„Ein schönes Tier führt Ihr mit Euch!" Liebevoll streichelte der Mann den schön geschwungenen Hals des Windläufers, der sich seit seiner Ankunft kaum bewegt hatte.

„Damit habt Ihr wohl Recht, und zuverlässig ist Iser Ibn Said obendrein. Ich wollte ihn für nichts auf der Welt zurücklassen."

„Entschuldigt bitte, ich habe mich noch nicht vorgestellt. Das ist mein Sohn Jil, und ich bin Bert Grafenwald. Wir bringen Winterware nach Sumpfwasser."

„Winterware", mischte sich Mangalas in das Gespräch ein. „Was meint Ihr damit?"

„Nun", entgegnete der Jüngere der beiden, dessen kurzgeschnittenes, blondes Haar einem blühenden Rapsfeld glich, aufgeschlossen. „Wir liefern Kartoffeln, Karotten, Äpfel, Zwiebeln, Knoblauch, Bohnen, Erbsen, Kohl, eben all die Dinge, die man für die kalte Jahreszeit einlagern kann, nach Sumpfwasser."

„Dann dürften wir auf der Überfahrt wohl kaum verhungern!" entgegnete Mangalas frohgemut.

„Das ist gänzlich auszuschließen, da mein Vater ein ganz ausgezeichneter Koch ist", erwiderte Jil Grafenwald umgehend, als hätte er die Antwort schon des Öfteren gegeben.

„Sagt nur! Ihr kocht? Ich koche auch für mein Leben gern", wandte sich daraufhin Mangalas an Bert Grafenwald.

„Essen, Mangalas, nicht Kochen. Essen ist deine große Leidenschaft!" neckte Krishandriel den Magier.

Der Zauberer ignorierte jedoch den Elfen, da ihm der Händler ein uraltes Rezept seiner Heimat näherbrachte. Seine Sorgen waren entflogen, als würde ein Kind Seifenblasen mit dem Hauch seines Atems tanzen lassen.

„Mein Vater hat einen aufmerksamen Zuhörer gefunden."

„Scheint so! Mangalas ist ein echter Pfundskerl." Krishandriel konnte ein schelmisches Schmunzeln nicht verbergen, und dem Sohn des Kaufmanns entfuhr ein Glucksen.

Mittlerweile hatte der Küstensegler die geschützte Hafenanlage verlassen. Im böigen Nordwestwind blähte sich das Segel gewaltig auf. Schäumend teilte sich das aufspritzende Wasser am Bug des Schiffes, und es regnete feinste Gischtperlen auf sie herab. Am Vorderdeck stand Van Brautmantel. Gelassen blickte er auf die Weite des Meeres hinaus. Dann ein Schatten, schnell wurden es zwei, vier, nein, fünf Delphine begleiteten das Boot. Spielerisch leicht, als würden sie von den Wellen getragen, glitten sie durch die tiefblaue See.

Der Einzige, dem die flotte Fahrt nicht sonderlich gefiel, war Iser Ibn Said. Der Windläufer war ständig bemüht, sein Gleichgewicht zu halten. Nachdem ihn Krishandriel mit einem Tuch trockengerieben hatte, brachte er ihm einen Eimer mit Hafer, Karotten und Äpfeln. Schmatzend vertilgte der Vierbeiner die Körner und die Winterfrüchte, die der Elf von Bert Grafenwald bekommen hatte. Bedauerlicherweise gab es an Bord weder Heu noch Stroh, Wasser hingegen war ausreichend mitgenommen worden. Van Brautmantel hatte etliche Fässer mit der wertvollen Flüssigkeit füllen lassen. Insofern konnte auch das Pferd versorgt werden. Krishandriel hatte jedoch in Erfahrung gebracht, dass Van Brautmantel beabsichtigte, am Abend bei einem Einsiedelhof vor Anker zu gehen. Dort konnte er möglicherweise Raufutter für seinen Vierbeiner kaufen.

Am späten Nachmittag erreichten sie die Bucht. Nachdem die Matrosen die Segel eingeholt hatten, ließen sie ein Beiboot zu Wasser. Anwand Doppelrain und Marc Speichendreher brachten den Kapitän, der Räucherfisch und Eier kaufen wollte, und den Elfen an Land. Krishandriel erstand bei dem Bauern sieben Säcke prall gefüllt mit Heu, die er allesamt an Bord zu Iser Ibn Said bracht. Einen Teil des getrockneten Grases gab er dem Pferd sogleich zum Fressen. Gierig machte sich der Vierbeiner über das Futter her.

Zwischenzeitlich hatten Bert Grafenwald und Mangalas einen schmackhaften Gemüseeintopf mit Knoblauch zubereitet. Als Beilage gab es den erworbenen Räucherfisch. Während die untergehende Sonne das Meer glutrot färbte, speisten sie alle gemeinsam an Deck. Nach dem Essen schickte sich Dedrin Lu an, seine Ziehharmonika aus der Kajüte zu holen. Das wiederum veranlasste Mangalas, den Elfen an seine Harfe zu erinnern. Gemeinsam spielten sie „Weidenkätzchen – mein Schätzchen", und Krishandriel brachte bei dem Refrain von „Feengeister – so grün wie Waldmeister" die Matrosen zum Klatschen. Dedrin Lu glänzte mit „Das Rauschen der Wellen", „Oh Rudermann, oh Rudermann", „Schwanken die Planken" und „Mach auf das Fass". In die Refrains stimmten alle mit Gegröle ein.

Zur Freude aller ließ Van Brautmantel fünf Schläuche des vollmundigen Liebeichener Bluttropfens öffnen, der Kehlen und Herzen schier grenzenlos öffnete. Gleichwohl blieb Krishandriel eisern. Den trockenen Rotwein rührte er nicht an. Noch immer sah er das weinende Mädchen vor Augen, das seinerzeit im Turanao um sein Leben gekämpft hatte. Das Unglück würde ihn bis an sein Lebensende begleiten.

Gegen Mitternacht zogen sich Van Brautmantel, Dedrin Lu, Anwand Doppelrain, Marc Speichendreher und die beiden Kaufleute in ihre Kajüten zurück. Kinsano Lopen und Carlesohn Frohglanz tranken jedoch so lange weiter, bis sie die Schläuche bis auf den letzten Tropfen geleert hatten. Dann schwankten auch sie zu ihren Kojen.

Krishandriel und Mangalas waren die letzten an Deck. Nur die plätschernden Wellen, die sanft an die Bordwand klopften, waren zu hören. Weil sich Krishandriel nirgends als unter freiem Himmel den Göttern näher fühlte, wollte er die Nacht an Deck bei seinem Pferd verbringen.

„Hast du den faszinierenden Sonnenuntergang gesehen, Mangalas?"

„Die Sonne geht doch jeden Tag unter."

„Aber die Farben, so intensiv rot, orange, violett! Einfach toll!"

„Alltägliche Geschehnisse, nichts Besonderes."

Kopfschüttelnd holte sich Krishandriel eine Decke und rollte sie auf den Planken des Bootes aus.

„Ich muss mit dir reden, Krisha." Mangalas fühlte sich überhaupt nicht wohl in seiner Haut.

„Was liegt dir auf der Seele?" Entspannt legte sich der Elf auf den Rücken.

„Ich, na ja, ich habe Unvernunft walten lassen!"

„Du? Wie das?" Mitfühlend teilte Krishandriel dem angetrunkenen Magier sein Interesse kund. Dennoch schweiften seine Gedanken zu Janos, Hoskorast, Smalon, Elgin und Saskard ab. Wie würde es nur seinen Kameraden ergehen?

„Ich habe Saskard bestohlen!"

„Was hast du?"

„Den Ring habe ich ihm vom Finger gezogen. Ich dachte, ich bräuchte ihn, um Mira zu beschützen. Aber ich kann ihn nicht verwenden!" Urplötzlich hielt der Magier den Ring mit den züngelnden Flammen zwischen Daumen und Zeigefinger.

Krishandriel meinte zu träumen. „Geht's noch?" brachte er über die salztrocken gewordenen Lippen.

„Nein, vermutlich nicht!" Der Magier starrte über die Reling hinaus ins Nichts.

„Hühnerkram und Morchelschleim!" stöhnte der Elf auf, als er sich des Ausmaßes der Lage bewusst geworden war. „Bist du närrisch geworden?"

„Krisha ... ich bin betrunken!" Erneut führte Mangalas den Becher zum Mund.

„Wie konntest du nur?"

Der Magier schien den Elfen überhaupt nicht wahrzunehmen.

„Gib ihn schon her! Nicht dass du ihn noch ins Wasser fallen lässt." Schaudernd hielt er den Ring in Händen. Hoffentlich waren sie nicht beobachtet worden. Dabei wollte er nur in die Sterne sehen und warten bis ihm die Augen zufielen. Je länger er jedoch über die unerfreuliche Situation nachdachte, desto wütender wurde er. „Und jetzt?"

„Keine Ahnung! Saskard kann ich nicht mehr unter die Augen treten. Vermutlich erschlägt er mich, bevor ich ihm mein Handeln erklären kann."

„Gut zu sprechen wird er jedenfalls nicht auf dich sein."

„Mir bringt der Ring nichts, Krisha! Entweicht meinen Fingern nur ein Funken Feuer, frisst es der Ring in Sekunden auf!"

„Mir könnte das Gleiche passieren!" entgegnete der Elf nachdenklich.

„Dir! Warum dir? Mit Feuermagie hast du doch nichts am Hut!"

Am liebsten hätte Krishandriel Mangalas gewürgt bis er blau anlief, aber würde es ihm Genugtuung bringen? Fortwährend kamen ihm neue Gedanken, eine Lösung fand er aber nicht. Während er sich über sich selbst ärgerte, steckte er den Ring wortlos in seinen Brustbeutel. „Kannst du mir wenigstens erklären, warum du Saskard bestohlen hast? Ich verstehe es einfach nicht!"

„Sagte ich doch schon ... wollte Mira beistehen."

„Weiß Saskard, dass du den Ring entwendet hast, oder weiß er zumindest, wohin du gegangen bist?"

„Ich brauch noch einen Schluck!" Lethargisch stand Mangalas auf. Er wankte, als wäre das Schiff in Seenot geraten.

„Nun bleib doch sitzen, du hast schon genug in der Birne!" Erbost zürnte ihm der Elf.

„Nein ... hihi ... im Bauch! Im Bauch, Krisha!"

„Jetzt reiß dich doch zusammen!" Der Elf war stocksauer, und dies passierte ihm sonst nur, wenn er über längere Zeit nichts zu essen bekam.

Mangalas kicherte ohne Unterlass. Er konnte einfach nicht aufhören, über den Witz zu lachen, den er selbst gerissen hatte. Krishandriel dagegen war nahe daran, seinem Freund ohne Vorwarnung einen Stoß zu versetzen.

„Nun sag endlich! Weiß er, wo er dich finden kann?"

„Glaube nein ... er war doch vergiftet ... möglicherweise weilt er schon in Rurkans Reich. Aber Smalon ... müsste es wissen!"

„Und, was wollten sie tun?" Krishandriel verpasste dem Magier einen Stoß in die Rippen, damit er nicht einschliefe.

„Die Druidin aufsuchen und anschließend nach Fort Biberau weiterziehen!"

„Hühnerkram und Morchelschleim!" Seine Freunde eilten ohne auf ihn zu warten immer weiter. Wie sollte er sie nur einholen?

„Wolltest du nicht zu Farana zurück?" riss ihn Mangalas aus seinen Gedanken.

„Erwähne Farana nicht mehr. Sie hat mich verhext, das falsche Luder!" Kaum hatte er seine Freundin beschimpft, tat es ihm aber auch schon wieder leid.

„Verhext?!" Mangalas verstand nicht, und obendrein war es ihm auch einerlei. Wenn sich sein Kopf nur nicht ständig wie ein Kreisel drehen würde. Er musste sich hinlegen. Als er sich jedoch zur Ruhe begeben wollte, zog ihn Krishandriel am Hemdskragen wieder hoch. „Was willst du denn noch?" regte sich der Magier auf.

„Erzähl mir, was in den letzten Tagen vorgefallen ist!"

„Bei den Göttern, du nervst!"

„Nun?" forderte ihn Krishandriel erneut zum Sprechen auf.

„Kaum hatte ich Sumpfwasser verlassen, wurde ich schon verfolgt."

„Verfolgt?!" Schlagartig spannten sich des Elfen Nerven, als wären es die Zügel eines durchgehenden Pferdes. „Untote?"

„Nein ... äh ... ich weiß es nicht. Es stellte sich für mich eher die Frage, was hat mich angegriffen."

„Bitte?!" Krishandriel raufte sich die Haare. „Nun erklär dich schon!"

„Es war ein Allerweltsliebchen, aus Liebeichen von den Hängenden Trauben, und dennoch ... Sie hatte das Maul eines Panthers. Riesige Zähne ... verstehst du?"

Krishandriels Mund war so trocken wie die Wüste Ours. „Das heißt", krakeelte er, „sie suchen den Ring der Flammen!"

„Diese Eventualität habe ich auch schon ins Auge gefasst!" Mangalas grinste, als wenn ihm ein Licht aufgegangen wäre, wenngleich Krishandriel mutmaßte, er hätte den Verstand verloren.

„Auf der Glitzersee sollten wir sicher sein, denke ich!" philosophierte der Elf, wenngleich ihm mulmig wurde, wenn er nur daran dachte, was alles geschehen konnte, hatten sie erst wieder festen Boden unter den Füßen.

„Krisha, es ist ... ich habe noch ein Problem!"

„Hm?" entgegnete Krishandriel geistesabwesend.

„Du brauchst dir um mich keine Sorgen mehr zu machen, in Kürze werde ich eh in den Hof der Götter einziehen!"

„Über den Tod macht man keine Späße, Mangalas", entgegnete Krishandriel ärgerlich.

„Mach ich doch nicht! Aber es ist wahr. Mein Ende naht!"

„Hör auf!" zischte Krishandriel, als würde seine Stimme mit einem Eimer Wasser gelöscht werden.

„Das ist kein Schabernack!" Aufgebracht zog Mangalas sein Amulett unter dem weißblau karierten Hemd hervor und hielt es dem Elfen unter die Augen. Der Buchstabe M glühte, als hätte weißes Feuer von ihm Besitz ergriffen, und die Flammen streckten ihre Zungen bereits nach dem grün schimmernden Dolch aus. Es schien nur eine Frage der Zeit zu sein, bis auch der blankpolierte Knochenberg in dem grellen Licht vergehen würde.

„Fällt dir etwas auf?"

„Wenn du mich so fragst, schon! Der Adler mit dem silbernen Ring im Schnabel und die Flagge des Küstenseglers sind eins." Krishandriel verstand selbst nicht, was er soeben von sich gab.

„Die Götter wollten, dass ich den Segler besteige! Eine Art Vorbestimmung!"

„Mangalas, du spinnst! Wo ist die Logik?"

„Ich weiß nicht. Götter lassen sich nicht in die Karten blicken."

„Warum wirfst du das Amulett nicht einfach über Bord?"

„Weil es nichts bringt!" Mangalas wirkte urplötzlich sehr nüchtern. „Auch wenn ich das verdammte Ding ins Wasser werfe, werde ich krepieren! Meine Seele ist an das Amulett gebunden. Warum oder wieso weiß ich aber nicht!" Aufgebracht lehnte sich der Magier an die Wand in seinem Rücken.

„Und Hilfe gibt es keine?" erkundigte sich Krishandriel besorgt nach dem Befinden des Magiers.

„Vielleicht könnte mir die Hexenmagierin aus Larxis weiterhelfen. Aber wie soll ich sie in der Steppe von Larxis je finden?" Seufzend ließ der Magier seinen Kopf hängen. „Ich werde von außen nach innen verbrennen, einen Schrakier lang könnte ich aber noch leben!"

Krishandriel wusste, dass Mangalas erfahrungsgemäß tiefste Löcher sah, wo nicht einmal ein Spatenstich getan worden war, aber heute schienen die

Worte aus seinem Ich zu fließen. „Gibt es einen Ausweg?" forschte der Elf nach weiteren Informationen.

„Mich zieht es gen Norden. Vielleicht bringt es was, vielleicht aber auch nicht!"

„Warum machen wir uns dann nicht auf den Weg?"

„Weil ... Warum eigentlich nicht? Eine Chance ist eine Chance! Und zu verlieren habe ich eh nichts mehr!"

„Ich werde dich begleiten. Wenn die Götter schon zu deiner Geburt das Schiff in ihrer Planung vorgesehen haben, stellt sich für mich die Frage, warum bin ich dann an deiner Seite?" Krishandriel hörte in sich hinein. Vieles schien möglich zu sein. Da er seinen Freunden momentan sowieso nur hinterherrannte, konnte er gleich eine neue Richtung einschlagen. Während er den Sinn der Prophezeiung zu deuten versuchte, schlief der Magier neben ihm ein. Nach kurzer Überlegung drehte auch er sich zur Seite, schloss seine turmalingrünen Augen und lauschte den Wellen, bis die Träume erwachten.

Als der Morgen dämmerte und die Sonne die Schatten der Nacht verbannte, weckten ihn schnarchende Geräusche, die wie Donnerhall klangen. Völlig gerädert stand Krishandriel auf. Hatte er überhaupt geschlafen? Er meinte, ständig nur Befehle an Untergebene erteilt zu haben. „So ein Unsinn!" murmelte er müde. Dennoch beschlich ihn ein Gefühl, der Wahrheit nahe zu kommen, aber sein logischer Verstand sagte ihm, er müsse vollkommen närrisch sein.

An Deck war es ruhig. Nur das Wasser klopfte leise im Takt der Wellen an die Schiffswand. Um seine wirren Gedanken abzukühlen, sprang Krishandriel kopfüber in das tiefblaue Nass der Glitzersee. Er kraulte ans Ufer, bis er Sand unter den Füßen spürte. Insgesamt zehnmal legte er die Strecke zurück, dann fühlte er sich gut. Erschöpft kletterte er über eine Leiter aus Hanf wieder an Deck.

Kaum war er an Bord, stupste ihn Iser Ibn Said mit seiner weichen Schnauze an. Der Windläufer hatte Hunger, spürte Krishandriel intuitiv. Er schüttete dem Pferd eine Ration Heu auf die Planken, bevor er sich selbst zwei Scheiben Brot aus der Kombüse holte und diese mit Wiesländer Käse belegte. So zeitig hatte er in den letzten Wochen selten gespeist, dennoch glaubte er, in der Stille des Morgens die Kraft für den Tag zu schöpfen. Als der glühende Ball in den Himmel stieg, legte sich Krishandriel am Bug des Seglers in ein Netz aus Leinen. Dort verloren sich seine Strategien in den wärmenden Strahlen der Sonne.

Zwei Stunden später erwachte das Leben. Carlesohn Frohglanz ging es entsetzlich schlecht. Er sah so bleich und blass aus wie ein Untoter. Nach einem Bad in den Wellen kehrten jedoch auch seine Lebensgeister wieder zurück. Während die Mannschaft ihr Essen zu sich nahm, jonglierte Krishandriel mit drei bunten Bällen. Es bereitete ihm sichtliches Vergnügen, die leuchtenden Farbkleckse wie ein Barde in die Luft zu schleudern, sie aufzufangen und erneut ins Blau zu werfen. Blitzartig folgten die Bälle seinen flinken Bewegungen, als wären sie an einer unsichtbaren Schnur aufgefädelt worden. Anerkennende Blicke folgten ihm, bis er seinen Händen eine Pause gönnte.

Eine Stunde später waren sie wieder auf Kurs. Wenn es der Wind weiterhin so gut mit ihnen meinte, würden sie Sumpfwasser vermutlich schon in zwei Tagen erreichen. Gegen Mittag zogen jedoch Wolken auf, die ein böiger Südwind vom Land her trug. Skeptisch beobachtete Van Brautmantel den Himmel.

„Zieht ein Sturm auf?" Krishandriel spürte ein ungutes Gefühl durch seine Adern kriechen.

„Ich weiß es nicht!" Sorgenfalten wölbten sich auf der Stirn des Kapitäns. „Bis vor kurzem hatte es nicht den Anschein, dass ein Unwetter naht, meist ist die See um diese Jahreszeit friedlich und ruhig. Erst wenn der eisige Südwind Kälte und Schnee von den Bergen mit sich führt, brauen sich schwere Orkane über der Glitzersee zusammen. Dafür scheint es mir aber noch zu früh im Jahr zu sein."

Gleichwohl erkannte Krishandriel, dass die Wolken beträchtlich schnell in die Höhe wuchsen. Am späten Nachmittag war der Himmel so schwarz wie das Gefieder von Raben. Dessen ungeachtet war kein einziger Vogel zu sehen.

„Sollten wir nicht einen Hafen ansteuern?" fragte Bert Grafenwald sichtlich beunruhigt den Kapitän.

„Einen Hafen gibt es nicht. In Kürze erreichen wir allerdings eine geschützte Bucht. Dort werden wir Zuflucht suchen, bis der Sturm vorübergezogen ist."

Überzeugen konnte er den Händler jedoch nicht. Sorgenvoll beobachtete Bert Grafenwald auch weiterhin die rasch ziehenden Wolken.

Wenig später tauchten erste blassgraue, glatzköpfige Felsen in der aufgewühlten See auf, und zwischen den Barrieren wölbten sich Riffe an die Oberfläche, die bei ruhigem Seegang leicht zu sehen waren, nun jedoch kaum ausgemacht werden konnten. Das Schiff befand sich in einem Irrgarten, nur ein falscher Rudereinschlag und Silvana würde auf Grund laufen oder an einem Felsen zerschellen.

„Hoffentlich ist uns Gott Reemar gut gesonnen." Bert Grafenwald sprach aus, was alle dachten. Doch der Kapitän dirigierte sein Schiff so unglaublich sicher an all den Unterwasserhindernissen vorbei, als würde sich in seinem Kopf eine Seekarte jedes einzelnen Riffs befinden. Nach nervenaufreibender Zickzackfahrt erreichte der Segler eine windgeschützte Bucht. Nur leicht kräuselte sich an ihrem vorgesehenen Ankerplatz das Wasser. Sanft rollten die Wellen über feinem Sand aus. Krishandriel sah sich schon am Ufer in der Sonne liegen. Plötzlich streckte ein grau geschupptes, drachenähnliches Wesen seinen Kopf durch die dunklen Wolken. Kaum hatte es den Segler entdeckt, stürzte es sich kreischend in die Tiefe. Marc Speichendreher, der gerade das Segel einholen wollte, fiel vor Schreck über Bord.

„Lindwürmer!" brüllte Mangalas und zeigte zum Himmel hinauf. Dort waren mittlerweile vier weitere, gellend schreiende Kreaturen erschienen. Van Brautmantel, der den zuerst gesehenen, riesigen Lindwurm direkt auf sich zukommen sah, drehte das Ruder wie wild nach links – bis zum Anschlag –, dann krachte es.

Als Mangalas unvermittelt Hoskorasts entstelltes Fratzengesicht auf dem Rücken des Lindwurms erblickte, wusste er, dass der Flammenring sie zu ihnen geführt hatte. Hinter dem Zwerg saßen fünf Skelettkrieger, die sehnlichst darauf warteten, endlich in den Kampf eingreifen zu können.

Am schnellsten erfasste Krishandriel die Situation. „Wir müssen raus aus der Bucht!" schrie er dem Kapitän zu.

„Seid Ihr verrückt? Das schaffen wir nie!" Der Küstensegler drehte sich nach dem Einschlagen des Ruders beinahe auf der Stelle. Der kolossale Lindwurm machte die Bewegung des Schiffes jedoch einfach mit. Unvermittelt war er geradewegs über ihnen. Mit seinen mächtigen Fängen packte er den beweglichen Baum. Als die Spannung zu groß wurde, entglitt das Holz wieder seinen Krallen. Wie die Sehne eines Bogens schnellte der Baum zurück und krachte mit voller Wucht auf die Brust des jungen Kaufmanns, der über die Reling katapultiert wurde. Weit kam er nicht. Blitzschnell packte der Lindwurm zu. Er trug den Unglückseligen hinauf zu den Wolken und ließ ihn über Land wie einen Stein fallen.

Entsetzt schrie Bert Grafenwald auf, als sein Sohn dumpf auf den Boden schlug. Ehe Krishandriel eingreifen konnte, stürzte sich der Händler in die See, um seinem Sohn beizustehen.

Der Küstensegler drehte sich jedoch nach wie vor wie ein Kreisel auf dem Tisch eines Jahrmarktmusikanten. Bert Grafenwald hatte nicht den Hauch einer Chance. Gleichermaßen zermalte der Rumpf des Seglers Korallen, Steine und den Leib des Kaufmanns unter sich. Als sich das Schiff schon beängstigend weit zur Seite gelegt hatte, blähte der Wind das Segel zu voller Größe auf. Wie ein galoppierendes Rennpferd schoss das Boot davon.

Für Iser Ibn Said war der zweite heranstürzende Lindwurm einfach zuviel. Von Panik getrieben sprang er über Bord. Krishandriel konnte seinem geliebten Freund nur bestürzt hinterherblicken. Mit einem Freudenschrei sprang Hoskorast von fünf Skeletten begleitet dem Deck entgegen. Einer der Krieger krachte auf die Reling. Unter der Wucht des Aufpralls splitterte sein Fuß. Jählings schleuderte es ihn über Bord. Mit einem gurgelnden Laut versank er im Meer.

„Auf sie!" brandete Krishandriels Stimme über Deck. Dann zog er sein Schwert, um sich Hoskorast zu stellen.

Kapitel 16

Ein Hauch von Tod

Tions Männer lagen versteckt im Dunkeln und warteten auf den Anbruch des Tages. Tags zuvor hatten sie sich von den Alten, Gebrechlichen, Schwachen, Frauen und Kindern getrennt. Sirko führte sie durch den Farnwald, um ihre Verfolger in dem unzugänglichen Gebirge abzuschütteln. Eine Strecke von sechshundert Schritten waren sie durch einen kristallklaren Bach gewatet, an dessen Ursprung sie sich von einem Felsplateau in tiefer gelegenes Grasland abgeseilt hatten. Drei Viertel des Tages hatte es gedauert, bis alle unten angekommen waren. Letztendlich hatten sie sämtliche Spuren verwischt, waren durch das sandige Bachbett zurückgelaufen und lockten die Untoten über steinigen Grund auf eine falsche Fährte. Im Gänsemarsch liefen sie den Berg empor, bis sie einen erloschenen Vulkan erreicht hatten. Dort planten sie, den Spieß umzudrehen und den Jägern aufzulauern.

Bis sich die Sterne zeigten, hatte Tion seinen Männern eine Stellung zugewiesen, die im Anschluss von jedem Einzelnen bestmöglich ausgebaut wurde. Die Nacht verbrachten die Elfen halb schlummernd, halb wachend. Als es zu dämmern begann, blickten sie auf eine felsige Geröllhalde hinab, auf der nur ein paar Büsche gediehen. An dem steilen Hang krabbelten feine Nebelschwaden wie langbeinige Spinnen empor, die ihr perlendes Nass auf Gräsern und Steinen fallen ließen. Fünfhundert Schritte oberhalb ihres Verstecks lag bereits der erste Schnee. Selbst kreisende Falken hätten die Elfen kaum ausgemacht.

Da Wiendariel im Tal der Elementarbeschwörer geboren war und seine Kindheit an dem mächtigen Vulkanberg verbracht hatte, kannte er die Gegend wie seine Westentasche. Gemeinsam mit Tion und Rinje hatte er alles für eine schnelle Flucht vorbereitet, und über die bereits verschneiten Pässe gab es keine Möglichkeit mehr, seine einstige Heimat zu erreichen.

Allmählich wandelte sich das fahle Licht, und es wurde heller. Die Sonne kam jedoch nicht zum Vorschein. Dicke, graue Wolken hatten sich vor den leuchtenden Stern geschoben. Vermutlich würde es noch etliche Stunden dauern, bis die Strahlen das graue Bollwerk löcherten. Soeben schickte sich ein Murmeltier an, den morgendlichen Tag auf einem Felsen liegend zu begrüßen. Möglicherweise spürte es, dass die wärmenden Strahlen der Sonne den dichten Teppich am Himmel doch durchdringen konnten. Auch Vögel stimmten erste Lieder an, und Tautropfen sickerten in den karstigen Grund, als wäre der Boden ein ausgetrockneter Schwamm. Nachdem der Tag seinen Anfang genommen hatte, zwängten sich einzelne Strahlen durch die in Bewegung geratenen Wolken. Das Murmeltier schien die auftretende Wärme zu genießen. Unvermittelt huschte es jedoch zwischen zwei Felsen in ein Loch, als hätte es einen Adler gesichtet.

Tion griff nach seinem Bogen. Der Nager war ihm zu hastig aufgesprungen. Plötzlich hörte er im tiefergelegenen Wald Stimmen. Irgendwer folgte ihrer ausgelegten Spur. Es war jedoch Iselind, begleitet von zwei Füchsen, die aus dem Schatten einer knorrigen Bergkiefer trat. Der schwarzhaarigen Elfin folgten Farana und eine ihm unbekannte, rothaarige Frau, die sich vor Erschöpfung kaum mehr auf den Beinen halten konnte. Ein Knabe, kaum größer als ein Bogen, begleitete sie.

„Bei allen Göttern, Iselind, Farana?" Tion war überrascht. Dabei hätte er doch mit ihnen rechnen müssen. Iselind schien seine Gedanken zu erraten.

„Wir sind eurer Spur gefolgt!" gestand sie fröhlich. Die schwarzhaarige Frau verstand nicht, warum der Lagerführer so betreten dreinschaute.

Tion schalt sich einen Narren. Er dachte, Iselind würde ihrer eigenen Bestimmung folgen, indessen war sie ihm nur nachgelaufen. Mittlerweile hatten sich etliche Elfen erhoben und schäkerten mit den heraneilenden Frauen. Der Lagerführer lief ihnen ein Stück entgegen. Knurrend stellten sich ihm die Füchse in den Weg.

„Grauohr, Blauauge! An meine Seite, aber sofort!" Winselnd gehorchten die Rüden Iselinds Befehl.

„Wen hast du mitgebracht?" Forschend blickte Tion auf die rothaarige Frau, die nach Luft ringend auf einem Felsen Halt gemacht hatte.

„Mira Lockenrot, eine Wirtin aus Sumpfwasser!"

„Braut sie gutes Bier?" Tion war verärgert.

Mit einem Seitenblick auf Mira, die allmählich wieder ihren Atem fand, erwiderte Iselind forsch: „Ich musste sie mitnehmen, ihre Träume trieben sie direkt in meine Arme. Möglicherweise kann uns ihre Fähigkeit nützlich sein."

„Aber du übernimmst die Verantwortung für sie, verstanden?"

Iselind nickte. Obwohl Tions scharfer Ton ihren Herzschlag in die Höhe trieb, wagte sie es nicht, ihm zu widersprechen.

„Krisha geht es gut", lenkte sie ein. „Ich soll dir schöne Grüße von ihm ausrichten."

Doch Tions Grundstimmung änderte sich nicht. Es schien, als wandle Iselind auf dünnem Eis. „Wird mein Sohn endlich erwachsen?"

„Denke schon!" entgegnete die Elfin wachsam und spitzte die Lippen.

Erfreut war Tion dennoch nicht.

„Wo sind eigentlich die Frauen?" brachte Iselind einen weiteren Gedanken in das Gespräch ein.

„Und mein Vater?" Augenblicklich trieb Farana einen Keil in die eben entstandene Kerbe.

„Sie sind auf dem Weg zu unseren Nachbarn, den Elementarbeschwörern. Nicht einmal du, Iselind, hast bemerkt, dass wir uns im Farnwald getrennt haben." Tion lächelte erhaben.

Erstaunt sah Iselind auf. „Nein, habe ich nicht ... obwohl ... ich meine mich zu erinnern, dass Blauauge und Grauohr verwirrt wirkten. Nur wusste ich den Grund nicht zu deuten."

Freundschaftlich strich Tion durch Faranas lockige Haare, dann eilte er zu Mira, die nach wie vor auf dem Felsen saß und ihren strömenden Schweiß mit einem Tuch abwischte. Sogar ihrem Sohn ging es offensichtlich besser.

„Wer bist du?" erkundigte sich Tion bei dem Knaben.

„Joey!" entgegnete der Junge tapfer, als ihn die grauen Augen Tions fixierten.

„Und dies ist deine Mutter?"

„Ja", entgegnete Joey knapp. Mehr Worte fand er nicht. Mira plapperte jedoch wie ein überkochender Kessel los.

„Ich muss vollkommen närrisch sein! Ich begebe mich ohne ersichtlichen Grund in die Wildnis und weiß nicht warum oder weshalb! Helft Ihr mir bitte hoch?" Zwinkernd kokettierte Mira mit dem streng auf sie hinabblickenden Lagerführer und hoffte auf Milde. Mit seiner Antwort zerstörte er jedoch das letzte bisschen Romantik, das noch in ihren Adern weilte.

„Ihr seid zu beleibt und tragt zuviel Gewicht auf Euren Rippen! Das geziert sich nicht! Die Götter haben Euch mit einem einzigartigen Körper ausgestattet, Ihr seid ihnen zu Dank verpflichtet. Aber was tut Ihr? Ihr quält Euren Leib mit Fleisch, Alkohol und Wohlstand und erwartet als Dank dafür, ein langes Leben geschenkt zu bekommen. Bewegt Euch gefälligst den Hang hinauf!" Tion war nur selten gut auf Menschen zu sprechen, und Mira Lockenrot bekam seine Launen zu spüren, als würde eine Peitsche ihren Rücken malträtieren. So jedenfalls hatte noch kein Mann gewagt, mit ihr ins Gericht zu gehen. Dabei hatte sie es beileibe nicht leicht gehabt. Zorn wallte in ihr hoch. Ihre Wangen färbten sich blutrot. Am liebsten hätte sie diesem blasierten Kerl die Meinung gesagt und ihn zurechtgewiesen, aber sie befürchtete, eine schallende Ohrfeige versetzt zu bekommen. „Komm, Joey, wir sind hier nicht erwünscht." Sie nahm ihren Sohn bei der Hand und krabbelte den steilen Hang mit Händen und Füßen empor. Schon nach zehn Schritten glaubte sie, die Lunge würde ihr aus dem Leib springen, so elend war ihr zumute.

Kopfschüttelnd schaute ihr Tion hinterher. Sein Blick folgte dem Pfad, den sie nehmen musste. Am Kraterrand stand Lysal, der aus heiterem Himmel einen Pfeil auf den Bogen legte. „Da!" schrie er. „Seht nur!" Schon sirrte seine Sehne.

Lysals Schuss hatte Tiramir hinter eine knorrige Kiefer getrieben. Überall waren Skelette zu sehen. Sie mussten den Frauen gefolgt sein, schoss es Tion durch den Kopf. Klappernd hüpfte ein Pfeil neben ihm über die Steine hinweg.

„Weg hier, beeilt euch!" schrie er. Dann raste er los. Nach zwei Schritten hatte er Farana eingeholt, die ebenfalls den Berg emporhastete. „Lauf, nun lauf doch!" trieb er die Elfin an. Obwohl Tion wesentlich älter war als die meisten seiner Männer, stand er den Jungen in nichts nach. Er griff Faranas Hand und zog sie hinter sich her. Immer wieder rutschte die brünette Frau auf dem lockeren Boden weg. Mira erging es nicht besser, Iselind dagegen hatte Joey vor sich an die Brust gedrückt und lief erstaunlich flink den Hang nach oben. Leichtfüßig, als schwebe sie über die Steine, ließ sie auch Tion hinter sich zurück.

Unterdessen hatten Wiendariel und Rinje schon je zwei Skelette von den Beinen geholt. Aber es drängten unglaublich viele Untote nach. Drohend schwang ein riesiger Krieger seine eiserne Klinge, und es schwirrten mehr und mehr Pfeile den Berg herauf.

Farana ächzte wie eine betagte Eiche. Ihr Herz jagte so laut, dass Tion befürchtete, es würde aus ihrer Brust springen.

„Hölle und Verdammnis!" schrie Lysal.

Tiramir hatte hinter einer Kiefer Stellung bezogen und nahm Tion unter Beschuss. Doch Rinje und Wiendariel nagelten ihn mit Pfeilen hinter dem knorrigen Baum fest.

„Ich krieg dich schon!" kreischte Tiramir. Sein irres Lachen hallte wie brechendes Eis.

Keuchend warf sich Iselind mit Joey im Arm am staubigen Rand des Kraters auf den Boden. Blauauge winselte, als wäre sie getroffen worden, und Grauohr tippte mit seiner Tatze nach Iselinds Arm.

„Lass nur, ich komm schon wieder hoch!" hörte sich die Schwarzhaarige selbst Mut zusprechen.

„Hallo Isa, nett dich zu sehen." Lysal warf sich in Pose, um der rassigen Schönheit zu imponieren.

„Pass nur auf dich auf! Tiramir ist ein nicht zu unterschätzender Gegner", entgegnete sie.

Auch Wiendariel und Rinje hatten sich durch Iselind ablenken lassen. Den Augenblick der Unachtsamkeit nutzte Tiramir unweigerlich aus. Aus der Hüfte jagte er den ersten Pfeil den Berg empor. Das Geschoss durchschlug Tions linken Oberarm, der durch den plötzlich auftretenden Schmerz Faranas Hand freiließ, sodass die Elfin den Hang wieder hinabrutschte.

Gleichzeitig sprangen Rinje, Wiendariel und Lysal aus ihrer Deckung, um Farana und Tion beizustehen. Der jüngere, sehr viel kräftigere Rinje packte den Lagerführer und riss ihn hinter einen Felsen. Der Pfeil hatte Tions Oberarm durchbohrt. Mit einem Schnitt trennte Rinje die Spitze mit dem Widerhaken vom Schaft des Pfeils. „Beiß deine Zähne zusammen!" Ein Ruck und er hatte das Geschoss aus dem verletzten Arm gerissen. Teuflische Schmerzen fuhren bis in Tions Gehirn hinauf. Erschöpft schnappte der Festungskommandant nach Luft.

Währenddessen war Farana auf Mira gerutscht und hatte die Wirtin zu Fall gebracht. Als die beiden wieder hochkamen, waren Lysal und Wiendariel schon zur Stelle. „Kommt schon!" brüllte der Elfenjunge. Sieben Schritte mussten sie zurücklegen. Sieben verdammt weite Schritte.

Tiramirs zweiter Pfeil traf Wiendariel in den Rücken. Lautlos brach der Elf in sich zusammen. Mira spürte, wie seine Hand einfach entschwand. „Ah!" schrie sie auf und kroch wie von Sinnen weiter. Rinje packte sie und zog sie in Deckung. Mit blutigen Händen kam Mira neben Iselind auf dem Bauch zum Liegen. Obwohl Tiramir in ein Kreuzfeuer geriet, bewegte sich der Elf geschmeidig wie eine Katze. Nicht eine Sekunde weilte er an der gleichen Stelle, und wieder sirrte seine Sehne.

Farana fiel das Sprechen schwer. Es war ihr letzter Gedanke. Mit durchschlagenem Hals sackte sie neben Wiendariel zu Boden.

„Nein!" schrie Lysal heulend auf. „Nein!" Fieberhaft brachte sich der junge Elf selbst wieder in Sicherheit, da etliche Geschosse summend wie Hornissen über ihn hinwegflogen. Tränen liefen ihm über sein junges Gesicht. Er wusste, dass selbst mit Gott Kanthors Hilfe Farana nicht mehr zu retten war.

Tion kochte vor Wut. Er ärgerte sich maßlos, dass er in eine so offensichtliche Falle getappt war. Die Frauen hatten ihn abgelenkt. Von Selbstzweifeln geplagt, rappelte er sich hoch, um das Kommando zu übernehmen.

Derweil schmolzen Iselinds Augen zu Wasser. Auf schreckliche Weise hatte sie der Krieg eingeholt. Der Schock lähmte all ihre Glieder. Neben ihr auf einem blanken Stein lag Mira. „Wir werden sterben!" schluchzte die Wirtin immer und immer wieder.

„Schon möglich", entgegnete Iselind tonlos, während sie ihre geröteten Augen rieb.

Mittlerweile hatten sich alle Elfen in Sicherheit gebracht. Rinje und Lysal ließen den Baum, hinter dem sich Tiramir versteckt hatte, nicht mehr aus den Augen. Gelegentlich holten sie ein unvorsichtiges, ins Freie tretendes Skelett von den Beinen. Der Kiefernwald schien vor Untoten nur so zu wimmeln.

Tion überlegte, was zu tun sei. Ob Tiramir Elitekämpfern befahl, sie zu umgehen? Kämen sie in ein Kreuzfeuer, konnte es für seine Männer schnell zu Ende gehen. Und in einem Kampf Mann gegen Mann rechnete sich Tion keine Chancen aus. Als die Bögen kurzfristig ruhten, verband Iselind seine Wunde. Mit einem heilenden Trank konnte sie auch den Blutfluss der Verletzung stoppen. Mira aber ahnte, dass dieses Lebenselixier Tion und ihrer aller Leben nur kurzfristig verlängern würde. Was sollte nur aus ihnen werden?

*

Unter ohrenbetörendem Lärm rückten Aseannas Krieger vor. Sie hatten sich sicher hinter magischen Riesenschilden versteckt. Ein Blitz hatte Fort Biberaus Tor gespalten, jedoch nicht gebrochen. Als Sandro Aceamas den Befehl zum Schießen gab, erhoben sich nahezu eintausend Pfeile gleichzeitig in den orangefarben leuchtenden Nachthimmel. Doch nur sehr wenige Geschosse trafen ihr Ziel, und das Ende der untoten Heerschar war nicht abzusehen. Vereinzelt stürzten die Angreifer in die mit Schilf bedeckten Gruben. Doch es rückten unzählige Skelette nach, und die Gefallenen waren nicht von Belang. Als sich die untoten Krieger den weiß markierten Steinen näherten, ließ Sandro Aceamas die Gräben mit Öl fluten. Gluckernd waberte das Öl aus den Fässern. Kaum hatten die ersten Brandpfeile die Gruben in Brand gesetzt, schossen grellgelbe Flammensäulen wie Geysire empor.

Als sich die magischen Schilde auflösten, stockte der Vorstoß der angreifenden Truppen. Pfeile erhoben sich in den Himmel. Wie von Sensen geschnittenes Gras mähte es die untoten Krieger nieder.

„Feuer!" befahl Aseanna, und hunderte von Skeletten ließen ebenfalls ihre Sehnen sirren.

„Rammbock voraus!"

Ein Baum, angespitzt wie ein übergroßer Pfeil, wurde von fünfzig Skeletten auf einem Wagen zum Tor gerollt. Da die brennenden Gräben nicht durchgängig angelegt worden waren, brachten die Untoten das Gefährt über Umwege wieder auf die Straße zurück. Donnernd raste der Rammbock dem Tor entgegen.

„Der Wagen! Schießt die Skelette nieder!" grollte Ritter Uslan von Rosenlinds Stimme über den Palisadenzaun hinweg. Smalon holte zwar pro Schuss einen Untoten von den Beinen, dennoch verlor das Gefährt kaum an Geschwindigkeit. Krachend bohrte sich der Rammbock durch das lädierte Tor. Wirklich brechen wollte der Durchgang aber dennoch nicht. Durch die Spalten und Lücken der geborstenen Bretter rutschten Sandsäcke ins Freie. Saskard meinte, einen eingestürzten Minengang vor seinen Augen zu haben. Der Wagen war um die Hälfte geschrumpft, aber die Spitze des Baumstamms ragte in den Innenhof des Forts, als wolle er ein Zeichen setzen. Während Aseannas Bogenschützen die Verteidiger hinter den Palisaden in Deckung zwangen, rückten weitere Skelette vor.

Indessen stürzten sich im Hafen die Lindwürmer auf die beflaggten Schiffe. Mit ihren riesenhaften Klauen rissen sie Masten aus der Verankerung und knickten Rahen wie Kienspane. Bei ihren Attacken setzten sie auch Krieger auf den Piers im Rücken der Verteidiger ab. Als Sandro Aceamas von den Einheiten erfuhr, schickte er zwei seiner schnellen Einsatzverbände an den Hafen. Alsbald hatten die Verteidiger die Skelette erschlagen. Ihren einzigen verbleibenden Fluchtweg mussten sie sich freihalten. Koste es, was es wolle!

Das erste Skelett, das den Palisadenzaun überwinden konnte, fand seinen Tod durch Sandro Aceamas. Der Kommandeur schwang seinen Zweihänder mit tödlicher Präzision. Wo auch immer er auftauchte, brachen Gliedmaßen entzwei. Schon bald hatte seine Klinge einen weißen Schimmer aus dem Mark der geborstenen Gebeine angenommen. Dennoch dauerte es nicht lange, bis auf den Palisaden ein Gefecht tobte. Saskard streckte mit seiner

Axt ebenso viele Angreifer wie Sandro Aceamas nieder, und der Halbling ließ seinen todbringenden Pfeilen freien Lauf. Die Flut der Angreifer ließ jedoch nicht nach.

Unversehens glühte der Himmel im Westen. Hunderte von Brandpfeilen zogen einen glühenden Schweif hinter sich her, als wären es Kometen. Von scheppernd bis lautlos schlugen sie in die Dächer der Unterkünfte ein, und überall fand das Öl Nahrung. Rasch breiteten sich die Flammen auf den reetgedeckten Dächern aus. An manchen Stellen konnten die Brände mit Wasser oder Sand noch während der Entstehung gelöscht werden, aber es waren einfach zu viele Pfeile, die auf die Gebäude niederregneten. Binnen kurzem fegte eine Feuerbrunst über die Häuser hinweg. Um die Pferde zu retten, öffneten die Soldaten die Boxen der panisch wiehernden Vierbeiner.

Als Sandro Aceamas gewahr wurde, dass Fort Biberau nicht mehr zu halten war, rief er Smalon zu sich. „Lass die Tauben frei!" Der Halbling, der sehnlichst auf diesen Augenblick gewartet hatte, ließ den Bogen sinken und öffnete einen Käfig. Blitzschnell waren die Tauben in der Schwärze der Nacht verschwunden. Sie wussten genau, wohin sie zu fliegen hatten. Über Jahre hinweg waren sie ausgebildet worden, und in nur wenigen Minuten sollten sie ihr Ziel bei den Grotten erreichen. Botschaften führten sie keine mit sich, sie allein waren schon Nachricht genug.

„Smalon, es wird zu gefährlich für dich! Verschwinde! Wir treffen uns am Hafen." Der Halbling nickte. Er sprang zur Leiter und hastete die Sprossen hinab. Kaum im Hof angekommen, musste er einem wild heranpreschenden Hengst ausweichen. Die Augen des Vierbeiners flackerten Irrlichtern gleich. Aufgeregt jagte das Tier in anderer Richtung davon. Smalon rannte los. Von rechts kam ihm ein Skelett mit schwingendem Schwert entgegen. Zeit zum Überlegen gab es nicht. Fieberhaft schickte er einen rotgefiederten Pfeil auf den anstürmenden Untoten. Das Geschoss sprengte den Unterkiefer des Kriegers. Stürzend blieb das Skelett vor seinen silbrig goldenen Schuhen im Sand des Forts liegen. Zu seiner linken Hand stürzte eine in Flammen stehende Scheune wie ein Kartenhaus in sich zusammen. Auf der anderen Seite des Exerzierplatzes trampelten fünf Rappen über einen Soldaten hinweg. Im Zickzack, jedem Hindernis ausweichend, rannte Smalon weiter, einzig sein Pony vor Augen. Auch Saskard, Janos und Elgin, sogar sein Rucksack, entfielen seinen Gedanken. Beidseitig einer Gasse brannten lichterloh die Dächer. Er hastete an einer Schmiede und an einer verlassenen Koppel vorbei, dann stand er am Kai. Die zur Ablenkung aufgestellten Schiffe waren allesamt zu Bruch gegangen, aber seetüchtig waren sie eh nicht gewesen. Es war still im Hafen geworden. Die Lindwürmer waren abgezogen und attackierten nun die Bogenschützen auf den Palisaden. Auch Sandro Aceamas' schnell eingreifende Einsatztruppe war zu anderen Orten gerufen worden.

An Pier eins und zwei konnte kein Schiff mehr anlegen, zu viele Trümmer schwammen im Wasser, aber am Pier drei gab es ausreichend Platz. Nur – würden die Schiffe kommen? Noch war kein Segel zu sehen. Verlassen lag die Hafeneinfahrt in den rauschenden Wellen. Dumpf stieß ein abgebrochener Mast an die Kaimauer, drehte sich mit der Strömung und wurde von der Flut nach außen gezogen. Smalon hatte das Gefühl, glühende Kohlen unter seinen Sohlen zu spüren, und seine Zehen waren nahe daran, in Flammen aufzugehen. Eins war klar: Die Zeit schien ihm heute Nacht nicht wohlgesonnen zu sein.

*

Mit ihren Pfeilen hielten Tions Männer die Skelette auf Distanz. Noch wagten es die untoten Kreaturen nicht, den Berg zu stürmen. Es lag jedoch die Vermutung nahe, dass sie auf ein Zeichen warteten. Tion mutmaßte, sie würden umgangen werden. Ständig blickte er nach links oder rechts, aber es blieb alles ruhig. Mit der Zeit gingen ihnen die Pfeile aus, dabei hatte der Tag gerade erst begonnen.

Als die spätherbstliche Sonne die Wolkenbarriere mehr und mehr teilte und die Schatten merklich kleiner wurden, legte Lysal seinen letzten Pfeil auf die Sehne. Entsetzliche Zweifel nagten an ihm, ob er nicht ebenso wie Farana und Wiendariel enden würde.

Aus den Wunden der Toten quoll kein Blut mehr. Vermutlich hatten sich ihre Herzen zur Ruhe begeben. Lysal spürte den Hauch des Sensenmannes wie eine Nebelwand den Berg heraufkriechen. Ein Stoß von Rinje brachte Lysal in die Gegenwart zurück, und er wusste, sie waren dem Untergang geweiht. Hunderte von Skeletten stürzten aus ihren Verstecken, um den Hang zu stürmen.

„Feuer!" schrie Tion. Wie Hagelkörner prasselten die Geschosse den Anstürmenden entgegen. Die ersten Skelette fielen, kaum dass sie losgelaufen waren, aber es rückten einfach zu viele nach. Die Pfeile der Verteidiger gingen zur Neige.

„Lysal, nimm die Frauen, und ab mit dir!" Da der Jüngling sowieso nicht wusste, was er noch ausrichten konnte, kam der Befehl im rechten

Moment. Geduckt rannte er zu Mira und Iselind, packte Joey an der Hand und rief: „Folgt mir!" Die schwarzhaarige Frau raffte ihren dunkelblauen Rock mit den silbernen Sternen in die Höhe, um schneller laufen zu können, und die Wirtin folgte ihrem Tun. Dann hetzten sie Lysal hinterher.

Blauauge und Grauohr quietschten vor Vergnügen, da sie nicht länger geduckt am Boden kauern mussten. Freudig erregt sprangen sie um die Flüchtenden herum. Auch Mira, die wieder Kraft geschöpft hatte, war froh, der Schlacht zu entkommen. Allerdings ahnte sie, dass ihr Körper für eine lang anhaltende Flucht nicht geschaffen war. Nun lag ihr Leben in den Händen eines Knaben.

Lysal rannte einen schmalen Hohlweg hinab. Schon bald konnten sie die Pfeile nicht mehr erreichen. Das Gebirge kam rasch näher, und immer höher türmte sich ein gewaltiges Massiv vor ihnen auf. Der Elfenjunge rannte einem Eingang entgegen. Es war eine Höhle. Kaum hatte sie der Berg verschluckt, rieselte Wasser von der Decke, das in den höhergelegenen Regionen des Berges geschmolzen war und nun seinen Weg ins Tal hinab suchte. Achtsam liefen sie weiter. Binnen kurzem sahen sie kaum mehr die eigenen Hände vor den Augen. Nach einer Biegung wurde es wieder heller. Nur kam der Schein von unten.

„Lysal, wo willst du denn hin?"

„Durch das Loch, wir müssen durch das Loch!" Links in der Wand steckte ein eiserner Bolzen mit einem Ring, an dem ein Seil angebunden war, und dieses fiel durch den Hohlraum.

„Wir sollen da hinab?!" Vorsichtig warf Mira einen Blick in die Tiefe. Es waren jedoch nur fünf Schritte. Tosendes Wasser schallte ihr entgegen.

„Sicher!" entgegnete Lysal, ohne den Hauch einer Regung zu zeigen.

„Ich muss meine Füchse mitnehmen!"

„Wird schon gehen, Isa. Die Burschen sind ja noch nicht ausgewachsen."

„Blauauge, komm her, drück dich an mich!" Iselind setzte sich in das Loch im Boden, und der Fuchs klammerte sich an ihr Gewand. Mit der linken Hand stützte sie den Rüden. Kaum hatte sich der Fuchs festgekrallt, nahm sie das Seil mit der rechten Hand auf und ließ sich in die Tiefe gleiten. Grauohr heulte jämmerlich auf als er zurückblieb, und Mira traute ihren Augen kaum. Die Elfin hatte den Boden schon erreicht.

„Joey, du bist dran!" rief Iselind von unten hoch. „Keine Sorge, ich fang dich auf!"

„Halt dich gut fest!" Besorgt sah Mira, wie ihr Sohn sich an das Seil klammerte und wie ein Äffchen hinabrutschte.

„Klasse, Joey! Das hast du gut gemacht!" Lächelnd nahm ihn Iselind in Empfang.

„Mama, das ist ganz einfach! Macht richtig Spaß!" rief Joey seiner Mutter zu.

Ja, ja! dachte Mira. In deinem Alter hat mir sowas auch gefallen! Wagemutig setzte sie sich auf den Felsen, packte das Seil und glitt wie eine bleierne Ente durch die Öffnung. Durch die Reibung wurden ihre Hände so heiß, dass sie argwöhnte, sie würden Feuer fangen. Kaum stand sie wieder auf ihren Beinen, sah sie sich um. Schräg vor ihr quoll ein Fluss aus dem Berg und stürzte ins Tal. Durch den Wasserfall konnte Mira einen blau schimmernden Gebirgssee erkennen, der von schneebedeckten Bergen eingerahmt wurde. Einen Weg zum See gab es nicht. Mittlerweile war Lysal mit Grauohr im Arm ebenfalls in der kleinen Höhle zum Stehen gekommen.

„Und jetzt?" fragte Mira in die Runde.

„Wir nehmen Anlauf und springen hinab!" entgegnete Lysal, ohne mit der Wimper zu zucken.

Mira blickte dem Jungen in die wasserblauen Augen und befürchtete, sich verhört zu haben, während Iselind ein schallender Jauchzer entsprang.

„Tion war sich sicher, den Untoten an diesem Ort entfliehen zu können. Laut Wiendariel ist das der einzige Weg, der durch dieses Gebirge führt. Die Pässe sind schon verschneit, und alle anderen Pfade führen um das Massiv herum. Bis die Skelette uns finden, werden Tage vergehen." Lysal wiederholte nur Tions Worte, aber Mira mutmaßte, einem Närrischen gegenüberzustehen.

„Hör auf zu lachen!" fuhr sie Iselind schneidend an. „Du glaubst doch nicht wirklich, dass ich meinen Sohn in den Tod springen lasse?"

„Wieso Tod? Dort unten ist Wasser. Für uns bedeutet der See Leben. Die Untoten werden uns nicht folgen."

„Bist du bei Trost?" Miras Augen blitzten böse.

„Was willst du denn sonst tun? Ich für meinen Teil werde springen, und wenn Wiendariel sagt, das ist unser Weg, so glaube ich ihm."

„Wiendariel ist tot, er liegt von einem Pfeil durchbohrt am Kraterrand. Wir können ihn nicht mehr fragen!"

Iselind spürte, dass sie ihre Worte besonnen wählen musste. So aufgebracht hatte sie Mira noch nie erlebt. „Was ist mit deinem Sohn? Du willst ihn doch nicht opfern?"

Die Wirtin konnte jedoch keinen klaren Gedanken mehr fassen.

„Willst du sterben?" fragte Iselind ohne einen Hauch von Ironie.

„Mama?!" Verwirrt schaute Joey zu seiner Mutter.

„Komm zu mir!" forderte ihn die schwarzhaarige Elfin mit ausgebreiteten Armen auf.

„Nein, Joey, du bleibst bei mir!" Der Knabe blieb angewurzelt wie eine Eiche stehen.

„Wo willst du hin, Mira? Du kannst doch nicht meiner Vorsehung folgen und dann Feigheit zur Schau tragen!" Iselind konnte sich einfach nicht mehr beherrschen. Miras Widerstand grenzte schon an Dämlichkeit.

Die Wirtin hätte am liebsten Iselind ihre fünf gestreckten Finger ins Gesicht geklatscht. Nur die Füchse hielten sie zurück.

„Meinst du, ich würde in friedlichen Zeiten das Schicksal herausfordern und in die Tiefe springen?" fuhr Iselind fort. „Niemals, das kannst du mir glauben! Hinunterspringen heißt aber leben, bleiben heißt sterben. Aber tu, was du für richtig hälst!" Nachgiebig ging die Elfin ein Stück zurück.

Verzweifelt suchte die Wirtin einen Weg, um der Bedrohung anderweitig zu entrinnen.

„Ihr könnt ja noch eine Weile Reden schwingen. Tion sagte zu mir, spring, also werde ich es tun!" Lysal nahm zwei Schritte Anlauf, rannte ohne sich umzusehen durch das stürzende Wasser und ward nicht mehr gesehen. Mira hörte nicht einmal Lysals Eintauchen in den See. Vermutlich kehrte die Seele des Elfen soeben in das Reich der Götter ein, mutmaßte sie.

„Raff dich doch auf, Mira! Es ist ganz leicht." Die Rothaarige schüttelte jedoch nur ihren Kopf. Niemals würde sie durch das fallende Wasser springen, selbst dann nicht, wenn Skelette kämen. Sie hoffte nur, schnell zu sterben. In Gedanken folgte sie dessen ungeachtet dem hängenden Seil und überlegte, ob sie nach oben klettern sollte. Vielleicht gab es ja noch einen anderen Weg, um den Untoten zu entkommen. Als sie ihren Sohn für einen Moment aus den Augen ließ, griff Iselind zu. Sie packte Joey und riss ihn an sich.

„Mama!" quietschte der Junge und wand sich wie eine Schlange.

„Wenn du zu deinen Ahnen willst, bitte, aber deinen Sohn wirst du nicht opfern", worauf sie mit dem schreienden Jungen im Arm losrannte.

Bis Mira wusste, wie ihr geschah, donnerten die Wassermassen bereits über die Elfin hinweg. Grauohr und Blauauge folgten Iselind, als wären ihre Gedanken verbunden. Mira hörte noch einen langgezogenen Schrei ihres Sohnes, der sich mit dem hinabstürzenden Wasser in der Tiefe verlor. Fast

333

ohnmächtig vor Wut blickte sie ihrem Kind hinterher. Aber er war nicht mehr zu sehen. Nun stand sie allein in der kleinen Felsennische und wusste weder ein noch aus. Aber wenn sie Iselind je wieder begegnen würde, dann ... Schritte hallten durch den Gang des Berges. Sekunden später sprang Rinje, als wäre er ein Akrobat, durch das Loch in die Höhle hinab. „Was machst du denn noch hier?" schrie er die Wirtin an, während er seinen Goldbuchenbogen um die Schulter schlang.

Mira zitterte entsetzlich.

„Wo sind Iselind und Lysal?"

„Hinabgesprungen!" stammelte die rothaarige Frau konsterniert.

„Und dein Sohn?" Wieder zeigte Mira in die Tiefe. „Dann spring mit mir!" Bereitwillig hielt Rinje ihr die Hand entgegen.

„Nein!" Hysterisch wich Mira an den Felsen zurück. Mittlerweile waren fünf weitere Elfen an ihnen vorbeigehastet und ohne zu überlegen durch den rauschenden Vorhang gerannt. Für verschrobene Frauen hatte Rinje nichts übrig, so tauchte auch er in die Wand aus Wasser ein. Etliche Elfen folgten, Mira beachteten sie nicht. Als Letzter stürzte Tion beinahe im freien Fall durch den Hohlraum herab.

„Was stehst du noch hier?" fuhr er die rothaarige Frau an.

„Ich spring doch nicht in den Tod!" schrie Mira außer sich.

„Halt deinen Mund, Weib!" Tion war nahe daran, der Närrischen eine Ohrfeige zu versetzen. Er besann sich jedoch eines Besseren und packte sie mit seiner starken rechten Hand. „Dir wird nichts geschehen!" Unter dem eisigen Blick Tions brach Miras Willen in sich zusammen. „Bei drei laufen wir los, und wir springen soweit wir können ins Tal hinaus!"

Mira zitterte wie noch nie in ihrem Leben.

„Eins!" Klappernde Schritte hallten durch den finstern Gang.

„Wir haben keine Zeit mehr!" brüllte Tion auf.

Ein untotes Fratzengesicht blickte durch das Loch auf sie herab. Der Lagerkommandant machte einen Satz, und Mira wurde wie ein Geschoss aus ihrer Verankerung gerissen. Tions Hand schien aus Eisen zu sein, und er zog die rothaarige Frau unweigerlich mit.

Von einer Sekunde zur nächsten brach eine Flutwelle über ihnen zusammen. Das kalte Wasser nahm ihnen den Atem. Dann verlor Mira den Boden unter ihren Füßen. Mit einem Urschrei riss sie Tion hinaus ins gleißende Licht des Morgens. Ein Pfeil huschte wie eine zornige Wespe über ihre Köpfe hinweg – dann fielen sie wie Steine. Tief unter ihnen funkelte ein diamantblau schimmernder Bergsee. Mira kreischte wie noch nie. Fünfundzwanzig Schritte freier Fall. Die Angst brachte sie schier um. Ihr Herz hämmerte wie eine Herde galoppierender Windläufer. Dann schlugen sie ein. Eisiges Wasser stach wie tausende spitze Nadeln auf sie ein. Und der steinige Grund raste ihnen entgegen. Der Schock nahm ihr den Atem. Als Wasser in ihre Lungen drang, packte sie der schwarze Krake und zog sie in die Tiefe hinab.

*

Smalon schauderte entsetzlich, als ein weiterer grellgelber Blitz vom Himmel zuckte. Er meinte, getroffen zu werden, aber vermutlich war das Eingangstor von Fort Biberau soeben gespalten worden. Selbst aus dieser Entfernung sah der Halbling Hölzer durch die Luft fliegen, als würde ein Huhn gerupft. Und immer noch kamen keine Schiffe. Smalon tänzelte unruhig von einem Fuß auf den anderen. Wieder und wieder drehte er sich zur Hafeneinfahrt. Plötzlich schnellte ein rot beflaggtes Schiff durch die Nacht. Als die Matrosen die Segel zusammenrafften, kam die Galeere zum Stehen. Hinter dem Flaggschiff tauchten weitere Masten auf. Der Halbling konnte grüne, blaue und braune Stofffetzen, die an den Segeln befestigt waren, erkennen.

Binnen kurzem hatte die große Galeere den Pier erreicht. Smalons Augen suchten verzweifelt nach gelben Tüchern. Aus der Dunkelheit kam ein mittelgroßer, wendiger, weiß beflaggter Segler geschossen. Er überholte alle anderen Schiffe und legte gegenüber der rot markierten Galeere an der Kaimauer an. Irgendwie schien es dem Halbling ein großes Durcheinander zu sein, aber die Kapitäne wussten genau, wohin sie ihre Schiffe dirigierten. Hinter dem Flaggschiff erreichten nun auch die Langschiffe den Pier. Als Letztes kam der gelb beflaggte Segler zur Hafeneinfahrt herein. Smalons Herz zuckte erschreckt zusammen. Fieberhaft überlegte er, wohin er das Schiff lotsen konnte. Anlegemöglichkeiten gab es jedoch keine mehr.

Eine Fanfare erklang. Es war das Signal zum Rückzug. Vermutlich war das Tor gebrochen, und immer mehr Häuser gingen in Flammen auf. Aus den gespenstisch leuchtenden Gassen tauchten erste Soldaten auf. Ein geordneter Abzug war dies nicht. Jeder versuchte nur seine eigene Haut zu retten. Als die Lindwürmer die Schiffe entdeckten, griffen sie an. Aber die Soldaten waren gewappnet. Jeweils zwanzig Bogenschützen standen auf den Decks bereit, um die Geschöpfe der Luft in die Flucht zu schlagen. Schon im ersten Anlauf spickten die Soldaten einen Lindwurm derart mit

Pfeilen, dass dieser tödlich getroffen in die Glitzersee stürzte. Eingeschüchtert zogen all die anderen Flugechsen wieder ab. Sie sammelten sich am Himmel, um im Verband anzugreifen. Einem Heuschreckenschwarm gleich fielen sie über die mit orangefarbenen und braunen Tüchern beflaggten Langschiffe her. Schon im ersten Anlauf brach ein Lindwurm mit seinem Klauen die Rahe eines Schiffes, und ein zweiter knickte einen Mast, als wäre er aus Watte. Dumpf schlugen die Hölzer ein.

Ein flüchtender Soldat stieß Smalon um, so dass sein Goldbuchenbogen zu Boden fiel. Klappernd blieb der Bogen am Rande des Kais liegen. Gerade noch rechtzeitig erhaschte ihn der Halbling wieder, bevor ihn ein weiterer Soldat zertrampeln konnte. Unaufhaltsam drängten die Flüchtenden auf die erstbesten Schiffe, die sie erreichen konnten.

„Da bist du ja!" vernahm Smalon Elgin Hellfeuers Stimme.

„Nimm dein Gepäck! Hast es wohl vergessen?" Grinsend warf Janos dem verdutzt dreinblickenden Halbling seinen Reisesack zu.

„Balazar de Albecel!" Knisternd manifestierten sich Flammen um Elgins Hand. Aus sprühenden Funken entstand ein brennendes Schwert. Augenblicklich änderte ein Skelett die Richtung.

„Wo ist denn Saskard?" erkundigte sich der Priester bei Smalon.

„Keine Ahnung, ich weiß es nicht!" Elgin riss den Halbling aus seiner Lethargie. Als Smalon das sich abwendende Skelett erblickte, spannte er den Bogen und schickte dem Untoten einen Pfeil hinterher. Mitten im Lauf knickte der Krieger ein. Drei folgende Skelette waren ungleich mutiger. Sie stellten sich Elgin trotz seines flammenden Schwertes. Binnen Sekunden fielen sie wie die Motten, da der Halbling keine Fehlschüsse zu verzeichnen hatte.

Schon bald waren die rot beflaggte Galeere und der mit weißen Fähnchen gezeichnete Küstensegler von Menschen überfüllt. Beinahe synchron kappten zwei Matrosen die Leinen, auch wenn beim Ablegen ein Dutzend Männer in die aufgewühlte See fielen. Ihre schweren Rüstungen zogen sie unweigerlich in die Tiefe.

Mit lautem Getöse schlug der Hauptmast des orangefarben gezeichneten Langschiffes auf der Kaimauer ein. Der Baum begrub drei Soldaten unter sich. Doch auch einige Lindwürmer hatten die Angriffe mit ihrem Leben bezahlt. Nur noch drei der mächtigen Flugechsen kreisten am wolkenverhangenen Himmel. Donnernd brach ein weiterer Mast entzwei. Dieses Mal bei der grünen Galeere.

„Vorsicht!" brüllte Smalon, aber es wäre eh zu spät gewesen. Nur wenige Schritte hinter ihnen krachte das Holz auf den Kai. Wieder waren etliche Soldaten getroffen worden.

Von den schwer beschädigten Schiffen stürzten die Soldaten auf den Kai zurück, um auf der einzigen noch seetüchtigen, mit blauen Tüchern behängten Galeere einen Platz zu ergattern. Bedrängt durch den immensen Ansturm kappten die Matrosen ebenfalls die Leinen. Zum Glück waren Elgin, Janos und Smalon ein gutes Stück von der Galeere entfernt. Den Ansturm der Soldaten hätte der Halbling nicht überlebt.

Bedrohlich schnell kam die Front näher. Von den fliehenden Soldaten bekamen sie jedoch Unterstützung. Die meisten Männer zogen es vor im Kampf zu sterben, als jämmerlich in der Glitzersee zu ertrinken.

Unaufhaltsam schlug sich Sandro Aceamas einen Weg frei. Kein Skelett konnte dem betagten Kommandeur Paroli bieten. „Männer – eine Linie!" erhob er seine tiefe Stimme. Smalon hielt es kaum für möglich, aber die Soldaten – auch Saskard war unter ihnen – bauten direkt vor ihnen die Verteidigung auf. Mit ihren Schilden hielten sie die Untoten auf Distanz. Nur wenige Sekunden reichten dem Kommandeur, um sich einen Überblick zu verschaffen. Das braun beflaggte Langschiff war dem Untergang geweiht, aber die gegenüberliegende Galeere konnte unter Umständen seetüchtig gemacht werden. „Auf die grüne Galeere, Männer! Wir bringen sie auf Vordermann! Das schaffen wir!"

Froh, eine Aufgabe erhalten zu haben, stürzten beinahe hundert Soldaten zurück auf das Schiff. „Beeilt euch! Wir können sie nicht mehr lange hinhalten!"

Obwohl Saskard und Sandro Aceamas die Skelette mit ihren Schilden immer wieder zurückstießen, nahm der Druck zu. Zwischenzeitlich wurde auf der schwer beschädigten Galeere emsig gearbeitet. Gebrochene Rahen und Masten warfen die Männer einfach über Bord. Die zwei übriggebliebenen Segel blähte der Wind mächtig auf. Das Schiff setzte sich in Bewegung.

Unentwegt folgten Smalons Augen dem gelben Küstensegler. Dessen Rudermann dachte jedoch überhaupt nicht daran anzulegen. Vermutlich befürchtete der Kapitän, sein Schiff könne von Skeletten geentert oder von eigenen Soldaten überrannt werden. So befahl er seinem Steuermann, eine Wende zu fahren, um sich den entfernenden Galeeren anzuschließen. Auch Janos erkannte die Gefahr, möglicherweise keinen Platz mehr auf einem Schiff zu ergattern. Eilig zog er sich aus der vordersten Schlachtlinie zurück. Als er die Hände frei bewegen konnte, öffnete er seinen Rucksack. „Smalon, fang!"

„Was ist in der Phiole?" entgegnete der Halbling, der soeben seinen letzten Pfeil verschossen hatte. Er hielt ein Gläschen mit azurblauer Flüssigkeit in der Hand.

„Trink!"

Ohne zu überlegen entkorkte der Halbling die Phiole und setzte das Gläschen an die Lippen. Frisches Quellwasser rann seine Kehle hinab.

„Nun spring schon!" forderte ihn Janos auf.

„Was soll ich?!"

„Dem Küstensegler hinterherschwimmen und ihn aufhalten. Es ist unsere letzte Chance!"

Smalon war sich dessen wohl bewusst – aber ein Schiff aufhalten? Gegen die Soldaten konnte er sich jedenfalls nicht zur Wehr setzen. Und Janos fragen, woher er den Trank bezogen hatte, brächte ihn im Moment auch nicht weiter. Hauptsache, er würde sein Pony wiedersehen. Echt schien der Trank jedenfalls zu sein. Nur würde das Gemisch in der Kürze der Zeit auch wirken? Mit einem Satz sprang er in das Hafenbecken. Seinen Rucksack ließ er zurück. Was sollte er noch damit. Nur sein Bogen und all das, was er am Leibe trug, waren es wert, gerettet zu werden. Eiskaltes Wasser spritzte ihm in die Augen, und seine Kleidung sog sich in Sekunden so voll wie ein Schwamm. Unaufhaltsam zog es ihn in die Tiefe. Verzweifelt strampelte er, um an die Oberfläche zu gelangen, aber die sich im Wind bäumenden Wellen deckten ihn wieder zu. Als er Salz schmeckte, waren seine Lungen nahe daran zu explodieren. Gierig schnappte er nach Luft, aber nur Wasser rann in seinen Mund. Sein Leben schmolz dahin. Als er den Grund des Hafenbeckens mit seinen Zehen berührte, setzte der Atem ein, und er bekam Auftrieb, als läge er auf einer prallgefüllten Schweinsblase. Kaum hatte er die Oberfläche erreicht, schwamm er dem Küstensegler wild gestikulierend entgegen. Wie sich die Schlacht entwickelte, war ihm einerlei.

Mittlerweile hatte Janos Saskard aus der Frontlinie gezogen. „Trink das hier!"

Der Zwerg meinte, einen Stärketrank wie einst Hoskorast zu erhalten. Hastig schüttete er die Flüssigkeit hinab. Aber außer dass er sich so leicht wie eine Feder fühlte, tat sich nichts. Als er sich erneut in die Schlacht stürzen wollte, hielt in Sandro Aceamas' Ruf „Auf die Galeere, Männer!" zurück. Das Schiff trieb wie Strandgut auf dem Wasser, dennoch legte es ab.

„Saskard?" riss Janos den Zwerg aus seinen Überlegungen. „Siehst du den gelb beflaggten Küstensegler dort drüben? Wir müssen ihn erreichen!"

„Grubenmatsch und Stollenbruch! Der legt doch überhaupt nicht an! Wie sollen wir ihn ...?" Während sich Saskard zu dem Boot umdrehte, schubste ihn Janos einfach ins Wasser. „Schwimm!" rief er ihm nach, als der Zwerg auf die Oberfläche platschte.

Saskard nahm sich fest vor, diesem verdammten Dieb einen gewaltigen Tritt in sein Hinterteil zu geben, wenn er noch einmal in seinem Leben eine Chance dazu bekäme. Auch ein Stein hätte nicht schneller fallen können. Flugs verschwand der Zwerg unter Wasser. Ungewöhnlicherweise fand er seinen Atem wieder. Und so paddelte er los. Nachdem er aufgetaucht war, sah er Smalon zwanzig Längen voraus. So gut es ihm möglich war, folgte er dem Halbling.

Nachdem sich die Soldaten aufs Schiff zurückzogen, trank Janos die letzte ihm verbliebene Phiole aus: Sandro Aceamas stand wie ein Fels in der Brandung. Gegen den Recken war einfach kein Kraut gewachsen. An seiner Seite kämpfte der Priester, dem die Skelette nach wie vor aus dem Weg gingen. Als sich Elgins Schwertzauber auflöste, wurde er wieder zum Ziel der Angreifer.

Während Janos überlegte, wie er den Priester retten sollte, teilte sich die Schar untoter Krieger, und Loren Piepenstrumpf schlenderte Elgin Hellfeuer entgegen, als wären sie zu einem Sonntagnachmittagsspaziergang verabredet. Ihr wehendes Haar leuchtete wie ein Weizenfeld. Elgin meinte, einer Sinnestäuschung zu unterliegen, dennoch stand außer Frage, dass ihm seine geliebte Loren entgegenkam. Sie spitzte ihre Lippen zu einem Kuss und legte ihre Arme zärtlich um seine Schultern. Smalon hatte Recht behalten, als er sagte, dass der Priester seine Geliebte eines Tages wieder in die Arme schließen sollte. Erschöpft vom Kampf schloss Elgin seine Augen. Es war ihm einerlei, falls er ins Reich der Seelen zurückkehren musste, Hauptsache, er durfte noch einmal Lorens bezaubernden Körper spüren. Der Priester war überglücklich.

„Liebste!" flüsterte Elgin trunken vor Glück, als eine unnatürliche Kälte seinen Körper zu Eis gefrieren ließ. Seine Zunge wurde schwer wie Blei.

„Du böser Junge!" entgegnete Loren lächelnd und öffnete ihren Mund.

*

Stahl krachte auf Stahl, als sich Hoskorasts und Krishandriels Klingen aneinanderrieben. Schon beim ersten Schlag spürte der Elf, mit welch ungeheuerlicher Wucht der Zwerg sein Schwert zu führen vermochte.

„Erkennst du mich denn nicht?" Krishandriels Wangen wurden vor Anstrengung immer röter, während Hoskorast wie von Sinnen auf ihn eindrosch. So gut es ihm möglich war, wich der Elf den Hieben und Stichen des Zwerges aus.

Derweil raste der Segler dem offenen Meer entgegen. Zweimal knirschten die Planken mehr als bedenklich auf, dennoch kam das Schiff ohne nennenswerte Schäden über das Korallenriff hinweg.

Kreischend stürzte sich ein Lindwurm auf sie herab. Mit weit aufgerissenem Maul kam das Ungetüm näher.

„Tanzt mit euren Messern!" schrie Van Brautmantel durch den tosenden Sturm seinen Gefolgsleuten zu. Ob ihn die Matrosen jedoch verstanden hatten, wusste er nicht, dennoch stellten sich seine Männer den untoten Kriegern.

Ob er noch einmal die Kraft der Flammen in seiner Seele entfachen konnte? Er musste es versuchen, sonst waren sie verloren. „Emalv Emalv La Fracla La Fracla Rief – Reeb – Raal La Fracla Emalv." Mangalas' Magen zog sich einer Luftblase gleich zusammen, pulsierend jagte das Blut durch die Adern, und tief in seiner Seele fauchte ein brüllender Löwe. Ein Brodeln, Kochen und Zischen, als würde ein Vulkan Feuer und Asche speien, schoss durch seinen Leib, brannte in den Fingern und entlud sich donnernd am Himmel. Der Lindwurm hörte auf zu existieren, bevor er sich der Gefahr überhaupt bewusst geworden war. Es regnete Knochen.

Van Brautmantels Gesicht war weiß wie Schnee. Gehetzt blickte er auf den kleinen, dicken Mann, dem die Schweißperlen vor Anstrengung im Gesicht standen. Vermutlich wäre er über Bord gesprungen, wenn er sein Schiff nicht mehr als sein Weib geliebt hätte.

„Achtung!" schrie Mangalas auf, da Van Brautmantel einen Moment die Aufmerksamkeit verloren hatte. Rauschend brach sich eine Welle am Bug des Seglers, und das Wasser verteilte sich schäumend über Deck.

Blitzartig erschuf der Magier zwei Geschosse über seiner rechten Schulter. Nur wusste er nicht, wem er zu Hilfe eilen sollte. Krishandriel oder den Matrosen?

„Nun tut doch was!" fluchte Van Brautmantel, der seine Leute schon sterben sah. Verunsichert wartete Mangalas ab. Als Carlesohn Tollglanz jedoch auf dem glitschigen Boden wegrutschte und von zwei Skeletten in die

Zange genommen wurde, jagte der Magier seine Geschosse auf die beiden Krieger. Wie zwei Marionetten, deren Schnüre durchtrennt wurden, brachen die Untoten ein.

Kinsano Lopen hatte weniger Glück. Die Klinge eines Schwertes drang bis zu den Gedärmen in seinen Leib. Bevor Mangalas zwei weitere magische Pfeile beschworen hatte, rutschte der Getroffene schon über Bord. Rasch versank er in der aufgewühlten See.

Dedrin Lu warf schon sein zweites Messer auf einen riesigen, beinahe sieben Fuß großen Skelettkrieger. Obwohl er den Untoten getroffen hatte, schlug dieser nach wie vor auf Anwand Doppelrain ein. Gegen den ausgebildeten Recken hatte der Matrose keine Chance. Doch das Deck war glitschig geworden, und der Segler lag nach wie vor schräg im Wind. Mit den widrigen Bedingungen kam Anwand, der seit dreißig Jahren zur See fuhr, einfach besser zurecht. Ferner erhielt er von Carlesohn Verstärkung, der mit seiner Machete rumfuchtelte, als wolle er eine Schneise durch ein Weizenfeld schlagen. Gemeinsam trieben sie den verletzten Krieger zur Reling. Als Dedrin aus drei Schritten Entfernung ein volles Bierfass auf das Skelett schleuderte, kam der Untote zu Fall. Behände rollte er sich über die Planken, Anwands Stiefelspitze konnte er nicht ausweichen. Benommen griff der Krieger nach einem im Wind flatternden Seil, um den Wellen, die seine Füße umspülten, zu entgehen. Mit einem Schlag der Machete durchtrennte Carlesohn Tollglanz das Tau. Das Skelett schlitterte ins Meer und ging unter.

Krishandriel konnte den heftigen Schlägen Hoskorasts nur noch ausweichen. Alles was er an Deck vorfand, wie Säcke, Seile und Fässer warf er dem Zwerg vor und zwischen die Beine. Hauptsache, Hoskorast musste seinen Stand korrigieren.

Die Matrosen beobachteten sie nur. Ihre Waffen hielten sie jedoch bereit, um notfalls einzugreifen. Verängstigt kehrten die Lindwürmer um. Sie alle hatten mächtigen Respekt vor dem gewaltigen Feuerball, der einen der ihren vom Himmel geholt hatte.

„Schieß doch endlich den Zwerg in Stücke!" brüllte Van Brautmantel.

Der Magier wusste jedoch nicht, wie ihm geschah. Sein Kopf drehte sich schneller als ein Kreisel, am liebsten hätte er beide gerettet. „Hoskorast ist doch auch mein Freund!" schrie Mangalas der Verzweiflung nahe zurück.

„Dann lass dir was anderes einfallen! Du bist doch ein Magier!" Der Zauberer hätte dem Kapitän am liebsten mit einem Stock den Kopf zertrümmert. So oberschlau konnte nur ein Unwissender reden. Verdammt noch mal, er benötigte dringend eine gute Idee. Plötzlich entdeckte er den silbernen Ring an Hoskorasts linker Hand. Potztausend! Wenn er das silberne Eisen von seinem Finger brächte, hätte Krishandriel vielleicht doch noch eine Chance.

Die Situation des Elfen verschlimmerte sich jedoch von Sekunde zu Sekunde. Unentwegt schlug der Zwerg auf ihn ein. Der Elf wusste bald nicht mehr ein noch aus. An der Kajütenwand gab es kein Entrinnen mehr.

„Nun helft mir doch!" krakeelte er auf. Zwar konnte er sich eines Hiebes des Zwerges noch erwehren, aber Hoskorast holte nicht mehr aus, sondern drückte die Klinge seiner Kehle entgegen.

„Dein Freund stirbt!" gellte Van Brautmantels Stimme über Bord.

Auf Mangalas' Stirn säumten sich mehr und mehr Tropfen. Da er die miteinander Ringenden kaum mehr sehen konnte, stürzte er die Treppe zum Vorderdeck hinab. Auf seiner Brust kniend, drückte Hoskorast den Elfen zu Boden. Ein erster Bluttropfen entsprang seinem Hals.

„Tut mir leid!" Mit verschlossenen Augen jagte der Magier dem Zwerg sein magisches Geschoss in den Rücken.

Entkräftet sackte Hoskorast zusammen, drehte sich zur Seite und fiel auf den Boden. Seine Pupillen waren weit geöffnet. Er blickte ins Leere, in die Unendlichkeit, als könne er das Geschehene nicht begreifen. Warmes Blut sickerte durch die Glieder des Harnisches. Im Nu färbten sich Krishandriels Finger tiefrot, so als hätte er den Saft der Liebeichener Trauben mit eigenen Händen ausgequetscht. Hoskorasts Leben rann aus den Adern davon. Die Götter hatten gesprochen.

*

„Du böser Junge!" Loren hatte ihm gegenüber nie diese Worte verwendet. Für sie war er immer ihre große Liebe gewesen, und sie verwendete ausschließlich herzliche Kosenamen, um ihren Gefährten zu entzücken. Das war nicht Loren wie Elgin sie kannte! Was hatten sie seiner Liebsten nur angetan?

Lorens eiskalte Berührung lähmte ihn, als wäre er im tiefsten Winter in einen See eingebrochen. Weglaufen konnte er nicht. Als ein spitzer Zahn seinen Hals berührte, war die Zeit zum Sterben gekommen. Er wartete auf den Tod. Unversehens brachte ihn ein gewaltiger Stoß aus der Balance. Da er sich nach wie vor nicht bewegen konnte, stürzte er wie eine Statue kopfüber in das Hafenbecken. Fieberhaft versuchte sich Loren aus Elgins Umarmung zu befreien. Aber sie schaffte es nicht. Vereint fielen sie in die Glitzersee.

Schlagartig erwachte Elgins Herz zum Leben, und ein Dolch blitzte auf. Die Klinge zischte an seiner Schulter vorbei und bohrte sich in Lorens Kehle. Kein Blut trat aus der Wunde. Dennoch schien das Wesen zu schreien. Wütend stieß Loren Elgin beiseite, um Janos, der sich hinter dem Kleriker versteckte, zu packen. Jedoch entwischte ihr der Messerstecher immer wieder, obwohl er im Wasser doch unbeweglicher sein musste als an Land. Bei ihrem dritten Versuch schaffte sie es dennoch, ihn zu ergreifen. Sie würde ihn ertränken. Mit aller Macht zog sie ihn in die Tiefe, jedoch zuckte der Bastard nicht einmal. Niemand konnte so unglaublich viel Atem in seiner Lunge bewahren. Das war unmöglich. Es schien ihr aber, als hätte Janos Unmengen an frischer Luft zur Verfügung.

Am Grund des Hafenbeckens verließen Loren die Kräfte, und ihr Gegner stieß ihr erneut eine Klinge in den Hals. Sie konnte nicht mehr. Wie ein abgestorbenes Blatt schwebte sie zu Boden. Golden leuchteten ihre Haare. Den leblosen Blick in ihren Augen würde Janos ein Leben lang nicht vergessen. Sanft zog die Flut Loren in tieferes Wasser hinaus.

Mittlerweile war Elgin Hellfeuer ebenfalls auf dem sandigen Grund gelandet. Sein Atem hatte ausgesetzt. Janos packte den Bewusstlosen an seiner Kutte und zog ihn nach oben. Als er die Wasseroberfläche erreichte, hatte er zehn Schritte Abstand zum Kai geschaffen. In der pechschwarzen See konnte er vom Pier aus kaum entdeckt werden. Ferner schenkten ihm die Skelette keine Beachtung. Ihr Hauptaugenmerk lag auf den Soldaten, die sich einen Platz auf der grün beflaggten Galeere erkämpft hatten.

Auch Sandro Aceamas hatte das Deck des schwer beschädigten Schiffes erreicht. Er kappte die Leinen. Zu allem Übel stürzten sich nun auch wieder Lindwürmer in die Schlacht. Der Kampf entbrannte aufs Neue.

Smalon schrie sich schier die Seele aus dem Leib, bis ihn ein bärtiger Seemann an Deck des gelb beflaggten Küstenseglers zufällig entdeckte. Eilends warf er dem Schwimmenden eine Leine zu und zog ihn an Bord. Die Zähne des Halblings klapperten so heftig, als wäre ein Storch auf Brautschau, aber er hatte das Schiff erreicht. „Holt den Zwerg ... an Bord ... und den Blondschopf ... dort drüben ... den auch."

„Bringt dem Halbling eine Decke, sonst erfriert er noch!" rief Kapitän Luca Fallenstein einem Matrosen zu, der vorsichtshalber einen Sicherheitsabstand zu Smalon einhielt. Seinen Brustbeutel würde er heute Nacht gewiss nicht aus den Händen legen, und seinen Kumpanen, das sah er in ihren

Gesichtern, erging es ebenso. Jeder versuchte möglichst schnell, all seine Wertgegenstände festzuhalten.

Kurze Zeit später hievten sie den Zwerg an Bord, der trotz des eisigen Wassers keine Regung zeigte. Er schüttelte sich wie ein Hund, seinen Rucksack gab er aber nicht aus der Hand. Den meisten Soldaten war es sowieso schleierhaft, wieso der Zwerg, obwohl er ein Kettenhemd trug, nicht ertrunken war. Mit dieser Ausrüstung musste jeder Mann wie ein Stein auf den Grund des Hafens sinken. Gleichwohl hatte der Zwerg überlebt. Da der Wind ebenso frostig war wie das Wasser, dauerte es nicht lange, bis Saskards Bart zu Eis kristallisierte.

Auch den Blondschopf, der einen bewusstlosen Kuttenträger hinter sich herschleppte, bargen die Soldaten aus der Glitzersee. Kaum hatten sie Elgin Hellfeuer an Deck gelegt, begann Janos, das Herz des Priesters durch rhythmisches Drücken wiederzubeleben. „Komm schon! Ich habe dich nicht gerettet, damit du nun heimkehrst."

Jählings spuckte der Kleriker einen Schwall Wasser aus.

„Na, also!" Erschöpft beugte sich Janos zurück. „Hörst du mich?"

Elgin nickte, sprechen konnte er aber noch nicht. Er fühlte sich unglaublich schwach. Eigentlich wollte er sterben.

„Ich hab doch nur Pech", würgte er mühevoll hervor.

„Als Pech würde ich das nicht gerade bezeichnen. Wenn dich Janos nicht aus dem Wasser gezogen hätte, wärst du schon in die Hallen der Götter eingetreten!" Saskard schien nichts umzuwerfen. Er blickte unverdrossen optimistisch drein.

„Hätte er mich nur absaufen lassen, dann wäre ich jetzt wenigstens bei meiner Liebsten", seufzte Elgin, dann liefen ihm Tränen über das Gesicht. Smalon legte dem Priester eine Decke über die Schultern und umarmte ihn mit seinen dünnen Armen, bis Elgin sein Augenwasser zurückhalten konnte. Besser fühlte sich der Kleriker dennoch nicht.

Mittlerweile hatte der Küstensegler den Hafen verlassen. Die anderen Schiffe waren nicht mehr zu sehen. Nur die grün beflaggte Galeere, die wiederholt von Lindwürmern attackiert wurde, trieb wie ein leeres Fass der Ausfahrt entgegen.

Um möglichst schnell in den endlosen Weiten des Meeres zu verschwinden, entfernten die Matrosen auf Befehl des Kapitäns alle gelben Tücher und Wimpel. Kaum hatte der Segler die offene See erreicht, wurde er zum Spielball mächtiger, tiefschwarzer Wogen.

„Meinst du, Gott Reemar ist uns wohlgesonnen?" hörte Saskard einen ergrauten Seemann unken.

„Was meinst du?" entgegnete der andere und zwinkerte.

„Ein Halbling an Bord bringt gewiss ebenso viel Unglück wie eine Frau."

Saskards finsterer Blick ließ ihren Atem gefrieren. Rasch widmeten sich die beiden wieder ihrer Arbeit.

Smalon war überglücklich. Er drückte sich ganz nah an sein Pony, streichelte und beruhigte es gleichermaßen, da das Pferd die rabenschwarzen Riesenwellen und den heulenden Wind zu fürchten schien wie eine Katze das Wasser. Schnuppel stand so stockbeinig, als wäre er aus Eisen gegossen worden.

Nachdem die Matrosen alle Lichtquellen an Bord gelöscht hatten, verschwand der Küstensegler in finsterster Nacht, als hätte es ihn nie gegeben.

*

Schlotternd saß Mira Lockenrot am Rand zweier großer Feuer, die von Lysal und Rinje entfacht worden waren. Von Untoten wurden sie nicht mehr verfolgt, und bis Tiramir seine Einheiten um das verschneite Bergmassiv geführt hatte, konnten Tage vergehen. Zu jener Zeit wollte Tion mit seinen Männern schon längst in die undurchdringlichen Wäldern des Turanaos entwichen sein.

Letzlich hatte der Lagerführer seinen Plan erfolgreich in die Tat umgesetzt. Dass jedoch Iselind und Farana ihrer ausgelegten Fährte gefolgt waren, hatte er nicht bedacht. Das unerwartete Auftauchen der Frauen hatte nicht nur Farana, sondern auch etlichen Männern das Leben gekostet. Nun trauerten sie um ihre Kameraden und Farana. Dass die Elfin nicht mehr unter ihnen weilte, war das Schlimmste, was geschehen konnte. Iselind liefen schon seit Stunden die Tränen aus den Augen. Der Fluss der salzigen Perlen wollte und wollte einfach nicht versiegen. Auch Mira Lockenrot trauerte, obwohl sie die brünette Frau nur wenige Tage gekannt hatte. Faranas herzliche Art glich der Liebkosung zweier Wolken, die sich an die tiefstehende Sonne schmiegten.

Den Sprung in den Bergsee hatte Mira ebenso unversehrt überstanden wie ihr Sohn, gleichwohl hatte sie Tion ans Ufer gezogen, sonst wäre sie in den Armen des schwarzen Kraken ertrunken. Iselind würde sie bei Gelegenheit zur Rede stellen, nur im Augenblick nicht, da die Elfin unsäglich unter Faranas Tod litt.

Nun saßen sie schon seit Stunden um die beiden lodernden Feuer und trockneten ihre Kleider.

„Nimm die Decke, Mira! Sie ist so gut wie trocken. Und streif deine Unterwäsche ab, sonst wirst du noch krank!"

„Danke, Tion!" Nur einen kurzen Blick hatte Mira dem Lagerführer gewidmet, dann schlang sie sich immer noch zitternd vor Kälte die warme Decke um ihren Leib. Nachdem sie die nassen Kleidungsstücke abgelegt hatte, hörte sie auf zu frieren. Stoisch starrte sie in die prasselnden Flammen. Unerwarteterweise setzte sich Tion zu ihr.

„Dein Kind hat die Schlacht bereits verdrängt. Es geht ihm gut. Sieh nur, er spielt schon mit Iselinds Füchsen, und von dem Sprung in den See wird er noch seinen Enkelkindern erzählen", begann Tion behutsam ein Gespräch. „Kinder haben es leicht. Meist leben sie im Jetzt, sie verschwenden keine Energien, um sich mit der Vergangenheit oder der Zukunft auseinanderzusetzen. Erst im Erwachsenenalter verlieren sich die Grundregeln des Lebens. Leicht gaukelt einem der Geist falsche Tatsachen vor."

„Ja", seufzte Mira. Sie war überglücklich, dass sie noch lebte. „Danke, Tion, du hast mich gerettet."

„War mir eine Freude." Tion zündete sich eine Pfeife an. „Iselind erzählte mir, dass sie dich in Träumen vorgefunden hat. Träume, die dir dein Leben gerettet haben. Wärst du nicht deinen Instinkten gefolgt, wäre dein Tod möglicherweise schon beschlossene Sache. Viele Dörfer und Städte werden die untoten Krieger dem Erdboden gleich machen. Glaube mir, du hast die richtige Wahl getroffen."

Mira wusste nicht, was sie antworten sollte. Vielleicht hatte Tion ja recht, nur war sie über ihre Flucht nicht wirklich begeistert. Deprimiert stierte sie in die lodernden Flammen und suchte nach dem Sinn ihres Daseins.

„Werden wir die Nacht hier verbringen?" Geräuschlos war Iselind zu ihnen getreten und erkundigte sich bei Tion, was dieser zu tun beabsichtigte.

„Ja, wir bleiben. Morgen früh verwischen wir unsere Spuren und machen uns auf den Weg zu unseren Nachbarn."

Iselind nickte, und zu Mira sagte sie: „Mach deine Gedanken frei. Eine Lösung wirst du im Moment nicht finden. Glaube mir, alles hat seinen

Grund, nur kannst du ihn durch deine getrübten Augen nicht erkennen." Zärtlich strich sie der rothaarigen Frau über die Locken.

Unweigerlich zuckte Mira unter Iselinds Fingern zusammen. Der Groll brodelte nach wie vor in ihrer Seele.

Am Abend, nachdem die Sonne hinter den schneebedeckten Spitzen der Berge im gleißenden Licht versunken war, legte sich Mira zum Schlafen nieder. Mittlerweile war ihr warm geworden. Gähnend starrte sie in die feurige Glut. Sie fand es bemerkenswert, dass sich Blauauge zu ihr gelegt hatte, und zwar so nahe, dass sie den Herzschlag des Rüden vernahm. Das dicke Winterfell des Fuchses gab erstaunlich viel Wärme ab. Während sie seinen Rücken kraulte, brummte Blauauge in wohliger Zufriedenheit.

Wohin würden sie die Götter nur führen? Sie hielt es immer noch kaum für möglich, dass sie bei einem Elfenstamm nächtigte. Fragen hatte sie zuhauf, nur bekam sie keine Antworten. Wenngleich ihr Lebensweg sehr eigenwillige Formen angenommen hatte, beschloss sie, vorerst bei den Himmelsstürmern zu bleiben. Wohin hätte sie auch sonst gehen sollen? Während sie die Zukunft ein ums andere Mal neu erblühen ließ, übermannte sie der Schlaf. Letztendlich sah sie sich mit einem goldbestickten Kleid auf einem weißen Ross eine prachtvolle Allee entlangreiten. Der Wunsch und die Realität verschwammen jedoch wie Wasserfarben ineinander.

*

Krishandriel zog und zerrte wie von Sinnen, aber er brachte den silbernen Ring einfach nicht von Hoskorasts linkem Ringfinger. „Mangalas, nun hilf mir doch!"

„Was ist, Krisha?" Im Laufschritt eilte der Zauberer herbei.

„Er macht eine Faust! Unglaublich, mit welcher Kraft er seine Hand zusammenpresst!"

Kapitän Van Brautmantel, der ein paar Wortfetzen von einem rätselhaften Ring aufgeschnappt hatte, holte rasch einen Beutel mit Olivenöl und schüttete die tranige Flüssigkeit über Hoskorasts Hand.

„Das gibt es nicht!" Krishandriel liefen die Schweißperlen über das Gesicht, und seine Wangen glänzten, als hätte er in Wachs gebadet. Jeden Finger musste er einzeln aufbiegen, bis er den silbernen Ring berührte. Urplötzlich fasste ein dunkles Geschöpf nach seinem Gehirn. Angst umfing ihn, dennoch presste er den Ring über Hoskorasts wulstigen Finger. Jählings bäumte sich der Zwerg auf.

„Ich habe ihn!" Der Ring glitt über Hoskorasts Fingernagel, fiel auf die Planken des Schiffes und hüpfte davon. Blitzschnell ergriff ihn der Elf und schleuderte ihn so weit es ihm möglich war hinaus in die schäumende See. Hoskorast brach zusammen und rührte sich nicht mehr.

„Nun hilf mir schon, ihm den Plattenpanzer abzunehmen, Mangalas! Vielleicht können wir ihn noch retten!" Fieberhaft öffnete der Elf die Leinen und Bänder der Rüstung.

Das magische Geschoss hatte Hoskorasts Harnisch durchschlagen und war in seinen Rücken eingedrungen. Blut schoss aus der Wunde, als sprudle eine Quelle. Mit zitternden Händen erkannte Krishandriel, dass Hoskorast nur noch ein heilender Trank oder ein Priester retten konnte. „Mangalas, es ist vorbei!" Deprimiert starrte Krishandriel auf seine blutroten Hände. „Nur noch ein Heiltrank kann ihn vor dem Sterben bewahren. Aber wir haben keinen!"

„Doch, ich habe einen!"

„Du? ... Wie! ... Nun gib ihn mir schon!"

Aufgeregt wühlte Mangalas in seinem Rucksack nach der Phiole. Erst fiel ihm der hellblaue Trank in die Hand, dann erwischte er das Fläschchen mit den goldgelben Kräutern. Mit zittrigen Fingern entkorkte er es und setzte den wohltuenden Trank an Hoskorasts Lippen.

Unter den staunenden Blicken der Matrosen schloss sich die Wunde am Rücken des Zwerges. Eine hauchdünne Schicht wie aus Glas legte sich über die klaffende Wunde.

„Hühnerkram und Morchelschleim! Wir bräuchten noch einen Trank!" Hilfesuchend blickte sich der Elf um.

„Tut mir leid, Krisha, ich hatte nur einen Heiltrank." Entschuldigend zuckte der Magier mit den Schultern.

Der Elf gab sich jedoch nicht zufrieden. „Habt Ihr einen Trank, Kapitän?"

„Ich, wieso ich?" würgte Van Brautmantel, urplötzlich im Mittelpunkt aller stehend, gehetzt hervor.

„Ihr habt viel von der Welt gesehen, möglicherweise ist ein Gast auf einer Fahrt gestorben, oder Ihr wurdet fürstlich entlohnt. So wie ich Euch einschätze, habt Ihr gewiss Vorsorge getroffen!"

„Wisst Ihr, wie teuer ein Heiltrank ist? Nur Fürsten und Grafen können sich solch kostspielige Essenzen leisten. Ich nicht! So viel Geld habe ich nicht!" Dennoch zuckte sein rechtes Auge unter dem durchdringenden Blick Krishandriels einmal kurz zusammen.

„Ich mache Euch ein Angebot, Kapitän. Mangalas hat einen weiteren Trank bei sich, den wird er Euch schenken, wenn Ihr mir den Euren gebt!"

„Was soll ich damit?" entgegnete Van Brautmantel neugierig und ablehnend zugleich.

„Der Trank würde Euer Leben retten, falls Ihr über Bord gespült werdet", eiferte sich nun der Magier, da er eine Chance sah, Diebesgut loszuwerden. Augenblicklich kramte er in seinem Rucksack und holte die Phiole, die er schon in der Hand gehalten hatte, wieder hervor. „Helft Ihr uns, gehört sie Euch!"

„Ich habe nur ein paar heilende Beeren", brummte Van Brautmantel in seinen Bart. „Sicher nicht so wertvoll wie ein Trank", gab er weiterhin unumwunden zu.

„Dann holt sie rasch! Bitte!" Eilends stiefelte der Kapitän davon. Wenig später kam er mit einem Gläschen Brombeeren zurück, die Mangalas an die Beeren erinnerten, die sie seinerzeit bei dem verstorbenen Einsiedler auf der Flucht vor der Tigerkatze vorgefunden hatten.

Mit der Spitze seines Dolches zerdrückte der Elf die Beeren, verrührte sie mit ein wenig Wasser und flößte sie Hoskorast ein. Wirklich schlucken konnte der Zwerg nicht, aber das Gemisch rann seine Kehle hinab. Bald versiegte auch dieser heilende Strom.

„Nun!" sprach Krishandriel gedehnt. „Wir legen ihn in die Kajüte, die ehemals Bert Grafenberg innehatte, decken ihn zu, und hoffen, dass er dem Sensenmann entwischt."

Mit einem Fingerzeig beauftragte Van Brautmantel Anwand Doppelrain und Carlesohn Tollglanz, den Zwerg in die Kabine des vor kurzem Verstorbenen zu tragen, während ihm Mangalas die Phiole in die Hand drückte. Argwöhnisch prüfte der Kapitän den Inhalt auf Brauchbarkeit.

Als die Nacht hereinbrach, legte sich der Sturm. Die Wogen glätteten sich, bis nur noch sanfte Wellen den Rumpf des Seglers streichelten. Krishandriel einigte sich mit Van Brautmantel darauf, des Nachts zum Ort des Angriffs zurückzusegeln, um nach den Verbliebenen zu suchen.

Die Fahrt verlief ruhig. Am Morgen, noch vor Sonnenaufgang, erreichten sie die Bucht. Die beiden Kaufleute waren tot, aber Marc Speichendreher lebte. Schon am Abend, nachdem die Lindwürmer abgezogen waren, hatte er die Leichen im lockeren Sand beigesetzt und vermutet, dass Van Brautmantel nach ihm suchen würde. Unter einem Busch verbrachte er die Nacht.

Auch der Windläufer hatte den Sprung in die Glitzersee überstanden. Der Hengst entdeckte sogar ein Bächlein, an dem sie alle ihre Wasservorräte auffüllen konnten. Lange wollten sie jedoch nicht in der Bucht verweilen. Krishandriel befürchtete, dass weitere Angriffe bevorständen, und auf dem offenen Meer wähnte er sich sicherer.

Am schwierigsten gestaltete es sich, den Windläufer erneut auf den Küstensegler zu bringen. Als die Ebbe einsetzte, lotste Krishandriel das Pferd über ein vom Wasser befreites Korallenriff, an dessen Ende sie vor Anker gegangen waren. Gute zehn Schritte fiel der Meeresgrund dort ab. Über zwei vier Zoll starke Bohlen, die üblicherweise verwendet wurden, um schwere Last an Deck zu befördern, führte der Elf den Windläufer an Bord zurück.

Nachdem sie den Anker gelichtet hatten, steuerten sie Eirach an. Sie hatten sich dazu entschlossen, weil sie befürchteten, in Sumpfwasser untoten Heeren direkt in die Arme zu laufen. Ferner entschieden sie, die Waren der Händler zu veräußern und den Erlös unter den Matrosen aufzuteilen, wenngleich Mangalas nicht sonderlich glücklich über die Entscheidung war. Der Zauberer gab zu bedenken, mögliche Verwandte könnten nach den Vermissten suchen. Nach Birkenhain zurücksegeln wollte er jedoch auch nicht. Falls sich dessen ungeachtet Angehörige einfinden sollten, hatte Van Brautmantel eine Handvoll Geschichten parat, wie sie auf ihrer abenteuerlichen Flucht vor den Lindwürmern die Fracht eingebüßt hatten.

Unglücklich, dass sie gen Norden segelten, war Mangalas dessen ungeachtet nicht. Möglicherweise konnte er ja in Ammweihen oder in Tkajj sein Leben retten, obwohl er nicht wusste, wie er dies zuwege bringen sollte. Sein Schicksal schien besiegelt. Zeitweise strahlte sein Amulett eine so unbändige Hitze aus, dass er meinte zu verglühen, berührte er das Metall jedoch, war es so kalt wie Eiswasser.

Krishandriel sah Mangalas des Öfteren am Bug des Schiffes stehen, so als wenn er Ausschau nach einem Wink der Götter hielte. Doch nur Wellen und Delphine begleiteten das Boot, und die Zeit schien dem Magier buchstäblich durch die Finger zu rinnen.

Nachdem der Sturm vorübergezogen war, zeigte sich die Glitzersee von ihrer friedfertigen Seite. Ihre Oberfläche funkelte und blitzte, als hafteten Millionen von Diamanten an den Spitzen der lieblichen Wellen. Einsam zog der Küstensegler seine Bahn.

„Grubenmatsch und Stollenbruch! Man hat mich beraubt! Ich bin bestohlen worden!" Ein Schrei unbändiger Machtlosigkeit fuhr allen an Bord in die Glieder. Seit zwei Tagen waren sie bereits auf See, und alles war gutgegangen, aber jetzt hallten Flüche über Deck, die selbst Tote aus ihren Gräbern springen ließen.

„Du lebst?" Mit einem Freudensprung kam Krishandriel in der Kajüte des Zwerges zum Stehen.

Hoskorast saß nur mit einer Hose bekleidet auf dem Bett und durchwühlte all seine Taschen. Um Brust und Rücken hatten sie ihm einen festen Verband geschnürt. „Alles weg! Bei den Göttern! Ich bin ruiniert!"

„Hoskorast!" Nach Luft ringend tauchte nun auch Mangalas in der Tür auf.

„Wo ist dieser elende Dieb? Ich bring den Kerl um! Er hat mich beraubt! Und wieso wackelt hier alles?"

„Wir sind auf einem Schiff, nur du, Mangalas und ich, und in zwei Tagen werden wir Eirach erreichen!"

„Eirach?! Da kommt der Mistkerl doch her! Ich werde diesem hundsgemeinen Schurken den Kopf abschlagen. Er hat mich bestohlen! Mein ganzes Vermögen ist weg!" schrie Hoskorast wie von Sinnen.

„Er ist wieder der Alte, Krisha!" Mangalas konnte ein Grinsen nicht unterdrücken.

„Ich merk's!" erwiderte Krishandriel gelassen. „Weißt du überhaupt, was passiert ist?"

„Ich?! Keine Ahnung, ich weiß überhaupt nichts, nur dass ich ausgeraubt worden bin und dass ich den Schweinehund massakrieren werde. X-mal habe ich mein Gepäck schon durchsucht, aber gefunden habe ich nichts!"

„Wirklich nichts?" forschte Krishandriel nach und schaute dem Zwerg tief in die Augen.

„Nun, ein wenig habe ich schon noch, aber meine Diamanten!" flüsterte er unvermittelt, als ihm bewusst geworden war, dass auch Matrosen mithören konnten, und die ging sein Besitz nun wirklich nichts an."

„Woher hast du eigentlich die Klinge?" erkundigte sich Mangalas nach der Herkunft des Schwertes.

„Ich? ... Keine Ahnung! ... Hab ich mir auch schon überlegt."

„Darf ich mal?" bat Krishandriel den Zwerg.

„Sicher, nimm hin!" Hoskorast reichte dem Elfen das Schwert.

Die Waffe, eher für kleinwüchsige Krieger gemacht, lag wunderbar fein in seiner Hand, und die Klinge schimmerte, als wäre sie aus einer Gletscherspalte geschlagen worden. „Uh, ist die Schneide kalt!"

„Kalt!?" Irritiert zog Hoskorast seine Stirn in Falten.

„Ich kenne das Schwert!" argwöhnte Mangalas und kratzte sich am Kopf.

„Wie?" Hoskorast verstand nicht.

„Ich glaube mich zu erinnern, die Waffe in Gäliens Waffenarsenal in Sumpfwasser schon einmal gesehen zu haben. Ich bin mir zwar nicht sicher, aber ich denke, sie wurde in den Eislanden geschmiedet. Und falls es dieses Schwert ist, könnten in ihm mystische Kräfte wohnen."

Erstaunt blickte der Zwerg vom Bett auf, und auch Krishandriel fand die Tatsache bemerkenswert.

„Und selbst wenn es so wäre, wie kommt die Waffe in meinen Besitz, und was ist mit meinen Diamanten? Dieser verdammte Dieb!"

„Ich vermute, du hast das Schwert gekauft", stellte Mangalas eine Theorie in den Raum.

„Gekauft, ich?! Du bist wohl nicht ganz bei Trost!" Hoskorast ärgerte sich maßlos über den Schwachsinn, den der Magier von sich gab. Nie im Leben würde er ein Schwert kaufen. Warum nur? Er hatte doch schon eine Klinge.

Aber Mangalas ließ nicht locker. „Du warst durch den Ring verhext, vergiss das nicht! Da kann es doch sein, dass du Geschäfte gemacht hast, die du sonst niemals abschließen würdest."

„Verhext?!" Hoskorast schaute irritiert drein, aber da Krishandriel nickte und ihm eine unglaubliche Geschichte präsentierte, befürchtete er, an dem wirren Geschwätz der beiden könnte Wahres sein. Ferner mutmaßte er, so verschaukeln würde ihn nicht einmal der Elf.

„Das Schwert hat ein Vermögen gekostet, Hoskorast, und je länger ich darüber nachdenke, desto sicherer bin ich mir, dass du es wirklich gekauft hast", tat Mangalas seine Vermutung ungewöhnlich bestimmend kund.

„Ich bin doch nicht bescheuert! Ich kauf doch nicht eine so alberne Klinge!" regte sich Hoskorast auf. Gleichwohl interessierte es ihn schon, wie viel das Schwert gekostet hat. „Wie teuer war es denn?"

„Zweitausendfünfhundert Goldmünzen!"

Hoskorast wurde schwindlig. Urplötzlich verlor sich seine Stimme, Schweiß trat aus all seinen Poren, und seine Hände wurden so feucht, als schwimme er in einem See. Dann kippte er um.

„Er ist ohnmächtig geworden." Krishandriel grinste, obwohl er nicht hätte sagen können, warum, aber Hoskorast und er waren schon immer unterschiedlicher Meinung gewesen, und wenn der Zwerg einen Berg voller Probleme sah, konnte er das nie nachvollziehen.

Auch Mangalas' Lippen umspielte ein Lächeln. „Der schwarze Krake hält ihn fest im Griff."

„Ob er sich von dem Schreck je erholt?" Krishandriels Kehle entsprang ein Glucksen.

„Vielleicht liebt er sogar eines Tages die Sonne!" Mangalas amüsierte sich köstlich über seinen Witz.

„Gibt der Zwerg zweitausendfünfhundert Goldmünzen für ein Schwert aus. Ich lach mich tot. Mit der Geschichte kann ich noch meine Urenkel erheitern."

„Welche Urenkel?" lästerte Mangalas mit einem breiten Grinsen im Gesicht.

Solche Wendungen in einem Gespräch gefielen dem Elfen nicht. „Das sagt man halt so!" Unwirsch warf er einen missfälligen Blick auf den Dicken, der den Zwerg kichernd mit einem wollenen Überzug zudeckte. Dann verließen sie auf leisen Sohlen die Kajüte.

Nach dem Abendessen – es gab frisch gefangenen Fisch – bestaunten Krishandriel und Mangalas die untergehende Sonne, die rot glühend, als bestünde sie aus flüssigem Eisen, in der Glitzersee versank. Selbst die Oberfläche des Wassers und der Horizont färbten sich blutrot ein. Als die Nacht wie Nebelschwaden über die Wellen gekrochen kam, lenkte Krishandriel seine Gedanken in die Ferne, in die Zukunft, in die Stille, und er wünschte, die Götter würden ein Lüftchen aus Osten aufleben lassen, damit sie möglichst bald Eirach erreichten. Kaum hatte er seine Idee zu Ende gesponnen, blähten sich die schlaff herabhängenden Tücher im frischen Wind auf. Die Zukunft begann.

Epilog

Gottvertrauen

Am frühen Morgen, noch bevor die herbstliche Sonne ihr Antlitz zeigte, waren Janne von Loh und Marcella Morgentau nach sieben Tagen Ruhezeit aufgebrochen. Richtung Wiesland, Windwasser oder noch weiter gen Westen, vielleicht auch bis Larxis wollten sie gehen. Wohin genau wussten sie nicht. Keiner begleitete sie, auch nicht Hans Haberkorn, der noch nie weiter als bis in die Santiarahügel zum Angeln gekommen war. Nun weilte der Knecht bei Helm von der Uth. Er dachte überhaupt nicht daran, seine Heimat zu verlassen. Seine Gedanken kreisten immerzu wie ein Bussard über Liebeichen, seinen Freunden und seinen Tieren. Somit behielt er auch die beiden verletzten Rappen Chari und Shahin, die er behutsam, beinahe mütterlich, versorgte. Frühmorgens und abends halfen ihm Icolele oder Itna, den Pferden eine Wundsalbe aufzutragen. Die Vierbeiner genossen die Ruhe, und auf den behelfsmäßig angelegten Koppeln fanden sie reichlich Grün, um satt zu werden. Gleichwohl wusste Helm nicht, wie er die Tiere über den Winter bringen sollte. Ungeachtet dieser Tatsache mähten Hans und er unablässig Gras und brachten dieses, nachdem es ausgedörrt war, in einen Heuschober, den ihnen Joel Wegener innerhalb von zwei Tagen gezimmert hatte. Anschließend erweiterte der Schreiner den Schweinestall, damit die Pferde während der zu erwartenden Schneestürme einen Unterstand hatten.

Alles ging seinen gewohnten Gang. Helm erkundete jeweils zu Beginn und zu Ende eines Tages die nahe Umgebung. Auf eine wandelnde Leiche, wie er die untote Kreatur bezeichnete, die er an seiner Quelle getötet hatte, war er nicht mehr getroffen, und auch Skelettkrieger zeigten sich nicht. Insofern erhoffte Helm, dass der nahende Winter alle Aktivitäten der Untoten in eisiger Kälte und Schnee erstickte.

Hans Haberkorn gefiel es bei den Helms ausgesprochen gut. Binnen kurzem fühlte er sich wie zu Hause. Da ihm der einstige Kommandant reichlich Aufgaben zuwies und er diese Tätigkeiten immer nach bestem Gewissen erledigte, entrückte Liebeichen jeden Tag ein Stück weiter aus seinen Gedanken.

Helm von der Uth hatte Janne von Loh einen Bogen, vierzig Pfeile und einen Degen mit auf den Weg gegeben. In den letzten Tagen war dem ehemaligen Kommandeur rasch klargeworden, dass der blonden Frau mit den lustigen, wasserblauen Augen nur die Übung mit den Waffen fehlte. Beinahe jede Klinge führte sie vorbildlich, speziell der grazile Degen schien für sie wie geschaffen zu sein. Marcella dagegen war völlig untauglich, selbst beim Werfen mit dem Messer befürchtete Helm, die junge Frau könne sich selbst verletzen. Er hoffte inständig, sie würde nie in Kampfhandlungen verwickelt werden. Marcellas Geist war jedoch keineswegs verdreht, selbst schwierigste Zusammenhänge, gleich welchen Inhalts, erfasste sie nahezu spielerisch. Zudem war sie eine geschickte Verhandlungspartnerin und eine ehrgeizige obendrein. Sie neigte mitunter aber zur Perfektion, was sie möglicherweise, so mutmaßte Negride, in Sackgassen führen könnte. Da Negride aber das liebreizende, zuvorkommende Mädchen ebenso wie ihre Töchter in ihr Herz geschlossen hatte, ließ sie Marcella nur mit Unbehagen ziehen.

Janne von Loh war voller Ungeduld gewesen, und Marcella Morgentau erging es ebenso. Eine geheimnisvolle Kraft trieb sie beide weiter, obwohl sie nicht wussten, weshalb. Gefährlich würde es werden. Dem ungeachtet hatte Janne von Loh einen Auftrag zu erfüllen, wenngleich keine Blumen vom Himmel regneten und ihr Weg mit Dornen gespickt war. Nur die Richtung schien sie zu kennen. Gen Westen! Janne spürte, dass ihr die Götter diese Obliegenheit zugedacht hatten, erst in ferner Zukunft würde sie frei wie ein Vogel und von aller Schuld erlöst sein. Nichtsdestotrotz konnte sie auch zu Staub zerfallen, aber es war ihr einerlei. Hauptsache, sie hatte eine Entscheidung getroffen.

Die Luft war prickelnd, klar und kalt. Jeder Laut schien endlos durch das flirrende Blau zu schweben. Ein Vogel zirpte. Janne genoss den frischen Atem, der ihre Lungen durchströmte. Am Horizont zeigten sich Federwolken, dennoch ahnte die blonde Frau, dass die Santiarahügel bald in Schnee versinken würden. Die Kastanien hatten schon längst ihre Blätter verloren, und nur an den höchsten Spitzen der Apfelbäume hing noch verwelktes Laub.

Wenn sie nur wüsste, was die nächsten Tage brächten. Wollten die Götter nur zwei Opfer, oder berührten ihre Gefühle tatsächlich ihr Innerstes? Sie wusste es nicht. Zweifel durchströmten sie. Mitunter meinte sie, ihre Empfindungen würden sich wie das Delta eines Flusses spalten, gleichwohl setzte sie frohen Mutes den ersten Schritt. Das Wesen in ihrer Seele lächelte.

GLOSSAR

Auserwählte

Alanor, Janos, der verwegene, intelligente Dieb mit dem Hang zum Snobismus

Hellfeuer, Elgin, der weise, gelehrte Kleriker, dem der Schalk wie ein Schatten zur Seite steht

Hoskorast, der ängstliche, mitteilsame Zwerg, der jeden Kupfergroschen wie ein Drache hortet

Krishandriel, der empathische, dichtende Elf, der nichts so sehr liebt wie formvollendete Frauen und Sonnenschein

Mangalas, der lustige, dicke Magier, der mit seiner Schwarzseherei auch das schönste Feuer verglimmen sieht

Saskard, der hilfsbereite, bisweilen brummige Zwerg, der für Heim und Familie sein Herz den Göttern reichen würde

Smalon, der vorwitzige, nervige Halbling, der in sein Pony vernarrt ist und für sein Leben gern zaubern würde

Weitere Akteure

Aceamas, Sandro: hochbetagter Elitekämpfer aus Sumpfwasser

Adrendath: Seher und Berater des untoten Königs Luucrim

Aseanna: ruhmsüchtige Skelettkriegerin

Aserija: Druidin, auf deren Ruf Insekten hören

Brautmantel, Van: Kapitän des Küstenseglers „Silvana"

Caissey, Olinja: Hexenmeisterin und Prinzessin aus Larxis

Cedrijan: ehemaliger untoter König, der in der denkwürdigen Schlacht um Feeklos vernichtend geschlagen wurde

Daelin von Sumpfwasser, Jirko: Graf von Sumpfwasser

Dämmerling, Thea und Zirs: Besitzer des Gasthofs „Zum Rauschenden Kater"

Eibenweich, Landan: Ausbilder im Klerikerorden „Wilde Rosen"

Embidor: ehemaliger Erzmagier und Held in der Schlacht von Feeklos

Farana: bildhübsche, brünette Elfin, die sich nach Krishandriel verzehrt

Fallenstein, Luca: Kapitän eines Küstenseglers

Frohgemach, Judt: sechzigjähriger, gewiefter Kaufmann aus Windwasser, der in der Grünmark seine Ware anpreist

Gulmor: außergewöhnlich magiebegabter, untoter Heerführer

Gwilla: eine stämmige, intelligente Zwergenfrau mit braunen, zotteligen Haaren und einem Stoppelbart, Ziehmutter Saskards
Gwilahar: wolfsgesichtiger Magier und untoter Heerführer
Haberkorn, Hans: Knecht aus Liebeichen, Brieftaubenfreund
Helm: ehemaliger Kommandeur, der sich in der Uth mit seiner Familie eine Herberge mit einer kleinen Handelsstation aufgebaut hat
Iselind: eine stolze und selbstbewusste junge Elfin, die mit Vorliebe aufreizende Kleidung trägt. Mit ihren außergewöhnlichen, noch im Verborgenen liegenden Talenten kann sie sich druidischer Kräfte bedienen
Lockenrot, Mira: Wirtin aus Sumpfwasser. Schreckliche Träume reißen sie aus ihrem bisherigen Leben und schleudern sie in eine neue Welt
Luucrim: untoter König, der nach der Weltherrschaft strebt
Morgentau, Marcella: sechzehnjähriges Mädchen aus Liebeichen
Piepenstrumpf, Loren: wasserstoffblonde, adrette, junggebliebene Vierzigjährige und Besitzerin der „Hängenden Trauben" in Liebeichen
Praik, Ken: weitgereister Treckführer aus Birkenhain
Tartlom: skurriler Lehrer von Mangalas aus Mangrot im Lande Enaken
Tion: Vater Krishandriels und Lehnsherr der Himmelsstürmer
Tiramir: Nachdem er von Untoten gefangengenommen wurde, kämpft er an ihrer Seite und wird zum schlimmsten Widersacher seines ehemaligen Freundes Krishandriel
Trrstkar: uralter, weitgereister Schamane, der sich in Goldbuchen zur Ruhe gesetzt hat
Uneaa: ehrgeiziger untoter Seher
Viowen: Mutter Krishandriels, Heilerin
Vlifius: ehemaliger Zwergenkämpfer und Führer der 1. Todeseinheit
Von Loh, Janne: adeliges Allerweltsliebchen
Von Rosenlind, Uslan: Hauptmann in Fort Biberaus Garde
Von Taleen, Naya: Paladinin aus Larxis
Willdour: Orakel an der grünen Lagune
Ysilla: schüchterne, ausnehmend hübsche Zwergin, Tochter Gwillas

Orte

Birkenhain: Herzogtum an der Glitzersee
Feeklos: Traumhaft schön gelegene Hochebene in der Nähe von Goldbuchen, auf der Cedrijan, der untote König, von der Allianz der Elfen, Halblinge, Menschen und Zwerge vor zweitausendfünfhundert Jahren vernichtend geschlagen wurde

Fort Biberau: Kastell, östlich von Sumpfwasser gelegen
Goldbuchen: kleine Zwergensiedlung am Rande von Feeklos
Kantara: Mittelgebirge mit dürftigem Baumbestand zwischen Liebeichen, Birkenhain und Sumpfwasser
Ours: Wüste zwischen Ammweihen und Enaken
Saana: unendlich weite Steppenlandschaft inmitten von Larxis
Santiara: Hügellandschaft nordwestlich von Liebeichen
Sumpfwasser: stark befestigte Grafschaft an der Glitzersee
Turanao: riesiges Waldgebiet, in dem Elfen und Halblinge beheimatet sind
Tiefengrund: kleine Zwergensiedlung unter Tage

Götter

Gidd: Gott des Krieges
Kanthor: Gott des Heilens
Reemar: Gott des Wassers
Rurkan: Gott des Mutes und der Stärke
Wrar: Gott der Finsternis

Sonstiges

Goldbuchenholz: einzigartiges, golden schimmerndes Holz, das in Spann- und Schnellkraft sogar Eibenholz übertrifft und somit hervorragend zum Bau von Bögen geeignet ist
Schrakier: Neumondwechsel
Schwarzer Krake: Metapher für Ohnmacht
Tschinkwee: erotisches Kartenspiel
Windläufer: Vollblutpferderasse aus Larxis
Xsar: Berserkerkraut, wächst im Hochgebirge, Zwergenstämme benutzen die Droge in Schlachten, um ihre Kampfmoral aufs Äußerste zu steigern

Magische Artefakte

Amra, die Axt
Das Amulett der Geschicklichkeit
Der Ring der Flammen
Der Ohrring der Macht
Ein Harnisch aus grün glänzenden Drachenschuppen

Mangalas' Amulett

Das Amulett besteht aus Rotgusseisen und weist vier gleichgroße Teile wie ein Kreuz auf. In jedem dieser Viertel sind auffallende Prägungen zu sehen. Links oben thront ein roter Adler mit einem silbernen Ring im Schnabel, rechts daneben steht der Buchstabe „M", links unten leuchtet ein prunkvoller, grünsilberner Dolch, und rechts daneben glüht ein blankpolierter Knochenhaufen